张洁文集 ❾

中短篇小说

一生太长了

人民文学出版社

目 录

忏悔 ……………………………………… 001
"冰糖葫芦——" …………………………… 009
未了录 …………………………………… 017
雨中 ……………………………………… 029
方舟 ……………………………………… 034
楞格儿里格儿楞 ………………………… 134
走红的诺比 ……………………………… 139
山楂树下 ………………………………… 149
"尤八国"体检 …………………………… 158
祖母绿 …………………………………… 167
他有什么病 ……………………………… 232
尾灯 ……………………………………… 295
横过马路 ………………………………… 319
鱼饵 ……………………………………… 330
柯先生的白天和夜晚 …………………… 338
上火 ……………………………………… 349
她吸的是带薄荷味儿的烟 ……………… 421

.com ……………………………………………………… 448
听彗星无声地滑行 ……………………………………… 474
玫瑰的灰尘 ……………………………………………… 498
四个烟筒 ………………………………………………… 527
一生太长了 ……………………………………………… 539
是的,我听见了 ………………………………………… 565

忏 悔

——给不幸的孩子

完了。

最后一朵光焰闪动了一下,很快就熄灭了。

这就是儿子留在这个世界上的最后一个形态。六十五公斤,一米八七,有血有肉的儿子,已经化为一缕青烟,一撮白灰。经过几千万年进化才获得的生命,这么容易地就毁灭了,容易得让人不能相信。

从火葬场回家后,他本能地回忆起儿子的一生——把二十七个年头称为一生,似乎有些夸张。那么短暂,又那么匆忙——可又好像什么也回忆不起来,他对儿子知道得太少了。

人们常说,男人之间不像女人之间那么容易披露心怀。难道只是因为这个原因,他们才像路人似的生活在一起?

可他算什么男人?他甚至没有恋爱过,没有充分享受过太阳的照耀。

他看着儿子留下的这些东西:一本"文化大革命"前出版的《安徒生童话》,一个破旧的铁皮铅笔盒,唯一一张一寸免冠半身正面照,一本卷了边儿的《珠算口诀》。

《安徒生童话》是他们家的忌讳,儿子一清二楚。可为什么他偏偏固执地留存下这本书?

当他被甩出正常的生活轨道时,儿子正是拿着玩具手枪,认准自己便是天下顶了不起的英雄豪杰的年龄。可这位英雄却不能明白,为什么自己便成了顶低下、顶龌龊的东西。

要是有哪个父亲,明知自己便是那个砸碎亲生儿子的梦想的锤子,而又深深懂得无法逃脱命运的这种安排,他一定体会得到那种痛苦得无法呼吸,像在火里焚烧的滋味。

那时候,儿子还能睁着一双圆圆的饱含眼泪的眼睛问他:"爸爸,为什么小朋友都不和我玩了?"

他回答不出。他又怎能让儿子明白连他自己也不明白的事情。

有好长一段时间,院子里那棵桃树下的蚂蚁窝,便是孤寂的儿子的寄托。儿子久久地蹲在那里,全神贯注地看着忙忙碌碌、来回奔波的蚂蚁。它们那充满生机的、单纯而友爱的生活,一定引他生出许多感触和渴慕。他问过:"爸爸,为什么蚂蚁老是大家一起玩,谁也不丢掉谁呢?"

"不知道。"

"您是大人,为什么不知道呢?"

儿子哪里知道,许多问题是大人也回答不了的。

一天,另外一个孩子走了过来,几脚就荡平了那个与人无争的蚂蚁王国。

不但他们不和儿子一起玩,甚至也不能容忍儿子和蚂蚁一起玩。他知道,小儿子有多么的寂寞,可是他不敢再给他一个弟弟或妹妹来陪伴他,因为,他没有能力去保护这些无辜的小心灵。

长大一些后,儿子似乎有些明白他的地位,便像躲避瘟疫一样躲避着他。仿佛他会传染一种疾病，凡是得了这种疾病的人，就会被生活抛弃，变成一个孤零零的人。

天真的儿子并不明白，其实他早已被传染上了这种"疾病"。

他永远不能忘记，儿子是带着怎样可望而不可即的神情，看着飘在别的孩子胸前的红领巾，如同一个沦落地狱的人，怀着超度来世的虔敬，巴望着天堂。

他曾听见儿子向妻子发问："他究竟干了什么坏事？"

"谁？"

"他。"

"他是谁？"

"他——父亲。"

他感觉得到妻子十分困难地挑选着字眼："因为他对一位领导，讲了一个安徒生的童话。"

"哪个？"

"《皇帝的新衣》。"

"瞎说，为什么没有人说安徒生是'右派'？他写了那么多童话。"

儿子，从那张免冠半身正面照里，带着可怜巴巴的神情瞧着他。要不是为了领工作证，儿子是绝对不拍照的。他想象得出儿子的心理，他一定觉得在他的生活里，没有哪一个瞬间值得留念。

他巴不得儿子像别的孩子一样，淘气、喧闹、撒野、打架……可是不，他总是显出这种可怜巴巴的样子。最使他揪心的是，儿子脸上，除了这种可怜巴巴的神情外，在和别人打交道的时候，不论对谁，都显出一副讨好的笑脸，就像一条摇尾乞怜的狗。这比啐他自己的脸,还让他难受。这种神情,早应该随着旧生活一同埋葬了。

七二年,儿子被分配到菜站卖肉。他本是个思想开化的人,从来没想到过以职位高低作为衡量人的价值尺度,也并不介意人们在社会分工上的差别,但是这个社会的常识告诉他,儿子之所以卖肉,当然是因为他的缘故。

从那以后,这本卷了边儿、磨损了书脊的《珠算口诀》和一把旧算盘,便是儿子业余时间的全部内容。他或是坐在那张既当餐桌又当书桌的小桌子前,翕动着嘴唇,不出声地背诵《珠算口诀》,或是噼里啪啦地敲打那个旧算盘。

而从楼上的窗口里,飘来邻家姑娘拉《赫曼练习曲》的提琴声……儿子这时便会让人听不出地轻叹一声,起身把家里的玻璃窗关好,也不管是不是三伏天……儿子的算盘早已打得相当出色,在加法和减法的运算上,几乎可以比肩计算机的准确。可一下班,他还是不停地背诵着、敲着,好像这一切已同吃饭、睡眠一样,成为儿子生理上的一种需要。

那些不知道儿子出身的顾客,都很喜欢他,赞赏地称他"一刀准",他曾悄悄站在那个菜站附近,看儿子卖肉。他看得出来,儿子确实从称肉和算账那无尽的循环往复里,得到了工作的满足和享受。他那惨淡的面孔上,甚至泛起浅浅的红润,显出兴奋的神色。那时,他一定感到还有很多人需要他,而不是嫌弃他。

可是,只要一离开那个肉案子,他就会变成另外一个人。

不论在家或是在工作单位,总是逃避着所有的人。除了背口诀、打算盘,钻进某一个角落,便是他唯一的嗜好。只要没有人想起他,他会几个小时地坐在那个角落里,目不转睛地盯着自己的鞋尖。好像那不是自己的鞋尖,而是一部十分深奥而又可以解答命运之谜的、希伯来人的经文。他总是尽力地缩着自己的肩膀,似乎怕他那不知天高地厚的、过分宽阔的肩膀会多占了一点无垠的空间,从而冒犯了别人。

这像路人一样的儿子却很能体谅家中的困难。他还记得他小的时候,看见别的孩子吃巧克力糖,怎样自尊地掉过自己的身子,他也看见过梦想当英雄的儿子紧紧地把鼻头贴在商店里那些摆满玩具手枪和大炮的玻璃橱上……可是儿子并不要求什么,并不。就连这个一处已经开榫、边缘也都起了桡的旧铁皮铅笔盒也还是上小学的时候给他买的。曾经那样贪吃,那样喜欢躺在地上耍赖,不把想要的东西弄到手就不肯从地上爬起来的儿子,怎么就能一下子把所有的要求全都放弃了呢?大人并没有特别地关照过他呀,真怪!

"文化大革命"后期,他发现儿子那种"闲人免进"的眼神里,对他渐渐地有了一些开放的征候,可这让他企求已久的谅解很快地又被他自己给推开了。

"天安门事件"的前夜,儿子曾对他说:"爸爸,我想到天安门去!"

他头一次在儿子的眼睛里看到了那种可以称为期望和热情的东西。他知道,哪怕他给那可怜巴巴的、谨慎胆小的儿子一点点同情或是支持的暗示,都会给儿子以极大的鼓励和勇气,也许从此会使儿子丢掉那可怜巴巴的东西。但是他没有,他紧张得像要憋过气去:"干什么去?"

儿子犹犹豫豫,拿不准主意地说:"我写了一首诗……"

他像被蝎子蜇了一样,立刻神经质地叫道:"不行,不能去!"

他那如同大祸临头的神气,使儿子立刻失去了勇气:"会死人吗?"

"不,可怕的不是死……"

儿子眼睛里刚刚烧起的那点火花熄灭了,重又回到他惯常喜爱的那个角落里去。不,是他把儿子重又推进了那个角落,而也许儿子不是没有可能从那个角落里走出来的。

儿子病了!不知是因为儿子那生怕惊动别人的习惯,还是儿子早就希望如此?总之,这顶顶普通的病毒性感冒竟然转化为尿毒症,送了他的性命!

当他怀着激动的心情,把那纯属错划、彻底平反的消息带给儿子的时候,儿子的目光已经散乱了,他已经不能懂得这个世间的任何一句话语,不论欢乐或悲哀都已与他无关了……

他忽然明白:就算儿子能听懂他带来的消息,那种可怜巴巴神情也不会从他的脸上消失,因为那种东西已经渗透到他的灵魂里。

他曾遗憾地以为儿子会带着一个没有被释放的灵魂离开人世。可当这个灵魂飞往另一个世界的那一天,安详自若的神情却又回到了儿子的脸上,就像他刚刚到这个世界上来的那一天一样。此外,那脸上甚至还显出一副兴高采烈的样子,仿佛是在庆幸着什么。

儿子带着陌生的感情离开了他。二十多年来,父子之间没有过什么温情、友谊和谅解,没有心对心地说过什么话。他似乎白白地生了他、养了他一场,好像陡然地用手掌掬了许久的流水,又眼睁睁地瞧着流水从手指头缝里漏出去了。

他甚至不能断定儿子是不是曾经爱过他。要是儿子不爱他,那也是活该!他有什么权力要求儿子爱他?就连给儿子取的那个名字,也是没有经过什么特别的推敲,是信手拈来的。

"建设",这是在建国初期那个火热的年代里出生的孩子们当中最普通的一个名字。那时,作为一家刊物的主编,他实在太忙了,就连为儿子推敲一个名字,都恐怕分散了自己的事业心!

不,也许儿子还是爱过他?他想起儿子四岁多的那一年,有一个晚上,因为开会,他回家很晚,他看见床头柜上放着一小盘已经削了皮的荸荠,而且每一个荸荠上都有一个小缺口,好像有一个并不贪吃,可是相当顽皮的小耗子,在每个荸荠上咬了一口。妻子对他说:"儿子给你留的。"

他不解地指着荸荠上的小缺口,笑着问:"这是怎么回事?"

"他把每个荸荠都咬了一小点,尝尝哪个嫩就给你留下,老的他自己吃了。"

他看着那些像被小耗子咬过的荸荠,心里充满了做父亲的幸福和满足。那一夜,他几乎没有入睡,三番五次地从床上坐起来,端着那一小盘荸荠微笑着。想象着这个自小就表现出这么细腻的感情的儿子长大以后会成为怎样的一个人。质朴的工人?威武的英雄?浪漫的诗人?不论他怎样设想,眼前总是一片玫瑰色的云雾。也许这是每一个做父亲的人都容易产生的偏见?他什么都想到了,就偏偏没想到会是这样:儿子赤条条地离开了人世!

接到彻底平反的通知以后,已经有好几天过去了。当最初的激动平静下来以后,渐渐地,他感到有一种不明不白的东西向他袭来,紧紧地包裹着他,纠缠着他,压迫着他,还轻轻地啃噬着他的心,甚至使他不能全身心地沉浸在对儿子的怀念里。而他,是多么地想要从这怀念里得到一点令人心碎的温情和安慰……这东西绝不是儿子的死亡所引起的悲哀冲淡了他期待已久的解放,因为这感觉并不如同悲哀,它比悲哀更严肃、更深刻、更凝重……它是从什么时候开始的呢？也许是从自己阻止儿子去天安门那一天开始，也许时间还要早，还要长，也许它早就潜藏在什么地方，现在不过是来和他了却一笔旧账。

为什么在听到恢复党籍的时候，他的理智像光谱仪似的折射出当时浑然一片的各种情绪？其中，有一种茫然若失的感觉……怪事，二十二年来他心里从未正式地承认过开除党籍的这个决定，可当重新恢复党籍的时候，他倒想起要认真地掂量掂量自己的分量！……茫然若失……他失去的是一种比生命更重要的东西！二十二年的党龄可以弥补，可有什么能弥补他所丢失的共产党人的天职！不错，他至今还能记得起当年在镰刀斧头的旗帜下所念过的誓词，可是二十多年来，为了自己的家，为了不要再给儿子那所谓没有欢乐的童年和青春添上几笔悲惨的色彩，他战战兢兢地活着，只是活着而已！他曾站在生活的一旁，眼看着污泥浊水漫流而不肯动一个指头，他甚至没有做到这件最起码的事：把对真理的信仰、对生活的信念、为事业而献身的精神传播给他那至亲至爱的儿子！还能谈到什么其他！

对于一个死去的人，人们常会忏悔地想到自己曾经做过的那些对不起他的往事，而他，究竟有什么地方是真正应该向儿子忏悔的呢？

他忏悔！他无穷地忏悔！并不是因为他做了什么，而是因为他不曾做过什么。

难道他不应该对渗透在儿子灵魂里的那种可怜巴巴的东西负责吗？

再没有一种处分或刑罚能像这忏悔一样使他的良心蒙受到那样深重的痛苦和责难。

1979 年 3 月

"冰糖葫芦——"

已经"六九"了,天还是那么冷。

呼,呼,呼,刮了两天的西北风,像把大铁扫帚,别说是破纸片儿、花生皮儿,就是小石头子儿,也被它扫得精光。

路上的行人,眼见得少了许多,就连那些胡同串子,也不在街上溜达了。万不得已非出门儿不可的人,也是用大毛围巾,把脑袋裹得严严实实,再戴上个大口罩,只留下两只眯缝的眼,天冷,连人的眼睛也缩水了。没错,物理书上说过,冷缩热胀。

能在这冷风地里站住脚,挺着腰板挣饭吃的,全是让生活锤打过的汉子。不信,就听听这卖瓜子儿、卖面包、卖口香糖……的吆喝吧,顺着冷风,能送出去老远。不经心的人,乍一听只觉得敞亮、热火,可是再仔细咂摸咂摸,准能从那声调的韵味里,咂摸出点滋味。什么滋味?一下也挺难说清,反正什么滋味都有。

"芝麻"怕咂摸,又禁不住咂摸,那滋味会一直钻进他的心坎,甚至钻进他的鼻、眼。他一听就能明白,那哥儿几个跟他一样,全是不想吃闲饭却不得不吃闲饭,琢磨自找活路的待业青年。

这会儿,他又傻呆呆地站着,琢磨那吆喝声里的滋味呢。

马路旁售货亭的烟囱里,噼噼叭叭又飞出一串火星子,卖货大婶又往煤炉子里加煤球了。她拉开售货小窗,冲"芝麻"喊了一嗓子:"嗨!小子,进来暖和暖和吧!"

隔着玻璃小拉窗,她瞅了"芝麻"老半天了。他就那么杵在冷风里,也不吆喝,也不张罗。打从他站在这儿起,也没见他卖出去几串冰糖葫芦。干这个买卖,这小子准是头一回,还是个瘸子。拉拐着一条腿,还得站在冷风地里挣饭吃,唉,真是难为他了。那么大的个头儿,一拳头能砸塌一堵墙,这会儿却只能摩挲着两只大手,不知怎么对付眼前那一串串冰糖葫芦。

"不啦,谢谢您啦。""芝麻"想冲大婶笑笑,可腮帮上的肌肉,冻得邦邦硬,只好使劲咧咧嘴,算是笑过了。

这大婶挺好,售货亭上挂的厚实棉门帘也挺好,货架上那些酒瓶、香烟、火柴盒,还有卖货大婶那胖乎乎的圆脸,全让"芝麻"打心眼儿里喜欢,全让他觉得了不起,全显出一副心满意足、扎扎实实的神气……

"芝麻"好羡慕啊!倒不是因为怕冷,年轻轻的,冷,算什么!他不像有些人,成天价不是埋怨这个,就是埋怨那个,除了眼下他非得吆喝"冰糖葫芦——"这件让他张不开嘴的事,几乎什么事都让他羡慕。就连挖下水道的清洁工,他也羡慕。好歹,那是吃公粮的正儿八经的活。

他这算什么,谁知道那些买冰糖葫芦的人怎么看待他?小财迷?下三滥?现在人们说起待业青年的口气,真叫人受不了。

谁愿意当待业青年!"芝麻"能等,能体谅国家的困难。可是买冰糖葫芦的人,是不是都能这么想?"芝麻"的鼻子里,又涌起一个酸溜溜的味儿,他赶紧咽了口唾沫。

又有好些下电车的人涌了过来,"芝麻"赶紧低下头,来回倒腾着那些已经码得整整齐齐的冰糖葫芦,心里像是敲着一面小鼓。"芝麻"倒是听过不少鼓声,从记事儿起,就赶上了"文化大革命",整天地游行,喊口号,敲鼓。可留在他脑子里最清晰的鼓声只有一次:加入少先队那一天的鼓声。太阳,蓝天,队旗。白衬衣,红领巾。"咚哒啦哒啦,咚哒啦哒啦,咚哒啦,咚哒啦,咚哒啦哒啦……"清脆、明快,甚至有点浮躁。而他心里的"鼓声",完全不是那个板眼了……

虽然心里有个声音在催促他,你倒是吆喝呀!怕什么?谁认识谁呀?瞧瞧人家,不都吆喝得挺带劲儿?人家能行,你怎么就不行!

于是他憋足一口气,像第一次跳水那样,豁出条命,喊他一嗓子又怎么着……不成,还是张不开嘴。最后,他巴不得路上别再有行人,省得他老得为喊一嗓子"冰糖葫芦——"发怵。

一小队解放军过去了,个个像是比赛谁的嗓门大似的唱着列队歌曲,"芝麻"那木格楞楞的心,这才觉得活泛起来。

还是解放军行,就连唱歌也像接到攻占某高地的命令,豁出命来也得占领它。那些歌曲,虽不像河北梆子那样搅得人肝儿、肠儿、肚儿发酸发疼,也不像京韵大鼓那么让人慢条斯理地咂摸滋味,可是它雄壮,和着跺得挺响、挺整齐的脚步,让一边儿听着的人,跟着也来了精气神儿。

他们像是刚在澡堂子里洗过澡,有人手里还拎着装毛巾、肥皂盒的小塑料袋,一个个脸蛋红扑扑的亮,就像"芝麻"的嫂子刚用去污粉擦过的那个铜脸盆,明光锃亮。那个脸盆,据说还是他爷爷当年剃头挑子上的家当。

这两年人们变得好抖饬了,眼下顶时兴的喇叭裤固然好看,穿上以后,越发显得腿长,又有那么股子帅劲儿。可比起这身绿军装呢?喇叭裤可就掉份儿了。

在所有的服装里,"芝麻"最喜欢绿军装。这身衣服,能上能下,不论什么场合,穿着它都很体面。唉,可惜他这辈子没有穿军装的份儿了。

人在娘胎里的时候,谁也不敢保险生下来,会不会遇上拧了脖子,或是多长了一个指头的事,可人人心里都有的那只爱飞的鹰,并不因为长了个歪脖,或多长一个手指头,就断了翅膀。

"芝麻"没什么大不了的奢望,说出来没准儿还会招人笑话:瞧瞧,这人多没理想。

忘乎所以的时候,"芝麻"常常想象自己在篮球场上如何驰骋风云,风头出尽……当然比不上穆铁柱,"芝麻"也没敢往那上面想。个头儿是足够的,可是光有个头儿顶什么用,全让那条瘸腿给拐带完喽。现在他唯一能安慰自己的,就是在床头上贴满报纸上剪下来的穆铁柱的照片了。多早晚想起来,他多早晚为老穆抱屈,街上有那么多卖电影明星照片的,为什么就没有卖老穆照片的?论功劳,论观众的多少,老穆比哪个明星差?

还有呢,那就更提不上牙了。比方说,"芝麻"不知从哪里得来的信息,认准了男人英俊不英俊,和胡子的关系很大。谁不希望自己英俊?腿瘸,有一脸让人觉得威武的胡子也行,可是每照一次镜子,都让"芝麻"窝一回心。他的胡子,简直算不上胡子,而是耗子嘴上支棱着的几根有限的、屈指可数的须子。他那片镜子挺小,一次只能照半拉脸,或是半个下巴。不过小也有小的好处,可以光照自己愿意照的地方,比方眼睛、眉毛,也可以不照自己不愿意照的地方,比方那个很像有个九十度角的三角板鼻子。好在哥哥有把像原始森林那样茂密的络腮胡子,要是有个傻头傻脑的苍蝇或蚊子钻进去,这辈子也甭想再活着飞出来。

胡子也好,鼻子也好,腿也好,全是板上钉钉的事,怨天怨地也没用。"芝麻"会给自己解心烦,遇见什么不遂心的事,他总爱这么想:这件事情上亏了,兴许还能从别的事上找补回来,这辈子长着哪。要说人一辈子老顺心,天底下没那么便宜的事儿;要说人这一辈子净倒霉,老天爷还有眼没眼?就比方说,爹妈过世早,哥哥嫂子可全疼他。

那边,又来了一个卖冰糖葫芦的小子,看样子是个老手。摆开摊子,木头箱子一掀盖,嚯,箱子里儿糊的全是雪白的纸,几串通红透亮的冰糖葫芦,往箱子上的小眼儿里一插,那个鲜灵、耀眼,让人一看就想咬上一口。

他一来,"芝麻"觉得有了伴儿,也壮了胆。他很想跟那小子搭搭话,聊聊卖冰糖葫芦有多不易……什么不易?操的心、费的力,倒也不去说,单说说心里那不明不白、酸溜溜的味儿吧。兴许那小子心里,也藏着和他差不离儿的窝心事。

可那小子,找茬儿似的或瞧他不顺眼,时不时地瞪他几眼。一撮不屈不挠的头发,鸡冠子一样竖在头顶上,两只手揣在裤兜里,缩着个肩膀,夹着两条腿,在马路牙子上不停地蹦上蹦下。一边儿蹦,一边儿挺着细长的脖子,不停地吆喝:"冰糖葫芦哎——冰糖葫芦!"活像一只斗架的公鸡,就连他的吆喝声,也像公鸡打鸣儿,拖得又响又长。

"芝麻"学着他的架势,狠心地把脸往下一拉,吆喝了一声:"冰糖葫芦——"不行,简直就不像自己的声音了。可不管怎么着,多亏有了那小子,他才能吆喝出这一嗓子。咳,到底有了个开头,往下就不显得那么难了。

这一来,那小子吆喝得更来劲了,好像和"芝麻"比赛,一声比一声响亮,一声比一声高昂。哪怕有一个人经过,不管人家打算或是不打算买,他总是觍着笑脸,拿着几串冰糖葫芦,凑到人家跟前:"同志,给您家小朋友买两串吧,冰糖葫芦,开胃消食。"

或是:"姑娘,又甜又酸的冰糖葫芦,来一串吧。"

没法儿,"芝麻"的生意,全让他抢走了。

"芝麻"有点来气,好像遭了谁的欺负。

那小子像是更得意了,就是没人经过,他也会伸着脖子穷喊:"冰糖葫芦——"得,让唾沫呛住了。

"芝麻"想,喊哪,你倒是接着喊哪。

他喊不出来了,不停地咳嗽,脸憋得通红,脑门上的青筋暴得挺高,眼睛也咳得冒水儿……

赶巧,又一趟公共汽车进了站,下车的人不少。这回,"芝麻"不再担心有人抢他的买卖了,正想不慌不忙地吆喝两声,这时那小子忍住咳嗽,强挣着喊了一声:"冰糖葫芦——"那声音不再敞亮,也不再高昂,难听得像是旧货回收站在撕裂、砸碎破铜烂铁。"芝麻"还看见,他脑门上的青筋暴得更高了,脸憋得更红了,眼睛里的水儿,冒得更多了。

"芝麻"这才发现,他那暗红的、像风干肉似的耳朵上生着冻疮,他的头上,别说是棉帽子,就连一顶单帽子也没有。身上的小棉袄挺肥、挺薄,还挺短,刚刚盖过肚脐眼儿,指不定里面灌了多少冷风呢!脚上是一双单的"懒汉鞋",塑料底儿磨得精薄,站在冻了一层薄冰的马路上,一定是透心的凉。

比起他,除了头上的棉帽子是旧的,"芝麻"的大棉袄、棉裤、骆驼鞍儿的老棉鞋,棉手闷子,全是嫂子一针针一线线给他新做的,或是重新拆洗过的。虽说没样儿,不好看,可它们有多暖和啊。

"芝麻"立刻明白,那小子为什么老像只好斗的公鸡,不停地叫着、蹦着,他冷。那么蹦一蹦,跳一跳,叫一叫,会暖和一点吧?

"芝麻"也看清,那小子并非找茬儿、不怀好意、瞧他不顺眼地瞪他，而是因为他长了一双斗鸡眼。就算他像只公鸡，可也是个羽毛还没长满就让人家从妈妈翅膀底下揪出来，扔进了冰天雪地，冻得瑟瑟发抖，使劲把脑袋往翅膀底下掖的小公鸡。

"芝麻"心里咯噔了一下。之后，像个打了胜仗，胜利归来的将军，乒乒乓乓收拾好自己的摊子，开路了。他要另找一个地段，把这块地盘让给那小子一个人。这地盘不错，是好几路电汽车的终点站，人来人往热闹得很。他巴望那小子赶快卖完，赶紧回家，暖一暖他的耳朵；暖一暖他的脚丫；暖一暖他那冰凉的肚子……

"芝麻"是在大杂院里长大的孩子，也不知道是顾不上，还是少有机缘，很少看电影，也很少看文学作品。"高尚""美好"这一类字眼，根本和他不着边儿。但是这会儿，他觉得有股热乎乎、干干净净、新新鲜鲜的感觉直冲脑门，浑身的汗毛孔也好像张开了，头发根儿也竖起来了……他不再觉得卖冰糖葫芦是丢人现眼的事，总比那些倒卖录音机、麦克眼镜的人体面，他这是靠自己的劳动挣饭吃。

他不由得喊了一声："冰糖葫芦——"声音里透着那么多的欢愉，闹得过路人都朝他转过头来。

这不，他这粒小芝麻，也能给别人一点温暖。他觉得，就连自己的眼睛也和从前不一样了，就像让什么神仙点化过，那些灰色的小房子啦，脏兮兮的公共汽车啦，歪歪斜斜的电线杆啦……全变了样。他的心口，也像被一道光照亮。那是什么光？他说不清，反正不是那种让人眼花缭乱、刺得睁不开眼睛的光。好像——好像小时候，有年正月十五，爹给他买的那盏，大金鱼花灯。

好些快活的念头，一个接一个向"芝麻"的脑子里闪过来，他自己也闹不清楚了，这些念头，是一时泛起的，还是平时就有？

015

也许平时就有,只不过他没有注意,现在,在那道光亮的映照下,变得清晰起来,还都罩着那道暖融融的光。

他想着,等他赚了钱,他要买一顶黑丝绒的帽子,送给孤寡的邢奶奶,她的帽子已经很旧了。六十多岁的人了,不是闹着玩儿的,风吹着她呢?雨淋着她呢?

还要给小侄子买挺"机关枪"。

给大杂院里那些爹妈舍不得给买"花炮"的孩子,买好些"花炮",让他们尽着兴儿,拍着巴掌欢叫:"噢!放花喽——放花喽——"

想着想着,"芝麻"的眼前,仿佛有无数个红色的、绿色的、金色的、银色的、丁香紫的花炮,飞射开来,斑斓的色彩,在他的眼睛里,交织着一个又一个好看的图案。

写于 1980 年 3 月
2010 年 10 月修订

未 了 录

我知道,我再也不会回来了。

关玻璃窗之前,顺手把我的老伙伴"史太公"放到了窗外。它肯定不满我这样做,但它一向儒雅庄重,绝不会用死命的嚎叫,表示自己的不满。它只是重又跃上窗台,趴在那儿,隔着玻璃窗,用它那仿佛能看透一切的眼睛,紧紧地盯着我。

我装作浑然不觉,接着去插窗上的插销。可这窗户年久失修,窗框已经开榫、错位、变形,别管我多么使劲,那插销无论如何是插不上了。这不能算是维修工人的疏忽,而是因为我对生活无可救药的恍惚。平时,我就用一根麻绳拴着,开起窗来当然非常麻烦,好在我很少开窗。因为我已如早产婴儿般的孱弱,任何一点温度变化,都足以对我造成威胁,让我爆发一次莫名其妙的合并症。我老是发出这样的感慨,为什么医院里到现在还没有一种供衰弱的老人睡进去的保温箱?

所以我的房间里总有一股地下室的霉湿味,以及一个不健康的人长久居住过的怪味。

可是从前天晚上起,我却把窗子一直开着,我希望那沁着花香的春风,能把我多年来浸洇在这屋子每一个缝隙里的怪味,彻底置换干净。

这大概是我能为别人做的最后一件事了。早晚会有人搬进来,我希望新来的房客,不要因这房间里的怪味责怪我,不过即便他们责怪我,我也听不见了。

当然,顶好是把这房间重新粉刷一次。

风儿是暖和的,我却咳嗽不止。我的嗓子里粘着一层厚厚的浓痰,好像积满了煤尘的烟囱,我真巴不得有谁拿个铁扫把,像清扫烟囱那样,把我的喉咙清扫干净。

前天医院打来电话,通知我今天住院。打电话的小伙子有副轻歌剧演员的嗓子,唱着歌儿似的,好像通知我去赴一个约会,告诉我有人正在一棵合欢树下,或是一座小桥旁等着我。而我要去的,却是通向太平间的那道小门。

从接到电话那一瞬起,我就开始不断回首自己的一生,就像即将死去的人常做的那样。我不禁感到奇怪,在这之前我们都干什么去了?难道我们一定要等到一切都来不及的时候,才会想起已然无法了却的大大小小数不清的旧账?难道我们注定要带着许多懊恼离开?

我的一生,索然无味,顶顶平常。我甚至为那些将要给我写悼词的人犯愁:我有什么值得在悼词上一提?或是,那悼词念不了一分钟就没得念了,如何是好?

就连我的名字,也像成心跟人找别扭,不但念起来十分拗口,还透着刻板和平庸。虽然每过那么两年,它便会在一本明史研究之类的书脊上出现,那本书也不会很薄,总有四五百页的样子,不过那本书,多半被放在书架的最下层。我明明知道,我的下一本书出版了,我的上一本书还不会卖光,可我有时还忍不住跑到书店,朝我那些卖不出去的书溜上一眼,看看它们是否有所减少。唉,哪怕卖出去一本也好。然后又赶紧溜走,像个心虚的小偷。我怕,怕有人认出,我就是那些卖不出去的书的作者。这让我感到惭愧和惶恐。我知道自己才气有限,白白地糟蹋了许多纸张,让读者浪费了很多的时光。可就像中了邪,我没法儿不把整个心思投入我的研究,也没法让自己停止不写,没有这些,我还活个什么劲。

邻居老李问我,住院以后,有没有什么事情需要代办?比如信件、电报之类,要不要及时送到医院,还是等他到医院探望我时,一并带去?

我对他说,不急,有便时带去也不迟。

除了出版社、报刊,或某大学学报编辑部关于组稿、催稿、出版事宜的往来信函,或偶尔有个像我一样较真儿的书呆子提出就某个朝代、某次战役的确凿时间、地点之类与我进行商榷之外,我几乎没有什么私人信件,何况我已经病了很长一段时间,工作耽误了很久,就连这些信函也往来寥寥。

没有人跟我过不去,可我就是没什么朋友。

研究所里的同志,对我十分敬重和体谅。我却常把别人的礼貌,当作饶有兴味的表现。别管人家爱听或是不爱听,有事或是没事,腻味或是不腻味,我会几小时几小时地引经据典,向听者证明清夏燮所撰之《明通鉴》,立说多有不经之谈。

逢到不得不回访什么人,心里一边惦记着摊在桌上的手稿,一边暗暗巴望对方顶好不在,我便可以留个简便的条子,马上走人。既尽到了礼数,又不致耽搁太多的时间。实在不巧碰上了,我会把"现在天气渐渐热了"这种废话,说上三遍。

我在社交场合种种不合礼仪的表现,常常闹得对方不知该拿我怎么办。等我起身告辞的时候,不论我或是主人脸上,都会显出因为不再互相折磨而对彼此感激不尽的神情。

赶上节假日，离开了机关食堂，我总闹不清什么时候该吃早饭、中饭，或晚饭。我相信没有一个人会像我那样，急切地巴望食品工业和服装工业的发展，巴望着到什么时候，才能把吃饭那个复杂的过程，简化到宇航员的水准，该就餐的时候，只消从管子里挤上一点。我巴望着纸浆即将成为服装新型材料的报道尽快付诸现实，用一次就可以扔掉，既免去洗涤的麻烦，也省得我的衣服、被单，总像油渍的抹布。和别人没什么两样，我同样喜欢干净的衣服、被褥。

…………

除了这些，难道再想不起丁点儿有意思的事了？哪怕我是不是还欠着谁的几块钱，或是忘了回访来看望过我的某个人？

安徒生童话里有个关于睡帽的故事。在寒冷的冬季夜晚，一个将要死去的孤老头子，透过自己一滴混浊的泪珠，看到了过往的一切。

在我色彩单调的一生里，也曾有过一滴泪珠，但它不是老年人的泪珠。那是我青年时代一滴仅有的、闪着珠贝一般柔和色彩的泪珠。不到它将要和我一同埋葬的时候，我从舍不得把它从记忆的深井里挖出。

那是一个夏天的早晨，她笑着，走进我们那间因墙上爬满青藤而光线阴暗、气氛沉闷的办公室。

从此，办公室里就像多开了一扇窗。

她怎么那么爱笑？她一笑，我也会跟着笑起来。我高兴地发现，这会使她的笑声更加响亮。我从未想象过我笑起来是什么样子，但从那时起，我对自己的笑容，有了一份自信。

我常常丢伞，一把又一把。只要下一次雨，我多半就要丢一把伞，或是把它忘在公共汽车上，或是忘在哪个小饭铺，或是书店、报刊零售亭的台子上。而那天,我把伞忘在一个什么学术讨论会上了。

她叫着,笑着从我后面赶来,把我的雨伞交还给我。我听着,享受着她的笑声,却忘记了向她道谢。

倾听她的笑声,感觉办公室多开了一扇窗的明亮,甚至她丢了一粒纽扣,或她因为没有买到一双美丽的鞋子而生出的懊恼……全渗进了我将要读到的史料,或是我将要写到的文字里。

我的生活,似乎比以前复杂多了。我不断把我认为有趣又有用的资料拿给她看,逢到我向她讲起我们那些可尊敬的祖先,那潮水般退去的历史,我便体会到一种从未体验过的情绪,它叫作:快乐!

我甚至开始看电影。

有一部片子,直到现在我还记得它的名字,但我不便说出,那会让编剧想起伤心的往事。因为当时人人都说,那是一部顶乏味的、不等走出电影院就忘得精光的片子,可我却从那部片子里,得到了让我翻个儿的启示。

我写了一封信给她,约她某日某时在那座小桥旁会面——完全和那部电影一样,就连信上的措词,也是照着台词拓下来的。

十点,她没有来。

我想一定是我写错或记错了时间。这很可能。虽然那封信在决定投递或不投递之前,我不知从信封里拉出来、装进去地折腾、重读了多少次。

我饿了,可我不敢离开那座小桥去吃午饭。

我不断摘下眼镜,把镜片擦了又擦,但它仍旧模糊一片。我后悔过去总是把它和钥匙、剪指甲刀之类的东西一起塞进衣袋,或漫不经心地把镜片蹭着桌面扔来扔去,以致使它变成了两片磨砂玻璃。

现在,它似乎比平时模糊得更厉害了。

我开始想,她是否生了急病,或是在来的路上出了意外?如果真是这样,我就是下十次地狱,也不能赎回我的罪过……

喧嚣的市声,随着白昼悄悄隐去。远处的路灯依次亮了,柔和的、橙黄色的灯光,慷慨地落在我的身上,是在抚慰我那焦灼的心吗?

第二天一早,还没跨进办公室,远远地,从那绿色藤叶的深处,传来了她的笑声。天!她没病,她活着。健康的,快乐的。我久久地伫立在屋檐下,不敢走进办公室,生怕别的印象会冲淡我这失而复得的欢乐。感激的泪水,一下涌满了我的眼眶,虽然我不知道应该感谢谁,又应该感谢点什么。

她,依旧甜甜地笑着,对我说:"这个星期天晚上,请来参加我们的婚礼。"

我听着她的话,接过她还给我的用牛皮纸包着、麻绳捆着的沉甸甸的资料,满怀欣喜地想着她的婚礼。仿佛昨天我在小桥旁自谴自责的忧虑,那折腾了许久不知该不该寄出的信,压根儿没有发生过、存在过。

婚礼随随便便,自由自在,无拘无束,好像一场朋友间的聚会。完全符合她的做派。

我头一次没有在众多的人群中感到局促不安。

新郎是强健的、高大的、英俊的。他紧挨着我坐,告诉我他是地质工作者,对我津津有味地大谈地震过程中起重大作用的应力是如何产生的,以及红外遥感技术必将代替地质工作者的罗盘、钉锤、放大镜,用于地球资源的勘探……好像他不是这个婚礼的主角,而是来这个婚礼上贺喜的客人。

我笑,在与人交谈的过程中,他那不顾听者死活的劲头,真有点像我。

他一定热爱他的工作,相信地质学是世界上顶有用、顶了不起的一门科学。我崇拜他,甚至想,我当初没学地质而学历史,是不是一个错误。

他顺手给我一支香烟,显然,他幸福、高兴,想不到我会不会吸烟,或是我要不要吸烟这样琐细的问题。

我当然得吸。我不忍拂了他的好意,因为他是她所爱的人,还因为他本人就招我喜欢。

烟很呛人,我不知道,这股呛人的怪味应该咽进肚子里,还是应该吸进肺里。我猜想,应该吸进肺里,因为我在医院里看到过吸烟会导致肺癌的宣传画。我不会记错,医院那地方我相当熟悉,除了办公室,那儿是我经常去的地方。

很不顺利,一开始我就被呛住了。但我极力忍住咳嗽,憋得满眼都是泪。我怕那表明不会吸烟的咳嗽惊扰了他,他也许就会责怪自己,不该让不会吸烟的我,受这份罪。

她朝我们走了过来,端着两只精巧的酒杯,眼睛亮亮的,笑着,一定要敬我一杯。我谢了她,接过了酒杯,一饮而尽,我的脑袋,立刻嗡嗡地响了起来……然而我是那么高兴,就像我自己结婚似的。

夜深了,带着欣然的心绪,离开了那两个使我快乐的人和那所使我快乐的房子。

十月中旬,天气还不算太冷,我把风衣随随便便地搭在肩上,在溶溶的月光下,信步走着。不知因为那支烟,还是因为那杯酒,我有一种飘飘然的感觉。

偶尔一阵清风吹过,从路旁的刺槐和白杨树荫影下,传来窃窃的私语或轻轻的笑声。

我想起他刚才唱过的歌:"我的歌声,穿过黑夜,轻轻地恳求你……"

也想起她倾听他歌唱时的神情。

心里便涌起一缕淡淡的渴望,巴望我的身旁,挨着一个柔弱的肩膀;巴望有人会把她那可爱的、有着许多发卷的小脑袋,靠在我的肩上。我会用我的风衣包裹着她,就像骁勇的西班牙骑士,用他们的披风,包裹着自己的女人。

一块石头突然绊了我一下,我低下头来,看见我映在地面上的影子。那对肩膀,窄小得如同一个未成年的孩子,而且像是缺了三条肋骨似的往下倾斜着。于是恍然彻悟:没有一个女人,会愿意把她的脑袋,靠在这样一个肩膀上。

唉,那轻轻的,穿过这样的夜晚,飘向爱人的恳求啊……

回到宿舍,已经很晚了。

侧身躺在我的小床上,信手在挨着小床的书桌一侧,写下她名字里的一个字母:S。心里并没有特别的忧伤。渐渐地,我的眼睛模糊了……那一夜,我可能做了一个愉快的梦,不过因为年代太久,我已经记不清梦的内容了。

很快,她就离开了我们研究所,跟随她的地质学家,走遍天涯海角去了。

我知道,她已经和我一样的衰老,但是,只要我没有亲眼看到,在我的记忆中,她永远是我们分开时的样子:总是无缘无故地笑着,总是一副睡了一夜好觉,神清气爽的样子。

人说,爱情,那是摘心摘肝的思念,纵体入怀的疯狂,地狱冻结般的痛苦,无尽无休的失眠的长夜……我一辈子也没有体会过如此复杂的心绪,我也没有一个又一个夜晚地站在她的窗前,期待过她的影子在窗帘上显现……

但我多么感谢她!只是因为她,我才有幸感到多开了一扇窗子的明亮,才体验到一个代表她名字的字母,所给予我的欢乐。

该走了。可还有那么多事情没有了结。

书架上那些随手乱插乱放的书籍,我原想按朝代断限、编目,好让将来使用它们的人便于查找。《朱元璋与红巾军》那篇论文,也还没有校对。

昨天晚上,我只来得及做完我力所能及的两件事:抹掉了写在书桌一侧的那个字母,烧掉了那张曾包裹捆扎过我借给她的那些资料的牛皮纸和麻绳。我不愿他人在清理我的遗物时,把我珍藏多年的那张牛皮纸和麻绳不经意地当作废品扔掉。我也不愿由哪只陌生的手,来抹去我写在桌子一侧的那个字母。

眼看着最后一点火星的飞散,想着,只因为那牛皮纸和那麻绳上,曾留下她的气息和指纹,才把它们保存了多年,像当了多年的贼,偷了她不曾给予我的、也不曾属于我的一点点碎片。

我提起那个装有洗漱用具的网兜,牙刷从开了线的破洞里漏了出来,我捡起牙刷,把它放进上衣的口袋。

回过头,再次环顾这个与我相伴了半辈子的房间。

那儿,我的书桌,像太平洋里一个不知名的、连顶蹩脚的探险家都不会光顾的小岛,不着边、不着际,孤零零地放在房间的正中。

折叠床的床面,深深地塌陷下去。

泛黄泛黑的墙壁,像我那张枯槁的脸,一副垂死的神气,愁眉苦脸、力不胜任地搂着我那七拼八凑的家具。

就连书架子上的书，也是一副病歪歪的样子，没有一本让书架气派辉煌、印有烫金书名的精装书。开本大一些的线装书，横躺在书架上，长出来的那一截，从书架边缘耷拉下来，活像从树上扒下已久的树皮。

天花板上，墙犄角里，到处垂吊着飘飘悠悠的尘网……许多歉意油然而起，仿佛我白白地耗尽了这房子的青春。

我的眼睛再次掠过一个个紧挨的书架。书架上，是我一辈子节衣缩食买下的书，以及我熬心熬血写的书。想到，我有这么多东西留给许多的人，却没有一件唯一的东西，留给一个唯一的人。

而且我知道，手术单上，家属签字那一栏，将由研究所人事处的老董填写。

没有人会保存我的骨灰盒，不久以后它就会摆在一个不起眼的架子上，上面将会落满尘埃。三年之后，又不知被扔进哪个犄角旮旯。

窗上的玻璃，轻轻地响着。"太史公"那张丑脸，紧贴着窗上的玻璃，神色专注而凄迷，平时的漠然和不屑消逝得无影无踪。我赶紧掉过脸去，生怕它会为我伤感，那又何必？

不过它好像已然看透我方才想过的一切，便用前爪，挠着窗上的玻璃，敲门似的。

我不记得哪一年从街上把它捡了回来。当时，它就那么目空一切地蹲在马路当中，任那许多自行车、大卡车、小轿车的轮子，洪水般地从身旁流过。只要有一个轮子发生一点偏差，它立刻就会化为齑粉。

世界上再也找不到像它那么丑、那么赖的一只猫了。短小的尾巴像一条烂布头,灰暗的、没有光泽的皮毛脏得分不出颜色,很容易被人当作一堆丢弃在路上的垃圾。

我在脚盆里给它洗了个澡。它大概和我一样,缺乏讲究卫生的习惯,但我更相信它误解了我的好意,以为我要扒它的皮。它在我手背上狠狠抓出两道血淋淋的口子,然后跳到开着的收音机上(大概那里像一个温暖的烘箱),警惕地、沉默地打量着我。经过几天细致入微的观察,带着一点屈尊俯就的意思,认可了我。

每每我俯首案前奋笔疾书,它总是不屑地看着我,神情里透着绝对的肯定:"老兄,你涂抹的,全是没用的废话。"

要是我摇头晃脑地吟哦自己的文章,它立刻懒洋洋地闭上眼睛,有节奏地扯起呼噜。

如果我躺在床上不睡,而是对着写在书桌一侧的那个字母发呆,它便会趴在我的枕边,把下巴搁在两只前爪上,怜悯而讥讽地盯着我的脸。

每到清晨,它准会用爪子挠我那已经稀疏的白发,好像告诉我,别老赖在床上瞪着天花板愣神儿。

逢到我坐下来休息,闭上我那双昏花的老眼,它会跳上我的膝头,或是舔我青筋突暴、皱着松皮的双手,或是攀在我的手腕上咬我的手指头,但绝对不会咬疼我。

我浑身上下,依然像它刚来的时候一样,满是它身上的跳蚤咬过的小红疙瘩。

可正是因为它,我才多少注意一下饮食。记得不时买些卤味,改善一下我们的生活。油浸的纸包摊放在桌子上,它面对着我,蹲坐在纸包一旁,我们从从容容地一同品尝着纸包里的卤味。有时我竟异想天开,要是我们都会喝两盅该多好,没准儿我们还会碰碰杯。

感谢上帝，送来这样一个善解人意，而又不用它的饶舌骚扰我或是伤害我的生灵，陪伴我。

心里默默祈祷，但愿新来的房客，是个充满生命活力的人，让这间房子也像别的房子一样，窗上飘着白纱的窗帘，天花板上垂着水晶石样的吊灯，桌上罩着编织的台布，墙上挂着优美的风景画，瓶里养着浅黄色的玫瑰……顶好住着一位姑娘，那就一定会有个小伙子，为她修好玻璃窗上的插销，使她可以方便地打开窗户，那便会有溶溶的月色流泻进来，有舒伯特的小夜曲飘进来，有夹着五月槐花香味的风吹进来……让这房间享受它应该享受，而我又未曾给予它的一切。

我还祷念，他们之中有谁能将"太史公"收养起来，也许它就会变得活泼一些。我想会的，会有人收养它，就像我一样。可是，不，我还是有些放心不下，我竟这样不管不顾地去了，是不是有些对不起它？可这，由得了我吗？

还有，还有什么呢？

如果……

不过，的确，今生今世，已经来不及了。

1980 年 6 月于北京
2010 年 11 月修订

雨 中

隔离审查两年后,专案组终于通知杨莹,她可以回家探亲了。

母亲来信,叮嘱她回去时务必带一床被子,眼看冬天来了,家里却没有多余的被褥。

由于种种莫名的原因,她们那个家早已七零八散。父亲和她一样,被隔离审查,弟妹们分赴几个农村插队落户,家里的被褥就被瓜分一空。而且这些年来,大家全靠母亲一个人的工资维持生活,哪里有钱添置被褥。

她打好行囊后,向司机班走去。

一开门,是满屋子的烟雾,熏得她睁不开眼睛。好像屋子里有个蜂窝煤炉就要熄灭,有人在上面加了一块引火煤。由于常年在光线不足的灯光下熬夜,写检查,她的一双眼睛全出了毛病,哪怕熏一点烟、吹一点风、见一点强光,就要淌泪。她甚至不敢相信,大学时代果真有个男同学,给她写过那样一首情诗:

啊,你那探照灯一样的眼睛,
驱散了我心里的黑暗……

那首诗,曾在全宿舍的笑声里传阅。唉,全是傻孩子的扯淡:眼睛。黑暗。

随着一个粗哑的嗓门:"调主!"砰的一声,好像有个满腾腾的木桶,倒在了地板上。

从开着的门外,吹来一阵风,稀释了房间里的烟雾,杨莹看到,屋子当间儿,一张用包装箱木板钉制的桌子旁,坐着四个学习"五十四号文件"的汉子。他们每甩出一张扑克牌,都要狠狠地拍击一下桌子。在如此拍击下,那桌子竟还没有碎裂,也算得上硬骨头了。

对门坐着的那位,咖啡色的鸭舌帽一直压在眉上,嘴角上斜叼着一支香烟,眯着一双除了桌上的扑克牌,什么也不屑给一眼的眼睛。只见他懒洋洋地敛起桌上的散牌,分放在两只手里,然后高高地扬起双手,纸牌"刷刷刷"地从他手掌里速度均匀地飞出,一递一张,交叠地落在他面前的桌子上。

好像谁也没有发现屋子里多了一个人。杨莹一声不响,靠着门旁的墙壁站了很久。她不知如何提出自己的请求,虽说"干校"有个名正言顺的规定,凡是去火车站乘车的"五七战士",都可以向司机班要车。

戴鸭舌帽的那位准是长了三只眼睛,虽然第三只眼睛长在哪儿她还没有见着。他明明没有抬眼看她,却问了一声:"要车?"

杨莹点点头。

旁边一位,斜着眼睛打量一下杨莹,说:"她?没门儿。"

一阵难堪的,含义复杂的沉默。

只听见"叭!叭!"的甩牌声,又有谁往地上啐了一口痰。

她扭头走出那间屋子,顺手把门关好,茫然地在校部门口站了很久。盯着一只在空地上跳来跳去觅食的乌鸦,翻来覆去地想着一个顶简单,却又永远想不明白的问题:关于我,他们知道些什么?

当然,只有自己打起精神,全力对付那通向火车站的三十多里路了。

路旁的林木都已凋零,光秃秃的枝杈伸向天空,好像许许多多无告的人,在祈求那并不存在的上帝的怜悯。

阴霾的天空,将伸向远方的道路,以及道路两旁的田野,挤压得愁眉苦脸,又像是因为隐忍,单调而沉闷。

下雨了,雨水顺着她的头发流淌下来。道路变得泥泞。路上的积水很快湿透了她脚上的布鞋。背上,被雨水淋湿的被子越来越沉了,挎在肩上的两道麻绳深深地勒进她的肩胛。

她没想到会下雨,就是想到,也不会带上雨具,当人格都得不到遮拦时,还有什么必要用雨衣、雨伞遮挡自己的躯体。

杨莹爱雨。

童年时,她总是穿件小背心,光着脚丫儿,在夏季喧闹的雨地里奔跑、叫嚷、嬉戏。被雨水淋湿的衣衫,紧裹着她圆鼓鼓的小肚皮。

长大以后,她喜欢打着雨伞,在淅沥的雨里散步。伞底下,另一张脸,在缠绵的雨声里,会显得更加可爱。

而现在,雨,为什么这样无情地冲刷她⋯⋯她已经无法分清,流在她脸上的是泪,还是雨。

有没有什么东西,能在这无情的雨里,陪伴她一会儿?她四下张望,旷野里还有没有另一个行人?就是遇不到一个行人,哪怕遇到一头牛,甚至一只狗也好。没有,什么都没有,在这样的天气里,别说是人,就是最贪玩的小狗,也会紧偎在妈妈的怀里

031

打盹啊。

陪伴她的,只有路旁那些林木,枝杈伸向天空,依旧在祈求。

它们是否求得了怜悯和同情?似乎没有。浸在苍黑的树干上的雨水,顺着树皮的纹路流淌下来,如同她流淌的泪。树也会哭泣?难道它们也会感到悲哀……

她的脚,和着单调的雨声,机械地迈着。仿佛她一生下来,就是为了在这样的天气,背着一床被雨水浸湿的被子,在这样一条路上行走。

"嘀嘀——"一阵汽车喇叭从她身后传来,她头也没回,便朝大路一旁闪去。

一辆吉普车越过了她,跟着,她听见了刹车的声音。车门开了,一顶咖啡色鸭舌帽伸了出来,喊道:"上来吧!"

杨莹四处张望,以为"上来吧"是对另一个人说的。

茫茫的旷野里,除她而外没有任何人,她终于确信,那句话是对她说的。

鸭舌帽依然低低地压在眉上,一支香烟,依然玩世不恭地斜叼在嘴角上。车厢里,只听见雨刷咔嗒咔嗒地响着,在挡风玻璃上,扫出一个又一个扇形。眼前的路,一会儿清晰,一会儿模糊。方向盘上,骨节突出的大手,一会儿旋左,一会儿旋右。

三十多年经历过的事情,接触过的人,飞一般地从记忆里闪过。唉,她那短暂的生命之途,竟也像挡风玻璃外的景物,一会儿迷离,一会儿清楚。

到了。

他一口把嘴里的烟头吐了出去,红红的烟头,在汪着雨水的地面上泛起一缕小得几乎看不见的青烟,又"吱"的一声熄灭了。

"下车吧。"

前前后后,这是他对她说过的第三句话。

杨莹默默下车,连一声"谢谢"也没说,甚至连头也没有回。

她呆呆地站在雨地里,听着车门"砰"的一声关上了。然后是倒车的声音,泥水飞溅的声音,加大油门的声音,最后,是汽车开走了的声音。

之后,她走进了那个偏僻的小火车站。

1980年8月于北京

方　舟

——你将格外的不幸,因为你是女人

一

会不会又是阴天?

荆华怕阴天下雨。一到阴天下雨,她的腰就疼得格外厉害。医生还说,闹不好,她将来有瘫痪的危险。

将来?但愿她不要活到那个时候。

据说医学界有人在研究延年益寿之方。何必呢?真正使人烦恼的不是活不长久,而是老活着不死。

她伸展、扭动着睡了一夜而变得麻木的腿脚,又触到了放在枕边的手表——四点五十分,哦,不是阴天,而是她醒得太早。

她欠起身子,腰部也僵硬得像根木头棒子,难以翻转。好在她的胳膊是有力的,撑起自己的身体还不太费事,说不定她将来还得用胳膊代替自己的双腿呢。发配边疆十年的日子真没白过,让她有能力应对许多难以想象的难题。

不然如何是好?指望谁去?又依赖谁去?这大概符合马雅

可夫斯基的美学观,就像他写的那些阶梯诗。但女人如果都是一双举重运动员似的胳膊,并与窈窕的曲线、婀娜的身姿无缘,难道不也是一种遗憾?连荆华都感到遗憾,不知男人如何感想,也许他们当中有人正巴不得藏到女人的围裙后面。

荆华总觉得,一个"牝马驾辕"的时代似乎就要到来。男人的雌化和女人的雄化,将是一个不可避免的世界性问题。也许世间万物的所谓变化,不过都是周而复始的运动,那么,回到母系社会未必是不可能的。

她拿过放在床头柜上的远红外线治疗器,把插头插进插座,治疗器上的指示灯亮了,在乳黄色的塑料外壳上,映出一小圈柔和的光晕。

而这唾手可得的方便、精巧,于她是少有的奢侈,似乎并不属于她,而是暂时借来的。好像莱蒙托夫的那首诗:《悬崖》——那每当早上或黄昏,过路的朝霞或晚霞在上面憩息片刻便悠然离去,如鳏寡老人一样孤独的岩石。

辐射面板开始发热,荆华把它放在后腰上,一团热力透过后背直穿前腹,把那不论春、夏、秋、冬,永远盘桓在她身体里的寒气驱走。

感谢老安,托人从上海带这东西给她。给她治疗器的时候,像要刹住她那不着边际瞎想的毛病,他一反平时的慢慢腾腾,急匆匆地对她说:"你别误会,我可不是怜悯你,我和你一样,不喜欢别人的怜悯。"

荆华总觉得老安不像一个党支部书记,不像。

就连他的名字,也透着一种平和的,没棱没角、与世无争的劲头:安泰!

晨曦把窗台上那盆已然败落的兰草的影子,越来越清晰地投射在窗帘上。每一茎长叶,都耷拉在花盆的边沿上,呈现着万般无奈的样子。

又死了!

她们像所有正常的人一样,喜欢花。当然,还有别的一些什么。

那些花,刚买来的时候都很壮实。肥厚的叶子,绿油油的,仿佛顺着每片叶子的茎脉,都能流下翡翠般的、绿色的汁液。每处枝杈里,藏着含苞待放的花菁葖。可是过不了多久,那些叶子就开始变薄、变黄、变瘦,花菁葖也越来越少。其实这屋子朝南,阳光充足,荆华还往花盆里埋过芝麻酱,浇过马掌水,弄得满屋子都是呛人的二氧化硫味儿,可她们就是养不活一盆花。

从院子南边一路走过来,看吧,家家阳台上都摆满了花盆,只有她们的阳台是光秃秃的,一盆花也没有。好像一大堆如花似玉的姑娘里,夹着一个丑陋不堪的瞎老太婆。

有人说,花随人气,没福气的人养不了花。也许她们的霉气太重,就在最热的七月天,她们的房间里,也有一股阴冷之气,像地下室或是太平间。

是不是房间太大?荆华曾竭力要把这屋子填满。书橱、沙发、桌子、椅子……填了自己的房间还不算,又填了柳泉的房间。那些家具,全是她自己做的,看上去还蛮像回事。机关里的同事,大概没有一个人能想到她还会做木工活儿。

做着做着,她又没了兴味,每一件家具便都露着白茬儿丢在那里,没有着色也没有上漆。沙发也没套上人造革或是灯芯绒的套子,只在包着弹簧、棕麻、棉絮的麻袋上,蒙了一块减收布票和钱票的姜色毛巾——样样都给人一种半途而废的感觉。

荆华却突然笑了,竟还笑出了声音。

猫头从沙发上跳了下来,跑到她的床前,"喵呜、喵呜"地叫了两声,好像在问:"你醒啦?"

荆华伸出手,招呼它过来,它大概还想睡,摇摇尾巴,又回到沙发上去睡了。

荆华也可以再睡一会儿,时间还早,又是星期天,可她不愿意。

好像有过一个不愉快的梦:关于雨,关于雪,关于风暴、寒冷、泥泞……

关于那个她终于没有让他(或她)出生的婴儿。

关于邮局那个绿漆已经剥落的小窗口,哗啦啦散了一地,揉得皱皱巴巴的角票——没有一张不体会着这笔钱凑起来的不易。

那是准备寄给父亲和妹妹的生活费,却被他一把抢了过去。他说了些什么?她记不太清楚了。好像是"为了养活你家的人,就做人工流产!我娶你这个老婆图的什么啊?离婚!"

仅仅是因为钱吗?那个年月,再送一个生命到世界上来,不是作孽又是什么。那时,她还不知道有一天会打倒"四人帮"。

图的是什么?

生孩子,睡觉,居家过日子。可惜这几项荆华都不在行。

她的父亲和妹妹?难道就不是他的?哦,自然不是,荆华也未曾把他的当作自己的。

《一个冬天的童话》……

逢到那些幸福而贞节的女人,痛骂其他女人的时候,荆华总感到像是骂她。她不正是为了养活被打成反动权威的父亲和因此失去生活保障的妹妹,才嫁给那个森林工人,而后又离婚的吗?

唉,幸福的人应该是宽厚的,因为健全的生活,给了他们健

037

全的身心。然而为什么不呢？

荆华翻了个身。不，她不睡，她不愿再回到那个梦里去，也不愿再回到那森林里去。那森林也如许多事物一样，在绘画、音乐、文学里，即使它的阴沉、暴戾，也自有一种荒蛮的、野性的美；要是真生活在它的胳膊弯里，像她这样一个柔弱的女人，就会被它残酷地吞噬。哦，那零下二十几度的木头小屋，几乎把她冻成僵尸的寒冷，别说腰椎骨会冻坏，就是一条钢筋兴许也会冻裂。

每当她被各种意想不到的烦恼困扰，觉得日子苦得过不下去的时候，她便这样宽慰自己：至少到了冬天，终不至于再挑水、和泥，蹬着自己钉的摇摇欲坠、几乎就要散架的小梯子，爬上爬下地抹严实木头小屋上的每一条缝隙……该知足了！

奇怪，她可以回忆起每一个拳头落在身上或脸上的痛楚，回忆起他身上那股像在蒜坛子里腌过几十年的大蒜味儿，却回忆不起他的模样了，那个曾在一个炕上睡过六七年，在一张桌子上吃过六七年饭的人。现在，就是面对面地走过，荆华恐怕也认不出他了，为了这个，她甚至感到一些内疚。当一切都已成为往事，就连痛苦、羞耻，都比当时容易多了。

不，即使这样也不要。荆华尽力把自己的思绪，拉到别的事情上去。

今天轮到她做饭。起床以后，她得到菜市场去，平时她们总是瞎对付，今天应该吃两顿正餐。

突然，柳泉在隔壁房间里哭了起来。

猫头如临大敌，"呜"的一声从沙发上跳下，竖着尾巴，蹿到柳泉房间里去了，好像要为柳泉决一死战。

怎么回事？荆华欠起身子，准备过去看看。可是一只拖鞋不知被猫头叼到什么地方去了。

接着，柳泉又嚷嚷起来："你不要欺人太甚！狗急了还跳墙呢……"然后哭声、叫声又低落下去,变得含混不清。

哦,是做梦,大概也是一个噩梦。

荆华叹了一口气,她们怎么尽做噩梦!

猫头溜溜地回来了,依旧回到沙发上。卧在那里,不睡了,两只眼睛纳闷地盯着荆华,好像在问:"你们都出了什么毛病?"

和她们这些人生活在一起,别说是人,就是这只猫,也让她们搅扰得不得安宁。是啊,难怪那些男人要和她们离婚。

也不仅是她们,看看周围,与她们年龄、经历相仿的女人,离婚的也不在少数。

这事有点蹊跷。有没有人愿意研究一下,为什么她们这一代人离婚率那么高?而不是用"资产阶级思想"那一句套话了事。难道这样的轻描淡写,就能把她们经过深思熟虑,并为这一人生抉择付出的勇气和代价,全部交代了吗?

她们几个人,一起念的小学,又考上同一所中学,只是在念大学之后,才各奔西东。先先后后地结了婚,然后,像商量好了似的,又先先后后地离了婚。借梁倩的光,她和柳泉又都住到这个单元里来了。

有时,荆华会产生一种时光倒流的感觉。好像这个单元又变成了某某中学的宿舍,好像她又可以趁大家午睡的时候,拿着一个装满凉水的眼药瓶子,往人家眼皮儿上挤凉水。然后柳泉就会像个小大人似的,一本正经地找她谈话:"曹荆华同学,你这样做是不好的,应该很好地认识这一点。"那时,柳泉是班上的小干部,很有点小神气。不像现在,捏扁了的柿子一样。

啊,但愿一会儿能响起某某中学的起床铃声才好。

"咚!咚!咚!"响起了又重又急的敲门声。好像哪里失了火,催着她们去救。

荆华被这急促的敲门声催得手忙脚乱,胳膊怎么也伸不进衬衣的袖子。她急得将背上的衬衣一把抓了下来,原来袖子是反着的。

"谁呀?"柳泉也趿拉着拖鞋从里间走了出来,慌慌张张地系着衣服上的扣子。

"咚!咚!咚!"没有人回答,还是一个劲儿地狂敲。

荆华用力过猛地拉开单元门。

哦,又是他!白复山,这个文雅的侵略者。

银灰色的夏装,白色镂空的皮鞋。头发留得不像嬉皮士那么长,可也不那么短——像整天窝在办公室里抄文件的、干瘪无味的小公务员,或是大学里整天吃粉笔末,张嘴就是大一小一、大二小二、甲乙丙丁、ABCD、一条两条三条四条……的讲师。浑身上下,恰到好处地让人感到他早已是功成名就、第一流的小提琴演奏家,而绝非乐队里排在倒数第一第二的小演奏员——琴拉得不怎么样,派头却做得十足。

不经意的做派下,掩盖着刻意修饰的苦心。聪明的家伙,跟他做人、拉琴一样:眼花缭乱的炫技,没有自我感觉的模仿。

在这样一个清晨,在柳泉、荆华刚从噩梦中醒来,心绪还没有得到平复的时候,白复山便这样肆无忌惮地侵犯了她们。侵犯了她们的悲哀、她们的心境、她们打算从悲哀中挣扎出来的努力,尽管这种挣扎不一定见效。甚至侵犯了她们想要过一个平和的星期日的打算——并且,他一定没有什么重要的事情。

白复山皱了皱鼻子。她们的房间里总有一股动物园的气味,大概她们那只猫刚刚撒过尿。

"干什么?"荆华把胳膊往门框上一横,完全不想让他进门的意思。

白复山轮流看着眼前这两个趿拉着拖鞋、穿着睡衣,蓬头垢面的女人,不明白她们有什么理由不让他进去。既然这个公寓是梁倩名下的房子,自然也就是他白复山的。她们二人不过是他们家的食客,食客对主人还有什么可说?他想什么时候进来,就什么时候进来,别管她们是在洗澡,还是在睡觉。

"找梁倩。"他说,脸上挂着见怪不怪的笑。这两个孤身女人,和她们那只母猫过着的古怪生活,总在他的心里激起一种捉弄她们的念头。

"你又没花钱雇我们给你看老婆。"柳泉很生气,前两天他就来了这么一家伙,也是来找梁倩。十点多了,柳泉已经睡下,告诉他梁倩没来,他还像大侦探波洛一样,在荆华房间里转了一圈,好像她的房间里藏着一个杀人犯。然后又冷不防"噌"的一下,推开柳泉的房门。夏天,短衣短裤的,闹得柳泉都来不及拉条毛巾被,把自己盖上。

"我还真想花钱雇个人,连你们也看上。"

谁要她们?!就是三更半夜,把她们扔在马路上,也不必担心有人捡了去。一个个像块风干牛肉,包括梁倩在内。除非有人闲得实在难受,想找点什么东西磨牙。

"你的脸皮还真厚。"

白复山当仁不让地点点头,丝毫不在意柳泉的气恼。

荆华像打点射,瞄准了目标,叭、叭、叭、叭,有节奏地、慢条斯理地、一个字一个字地往外射:"现在的时间是六点半,我们的作息时间是上午九点至下午八点接待来访人员。你要是有事,请九点后再来。"说完,便"砰"的一声关上了门。

全完了,这一天!

洗碗池里堆着十八个脏碗和盘子,那就是说,碗橱里再也没有一个干净的碗或盘子可供使用了。即便吃个简单的早餐,荆华也得先把这十八个碗和盘子洗干净才行。

如果不到山穷水尽的地步,她们谁也想不起来洗碗。洗碗真是一件没趣的事,哪怕做饭也比洗碗强,做饭好歹还算一种创造。

荆华把一大勺碱放进洗碗的热水盆里。水很烫,她用两个手指尖,捏着抹布的一角,搅和着盆里的水散热。那盆水很快就变黑了,上面还漂浮着一层黑色的泡沫。

这些碗和盘子从来没有得到彻底的清洗,洗碗布上也腻满了油垢,黏糊糊的……这些脏盘子、脏碗、脏抹布,无一不显示出她们日常生活的贫困、无味、马虎和潦草。

唉,一塌糊涂。

"啪!"柳泉在拍桌子训蒙蒙:"……连这个也不会,你还想不想考重点中学了?考不上重点中学,将来还要不要考大学?你爸爸平时到底管不管你?"

大概蒙蒙又做不出数学题了。

"呜——呜——"蒙蒙哭了。

蒙蒙的爸爸?他只要把蒙蒙控制在自己手里,作为整治柳泉的杀手锏就行了,至于蒙蒙能否做出算术题,他就不管了。

换了另一个母亲,孩子一周才来团聚一次,还不用蜜糖哄着?

柳泉并不是不近情理的妈妈,为了争夺对蒙蒙的抚养权,那桩离婚案竟拖了五年之久:要离婚就别想要孩子,要孩子就别想离婚。蒙蒙成了人质,几乎把柳泉折磨出精神病。

提起离婚这件事,她们现在还心有余悸。难怪一般人要在离婚这个词前面,加上一个"闹"字或"打"字。对喽,"闹离婚""打离婚",哪一桩离婚案不是闹得死去活来,打得人仰马翻?不闹成恨不得一口把对方咬成两瓣儿的仇人,那就算不得是离婚……

那些不分青红皂白,一味劝阻他人离婚的人是怎么想的?他们以为,只要把两个人捏咕到一块,宁可其中有一个因为不堪忍受某种折磨而寻死上吊、抹脖子、喝"敌敌畏",只要在咽气之前,还保留着那个婚姻的形式……他们就像造了七级浮屠,或超度了两个罪恶的灵魂,成了救苦救难的观世音。他们不知道,爱情这东西既不像冬瓜也不像茄子,一半烂了,把它切掉,另一半还可以对付着吃。

因此,谁要是想离婚,那就得有十足的勇气丢掉一切做人的尊严,把自己顶隐秘、顶不好意思说出口的,甚至像突然间失去了某种生理上的功能、夫妇生活已经成为一种恐怖或灾难这样的理由,对形形色色陌生却有权干预你离婚的人们,重复、申诉个上百遍,以求他们的理解、恩准。这理由对他们也许荒诞无稽,对当事人却是性命攸关,那情景如同把衣服扒个精光,赤身裸体地站在千百人的面前。

哪个人的离婚,不是一场身败名裂、死去活来的搏斗!

仅仅为了这些,荆华和柳泉也不敢再有结婚的奢念。

…………

荆华终于使柳泉明白,要相信蒙蒙自己的判断能力。他早晚会长大,早晚会有明白的那一天。那时,什么也羁绊不住他的心,他一定会回到柳泉的身边。

一个人可不是一个物件,往屋子里一锁就万无一失了,除了肉体,他还有一颗心呢。人世间什么东西都可以锁起来,唯独"心",是什么东西也锁不住的。它朝向你的时候,就是不锁,它也不会遗失;它不朝向你的时候,想夺也夺不过来,别管是暴力、金钱、诡计……到头来,一切全是白费。

这不,现在蒙蒙长大了,自己就跑来了。

"呜——呜——"柳泉也哭起来了。

哭吧,哭吧。

这两天柳泉心里烦躁。魏经理又想吃"豆腐"了,前几天下班,他把柳泉叫住:"小柳子,谈谈上半个月的生产进度啊。"

上班时间为什么不谈?又干吗不找科里的负责人老董科长?

柳泉还没说上两句,魏经理那边就来了神儿。有一搭没一搭地对她说:"你这件衣服挺合身啊,身条显得越发⋯⋯"说着,就准备往柳泉的腰上捏一把。

看起来,柳泉像是没有意会到魏经理的意图,可却不着痕迹地移向距办公室门口最近的椅子上去。魏经理的脸立刻沉了下来,好一阵子没有讲话,柳泉心慌了,但还是硬着头皮,继续装傻:"您⋯⋯不是要我汇报工作吗?"

"啊?啊,啊,是啊,谈哪。你愿意谈,晚上到我家去,咱们谈上一宿,怎么样?咯咯咯——"魏经理笑个不停,好像脚心底下踩着个冰凉的、乱蹬哒的蛤蟆,痒痒得不行。

"对不起,晚上我没时间。"

她倒真想给姓魏的一句:"我又不是酒吧间的女招待!"那倒是痛快,可那样任性的话、任性的事,是她能享用的吗?厄运教会了她克制、忍辱。

为什么她不幸生为女人?生为女人倒也罢了,为什么又是小有姿色的女人?人们只知道丑是一种不幸,岂不知美也是一种不幸。再者,为什么又是一个谁都不属于的、离了婚的女人?谁都不属于,便好像可以属于任何人。

她唯一的出路只有"逃"。梁倩和老父亲都在为她活动别的工作,但愿上帝保佑,这件事能办成才好。

荆华拿起油瓶,晃了晃,又该买油了,今天可不能再忘。她把瓶子里剩的那点油,全倒进了煎锅,炸馒头片油少了不行。

蒙蒙还在哭,柳泉也还在哭。这是"星期天交响乐"的第一乐章。

唉,毕竟不是当年某某中学的宿舍了。到底多了些什么?又失去些什么?

荆华叫道:"蒙蒙,过来!告诉阿姨,炸馒头片你想吃咸的,还是甜的?"

"甜的。"蒙蒙抽泣着说,但已不再哭泣。

甜的,人在孩提时代,只知道甜的最好,长大了就会明白,咸的、辣的、苦的也不错。

"笃、笃、笃",又有人敲门。

荆华看了看表,九点。莫非白复山没走,竟然在门外老老实实地等到九点?这位大爷,什么时候肯为一件事正儿八经地花费过半个小时?太阳打西边出来了,还是他真有什么要紧的事?

"蒙蒙,开门去。"

咔嗒一下,门没打开,又咔嗒一下,还没打开。蒙蒙还不大会开这种锁。不着急,让他慢慢开去,他应该学会很多事,包括开这种锁。柳泉平时替他做得太多,如果她现在不是哭得红头涨脸,一定又要去替蒙蒙开门,这样只会培养出一个什么都不会干的窝囊废。明智的妻子不多,明智的母亲也不多。

门终于开了。

"奶奶,您找谁?"荆华听见蒙蒙在问。

怎么,不是白复山?荆华笑自己,要是他能在外面等这么久,也就不是白复山了。

她听到居委会的贾主任问:"有大人在家吗?"声音里藏着深深的怀疑。是啊,咔嗒咔嗒了许久才打开的门,以及打发一个小孩子来应付场面……似乎都意味着这个门里,有什么见不得人的、正在慌慌张张掩盖起来的事。

哭得红头涨脸的柳泉,自然不便出去接待,那就更加激发贾主任某方面的兴趣。荆华赶紧关上炉火,迎了出去。

"噢,曹同志,您在哇。"贾主任一只眼睛亲亲热热地盯着荆华,一只眼睛好事地滑过荆华的耳梢,探向走廊的深处。

贾主任就住在她们隔壁,想必她听见了白复山刚才的擂门和他说话的声音。

"四人帮"横行那几年,动不动就半夜三更清查户口,哪一次不清查荆华和柳泉这个单元?好像她们这里藏着十个八个野男人。起先她们还以为家家户户都得查,后来才知道,人家是有"重点"的。在一般人眼里,离过婚的女人,都是不正经的女人,也就难怪魏经理总想揩柳泉的油。

"有什么事吗?"贾主任越是伸着鼻子嗅,荆华就越是堵着门口不让她进。有本事就再来一次查户口!

"我们家的猫,没跑到你们家来吧?"

"没有。"荆华回答得嘎嘣脆,"你们家的猫,干吗要跑到我们家来?"

"哎哟哟,曹同志,您还不知道哇,你们家的母猫,招得咱们院子里大大小小的六只公猫,都不安生呢。嘻嘻!"贾主任嘻嘻地笑着,笑声很暧昧。

真行,独身女人遭人非议倒也顺乎国情,难道独身的母猫也要遭人非议?

荆华扬声大笑。"哈哈哈!我为我们家的猫感到荣幸和骄傲,它真不赖,竟有那么多追求者。"

"是啊?呃——哈哈哈!"贾主任连连往后退着。

"您不进来坐会儿?"荆华越发热情起来,将单元门越发地敞开。

"不啦,不啦。"贾主任继续后退着,好像她们这个单元会传播麻风病。

荆华关上单元门后,似乎又想起什么,猛然把大门拉开,叫住已经走下楼梯的贾主任,压低了声音对她说:"贾主任,有件要紧事,我不得不提醒您。前天晚上,您吃过晚饭,在阳台上打盹儿了吧?"

贾主任家的阳台,紧挨着荆华她们的阳台,天天晚上十点到十一点之间,听吧,只要大蒲扇一下一下拍打着大腿,那准是贾主任在阳台上乘凉呢。如果大蒲扇拍打的节奏越来越慢,声音越来越低,那就是贾主任在打小盹儿呢。

"啊,是啊。"

"我听见您说梦话来着。"说到这里,荆华有意停了一停,脸上还显出非同小可的神情。

"我说什么了?"贾主任一看荆华的神情,就知道自己一定说了不该让外人听见的话。天哪,她把什么心事漏出去了?她茫无头绪地在记忆里搜索,好像那些把米漏光的人,事后还紧紧地攥着米袋上的窟窿。

"政治方面的。呃——很严重,严重得我都不便重复,不便重复。"荆华说得越是含糊,就越发显得事情的严重。

"我?不会,不会。"贾主任嘴上虽然很硬,一口否定,双下巴上的赘肉,却颤抖起来。

她显然想过,或与家人私下议论过、发泄过,那些立时可以蹲监狱的言论。

日有所思,夜有所梦嘛。

"不会?您自己好好想想吧。"说罢,荆华关上了门。

柳泉眨巴着红肿发胀的眼睛,纳闷地问道:"你真听见了?"

"听见个屁,对付极左的办法,就是你比他还左。"

"你是不是有点过分,这非把她吓坏不可。"

是啊,这玩笑有点残忍,可谁又怜悯过咱们?

刚才是找老婆的,现在是找猫的,这叫什么事儿?!谁丢了什么,谁倒了霉,谁心里不痛快,谁想满足一下高人一等的欲望……全可以找到咱们这里来,重拾他们的心理平衡。

有没有人想过送咱们一点儿什么?没有更多的奢望,不求这世上人人都应享有的友谊、爱情、公正、尊重、保护、帮助……只求一点儿理解或谅解,只求不再恶意的猜忌,只求不再把咱们当作垃圾桶,凡是多余的、没用的、发霉的、腐烂的,都往咱们这里扔……

她这是怎么了,像个歇斯底里的老寡妇。

她从前可不是这样!上哪儿还能找回那颗仁爱的、宁静的心啊。像初开的花朵,把自己的芳香慷慨地赠送给每一个人;像银色的月亮,温存地罩着每一个人的睡梦……

她多么愿意做一个女人,一个被人疼爱,也疼爱别人的女人。

不,她不愿意雄化,究竟是什么在强迫她?

二

都走了。

录音棚里只剩下梁倩一个人。刚才还因各种乐器此起彼伏的声响和嘈杂的人声显得拥挤的大厅,一下子变得那么空旷。真静,就连一声叹息掉在地上,也可以听到回声。

梁倩不想叹息,叹息有什么用,难道她叹息得还少?假如她还有一丁点儿力气,她真想躺到地板上,从大厅这一头滚到那一头。小时候,她总是用这种办法排解心中的压抑。

她抱着胳膊肘,站在空荡荡的录音棚中间,跟站在旷野里一样。灯光,从高高的天花板上冷落地洒下来,垂落在她那木然落寞的脸上。细小的皱纹,如河道的支汊,里面同样流淌着分毫不少的精疲力竭。忽地不知从哪儿吹来一股冷风,提醒她不该在这里失魂落魄地站着。她顺手关闭了录音棚里的灯,走进隔壁的工作间。

工作间很像轮船上的驾驶舱,她坐在一排录音设备的后面,活像一个船长。对面,大若半扇墙的隔音玻璃那边,熄了灯的录音棚里黑咕隆咚。

黑暗模糊了远近、深浅,那一时难以捉摸的空间,让她感到了孤单。

她环顾四周,紧挨墙壁的一排沙发上,丢着一只用纸烟盒里的锡纸折叠的小燕儿。她走过去,把那小燕儿捡了起来,用手拉一拉小燕翘在后面的尾巴,两个所谓的翅膀,可怜巴巴地、笨拙地扑闪了一下。

这不是很像她?

录音师、乐队、指挥、作曲家,全都愤愤地走了,罢工似的。

最后那句话,梁倩是把勇气鼓了又鼓,眼睛看着天花板才说出来的。"明天咱们九点开始好吗?"她不敢看那些脸,那些脸要多难看有多难看。还有,她本来想说八点开始,不知怎么,话到了嘴边,却变成了九点。

还"好吗?"

既然她是导演,就应该这么说:"明天九点开始,请大家准时。"

即便如此,有人还当场顶撞她:"九点半。"

好吧,九点半就九点半,她没敢说半个"不"字。

"真讨厌,这老太婆有完没完?"

梁倩装着没有听见。没完,亲爱的,对不起,只要那种孤苦无望的挣扎还没表现出来,那就不会完。

她的要求,早已和作曲、指挥谈过了,在这个地方或那个地方的音乐处理上,应该如何如何。究竟应该如何,梁倩也说不清楚,她结巴脸红:"这里是不是应该再那个一点?"

"什么叫再那个一点?"指挥斜睨着眼睛,站在不太高的指挥台上,却能居高临下地看着她,还不耐烦地用指挥棒敲着乐谱。好像她不是导演,而是他指挥棒下一个吹巴松的、无足轻重的小演奏员。

然后他就撂了耙子。

要是她能像孙悟空那样,拔根汗毛吹口气,想变什么立刻就能变出什么,她就会拔一大把汗毛,学作曲、学指挥、学灯光、学表演……什么事都能说出个所以然,让他们全按她对作品的理解拍戏。

"电影是导演的艺术"。梁倩坚信这一条,如果不是这样,指挥可以开交响音乐会去。那时他爱怎么理解,就怎么理解,爱怎么表现,就怎么表现,像《阿波罗乐神之音》那样,把《致爱丽丝》的乐句拆个七零八散。幸亏贝多芬死了,否则谁知道呢,或许他气得在坟墓里翻跟头也说不定。

从摄制组成立以来,不,打从上这部片子起,她装了多少。孙子?到处求爷爷告奶奶,磕头作揖,装二皮脸。

先是为了通过本子,后来是为了成立摄制组要人……人人拿她当叫花子打发。到头来,还说她靠的是她爹那块牌子。

唉,她爹能替她拍外景吗?

她爹能替她去招待那些蚊子、臭虫、跳蚤吗?整整十个月,那个风吹日晒,那个一头倒下去便不知人事的疲劳。

她爹能替她把心中的感觉表现出来吗?

她爹能替她承受那种目光吗……

真惨!

偶一回头,梁倩在隔音玻璃上看到了自己的影像。苍白,干瘪,披头散发,精疲力竭,横眉立目。她拢了拢披到额前和脸旁的头发,又用小手绢在脑后束了起来,再放松脸上的肌肉,舒展开紧绷的嘴角……不行,还是一副呆若木鸡的样子,一点也不讨人喜欢。

才四十岁,就已经变成老太婆。

她的青春哪里去了?她甚至没来得及漂亮一下,没有把"年轻"这回事体味足,它便匆匆地离去了。

梁倩羡慕刚才埋怨她的那个小提琴手,二十一二岁的样子,光亮鬈卷的长发,明亮的眸子(一定哭得很少),红的唇,没有一条皱纹的前额(自然想得也很少)……唯一让梁倩觉得别扭的,是她的耳朵、手指、胸口、颈项上,戴着、挂着过多的"破铜烂铁"。

哪个女人不希望自己青春永驻?可她有时间一大清早起来,在脸上磨蹭两个小时吗?什么粉底霜,什么眼影眼膏,什么卷睫毛的刷子,什么胭脂唇膏面膜……那么,她的额头像一段久经风吹日晒、干裂的木头,怨得了谁?

梁倩倒是买过一两瓶"美加净银耳珍珠霜",说明书上这样写着:"本品用天然银耳、珍珠、脂肪醇等精炼而成,经常搽用,可嫩艳肌肤,青春永驻。"但梁倩的额头,仍然像一段久经风吹日晒的干木头。

也许她缺乏耐性。"经常搽用"——"经常"到底是多久?就是她一直擦到进了坟墓,她的肌肤恐怕也难以回到那嫩艳的局面了。

广告,完全是广告。青春要是离去,那是什么也挽留不住的,更不可能让它回头。就算她保持住美丽的容颜,又有什么意思? 总得为着一个心爱的人。没有。要是有,她宁可花一些时间,经常搽用"银耳珍珠霜"。

……………

为什么要在那个地方停下一切声响,单单突出那几声鼓呢? 也许那会给人一种迫在眉睫的紧迫感? 然而它并不是这样……那么,应该怎样呢? 愚钝像茧一样,紧紧地包裹着她,但又无法挣脱,此时,她多么渴望自己有一副锋利的牙齿。

真郁闷啊,仿佛她就是银幕上那棵在天空和大地挤压之中的小树。无助的、孤零零的,歪歪扭扭,结结疤疤。

她受不了啦,再也受不了啦。她奔进黑咕隆咚的录音棚,用力甩上沉甸甸的隔音门,拼却全身的力气,歇斯底里地大叫了一声……与此同时,她感到了一种解脱和无我。

她的叫喊,在黑暗中渐渐地消散,像是隐藏到黑暗后面去了。

静止。瞬间的静止。哦,它在这儿!

只有旷漠的荒原,只有低垂在天边那穷凶极恶、翻江倒海的乌云,无声地压向那棵孤零零的、突起在荒原上的小树,而它却没有发出一声挣扎的呼喊。

哦,太好了。世界似乎又变得可以感知,似乎。

她的心,海绵似的,贪婪地吮吸着刚刚恢复的那点自信。

泪水顺着她的眼角流淌下来,为她还没来得及享受便失去了的青春,为她如此艰难才找到的这点"感觉"……

有谁在拍打她的脚尖,开什么玩笑,在这样的时刻! 她霍地睁开眼睛——眼前是白复山那永远好意思的笑脸。

他准又干了什么"惊天动地"的事,不然他们半年一年也不会见上一面。就是梁倩让汽车轧断了一条腿,或是被劫进阿里巴巴四十大盗的窟穴,也不能指望白复山解救她于一二。

梁倩立刻整理好自己的衣衫,坐到远处的一张沙发上去,生怕有人进来,看见他们坐在同一张沙发上,招人闲话。好像他们不是明媒正娶的夫妻。

这次也足有半年没见了。梁倩无言地打量着白复山,他依旧风流倜傥。男人是经老的,如果不是眼睛底下那两块松弛的肉赘,说他三十多岁也有人信。即便那两块赘肉,也不是岁月的痕迹,而是烟酒无度的印记。

这种样子,还能拉好琴吗?

说起来好像是她的迷信。梁倩总觉得拉琴也好,画画也好,写文章也好……靠的是一股灵气的支撑,如果祖宗的坟地里跑了风水,那股灵气也就散了。那就干脆把自己的弓子、画笔、稿纸,撅断、撕碎,就别在那里硬撑着瞎混。

而白复山也没少奚落她:"陈景润解答'哥德巴赫猜想'也没像你这么吃力。"

他总算知道还有个"哥德巴赫猜想",到底,他曾是音乐学院的研究生啊。

"你何苦花这么大力气?你没看见吗,现在的电影,怎么花哨怎么来,如今的观众就吃这个。就算片子拍好了,有多少人记得导演?人家只记得演员,不信你走到大街上随便拉住一个人问问。你图个什么,又折腾个什么劲儿?摄制组的人谁不烦你,你看不出来吗?"

她怎么能看不出来,她又不是傻瓜。

刚才他们离开的时候,谁也不看她,谁也不理她,谁也不听她那絮絮叨叨、明知惹人烦、不说又不甘心、因此就赔尽了笑脸的业务要求。

他们两个人，究竟谁误了谁呢？

要是白复山不和她结婚，仍然是那个制琴师傅的儿子，随便娶个卖馄饨的小妞儿，也许他的灵气还不会跑得这么快。

梁倩曾经爱他，也愿意被他所爱。

为讨白复山欢心，她那时还着意修饰过一番。那几件漂亮的连衣裙，如今还像没穿过似的压在箱底。衣服还没穿旧，他们就互相看透了。

那感情来得太快，消逝得自然也快，一个十八九岁的女孩子，像一块不大的云，载不了太多的雨。一个年轻的男人，怕是亦然。

离婚吧。

"离婚？何必呢，咱们不兴离婚这一套，不如来个君子协定，各行其是，互不干涉，对外还能维持你我的面子，岂不实惠？"说这些话的时候，白复山毫不激动，跟在市场上与卖活鱼的小贩讨价还价一般，泰然自若。

也许他说得对。梁倩不得不考虑她的家庭背景，除了梁倩自己，谁也不能理解，这种家庭背景，是一个多么沉重的负担。

父亲那些老战友，大眼瞪小眼地盯着她，别说父亲，就是这些叔叔伯伯，也不能允许她为离婚的事闹得满城风雨，这不但败坏梁家的家风，似乎也败坏了他们每一个人的家风。他们一定会拿出维护她父亲的形象，甚至维护什么事业的荣誉之类理由来劝阻她，白复山透彻地了解这一点。

这种家庭背景给予他们的损害，也是不为外人所知的。

难道白复山变成今天这种样子，仅仅是他的责任吗？从这一方面来说，她同情白复山。她可以不再爱他，但她不可以不公正。

好吧,离也罢,不离也罢,大家就这么耗着,反正也没有哪个爱她的人在等着她。

"我到处找,也找不到你。最近活得怎么样?"他拿出一盒烟,抽出一支递给梁倩,先殷勤地给她点上火,自己才抽出一支点上。

"谢谢,不好也不坏。"梁倩眯着眼睛,看了看香烟上的商标:三五牌。他倒真会享受。

"戏拍得怎么样?"

"不顺利。"难得他还问上一句。

"有人从中作梗?"

"哦,没有,是我自己。"梁倩知道,他前面这些话,不过是铺垫而已,而她也不想和白复山多说,便专心致志地摇晃着勾在脚尖上的凉鞋。

白复山看见,梁倩的袜子上有一个不小的破洞。顺着这短袜一路看上去,上面是麻秆一样的细腿。再往上是窄小的胯,再往上是干瘪的胸,再上,是暗黄的、没有一点光泽的脸……唉,她身上,再也没有男人的兴奋点了。

他想不明白,梁倩为什么拒他于千里之外,既然她从不妒忌除她之外的任何女人。

他们之间没有了夫妻之爱,不妨搭个伙计啊,那他们就可以互补短长。只要她肯在老头子那里为他通融,用不着她这样拼命,他什么都会给她安排妥当,她只需在家安心当太太就是。

像她这样拼死拼活,能落下什么好?前有古人,后有来者,她能折腾出来什么?白复山看不出梁倩有什么惊人之才,她不过死用功罢了,就算她能折腾出来一点什么,后来人也会很快超过她,如同自己拉琴的下场一样。要想保持不败的纪录,不但要有过人的天赋,还要经得起一切诱惑,一口气也不能歇地奋斗一辈子。那太苦了,划得来吗？这是一个充满竞争的世界:争教育、争吃饭、争就业……

他早就在香港存下一笔钱,只要有机会,他就到那里混去。干吗和梁倩离婚？就算老头子不在了,他那个身份仍然像可以传代的贵族头衔,继续给他带来一定的好处。假如梁倩愿意,顶好和他一起出去,再写点回忆录之类的东西,准能赚大钱,然后舒舒服服地过完后半生。

想到这里,白复山心里竟生出些许温情。他走过去,在梁倩身旁坐下,肩膀稍稍挨着她的肩膀,仿佛无意中的。他知道不能贴得太紧,否则梁倩立刻就会躲开去。

"何必那么认真呢。"

他的声音依旧动人,梁倩也感到了他肩膀上那块坚硬的肌肉,和那块肌肉上传过来的温热。

她想起初婚的那个夜晚,白复山如何欢喜若狂地抱着她在卧室里打转。

"拉琴给我听吧。"她在白复山耳旁轻轻地说,生怕话里的热情,被人听去似的。

那大概是她听到过的白复山一生中最好的演奏,可惜当时她并不知道,以为一切不过刚刚开始。唉,应该录下来才好,现在再放给他听听,他会怎样呢？

梁倩微微地向白复山侧过头去,他那双布满红丝的眼睛,正在试探地、警觉地研究着她,在那双眼睛里,再也找不到一点清亮的闪光了,大概昨夜又是通宵喝酒。

他早已把自己的灵魂卖给了烧酒。一切都已不可追回,她又何必痴心妄想。

现在,顶好在这沙发上睡一觉,那将有助于恢复她细腻的感觉,还是赶快把白复山的事情了结吧。"找我有什么事?"

"能不能带我去看看老头子?"

梁倩的眼皮一跳。一般情况下,白复山不提这种要求。他在外面门路多得很,光凭某某人的女婿这个身份,就能通行无阻。现在办事,有多少是通过正常的组织手续?只要亮一亮底牌,比组织手续管事,要是不巧撞了车,那就只有比谁的底牌硬了。现在要见老头,一定是有了非得老头亲自出面的事。

"什么事?"

"我想出去。"

他想出去。现在好些人都犯了"出去狂",好像外面是个大金窟,只要带个口袋出去,往地上一蹲,张着口袋往里捡就是了。

在外面他能干什么,拉琴?他那手琴,早就不行了。除非在街上做个拉琴的高级乞丐。

又为什么想出去,难道出了事,待不下去?"你想潜逃?女人问题,走私问题,还是里通外国?"

"这是哪儿来的话?"情况不妙,梁倩已从冷淡变为刻薄。于是他尽可能低声下气,又把右胳膊绕到梁倩身后的沙发靠背上去。梁倩立刻感到,自己被包围在了从白复山身上散发出来的热气中。她往右挪了挪身子,干巴巴地说:"对不起,我不能带你去见他,他最近身体不太好,连我都很久不去打扰他了。"

"那么我自己去。"白复山夹着香烟的手指轻颤起来。

像过去多年一样,他仍然拿梁倩毫无办法。她还是个女人吗,啊?简直是个刀枪不入的巫婆。

"我会打电话给那边,不让你进去。"

她说得出就做得到。这女人,狠!

白复山的两腮上,鼓起一道道肉棱。梁倩本想提醒他,这不好看……

"你真不管?"口气里很有一些威胁的、翻底牌的味道。

梁倩火了。

利用父亲的关系办点事情的情况,梁倩是有的,但都是为了确实应该解决,而又不好解决的问题,从无过分的要求。荆华和柳泉离婚之后,没有住处,她能不管吗?谁谁父亲的冤案一直拖着不给人家平反,对吗?她要拍的这部电影,有什么不好,硬是不通过。凭什么她这个电影学院导演系毕业的高才生,当了十几年的副导演,就不能拍一部片子?要按论资排辈的办法,哪一年才能轮到她?这要求过分吗?就算她不是某某人的女儿,她也会尽力奋争……但像白复山那样,打着父亲的牌号去做过分的事,她从来没有干过。

真不像话,告诉他老头有病,他连问也不问一句,别说是对自己的岳父,就是出于一般人的礼貌,也该说句不花本钱的关心话。

梁倩可怜自己的老父亲,世人只以为当官的人有享不尽的荣华富贵,谁能知道父亲的苦处呢?

父亲一定寂寞,但父亲却不能像她这样,找荆华、柳泉发泄一通,骂上一顿。随便地嬉笑怒骂,也并不是人人都能有的享受。

梁倩没出嫁以前,常常看见父亲独自坐在廊下的藤椅上,呆呆地沉思。或是整个钟头整个钟头地看着鸟儿在院里那棵老槐树上做窝。有时也会前言不搭后语地对梁倩说一句没头没脑的话:"做人要本分……"

兄弟姐妹长大后,像羽毛渐丰的鸟儿,各自飞离了那个老窝,就剩下老头一个人了,不知他闲来是不是还在看老槐树上的鸟儿做窝。记得有一次梁倩回去看望他,站在那栋房子的廊檐下,偶一抬头,却不见了鸟窝。她随口问父亲:"咦,老槐树上的鸟窝怎么没了?"

父亲仰着头,向那曾经坐落过鸟窝的枝丫空空地望着。梁倩站在父亲的身后,透过他稀疏的白发,看到了父亲淡褐色的头皮,忽然觉得,父亲已经像个孱弱的婴儿了。

她听见父亲苍老而沙哑的声音,在暮色中迴绕:"前两年就没了,让一场暴雨打落了。"

"爹不知上辈子倒了什么霉,这辈子当了这么个官儿,闹得人人躺在他身上,吃他的肉,喝他的血,坑他,拿他的大头。现在又惦记着让他把你弄出去……你为自己张罗的还少哇?你在外头打着老头的旗号办这办那,捅了娄子就往老头身上一扣,闹得不少人对他有看法。他整年整年见不着你,他知道你干了什么,啊?他是吸了你一根烟,还是吃过你一顿饭……你给我请!"梁倩跳起来,拉开了工作间的门。

白复山不再说什么,把烟头往地上一扔,像谢幕那样,微微地侧着身子,快步走出门去。

到了这种时候,他还忘不了自己的形体动作,可偏偏想不到没有熄灭的烟头,可能会烧坏地板。梁倩走过去,将那燃着的烟头踩灭。

从幽暗的走廊里,白复山送过来一句真实得令她气短的话:"你别忘了,你还是我的老婆,你父亲还是我的老丈人,澄澄还是我的儿子。"

真像一个幽灵从墓穴里发出的咒语。

梁倩用拳头狠狠地砸了一下沙发的靠背。

可生活还得继续,得打个电话给谢昆生,问问柳泉的工作落实得如何。

059

电话老也拨不出去,不是这边总机没有外线,就是那边的总机没有外线。

最后总算通了,梁倩看了看表,整整花了二十分钟。

"喂——"一个千娇百媚的声音,准是那位姓钱的女人。这声音给人一种泡在热乎乎的澡盆子里的感觉,解除疲劳,松弛精神……梁倩一阵鄙夷,又一阵羡慕。泡在热水盆子里,事情自然变得更好通融。为什么她和荆华、柳泉一点也学不会?她们的嗓音,没有一点女性的甜润、柔媚,一个个全像京剧里唱老生或是唱黑头的角色,沙沙拉拉的。也许她们互相听惯了,不觉得刺耳,可男人听起来什么感觉?大概就像个"娘娘腔"的男人让女人生厌那样。

"请问谢主任在吗?"

"不在。"千娇百媚立刻变为冷若冰霜。

"请问他上哪儿去了?"

啪嗒一声,那边干脆把电话挂了。一股怒气直冲梁倩的头顶,这女人!梁倩在谢昆生的办公室里见过她:精心修过的眉毛,勒得紧紧的、过早发胖的腰肢,一张抹了唇膏的大嘴……

梁倩拿起电话再拨,仍然是嘟嘟嘟的忙音,可她非打通不可。

"喂——"还是那位千娇百媚。

"我是梁倩!"梁倩用恶狠狠的口气,赶紧自报家门。

"噢,梁倩同志!你好,你好,好久不见了,你的片子拍得怎么样了?一定很顺利吧?我们都等着看哪!"从梁倩恶狠狠的语气里,她猜到刚才打电话的就是梁倩。

梁倩不由得把电话筒从耳边移开,又把手里那个电话筒看了又看,这还是刚才那个电话筒吗?啊?!看来人们还是吃这一套,梁倩看不起这一套,但要办事,还得来这一套。她又能比谁高明到哪里去呢?

"劳驾,请帮我找谢主任听电话。"

"好嘞,请稍等,别挂啊。"倒好像她有求于梁倩似的。

电话筒里,隐约传来谢昆生的声音:"……这件事就这么定了,你放心,我给那边打个招呼就行了……"一副大包大揽的口气,不知又给谁办事呢。

"喂——"腔子拖得长长的,好像不知道给他打电话的是谁。梁倩不信姓钱的女人没有告诉他是谁打电话找他。

"我是梁倩呀。"

"啊,啊,"长长的腔子顿时短了许多,"怎么样,是给我送电影票还是别的好事?"那个熟络劲儿,好像梁倩是他家二弟。

"电影票?好说,好说。我是问问柳泉的工作落实了没有。上次您让我听回信儿,晃晃一个月过去了,还没有消息。我想我别等了,还是打个电话吧,没准儿您把这事早忘到脑袋后头去了。"

"哪里,哪里。别人的事敢忘,你的事敢忘吗?"这也许是实话,外事局办公室主任这个差事,是白复山打着老爹的旗号,给他折腾来的,现时,这是顶让人眼红的差事。当然白复山也不会白给谢昆生办事。"小白刚从香港演出回来吧?我还没见着他呢。带回什么洋货了,能不能给我搞一个袖珍录音机啊?"

"狗蛋!"梁倩心里暗暗骂道,不怕吃多了撑死,有这么明目张胆敲诈勒索的吗?对她尚且如此,对别人又该如何?她冷冷地笑了:"这也好说,今天能不能先把这件事砸死?您说吧,什么时候能够调人,您可别净拿人涮着玩儿。"

谢昆生不敢放肆了。不仅因为梁倩有那样一位老爹,谢昆生知道,就是梁倩也未必经常见到她老爹,况且她老爹也管不到他这等人物的头上。单说梁倩,便是一个不大好惹的人物。她

061

不像女人,倒像旧小说里闯江湖的侠客,嬉笑怒骂,真真假假,指不定什么时候就拉下脸来,给人一个下不来台,或使出什么杀手锏,闹得你丢尽脸面。还有她家的关系网呢,三绕两绕,就能绕出一个可以制约他的上级关系。赶紧郑重其事地说:"下个星期,怎么样?"

"那就一言为定?"

"一言为定。"

放下电话,梁倩苦笑。这么一会儿工夫,她扮演了几个角色?当年电影学院的表演课,真没白上,虽然这门功课,她是勉强及格。

三

她实在不该再吸烟了。

柳泉数了数小瓷盘里的烟头,一、二、三……一个下午,就吸了七支,但她还是从烟盒里抽出了第八支。

缕缕轻烟,从她薄薄的嘴唇里缓缓喷出,在她眼前无定地聚散。还有一缕烟,像个大问号,在她的眼前扭来扭去。

问什么?又问谁?啊,问谁?

屈原曾写《天问》,后来呢,不过是化作汨罗江的波浪,日日夜夜拍打着沉默的堤岸。那个汨字,明明是个汨字,柳泉却固执地把它和泪字绞在一起,不就是差了一横吗?于是汨罗江在柳泉心里,总好像是一条泪的江。谢谢造物主,人有泪腺,真是他老人家的仁慈,如果许多辛酸不能随着眼泪流走,那可如何是好。

柳泉轻轻地吹了一口气,那问号于是就飘散开去,她释然一笑,好像终于打发走了一个纠缠不休、死钻牛角尖、每天不和人抬一杠就没法活下去的书呆子。

柳泉早已不问。

所有答案,全在命运里。相信命,是一种安慰,日子就不显得那么难熬。

有谁可以回答,命运是什么？谁知道明天会遇见什么,又会做些什么。从前她能想象将来有一天她会吸烟,而且一个下午就吸了八支么？

当初她是多么看不惯女人吸烟啊！那时,她还是一个有着浓密的黑发,梳着两条沉甸甸大辫子的女孩,某大学英语系的高才生,如今她却是一个离过婚的妇人,某出口公司的一名小职员。

香烟是个奇妙的东西,一口一口吮吸着它,看着红红的烟头时明时暗,再不时地磕磕烟灰,竟会使紧张的情绪得到缓冲。不过柳泉忘了,她们三个人当中,是谁先开始吸烟的。

和荆华、梁倩相比,她可能是大众化化得最好的一个。别管在大街上、在办公室、在一切公共场合,再也不会有人从她的言谈、举止、服饰上看出她是一个受过高等教育的女人了。

也许是时来运转,外事局竟然表示同意接受她。

荆华说过,人要是倒霉到了顶,转机就要来了。果真？柳泉不敢乐观,竟有这么便宜的事。好像贾桂站惯了,不敢坐一样,贾桂在皇上面前是奴才,那么她呢？

荆华喜欢高谈阔论辩证法和唯物主义,一个女人要是一天到晚只会讲辩证法和唯物主义,就会把一切男人吓跑,哪怕她有那么一双让人一见便如坠五里云雾的眼睛。人家要找的是妻子,而不是马列主义教研室的教员。可让荆华丢掉这癖好是不可能的,那就如同让一个瘸子丢掉他的拐杖、一位歌唱家割去他的声带……她的转机什么时候才能来？眼下,她正在受着不指

063

名的批判,重头文章下的署名是"特约评论员",那是一个连,还是一个营,抑或一个团?

根据柳泉的经验,在她们公司,批发价都比零售价低。

荆华见怪不怪地说:"……四十年代流行大垫肩的西服上衣;解放初期流行唱'解放区的天是明朗的天',连上海小开都会唱;前两年流行'改革''民主''人性'……我那折子戏大概唱完了,也该让别人唱唱。不让人干事,就不干呗。这有什么?我还干我的木工活去。"

"小柳子!小柳子!"

魏经理的铁司机高腔大嗓地叫着,像吆喝使唤丫头。噢,当初她干吗要念什么英文系,假如她学的是开汽车,现在也能挺胸叠肚地"工人阶级领导一切"。

幸亏她在这里定定地坐着。

她手头的工作,其实上午就移交完毕:有关科研、生产、商情方面的简报,按期装订整齐;公司下属各厂、各单位的联络人,也按系统画好了图表;下个月该抓、该检查的工作和本季度已经完成的工作,都已写在备忘录上……她原可以走人了,但柳泉就是坐在这里吸烟,也是不能走的。

外事局是借调,不是正式调动,她总得留个后路。在这最后一个下午,甚至是最后一个小时,魏经理都指不定会在什么地方,找她一个茬儿,或是随便想出一个理由,就能让她为逃出虎口所做的一切努力化为乌有。

柳泉捻灭了烟头,从椅子上站起来。对面,老董科长从一大摞表格上抬起了花白的寸头,有点犯愁地看着她。每每柳泉被魏经理召见的时候,老董科长总是这么看着她,好像她是去赴"鸿门宴"。

柳泉朝老董科长扬了扬下巴,还眨了眨眼睛,便转身进了魏经理的办公室。

何必打肿脸充胖子,其实心里紧张得要命,她只是不愿老董科长为她担心。

铁司机歪倚在魏经理办公室的门框上,趿拉着一双泡沫塑料凉鞋,大芭蕉扇掖在后裤腰上,没等柳泉走近,就抖搂着手里的一张纸说:"哎,我说,瞧这上头曲里拐弯地写了些什么,你给翻译翻译。"说着,就把手里那张纸朝柳泉鼻子底下塞了过来。

柳泉像没听见,闪过身子,进了魏经理的办公室。

铁司机一向用这种狎妓的态度对待她,从铁司机对她的态度,柳泉可以断定,魏经理私下一定用相当猥亵的语言和铁司机谈论过她。

魏经理斜躺在罩着大红平绒套子的沙发上,手里拿了一份文件,似看非看。两条腿恣意地叉开,其中一条还跨骑在沙发的扶手上。裤门前的扣子一粒没扣,缝隙中露出了女人才穿的花哨的内裤。铁司机刚才说了什么,做了什么,他好像充耳不闻。就连柳泉已然在他面前站定,他也没有抬起耷拉着的眼皮。

早先,对这种侮慢,柳泉还抗争一下,可那点心气,慢慢就耗尽了。现在她懂得了,越是挣扎,那套子就会勒得越紧。说到了,那些面子啊,尊严啊,都是不堪一击的蛋壳。被人誉为"雌了男儿"的李清照又如何,最后为了生活,还不是再嫁一次。

柳泉颤声问道:"魏经理,您找我有事?"

魏经理这才把手里的文件往茶几上一丢,伸了个懒腰,总算把骑在沙发扶手上的那条腿拿了下来。阴怪地问道:"铁师傅没有跟你说吗?"

铁司机得意地嘿嘿着,又把手里拿着的那张纸,朝柳泉的鼻子底下伸了过来:"翻译翻译。"

柳泉没有伸手去接,只朝纸上瞄了一眼,那是一份英文电报,可能是哪家外商拍来的。

"我翻不出来。"

"翻不出来?翻不出来就能拣高枝儿飞?"魏经理干笑着。

看不出柳泉还有这一手,外事局调她。就凭她?!

居然有人肯为她出力。到他这里来为柳泉疏通的那个人,他是不好拒绝的。能指挥那个人物的,想必不是一般人物。莫非柳泉搭上了哪个大人物?

他像头一次看见柳泉,上上下下打量着她。一条蓝裤,一件短袖的、黑白相间的格子衬衣,脚上是一双黑色的塑料凉鞋。眼角、额头,甚至唇边都有了深浅不等的皱纹。浑身上下,没有一处起眼,和他喜欢的那些又浓又艳的女人大不相同。可是看得时间长了,就会发现她身上的魅力,像——像什么呢?魏经理想起幼年时曾祖母的供桌上,经常供着的一盘"佛手",那佛手有种淡泊的清香,在那阴暗的、沉闷的屋子里,使人联想起充盈着绿树的园林。

吃腻了鸡鸭鱼肉,有时换个口味也不错。几年来,魏经理花费的心思不少,竟是奈何她不得。现在,她扑棱着翅膀,要飞了。

柳泉为什么要走,他们彼此心照不宣。柳泉又能够脱身,是他败了阵。这口气,难咽。就是走,也不能让她走得痛快。

从铁司机招呼柳泉的那个腔调,到魏经理这两声干笑,没有一样不是对柳泉的蓄意侮辱。

"都是革命工作,哪有高低贵贱之分呢?领导既是这样安排,必是有通盘的考虑。"说完,柳泉便集中力气进行深呼吸。听那些练气功的人说,这办法可以制怒,她万万不能在这种时候意气用事。魏经理在说什么?好像在提醒她,这不过是借调,将来还得回到他的麾下。还说,没有他的首肯,找谁也白搭……

明里暗里魏经理一直在强调"借调",也就是暗示,她还攥在他的手心里。

但愿不会再有什么变化。谢昆生在电话里大包大揽地通知她:"星期一就来上班,有个美国代表团星期二就到,我们急用翻译……调令?调令随后就下。"

老董科长却提醒她:"你要沉住气,应该让外事局把调令办好再去,这样牢靠一些。"

可柳泉恨不得马上离开这里,再不想看魏经理的脑壳。那顶秃脑壳,露在经理办公室的半截磨砂玻璃窗上,就像浮在水面上的一个橄榄,平时只是一个隐约可见的尖顶,却随着柳泉在大办公室里移动的脚步,时起时伏。

她心怀侥幸地想,自己英语水平不低,工作勤恳踏实,外事局有什么理由中途变卦呢?

"柳泉,柳泉,电话!"老董科长敲着经理办公室窗上的玻璃,招呼她。

这电话来得真是时候。"魏经理,您还有事吗?"

魏经理皱了皱眉,说:"你先去吧。"

出了魏经理的办公室,柳泉无意中摸了一下自己的后背,背上的衣衫,竟被汗水浸得潮乎乎的。

"喂,喂——"柳泉拿起放在桌上的电话筒,忙向对方呼叫,可话筒里,却是一片呜呜声,好像刮风。

她又"喂"了两声,依然是呜呜的风声。

老董科长说:"算了吧,等了这么半天,那边可能已经把电话挂了。"

"您没问问是哪儿来的电话吗?"

老董科长头也不抬。"没有。"

067

柳泉只好放下电话筒。看着老董科长一点也不着急的样子,她忽然蹦出一个念头:真有她的电话吗?她狐疑地看着老董科长,可他那木然的、阔眼阔鼻的脸,活像一尊泥塑的菩萨,什么也看不出来。

老董科长是憨还是不憨?今年春天,魏经理指名要柳泉随他去参加广交会,被老董科长用个软钉子碰了回去。"不行,她正在抓的那个项目,上面催得很紧,走不开。"

魏经理暧昧的、侮辱性的挑逗,柳泉从未对任何人说过。那些强忍在心底的恼羞的泪,也只能在荆华、梁倩面前流泻一下。

常常是这样:晚餐后的桌子上,狼藉着用过的碗盏,因为心绪不佳,谁也懒得去洗。三个孤身的女人,就那么坐在落地灯的暗影里,或是这两个不声不响地吸烟,听那一个诉说心中的委屈;或那两个不声不响地吸烟,听这一个愤怒地用拳头敲击着沙发扶手……彼此间,谁也不说一句宽慰的话。

那些动听的、空泛的词句,管什么用啊。

不知她们上辈子造了什么孽,让她们这辈子备受折磨。就是她们三个人把全世界女人该受的苦全承担起来,好像也不能赎回她们的罪过。

柳泉总处在心悸的状态:怕和魏经理一块儿出差,怕向他汇报工作,甚至怕和他一起挤公共汽车……

去年柳泉和他一起去湖南出差,在公共汽车上,他趁乘客拥挤,紧贴着她的后身。夏天,衣服穿得薄,柳泉只得拼命往前钻,几乎钻到一个男乘客的怀里,她的头,甚至顶住了人家的下巴,嗅到也不知是从那人嘴里还是从鼻孔里呼出的烟油味儿。那烟油味儿可真大!哪儿像从嘴里或鼻孔里冒出来的,真像是从烟嘴儿里冒出来的,而且那烟嘴儿早就该用捻子捅一捅、清一清了。但他似乎很理解柳泉的苦衷,奋力为柳泉挤出一丝空隙,并把肩上的背包夹到了柳泉和魏经理之间。柳泉匆匆、可怜巴巴地向那人看了一眼,算是对他的感谢。

五一节公司里会餐,不知老董科长真醉还是假醉,发酒疯似的说道:"凭什么不给人家涨工资,啊? 全科室都通过了嘛,啊? 人长得像样一点也遭罪噢……小柳,你该结婚了,结了婚就有依靠喽……啊?"

结婚? 谈何容易。现在黄花闺女都嫁不出去,何况她这离过婚的四十多岁的女人,还带着一个儿子。

而人的年龄越大,便越发清醒,越发清醒,就越发难以结婚。她们对婚姻失去了信任,即便不把婚姻当作一种灾难,至少也是和摸彩票差不多的一种玩意儿,中彩的机缘只属于少数幸运儿。

但女人和男人不同,总得爱点什么,好像她们生来,就是为了爱点什么而活着,或丈夫,或孩子……否则她们的生命似乎就失去了意义。如果没有丈夫或孩子去爱,便会爱一只猫、一件家具,或一套烹调术……

好在柳泉有儿子可以去爱。

谢天谢地,儿子长得既不像前夫,也不像她。圆乎乎的小脸,眼睛、小鼻子头、嘴唇,无一不是明亮亮的,活像刚从烤炉里拿出来的小圆面包。

开朗,淘气,可有可无,吊儿郎当。不像他的父亲那样狭隘多疑,精于计算。买西红柿酱,一买就是三斤装的一大听,说是比买五个六两装、七毛五分钱一听的合算,总计便宜七毛五分钱。他们又没有冰箱,害得全家人天天、顿顿吃西红柿酱炒鸡蛋,西红柿酱焖土豆,西红柿酱炒饭,西红柿酱浇面……也不像她那么神经质,容易发怒,也容易忘记。

069

也许蒙蒙还小,谁知道长大以后会变成什么样子,柳泉小的时候不也是豁达开朗的?

因为没有房子,柳泉不得不放弃对蒙蒙的抚养权。寄人篱下的生活,是偿还不完的人情债,哪怕寄生在最好的朋友那里,哪怕是寄生在自己父母的家里。

结婚以后,柳泉和家里的关系,出现了一个"冰冻期",父亲不喜欢那个横竖都有理的女婿。可到柳泉真离婚的时候,他又觉得家门不幸,出了个伤风败俗的女儿。

唉,父亲还算是从英国留学归来的,穿过学士服,戴过大方顶的帽子……在柳泉眼里,父亲就像一本大百科全书,放在书橱里是非常体面的,漆皮封面上涂着令人肃然起敬的深棕色,上面烫着华贵的金字和图案,凡是不知道的事,全可以在上面找到答案,可是偏偏不能回答,她应该和一个什么样的人结婚。

而且,人们在不引经据典的时候,老抱着一本沉甸甸的大百科全书,累赘不累赘?

所以离婚以后,很长时间,柳泉过着打游击的日子。在这个同学家住几天,在那个朋友家住几天。感谢她那个家政系毕业的母亲,在操持家务方面,把柳泉造就成了一个全能选手,不论住在谁家,都是一个自带饭票的好保姆。

可有谁注意过没有?她出饭钱,却不敢吃饱,也不敢夹菜,她专拣人家不感兴趣的菜肴,或是剩饭剩菜。

当她心里充满苦涩,真想大哭一场的时候,却要学做一只大狗熊,逗着人家的孩子乐。

自己满肚子委屈,不知向谁诉说才好的时候,她得耐着性子听人家发泄酒足饭饱后的烦恼,像个饿汉,听生活过于富裕的人悉心讲述减肥之道。

或是凑趣地跟人家一起,慷慨激昂地指责某人如何昧良心,品质如何恶劣……其实她见也没有见过那个人,不知道那人高矮胖瘦,高低贵贱。

…………

房子!房子!柳泉多么需要一间房子。那一阵子,她想房子想得简直要生病了。

柳泉向公司申请房子,魏经理翻翻眼睛说:"要房子干什么?"

"您难道不知道我离婚了?"

"不行。"魏经理斩钉截铁地说,"这儿想结婚的还没房子呢,我要是把房子给你还了得,人们还不变着法儿离婚去。"

"那我怎么办,总不能住到大街上去吧?"

"谁让你住到大街上去了,你不会赖在那儿不搬?"他坏笑着。

"那怎么行,那是他们机关的房子。"

"嗨,房子当间儿拉个帘儿。"他又笑了笑,接着说,"挺方便的。"

"您,您怎么这么说话……"

"嗨,我见过的多了,好些人就是这么住着住着,又住到一块儿去了。"

从此,柳泉再没向魏经理提过房子的事,她只有到处托人。

托人,哪儿那么容易啊,她有钱吗?

社会上不知从哪儿冒出来这样一些人:可以包揽解决一切困难,诸如调动工作,找房子,买煤气罐,从香港帮人带回录音机、彩电……然而牟利之高,坑人之不眨眼,足以让巴尔扎克续写一部《高老头》。

总算找到一间房子,在郊区。她算了算,每天上下班,在路上就要耗去三个多小时。那也认了,无论如何,那总算自己安身立命的窝啊。

她兴冲冲地打电话给刚从 D 省调回北京的荆华:"有了间房子,咱们一块儿住吧。"

她们乘了将近两个小时的公共汽车,巴巴地跑去看那房子。

那还是房子吗?透过漏了的屋顶,看得见灰蒙蒙的天,还看得见长在屋顶上的蒿草,小树林子似的。风从墙角上的缝隙猎猎地吹进,剥落的泥墙裸露出砌墙的碎砖头,房椽子和房柱上,顺着一条条木头的纹理,是被蛀虫蛀蚀了的凹槽……

柳泉说:"我怎么觉着咱俩就像广岛事件的幸存者,站在一栋幸存的房子里。"

荆华却说:"好办,我会抹屋顶,也会抹墙。在东北林区劳动的那几年,哪一年入秋不是我自己挑水和泥抹墙缝!"

"这房子可不是抹一抹的问题,它压根儿就该拆了重盖。"

梁倩的出现,如同天上掉下来个馅饼。那时她刚从监狱出来,剃光的头上刚刚长出半寸长的头发,活像一只刺猬。

"他妈的,老子倒霉儿倒霉,老子复官儿显贵。呸!"梁倩撸胳膊挽袖子地说。

荆华目瞪口呆:"你什么时候学会说粗话了?"

"我不光学会骂人,我还长了见识呢。别急,别愁,不是给我们落实政策吗?我想法先给你们借套房子。"梁倩朗声安慰着她们。

柳泉扬声笑了,像京剧表演,每个"哈哈"的后头,都点着一个顿号。随手又从口袋里拿出一包香烟,从里面抽出一支。

梁倩眉毛一扬:"你抽烟了?"

荆华靠了过来,说:"我也抽了。"

梁倩什么也不说,把柳泉夹在两个手指间的那支烟抽了出来,从口袋里掏出一只打火机,点着,幽幽地吸了一口。看着袅袅的轻烟,空寂地笑了笑,说:"我也吸烟了。"

柳泉鼻子一酸,上哪儿再去找那三个胖乎乎的小姑娘?

读小学时,梁倩是个挺厉害的小丫头,逢到班里小朋友洗澡的时候,她就跷着二郎腿,坐在游泳池一样大小的浴池入口把门。那些脱光了衣服的小姑娘,个个都得给她行礼,说:"给小姐请安!"等梁倩大模大样地点个头,才能进去洗浴。上厕所她也从来不带手纸,总是隔着便池的小木门在里头喊:"某某,给我送张手纸来!"而那个某某,就得乖乖地把一张手纸,从小木门底下递进去。

有次洗澡,荆华串通了两个愣头愣脑的小姑娘,趁梁倩不备,把端坐在浴池入口等着大家请安的梁倩扔进了浴池。梁倩吱儿吱儿地叫着,在浴池里和荆华打得不可开交,弄得谁也没有洗成澡。

轮到让荆华给她送手纸的时候,荆华也没有送,让梁倩在厕所里嚎啕大哭,整整耽误了半节课。要不是生活老师听见了她的哭声,她在厕所里就出不来了。为这事,梁倩和荆华一个星期没说话。

那时候,梁倩浑身都是肉,紧绷绷的,活像一根刚刚灌好的香肠,现在呢,却变成了一段风干肠,肠衣上还析出一层白色的盐霜。

…………

只有一样还没变:要么不干,要么一干到底。

四

十根纤细修长、被旧木头上扬起的灰尘弄得黢黑黢黑的手指,紧握着刨子,一下,一下,力气均匀、稳扎稳打地推过去,推过去。

刨花像女人头发上的波浪大卷,一卷卷地卷过去,木头内部的纹理,也就越来越清晰。浅色的木头上,由褐色纹理编就的花纹,朴实无华,天然成趣。荆华忍不住停下刨子,去抚摸那光泽柔和平滑、还有些温热的木头。她很得意,和刨床刨的木头相比,差不到哪儿去。

这是在林区劳动的年月,为打发愁苦的日子,排遣绝望和孤寂,学会的本事。

荆华曾把多少有用没用的,一块块方方棱棱的木头,刨成什么也不是、什么用处也没有的小木条。只是为了把刨子一下下地推过去,推过去,然后再把一地的刨花和小木条,塞进炕洞里。

她久已不干木工活,幸好这些工具和木头没有思想和感情,不然它们一定觉得她是个忘恩负义的家伙,只在倒霉挨整的时候才想起它们,在它们身上寻找寄托。而它们绝不会置若罔闻,不动声色地就把她的愁苦遮盖了……更不会乘她不备,突然扑上来咬她一口。

猫头站在她的脚下,仰着脑袋,对她"喵喵"地叫着。它还有什么要求?刚才从街上回来,荆华顾不上自己肚子饿得咕咕叫,先把一兜小杂鱼给它煮吃了,才给自己煮饭。因为饿,没等饭煮熟,就半生不熟地吞下肚去,弄得她的胃好一阵不舒服。

然后猫头又跳上干木工活的台子,又从台子跳上荆华的后背,在荆华的背上,前前后后地踏着小碎步。荆华把刨子向前推去,它就往她后腰上退几步;荆华往回拉刨子的时候,它又往她后背心走几步……十个尖利的趾爪,勾得她蓝咔叽布上衣咔咔直响。

难道它也闷得慌,也害怕独处,也需要安慰,需要人抱它拍它?说了归齐,最坚强的可能还是人。

但那"刀条脸"呢?

去年,荆华那篇冒尖的论文发表后,很得理论界一些泰斗的赞赏。一时各报刊报道、转载,采访者也络绎不绝。"刀条脸"竟然对她说:"曹荆华同志,您对马克思主义的这一阐述,成绩是优异的,贡献是巨大的。我——我真想推举您为中央委员。"边说,还边扭动着细长的身子,活像水里游着的一条水蛭。

他看上去不是在说笑话,正因为如此,才显得分外可怕。

荆华起了一身的鸡皮疙瘩:"您这句话不好,很不好。希望您以后说话注意原则。"

荆华只想脚踏实地地做些研究工作。近年来,似乎有股清新的风,吹进了沉闷的理论界,学术研究工作开展得也比较活跃,这使她觉得,有可能对社会生活进行较为开放的观察和思考。

谁知一年后,情况却发生了根本的变化。

谁要是以为"评论员"不过是一个具体的人,他的文章也不过是门阀之见,那就大错特错了。但是这样的兴师动众,让荆华感到了些许的悲哀。

在林区为生存挣扎的十几年里,她的学业早已荒废,而她这篇浅显生动的文章,竟像有什么分量,遭到如此"隆重"的待遇,这说明她的什么,还是说明别的什么?

上午,"刀条脸"在会议上说了些什么?荆华看着他那一张一合的嘴,才发现他的嘴是那么大,脸是那么窄,窄得像个楔子,想方设法楔进那些本来匀称协调的事物里去。

他要求荆华必须端正态度,严肃认真地总结这篇文章在政治倾向上暴露出来的严重问题。

他和她的年龄差不多吧？不过四十岁的样子，怎么得了那么严重的健忘症，忘了他还投过她"神圣"的一票呢。

荆华当场发言说："我认为人类的一切社会实践，如阶级斗争、生产斗争、科学实践……其最终的目的，无一不是为了在这个地球上，做一个有尊严的，不受压迫、不受剥削，充分实现自己价值的人……我不能同意那位'评论员'的意见，任何科学的理论和经验，只能产生在实践之末。我们现在只能说，我们有民主革命时期的理论和经验，而社会主义革命和社会主义建设时期的理论和经验，还不够成熟，需要我们在实事求是的基础上，对以往的革命理论进行补充和发展。这种实事求是的分析、补充和发展，正是我们对共产主义事业负责的表现，这和反对'四个坚持'是两回事。因此我仍然坚持我在文章中的观点。"

接着，荆华把她的几个论点又做了简单扼要的说明，完全忘记了柳泉让她不要发言、保持沉默的警告。她知道那是柳泉的一片好心，可她是共产党员，怎么能够沉默？如果这个世界上没有真理和谬误的矛盾，没有前进和倒退的斗争，还要共产党人干什么！

报刊上登出批判荆华的文章不久，某领导曾来机关主持了一次座谈会，希望大家正确领会，把消极因素转化为积极因素，统一认识，开展批评，改进工作，焕发起新的工作热情。

恰巧那日荆华头疼，本想请假休息，但她觉得那样做有临阵脱逃的意味，便留了下来。会前，她匆匆吞下"刀条脸"给她的止痛片。那药片确有奇效，不但头不疼了，眼前的一切景物也变得模糊、恍惚，耳边的一切声响也变得含混、遥远，连她自己似乎也变成了一团软软乎乎、没手没脚、没脑没心的东西，融融地飘浮在空中。

散会以后，那位领导同志特意和她握手告别，语重心长地对她说:"荆华同志,作为一个共产党员,对思想战线上的一些不良倾向,要有一个严肃的态度,对同志们的不同意见,也要有一个积极的、虚心的态度。哈哈——对我的讲话有什么不同看法,尽可以发表意见。"

荆华带着梦游人的傻笑,一味机械地点头。

直到第二天,她才恍然地问"刀条脸":"你昨天下午给我吃的是止痛片吗?"

"是啊。"

"我怎么像是吃了安眠药?"

"止痛药当然都有麻醉和镇静的作用。"

一个男人,却用这种鼠盗狗窃的办法坑人,实在可怜。

"你还是没有胆子,怎么不敢给我吃片氰化钾啊?"

"刀条脸"陡然变色:"你,你这是什么意思?"

"没什么,开句玩笑,何必当真。你不知道我这个人喜欢恶作剧吗?你要是不敢给我吃'氰化钾',没准儿哪天有人给你吃片'氰化钾'呢,哈哈!"

"开什么玩笑!我看你情绪不对头。"

"我就讨厌那些什么情绪也没有的人。"荆华抽出一支香烟递给他,"怎么样,要不要吸一支?'大中华'的。"

自此以后,每每喝水前,"刀条脸"都要狐疑地看看荆华,又狐疑地看看自己的茶杯,或是把茶杯涮了又涮,换上新茶,绝不肯喝杯里的剩茶。

荆华暗笑,还说:"那么好的茶叶,泡了一次就倒掉,不是太可惜了吗?"

支部书记安泰接着荆华的发言说:"我支持荆华同志……"

"刀条脸"先是一惊,然后把收起来的笔记本又重新打开,插进口袋里的钢笔,也拔了出来。

老安接着说:"为什么?因为她说了实话,真话。什么是自由化?据说是不要党的领导。荆华同志的文章里,完全没有这个意思,她不过是在进行学术探讨。我们千万不能随便对一个同志扣帽子,搞压服。回想一下,当初我们在蒋管区是怎么做工作的?那时,人家有什么想法都敢和我们谈,哪怕是'反动的'。我们怎么办?我们只能靠摆事实、讲道理,靠自己的切身体会、现身说法,使他觉悟,最后投向革命。为什么那个时候我们可以这样做?因为我们的力量还小,我们需要更多的人参加我们的队伍。扣帽子、搞压服,就会把人吓跑,剩下孤家寡人,你就得失败。现在我们强大了,权力在握了,我们仍然不能忘记群众这个大多数。也许有人觉得不就是曹荆华同志一个人吗?你既然能把一个人不当人看,你就能把所有的人不当人看。我们应该团结一切同志,开展正常的批评和自我批评,允许批评,也允许反批评。把批评变成一种讨论,各抒己见,谁有道理就服从谁。这才不至于以势压人,产生冤、假、错案,这样达到的团结统一,是真正的统一,真正的团结……"

荆华不等老安说完,便起身走出会议室,躲进大礼堂,钻到舞台大幕后面,一直躲到下班。她不敢看老安,也不敢听他讲下去,否则她就要流泪了。

最近一年,老安的血压经常处在高得不宜工作的状态,他那花白蓬乱的头发,如秋风中的芦花,总在颤巍巍地摇着;端在手中的水杯,也每每泼洒出水来;眼睛已显出老年人的迟缓和浑浊,还有一点悲凉。在这样一个似乎不堪一击,已经找不到一点斗士威风的老人身上,却有一种威慑的力量。

老安一直坐在她的办公室里等她。

"我的发言怎么样?"一旦开口说话,荆华又是一番不经意的样子,就像临战前穿上了盔甲。

"很好。"

"真的?"

"真的,大家都这么反映。很好!"然后把一摞用黄丝带扎着的旧信,放到了荆华的桌子上。

那一摞用丝带捆着的信,让荆华想起十七、十八世纪的古典小说,或《茶花女》那一类歌剧里的情节。在那些小说和戏剧里,正是用这样的丝带,捆着爱人的情书。

不论在写字台底层的抽屉里,或是箱子里,荆华从未有过这样的收藏,但她懂得这种东西是应该珍重的。便立刻收起无时不在的随意,也不敢发问,等着老安继续说下去。

"这是她给我的信。"安泰的手,轻轻地抚摸着那一摞信,好像在抚摸爱人的柔发。

她。荆华知道这个她。安泰在恋爱。六十多岁的人还在恋爱,好像有点不可思议。但荆华又特别希望安泰恋爱,那么好的一个人,为什么不该得到一个好配偶,享受家庭的温馨呢?

安泰有过一个不幸的家,妻子因为爱上别人,和他离婚了。去办理离婚手续的路上,安泰还不断地叮咛转眼就要成为"前妻"的妻:"就说我们两个人的感情不好,双方都同意离婚,不要牵涉到别人,一牵涉到别人,问题就复杂了。"他不能把话说得太白,说得太白,又怕伤了对方的面子。

"我准备下决心了。"安泰说,"可我还有两怕。一是怕她太洋,二是怕她太感情用事。你帮我参谋参谋,这是她的信,我按日期排好的,你先看上面的,后看下面的。"

难道安泰还需要她来参谋?! 荆华明白,安泰是在表明,他并没有把"特约评论员"的文章当回事,也没把"刀条脸"当回事,荆华仍然是可以以心相交的朋友。

荆华不知道,自己会不会看"她"给安泰的信,然而像安泰这样的党员,这样的支部书记,这样的领导,荆华会永远记着。

"嘣!嘣!嘣!嘣!"放炮仗似的,送煤的三轮小卡车来了。

有人在楼下高声叫道:"来煤啦!来煤啦!"

荆华赶紧放下手里的刨子,咚咚咚地跑下楼去。

大院里几乎家家都用液化石油气了,只有不多几家,还在烧蜂窝煤。

荆华和柳泉总也没有办法弄到液化石油气罐,现在她们更是死了这条心。一套架子和一个液化石油气罐,已经涨到二百元,她们买不起。

可是烧蜂窝煤真难啊,煤站送煤没有定时,有时闹得她们只得停伙。碰上送煤的时候,想多买一些,又没有地方堆放。找个距离近点的煤站自己去拉,人家又定点供应,不卖给她们这个住宅区。这次又是柳泉不知往煤站打了多少次电话,挨了多少抢白,才把人家求来。

"不送就是不送!我们没车也没人。等着烧?等着烧自己拿脸盆来端。"而且接电话的男人,总是不等她们把话说完,就撂下了电话。

送煤的也是个女人,矮小,瘦弱。男人们全上哪儿去了?大概只管在电话里打发等着烧煤的人。

要下大雨了,风卷着乌云从西方压了过来,把三轮卡车上的煤屑扫了起来,小煤末打在脸上还挺疼。送煤的女人却没事儿似的,只管从卡车拖斗上往下卸煤。

贾主任从家里撮来一簸箕碎蜂窝煤,对送煤的女人说:"上次的煤饼里一准儿掺多了土,一拿就碎。给我换几块吧,啊?"

送煤的女人没听见似的。贾主任嘿嘿地笑着,把碎煤块倒进了拖斗车,自己动手拿了四块蜂窝煤。

送煤的女人这时却一转身,利索地从贾主任的簸箕里,拿回两块蜂窝煤,还是一句话不说,继续往下卸煤。

煤卸得差不多了,车斗紧里边的煤,便有点够不着了,她吃力地踮起脚尖。

贾主任在一旁不停地嘟囔:"那么一大簸箕煤,就换这么两块啊!"脸上的笑容没了,还在送煤的女人身后,不停地翻眼睛。

送煤的女人一定累了,她能知道贾主任在她身后拿了四块煤,就能知道贾主任在她背后翻眼睛,但她显然懒得理贾主任。

荆华跳上三轮卡车的拖斗,帮她把拖斗里边的煤挪到车尾。那女人依旧一句话没有,只在临走的时候对荆华说:"再要煤的时候,给我打电话,我姓周。"

风吹得更紧了,还带着远方雨水的凉意。荆华的衬衣被风鼓胀起来,背上的汗也被拂落下去。她想,一定要在雨落之前,把煤块全搬上楼去。

贾主任也急了,守着她买的那堆煤,不停地看腕子上的大手表。家里人全上班去了,下雨之前肯定赶不回来。她是"解放脚",走路自然没问题,要把煤块搬上楼就难了。

荆华不忍冷眼旁观,明知力不胜任,也得替她搬上楼去。

尽管贾主任一转脸,就会在居委会对那帮老太太说:"昨儿晚上,她们十二点多钟才黑灯,深更半夜地还在送客人……"

或是:"昨天晚上,她们怎么八点多钟就没亮了,有什么背人的事吧,啊?"

…………

贾主任要是不干这些,又能干什么?要是不说这些,又能说什么?这些,也同那旧时代的"解放脚"一样,是某种文化的"精粹"吧？

三楼！两家的煤加在一起，共五百块，每趟搬十块，一共要搬五十次，换个男人试试！

搬到后来，荆华觉得天旋地转，两腿发飘，浑身发抖，舌头发黏，嘴唇发干，恨不得立刻躺倒地上。

贾主任好话说得像连珠炮，荆华却没有听见，她累得耳朵似乎都失去了听觉。

"曹同志，别走，别走。在我们这洗洗手，喝杯茶，啊？"

"我那儿有水，也有肥皂。"她迈着醉汉似的踉跄的脚步，回家去了。

暖瓶是空的。

她们的暖瓶经常是空的，但在这个时候，就感到有些不便。荆华只好拧开水龙头……喝生水自然是常有的事，不过她现在真想喝杯热茶。

当然先要把手洗干净。擦了一遍肥皂，不行，指甲缝儿仍然是黑的，应该把指甲缝儿刷一刷，她转身去找刷子——啊！竟像有谁把她拦腰砍断，一下跌倒在水池旁。她试着移动身体，想要站立起来，不行，根本不能动了，只要稍稍一动，就痛彻全身。

猫头被这景象吓坏了，凄厉地叫着，焦急地、一筹莫展地绕着她打转。

"喵呜——喵呜——"一声紧迭一声，高高地扬着脑袋，仿佛是在呼救。

"不要叫了，猫头，人家听不懂你的话。别叫了，行了，行了，谢谢你了。"荆华吃力地对它说。

猫头好像听懂了她的话，不叫了。紧紧地偎依在她的胸前，忧心忡忡地、呆呆地守着她。

荆华想起"特约评论员"对她的批判。哦,猫头,猫头,你竟比那位理论家更多一点温情。

其实猫头也是反对荆华那篇文章的,但它自有提出异议的办法:把荆华写的手稿,用牙齿和爪子撕得粉碎,害得荆华不得不重新抄写……然而在待人处事方面,猫头真是个非常仁义的家伙。

哗哗的豪雨,无情地抽打着这个世界,雷声紧紧地追逐着闪电,仿佛穿过门窗,在荆华的头顶上开花。强劲的风,暴虐地摇撼着高楼、门窗、树木、电线杆……发出吱吱、咔咔、砰砰、呜呜的声响,像是大地的颤抖呻吟。

雨丝从窗里湧了进来,在窗下积了一摊水,还打湿了荆华的双腿。地上的凉气渗进了她的身体,冷得她牙齿打颤。她想,不能这样躺在地上,得爬到床上去。于是用双臂撑起自己的身体,向前爬去。每爬一步,都疼得她呻吟不止。

猫头又凄厉地嚎叫起来,还紧跟在她的身后,不时用爪子挠挠她的腿。

不,她爬不动了,实在爬不动了,谁能把她抱上床去?她现在多么需要一双有力的胳膊,可是,在哪儿呢?

也许她们都会孤单到死。这是为什么?好像她们和男人之间,有一道永远不可逾越的鸿沟。如同上一代人和下一代人之间的"代沟",莫非男人和女人之间,也存在着一道性别的沟壑?可以称之为"性沟"么?那么在历史发展的这一进程中,是否女人比男人更进步,抑或是男人比女人更进步,以致他们失去了在同一基点上对话的可能?如同婴儿在母体里的发育:某一阶段是四肢的形成,某一阶段是大脑的发育……而其他部位的发育,此时则处于相对停滞或迟缓的状态?

那么是否可以说,在这个历史阶段,比起男人,女人也许更为健全、优秀?

记得有部外国电影叫作《奇怪的女人》,据说影片在该国也引起极大的争议,并不为人所理解。其实那个女人一点也不奇怪,她所要求于男人的,有哪一点不合理呢?她向往和追求的,正是大多数有头脑的女人所追求的,虽然民族、国籍、语言各不相同……

"性沟"是否已成为世界性的问题?

哦,她是爬不到床上去了,好在她已经爬到沙发边上,于是把铺在沙发上的毛巾扯了下来,垫在腰下,感觉不那么凉了。

离柳泉下班的时间还远,着急是没有用的,但她还是无望地盼着、想着:怎么还没有一个人来!旋即又回答自己,外面正是滂沱大雨。

可是猫头"噌"的一下蹿了出去。柳泉回来了?

不是,是梁倩。像从河里捞出来的一个人儿,从雨衣上淌下来的雨水,立刻在地板上汪成一片。

荆华顿时感到疼痛减轻了许多。

"你这是怎么了?天啊,天啊!"梁倩连雨衣也顾不上脱,跪在地上,想把荆华抱起来,试了几次也不行。直到她的雨衣弄湿了荆华,才想起把雨衣脱掉。

她把雨衣胡乱团起,往门后一丢。说:"你用胳膊搂着我的脖子,再试试。"然后梁倩搂着荆华的腰,终于连拖带拽地把荆华弄到床上。

她握着荆华冰凉的、还没洗干净的手,说:"咱们上医院吧,上医院吧。"

"不用,老毛病了,死不了人。"

"这样疼下去怎么行,看看医院有什么办法没有。你的手还在抖,你冷吧?"梁倩拉开被子,准备给荆华盖上。一看荆华的脚,上面全是煤渣。"噢,你这双脚真够意思。"她又去找热水,打算给荆华洗洗脚。

"别找了。热水开水都没有。"荆华有气无力地说。

那就先烧壶开水。

梁倩从水池底下找出铝壶。壶盖上的帽儿,早就不知去向,每每水开之后,壶盖中间那个窟窿,热气儿冒得像是火山口。梁倩在墙角找到一个菜花,从上面切下一段梗子,削了削皮,塞住了壶盖上的窟窿。其实她干这些,也无一不带着外行的笨拙,有时觉得手脚不够用,有时又觉得多出许多手脚,不知往哪里放。

把铝壶坐到炉子上后,她像是完成了一件大事,然后对荆华说:"咱们还是到医院去。"

"下这么大雨?得了吧。我又没发高烧,人家才不会收我住院呢。顶多按摩一下,给点止痛片、消炎片就打发回来了。待会儿只要洗个脚,钻进暖和的被窝,就很不错了。你再把那个远红外线治疗器插进插销,给我贴在后腰上就行。"

这倒是真话。不发高烧,不到要命的地步,很难住进医院。可是留在家里,谁能照顾她呢?柳泉还在陪那个美国代表团,即便不陪,刚到那个单位,正式调动手续还没办,刚上班就请假,怎么好说?

如果没人照顾,别说吃饭、喝水,像现在这个样子,上厕所都成问题,只有自己来照顾她了。好在手头的工作已经不多,影片的混录工作也已完成,只等上面审查,批准发行了。

她今天来,正是为了请荆华、柳泉晚上去电影厂看她的片子。冒着大雨,骑着摩托,在雷电下疾驰,像个疯子。可在这种时候,她才觉得自己有些顶天立地的气派。

"你怎么跑来了?"

"想请你和柳泉晚上去看我的片子。"梁倩边说,边在荆华的后腰上,来回移动着远红外线治疗器的辐射面板。

"真遗憾。"

"以后还有机会。你好好休息,别想那么多。"

"怎么能不想,那是你的'儿子'。"

那的确是梁倩的"儿子",当年她生澄澄的时候,都没这么激动。可能那时她还不懂得做母亲的责任和义务,澄澄便措手不及地来到。在澄澄身上,她看不到"自己",而在这个"儿子"身上,她能自觉地、顽强地把自己的理念传递出去。可以说,它比澄澄更像自己。

后一代对上一代,是血缘关系呈几何级数递减的继承,而作品才是艺术家自己。连遗传基因都不可能像一个人的作品那样,准确无误地传递出作者的信息。艺术家是不死的,他活在自己的作品里。哪怕白复山像抛开一件旧衣服那样抛开她,哪怕澄澄不成器,她也能找到自己的支撑点。

雨停了,空气潮湿而新鲜。

阳光像被这场暴雨洗褪了颜色,浅了,淡了,不再那么耀眼灼人。

从屋檐上流下的雨滴,越来越缓慢、越来越清晰地叩打着檐下的石阶。

大地,万物,呈现着痛苦挣扎后的宁静。

梁倩被这痛苦挣扎后的宁静感动了。她想到她们的过去和未来,想到她们也将会经过反复、痛苦的锤炼,变得更加成熟。她不想对荆华说什么抚慰的话,她们早已不是孩子,荆华也早晚有一天会瘫痪在床,有站不起来的那一天。这些,荆华心里比她还清楚。但荆华的精神却会永远站着,她一定会在什么"史"上留下一笔,假如她能把设想过的几篇论文写出来,一定会使那些只知蜷缩在"经典"里搞索引的人,振聋发聩。

"荆华,你不该刨那些木头,你再刨那些木头,我就把你的刨子扔到炉子里烧了。"梁倩一边说,一边用远红外线治疗器拍打着荆华的腰。

"嘀嘀,别拍、别拍我的腰。人家不让我工作,我有什么办法。你在那儿工作,他呢,拎着膀子看着你干,瞅准空子,给你一闷棍。"

"这是某些所谓共产党人的悲剧。早就忘记了马克思主义是怎么回事,或许当初就没有弄懂,成事不足败事有余。你和这些人计较,岂不轻薄了自己。"

梁倩并非没有自己的艰难,其实每个人都有自己的难点,如果你能越过,以后的路,便显得轻松了。

荆华想起在东北林区看到过的丹顶鹤,出生伊始,它们的头顶有一部分是裸露的,传说它们成长之后,那裸露的部分就会变成朱红。或许她们的头顶上,早晚也会有一块朱红,那时,她们将飞得更高、更远。

"你要我怎样呢?"

"我要你写、写、写……能做出一些成绩更好,做不出成绩至少也要为那些能够做出成绩的人呐喊助威,不要让他们孤军奋战。"

"你对我的期望太大了。"

"你能够的。"梁倩望着荆华那瘦小的、被疼痛折磨的身躯;已经往眼窝里深深陷落的眼睛,粘着煤灰、尚未洗过的脏脚,以及袖口、领口已经磨破的衣衫……不知怎么,想起一支所剩不长,却在奋力燃着的蜡烛。但她能对荆华说"你不要燃了"吗,如果不燃,烛的生命又在哪里?没有死也就没有生啊。

"好吧,那就试试?"荆华的脸上,闪过一丝已经多年不见的微笑,像她小时候,每每恶作剧之前,常有的那种微笑。

"看,出彩虹了。"梁倩突然惊喜地说。

荆华艰难地扬起脑袋,向窗外望去。

那彩虹像刚从仙池里浮升出来,水淋淋的,还滴着水珠,横跨在近前两栋高耸的大楼之间。让人觉得,只要迈出窗子,径直踏上去,就会沿着这条彩虹,一直走到天上。

五

又开始了。

这"乞讨"的日子!

离婚、找房子、做一项专业对口的工作……没有一项不是低声下气,求人怜悯、通融。说到了,这些要求有哪一样过分?

到什么时候,她才能挺起脊梁骨过日子?哪怕过上一天也好,让她尝尝,挺直腰板立着是一种什么滋味。她还没老呢,却觉得自己佝偻了一辈子。

走廊里传来了脚步声,会不会是往这个房间来的?柳泉赶忙埋下眼睛,专心致志地瞅着裙褶上的一个线头。她怕,怕看那些突然变得分外客气的眼神。在那分外的客气里,分明流露着距离拉开后的宽容和大度。

脚步声一路响了过去,不是,不是往这个房间来的。可柳泉又竖着耳朵,巴望着脚步声的出现:那是不是谢昆生的脚步?他什么时候才能坐下来和她谈谈?

从早上八点上班,柳泉便等在这里,已经两个多小时过去。

谢昆生从来没有像今天这样忙,一会儿出去,一会儿进来;

一会儿拿起电话筒,一会儿又放下,不是打不通,就是拨错了电话号码……

好不容易瞅了个空子,柳泉刚叫一声"谢主任……"谢昆生便非常客气、求她开恩似的将她的话拦腰截断:"等等,等等,你没看见我正忙着吗?"是啊,人家这样客气,谁还好意思打扰呢!

是的,忙。柳泉坐在这里两个多小时,反反复复听到的就是这件事:究竟让谁参加明天晚上的宴会。

据柳泉所知,参加宴请某国电器公司代表团的名单,前几天就在酝酿,到今天还没有定下来。定不下来的原因说复杂也不复杂,说简单也不简单。有点像八国联军与清政府签订合约时,列强各国所强调的利益均沾。比如,某某局长、某某工程师,已经参加过多少次宴会,相比之下,某某局长和某某工程师参加的似乎少了一些,要命的是,谁也说不准谁究竟参加过多少次。说得准的只有一个:谢昆生是场场不落的主力队员。

说了归齐,柳泉要谈的不过是个人问题,那怎么能影响如此重要的外事活动?等吧,反正现在什么事也没有了,只剩下这件事。

柳泉机械地摩挲着身上那浅丁香色的绉纱连衣裙。真像刚演完一场戏,行头还未及脱下呢。

连衣裙是梁倩送给她的,今年国际上的流行款式,宽松的腰身,同样颜色的细绦束带。脚上的白色半高跟鞋是荆华送的,难为荆华去买这样的奢侈品。柳泉又经意地把这些穿戴起来。这一切,无不体现出她们对"未来"的幻想。别管她们碰过多少钉子,受过多少磨难,有时还是显得幼稚。

世上的事,有那么简单吗?柳泉的外祖母,顶爱说这句话来开导自己和别人:"人生在世,九九八十一难呀,不炼你个火眼金睛,过得去吗!"所以她活到八十一岁,身子骨还挺硬朗,也不显老——因为她是有充分准备的。

"老谢！老谢！"

谢昆生还是不在，柳泉仍然心事重重地坐在谢昆生的办公室里。

见朱祯祥进来，她又拘谨地站起来，在脸上堆出一个礼貌的微笑，好像他们刚才没见过似的。

"谢主任刚回来一会儿，又出去了。您有什么要紧事吗，我可以转告，反正我要在这里等他。"

柳泉的微笑，是破坏性的。好像他穿了一套讲究的衣服，去参加一个愉快的酒会，正举着磨花玻璃的酒杯，和朋友说着优雅的笑话，却有人递给他一封电报，告诉他，他派出去的一个部下，在某地出了车祸……

一定发生了什么不愉快的事，她需要帮助，她非常着急。不然她不会这样极不情愿，又迫不得已地坐在这里等谢昆生。就像深居简出的闺阁小姐，如今家道中落，不得不抛头露面出来谋生那样难堪不已。

朱祯祥并不了解柳泉，但在这次接待美国代表团的工作接触中，他感到这个人很自重，带着五六十年代大学毕业生那种业务扎实、一丝不苟的劲头。

这几年外事活动繁忙，虽然新建了一个国际机场，使用起来仍然显得紧张，机场里的服务工作也跟不上。那天，因为载运行李的手推车不够用，宾主在机场白白耗了半个小时。倒是这个柳泉，提议在场的翻译每人紧盯一辆在用的手推车，一俟人家卸完行李，就可及时接到手里。

可是有人不高兴。跟着手推车走一趟，不过几十米的距离，倒好像从兜里往外掏钱那么不痛快。钱秀英极不情愿地从一扇大玻璃窗前,千娇百媚地拧过身子,因为连衣裙上的腰带勒得太紧,腰部那一堆多余的肉,便被撑向腹部。于是腹部便更加隆起在色彩斑斓的连衣裙下,活像一只快要产卵的花蝴蝶。

钱秀英喜欢在一切照得见影子的地方停留,镜子前头自然不必说,阳光底下,乃至办公室、宾馆、餐厅、小汽车……的玻璃窗上。

柳泉的提议,显然败了钱秀英的兴致,她娇横地向谢昆生瞥了一眼,那一眼分明包含着这样的意思:都怪你,上哪儿弄来这么个人!

谢昆生很有些地方让朱祯祥不放心。但朱祯祥也拿他没有办法,虽说朱祯祥是外事局的局长,却管不了这个办公室主任,谢昆生另有一条畅通无阻的渠道。

外事局的翻译不少,能应对自如不多。到了关键场合,还要从其他单位借翻译。这种局面早就应该改变,可是这块地盘,针插不进,水泼不出。眼看钱秀英在和外宾交谈时,把个崇祯皇帝改了履历,硬是从明朝挪到了清朝,朱祯祥又能如何?把这个钱秀英换掉试试,谢昆生要不找茬子闹事才怪。

女人的分类也很怪,柳泉论模样、论工作能力、论为人,都比钱秀英强,现在却是这副一筹莫展的模样。

她在工作中的自信,哪里去了?某领导同志为美国代表团举行告别酒会的时候,几个平时挺能咋呼的翻译都不见了踪影,却让这个新来的上了阵。朱祯祥当时很为她捏了一把汗,结果还不错,那位领导同志祝酒时,还因此多说了几句风趣的话,惹得那些美国人开怀大笑,看来他们完全领略了其中的妙趣。最后那位领导同志还特地祝了柳泉一杯:"谢谢你哟,翻译得不错嘛。"

柳泉只轻轻地抿了一口,微微地笑了笑。是那种知识妇女在意识到自己的聪明才智时才有的微笑,是使得每一个正直的男人肃然起敬的微笑。

然而眼前这个柳泉,和她在那次酒会上留给朱祯祥的印象,相去甚远,仿佛一幅无人经心保管的老画,被虫蛀损了,也被温度、湿度、酸碱度都不合适的空气,剥蚀得褪了颜色……让他感到些许的痛惜。

究竟出了什么事?

柳泉没来找他,他又何必多管闲事,该管的还管不好呢。

"谢谢,我自己和他谈吧。"

赴英国访问团的名单里,出现了一个对方根本没有邀请的、莫名其妙的人物。他是哪个局的,又是哪一方面的专家?朱祯祥都不清楚,他准备向谢昆生了解一下,而这件事不便请人转达。

忽然听见谢昆生在走廊里说:"就这么办,出了问题我负责。"然后就进了办公室。"噢,朱局长,找我有事吗?"

只见谢昆生手里举着一只骨制烟嘴儿,上面刻着中国画里特有的青山绿水。烟嘴上,还插着一支正在燃着的香烟。他衣着考究,不是"红都"就是"友谊商店"的卖品。变色眼镜是镀金的,谢昆生不戴进口的太阳镜,那不符合办公室主任的身份。可他身上所有的物件,都像租来的,就连他那所谓的儒雅风度,也是从外事部门租来的……就像人们在照相馆,租套结婚礼服拍结婚照。

一个人的趣味高低,有时很难辨清,但有一个孔隙,可以准确无误地测试到他们小心掩盖起来的、不愿为外人所知的地方,那就是从他所感兴趣的异性身上。

"有点事情。不过柳泉同志等你已经很久了,我的事情,可以再找时间。"

柳泉又站起来了,带着拘谨的、勉强的微笑,这微笑立刻在他们之间画了一道线。线这边,是哼哼哈哈的小官僚,线那边,是契诃夫在《小公务员之死》那篇小说里描写过的低声下气的小公务员。这边要是咳嗽一嗓子,那边就会琢磨上三天。别人的感觉如何,朱祯祥不知道,反正他不喜欢人家这么对待他,私下里,他羡慕教授、工程师、专家那些头衔。

换了钱秀英,一定不这么笑。这就是柳泉和钱秀英的不同。钱秀英永远记得自己是个女人,而柳泉常常忘记自己是个女人。

谢昆生脸上显出一副礼贤下士的样子,手里却不停地摆弄写字台上的文件,毫无必要地从写字台的右边挪到左边,再从左边挪到右边;依次拉开每个抽屉,好像在寻找什么,又找不出什么,然后再依次把抽屉关上……而在这些动作的每一个间隙中,都不会忘记向柳泉做一个亲切的笑脸。

朱祯祥觉得于心不忍,难道他是旧衙门里的县太爷?

"柳泉同志,你就谈谈吧。"朱祯祥很想助她一臂之力。

柳泉的脸微微地红了,不论是朱祯祥的同情,或是谢昆生的"礼贤下士",全让她感到有求于人的屈辱。现在,纵使她有千般自重,万般自负,也奈何不得了。人常说"心比天高,命比纸薄",怎么就让她碰上了?

前天下午,柳泉去伙食科买饭票,人家问她是哪个单位的,她回答说是外事局的,卖饭票的人一查,外事局的花名册上根本没有柳泉这个名字。柳泉说明自己是借调人员,伙食科的人说,借调人员的饭票要由正式职工代购。柳泉只好请钱秀英帮忙,可钱秀英说:"哟,我还不知道伙食科的大门朝哪边儿开呢!我从来不自己买饭票,都是别人替我去买。当然啦,我可以为你效劳。"

钱秀英一定想起了那些为她买饭票的"骑士",得意地用手背撩着耳边的长发。

柳泉想起在干校时经常为之担忧的那头小灰驴。它那四条仿佛一撅就折的小细腿儿,拉车爬坡的时候,怎样吃力地抖动啊……柳泉总是奋力地推着车轮,助它一臂之力。小灰驴像是懂得她的爱,用它秀美的大眼睛,安静地、驯顺地望着她,听凭她拍打着自己的脖子。因此有人称她"驴道主义",现在,谁哪怕给她来点儿"驴道主义"也好啊。

钱秀英效劳的结果是,"我替你买了三块钱的饭票,先吃着吧。"然后意味深长地笑了笑,把饭票和剩下的十二块钱,还给了柳泉。

后来柳泉又提出领个办公桌。送走美国代表团后,终于有时间歇下心来,安排一下必需的工作条件。组长歉然地王顾左右而言他:"桌子嘛,先不急,办公室太挤了,再弄个桌子往哪里放?你先和我共用这张办公桌吧,我给你腾出几个抽屉,啊?"

…………

当时柳泉觉得一切都很正常,直到昨天上午,人事处通知她,借调到此为止,感谢她对外事局的协助,请她休息几天后,仍回原单位工作。她这才忆起前天下午,钱秀英好像特别高兴,在办公室的另一头叽叽嘎嘎地笑着,说着。"……你们敲不出来,我一敲就敲出来了,怎么样,十块钱。"她抖动着手里那张崭新的票子,那张票子结实地、哗哗地响着。可以想见,被敲的人,多么珍爱自己的钱财,但还是把它献给了不朽的钱秀英。然后反倒像是她在恩典大家:"你们说,吃什么?"

…………

"什么?留给首长的?我不管,反正我拿一张,剩下的你们爱怎么分就怎么分。"

……………
钱秀英万事如意,人们甘心情愿受她支配,并且把它视为一个难得的机会。钱秀英在谢昆生那里,说话有影响呢。

原来是这么回事!

被侮辱、被愚弄的感觉,使柳泉几乎落泪,但她知道,无论如何不能在钱秀英面前落泪,可她上哪儿哭去?别的女人可以躲进丈夫的怀抱,把眼泪流在丈夫结实的胸脯上。在丈夫的安慰和爱抚里,她们的委屈自然会得到平息。

而她只得躲进厕所,插上便池的小木门,忍着排泄物的臭气,面对结垢的便池、肮脏的木门、歪斜在地上的纸篓、撒了一地的手纸……不敢出声地哭了很久。所幸水管子漏水,哗啦哗啦地掩盖了她偶尔憋不住的抽泣。

幸好有这样一个人们非到必要时刻不得不来的地方,仿佛是特地为她准备的。尽管有人进进出出,好像钱秀英也来过,还推过她这个便池的木门。

柳泉听见,和钱秀英同来如厕的人问道:"脚上这双凉鞋真漂亮,哪儿买的,多少钱?"

钱秀英故作不屑地说:"漂亮什么!我老公去上海出差买的,二十多块呢,乱花钱!他一出差,总要买些乱七八糟的东西回来,不穿吧,可惜了那些钱。穿吧,真窝心。跟他说过多少次,'别买了,我不稀罕',可他就是不听,真讨厌。"

柳泉可以想象,钱秀英在说这些话时,一定娇滴滴地撇着那张河马样的大嘴。

"啊哟哟,你还讨厌哪?现在有几个男人能这么疼自己的老婆!"

"谁稀罕。"钱秀英虽然这么说,但浑身上下,每一个毛孔里都流泻出对享受丈夫疼爱的满足,以及被丈夫娇宠的炫耀。

柳泉明知这是女人的浅薄,然而此时此刻,她却强烈地渴望这浅薄的满足,但愿她也能这样对人说……

她脚上的白色高跟鞋也很漂亮,但那是荆华买的,这毕竟是不能互相代替的两种感受。

柳泉想起"他",没有一点怨恨的。

他有一个宽阔的胸脯,应该可以为柳泉遮风挡雨。

记得"文化大革命"初期,留学英国的父亲,一夜之间成了里通外国的"间谍",柳泉每每为洗清父亲的不白之冤,徒劳无效地奔波一天后,多么想靠在那个胸膛前,诉说一下她所受到的冷漠和羞辱,又多么希望那是一片绿荫覆盖的草地,让她躺在上面得以歇息……然而他却喷着满嘴的酒气,强迫她做爱。那时他很得意地当着一个什么派别的小头目,踌躇满志,以为日后必然飞黄腾达,青云直上,早早便做起了黄粱梦。

自他们结婚以来,每个夜晚都像他花钱买来的,如果不是这样,他便蚀了本。

柳泉怕黑夜,每个夜晚,对柳泉都是一个可怕的、无法逃脱的灾难。每当黄昏来临,太阳慢慢落山的时候,一阵阵轻微的寒颤,便慢慢向她袭来,好像染上了什么疾病。她恨不能抱住那个太阳,让它不要下沉,让黑夜永远不要来临。他呢,却粗暴地扭住她问道:"你是不是我的老婆?"

…………

这番回去,要比没借调来时,处境更为艰难。柳泉好像已经听到魏经理那幸灾乐祸的干笑。那种笑,如同在挺冷的晚秋,一下子又掉进结冰的水池子里。

对了,她现在的景况,就跟一个不会游泳的人掉进刚刚没顶的池塘差不多,扑腾着、挣扎着,呛得好生难受,而岸上的人,不但不会救她,反而觉得有趣,因为人人都觉得,那么浅的池塘是淹不死人的。

究竟为什么?柳泉茫然不知所措,想不出自己做错了什么。

现在她像个被辞退的女佣,站在主人面前,请他开恩。

她何尝不想扬长而去,或是拿起写字台上的墨水瓶,狠狠地摔到地板上,让瓶子里的墨水飞溅开来,溅谢昆生一脸一身。然而这是万万使不得的,有一刹那,柳泉甚至忘记了自己到这里来的目的,眼前就剩下这件事:就是对这种冲动的抑制和反抑制。

朱祯祥的同情,并没有使柳泉从困境中得到丝毫的解脱,但他这两句不疼不痒的话,却使柳泉的心立刻朝向他。赢得一个人的好感,是那么容易。这难道是柳泉的轻率吗?一颗总在受苦的心,像一台失灵的天平,它已经不能像正常人那样准确地度量,既会放大"恶",也会放大"善"。

越是这样,柳泉反倒越不好张嘴。"不过是一点工作上的事情……"

"那好,你们先谈,我过一会儿再来。"朱祯祥知道柳泉相当自尊,虽然她说是一点工作上的事情,还是避开为好,免得她不便启齿。

谢昆生终于觉得不大合适,虽然朱祯祥并未说出这样对待柳泉不妥,甚至没有流露一丁点儿这样的意思。"朱局长,一会儿我去找你,我这里很快就完事。"

生怕谢昆生用这个借口,潦潦草草把柳泉打发了,朱祯祥连连说:"不忙,不忙,我还有别的事要办。"然后又转向柳泉,给她鼓劲似的,"你好好谈,好好谈。"

柳泉很想对他说声谢谢,可她的舌头发硬,说不出来,只有在心里朝朱祯祥感激地微笑。她相信,朱祯祥一定看得见她心里的微笑。人和人的眼睛是不同的,每个人的瞳仁,其实是长在自己心上的,他们只能看见各自的心灵所给予的那个界限之内的东西。

谢昆生肃起脸子,一本正经地问道:"你找我有事?"

废话。没事能在这儿等两个多小时?而且他完全知道柳泉为什么找他。

"是的。"

"好,你谈吧。"然后谢昆生打了一个大大的哈欠,又顺手拿过一份报纸,浏览着报纸上的标题。

"组长和我谈过了,说这一阶段工作已经结束,让我仍回原单位上班。"

"嗯,是的,是这样的。"谢昆生把报纸翻得哗哗响。

"您曾亲口对我们单位和我本人说,调令随后就下,因为这里急等用人。"

"我说过那样的话吗?"谢昆生惊诧地扬起了眉毛。

第一人称的自我疑问句。据说,这种句法现在颇为流行。

"您说过。现在让我回去怎么和领导上说?我是能力不够,还是犯了什么错误?您替我想过没有,我怎么办?"

"啊呀呀,情况是在不断变化嘛。"想了一会儿,谢昆生又慷慨地提出,"这样吧,我给你们单位打个电话,把情况说明一下,你看好不好?"

谢昆生被自己的提议感动了,顿时觉得自己伟大起来,像他这样事必躬亲的领导,现在能有几个?

"不,不必,谢谢。现在的问题是,您说的话要不要兑现?"

谢昆生变了脸色。有这样不识抬举的人么?他把手里的报纸朝旁边一丢:"这是后来党委集体讨论研究的结果,我个人怎么好推翻党委的决定呢?"

"集体讨论研究决定"这种法宝都端出来了,谁还能怎么办呢?它是一种滑溜溜的、没边没际、没抓没挠的东西,你就是想咬它一口,都找不到地方下嘴。

只这一句话,就把柳泉打得落花流水。

梁倩让柳泉在剧场门口等她。

梁倩跟人约会的地点,一向奇特,当年她和白复山恋爱的时候,就让白复山在西单公共厕所门口等过她。

几个头发留得像女人那么长,裤子把屁股绷得贼紧——不知他们蹲下去的时候怎么办——立裆只到肚脐眼儿的小青年,手里攥着一把毛票,问柳泉:"有富余票没有?有富余票没有?"大概以为,柳泉也像他们一样是来这里消愁解闷儿的。

柳泉转过脸去,面墙而立,墙上贴着一张海报,海报上,哀婉而楚楚动人的玛格丽特·高杰,不知被哪个好心人画上了眼镜、连腮胡子,手里还画上了一把长剑。为什么让她拿把剑,又让她嘴上长了胡子?也许这位画师认为回到骑士时代更好?一切复杂的问题,都可以通过决斗得到解决。赢也赢得光明磊落,输也输得光明磊落。

手里那一兜蔬菜很重,勒得她手指头疼,她换了换手,几根绿生生的嫩扁豆,从网兜眼儿里漏了出来,柳泉蹲下去,一根根地捡起,不禁想起买菜时遇到的那个管理市场的小青年,什么话也不说,拿了一堆扁豆就走,也不给钱,真不像话!卖豆角的老农,眼巴巴地瞧着不敢吱声,平时为几分钱玩命的劲头,也不知哪里去了。

柳泉问:"他怎么不给钱,你认识他?"

老农苦笑笑:"不认识。人家就是这么着。"

"你怎么不跟他要钱?"

"唉,这不是人家的地盘吗。"

柳泉在市场东头找到市场管理员的小屋,小屋的桌子上堆着新鲜的西红柿、豆角、青椒、鸡蛋……可以做画家的静物写生。不知是否都付了钱。

那小青年正在啃西红柿。粉红色的汁液,顺着尚未长满髭毛的嘴角流淌下来。他有着天神似的体魄,铜铸似的膀子上隆着一块块健美的肌肉。这应该是一个顶天立地的伟岸的男人。

他看也不看站在一旁等候他的柳泉,自管稀里呼噜地吃西红柿,随手将果蒂往门外一扔,恰巧落在一个干干净净的女孩身上。

"缺德!"那女孩急忙掸着落在衬衣上的汁液。

"操你妈!"他甩着手上的西红柿汁液,顺手往门框上抹了一把,接下去是出口成章的一篇大骂。女孩悻悻地去了,然后他才扭头问柳泉:"找谁?"

"找你。"

"找我干吗?"

"你刚才买豆角为什么不给钱?"

"谁说我没给钱?"他不着急,也不生气,一副寡廉鲜耻的模样。

"我。我就在旁边站着,没看见你给钱。"柳泉的腰板也挺起了一些,觉得自己毕竟有点用。

"你怎么知道我不给? 我当时没带着。"他拍拍身上没有一个口袋的背心,"回头我就给送去。"

柳泉什么也没逮着,可她就是觉得这伶牙俐齿的小青年什么地方不对头。引起她义愤的到底是什么?

"你一会儿给? 谁能看见呢? 大家只看见你没给,这影响多不好。你现在是代表国家对投机倒把,牟取暴利那些不法行为进行监督,如果你自己首先违法乱纪,农民会怎么想?人家不管你姓张还是姓李,人家只认准你姓'国',你得爱惜、尊重这个姓。"说了一大堆,她仍然觉得没有把心里的想法说清楚。

"你是干什么的?"小青年咧开嘴巴,像是在听人卖狗皮膏药。

"我是记者。"柳泉理直气壮地撒了个谎,"经常跑这个地段,专门负责反映这一带自由市场的情况。如果再有这种情况发生,我一定要向上面和有关单位反映。"

真是本性难移。

在自己后院起火的情况下,还有心绪去管这些事。

她自己的事,那些无端伤害她、不公正对待她的人,又有谁来管呢?

她甚至变得迷信,变得愚昧,像从未受过教育的农村老太太——如果那个穿红裙子横过马路的姑娘不回头,我的事儿就能解决。

谁说的?迷信是对生活无望的结果。

柳泉打了个寒颤,在摄氏三十九度的气温里。太阳烤得人全身淌汗,汗水从脊背、胸窝不停地淌下,像有小蚂蚁在爬。一丝风也没有,树叶一动不动,连树荫底下应有的阴凉,在酷热的驱赶下也萎缩了。

不知梁倩此行是吉是凶。幸亏梁倩有那么一位老爹,不看僧面看佛面,人们也许不会特别为难她。

谁能说一片赤诚地献出友谊和爱情,不是一种有死无回的探险?她们之中的任何一个人,在这方面都有惨痛的教训。

在生活疾骤的旋转中,她们不断丢失附在周身的那些不太

101

坚牢的东西,而她们之间的友谊,在这茫茫的人世间,却是难以再得。

苏格拉底建屋时,人说那屋子太小,他回答说:"只要它能容纳真正的朋友。"

她来了,骑着橘红色的双座摩托,远远看去,依旧充满青春的活力。黑色的褶裙,浅蓝色的丝绸绣花衬衣,白色的浅口皮鞋紧裹在她秀气的脚上,她难得这样修饰自己。只是头上露顶的破草帽,与身上的衣着很不相称。

张口就是一句脏话:"狗蛋,当着朱祯祥的面,我跟谢昆生那老小子大吵一架。你妈的!"她一定说了不少的话,又在太阳底下跑了很久,两片嘴唇之间的唾液,稠得似乎可以粘住嘴皮。

"先去喝点饮料好不好?"

没想到,在冷饮店里遇到了白复山,还带着一个漂亮的小妞儿。她的领子大得不能再大,袖子短得不能再短,全身袒露到即便在这炎热的夏天,也令人想打喷嚏的地步。

柳泉立刻失悔,尴尬地站在冷饮店窄小的过道里发愣,不知退出去好,还是若无其事地走进去。

梁倩推着她的后背:"走,走,愣什么,没见过还是怎么着?"

经过白复山那张桌子的时候,梁倩像遇见熟人似的招呼着:"出来遛遛?"就像没看见白复山身旁的小妞儿。

那小妞儿显然不知道梁倩和白复山的关系,如防范一个新出现的竞争对手,警戒地、上上下下地打量着梁倩。经过短暂的对比和判断,料定梁倩不是对手,便带着年轻女人对韶华已逝的女人的怜悯和优越,掉过头去。而那过剩的优越感和怜悯,仍然盲目地从后脑勺上往外冒。

这可怜的小雏。

白复山慷慨地对她们说:"我请客。"

梁倩伸出一个手指头,仿佛怕沾上脏东西似的推开他,说:"不用,谢谢。"便带着柳泉昂首阔步地走向另一张桌子。

梁倩心中冷笑,这家伙,气派还是不够,为什么不敢请她和柳泉就在他们那张桌子落座?梁倩可不在乎,她有政治家的气魄和风度。

"两瓶汽水,两杯巧克力山德。"

等着服务员开票的时候,梁倩向白复山那边瞟了一眼,她看见,白复山正伏在那小妞儿耳旁低语,肯定是在介绍自己的身份。因为那张容光焕发的小脸,立时变得萎缩、暗淡。

哦,不过是自留地上的一块小菜园。

吱、吱、吱,梁倩用力吸着麦管,一口气喝下半瓶汽水。"他们走了。"她朝冷饮店的门厅转了转眼珠。

柳泉回头望去,恰巧白复山往她们这边看着,他扬了扬手,柳泉只好点点头。准是小妞儿要走,眼前的阵势,可能让她有点吃不住劲。

梁倩一时没有说话,用手指蘸着汽水瓶下的水渍,在桌面上画字。那些毫不关联的英文字母,像字谜一样令人费解。她也有她的悲哀,但这悲哀只藏在她心底深处,像藏在这字谜里一样。她可以随便发泄胸中的愤怒,或为欢乐而雀跃;而悲哀的感觉,她是永不会对人说的,甚至不肯对柳泉或荆华说。

但她自有治疗这悲哀的法儿。那就是对自身存在价值的认识——对人类、对社会、对朋友,你是有用的。

"你怎么打算?"

"什么——"柳泉觉得梁倩的话没头没脑,她的思路跨度太大,像剪辑错了的电影胶片。有一次梁倩让她和荆华去电影厂看一部过路片,放映员忙乱中倒放了胶片,银幕上的人物、飞机、汽车等等,一律"倒行逆施",惹得人们捧腹大笑。如果仔细想想,他们也许就不会笑了,谁能担保自己一生中,没有被剪辑错了的时候?

"我是说,你对你的工作怎么打算?"

哦,梁倩既没有在想白复山,也没有想那个小妞儿。和旧式的女人相比,对她们这种类型的女人来说,所思虑、所悲伤,并耗尽心力去关注的,早已是不同的内容,就连她们表示悲哀的方式,也不同了。

"我想,我还是回公司去吧。"柳泉无法衡量,退或进哪一种选择,在尊严、意志、精力等等方面,付出的更少。一想到不论哪个选择都得苦斗一场,她真想不战而降,下跪求饶。

"胡说,让这老小子白涮一盘?你干,我还不干呢!"梁倩死不服输,也不允许别人服输。

"我已经和老董科长谈过了,他对我大发脾气,'你就那么下三滥,啊?非得去他那个外事局,用不着你向他们低三下四求情,趁早回来,这边的事情,我想法给你圆过去。'也许还是回去省劲。"

"我不同意你这种生活态度。"梁倩把手里的汽水瓶举到眼前,透过橘黄色的液体,四周的景物就像泡在这橘子汁里,全变了样,像卡夫卡的小说。然后接着说,"我们常常提出这个问题,世界上究竟好人多还是坏人多?经过认真的分析、对比,一致认为,还是好人比坏人多。可生活为什么显得那么艰难?这是因为坏人虽少,但是他们的能量大,而且常常是进攻型的,侵略型的,而好人总是处在防御地位,所以坏人显得很多,所谓'一只耗子坏了一锅粥'。我希望改变这种打法,不能一味地防守,要出击,要进攻,狠狠敲断那些坏蛋的脊梁骨,让他再也不能害人。王八蛋!"

梁倩的眼睛越睁越大,细长的脖子上,隆着青筋,气色也不好,皮肤没有一点光泽,像一只储存过久、水分失去过多、表皮已经起皱的黄香蕉苹果。柳泉觉得十分不安,仿佛自己是梁倩身上的一条寄生虫,要是梁倩自己万事如意一路顺风,倒也罢了。

"还是算了吧。"唉,总不能让朋友为自己擦一辈子眼泪。

"不行。"梁倩从嘴上拿下正在吸着的香烟,用夹着香烟的中指,叩击着桌面,"你知道他们说你什么?说你一个中午不知道和外宾跑到哪里去了。"说完,便静候着柳泉的反应。

柳泉蒙了。两只手下意识地向前慌乱地推着,好像在抵挡一块向她压来的无形的巨石。

桌上的汽水瓶被她碰翻了,还嫌不够热闹似的,咕碌碌地滚下桌子,"砰"的一声化作碎片,立刻引起了服务员的注意。梁倩说:"这办法不错,平时你叫他,千呼万唤都不理你的茬,以后要想让他搭理,摔个瓶子就得,两毛钱,比白白等上几十分钟还是划得来。"

梁倩想,对于柳泉,一丁点儿负担都不能再有了,哪怕是这只碎了的瓶子。

"怎么不知道跑到哪里去了,布朗女士提出要到王府井吃点中国小吃,林克先生听了也要同去,而且我还请示了组长,前前后后不过一个多小时……"

梁倩在心里计算了一下,从北京饭店到王府井任何一家小吃店,快走,来回也得三十分钟,剩下的时间……"哼,"她冷笑了,"三十多分钟,脱裤子还来不及呢。狗蛋!"但柳泉这种温良恭俭让的软弱,也令她愤然,"有些人,你越是对他讲理,他越是认为你没理。对这种人,只有得理不让人,逮着理就闹他个人仰马翻。你不用给我解释这些,只要你没干理亏的事,就决不能饶了他。你想一走了之,临阵脱逃?当逃兵人家也饶不了你。那一大堆肮脏的谣言,你走哪儿会跟你到哪儿。这里面分明有人捣鬼,你要抓住这件事,闹得越大越好,工作问题反而解决了。我呢,往上面找人帮你疏通一下,绝不能败在谢昆生这老小子手里。刚才和他交交锋有好处,至少知道事情由哪里发端。我看朱祯祥那个人还是清楚的,他当时就表示'这件事好查嘛,可以弄清楚的'。你一定要找朱局长谈谈,该说的,你要说清楚,我觉得他会帮助你。"

梁倩说的句句是实话,但她们的社会地位毕竟不同,对她可行的办法,对柳泉未必可行。就是现在,柳泉觉得自己的肩膀已经开始往下倾斜,一副丢盔卸甲的架势。

而梁倩变得越来越爱吵架,只要一吵架,她就好像来了精气神儿,柳泉甚至觉得她有时存心找架吵。

唉,她不过貌似坚强而已,像汽水瓶刚开盖儿时,那一股势不可挡的气泡。我们其实都是弱者。柳泉黯然,为梁倩,也为自己。

"你怎么了?"梁倩忽然变得安静。

"没什么……"柳泉伸出双手,隔着桌子,握住梁倩的一只手。

梁倩放下手里的杯子,像个男人似的拍着柳泉的背,"吃冰激凌吧,它已经化了……"

唉,像个男人一样,拍着她的背。

六

院子里,每家电视机都在开着。

从挂着不同花色的窗帘、亮着不同灯光的窗口里,传出同一电视频道,同一女人的哭声。

有板有眼,抑扬顿挫,声乐训练似的。所以人们才能在吃着饭后消暑的西瓜,打着饱嗝儿,东家长、西家短的闲聊中,倾听这表示痛苦和悲哀的信号。

真到哀痛欲绝的时候,有谁这样哭泣?

但只有这条短街,还是一个安静的去处。

由于不是交通要道,没有公共电汽车通过,尤其到了晚上,连小汽车也很少通过,便保留了些许的安静。

它像一个窄长的街心花园,有大树、灌木、草地和花丛,甚至还有一小片拦在铁丝网里的果园。青青的小苹果,正傻里傻气、无声无息地在那果园深处长大,变得红润和甘甜,直至献出完美的自我。

街灯的光晕,像黄澄澄的雾,罩着在街边草地上低声絮语的青年,捧着书本准备高考的学生,以及乘凉的人们……原来有那么多人,在兴味盎然地活着。那片草地诱惑着柳泉,她真想立刻躺在草地上,什么也不干,就是数天上的星星;或像推车里那个熟睡的婴儿,做一个什么梦也没有的梦……再不要像上紧了发条的玩具人,砰砰砰地跳个不停。她给蒙蒙买过一个玩具猴子,发条一上,它就不停地翻跟头,即便是铁皮做的,也磕掉了漆皮,碰扁了头。

到现在,她连晚饭还没吃,刚才荆华给她冲了一杯麦乳精,她连那个也咽不下去,除了白开水,随便什么东西,一进喉咙就要吐。也许有些中暑,想找瓶"十滴水",翻遍她和荆华的房间,也没有找到。不论用得着的还是用不着的,她们都很欠缺。

整整一个下午,柳泉骑着自行车,在像是从熔铁炉里捞出来的太阳下奔波。

魏经理已经发出最后通牒,让她回公司上班。

而梁倩却让她拖着。还是那句话:调令随后就下。但究竟有多少把握,今天应该听到回音。

宿舍、摄制组、放映室、混录棚、洗印车间、剪接车间……到处找不到梁倩,据说她拍的那部片子又出了问题,厂党委没有通过。

她不会一怒之下上吊吧?平时,她最爱说这样的话:"气得我真想上吊。"但更大的可能是找谁吵架去了,柳泉想象得到,她如何恶狠狠地咬着两排细小而紧密的牙齿,一副血战到底的样子。

结果却有人告诉她,梁倩在摄影棚。摄影棚里还有她什么事?她的片子早就拍完了。

每个摄影棚里都在拍戏,摄影机的镜头,像重炮炮口一样,瞄着在七情六欲里挣扎的凡夫俗子。只有二号摄影棚里阒无一人,然而每个灯盏,都大放光明,管灯光的人大概上厕所去了,医生也许会给他开一个"便秘"的诊断证明。

梁倩正坐在玻璃镶嵌的一池春水中,远远看去,像是一支出水芙蓉。远远地,唉,只能是远远地了。

池水里,倒映着制作车间出品的描金绘彩的飞檐,婀娜多姿的柳丝,轻柔的浮云,奇巧的岸石……

她不知在想什么,两手抱着腿,下巴颏抵在两个膝头之间,睁着一双视而不见的眼睛。柳泉觉得蹊跷,这不大像她平时。

"你怎么在这儿?让我好找。"柳泉远远地站着,不敢走近,生怕一脚踩碎了那些玻璃。

"你瞧,这儿多好。"这更不像她。梁倩讨厌一切假东西:绢花、塑料花、首饰……就连她拍的那么大一部电影,也没有一处不是实景,难道她到了可以抛弃自己的时候?那她可就大福大贵了。

"你在这儿干吗?"

"打坐。"梁倩耸了耸肩,又做了个鬼脸,"在寻找一种感觉。"又认真了一点,不那么怪模怪样地笑了。

什么感觉?在虚假里可以死心塌地的感觉?她找不着。

"得了吧,"柳泉痛惜地反驳她,"别玩新花样了,你就是你。有人说,改变性格不过像是穿越一条小巷……对另外一些人也许是那样,对我们却不是。"

她们像架老风车,被遗忘在荒野里一条叫不出名字的河流上,并且不知道自己已经慢了几个世纪,依旧那么不慌不忙、自得其乐地旋转着,每一个老关节,都满足地哼哼着。谁要是想给她们变个节奏,换上一个现代化的马达,立刻就会把她们的老骨头摇散架。

梁倩像是被人戳穿了西洋镜,赖皮赖脸地咧开嘴巴。"你来得正好,我出不去,今天还有人要审我的片子……这几天活动的结果是,上面已经通了,谢昆生也说他那里没问题,只是下面人事处在顶着,人事处又听了群众的什么反映。我找人摸了底,人事处那里根本没问题,是谢昆生想调进自己的一个心腹。说到群众反映,可能是钱秀英捣的鬼。朱祯祥说,这些反映可以查查清楚,第一,有没有那么回事;第二,即使有那么回事,还要看具体情节和性质……能有这句话就行,不是一听诬陷就给人板上钉钉。他说,他愿意跟你谈谈,这个人还不错,不像有些人,连个辩白的机会都不给你。"

好倒是好,但即兴的豪言壮语和琐碎的具体工作之间,仿佛隔着一条可以冷却冲动、责任、热情的河流。

"他什么时候跟我谈,又什么时候才能查清楚呢?"

"今天,就是今天。我已经给你联系好了,你先打个电话联系一下,万一他晚上突然有什么急事,你不是白跑吗?我把他家的电话号码告诉你——"说着,她翻着那个蓝皮的通讯册,"我这个宝贝本子可不能丢,'上面的联络点,有三百多处哇——'哼哼。"梁倩从鼻眼里挤出一个冷笑。她特别喜欢拿"文化大革命"时期样板戏里的台词开玩笑,那些台词,她记得滚瓜烂熟。

从电影厂回家的路上,柳泉给朱祯祥打过一个电话,接电话的是个女性,有着柔和而安详的声音:"他还没回来,对不起,请你过些时间再来电话好吗?"

完全没有顿生的戒心、反感、倨傲、跋扈,也没有盘问一番:你是谁?哪个单位的?有什么事……

…………

这显然少有,也许是他们家的保姆,但不像。很沉稳,有经验,又因教养而充满自信。是朱祯祥的妻子吧?他们夫妇二人一定和谐,像月亮跟随着太阳,不论阴晴。

现在荆华陪她去打第二次电话,一路上,柳泉都在为打电话的时间是否合适而烦恼。

"他会不会正在吃晚饭?"柳泉说。要是朱祯祥胃口不好,也许这电话就会影响他的食欲,如果他正在剥一只虾,那就会败了他的兴味……这对以后要办的事情,似乎没有直接影响,但她的不合时宜很可能会成为第一抹暗影,这就是办事老成的人常说的,天时、地利、人和。

"不会,现在八点都过了。"

荆华怎能不陪柳泉打电话?她好像被不断的失败砸晕乎了,糊涂到对自己该不该打这个电话,都产生了怀疑。

他会不会在洗澡?柳泉又想。如果他在洗澡,过一会儿还得再打。一个下午打三次电话,人家会不会烦?她会不会显得急不可待而受到轻蔑?

"你这是怎么了?你又不是去乞求谁的恩赐,你有权利向任何人声明,你身上那一块黑、一块绿、一块黄的东西,是别人给你抹上去的,并非生来如此。"

其实是"乞求"。不过柳泉不想和荆华争论,只是疲倦地笑笑。

不巧,看电公用电话的老大妈,刚刚关上电话机前的玻璃窗。

荆华赔着笑说:"大妈,我们打个电话。"

老大妈后脑勺上的疙瘩鬏,说一不二地晃了又晃:"不成,过点儿了。"

"我们有急事。"

"我管不着。我还有急事哪,闺女病了,发着高烧,这会儿刚合上眼,老打电话,她还怎么养病?"

难怪老大妈一肚子邪火,她闺女病得很重,也许她正在为找不到好大夫、好药烦心呢。

柳泉觉得咬着的那枚苦果更苦了:"怎么办呢?"

"路那头好像有家机关,传达室总有电话,咱们借用一下吧。"

"你回去吧,我自己去就行了。"

"不。"荆华说。柳泉和她不同,柳泉需要拐杖,哪怕是根秫秸秆儿的也行。

她没有告诉柳泉,由于老安的反对,并没有对她进行什么批判,也没有按照一些人的想法,给她扣个什么帽子。但机关里突然盛传,她和老安有什么不正当的关系。那些话说得真难听,简直不能想象,是从知书达理人的嘴里说出来的。柳泉遭到的诬

111

陷,其实太平常了。

这也是老套子了,像前门"月盛斋"那酱牛肉的卤汁儿,几百年的老汤了。要想毁灭谁,尤其毁灭一个女人,再没有比拿这盆屎往她身上一扣更省事、更拿手的办法了。这也是一绝,像每天晚上电视里播放的西铁城石英表那则广告:"誉满全球"。

半个世纪过去,这些人的观念仍然停留在阿Q的思维逻辑上:爱情就是困觉。鲁迅之所以伟大,就是在他的阿Q身上,凝聚了我们可悲的国民精神。

荆华终于读完那女人写给老安的情书,充满着女性细腻、朦胧的温柔。语言竟还是五四时代的,文白夹杂。荆华久已不读这样的文字,敬重里又夹杂着一点善意的嘲笑。老安的判断不准确,她并不太"洋",虽然信上有几处引文用的是英语。至于感情用事,又有什么不好?只要这感情并不祸国殃民……荆华准备鼓动老安下决心结婚。六十岁以上的人,怎么就不能恋爱?如果她活到八十岁,终于遇到一个可爱可敬的男人,她绝不会像老安这么犹豫,可惜她遇不到就是了。

那栋机关大楼,威严而方正地矗立在黑夜中,一派秉公办事、不徇私情的神气,毫无缘由地给她们以鼓励和希望,她们不由得加快了脚步。像飞蛾扑向光亮,扑向那亮着灯光的门厅。

电话机就放在传达室宽阔的棕色窗台上。可是传达室里没有人,只有一台电位器已经磨损、电容器已经老化的收音机,诸葛亮守空城似的唱着,噼里啪啦伴着嗡——嗡——嗡——

"人呢?"柳泉环顾四周,"喂,同志——"

收音机回答着:噼里啪啦,嗡——嗡——嗡——

"没事儿,打吧,不就打个电话嘛。"

柳泉伸手去拿电话筒。

"干什么的?！干什么的?！"从走廊暗影里钻出来一个罗汉似的人物。胸脯上两块前突的肌肉,隆起在T恤下,看上去比荆华还丰满。腰围足有三尺,柳泉即便到了足月临产前夕,也没有这样一个令人望而生畏的肚子。

"我们想打个电话。"荆华一目了然地明白,眼前是个横竖以使人难堪为乐子的角色。

"打电话？找公用电话去。"硬碰硬,没有一点商量的余地。

荆华相信,他要是掐死个狗呀、猫呀什么的,绝不会手软。

"公用电话已经下班了,我们有急事,谢谢您了。"柳泉脸上堆满了笑。她笑起来的时候,嘴角上便会出现两个俏皮的小酒窝,很动人的。

"去！去！去！不行！"像呵斥一只偷食的野狗。

柳泉脸红了,却仍然笑着。但那笑容已非动人,而真像一只被呵斥的野狗,窥视着人家的脸色,阿谀地摇着尾巴,溜溜地蹭着墙边跑走了。

"柳泉！"

"我们有急事……"

"有急事也不行,我们这里是重要机关,万一上面有个紧急电话找领导,你这里占着线,耽误了事情谁负责？"

绝对的狐假虎威,他要是当了部长怎么办？机关里有值班室,领导家里有电话,红机子、黑机子,别管是上面,还是上上面,昼夜畅通,风雨无阻。

"柳泉,走吧,咱们上电报大楼打去。"

柳泉怔怔地说："我应该结婚,找个屁股冒烟、家里有电话的丈夫,那就不会受这个气了。"

"走吧！"荆华已经上了自行车。

三部电话,每部都有人占着,哪个快点呢?

"剩了?剩多少?哟,那你明天早上馏馏吃,不想馏,你煎煎也行……"这个当然等不得,跟马季说的相声一样,等他打完这个电话,一出戏都该散场了。

而那个……柳泉捏了捏荆华的胳膊。

他在这儿!脑袋扎在搁电话机的台子下,撅着屁股,两只手捂着紧贴话筒的嘴巴,看上去真辛苦。

"……对,对!那位领导同志看过了,说她这部片子问题很大。什么?绝对可靠,你就放心吧。我是为你着想,不然我管这个闲事干吗……"

荆华惊呆了,惊得连声音都虚飘起来。"你懂吗?"

柳泉把她的胳膊抓得更紧了。

"……我老婆没跟你说?这种事她能跟你说!她只想自己出人头地。我告诉你,她这是存心坑人。这些日子,政策又紧了,你没觉出来吗?好,好,你知道就行。别谢,别谢。就这样吧,啊,再见。"

白复山放下电话,转过身来,那道温文尔雅的面具已经除下,裤线、衣领也不再挺括,衬衣上只剩下一粒扣子,衣襟像两扇弹簧失灵的门,一左一右,大大敞开,整个人像被汗水浸透,黏糊糊、酸渍渍的。

他没有想到,面对面地站着荆华和柳泉,真是冤家路窄。这两个娘们儿,灾星似的,谁撞见谁倒霉。从某种意义上来说,女人都是男人的灾星。她们显然听见了他说的话,不然不会像索命的小鬼那样看着他。

知道了又怎么样?狗屁!这些奶子像空布袋一般吊着的老母狗,牙口都不顶用了,还敢上来咬他一口?白复山恨不得踹她们一人一脚,像踹开一切路障。这叫一报还一报,梁倩要是不管他的死活,他照样给她一脚。

他像没有看见她们,或是不认识她们那样,走了过去。

"他总该感到一点心虚或尴尬吧?"可柳泉在白复山的眼睛里,竟找不到一丝如此这般的影子。哪怕找到一点也好,可是没有,什么都没有。那只是一双布满红丝的混浊体,让人联想起一坑流水不畅、颜色发绿的烂泥塘子,又像因恣意咬噬而红了眼的野兽。拿这种眼睛看世界、看人,还明净得了吗?

"这就是所谓的丈夫。"荆华斜望着柳泉,低声说。好像在讽喻她把"丈夫"视为拯救自己的幻想。然后又提高嗓音:"没有什么丈夫不丈夫,只有靠我们自己。柳泉,打电话吧。"

柳泉一言不发,咬着牙齿紧蹬。自行车链条咔啦咔啦地响着,它应该大修或是应该上油了。

大东郊!而且是晚上八点五十分。

应该把自行车存在西单,然后叫辆出租车。她们苦惯了,没有人心疼她们,自己也不知道心疼自己。

红灯,绿灯。

绿灯,红灯。她们巴望着绿灯,一路绿着亮过去。荆华已经很累,但她绝不哼一声。她扫视马路两侧,车辆已见稀落,尤其那些骑自行车的人,像在公园里散步那么消闲,不紧不慢,没有一个像她们这样玩命似的紧蹬。

这一趟真不近,荆华还以为永远到不了了,当她最终从自行车上下来的时候,大腿麻木得没了感觉,就像蹬车的时候给蹬丢了。

一栋栋楼房,像孪生兄弟那么相像,恐怕连亲娘老子也不容易分清。她们像进入迷宫,在楼群中转了很久,才找到朱祯祥住的那栋楼。

115

"你上去吧,我在这儿等你。别慌,先谈什么,后谈什么,都是咱们刚才在路上讨论过好几遍的事情。"荆华尽力显得淡然,柳泉此时像受了惊的鸟,任何一点微小的刺激或不妙的暗示,都会使她从主要目标上偏离。

她背过脸去,不看柳泉那副仓皇上阵的模样。直到她确定柳泉已经上了楼,才一屁股坐在地上,抽出一支香烟点上。她迫不及待地、狠狠地吸了一口,然后吐出一连串畅快的呻吟,直到一个路人惊诧地打量她,她才打住自己惬意的哼哼。

糟糕,柳泉就连组长的名字,也说不出来了。而她原想说,她陪外宾去王府井小吃,是经过组长同意的,而且是她付的钱。晚上,外宾又回请她喝了一杯咖啡,这也是向组长汇报过的……

极端乏味的感觉突然向她袭来,这是何苦呢,四十岁的人了,为了几碗馄饨、一杯咖啡,到处向人说个明白。如果做人做到如此琐碎……她伤感起来,在路上决意要到这里说个一清二白的劲头,像她那个慢撒气的自行车后胎,不知不觉地瘪了。

朱祯祥的妻子端进两杯加了冰块的酸梅汤,放在了她和朱祯祥沙发间的茶几上。轻轻地、没有发出一点声响,这家的茶杯也像主人那么体贴、懂事和安详。

"您请。"女主人说。

"谢谢。"柳泉微微抬起身来。

她并不说话,只是微笑地摇头,摆摆手让柳泉坐下,然后拿着托盘出去了。顺手轻轻地掩上了房门,截断了从另一个房间流进来的轻曼的乐声。

她甚至没有回头看他们一眼,没有投来一瞥或好奇、或审度、或鄙夷的目光,这一切都应该让柳泉感到放松,可是她依旧愣怔在那里,说不出话来。

朱祯祥了解过,柳泉的工作很值得称道。安排外宾住宿,二十五个名字和房间号码,钱秀英花了二十多分钟,也没弄清楚哪位外宾住哪个房间,柳泉只消几分钟就弄清楚了。她有一套比较科学的工作方法,也不像钱秀英那样,需要随身携带一本英汉大辞典。每当钱秀英和外宾有一搭没一搭地闲聊,或在宾馆浴室里没完没了地冲洗自己,对着镜子细调脸上的铅粉时,柳泉却在做工作日记,或与有关单位再次落实第二天的活动日程,或为外宾联系解决他们突然提出的要求。从没有过一次,像钱秀英那样,要求外宾给拍一张三分钟快照,或是在外宾鼻子前头,打个"榧子"以示友好……但她的生存能力怎么那么差?

朱祯祥很愿意帮助她,然而他可以断言,就算眼前这个困难解决了,她还会招架不住,哪怕是一根歹毒的舌头。

她想得太多,活得太拘谨,总像一头受惊的小兽。她的心和她的眼睛离得太远,硬是拒绝承认眼睛里看到的东西,因而那颗心,永远是没有准备的。

"你住在什么地方?"朱祯祥尽力找话说,只要说起话来,她就会轻松一些。

"西城,莲花胡同。"

"那儿有个莲花池吗?"

"没有,也许老早以前有过。"柳泉突然开始出大汗,手心却冰凉,身子瘫软,眼前一阵阵地发黑,她的头无力地歪向沙发靠背……

"北京的胡同,一般都有点来历或讲究……"朱祯祥瞥了柳泉一眼,立刻被她失血的面色和嘴唇所惊吓,他快步走去,打开隔壁的房门,"仲兰,你快来瞧瞧,柳泉同志好像不舒服。"

朱祯祥的妻子应声走了出来,翻开柳泉的眼皮看了看,又伸手去摸摸柳泉的脉搏。

117

"要不要叫车?"

"不用,你去冲一杯奶粉,多加些葡萄糖。"她话说得很快,但并不惊慌失措。

"真对不起……"柳泉声音微弱地说。

"别说这个,谁都有意想不到的时候。"她悄声对柳泉说,"别着急,没有过不去的河。"她接过朱祯祥冲好的奶粉,问柳泉,"你自己能喝吗?"

柳泉不好意思地笑了笑。

"把这个喝了,你会觉得好一点,我再去给你弄点吃的。没关系,这是血糖低的缘故,我也有这个毛病,吃点东西就好了。"

柳泉觉得俯向她的那张依然滋润的面孔,如窗外融融的月亮,安静地照耀着她。她顿时觉得饿极了,便接过那杯滚烫的牛奶,急急地吮吸着。

朱祯祥转过身去,尽力不看柳泉,怕她不好意思。在柳泉吮吸牛奶的急切里,有一种令人落泪的东西。他的直觉告诉他,柳泉不是那种乱七八糟的女人,他没有发现过一丝那样的痕迹。

"柳泉同志,你不要着急,我们一定要把这些事情弄清楚。"

明天,他将把外事组的人全召集到一起,加上谢昆生,谁对柳泉有什么反映,都亮到桌面上来。三头对案,人证物证,一一落实下来,合则留,不合则去——谅他们也没有什么可以拿到桌面上来的东西。再不要这样似是而非、传来传去地糟蹋人,人家还是个独身女人啊,这样糟蹋人家,还让人家活不活?怎么能那么残忍呢?

从十层楼望下去,真有遥望人寰的味道,璀璨的灯火,一望无尽地向远方铺去,晶莹、剔透,多么大的世界啊,为什么就不能给柳泉一方立足之地?

朱祯祥的妻子托着托盘进来了，托盘里是满满一碗热腾腾的汤面，一双红漆筷子，一盘凉拌鸡丝。

朱祯祥赶过去接她。"不，你不要换手了，"她把那些东西一一放在柳泉面前，"鸡丝里我放了点芥末，真糟，忘记问你吃不吃芥末。"

"我什么都吃，只是——这太不好意思了。"

"你尝尝看，会不会太淡？我去拿点盐。"

朱祯祥自愧不如。他的妻子总能巧妙地，不露形迹地帮助别人从尴尬中解脱。

柳泉又想哭了，她赶紧拿起碗和筷子，不行，两只手一点力气也没有，而且颤抖得厉害，差点把面碗打翻。她把碗放下，筷子却从手里滑脱出去，一直滚到女主人的脚边。

"不要了，不要了。"朱祯祥的妻子说，"我去替你换一双。"她转身出去了。

柳泉的舌头，第一次不因当面说人好话而僵硬，"您爱人真好……"

起风了。风真大，狂风把树上浓密的枝叶摇撼、撕扯得呜呜直响，如山呼海啸般地惊心动魄。"咔嚓嚓"一声巨响，一棵大树被刮倒了。她们缩在一楼的门洞里，不知怎么办才好。荆华怀疑她们没有力气把车骑回家了，可是她们又不能在这里站到天亮。

"还是走吧，能骑就骑，不能骑就推着走，或是在路上截辆卡车，求司机捎带咱们一段。"荆华走出门洞，她的短发，立刻在风中飞舞起来。风呛得她说不出话，她只能一味地招手，让柳泉上路。

推着自行车七拐八拐，拐上了大路，荆华大叫一声："嘿，

119

顺风！"

果然，柳泉上了车，根本不用蹬，只要掌好车把，顺着风就能一路溜过去，真有飘然欲仙的感觉。

"顺风！"荆华又说了一句。声音里跳跃着喜出望外的欢乐。

"咱们也有顺风的时候。啊?！"

七

还剩下这件事：把扁豆丝切好，一切便都准备齐全，单等梁倩进门就下锅，她喜欢吃素炒扁豆。

她还在电影厂等候最后的裁决，据说她那个片子可以通过。这几天，为这部片子，她又上上下下地跑了个够，一边跑、一边骂："他妈的，难怪咱们工作效率不高，一个人只能用三分之一的精力搞事业，用十分之七的精力打官司、解释、扫清阻力、疏通关系……"

还有一样她忘了统计进去：用多少力量，才能从白复山们制造的干扰、绝望、幻灭中，挣扎出来？

女人要面对的是两个世界，要想有所作为，一定得比男人更强大才行。

澄澄已和梁倩疏远。她常常在澄澄入睡后回家，又在他起床之前离开。偶尔，想起母亲应尽的责任和义务，给澄澄买件礼物，却不知道买什么好，或买过之后才猛然清醒，他已经十六岁，不再需要玩具。她惭愧、内疚，终于决心抽出一天时间，和澄澄单独相处的时候，他们却无话可说。因为她心不在焉，总在想她的"分镜头"。

而蒙蒙呢？

"妈,我饿了,怎么梁阿姨还不来?"

"再等等,柜子里有蛋糕,你先吃两块,好吗?"

"您老是'再等等、再等等',我要辆自行车,您也说'再等等、再等等'……您到底给不给我买啊?"

"妈妈没钱……"

"您怎么没钱啊,您每月五十六块钱工资,还有洗理费、粮食补助、车贴……"

"蒙蒙,"柳泉心里难过极了,"这都是谁教你的啊?"

"爸爸说的。"

在水池里洗小萝卜的荆华忍不住了:"蒙蒙,你怎么能和妈妈这样算账?如果爸爸教你这样做,我可要给你说说清楚。妈妈一个月要给你十块钱抚养费,然后她还要给你买书、买鞋、买衣服,自己还要吃饭、交房租……"荆华还没有说,这几年为了把她从外地调回北京,以及柳泉自己活动工作,她们怎样挤干了身边的每一个小钱,去周旋、去疏通关系。在她们已是倾囊而尽,而对那些"有权就有了一切"的人家,仍然寒碜得无法出手。

这种话不应该对孩子说,这种事更不该让孩子知道,生活的丑恶,让孩子知道的越少越好,并且希望他尽量不要遇到。

"妈妈既然给了抚养费,那么买书、买鞋、买衣服、买玩具、买自行车……都是超出离婚判决书规定的额外付出,因为妈妈爱你。这些钱,都是她从自己牙缝里,一点一点抠下来的,不要以为她是有钱没地方扔的财主。这些话本来不应该对你说,但是你已经大了,应该懂事,并懂得妈妈的苦心和爱心了。"

蒙蒙的小圆眼睛,先是显得惊诧,然后是愤慨、委屈,他一向听到的,显然是另外一套。

"我不知道啊,我的衬衣破了,他说'找你妈要去',我的作业本没了,他说'找你妈要去'……要是我再说,他就打我,打得

121

我脖子疼得几天不能转弯儿。我受的苦少啊？要是这么着,他干吗非要我不可？为什么把我给他,不给他就不同意离婚？那个判决书能不能改改,把我判给妈妈啊……"蒙蒙哭了。

谁能解释他非要蒙蒙不可？他自己那样做人倒也罢了,还想把蒙蒙也造就成他那样的人。对一个弱小,没有抗御、辨别能力的清白灵魂来说,这简直是一种杀戮。他不觉得这是有罪的吗？这为人之父的!

"别哭,别哭,我和妈妈一块儿凑钱,给你买辆自行车。"

"不,我不要了。"

蒙蒙是个懂事的孩子,只要把道理告诉他。

听着荆华和蒙蒙的对话,柳泉再次后悔,她不该结婚,更不该把蒙蒙生下来,假如她不能为蒙蒙准备好一切。

梁倩来了。

"这,这,这是怎么了？啊,一个个都哭丧着脸。伙计们,别净给自己找不痛快行不行。蒙蒙,你还算男子汉哪？男子汉还哭鼻子？啊呀,啧,啧,啧,快吧,快吧,谁接接我呀？"她手里拎着大大小小的纸包,背上还背着一个地质勘探队员才用得着的大帆布包。

"你还买这么多东西干什么,吃不了都该坏了。"柳泉埋怨她。

"吃吧,吃吧,咱们一个个瘦得跟小鬼似的。"

"你那个电影怎么样？"

梁倩看了看她们,不知道把那个噩讯告诉她们,还是不告诉她们。"算了,算了,不说它,不说它。"她从帆布包里往外掏东西。

"咣!"一瓶啤酒,放到了小桌上。

"咣!"又一瓶啤酒,放到了小桌上。

"咣!""咣!"一共四瓶啤酒。"凉水里镇镇,凉水里镇镇。折腾来折腾去,咱们连个冰箱也混不上。"她专心致志地对付那些大大小小的纸包,从一个纸包里拿出一块鸡杂塞进嘴里,狠狠地嚼着。

砸了! 荆华一看就知道。

"到底怎么样了?"柳泉还盯着问。她总是慢一个节奏。

"枪毙了。"梁倩又拿了一块鸡杂。

"别吃了,回头吃饭该吃不下了,再说你也没洗手,脏不脏?"柳泉从梁倩手里,把那块鸡杂夺下。

"为什么?"

"谁他妈知道为什么!"梁倩"哐"的一脚,踢翻了一张凳子,"那个姓吴的头儿说,'我说——啊,那个工人睡觉打呼噜怎么打得那么响,这不是丑化我们工人阶级嘛!'

"洗印车间的青工小聂说,'我比他打呼噜打得还响呢。'真他妈混蛋。

"又说,'女主角的奶子怎么那么高哇,真的还是假的,啊?要是存心垫的,可是个严重问题,需要认真讨论、讨论,是否属于色情?'

"我回答说,'是真是假,摸一摸就知道了。'

"奶子高? 奶子高也成了一条罪状? 人家长得就是那么高,能削下去一块吗? 装什么正经! 跟鲁迅说的一样,看见女人露在外面的胳膊,就想到那个地方,像《肥皂》那篇小说似的,咯吱、咯吱……哈哈哈!

"听我这么说,他急眼了。说,'梁倩同志,请你严肃一点。'

"我说,'我怎么不严肃了,我这会儿严肃得不能再严肃了。妇女不是性而是人! 然而有些人的意识,还没达到这个境界,您

123

刚才关于奶子的高见,正是这种意识的反应.'

"我明知说了这些话,我的片子不完蛋也得完蛋,可我当时不知中了什么邪,当然还加上白复山造的那个谣,说某领导看了不满意等等。"

痛快,梁倩的每一句话都让荆华感到痛快。这个笨蛋,像她一样,每一个片断都是精彩的,通体来看却是失败的。

"不见得就是定局吧,还有更上级的领导呢。"

柳泉把腰上的围裙解了下来,在沙发上颓然坐下,恰巧坐在猫头身上,猫头"嗷"的一声,猛然从她身下挣脱出去,吓得柳泉一惊。她木木地说:"不是说得好好的,怎么又不行了?"

"在中国办事就是这样,不实实在在拿到手,就不能算成。除非今天电影院上映,否则,什么意想不到的事都会发生。说了半天,你的调令拿到手了没有?"

"拿到了。"

可柳泉的神情,就像没拿到似的。以致梁倩不得不追问一句:"在哪儿呢?让咱们瞧瞧,跟请玉皇大帝那么难。"

外事局的调令,那张二十公分长、二十七公分宽、至尊至贵的纸片,敬佛似的摆在小柜上,现在却让水浸湿了。哪儿来的水呢?

"蒙蒙,这是你干的吧?"柳泉一面急急地用衣角,揩拭着调令上的水渍,一面厉声问道。

"我……我不知道。"

蒙蒙真的不知道。他有什么必要像她们那样,让这张纸堵住心里那使他滋润、茂盛的泉眼呢?

"不知道,不知道这水是从哪儿来的?"

"算了,算了,弄干它不就行了。"荆华劝解道。

柳泉那非同小可的神气,使这件事显得异乎寻常的严重。

蒙蒙小心翼翼地解释:"我刚才倒过柜子上冷水瓶里的水……我渴了。"

"那你为什么不小心一点?"柳泉还不肯罢休,她似乎执意找茬儿发泄一下,再憋下去,她可能会不顾一切、歇斯底里地大叫起来。

"我不知道……"蒙蒙更加惶恐了。

"不知道!那你知道什么?"柳泉高高地扬起了巴掌,但她的手在半空停住。她在蒙蒙的眼睛里,看到了刚刚萌生出来的、朦胧的、对成人能力的迷惘和疑惑,以及由此而生的惊诧和失望。

梁倩拿起那张被水浸得皱皱巴巴的调令,走到阳台上。"哎呀,晒晒就干了嘛。"

"小心!别让风吹跑了。"柳泉急急地喊道。

"拿块石子儿压上不就得了。不,用你桌上那个'镇纸'压上。"

现在柳泉所有的动作都显得过分,像舞台演员上银幕,总是过点火候。

柳泉从不是小题大做的人,这张重量不过一克的纸头,几乎磨尽她所有的耐性,与其说是宝贵它,不如说是痛惜自己为这张纸付出的一切。

"赶快炒菜吧,我们都饿了。"荆华又把柳泉解下来的围裙递给她,小声责备着:"别拿孩子当出气筒。"

她比那些人又高明多少?他们挤压她,因为她弱小。她敢向他们抗争吗?不敢。她只敢对付比她还弱小的蒙蒙。

现在应该放糖。

只有在蒙蒙面前,她才有尊严二字可言,像大多数父母那样,这是他们给予后代的、最初的奴性教育。

125

再放一点醋。

柳泉感到不自在,好像有人看到或听到她心里的自省,她回头看了一眼,不,没有人,他们都在荆华的房间里。

她听见蒙蒙笑了,好像梁倩在讲笑话,她在努力抹去蒙蒙心上的暗影。不,忘记是暂时的,刚才在蒙蒙眼睛里萌生的那种东西,会长大,成熟,变成完全不同的一种东西——轻蔑。

"蒙蒙!"柳泉叫道。

"干吗?"蒙蒙僵硬地问。方才那有弹性的笑声,顿时不知去向。

"这块鱼子给你吃。"鱼子煎得焦黄,一定松脆可口。柳泉本来想把它和煎好的黄鱼一起红烧,但蒙蒙爱吃鱼子。她明知今天不宜再为蒙蒙做些什么,那会使她显得更加糟糕,然而母爱是最不能列入立法条例的,它通常不讲什么是应该,什么是不应该,它时时服从于自我牺牲的本能。

蒙蒙一动不动,眼睛里闪过一丝不屑,一闪而已。他在考虑,到底吃不吃这块鱼子。刚才那一通横里飞来的呵斥,伤了他的自尊。但他看出母亲的期待,还带着一种歉意,一种和好如初的巴望。他心软了,皱了一下眉头,拿起那块鱼子,兴味索然地咬了一口。

柳泉像被赦免了,不胜感激地想,蒙蒙到底是个善良、宽厚的孩子,但愿他长大以后,也能这样待人处事。"蒙蒙,别生妈妈的气啊。"柳泉冲动地说。说完便立刻转过身去,铲子很响地翻动着炒锅里的菜。

"梁阿姨在说明天去八达岭的事。"

"把这盘菜端过去吧。"

蒙蒙懂事了。谢谢,我的小儿子。

"我想开了。"梁倩撑开折叠方桌。"等,等到我们大家的问题都解决了,再出去好好玩一天?永远不会有那个时候!这个问题解决了,还会有那个问题,我们干吗非要受这个限制?不等了,明天去八达岭,汽车我都联系好了,吃的也准备好了,就在背包里。怎么样?蒙蒙,你赞成吗?"

"赞成!赞成!"从来没有人带蒙蒙去过八达岭、十三陵、香山……这些北京人几乎都去过的地方,妈妈没心情,爸爸不肯花钱。

"本来就是这么回事,你终于开窍啦?"荆华奚落她。

"我不开窍,还是你不开窍?"梁倩也不饶她。

"噢,上八达岭,上八达岭啦!曹阿姨,你会唱《少先队员之歌》吗?"

对,和她们小时候一样,如果她回想起那些远足、游行、集体乘车的时光,和那些回忆紧紧连在一起的,就是歌声、歌声……

她们爱唱——

> 小鸟在前面带路,
> 风儿吹着我们,
> 我们像春天一样,
> 来到花园里,
> 来到草地上。
> 鲜艳的红领巾,
> 美丽的衣裳……

像春天一样。连对事物的感觉,也像春天一样,嫩绿的,生气盎然的。

现在蒙蒙他们爱唱什么?荆华不知道,总的印象是,他们不如她们小时那样爱歌唱。

"当然会啦。"荆华一面往桌子上摆筷子,一面摇头晃脑地唱了起来:"小松树,小柏树……"

梁倩打断她:"不对,不对,《少先队员之歌》怎么会是这个!"

端着汤走进来的柳泉接着说:"咱们当少先队员的时候,队歌是这样的——

我们新中国的儿童,
我们新少年的先锋……"

歌声在她们心里,唤醒了少年时代的美好回忆。然而,与其说回忆是美好的,不如说是她们对逝去的、不可复返的日子的怀念。

梁倩立刻接着唱:

黑暗势力已从全中国扫荡……

荆华打断她:"别捣乱,这是第二段的歌词,第一段的歌词应该是这样——

团结起来,
继承着我们的父兄,
不怕艰难,
不怕担子重……"

蒙蒙好奇地看着她们,像看三个返老还童的怪物。蒙蒙没有听到过这首歌,它的曲调也不显得特别动人,他不明白,这首歌为什么使她们这样动情。他和他的伙伴,从来没有为一首歌这样激动过。

唱着,唱着,柳泉的嘴唇不知为什么颤抖起来,她唱不下去了,声音也渐渐低落下来,最后,索性停住了。

荆华和梁倩唱得兴味正浓,并没有发现柳泉有什么异样,直到柳泉放声大哭,她们才停住了歌唱。

方才那阵回光返照似的欢乐,顷刻之间已成过去。她们全都默不做声,黯然神伤。只有柳泉的呜咽,掺杂着哭告无门的委屈、苦楚和无奈,在房间里回荡。

此时此刻,同一个想法从她们心头闪过:她们离那支歌已经多远了?从那支歌到现在,有过多少事情发生。当年她们唱这首歌的时候,谁想到过而后会遇到什么……

荆华想,究竟谁该为柳泉的眼泪负责?

梁倩走进厨房,想给柳泉弄点热水敷敷眼睛,不然眼睛就会肿得像个桃子。暖瓶不少,一个个郑重其事地站在小柜上,一个个也都像摆设似的空着。就算她们再买十个暖瓶,还是没有热水用。

烧吧。梁倩又从水池底下找出铝壶,真行,壶盖上的帽儿,仍然没有配上。

蒙蒙饿了,他想吃饭,可是他不得不乖乖地坐在椅子上,看着热气在那些盘子或汤钵上蒸腾。这是怎么回事啊,一会儿晴,一会儿阴的。像他和同学玩的温度计,他们或是把它插进雪堆,或是把它插进热水杯,那条血红的水银柱,倏忽之间,就会下去或是上来。

…………

蒙蒙绞尽脑汁想要帮助妈妈,然而他搞不清楚,是谁欺负了她。

房间里的人,全都木无表情地呆坐着,只有猫头,跳上柳泉的膝头,先是伸着鼻子嗅她的脸,然后用舌头舔她脸上的泪水。

时间过了很久。"妈妈——"蒙蒙耐不住了,但不知该往下说什么。

"别哭了,蒙蒙早就嚷嚷饿了。"梁倩始终认为,医治痛苦的办法不是"忘记",而是记起自己的责任。

"你们先吃吧……"

"这可能吗,难道我们连猫头都不如?"

猫头像是听懂了荆华的话,"喵呜",叫了一声。

人终归不能由着自己的性儿活,她又不是远离人群的鲁滨孙,柳泉只好咽下自己的哽噎。

热毛巾漤在脸上非常舒服,眼球也不再感到刺痛,镜子里是一张被泪水浸泡过的脸,苍白、肿胀、紧绷。哼,"梨花一枝春带雨"?一枝落尽花红,只剩下花蒂的空枝罢了,然后结出一枚苦果。

每经一次痛苦的洗礼,本应多些成熟、老辣,她怎么老像一只缺钙的蛋壳?

她该怎么办?这问题她问过自己多年,却总是回答不好。就像从前念书的时候,由于功课温得不好,做选择题时总是战战兢兢,不知该往哪个答案上画钩。

也许她把个人的不幸看得太重,荆华和梁倩的苦处并不比她少,却不像她哭得这么多。即或她们哭,也是为了更重要的事情,比起她们,她的牙根儿咬得还是不够紧。

"咬紧牙关"这词句是谁创造的?对她实在恰当。

也许不必非到终点再总结自己的一生,而应该像舵工那样,随时修正自己的航向。

她毕竟没有白白付出,那张调令,最大限度地给了她施展聪明才智的可能。而这一切,并不仅仅是为了自己,她有什么可羞耻的?

生活将渐渐充实起来,她再也不会在灯下枯坐到夜阑人静,末了一声长叹,关灯上床,困倦却不翼而飞,只好在黑暗中大睁着眼睛,直到天明。人一有了奔头,生活就会容易得多,因为它明明了了。

"好了,雨过天晴。"荆华瞥了柳泉一眼,断定她的情绪已经恢复正常。

她们都给她夹菜,连蒙蒙也给她夹。这么一来,倒让她为刚才那一阵哭闹,更加不好意思。

"别,别,我自己来。"柳泉用手捂着碗。

"柳泉,往远处看吧。现在感到不痛快的,应该是魏经理那些人,你是胜利者,而且不仅仅是道义上的。"荆华说。

据说魏经理因为财政不清,已经受到纪律检查部门的通报,正在写检查。

"慢着,慢着。"梁倩在洗脸间高声叫道,"你们这群不会喝酒的老娘们儿,忘啦？这儿还有凉镇啤酒呢,没有冰镇的,凉水镇的也不错。"她每只手里拎着两瓶啤酒,像拎了四颗刚从水里捞出来的手榴弹。

"起子呢？"梁倩问。

"咱们没有起子。"柳泉接过一瓶啤酒,不知怎么才能打开瓶盖。

"笨蛋,我来。"梁倩拿过酒瓶,用她那副细小的牙齿,对准瓶盖就咬。

蒙蒙扑哧一声笑了。她比妈妈能干不了多少,但他不敢这样说,只好说:"啃是啃不开的。"

"那你说怎么开？"梁倩停止了啃咬,瞪着眼睛一本正经地问蒙蒙。

荆华在一旁哧哧地笑,"你比柳泉还笨。"

"你来,你来。"梁倩说。

131

蒙蒙说:"我试试。"

三个女人只好围着看。

蒙蒙把啤酒瓶盖儿卡在桌沿上,右手猛然往下一拍,"砰"的一声,瓶盖飞出去了,啤酒"吱"的一声喷射出来,冷不防地滋了梁倩一脸。"嚯,劲儿还挺足!"她一面乐,一面擦着脸上的啤酒沫。

"哎呀,我的桌子啊。"柳泉心疼地摩挲着磕掉一块木屑,露出了白茬儿的桌沿。

"这就看出男子汉的用场了。"荆华也不知道是在奚落谁。

"快,快,杯子呢?"蒙蒙叫道。啤酒顺着瓶口不停地往外冒。

她们这才满处找杯子。好一阵手忙脚乱,才把四个大小不等、用处不同的杯子凑齐。

等她们安定下来,回头一看,小柜上的茶盘里,现成地放着好几个杯子。唉!

看着斟满的酒杯,梁倩忽然变得严肃起来。"我想祝一杯酒。"她久久地看着柳泉和荆华,嘴唇翕动了很久,才说出下面这句话:"为了女人,干杯!"

每一个字仿佛都滴着血。

对,好祝词!荆华的手发颤了,她悄悄地握紧了手中的酒杯。

不论是为女人已经得到和尚未得到的权利;不论是为女人所做出的贡献和牺牲;不论是为女人受过的种种不能言说,或可以言说的苦处;不论是为女人已经实现,或尚未实现的追求……每个女人,都可以当之无愧地接受这句祝词,为自己干上一杯。

"如果没有别人为我们……"柳泉说,她的嘴唇又开始颤抖。

"会有的。"荆华斩钉截铁地说,"会有的。"

"妈妈,我。"蒙蒙举起了酒杯。

荆华捂住了他的酒杯:"不,蒙蒙,等你长大以后。"

对,等蒙蒙这一代人长大,等他们成为真正的男子汉时,但愿他们能够懂得:做一个女人,真难。

1981年12月28日　脱稿于北京
2010年9月修订

楞格儿里格儿楞

我再也不愿意搭理他了,那家伙真不地道。

昨天他狠狠踢了我一脚,到现在我的肋巴筋还疼呢。

其实我昨天的表现不错,我没上厨房偷食去——坦白地说,我有时上厨房偷食吃,可不偷食的猫上哪儿找去?也没有撕咬扔在门后的破网兜,就算我玩心特别大,可老撕扯一个破网兜有什么意思?早晚也有玩儿腻的时候。

前些日子我上别人家串门,看见那只狸花猫在玩一个小白球。滚起来哗啦哗啦地响,咬也咬不住,抓也抓不着,老在你前头滚呀滚的,逗得你心里直痒痒,好玩儿极啦。我也想弄一个来玩玩,那他知道了准会说:"呸!你还想玩那个,别不知足了!"

他顶喜欢骂我"不知足"。

他心里一不痛快就拿我撒气,你说这事儿多不公平。要是我心里不痛快,找谁撒气去?他觉着我是个畜牲,别管怎么对待我,我也不能拿他怎么着。

就算他把我踢死了,那又怎么样?谁还能为一只猫开追悼会,或是打官司不成?只要他高兴,他可以上哪儿再抱一只猫回来,这个世界上有的是猫,光我那一窝我妈就下了仨,可我们谁也逃脱不了被人豢养的命。想到这个,我巴不得全世界的猫都死绝了才好,看人们还上哪儿找猫玩儿去。

逢到他的脸阴沉得像条腌过的带鱼尾巴,两条腿直挺挺地往地当间儿一伸,再"大"字形地一叉,大脑袋往沙发背上一仰,冲着天花板一个劲儿地眨巴眼睛,八成是心里不痛快,或是在算计什么了。那当口,趁早离他远点儿,昨天我就是一时大意,冷不丁挨了他一脚。

他三天两头不痛快。上来那个劲儿,可真了不得,风风火火、掀房揭瓦的。过一阵子,我这儿还没醒过梦来,他那里又眉开眼笑了,就跟我们"闹猫"差不多,闹一阵子也就过去了。一来二去,我也品出来了,左不过是些鸡毛蒜皮的事,或是他自己大惊小怪,弄神做鬼。

"咪咪。"他又叫了,还敲着我的食盆。鱼腥味儿直冲我的鼻子,我流哈喇子了。但我咬紧牙关,沉住气,就是不动窝。

"咪咪。"他还在叫。见我不动声色,就捅我的肚子,挠我的胳肢窝。"瞧瞧,这猫给喂馋了,连鱼都不爱吃了。"

废话!那叫鱼吗?别逗了,什么时候他给我来过一个中段?净是些鱼头、鱼尾巴。

他说了,鱼头鱼尾巴也是鱼啊,谁能说它不是鱼呢?

别误会,我不是那个意思。我是说——就是给我吃鱼头鱼尾巴,那也没错,该当的。他是主人,当然应该吃中段。怎么能让他吃鱼头鱼尾巴,而让我吃中段呢?

他要是真那么干,我不怀疑他得了精神病才叫怪。我只是受不了他说这话的口气,好像他真给了我一个中段,而我又是挑肥拣瘦,不知好歹。

我是那种不知天高地厚的主儿吗？非分的事，我从来没有巴望过，我是只安分守己的猫。

我把眼睛张开一条小缝，冷冷地瞅着他。他那张脸，像鱼肚子一样泛着光。不用说，他今天情绪挺好。我太了解他了，别看他在外头人五人六挺像回事，其实他一边蹲茅坑拉屎一边吃油饼的事我都见过。他用不着避讳我，有谁见过人会避讳一头畜牲？所以我相信，在别人（哪怕是老婆孩子）没法看见的条件下（包括从钥匙眼儿里），好多人都是另一个样子。这就是他们为什么老喜欢回家，喜欢摸黑，喜欢独处的原因。他自在啊，用不着装模作样啊。

要是他闷得慌，就该作践我了。拿香烟头熏我的眼睛，往我鼻子上抹清凉油，往我嘴里吐痰，往我舌头上抹辣椒酱……再不就一把攥住我的脑袋，把我提溜到半空，像拧螺丝一样把我的脑袋扭来扭去。我痛苦得呜哇乱叫，拿我的前爪挠、后腿蹬，想从他的巴掌里挣脱出来……我的爪子和后腿，当然是空对空地白费力气、瞎折腾，他还瞅准我抓挠的空隙，一下又一下抽打我的爪子，看我万般无奈而他乐不可支。

不过有时，他也真跟我逗会儿乐子。他舞动着两个手指，我蹲在一旁瞅准空子扑上去。他迅速地把手一抬，我借着一股冲劲儿，能跃得老高老高，那是我平时想都想不出来的高度。

我真得意啊！

其实我的目的并不在于抓住他的手指。即使我抓到了，也不过轻轻一叼，便转身跑开，然后准备再一次的腾跃。在那一次又一次腾跃里，我感到自己的灵活、机敏、朝气和不竭的力量，感到我是一只真正的猫，而不是任他捏咕、靠他豢养的窝囊废……并且原谅了他对我的种种伤害。

我是一只不记仇的、宽厚的猫,我敢说他再也找不到一只比我更宽厚的猫了。

可是玩着玩着,他会突然来个急刹车。半截子一闪,把我往黑咕隆咚的厕所里一锁,任我怎么哀叫,也不理我的茬儿了。

我叫,是因为我感到害怕。我不是怕黑。在我们看来,白天和黑夜一个样。我们不像人,对白天和黑夜分得那么清楚,白天是一回事,晚上又是另一回事。

厕所又窄又小,天花板很高,除了便池以外,什么也没有。什么也没有的时候,就该琢磨事儿了。我真怕,怕我会琢磨出点什么,于是豁出命地叫,我总得找点事干,使我从可能琢磨出什么的恐惧中解脱出来。

那种时候——要不是墙壁的作用,就是他妈的有点儿邪——我老觉得那不是我的声音,只有精神分析专家才能在潜意识里发现的东西,被夸张了十倍地反射回来。

好家伙,啧啧。

这使我更加害怕,越害怕,我叫得越是邪乎。叫得越邪乎,我就越害怕,吓得我浑身的毛全孥了起来。

谁能把厕所门打开啊?谢天谢地,我给他磕头了。

他站起身来,从我身边走开,嘴里还唱着京戏:"昨夜晚,一梦,楞格儿里格儿楞,楞格儿里格儿楞,楞格儿里格儿楞……"老楞格儿里格儿楞,没完啦?你倒是接着往下唱啊。嘿嘿!我知道,他就会这么一句,可这一句究竟唱了多少年?兴许我妈、我奶奶那一辈就听过了,没准儿我儿子、我孙子还得听下去。

也许我又犯了不知足的毛病。只能唱一句算什么错?他又不是京剧演员,我连一句还不会唱呢。

就说他只会这么一句,他老婆也没不爱他,他儿子也没不听他吆喝，关我哪门子事？

转悠了一圈儿，他又来捏我的鼻子。我打了好大一个喷嚏，轻轻用爪子把他的手扒拉开，可他还捏，还捏。

我从窝里跳了出来。躲开你，行不行？他一把揪住我的尾巴，使劲儿往后一拖，好疼。我回头咬了他一口，其实没使多大劲儿，他却狠狠地给我一巴掌。我钻到床底下的箱子缝里，料定他没有这个本事，也钻进箱子缝来抓我，我在这箱子缝里跟他耗上了。

不知多少时间过去了，我已经睡过一觉。天黑了，灯亮了，我的肚子也饿了，只好溜出去吃我的鱼头鱼尾巴。

我一面吃，一面嘲笑、看不起自己：既然看不上他，就不应该继续赖在这儿。

不赖在这儿，我还能担保自己经常吃到鱼头鱼尾巴吗？虽然不是中段。

我还担心被四楼那家广东人逮住，扒我的皮，吃我的肉。狸花猫警告过我："小心楼上那家广东人，他们什么都吃，耗子、蛇、猴子……听说还吃猫呢。"

算了，我还是老实待着吧，别这山望着那山高了。再说，他也不算坏啊，说了半天，他又有什么应该指责的呢？

1983年3月　北京

走红的诺比

诺比是一条聪明的狗。

别的狗只会表演加减,而诺比不但会加减,还会乘除。毋庸讳言,诺比所取得的成绩,是费费训练有方的结果。所以每每做演出总结的时候,诺比总忘不了说明这一点。

据说费费还有一个宏伟的计划:准备训练诺比做代数、几何、三角……

A城的居民,不大习惯马戏这种娱乐形式。当初这个马戏团成立时,A城的一些权威人士还曾提出异议,因为给A城的居民,是趣味极高、具有科学传统的居民,据说这和供A城居民饮用水的一条河流有关。长期以来,有关方面人士坚持对那条河进行定量、定性,准备就那条河对A城居民的影响,提供最可靠的资料和数据。后来他们肯于屈尊俯就地欣赏马戏,完全是由于诺比在数学运算方面所显示的才能。

诺比诚惶诚恐,业务训练时更加一丝不苟。夏练三伏,冬练三九。头悬梁,锥刺股。诺比甚至决定终身不娶,以便将全部精力贡献给马戏事业。

诺比的技艺,日渐提高。每当谢幕时,观众们总是一边哗哗地拍着巴掌,一边如痴如狂地呼喊着它的名字。它呢,越发感到惶恐,紧紧地夹着尾巴,不是溜边儿,就是往后捎。

除了马戏团规定的伙食标准,费费还额外给诺比一些补助,以补充它在训练和演出时的大量消耗。那些东西,诺比从不独自享用,哪怕它有时因为热量不够而感到乏力、眩晕、颤抖,也会与伙伴们共享。

团里的小猴子趴在它耳朵上悄悄地说:"伙计,别犯傻,这吃的可都是你的血汗哟!对你我来说,除了自己的身体还有什么本钱?你不为今后打算打算吗?"

诺比张着大嘴,伸出长长的舌头,坐在地上愣了好一会儿神儿。它让小猴子的话闹蒙了:这和"今后"有什么关系?

从上面简单的介绍可知,诺比是一条群众关系较好的狗。小有名气,却因谦虚谨慎而未曾引起同事的嫉妒;生活稍稍优裕,却不像乍富的小人那样腆胸叠肚。费费对它小有偏爱,但诺比并不因费费的信任便不可一世,飞扬跋扈。诺比的日子过得有分有寸,没灾没祸,太太平平。人人见了它都会说:"嗯,这是一条好狗。"

光阴似箭,日月如梭。诺比在费费的精心训练下,终于学会了代数、几何、三角。

费费是一个办事稳妥的人,不喜欢做那种没有绝对把握的事,所以他暂时还不打算让诺比登台表演。只是马戏团里有一条好传播小道消息的黑狗,把这事儿给捅出去了。

一条狗,居然会做代数、几何、三角,立刻成为爆炸性的新闻。世界各大报刊登满了诺比的标准照、生活照、演出照,以及有关诺比吃饭、睡眠、演出等等情况的报道。

诺比!

诺比!

《从诺比看哺乳类动物脏器交换之远景》；

《论诺比大脑的医学价值》；

《诺比与犬儒主义之兴衰》；

《艾金斯定律及诺比》；

……

据说艾金斯先生因他关于诺比的论文多次获得巨额奖金。

有人找来比纳和西蒙合编的"智力测验量表"，根据此表推算，诺比在四年级时留级，是由于后天习惯的不良，而非由于先天智力之不足云云。于是费费不得不替诺比填写各式各样的表格，如：是否有尿床的习惯，写字时使用右手还是左手，几岁开始吸烟等等。

那些使诺比感到不胜其烦的表格，终因其沿用法国人的办法，不适于 A 城的具体情况而被否定。

在城外那条河边工作的有关人士，送来五米厚的分析资料和数据，以证实诺比的智力与河水有关云云，但这一论证，因混淆了高级动物与低级动物的界限而被否定。

于是诺比被带进实验室，它被圈在一个透明的玻璃箱里，各种仪器二十四小时不停地监测诺比的脑、心、肝、脾、肺、胆、胃——对不起，诺比没有子宫，因此它才能在逻辑思维方面比形象思维方面取得更大的成就——以及神经系统、消化系统、呼吸系统、血液循环系统，大便、小便等等的运行情况。

它所需要的食物、饮料，根据维生素 A、B、C、D、E……的科学比例配制，并定时定量地服用。

每天有许多人前来参观，不管诺比正在睡觉或是在干别的什么，比方说，拉屎、撒尿、起性，这让诺比感到非常的尴尬。

有一次，费费带着全班人马来看望它，诺比高兴得真想扑上去和它们撕咬一番，或是嗅嗅它们的气味。可是它怕违反实验室的纪律,只好从嗓子眼儿里发出一阵低鸣,尾巴有节制地摆动几下,以示欢迎。

费费和它那些哥们儿,蹑手蹑脚地站在实验室门口,不敢靠前。它们怀着无限敬畏的心情,看着绑在诺比头上、胸脯上、前爪上、后腿上的各种管子、电极片、电线什么的,但他们的眼睛里,也藏着深深的怜悯和惋惜,好像诺比已经让谁大卸八块或是点化成仙,不再是一条狗了。

终于有位智者提出,诺比究竟会不会做代数、几何、三角?应该让诺比实地表演一下,千万不要上了江湖骗子的当。

于是诺比被费费领回了马戏团。

它兴奋得上蹿下跳,绕着马戏团那个小院转了三圈,在每个角落里撒了点尿,把自己那个冒着狗臊味儿的老窝挠了个底朝天,在泥土地上滚了个臭够,去伙房啃了两根骨头,用尾巴把费费的两条瘦腿拍得叭叭直响……

演出在 A 城最豪华的剧场里进行,因为有许多显赫的人物前来观看。

费费给诺比做了一件紫红色的丝绒小背心,还给诺比戴了一个白缎领结。诺比在镜子里看见了自己的映像,体态丰美,气度不凡。它对着镜子里的自己点点头,心想,它将向人们证明,它不是江湖骗子。

剧场里人声鼎沸。

"据说诺比每天要吃三十只核桃。"

核桃,什么是核桃?诺比从来没有见过,更不要说每天吃三十个。

"啊哟,要吃三十个?"

"补脑子啊,要不它怎么会做四则运算。"

"难怪。"

难怪什么？好像它的聪明才智不是靠费费的耐心教导，不是靠自身的努力和勤奋，而是靠一种叫作核桃的东西变来的。可谁知道呢，也许它被关在实验室里的时候，人们给它吃的那些东西里，就有叫作核桃的这种玩意儿。

诺比有了一种上当受骗的感觉。

一位太太还说："知道吗？这条出众的狗，最早是我发现的。"为了费费，诺比真想上去咬那太太一口。

第二道铃声响过，诺比出场了，偌大一个剧场，顿时变得鸦雀无声。

诺比庄重地蹲坐在舞台正中，充满自信的眼睛一一扫过台下的观众。

费费开始介绍欣赏这个节目的观众须知：诸如诺比伸左前爪或右前爪、伸左后腿或右后腿、动左耳或右耳或两只耳朵一齐动、闭左眼或右眼或同时闭上两只眼……所表示的含义——伸左前爪表示鸡腿，叫几声则表示共有几条鸡腿，而伸右前爪表示兔子腿等等。

诺比看到，第六排正中那位穿黑色夜礼服的高贵太太，开始用手帕捂着嘴巴打哈欠。那个哈欠，像鼠疫似的蔓延开来，于是人人开始打哈欠，剧场里顿时响起类似蜂群飞过的嗡嗡声。

诺比耸动着鼻子，在那嗡嗡声里，它嗅到了一股危险的气息。

想必费费也嗅到了那股危险的气息，匆匆结束了观众须知的介绍。

接着，诺比做了纯熟而正确的演算，但观众的反应却相当冷淡，他们一定没有记住演出开始前费费所做的解释，因此压根儿

143

没看懂诺比的表演。

还没等到谢幕,人就走光了。诺比听见那位高贵的太太说:"真有意思,要是狗也能做四则运算,还要人干什么?"

费费久久地伫立在空荡荡的舞台上,脑袋深深地缩在肩胛里,好像谁在他的头顶上狠狠地夯了一锤子。

从此以后,费费不再教诺比演算。他或是自言自语地说些没头没脑的话,或是唉声叹气、摔摔打打。有时还搂着诺比,拍着它的颈子说:"不对,诺比,你是一条好狗。真的,诺比,你实在是一条好狗。记住,我永远爱你。"

诺比想,这还用说,难道我不是一条好狗吗,费费?

有人开始调查诺比的来历。

"诺比,你的父亲是谁?"

诺比不知道。

"你的母亲是谁?"

诺比也不知道。

人们或是测量诺比的耳朵、身子、腿和尾巴的长短;或是剪去它身上的一撮毛;或是给它拍 X 光片……

一时间,关于诺比的种族问题,专家们纷纷著书立论:根据诺比耳朵的长短、直立或下垂,可以断定它是蒙古种;根据诺比的腿长,可以断定它是英国种……众说纷纭,莫衷一是。

在这次有关诺比种族的理论大战中,人气最高的,还是那位妙笔生花的艾金斯先生,因为他提出了任何一位教授、学者都无法驳倒的论据:从诺比的名字就可以断定,这是一条杂种狗。

杂种!

杂种!

"我早就知道,这条狗是个下流坯,它偷过我家的一只羊腿。"

"它其实是一条又坏又笨的狗,那次在舞台上演出四则运算的,其实是一条机器狗。"

开春以后,许久不见的B先生,带了一条驼色毛皮的小狗到马戏团来,诺比跑上前去,欢迎这位久违的老朋友。

当诺比还不那么出名,只是刚刚崭露头角的时候,B先生为了使诺比的才能得到应有的承认,叩开过每一扇深宅大院的门,跑遍了A城上流社会的每一个客厅,终于以伯乐的形象,留在了A城居民的心中。

可这次,B先生仿佛没有看见迎上前来的诺比,径直朝费费走去。这使诺比感到十分迷惑,难道自己的模样变了吗?以至B先生这样的老朋友也认不出我了。

B先生抱起那条驼色的小狗对费费说:"看见这条狗了吗?它的鼻子像一枚板栗,颈子又细又长。你再瞧瞧它的耳朵,风向标一样灵活地转动,我敢打赌,它很快就会出大名,押在它身上准没错。怎么样,费费?卖给你了,价钱算便宜点,啊?"

费费沉默不语,抚摸着脚下的诺比。B先生催促着费费:"要不要,你倒是说话呀。"

费费说了。他说:"诺比,亲爱的诺比。"

诺比还在琢磨:我果真变了吗?它带着一种恍惚的神情,久久地、费解地看着费费的脸,不知费费为什么这样说。

B先生用脚尖踢了踢诺比的肚子,对费费说:"真是条忘恩负义的狗。你把它培养成了名角,它呢,早忘记你的好处,不认你这个朋友喽。你看,它理都不理你。"

"不,你说得不对。诺比有病,有心思。你没看出来吗?它心里难过,一天到晚懵懵懂懂的……我们应该体谅它。"

诺比用含泪的眼睛看着费费。尽管它仍然不明白费费说的话,但它感到,那一定是好话,是爱它的话。

诺比开始失眠了,就是好不容易睡着,也常常被噩梦惊醒。

它老是梦见那个穿夜礼服的高贵太太,把长裙的下摆掖在裤腰里,领着一伙人,把它赶入深水塘里,别管它被呛得多么难受,想要爬上岸来,人们一棒子又把它打下去,还一个劲儿地骂它,用石头砸它。

它梦见它疯了,像一条野狗那样在旷野里流浪。

它还梦见费费不要它了,它对费费说:"我是诺比,我是诺比……"费费看了它一眼,也像 B 先生一样不认识它了,还说:"去,讨厌的狗。"

…………

诺比常常从梦中哭醒,半夜三更的,醒来之后,仍旧伤心不已。它听见赶夜路的人说:"听,狗在哭呢。"

"狗也会哭吗?"

"会的,兴许它做了噩梦。"

"狗也会做梦吗?"

"会的。"

诺比瘦了。它吃不下,喝不下,身上的毛皮也失去了光泽。从前一顿吃下五斤牛肉的胃口,哪儿去了啊?

它不再像从前那样欢蹦乱跳,也失去了往日那股机灵劲儿,它连一道算术题也做不出来了。

它也不再练功,费费也不要它练。它只是整天整天地卧在墙角里,把下巴搭在两只前爪上,望着远处的草原和山峦想心事。

那条喜欢传播小道消息的黑狗,总是歉疚地蹲在一旁,远远地守着诺比。有一天它鼓起勇气对诺比说:"诺比,请你原谅,真没想到会是这样,我害了你了。"

"别那么说,真的,别那么说。伙计,不是那么回事。"

有个黄昏,诺比好像听见有什么声音,在远处呼唤它的名字。

是风?是晚霞?是落日?是流水?是秋虫?……

它竖起了耳朵,辨听着。忽闪着鼻翼,嗅着。

晚风中有花的微馨,有带点苦味儿的野草的清香,还有熟透了的果子微微发酵的腐味儿……诺比嗅着、听着。

它听出点儿什么来了,嗅出点儿什么来了,仿佛它丢失了许久的灵魂又回来了。

它从墙角里走出来,打了一个哈欠,抖了抖浑身的毛,然后沿着一条砂石小路跑去。

没有人追赶它,也没有人向它扔石头,它不慌不忙地跑着。

真静。

它听见自己沙沙的脚步声:有弹性的,有节奏的。

它的心平静下来,什么都不再想,只知道自己要去一个很远的地方。

究竟跑了多久?诺比不知道。突然,诺比全身为之一震,它看见了海。

诺比傻了,呆呆地蹲在海岸上。诺比有生以来也没见过如此壮观的景象,海浪轰然作响,铺天盖地从远处翻腾而来,好像要把诺比拍碎,但诺比不怕。

诺比不怕,它知道这里再没有什么可怕的了。

它迎着海向前跑去,它的趾爪湿了,凉森森的。海水也浸湿了它的肚皮,有那么点凛冽,但它仍旧向前跑去。

海浪轻轻地把它托举起来,它进入了无际。

"诺比——诺比——"

诺比回头望去,费费站在岸上,两条细长的手臂,像十级台风中的椰树干,马上就要折断似的摇来摇去;一脑袋稀疏的长发,稻草一样地在风中竖起。

"诺比——"

诺比看不清费费的脸,但它相信,费费已经泪下如雨。现在还来得及,它的力气还没有耗尽,它还可以回去。但是,不,费费,别难过,你会再找到一条好狗,只是别再教它四则运算,我的好伙计。

"诺比——我爱你——"费费声嘶力竭地喊道。

"费费,我也爱你。"诺比最后说。

它放松自己的四肢,海浪把它向更深、更远的地方推去。

我不再回来了,诺比想。

1983 年 3 月于北京

山楂树下

那首歌是怎么唱的?
　　…………
　　啊——
　　茂密的山楂树,
　　白花满树开放。
　　啊——
　　你为什么忧伤,
　　亲爱的山楂树?
　　…………

　　果园里唯一的一条长椅,就安置在这棵山楂树下。既然想到在园子里安置供人歇息的长椅,为什么不在每棵树下都安置一条长椅呢?

　　就连这条长椅,也像一个肩膀歪斜的残疾人,西边两条椅子腿,向潮湿的泥土里,深深地塌陷进去。白色的油漆早已剥落,只有在榫头交接的地方,还可以看到些许白漆的痕迹。

　　早先的景象一定赏心悦目:绿树成荫的果园里,一条醒目的白色木头长椅!

这是一个苹果园,可却偏偏栽了这么一棵山楂树。也许当初卖树苗的人搞错了,错把山楂树苗和苹果树苗混在一起卖了。种树的人又错把山楂树苗当成苹果树苗栽上了。

一棵挨一棵的苹果树,常年没人修剪,满树的枝丫或四下随心所欲地疯长,或向地面低低地垂落。又小又青,好像永远长不大的苹果蛋,稀稀朗朗地散挂在枝头……

山楂树上长没长过山楂,不知道,反正眼下的树枝上什么也没有。不过坐在山楂树下的长椅上,却像隐遁在绿色的帷幕后面。从园外小径上走过的人,如果不留神,是不大容易发现这条旧长椅和椅子上坐着的人的。

而他,透过树枝的缝隙,却能影影绰绰地看到二楼阳台上的病人。

距探视时间还有四十分钟,他们就像企鹅一样,挺着胸脯,伸着脖子,一个挨一个靠着阳台的栏杆站在那里。脑袋朝着一个方向,像是听了"向左看齐"的口令,向通往医院大门的那条路上张望。

他几乎知道他们每一个人的故事,以及他们的期待,然而他却没有故事可对人讲。

没有人给他打电话,没有人给他写信,更没有人来探视他。逢到护士来病房叫什么人接电话,或是给病人分送邮件的时候,他总像做了亏心事那样,挪开自己的眼睛。也无时不感到病房里的人,投射在他背上疑惑的目光。这目光更使他因为讲不出什么故事而不安,而惶恐,而气馁。于是他的背更驼了,脚步更轻了,人更加显得无声无息了。像一只灰色的、躲在犄角里的老耗子。

有天上午,护士照例在十一点钟来病房送邮件的时候,恰巧其他人都不在病房,护士便把每个人的信件放在他们各自的床头柜上。听到她的脚步走远后,他悄悄地拿起一个床头柜上的信,久久地端详着,用手指轻轻摩挲着那张浅蓝的、印有万里长城图案的邮票。觉得那个粗制滥造、印着一位古装美人的信封也不那么难以忍受了,猜测着信里写的那些要紧或是不要紧的、温暖的家常话……于是他感到奇怪,觉得那些信明明是写给他的,怎么变戏法似的,突然换成了别人的名字。

终于有一天,护士来叫他接电话。他犹豫不决地看着护士,想:她会不会叫错人了?

"是位女士。"护士肯定地,并且带着一些可喜可贺的口气说。

病房里的人显得很兴奋,好像他终于取得了可以被他们认可的资格。他们目送他去接电话的时候,就跟目送一只第一次去下蛋的母鸡差不多。

"请问你是邬沧云吗?"

果真是个女人!他纳闷儿地瞧了瞧手里的电话筒,好像不知道那是个什么玩意儿了。然后犹犹豫豫地答道:"是啊,我是邬沧云,您是哪位?"

"我是菊如的爱人。菊如去世了……明天上午遗体告别……"电话里,已是一片唏嘘。

"啊?!"他好久闭不上自己的嘴巴。只觉得一股又阴又冷的凉气,从脚心底下升上来。他心慌意乱,又不可置信——因为,你不可能说一个似乎本就不存在的人,没有了。

对他来说,菊如只是一种声音,一种时近时远,却又非常清晰的声音。那声音,有点像正在吹奏的旋律低回的圆号。不论什么时候想起菊如,浮在他心头的,便是菊如那似乎总在倾听的模样,好像他能听到别人听不到的声音。

"您是说他过世了？他——怎么会？"

"自杀……上吊。"

他愣怔着放下电话。但是,怎么可能？菊如会自杀？不可能。他不信。他相信,菊如不过是在一种懵懵懂懂的情况下,钻进一个绳套里去了。他了解菊如,菊如从不干那引人注目的事情,他一生安静得如同一个影子。

可为什么连菊如的妻,也说他是自杀？她不比外人,她是菊如的妻啊！这不太令菊如难堪了吗？

真不能让人相信,连菊如的妻也这么说,他为菊如感到凄惶。

病房里的人,本以为这罕见的电话后面,肯定有着不平常的故事。可他的沉默是如此沉重,而那份沉重,是根本没有卸下来的可能了。于是他们脸上的线条,重又变得僵直。

然而,他能把这样的事,当做故事说给人听吗？

追悼会他没有参加。也许遗体告别留给他的印象太可怕了。他不明白,人们为什么在菊如脸上,涂上那么厚重、浓郁的色彩,好像菊如不是去火葬场,而是去参加假面舞会,或去扮演马戏团里的一个丑角。而菊如生前是那么淡泊,就连眉毛、睫毛,也淡得几乎看不出颜色。

这样的菊如,让他感到陌生。有那么一瞬,他甚至觉得那不是菊如,殡仪馆的人没准儿搞错了,不知从哪里弄了一个浓妆艳抹的、妖冶的娘们儿,放在灵床上糊弄他,或是寻他的开心。他担心,那娘们儿会大腿一拍,眨巴着眼睛坐起来,朝他抛过来一个勾魂的笑。

也差点没喊出来:"请问,谁让这个妖冶的女人,躺到这儿来啦？天哪，我为什么要和她的遗体告别？我和她有什么瓜葛！"

要不是菊如的妻在一旁哀哭，他真就这么喊出来了。可菊如的妻，为什么哭得那么响，她难道不知道，这对菊如并不合适。

人们私下的议论，也让他寒心。

"……他干吗自杀？"

"听说，他老婆对他不好。"

"那也犯不着自杀呀！"

这么说不对，菊如的妻是体贴的，尽管她把菊如的离去叫作自杀。

"或许他有什么难言之隐。"

菊如有什么难言之隐？

不久前，菊如对他说过："沧云，我好像没有底气了。"

"别那么说，那只是因为你最近身体不太好的缘故。"

菊如想了想，说："也许是这样。"

以后，他们再也没有提过这回事。难道这就是菊如自寻短见的难言之隐？

"他不是自杀。"在殡仪馆的门厅里，他愤愤地对那些人说："他不过是懵懵懂懂走进那个绳套里去了。"

"反正不是别人，也不是疾病造成了他的死亡。不管怎么说，是他自己使自己窒息了。"他们说。并且像是听了鬼讲话，异样地笑着。

"不，他有病，一种使人恍惚的病。你们只知道癌症是不可治愈、致人死命的，却不知人因恍惚，也可以致命。照你们的说法，煤气中毒的人，也是自杀喽，因为是他们自己没有关好煤炉，而让自己死掉了……"

他们争得面红耳赤，不欢而散。

153

最后听见他们说:"别理他,神经病。"

想必他们也如此这般地说过菊如吧?

如今,再想起菊如,只有放那盘磁带了。那是菊如在播送小说《墓碑》时,他从广播里录制下来的。那声音仿佛不是由于声带振动而生发,而是从菊如身体里,沉沉地、缓缓地、悠悠地流出来的。

他喜欢菊如在那里停顿一下——"……每当刮起北风,海涛声,海水冲击卵石的声浪,径直传到教堂。我停止挥舞木槌,放下凿刀,谛听这富于节奏的、单调的声响……"那时,他总是闹不清,是菊如在给自己凿墓碑,还是书中的那个穷老头在给自己凿墓碑;是凿墓碑的孤独老人在倾听,还是恍惚的菊如在倾听……

他无论如何不相信菊如自杀。如果菊如不想活了,不会是别的什么原因。什么时候,等到他把藏在身体里的精灵之气,这样沉沉、缓缓、悠悠地流光了,他的生命也就终结了。就是他死了,他的精灵之气,也还会四处游荡,继续侧耳倾听他身后这个世界。听完之后,也会像往常那样出神,有时,还会低声地对自己说:"真美。"

小道两旁的白杨树上,传来了最初的蝉鸣,没有把握的、断断续续的、骤然开始又骤然停止的。

这时,他听见脚掌踩在青草上的刷刷声和拨动树枝的哗哗声。一个头发许久没有剃的男孩,朝椅子这边走过来了。他的病号服太大,长到大腿,像件小大衣。仿佛也是来祈求这绿色帷幕的庇护,小心翼翼地和他商讨:"叔叔,我可以在这张椅子上坐会儿吗?"

他挪了挪身子,拍拍身旁的空位,说:"坐吧,小伙子。"

"我不是小伙子,我是小姑娘!"她尖声地、羞恼地分辩着,好像早就憋足了劲,一直在等,能有个机会说出这句话。

"你是小姑娘?"

"是的,我是,我是。他们老给我吃药、打针,打得我都不长个儿了……"她不说了,嘴巴一瘪,委屈地哭了起来。

他慌了,难道是他惹恼了她,他说了什么不好的话吗?

"哦,别哭,别哭……你要听故事吗?"他立刻失悔,他能讲出什么故事!她不是小伙子,他也不会讲故事,他怎么忘了?顶多,要是她愿意,他可以找一天,播放菊如朗诵的《墓碑》给她听。然而,他能担保她爱听《墓碑》吗?《墓碑》和她又有什么关系?

"你得的是什么病?"

"我没病。"小姑娘又尖声分辩着。

他又错了。"那——你怎么会住进医院呢?"

"我也不知道。那天我在学校上体育课,老师让我翻跟头,我就翻了。我翻了一个跟头后,头就疼起来了。老疼,老疼,看东西都是脚朝上、头朝下的,他们就说我病了,把我送到医院来,打针、吃药,还给我开刀。您瞧我的头发,就是开刀时剃光的,到现在还没长出来,多丑啊!其实,我看东西并不总是脚朝上、头朝下的,就那么几回。"

一只蜥蜴从草丛里爬了出来,扬着它长长的下巴,东望、西望,然后像哲学家那样思索了一会儿,便爬上他穿着拖鞋的、赤裸的脚背。脚背上一阵瘙痒,但他就那么待着,一动不动。蜥蜴眨巴着眼睛,这从未见过的脚背,显然引起了它的疑惑,后来,它忽然恍然大悟地张了张嘴巴。要是菊如在,也许能听出蜥蜴在说什么。

他跷了跷大脚趾,兴高采烈的蜥蜴,忽地就蹿下他的脚背,没入草丛不见了。

"叔叔,您在听吗?"

"我在听呢。"

"为了给我治病,我们家已经借了好多钱啦。开完刀,他们还不让我回家,我想家呀,想我奶奶、我爸爸、我妈妈。"

她又哭了。两只手支着面颊,一任泪水滴答地落下来,也不去擦。

他看见一滴泪水,落在一茎长有白茸毛的青草上,那滴泪,对于那茎青草来说,是太重了,青草禁不住摇晃了一下,泪珠便滚下草茎,渗进泥土里去了。也许,菊如能听见这滴泪珠渗进泥土时的叹息。

"叔叔,您在听吗?"

"我在听呢。"

"我已经住过两个医院,他们说我的病还没好。出那个医院的时候,我对爸爸说,我不治了,花了那么多钱,有时看东西还是倒着的——这话,我只告诉您一个人,您可别告诉大夫。

"他们说不行,我还得上这个医院继续治疗。我求爸爸,那就让我回家一次,我想家呀。谁也没法上医院来看看我,我们家住在大山里呢,来一趟要花很多车钱。爸爸咬了咬牙,给我买了张火车票,让我回家看了一看,我一进家门,我奶奶就哭了,我妈也哭了,我们全家都哭了……"

她的眼泪,急雨般地又往长着白色茸毛的青草上滴落下去,草叶更快地摇曳起来。

而他,能为小姑娘做些什么呢?"听着,我真的看出来了,你是个挺像样的小姑娘。"

"是吗?"

"是的。"他说,他十分肯定地说。

她抬起头来,被泪水洗过的面孔,留下一片潮红,像雨后的晴空。她把双臂交叉在胸前,透过树枝的缝隙,默不做声地瞧着阳台上那些引颈企望的人。

"他们在等来探视的人呢。"她悄声说。

"是的,他们在等。"他也悄声地回答说。

1983年6月于北京
2010年10月修订

"尤八国"体检

"快上！快上！"后边等着上车的人，不停地用手指戳尤仲甫的脊背，那指甲尖利得很。

他倒是想快，谁愿意让别人戳自己的脊背。可他快得了吗？最近他的右膝总是隐隐作痛，弯曲的时候就更痛。他把手杖和手提包挎在臂弯里，两只手拽着公共汽车门上的扶手，像把自己从地上拔起来么吃力地踏上了公共汽车。

后边的人还在不停地戳他的后背，鸡叨米似的。

唉，巴巴儿地跑到医院去做这次体检，何苦呢？不过是这儿听听，那儿敲敲，能听出什么？又能敲出什么名堂？

尤仲甫从来不上医院，四弟季甫在医务界是榜上有名的中医大夫，家里人有了急病，随叫随到，谁还上医院去。

办公室的小吴，千叮咛万嘱咐："尤老，党关怀知识分子呢。这次为三十五岁以上的知识分子体检，每个人的检查费就是十四块钱呢，女同志还多五块钱，您可千万要去啊。"

虽然他不把自己的身家性命看得那么重，但为了这个关怀，也应该认真对待这次体检，怎么能因为汽车太挤，因为腿疼，因为有人戳自己后背，就产生烦躁情绪？

全家人都很看重这个关怀,尽管大家嘴上不说什么。

老伴从箱底找出当年他在英国留学时穿的夹大衣,浅驼色的面子,花格呢衬里,式样老了,可是上好的毛料,且做工精良。只是生生让老伴洗坏了,越缩越小,穿上它,肩胛那儿活像打了两个箍。她老舍不得拿到洗染店去干洗,到了老年,她变得悭吝起来,年轻时她可不是这个样子。

小吴站在医院门口,迎候来体检的人们。"进门请往北拐,请先在礼堂等一等。"

礼堂里像开联欢会那么热闹,平时机关里好像没那么多人,怎么一下子冒出这么多?知识分子队伍看涨啊。

尤仲甫站在礼堂门口,不知往哪里迈脚,生怕一不小心踩了谁。

"尤老!尤老!"熊老站在一扇窗下招呼着他,"来,这里有座位。"

尤仲甫前后左右地点着头,不断地说着"对不起""劳驾""请让我过去",忍着右膝的疼痛,长脚鹤似的一步一步高抬着脚,来到熊老身边,如释重负地在他身旁坐下。

"您近来可好?"

"好,好,您也好?"

"谢谢,好。"

他们寒暄着,因为都不坐班,平日里大家难得见面。

有人开玩笑说:"瞧,十四国会议开幕了。"

"什么十四国会议?"

"喏,你不知道吗?'尤八国''熊六国'嘛!尤老精通八国文字,熊老精通六国文字,六加八,不就一十四。"

变天了,天色暗了下来,跟着掉雨点儿了。

开始散发小圆纸盒和玻璃瓶子,小吴拍拍手,高声说道:"同志们,现在请大家去留大小便。"

人们像开了锅的水,多少张嘴一齐嚷道:"小便还可以留,大便是说来就来的吗?谁有那个本事。"

"现在没大便怎么办?"

"那就明早再送来。"小吴声音嘶哑地说,组织这样大规模的体检,大概很让他劳神。

几个护士进来了,小吴把几摞体检表格分别交给她们,并且说:"同志们,听护士同志叫名字,谁叫到你的名字,你就跟谁走。"

于是她们开始点名。人们像鸭子一样,嘎嘎地叫着,一群一群地往礼堂外移动。

"安静,请安静。"小吴急得口干舌燥。

但人们依旧嘎嘎地说着、笑着,慢吞吞地移动着脚步。

尤仲甫怎么也听不见有谁呼叫自己的名字,末了,还是别人把他推到一位护士跟前。她翻了翻手里的体检表,又很有兴味地打量他一眼。"您就是尤仲甫先生?"

"是,我是。"

"我看过您翻译的书,和您的论著。"随后,她说出两三部大部头的题目。

尤仲甫缩了缩脖子,像被人戳穿假面那样,尴尬地笑了笑。

"好吧,大家跟我走,一个跟着一个,跟好,可别掉队,我们这个医院每个科室之间距离挺远,绕来绕去很不好找。"

她说得不错,那医院简直像个迷宫,不但每栋楼之间需要七拐八拐才能找到,就是每栋楼内部,也是"曲径通幽"。

尤仲甫顾不得地上的水洼,拐着右腿紧跟。

晚秋的雨滴,分外阴冷地落在尤仲甫那毛发已然疏朗的头上,和那式样老旧的夹大衣上。

在内科,医生听了他的心、肺,量了血压。

"鼓肚子,鼓肚子。"内科医生边说边按他右肋的下侧。医生膀大腰圆,身子骨很结实,手劲自然也很大。

他不会鼓肚子,闹得医生和他都挺着急,后来,他失望了,索性不鼓了,医生也不让他再鼓。

"疼吗?"医生问。

尤仲甫分不清,到底是体内的肝疼,还是医生按得他皮肉疼。他又不好不回答医生的问题,小吴说了,检查费用十四块呢。只好含糊其辞:"嗯,有点……"他为这不认真的回答有点惭愧。

医生说:"没事儿,你的肝脾不大。"

他的手指头还真灵。

去外科的路上,小护士看出他的腿脚不便,就伸出手来,说:"尤先生,我搀扶着您吧。"

"谢谢,不用,不用,我可以走。"尤仲甫婉拒了,一个男人,应该搀扶女人,照顾女人,哪儿有让女人搀扶的道理,那也太没有绅士风度了。说着,他撑起精神,加快了脚步。

小护士也不勉强,恭敬不如从命。这些老知识分子,都有那么点怪毛病。

她对外科医生说:"尤仲甫先生,是著名的语言学家呢。"

尤仲甫明白,她是想提请医生,检查时对他多些关照。前几次,比方说,在内科、心电图室,医生们听了她的介绍后,理都没理,让尤仲甫脸上热辣辣的。隔行如隔山,谁知道语言学为何物,尤仲甫又为何物?是处理的尼龙袜子,还是降价的带鱼?可他又不忍心把小护士的好意挡回去,只是一味地说着不成句的

161

单字:"别……别……"

别什么,谁也不知道,只有语言学家自己知道,他用的是大容量短句。

外科医生怀着敬意说:"请坐,您请坐。"

只一个"请"字,尤仲甫便感到了从荒蛮到文明的提升,尊敬别人,和被别人尊敬,是多么快乐的一件事。

"谢谢,谢谢。"尤仲甫受宠若惊地迭声说道。

外科医生摸了他的淋巴、甲状腺,尤仲甫惊异于医生们的手指,那可以说不是手指,而是一部新式医用扫描仪。不过外科医生摸得很仔细,还让他解开衣扣,摸了摸他的乳腺。

"男人也需要检查乳腺吗?"

"男人也有长乳腺癌的,就跟有些女人长胡子一样。"外科医生解释道。

尤仲甫想了想,笑了,确实没有什么可奇怪的。

小护士提醒他:"尤先生,让医生给您瞧瞧腿吧,我看您的腿好像有点毛病。"

查了半天,他偏偏忘了这条病腿。"噢,我的右膝老疼,弯曲的时候更疼。"他翻起裤腿,用力把棉毛裤撸上去,露出皮肉松弛的小腿和膝盖。

外科医生把他的右膝前前后后左左右右地摸了一遍,按住右侧的一处地方,说:"这里有一个突起的硬块,我们需要拍两张片子看看。"他从桌上拿起一张 X 光检查单,填写后交给尤仲甫,"请您到放射科拍片子吧。"

小护士说:"出了门往右一拐就是放射科,您自己去吧,我还得留在这里照顾其他人。"

放射科的大门紧闭,但从里面传出欢声笑语,其中尤以一位女性的笑声最为悦耳,哈、哈、哈、哈——一声高过一声,跟声乐系的学生练声差不多。

尤仲甫敲敲门,没人搭理,里面仍旧是练声般地哈、哈、哈。他加了些力气,把门敲得响一些,还是没人搭理。他考虑,犹豫,如果自己把门打开,算不算失礼?不好,不得主人允许自己开门,显然不好。他再加力气敲门,仍是无人搭理,而那位女性的笑声更加响亮,上气不接下气,就像有人在咯吱她。

尤仲甫硬起头皮,决定自己往里闯了,他鼓足勇气,扭了扭门上的手柄,还是打不开门,原来门是锁着的。他失悔于自己的莽撞,既然人家锁着,就更不该去扭动人家的门柄了。

正当他懊悔不已的时候,门开了。一位女"白大褂"霜着脸儿说:"敲什么敲?下班了。"

尤仲甫往里面瞥了一眼,再没有其他女性,难道那练声般的笑声,是这位发出的么?奇了!

他不由后退一步。"对不起,我——我不知道,请原谅。我是来体检的,那位大夫让我到这里来拍片子。"他觉得自己异常笨拙,啰嗦许多也没说清什么。

女"白大褂"从尤仲甫手里抽去那张X光检验单,转身问屋里的两位男"白大褂":"给不给他拍?"

一位稍许年轻的,看了看站在门槛上,不敢迈进门的尤仲甫。他挎着的那个由灯芯绒拼制的手袋,身上那件皱皱巴巴的夹大衣,无一不显出可怜寒酸的模样,便动了恻隐之心,说:"给他拍吧,领导不是说了,今天有加班任务。"说罢,便从桌上拿起一摞铁皮活页夹。

"哎,哎,别走啊,这段乐子,你还没说完呢。"女"白大褂"挽留不已。

"欲知后事如何,且听下回分解。一次讲完了,还有什么意思?"说罢,便夹上自己的东西,走了。

剩下的那位男"白大褂",煞有介事地看了看外科医生开来的检查单,哼了一声,说:"什么正位、侧位,根本拍不出来。"

拍不出来?拍不出来何必还拍呢?已经十四元了,再拍两张片子,还不得二十四元!这不是浪费又是什么,虽说尤仲甫不会从自己腰包里掏半分钱。他还是关心地问:"为什么拍不出来?怎么才能拍出来呢?"

男"白大褂"白了他一眼,绷着脸说:"我们只负责拍片,不负责解答问题。"

女"白大褂"说:"上去吧。"

"上哪儿?"

"没看见吗?躺到机器台上去。"

啊呀,他们全都伟大得很啊。尤仲甫想。于是深感自己渺小地躺到台子上去。

女"白大褂"站在他的头前,五雷轰顶地喊道:"脸朝下!脸朝下!谁让你脸朝上了?"

不是她说的吗?"躺"到台子上去。如果脸朝下,那应该叫作"趴",而不应该叫作"躺",语言学家想。他吃力地翻过身体……老了,干什么都不灵便了。

女"白大褂"不耐烦地指挥着:"往下点儿。"

"谁让你那么往下了?再往上一点儿。"

"再往下,再往下。唉,真是的!"

尤仲甫手忙脚乱,他晕乎了,趴在那里索性不动了。女"白大褂"只好动手去推尤仲甫的头顶,他的身子跟着往下滑了滑,可那个位置还是不理想,于是女"白大褂"重重地跺着脚后跟,走到他的双脚前,攥住他的脚踝,往下一拽,就跟菜市场的搬运工,抻着整只冻羊或冻猪的腿,从冷藏车上往下卸货差不离。

终于拖到了她满意的位置,两张片子才拍完了。尤仲甫小心翼翼地问:"请问,什么时候看结果?"

"不知道。我们只负责拍片子,不负责解答问题。"男"白大褂"说。

尤仲甫惊魂未定地走出放射科,正巧碰见小护士带着人们向耳鼻喉科转移。

"拍完了吗?"

尤仲甫话也说不出了,只一味地点头。

查喉咙的女医生,温厚可亲。"伸舌头,哎,对了。您年轻的时候,歌唱得挺好吧?"

年轻的时候?他年轻的时候是什么样子,自己都忘记了。他唱过歌吗?那时候有唱歌这一说吗?想不起来了,尤仲甫摇摇头。

"别动。"她用一块纱布垫着手指,往下拉着他的舌头,"请您说,衣——对了,就这样,好了。您的嗓子先天条件真好。"她往体检表上看了一眼,笑了,"哟,您瞧瞧,这是哪儿跟哪儿啊,您的声带条件这么好,我还把您当成歌剧团里那位有名的男高音了。"随着,她说出一个家喻户晓的名字,"我念大学的时候,就听他唱了。"

她笑起来的样子很温暖,尤仲甫也跟着笑了。是啊,他要是个歌唱家就好了,总比什么语言学家强。会八国文字管什么用,要是哪位歌星或是哪位影星生了病,别说骨头上长了什么东西,就是生了脚气,也得用小汽车送到急诊室,然后住进单间病房。

会八国文字有什么用?

尤仲甫这样想着,想着,剩下的几科检查,就不显得那么慢了。

末了,尤仲甫仔细地把体检表看了一遍,每栏空格都一项不漏地填满了,至于栏里填的是什么,他就没兴趣研究了。

他满心轻松,心安理得地走回家去,至少,他没有把党的关怀扔到大街上去。

　　他的鞋被路上的积水濡湿了,从脚心一直往肚子凉上去。头发也让雨水淋湿,紧紧地贴在前额上,他把棕色灯芯绒拼制的提包顶在头上,至于身上,夹大衣还可以顶一阵子。

　　晚上,他打喷嚏了,后背发冷,脑袋也沉沉的。到半夜,他发烧了。他总觉得有人攥住他的脚踝,一会儿往上推推,一会儿往下拽拽,他又好像成了从冷藏车里卸下来的冻猪或是冻羊。

　　他嚷着:"放开我!放开我!"

　　老伴摸着他的额角,对小儿子说:"烧得不轻呢!瞧,都说胡话了,咱们还是给医院的急救站打电话吧。"

　　一听要上医院,尤仲甫便清醒了:"你说什么?上医院?不!不行!去,把四弟找来。"

1983年11月7日鼓浪屿

祖 母 绿

一

　　黄昏,像一块硕大无朋的海绵,将白昼的炎光,慢慢地吮吸渐尽。喧嚣的市声,也渐渐低落下去,城市,像一锅晾凉了的稠粥。房间里已经暗得不辨东西,只有墙角那盘燃着的蚊香,信号灯似的亮着暗红的微光。

　　浅色的花布窗帘,在习习的晚风中轻拂,玻璃窗在轻风的摇曳中微微作响。就是不刮风的时候,每逢有人在地板上走过,这些窗子,也会咔啦咔啦地震响。

　　这是栋老房子啦,灰黄色的墙壁古色古香;每条地板中间,早已磨出凹槽,却还是被路阿姨擦得一尘不染,油光锃亮;红木家具,以及家具上的棱棱角角,依旧硬得硌人;窗子也像教堂里的样式,又窄又长,顶部还是拱形……

　　二楼朝南那一排窗前,有一棵叶子阔大的老核桃树,一棵海棠,还有两棵老也不见长的日本松。打从卢北河第一次迈进这个院子到现在,二十多年过去,它们还是那么高,不过看得出来,它们苍老了许多,人会苍老,树又何尝不会?

夏天,核桃树和海棠树的浓荫,不但会滤去阳光的炎热,还遮挡着窗子里的人和窗子里的事。到了冬天,海棠树、核桃树的叶子虽然掉光了,可谁还会有那么大兴致,站在冷风地里,窥视别人的窗?

　　屋外四周的青砖墙上,爬满了青藤。本就不敞亮的窗户,便深深地陷进厚密的藤叶里,像边沿铺满厚厚的青苔,极少有人汲水的一口古井——一如左家极少与人交往的家风。而在卢北河嫁给左葳之前,左家似乎还不这么冷森。

　　在待人接物方面,卢北河恪守保持一定距离的原则,她在不大的年纪,便眼看着自己的家庭如何败落,以及那些和她的家庭差不多的家庭如何败落。那早年的旧有的时日,完全颠倒的记忆,像年轮长入树心一样,从未和她分离过。

　　因此卢北河爱这老房子的幽暗。

　　这栋小楼,是左葳父亲名下的。"文化大革命"十年浩劫期间,居然躲过了那场劫难,这是因为,左葳的父亲不但是数一数二的国宝,在国际学术界也是一个有地位、有影响的人物,所以才被当作"标本"保存下来。

　　他们夫妇本有资格申请一套新房子,但卢北河不肯。钱是小事,自己出去顶门立户,他们就不得不被摆到第一线的位置上,纠缠到七七八八、琐琐碎碎的事情里,于是他们的头上,便会添出许多事来。

　　卢北河从沙发上站起来,拧开了一旁的落地灯。灯光透过绿色的纱罩,映出一片不大的光晕。她躲开这片光晕,重又拣个沙发角斜躺下去。

　　吃过晚饭后,卢北河就这么一动不动地斜躺在沙发上,盘算她的心思。

　　左葳上火车站送儿子去了。

就是左葳在,她也不会把自己没有考虑成熟的事情讲给他听。他什么时候拿出过一个果断、切实可行的意见?想到这里,卢北河淡淡地笑了笑。

　　儿子什么时候才能成人,顶天立地地替她撑起这个家?他没有一点像她的地方,真是他们左家的骨血,而且比左葳年轻的时候还糟。卢北河和别的女人不大相同,还不至于因为对丈夫或儿子的爱,弄到睁眼瞎的地步。

　　她拿起一把葵扇,不紧不慢地摇着。一会儿想想丈夫,一会儿想想儿子,不知是苦还是甜地咂摸着。

　　现在的年轻人和他们年轻的时候,已大不相同,很少考虑自己的一言一行、一举一动会给他人留下什么印象,或政治上带来什么影响。好像他们只打算活过今天,明天就不再活了。

　　向东在政治上很不开展,到现在连团员都不是,卢北河不知和他谈过多少次,就差没跪下来,求他写一份入团申请书了。

　　他答应得倒挺好:"哎,妈,我写。"

　　"写完给妈看看。"

　　"哎。"

　　过了一个月,什么动静也没有。再催他,他就该发脾气了。卢北河恨不得替他写一份,可是,那也得他自己愿意交出去才行。她总不能替他去交申请书,替他去接受组织考验,替他在团旗下宣誓吧。

　　儿子自己不肯入团倒也罢了,可别人会怎么想呢?比方研究所的同志。他们会不会说,自己的孩子都管教不好,还算什么党委副书记和副所长?

　　再说不入团、不入党,将来分配工作、出国留学都会受影响。这小毛头什么时候才能懂呢?她又不便把这些利害,大明大摆地对他说个清楚。

那他准会一蹦三丈高地跟她嚷嚷:"噢,敢情您让我入团是为了这个。"那她就会失去儿子的尊敬。

这次暑假,和同学们去云南旅游,左葳还偏偏给他买了一张卧铺。别的同学都能坐着去,干吗他一个人非"卧"不可?如果不能坐,干脆别去。

卢北河不是舍不得钱,在左家,钱,何曾被提到日程上来计较过?可有钱也不是这么个花法,贴广告似的。这等于告诉人家,你们家趁钱,你们家那资产阶级知识分子,或资本家的劣根性——卢北河从懂事那天起,没有一天敢忘记自己的出身——没有一丝一毫的改变,贪图享受、腐化堕落、好逸恶劳云云。要命的是,谁敢担保不再来个什么运动?"文化大革命"说是不搞了,可以变个名词或花样啊,这方面的专家有的是!

唉,头脑里没有一点政治。为什么不能像她这样,在家里炖点银耳、野参、燕窝……人又不知,鬼又不觉,有多实惠。

卢北河选的保姆,绝对靠得住。工价虽然高了一点,可是用了多年,这家里大大小小的事,没从她嘴里漏出过一星半点儿,包括"文化大革命"那个非常时期在内。

因为她寡言少语,左葳的母亲老是说:"她那张脸,真像一堵灰砖墙。"

灰砖墙有什么不好?

她从不和别家的保姆来往,不像她们那样,抱着主人家的孩子,坐在树荫或朝南的大墙下,抖搂主人家的老底儿,编排主人家的不是。

不对她说的事情,她绝不打听。只要不是对她发的话,别管大家在她面前说什么,她都像没有听见。要是偶尔来个客人,又碰巧主人不在家,谁也别想从她那里打听出来,家里人上哪儿去了,去干什么。问她什么,她总是木无表情地摇摇头,说:"不知道。"哪怕她给那位客人上过多少次茶、备过多少次饭,也跟不认识一样。

客人们不断向卢北河告她的状,卢北河听后,只是抿嘴笑笑。

这哪儿是保姆,分明是个宝物。不像左家原来那个保姆,太爱说话,太爱串门儿,太爱管闲事。卢北河嫁过来不久,就找个理由,让左葳把她打发走了。那保姆走的时候,还拉着卢北河的手,泪流涟涟地舍不得分手,弄得卢北河心里也很不好受,一直把她送到汽车站。

卢北河和左葳就这么一个孩子,左家两代都是单传。

偏偏这孩子来得晚,结婚好几年之后才有他。头几年,婆婆在她那瘪肚子上扫来扫去的目光,简直像一条抽打她神经的鞭子,她恨不得自己的肚子,一夜之间,就隆起得像是扣着一个面盆。

她甚至在婆婆的眼睛里,看到过几许懊恼。懊恼什么,懊恼左葳没有和曾令儿结婚,而最终娶了她?

既然如此,为什么利用曾令儿对左葳的爱,暗示她替左葳去戴那顶右派帽子?任曾令儿流放一样,被发配到边疆,而左葳又不随她而去……在左家,好像世界上从来没有过曾令儿这个人。老太太的懊恼,就跟《雷雨》中的周朴园一样,几十年来供着鲁妈的照片,一丝不走样地保留着鲁妈的一些生活习惯……不过都是一种无比真诚的伪善。

向东是他们的心头肉、掌上珠,可是疼孩子,不是这么个疼法,在如今这个社会,应该让他自小便练就政治上立于不败之地的硬功夫,这才是真格的。

就连给儿子起名字这件事,卢北河既看得很淡,也很用心思。姓左,名向东。什么时候往深里想这个名字,什么时候她身上便会炸起一层鸡皮疙瘩。但是,在这个名字里,不管是谁,再也嗅不到左家世世代代的书卷气和卢家的铜臭味儿了。

老头、老太太、左葳,只知道给游山玩水的向东买卧铺,却毫不在意向东说不出中国那几个副总理、国务委员的名字。他们不懂,也不愿意懂,在当今中国,什么重要,什么不重要。

卢北河轻叹一口气,目光落在对墙的照片上,那是她和左葳的结婚照。她调整了一下灯罩的角度,让灯光投射到照片上去。

她呆呆地望着那张十二英寸的大照片。人们常说他们夫妇二人非常相像,到底像在哪儿呢,可就没人说得清楚了。

他,直长的鼻,飞扬的眉,炯炯的目,瘦削而棱角分明的面庞,一副硬汉子的模样。

而她,一双弥勒佛的笑眼,遮藏起可以从那里窥视内心的双眸。圆鼻头,圆脸庞,一副和气生财的模样。

论脾气、秉性,也大不相同。

读大学的时候,左葳是社会活动的积极分子,系学生会主席。组织春游啦,秋季运动会啦,文艺汇演啦,和苏联留学生联欢啦,在全市五四青年节的纪念大会上发言啦……总之,是在一切重要场合抛头露面的人物。

讲究穿着,剪裁合体,质地精良,却并不令人觉得怪异。

玲珑剔透,天分很高,但功课只在中等水平以上,也许太多的社会活动占去了他的时间。

记得有家电影制片厂,准备拍摄一部以大学生为题材的影片,到各个大学物色演员。导演一眼就看中了左葳,希望由他饰演片中的男主角。

这个为无数青年人梦寐以求、难以得到的机会,却被他一口回绝了。问他为什么,他笑而不答。只有卢北河知道,左家的人,是不屑于干这种差事的。虽然他从未将这缘由告诉过她,或是别的人。

那时,他们很少交谈,即便交谈,也是工作上的联系,干干巴巴,三言两语。她只是从卢家的骨子,去了解左家的骨子。虽有根本的不同,也有根本的相同。

他风流潇洒,却并不和女孩子纠缠不清。曾令儿可能是他唯一爱过的女孩子——如果那也叫作爱的话。倒不是他守身如玉,他只是——只是不会爱罢了。有一种人,似乎天生没有"爱"这根神经,换句话说,他最后和卢北河结婚,和从大街上随便拉个女人结婚,本质上没有什么区别。

她自己呢,一直是个功课平平的学生,从高中开始,就是团支部书记。到了大学,又是年级的党支部书记,那时候,学生里的党员可谓凤毛麟角,只能一个年级成立一个支部。现在,她又是研究所的党委副书记和副所长,这辈子,她恐怕要终老在这"书记"的职位上了。

进入社会主义社会以来,人们大上大下,大起大落,走马灯似的让人眼花缭乱,只有她,既不大红大紫,也不大黑大白。

怪还怪在,任凭多么精细的眼睛,在她身上,再也找不出一点点出身豪门的痕迹了。

从五十年代到现在,别管女人的头发、衣着、鞋子,经历过多少次新潮的疯狂冲击,她一直是一头齐耳短发,清汤挂面似的挂在头上,还卡着个像大号铁钉般粗细长短的黑色发卡。衬衣的颜色,不是浅灰、浅蓝、就是白。小翻领,胸前还有两个掩护线条的大口袋。深蓝或深灰色的长裤,脚上是一双带纽襻儿的黑布鞋。在学校念书的时候,鞋底上还掌着厚厚一层胶皮。

在公众场合,她尽量显得无声无息,坐在最后一排,或是哪个犄角的椅子里。从半睐着的眼皮下,静悄悄地观察着周围的人和事。要是有人发现了她,定要把她让到显赫的座位上去,她会谦和地推辞:"这儿挺好,快开会吧,不要影响大家的发言。"说罢,仍然坚定地坐在原来的座位上。她永远提醒自己,她不过是个副职,就是第一把手因故不在,她也会让其他副职上去。

不论谁找她汇报思想、工作或生活中的问题,她都会全神贯注地倾听,眼睛盯住对方,绝不心不在焉地溜来溜去。不住地点头,不时发出一声又似同情、又似惊讶的短句:"是这样?"然后一再紧握谈话人的手。

谈话结束后,还会把人家一直送到大门口。站在那里,久久地望着他们远去的背影,至少让对方在两次回头时,还能看见她伫立在门前的身影。对于人们登门求助的事情,除非涉及特别复杂的背景,她总是迅速、尽力地解决。

…………

她和左葳,何尝有一点相似之处?可人们老说他们相像,再问他们像在哪儿,又说不清楚了。

真怪,到底像在哪儿?

当然,也有人议论他们夫妇不够般配,又奇怪他们生活得那么协调——至少在外人眼里看来如此。其实道理很简单,就连那些凶猛无常的动物,在耐心的摩挲下,还会闭上眼睛,变得驯顺、安静呢,人又何尝不是如此?

她很轻易地得到了左葳。她心里清楚,这并不是因为她多么出众,而是他在那个非常时期,非常需要她。尽管左葳装出一副如痴如狂的钟情模样,她也姑且装出一副为他的爱情所动的模样。

就这样,他们演了几十年的戏,演到现在,连他们自己也相信,或是也习惯了:这大概就是真的。

楼梯在响,听那不知轻重的脚步,就知道左葳回来了。

"送走了?"

"送走了。"左葳脱去身上的衬衣,顺手扔在沙发背上,又拧开沙发旁的电扇和天花板上的吊灯,房间里顿时大放光明。"怎么没下楼看电视?今晚有足球赛。"

卢北河起身,把他扔在沙发背上的衬衣,挂到衣架上去。"今天晚上娘心口有些不舒服,我怕吵了她。"她没说自己需要安安静静地想心事。

左葳是孝子,婆婆生他的时候难产,最后是剖腹产拿出来的。现在剖腹产已经算不了大手术,但在那个时代,医疗水平低下,婆婆因此落下许多毛病,经常这儿疼那儿疼,这儿不舒服那儿不舒服。逢到这种时候,左葳心里就分外不安,好像婆婆这些病痛,全是他带来的。所以不论家里发生什么争执,只要婆婆一说哪里不舒服,左葳立刻二话不说。卢北河怎么不懂这个呢?

左葳果然笑眯眯地看了她一眼。他笑起来的时候,依旧迷人,嘴角咧得大大的,笑意,像两朵金色的小火花,从他黝黑的眼睛里迸射出来。卢北河又像年轻时一样,怦然心动。这太惨了,她想。

然后她从卧室拿来拖鞋给左葳换上。

"瞧你热得那个样子,我到楼下给你拿瓶啤酒去。"经过左葳身旁时,他一把握住她的手说:"我自己去吧。"

"你刚回来,歇会儿吧,我去。"她从左葳手里,慢慢抽出自己的手。

一楼朝南的房间里还亮着灯,可能老太太还没睡,卢北河轻轻地敲了敲门。

175

"进来。"婆婆懒散却不失威严地吩咐道。

卢北河蹑手蹑脚地开了门,只见老太太倚在床栏杆上闭目养神。

"娘,您好些了吗?"她轻声慢语地问。

"唉,就是那么回事。冬儿走了吗?"老太太从不肯叫孙子"向东",反正,听的人也搞不清是"冬",还是"东"。

"走了。您要不要吃粒'救心'?"

"救心"是卢北河去年到日本考察时,特意给老太太买的,据说对心绞痛有特别的疗效。为此,她连一件小纪念物也没舍得买,弄得向东跟她跺脚、发脾气:"您连个袖珍录音机也不给我带,谁像您那么傻,白白浪费一个免税指标!"

"你不是已经有个大录音机吗?"

"那个带出去玩儿多不方便。"

她白了向东一眼,好不懂事的孩子。

"我不要吃。没看报纸吗?'救心'里的那味熊胆,让日本人用猪胆换掉了。"老太太冷冷地说。

卢北河的心往下一沉。嘴里却说:"是啊,是啊,药里掺假,真是误人,不吃也罢。您要是有事,让路阿姨叫我们。"说着,她把床头上叫人用的小铜铃,又往老太太跟前挪了挪,"我下来给左葳拿点喝的,您要不要用点什么?"

"不要了。"

"爹呢?"

"在书房里读老庄。甭管他,他想用什么自己拿。"

"是,那我上去了,您好好休息。"

老太太又闭上了眼睛,看不出地点了下头。卢北河退了出去,轻轻带上房门,然后透了一口大气。

左家的人都爱使性子。老太太尤其不喜欢她。虽然她不曾对卢北河说过一句重话,丢过一次眼色,卢北河却能感到,从她骨头缝里冒出来的那股冷气。

做她的媳妇是困难的。

可是不管她喜欢也好、不喜欢也好,左葳还是做了她的丈夫。老太太眼看七十三岁,都说七十三、八十四是两个坎儿,谁知道这话灵不灵?

路阿姨从她的小屋里走了出来,询问似的瞧着卢北河,两个高高的颧骨,像两座沉默的山,压在她的脸上。

"没事儿,路阿姨,你休息吧,我自己来。"

路阿姨便像影子一样,没声没息地消失了。卢北河端着托盘,托着酒瓶、冰块、杯子,扶着楼梯的扶手,慢慢往上走。心里想着,如何把她刚才盘算的事,向左葳说清楚,或是根本不说。不说看来是不行的,他早晚都会知道。到时候他任起性来,不肯与她配合,如何是好?那就枉费了她的一番苦心。只是,怎样才能把事情办得既妥帖,又不致让他面子上过不去呢?

研究所即将在E市召开研制超微型电子计算机的筹备会议,在卢北河的大力保荐下,决定邀请曾令儿参加微码编制组的工作。

因为有消息说,左葳已经被定为这个微码编制组的总负责人。这个任命还要经过一些必要的手续,虽然还没有正式公布,但大体上不会再有变化。

再没有人能像卢北河这样了解左葳了,恐怕就连左葳自己,也未必像她了解他那样了解自己。他是一个自信的男人,可要是没有卢北河暗中的支持和斡旋,他又干得了什么?而这些,又是卢北河无论如何也不能让左葳察觉的。

还在大学读书的时候,卢北河就看出左葳的不行,可没想到,他是这样的不行。她不后悔,因为她爱左葳。

爱！

她有健全的理智、神经、头脑和足够的力量,抵挡这个世界的任何诱惑,然而她终不能不爱左葳。人,大概总有不能自持的例外。

让左葳负责这个微码编制组,卢北河又是担心,又是欢喜。担心的是左葳的本事,会在这个真刀真枪的工作中露底儿。欢喜的是这对左葳是个体面的结尾,躺在这个本钱上,总可以混到退休了。她早已察觉到,研究所里有不少人,觉得左葳不称职,还有人暗示,如果左葳没有一个党委副书记和研究所副所长的老婆,他什么都不是。

非得抓住这个机会不可,为了让左葳打响这最后的一炮,卢北河不得不干这也许是不道德的事——坚持,甚至是绞尽脑汁,请曾令儿参加微码编制组的工作。

在所有大学同学中,曾令儿的学习成绩最为优秀,又一直偏好数学,这对微码编制工作的实际意义太大了。只要曾令儿肯参加这个组的工作,一切实际工作她都会承担起来,左葳只要扛牢那块负责人的牌子就行了。

但曾令儿知道是与左葳合作,还肯不肯干呢?这毕竟太让她难堪了……何况有些人本来就不愿意吸收她参加这项工作,只要她自己随便找个借口,推诿一下,就很可能换人。

在人事处的工作会议上,不是就有人说:"这个,以曾令儿同志的能力来说,最合适不过。当然喽,这个人嘛……右派问题,一九七九年已经彻底平反,但生活作风上……我们对知识分子的使用,既要重才,也要重德。不能光提落实知识分子政策,重视知识分子的作用……嘿嘿,不要又搞一窝蜂嘛。"

会场上一片沉默。

谁肯出来为曾令儿讲话呢?除了卢北河,在座的没有一个人认识她,了解她。可是对于她毕业后的情况,连卢北河也只是道听途说而已。

一个在边陲小城,默默无闻地工作了二十多年的普通科技人员,要不是她在学报上发表了一种计算机乘法的运算方法,深得同行专家的赞赏,又引起国际上的注意,谁能知道世界上,不,就是本专业里,有一个当过右派,生活作风又不正派,名字叫作曾令儿的女人呢?

谁又能知道,背着这些重负,工作条件可以想见的简陋,能够坚持不懈,又能有所建树,意味着什么?

她就像那边陲小城一样,对没有到过那里的人来说,它不过是地图上的一个小黑点儿。至于那个小黑点儿里,山有多高,水有多深,怎样的闭塞,或怎样的寂寞,人们过着什么样的生活,谁有兴趣去探个究竟?

要是往常,遇到这种场合,卢北河也就不会再说什么,往往是大家沉默一阵,没人反对也没人坚持,事情就这么吹了。可在这种场合,只要有一个人出来讲讲话,如果这话讲得又很得体,事情没准儿又行了。

"说得对,我们需要的是德才兼备的技术干部。不过曾令儿同志的生活作风问题,也是早年间的事了,总有二十多年了吧?那时她还年轻,刚刚戴上右派帽子,政治上的压力很大,一个人远在他乡,周围一个亲朋也没有,也许一时感情上软弱,被人钻了空子……以后又再没发生过那样的事。人无完人,金无足赤,改了就好。为了加速实现四个现代化,还是调动一切可以调动的积极因素为好。"

卢北河的发言,很带着一些感情,这在她是少有的。平心而论,她说这番话,并不全是为了左葳。不管曾令儿在和左葳分手之后,又做过什么,左家都是欠了曾令儿的。就连她自己,也好像欠着曾令儿什么。人说"人之将死,其言也善"。卢北河离死还早,但岁月确实将一切尖锐的东西磨钝了,包括她自己在内。

事情就这么定下来了。

二

离秋天还远,却已听见草棵里的小虫唧唧。偶尔还有夜行的人,在水泥路面上,拍出清晰的脚步。

临睡前,窗帘没有拉严,一束月光,透过窗帘上的缝隙,悄悄地在房子里移动。先是照在矮凳上,后来移到左葳的床上,现在则移到卢北河的床上、脸上,弄得她越发地睡不着觉。

可她也不敢起身去拉上那道窗帘,她不愿左葳知道她没睡着,好像在窥测他的心事。她知道左葳也没睡着,他在悄悄地翻身——已经是第十三次了。绝不是担心吵醒她,而是不愿她知道他睡不着,不愿她知道他在想心事。

这里面是不是有什么蹊跷?虽然卢北河告诉他那个消息的时候,神态自若。

她永远像是戴着一副假面,就连睡觉的时候,也不肯脱掉。

又要和曾令儿见面了,这个世界到底是太大还是太小?

曾令儿……

左葳久已不去回忆那些陈年旧事,他是一个拿得起、放得下的男人。

"说,交代你的同谋!"

"坦白从宽,抗拒从严!"

几百条嗓子,对着台上一个模糊的人影怒吼。好像是在"文化大革命"中,又好像不是。卢北河一个激灵从迷迷糊糊、似睡非睡的状态中清醒过来。她已分不清那是回忆,还是梦。

那时候曾令儿有多么天真,站在台上受批判,还微微地笑着。幸好那时还不兴打人,要是在"文化大革命"中,照她那个态度,非让人打死不可。

她带着一种超凡入圣的微笑,看着垂着脑袋坐在会场一角的左葳。什么批判?什么交代?她心里只有那个垂着脑袋坐在角落里的人,和对那个人的爱。她愿为他献出自己的一切:政治前途,功名事业,平等自由,人的尊严……

"说,那张大字报究竟是谁写的?"

"我写的。"

不,卢北河知道,那是左葳写的,曾令儿抄的,因为她写得一手漂亮的毛笔字。曾令儿抄写那张大字报的时候,卢北河恰巧到教室取一本书。

含糊的落款,使曾令儿得以做出对左葳如此有利的回答。

"不要隐瞒事实真相!"

"坦白交代!"

曾令儿什么都不再说。充耳不闻那此起彼伏的怒吼,视而不见那随着此起彼伏的怒吼而竖起的手臂的森林、那滔滔的檄文和对准她的摄像镜头。

事后,卢北河从校刊记者手里,得到一张曾令儿挨斗时的照片,她只看了一眼,就立刻把照片反扣过去,不敢再看。除非小时在教堂里见过的、那些殉教徒的画像,没有一张俗人的脸,能和曾令儿的那张脸相提并论。

那个场面,在感情上给人的冲击太强烈了,因为当事者全在现场:知情的,代人受过的,和真正的"肇事者"。卢北河真担心左葳挺不住,冲动之下跑上台去,推开曾令儿,把事实真相交代出来,那就不仅他自己完蛋,可能还会牵涉到她。

还好,关键时刻他还算明白,一直垂头坐在那里,没有去干那于事无补的傻事。

曾令儿站在台上,像一株被暴雨狂风肆意揉搓的小草,却拼却全力,用她几片柔弱的细茎,为左葳遮风挡雨。

左葳的母亲来找过党支部书记卢北河:"我就这么一个孩子,你知道他不过说话随便,脾气任性而已……"

卢北河只有沉默。她必须完成党总支分配的定额,完成那个定额没什么复杂,比读一本书、解一道题容易多了。可是她爱左葳,爱了他五年,坐在犄角旮旯里,冷静地等待着入手的时机,然而左葳被曾令儿夺去了……

难道她暗示过左葳的母亲去找曾令儿吗?她忘了。当时她究竟说了些什么,左葳的母亲后来是否去找过曾令儿……卢北河不知道,想必左葳也不知道,只有曾令儿和左葳的母亲才能回答这些问题。整个事情,像一桩未能破获的疑案,随着曾令儿当了右派,一切线索突然中断。

但曾令儿的慷慨,他们都一清二楚,也许他们都利用了曾令儿的慷慨……总得有一个人做出牺牲,难道让左葳去吗,或是卢北河站出来保曾令儿和左葳?别傻了,谁也保不住,没准儿连她卢北河都得搭进去。

…………

她有足够的勇气去 E 市吗?这次会议,卢北河本来不一定参加,研究所还有一些工作需要她留下处理,她却非得去 E 市不可,因为她必须会见曾令儿,并说服她参加这项工作。

见了曾令儿,又怎么说好?她变了吗?一定变了。一个人经过那样多的事情,怎么能不变?要是她还像从前那个傻乎乎的样子,事情就会简单得多。

卢北河忽然想起曾令儿的绰号。有次运动会,曾令儿参赛的项目是"仰卧起坐"。做到二百多个的时候,其他选手便败下阵去,曾令儿的冠军已经稳拿,但她还在不停地做下去,从早上九点开始,一直做到十点还没有停止,每个动作已经到了非咬牙切齿,不能完成的地步,她还不肯停止。

急得老校长站在体操垫子旁说:"好啦,好啦,别做啦。"

曾令儿像没听见一样,还是继续做下去,闹得校长、体育教员、校医室的大夫,围着体操垫子团团转。一直做到四百多个,她才算罢休,然后一动不动地躺在垫子上,眼睛发直,嘴唇发紫。

男同学说:"啧啧,她那肚皮还是肚皮吗?简直是块钢板。"

"钢板"的绰号,就是这么来的。

左葳一再问自己,我不再欠她什么,对不对?能够做的,我都做了。

既然已经这样回答了自己,就应该安心睡去,可这问题,就像没有回答似的,还在他心里折腾不已。

人们说她早已堕落,分配到那个小城不久,便不知和谁生了一个儿子,一个没有父亲的儿子。

左葳听到这个消息时,感情是复杂的。她怎么那么快就忘了自己?同时又感到了彻底的解放——她的堕落,正好超度了他的罪过。

但常常,在与卢北河温存之后,身上还残留着她的余温;在和向东嬉笑之后,耳畔还萦绕着他的笑声……左葳会感到一阵突如其来的烦躁,好像他的魂魄飞走了,坐也不是、站也不是,莫名其妙地变了心绪和脸色,弄得卢北河和向东不知所措,不约而同地问:"你怎么了?"

怎么了?

这是一个永远不能对任何人说出的秘密。如果他还想继续过今天这种安逸的日子,受人们这样的尊敬,他就不能说出他

183

"怎么了"。

曾令儿那个儿子的幻影,有时像一团雾,有时又像哈姆雷特父亲的阴魂,在他眼前聚聚散散。

他还会冷不丁地冒出十分古怪的念头:会不会是我的孩子?

但更多的时候,他会乞灵于一种侥幸,把这令他不安的念头撑走:不会,不过是一个夜晚,怎么那么巧!或者:如果是我的孩子,曾令儿一定会告诉我。她不讲,正是因为她羞于说出那不是我的孩子……

是的,他不欠曾令儿什么。

恰恰在她戴上右派帽子之后,左葳到系办公室开具了去街道办事处办理结婚登记的介绍信。

"左葳,你不要感情用事。"系主任劝诫他,"现在正是和曾令儿划清界限的时候,你不但不就此一刀两断,还要和她结婚,你想过这样做的后果吗?你会被开除团籍,和她一起分配到远离父母的边疆,你可能就此默默无闻地在那里,耗尽你的一生……"

"别说了,我求求你们别说了!"左葳大叫着,捂紧自己的耳朵。他知道,他什么都知道,然而曾令儿是他的救命恩人,再生父母,他要报她的恩,"给我这个介绍信,我求求你们,求求你们了!"

那封介绍信好神奇啊,自从揣上了它,确知它就在上衣口袋里放着,确知它今后将把曾令儿和他紧紧地拴在一起,确知它已使自己道德完美、英勇无比的时候,左葳却感到心里空空如也,步履飘浮。

他本以为,他会就此更爱曾令儿,但那壮烈的爱情,不但没有及时到来,连那旧日的爱情也突然,而且那么快地——好像就在刹那之间,在他接过那封介绍信的同时,飞走了,消失得无影无踪。

他不断对自己说,曾令儿是他的救命恩人、再生父母,可偏偏——偏偏不是他的情人了。想明白这一点后,他吓了一大跳,出了一头冷汗。

这实在太荒谬了。

他在校园后的一个小松林里坐了很久,前思后想,企图证明,这不过是人们的精神系统出现故障时的暂时现象。不是吗,有那么多人、在那么多的时候,产生过千奇百怪的幻觉,为什么他就不会呢?

太阳落下去了,松林里变得很暗,被松林环绕其中的那个不知哪个朝代、哪个人物的坟墓,像一头巨兽,静静地卧在那里。而里面那个人,早已化去,没入黄土。此地留下的,不过是个巨大的空冢,空听着那松林在风中奏出此起彼伏的松涛,以及它那从古到今算不得新鲜的故事。

左葳顿然彻悟,那不是短暂的幻觉,他的爱情已经死去,而且是暴死。今后他所做的一切,不过是一种道德上的自我补救。

他冷静下来,觉得自己还不算太糟,换了别人,早摆脱得一干二净。

不知怎么回事,即使被左葳紧拥在怀的时候,曾令儿也觉得那是梦,不是真的。她总是不断地触摸他,以证实他确实存在,以证实她确实被他所爱。

同样,曾令儿低头不语地用她细细的手指,轻轻摩挲着那张毫无知觉的、办理结婚登记的介绍信,就像过去摩挲左葳的眼睛、眉毛、嘴唇……接着,是一滴滴又大又重的泪滴,打在纸面上的"噗噗"声。

左葳从她手中抽出那封介绍信,忙用手帕把上面的泪水拭干:"你怎么搞的?喏,字迹全被泪水浸花了。"

"对不起,我实在不能自已。我是——我是太高兴了。我不知怎么感谢你才好。"

那应该是一个美好的日子,可是他们却相对无语。

左葳不停地忙着,说着。他怕,怕一旦停下来,就得和曾令儿面面相对。

"你看这段料子好吗?做件连衣裙不错。领口顶好开得低一些,露出你那长长的脖子。要是再戴上一条缀有宝石的黑色丝绒项链,就更好了。你知道吗?你的脖子很美,当你扬起下巴,从颌部一直往下到喉部的线条,真是美极了,优雅得就像一位公主……"

他怎么可以这样油嘴滑舌?

"真好,这是你亲自为我选的料子吗?"

"当然,跑了好几家商店才选中的。"

"谢谢,不过,我是渔人家的女儿,不是什么公主。"

左葳顿觉扫兴。他再次打起精神,从柜子里拿出一双奶油色、有星状网眼的半高跟鞋:"试试鞋子,我没有给你买全高跟的,你已经太高。试想,如果一个男人不得不踮着脚尖和自己的老婆接吻,那是什么感觉?"左葳声音很响地笑了起来。

曾令儿没有一点儿回应,坐在那里,一动不动。

左葳拿起一只鞋子,走过去,蹲在她的脚下,准备替她换上:"很多男人即使结婚多年,也不知道自己老婆穿什么号码的鞋子,可我知道你的。你不觉得我是一个完美而难得的丈夫吗?"

曾令儿却拦住了他正在替她脱鞋的手,轻轻地对他恳求着:"亲我一下……"

左葳好像迟疑了一会儿,只那么一小会儿,几乎感觉不到的一小会儿。也许他当时的注意力,在那双鞋子上。

他站起身来,俯身向她,曾令儿那双向上望着他的眼睛里,似乎藏着一种恐惧。他躲开了她的目光,硬起心肠不去想她恐惧什么,急急地在她唇上吻了一下。

她的嘴里,好像有一股消化不良的味道。显然,她吃不好,睡不好……所有机能都处在停滞状态。

他动心了:"我去给你煮杯咖啡?"

"不,不要离开我。"

左葳从来没有见过曾令儿这样厉声厉色,好像这是生离死别,他只好反转回来,蹲在她的脚下,问道:"你怎么了?"

"你还爱我吗?"她目不转睛地瞧着他。

"别说傻话了,我连登记结婚的介绍信都领来了,我们就要举行婚礼。"也许他那蹲着的姿势不太舒服,他站了起来,在一张和她并排的沙发上坐下。

"但婚姻不等于爱情。"她说。喜欢思辨是她的毛病,作为一个女人,这也许是可爱的,但作为一个妻子,就让人不大好消受。

过去,她从不问他"你爱我吗"。现在,当他用无微不至、从未有过的热心和关切,来努力填补他们之间那无法言说的空隙时,她却要固执地问"你爱我吗"。

左葳的嘴角咧得很大,然而他的眼睛却没有多少笑意:"'要是我不说,那就是我爱你,要是我不爱你,我就会告诉你。'知道吗,这是一个叫做约翰逊的美国人说的笑话。"

"然而我要听的,是一个叫作左葳的中国人的回答。"她带着一种宽厚而苍凉的微笑说,然后便是长长的沉默。

"你怎么变得这么多疑?从前你不是这个样子。"左葳失去了耐心,突然发起火来,几乎把所有的水杯打碎,就像发了歇斯底里。

"从前我们都不是这个样子。"曾令儿说。她蹲在地上,一片片捡起那些玻璃碎片,"咱们别闹气了。听我说,以后也许连这样的日子也没有了,那时,我们也许会后悔的,啊——"玻璃碎片,割破了她的手指。

"你——你这是有意的吗?"左葳把她那血流如注的手指,放进自己嘴里吮吸着。曾令儿含着眼泪,微笑地看着他。

"我真愿意再割破一个手指。"

"你这个傻瓜!"他咆哮着。

她把头靠在他的肩上,就这样,他们一动不动地坐在地板上,直到黄昏的来临。

"今天晚上,我不走了。"她在黄昏的暗影里,柔声地说,那声音立刻融入夜色。

曾令儿用一个晚上,完成了一个妇人的一生。

左葳奇怪地端详着她,看她冷静地将发辫用发卡在脑后卡成一个发髻;看她胸有成竹地在房间里,从这头走到那头;看她一言不发地把衣衫整好……这一切,都让他感到有些不同寻常。

他不能想象,眼前这个冷峻的曾令儿,就是昨天晚上的那个曾令儿。难道他们事后真像婴儿那样抱头痛哭过吗?难道她真像要摄走他的魂儿,目不转睛地痴望过他吗?……

"把那封介绍信给我。"曾令儿用嘶哑的声音命令道。

"好,现在让我们到阳台上去坐一坐。"她又命令道。

时间还早,树上的蝉儿还没有开始啼鸣,太阳刚刚把树梢染红。送牛奶的老头骑着三轮板车走过,玻璃奶瓶叮叮当当地碰出一片声响。露珠儿还在花瓣、青草和树叶上滚动,远处好像有汽笛在鸣叫,清洁工人收工了……

"但愿你会记得这个早晨。"她没有说,但愿他记得昨天那个夜晚。然后古怪地瞧着他,站起身来,走开去。远远地站在阳台的另一头,迅速地把手里登记结婚的介绍信,撕成了碎片。左葳连忙奔过去抢,曾令儿却将身子探向阳台之外,伸平手掌……一阵轻风适时吹来,将她手上的纸屑,一片片吹去了。

小小的纸屑,在风中抖动着,像一片片雪花,或坠入尘土,或落进树丛,或随风飘去……

"你看,像雪花一样,很快就会融化。"她顽强地笑着。因为一夜未睡,眼圈发黑,脸色苍白,像一具还魂的僵尸,"我们已经结过婚,你已经还清了我的债,我们可以心安理得地分手了。"

左葳既想痛哭,又想大笑。一种永远不能与人言说的解脱,渗透了他的身心。

他明白了,这就是他们昨天晚上,为什么互相抱头痛哭的缘由,也许曾令儿知道,那就是永诀。

此后,曾令儿一直拒绝见他。左葳死守在女生宿舍楼前的那棵老槐树下,从那里可以望得见曾令儿宿舍的窗户,想必她也望得见他。

左葳要她知道,他在等她,但他又更多地希望她坚持下去。他像走在黄山天都峰的鲫鱼背上,向下望去,两边都是无底深渊,不论掉进哪一边,都要他的性命。他又像煎锅里烤着的饼,两面都要烤得焦黄,这饼才算烤得漂亮。

他拼命作践自己,不吃、不喝、不睡……他瘦了,委顿了,两颊和眼窝深深陷下去,眼睛里闪着恶狠狠的光,但他心里明白,这一切都不能和曾令儿为他付出的相抵。

她就那样走了,没有留下片纸只字,没有留下一句谴责的话。

当然也不会有人送她。当火车启动的那一刹那,她向月台上张望过吗？她流泪了吗？她原谅他了吗？……

他都无从得知了。

左葳曾在抽屉里寻找,希望找到她的一个纪念物。哪怕是一根扎过小辫的皮筋,一张照片,或她的一张便条也好。

可是没有,什么也没有找到。

他记得,条子是有过的,然而看完之后,都让他随手扔进了纸篓。那时他总以为,以后的日子还长着哪。再说曾令儿的"情书",实在不像情书,连个"亲爱的"也没有,有什么保留价值？她还说"亲爱的"那种字眼太肉麻。她表示爱慕的方式很怪,只是不停地给他解数学题,又快速、又准确,不知道世界上,有没有第二个人用这种方式求爱。

至于发结啦,发卡啦,笔记本啦,她用过的手帕啦,他都是随时发现,随时还给她了。他总想,人都没有了,还保留那些东西干什么,像外国人那样,把爱人的头发藏在胸口的事,他才不干呢,他觉得那些剪下来的头发不干不净的,让人恶心。

…………

曾令儿就这样从左葳的生活中消失了,像来来去去的时日,看不见,也摸不着啦。

如今,她又重新出现。虽然卢北河只是简单地告诉他,曾令儿也将参加微码编制组的工作,希望他以工作为重,注意不要把个人恩怨,带到工作中去。要他和曾令儿很好地配合,为国家四个现代化的早日实现,同心协力。

但左葳总感到,她讲的和她想的,完全不是一回事。他们共同生活了二十多年,左葳到现在也不完全知道,卢北河究竟是个什么样的人。他只知道,对她的话应该言听计从,因为从效果上看,她的意见,无一不比他的高明,而且使他受益匪浅。

在进行这番谈话时,他们谁也不看着谁。他觉得似乎他们再次摸进一栋老房子,再次准备合伙打劫。往昔的经验,向他暗示了这一点。

这很卑劣吧?他不敢再往深处想,他也不愿往深处想。而且这是卢北河的安排,与他无关,他只是把脑袋更深地往枕头底下缩去。

他忽然想起童年时代做过的一个智力游戏:一斤铁和一斤棉花,哪个重?

可又不由自主地被那个问题抓住:谁能告诉我,那孩子的父亲到底是谁?

三

曾令儿感到些许的眩晕。

昨天晚上没有睡好,那原因说起来似乎好笑,因为她今天即将置身于一列火车中。

她常听见人们抱怨失眠的痛苦,那一定是有着各种各样重要的原因。她懂得,因为她也曾有过那样的夜晚。

而现在,曾令儿的夜晚是宁静的,宁静得如那蓝黑色的、永远听不见尘世一切喧嚣的苍穹。

自从陶陶溺死之后,曾令儿好像也到阴曹地府走了一遭,喝了忘川的水,把前尘往事都遗忘净尽。

如果一定要问她还有什么期待的话,她期待的,不过是每个夜晚准时通过的那列火车,好像那列火车终会给她带来什么。

她会准时醒来,静静地躺在自己那离铁路很近的小土屋里,怀着些许的欣喜,耐心地等待那列火车,哐当哐当地从旷野那方驶来;又听着它哐当哐当地向旷野那方驶去。好久好久,她还能感到它那巨大的、使大地颤抖的力量,好久好久,她的神思,还在旷野里追逐着那连回声都没有的汽笛。

那火车究竟给她带来了什么?她也说不清楚,但在火车驶过后,到天亮前的那一小觉,她总是睡得格外安宁,像吮足了母亲的乳汁、尿布也没有被濡湿的婴儿。

今夜,她终于踏上了这列火车。

火车像一支黑箭,带着呼啸,无可阻挡地穿过黑夜,并把它一撕两半。还有金属不要命的撞击声,好像铁轨和车轮都怀着无比的仇恨,正不顾一切地把对方化为粉末。

这些,都让曾令儿感到激动。

和这拼搏相反,车厢里一片平和安逸,过道里,脚灯柔和的光,安详地、公平地守候着每个人不同的睡梦。

曾令儿睁着眼睛,一动不动地躺在卧铺上。她怎么能睡得着!

她听见对面中铺上的新婚女子在梦中轻笑,喃喃地说着含糊不清的梦话,她是和丈夫一同去 E 市度蜜月的。曾令儿有点不安、害臊,好像她窃听了旁人的秘密。

上铺汉子的鼾声,从低到高、周而复始、循环无穷,兼有雷霆万钧之势。

下铺的小男孩从梦中惊醒:"妈妈,我怕,我怕大老虎。"想必那汉子的鼾声,亦如虎啸?

年轻的母亲和瞌睡挣扎着,轻一下、重一下地拍着儿子的小脊背,含糊地安慰着他:"不怕,不怕,乖乖睡觉喽,嗯——嗯——"

曾令儿可不是这样。陶陶小的时候,哪怕是轻轻地蹬一下腿,曾令儿也会从酣睡中惊醒,且精神抖擞,好像从来没有合过眼。

她有二十多年没乘过火车了,好像一个多年不归的旧主人,突然回到阔别已久,且翻修过的老房子,感到又熟悉,又陌生。

　　不时伸手去摸摸那光滑的隔板,米色的塑料贴面上,饰有棕色花纹。记得她当年来边疆的时候,卧车上的隔板是用木条拼接的,中铺在白天不用时,还要放下来,否则坐在下铺上的乘客,腰也直不起来。连那过道上的小木桌,也不是固定的,可以撑起,也可以放下,要是谁不小心碰了桌下的支架,桌子便会哗啦一声塌下来,把放在桌上的东西,散落满地。

　　那只蓝色的玻璃杯,就是这样打碎的……

　　记得当时她急得脑袋大如空斗,额上渗出一粒粒豆大的汗珠,紧咬着牙齿,紧握着拳头,直到指甲抠疼了自己的手心。一阵阵揪心的痛楚,使她泪如泉涌……

　　对左葳,曾令儿能够留住的,只有他给她的这只蓝色玻璃杯了。唉,为什么给了她这么一个易碎的东西?

　　她痛悔得不得了。为什么非要把它拿出来在这种场合使用?好像那些初恋的小姑娘,急不可待地向人炫耀,她已经收到了情人的第一件礼物?

　　不,当然不是那样,她是有些害怕。毫无准备就开始了坎坷的旅程,守着那个杯子,就像守着左葳,那旅程也就不显得十分可怕了。

　　那时她还不知道,她已经有了陶陶。像一粒扣子那么大的陶陶,已经在她那修长的、黝黑的身体里沉睡。

　　尔后,她是如何地欢喜若狂,原来她是那样的富有,好像发现了一个金矿。一夜之间,她从一个穷光蛋,变成了百万富翁。

　　夜晚,当她拖着疲倦的身子,吃力地爬上床后,总是把手轻轻地叠放在日益隆起的肚皮上,生怕压伤了那个暂时比拳头大不了多少的陶陶。默默地祈祷着她并不相信的上帝,给她一个儿子,一个像左葳的儿子。

她还自谴自责,过去不该抱怨命运对她的不公正。不是吗?它这样慷慨地又把左葳还给了她。

她心平气和了,以至可以毫不畏缩地回顾左葳种种的不堪,原谅了他的薄情,只留下了对他的感念。

她甚至比从前更加漂亮,前额更加饱满,双眸更加含醉,脸色更加红润。

啊,有个儿子和她在一起呢!别管她遇到什么样的艰难困苦,遭到什么样的侮辱,她总是这样安慰自己。

"你必须老实交代,检查犯错误的政治根源、思想根源、历史根源、社会根源……和谁干的?在哪儿?是初犯还是屡教不改?这样做的动机和目的……"

人们轮番找她"谈话",让她交代。她呢,只是用双手护着肚子,一个劲儿地摇头。

"政策我们已经向你交代清楚,如果你拒不交代和检查,只会加重对你的处分,延长你的改造时间,你现在的罪行是双重的,右派分子加坏分子,地、富、反、坏、右,你一个人就占了两项。"

曾令儿还是一言不发,还是一个劲儿地摇头。

有多少人在戳她的后背,简直能把她的后背戳穿。开会也好,听报告也好,在食堂吃饭也好,没有人愿意和她同行,也没有人愿意挨着她坐,更没有人愿意和她交谈。

有一次听报告,她占了一个座位后,出去上厕所。一位后到的女同志,不知那是她的座位,便在她座位的旁边坐了下来。等她上完厕所回来,在自己座位上坐下后,那个在她一旁落座的女人,竟尖叫一声跳开,还不停地用小手帕在鼻子前扇来扇去,在周身掸来掸去。闹得全礼堂的人,纷纷站起来往她这边看。

就连食堂里的大师傅,也敢说些不三不四的话调戏她,好像她这种下贱女人的便宜,不占白不占。有个大师傅,竟然挑起她的下巴颏,她实在忍受不了这样的侮辱,将手中的一碗菜汤扣了过去,把他从头淋到脚。他抡起大勺,劈头盖脸地朝她乱打一气,还专门打她的肚子。周围的人只管看热闹,没有一个人出来劝阻,因为她是一个双料的专政对象,活该如此。

她弯着腰,用双手紧紧护着自己的肚子,一声不响地任他打,既不肯求饶,也不肯逃跑。

那大师傅一面打,一面骂:"臭婊子!嘿嘿,大家瞧瞧,还护着肚子里的野种哪!偷汉子的贱货,还跟我这儿装正经!"

事后,机关领导反倒把她叫去申斥了一顿:"不要忘了,你是改造对象,态度放老实一点。"

儿子不安地在她肚子里翻转、踢脚,她安慰着尚未出世便体味了人间冷酷的儿子:"哦,宝贝,别怕,别哭。让他们骂去吧,岁月会向他们证明……一生,够了吗?还可以再加上一生,只要没人戳爸爸的脊背,妈妈不论受什么苦,也是值得的。"

从那儿以后,食堂里的大师傅们,不论卖给她菜或是饭,从不按量给够,案板上明明放着刚蒸出来的米饭、馒头,他们偏偏把剩的、馊的卖给她,还一唱一和、阴阳怪气地挖苦她。

那时候,她过的是出苦力的日子,用架子车给机关拉和煤饼的黄土、拉菜、拉书、拉纸、拉杂物……不但她需要大量的食物补充,连陶陶也靠她有得吃,才能长大。食堂不给她吃饱,她也没钱上街买来吃,一个月只有十八块钱的生活费啊。她好饿、好饿,常常饿得头晕眼花。

她也没有经验,直到羊水破了才往医院走。那时候还没有出租车,又是三更半夜,连个三轮板车都找不到。机关里倒是有车,曾令儿没有去要,即便她要,人家也不会给她。就那样,她忍着子宫收缩的阵痛,走一阵、爬一阵,总算爬到了医院。她的身后的血痕,就像蜗牛爬过后留下的那道湿痕。

入院表格是护士替她填写的,因为她一进医院就上了产床。

姓名、年龄、籍贯、工作单位、住址、电话……

"爱人姓名?"

"……"

那些叮叮当当的刀子、剪子、钳子,全都静了下来。

"曾令儿,问你爱人的姓名。"护士一字一顿,几乎厉声问道。

"……"

"啪!"护士合上了病历夹子,活像掴在曾令儿脸上的一记耳光。

一应住院所需,曾令儿一样也没有带上,也不可能带上,机关里也没有人前来探望。

生下陶陶第二天,她请护士帮她到医院小卖部买一套洗漱用具。

"你自己去吧,我没工夫。"护士霜着脸说。那医院的穿堂风可真冷啊,虽说外面已是桃红柳绿四月天。

妇产科主任阴沉着脸,吩咐护士给她抽血化验。曾令儿不明白自己得了什么病,问道:"我怎么了,护士同志?"

那护士从眼角里瞄了她一眼:"查查你有没有梅毒。"

"你们怎么可以这样对待人!"曾令儿愤怒了。

"这是你们机关的要求。"

原来机关有人来过,难怪医生和护士对她的态度,比她急诊入院,不回答爱人姓名时更为恶劣。曾令儿不再埋怨他们,一个双料的阶级敌人,还能指望人们善待?

病房里的其他三个产妇,格外矫情地向前来探望的丈夫撒着娇。

"看好啊,是不是你的儿子。"其中一个,推推搡搡地把孩子往丈夫怀里塞去。

"瞧那招风耳朵,还能有错?"为了让妻子开心,丈夫讨好地嘲弄着自己。

另一个说:"跟你说了,我不要吃鸡,不要吃鸡,你偏偏弄了鸡来。"她把广口保温瓶一推,筷子一摔,扭过身去,给丈夫一个脊背。

"哎哎,别生气,别生气。你想吃什么,说嘛,我给你弄去。"

"我要吃你的心。"

"好,好,明天我就给你煮了来。"妻子白他一眼,扑哧一声笑了,总算端起碗来,喝了几口鸡汤。

第三位抱着婴儿靠在丈夫的肩上说:"你看,他认出你来了。喏,你看,你看,他盯着你瞧呢。"

"真的哟,嗨,小子,叫爸爸。"

"去你的,他那么小,会叫吗?我看你想当爸爸都想疯了,没出息。"

"瞧瞧你,这么厉害啊,别忘了,生儿子的功劳,有我一半呢,没有我,你生得出来吗?"

…………

这些打情骂俏的话,让曾令儿听了害臊,于是她在病房里,总是转过脸去面壁。

没错,在她们丈夫眼里,她们都是有功之臣。

每天早上,她们还要耸动着鼻子,东嗅嗅、西嗅嗅,然后把病房的门大大打开,话里有话地说:"唉哟哟,咱们这个房间,怎么那么臭啊。"好像曾令儿已经是个全身溃烂的晚期梅毒患者。

…………

但只要抱起陶陶,这一切都不复存在了。

陶陶似铜墙铁壁,陶陶似千军万马。

可是陶陶长得好小、好瘦,他总是吃不饱。在妈妈肚子里的时候就吃不饱,出生后,可想而知曾令儿的奶水也不够,她既没有鸡汤,也没有鱼汤……陶陶皱着干瘪的小脸,使劲吮吸着她的奶头,吮得她好疼、好疼。

因为饥饿,因为营养不良,他的哭泣老气横秋,却不是抗议、抱怨、诉求,或许他不懂得何致如此,而是天经地义他就该没得吃……那种哭声让曾令儿心都抖碎了。

有多少次,曾令儿望着那绿色的邮筒发呆,想写封信给左葳,告诉他,他们有了儿子。告诉他陶陶吃不饱,而她对此无能为力……她的心,在对左葳的爱和对儿子的爱中间挣扎着,但她终于没有写出一封信,她不知道这是不是对不起陶陶。

只有一次,陶陶病危,她真是急得没了主意,像疯子一样跑到邮电局,要了一个长途电话。等到电话接通,她却紧张得说不出话来。

她听见左葳的声音,从很远很远的地方传过来:"喂——喂喂——"忽而清晰,忽而模糊,还夹杂着电路感应的啪啪声。她感到,生命在挣脱她的躯体,情感在挣脱她的理智,不顾一切地向左葳飞去。她的身子顺着隔音室的墙壁,向地板上滑去。她紧紧抓住耳机,使劲把它贴紧面颊、耳朵,更恨不得把耳机插进耳朵里去。她不明白,当时自己为什么咬紧舌头不出声,心里却渴望着来自左葳的声音,哪怕只是一声"喂",可是对方"咔嚓"一声,放下了电话。

她含着被自己咬疼得麻木的舌头,垂着酸痛的臂膀,梦游人似的走回家去,把头靠在陶陶的枕边,在陶陶床前跪了一夜。

早上,太阳升起的时候,陶陶退烧了。她喃喃地对陶陶说:

"你看,我什么也没有对他说,我们还是撑过来了,对吗?等你长大了就会知道,顶好的办法是谁也不靠,而是靠自己。"

可是陶陶没有长大,十五岁那年,他和小朋友到水塘游泳,一个猛子扎下去,就没再出来。等到打捞出来,才发现他的鼻子里、嘴巴里,全是淤泥。总有两三年的时间,曾令儿都摆脱不了嘴巴和鼻子被淤泥窒息的感觉。

她不明白,为什么她有若干次机会救出陶陶的爸爸,却不能有一次机会救出陶陶。她枉做了渔人的女儿,陶陶也枉做了渔人的外孙。陶陶连海还没见过呢,却在一个小池塘里丧生。她太大意了,以为只有海才可以吞噬生命。

对面座位上的新婚夫妇,在争抢一个装饼干的透明纸袋。纸袋很漂亮,印着深绿、浅棕色的图案和商标。

就连这个纸袋也让曾令儿感到愉快,她记得过去的包装纸,可没这么讲究……她就像刚从深山野洞里走出的"喜儿",不知道生活已经变化到了这个水平。

新娘子躲闪着丈夫的挑逗,从纸袋里拿出最后一块饼干,在丈夫鼻子前头晃来晃去:"就剩这一块了,我吃。"

"不,我吃。"新郎伸手去抢。

新娘娇嗔地嘟起嘴巴:"好,好,给你。"

新郎刮了一下她的鼻子:"跟你闹着玩儿的,当然你吃。"

"不,你吃。"

"好吧,咱们猜拳,谁赢了谁吃。"

他赢了,然而还是让新娘把饼干吃掉了。

曾令儿带着哀伤的向往,看着这动人的游戏。看到人们倾心相爱,是多么快活的一件事啊。

从车窗外吹进的风,掀动着新婚夫妇丢在小桌上的一本日文杂志,里面有着花花绿绿的插图和照片,无所事事的曾令儿想,翻翻它也是一种消遣,便问:"我可以看看这本杂志吗?"

"您请。"新娘答道。

那是一本消遣性、趣味性的读物,正适合旅途翻阅。广告、世界珍闻、旅行指南、笑林、名人轶事,还有一些软性小文章。曾令儿信手翻看下去,一直翻到《星座运程》那一章,前面,还有一段关于诞生石的文字。文中说到,从十六世纪开始,便有人把一年中的十二个月,配上不同的宝石,作为人们出生的标志,这代表每个月的宝石,就称作诞生石。每个人的诞生石,常被镶嵌在戒指、项链上,作为生日或其他名义的礼物。下面,还一一列出了代表十二个月的宝石。

曾令儿又顺着《星座运程》看下去,上面极为详尽,又言简意赅地写着,一年十二个月的三百六十五天中,人们各自出生的日子与他们个性和命运的关系。

带着一点好奇,她找出自己的生辰年月,在她出生的日期后面写着:祖母绿。无穷思爱。

她放下手中的杂志,朝车窗外望去。窗外,是一眼望不到边的、瘠薄的荒原,好久好久也看不到一个村落。一茬又一茬野草在荒原上死去,一茬又一茬野草在荒原上新生。多刺的紫蓟,开出苦涩的紫花,为这荒原装点出一些颜色。一株歪脖子老树,枝桠低低地垂向地面,像一个慈祥的老祖父,拥抱着环绕在膝下的儿孙。就在这瘠薄的荒原上,有那么多的生命和希望,在生生灭灭地繁衍。

路基旁的沟洼里,一片片小树苗在风中颤抖,全向同一个方向,弯曲着细苗苗的身杆儿。树上的叶子,也向同一个方向,偏着自己的小脸,远远看去,像一面面迎风招展的绿色小旗帜。

突然,在荒原的尽头,与蓝天相连的地方,出现了一匹孤零零的马,谁也不知道它是从哪里来的,好像就那么一下从地里冒了出来。它慢吞吞地走着,朝着天边,可又老也走不到似的。

"妈妈,我要拉屄屄。"

曾令儿猛然回头,恍惚中觉得是陶陶在叫她。

不,当然不是。

昨晚被鼾声惊吓的小男孩,用两只胖乎乎的小手,扒着开裆裤对妈妈说。年轻的妈妈,抱着他上厕所去了。

有一年,曾令儿刚新买了一个白瓷面盆回家,陶陶就在里面拉了一堆屄屄,他对什么新鲜事儿都很好奇,还要亲自试巴试巴。曾令儿很少给家里添置新东西,这就使陶陶更加好奇。她穷,有点钱也给陶陶买吃的了。那是三年困难时期,一斤高价点心六块钱,她买不起一斤,只能给陶陶买一块,每每看到陶陶吃完那块点心,心满意足地叹口气,又余味无穷地吮着每个手指头,她好心酸哪。

陶陶成熟得早,完全不像曾令儿那么糊糊涂涂,好对付。曾令儿本来就不会骗人,骗陶陶就更难了。

因为没有爸爸,同学们常常欺负他,老师们也因为略知底细而对他另眼看待。是嘛,那么小的一个小城,城东有人放了一个屁,城西的人就会嚷嚷臭不可闻。

陶陶却从不向曾令儿诉苦。有一次,陶陶从学校回来,鼻子上有血迹,衣服上的口袋也撕开了线,前襟上湿了一大片,想必是滴上了鼻血,又让他偷偷洗掉了。

"陶陶,你和人打架了?"

"没有。"陶陶的眼睛看着别处,再问,就闭紧了嘴巴,一声不响。曾令儿也不好再问,她不能强迫他。

晚上,陶陶在布帘后的小床上躺下,好久好久没有动静,曾令儿以为他睡着了,谁知他又爬了起来,走过来坐在她的小书桌旁,说:"妈妈,你可以停止一会儿工作吗?"

"当然可以。"曾令儿放下手中的笔,伸手去摩挲他额头上的柔发。陶陶躲开了她的手,带着和年龄极不称的严肃,问道:"我有爸爸吗?"

曾令儿缩回自己的手。想,来了,这一天终于来了。她知道,早晚有一天必得回答这个问题,然而没想到这么早。因此显得难以回答,因为陶陶还小,他能懂吗?

"有的。"

陶陶喘了一口气,对她的回答显然满意:"他是什么样的?"

"他是很可爱的。"

这回答陶陶似乎不很相信:"那他为什么不来看望我和你?"

"因为他在很远很远的地方。"

"有多远?"

"远得永远也走不到……"

"妈妈!"陶陶突然大叫。

"嗯?"

"等我长大后,不论你在多远多远的地方,我都要去看你。"

"谢谢你,好儿子。"

"妈妈!"

"嗯?"

"您哭了?"

"没有。"

"让我看看您的眼睛。"

曾令儿几乎不能,但她还是朝陶陶转过自己的脸:"傻儿子,妈妈从来不哭。好了,睡吧,快去睡吧,妈妈还要工作呢。"

陶陶学写作文了。第一篇作文的题目偏偏是《我的爸爸》。

曾令儿记得那篇作文的每一个字——

我 的 爸 爸

我的爸爸就是我的妈妈,我的妈妈就是我的爸爸。因为我的妈妈比别人的爸爸做的事情还多,她什么都会做。

冬天她挖菜窖,储存过冬的菜,还拉着架子车,到很远很远的郊区拉煤,和和煤的土。她伸着脖子、弓着腰,真像生产队里那些可爱的小毛驴。我跟在架子车后面,跑、跑、跑,推、推、推……我累了,我不说。可是妈妈什么都知道,她把我抱起来,放在架子车上。

妈妈问我:"高兴吗?"

我说:"高兴。"因为我从来没有坐过车,什么车也没有坐过。妈妈说,等我长大了,她就送我坐火车,去很远很远的地方上大学。我不想到很远很远的地方去,我要帮妈妈拉架子车……

不,乖乖,挖菜窖的还有你呢。那时候你还没有锹把高,你笨拙而吃力地挥动着那把大铁锹,累得鼻涕都淌出来了,可你顾不上擦,只是不停地把"过河"的鼻涕,吸回鼻孔里去。我不得不时时停下来,帮你把鼻涕擤干净。当我捏着你那圆圆的、湿漉漉的小鼻子头儿时,心中暗暗惋惜,这样的时日已经不多,你很快就要长成一个大孩子,再也用不着妈妈帮你擤鼻涕了。

妈妈做的弹弓好极了,不是用钢丝窝的,那种弹弓不好,射得不远,石头子儿还容易崩回来,打疼自己的手,她用小树杈子给我做弹弓。她告诉我,喜鹊的窝,底儿是尖的,乌鸦的窝,底儿是圆的,而小麻雀没有窝,它们随便钻进什么小缝,或屋檐底下都能睡觉……

但是第一个弹弓没有做好,没用几下就从中间劈开了。你忘了,还是不愿说出妈妈的无能?后来做了那个枣木的,还让班主任给没收了。

她还会缝漂亮的衣服,六一儿童节,给我缝了一套水手装……

陶陶,别那么说,那会让妈妈心里难过。妈妈很少给你买新衣服,那套水手装,也是用妈妈的旧衣服改的,而且一点也不合适,你不懂。

凡是我不会的功课,她都会做,她给我讲的功课,好懂极了。她每天都演算,要算到很晚很晚的时候,我半夜起来撒尿,她还趴在桌子上算呢。

我有点恨她那些算术题,为了那些算术题,她少给我讲好多故事,少和我做许多游戏……

哦,乖乖,我真后悔。妈妈白天要劳动,只有晚上,才能做自己心爱的事情。

你那时小,总是哭,我怕影响工作,便拿个橡皮奶嘴塞进你的嘴里。后来看了书,才知道这样做,会使你的肚子吸进很多冷空气。我不得不做个兜布,像广东人那样,把你背在背上。你不哭了,我也可以安心做我的工作,可是我的后背,经常被你尿得湿漉漉的。只有在给你换尿布的时候,我才放松一下自己,逗你玩上一小会儿。你张着没牙的嘴,笑得好开心啊,我要花好大好大的力气,才能强迫自己回到桌子旁去。

妈妈是条好汉,不管遇到什么倒霉的事,她从来都不哭……

不,妈妈会哭的,宝贝,当夜深人静,当你睡熟之后……

语文老师用红笔在陶陶的作文本上,批了一个大大的"优"字,还拿着陶陶的作文本,进行了家访。

那还是第一次有老师到家里访问,曾令儿高兴得心慌意乱,以至忘记炉子上还炖着一锅肉。老师走后,才发现炉子上的肉煳了,让她心疼了好一阵,两斤多肉,够陶陶吃好几顿了。

"你是忍辱负重,苦尽甘来啦。陶陶这孩子有出息,将来一定会成为大作家。"说着,语文老师自己先红了眼圈。

苦?曾令儿也不觉得怎么苦。人一有了寄托,就不觉得那么苦了。可是,这与她相依为命,使她忘忧解愁的陶陶,半路上没了。

没了。

她像祥林嫂一样,自言自语地唠叨着:"我只知道海可以淹死人,谁知道那么小的池塘,也能淹死人啊。唉,我不该让他去游泳,真的,我不该……"

女人们流泪了,男人们沉默了,由于她的不幸,人们原谅了她的过去。

然而,她有什么需要原谅的吗,她的不幸,只是现在才开始,或是已经了结?

没有了陶陶,这一切对她还有什么意义?

四

她需要验证,她还不知道自己是否足够强大。因此放下行李后,曾令儿便急不可待地走了出去。

几乎是一跳两级地下了楼梯。噢,她的腿脚还很灵活,步子的节奏、跨度,掌握得均匀自如,这使曾令儿感到高兴,上楼一步两级很容易,下楼一步两级就不简单了。

她和那对度蜜月的新婚夫妇,在宾馆门口相遇。

"嗨,一起游泳去吧?"新娘说。

"不,晚上去吧,现在没意思。"

"他也这么说,那我只好自己去喽。"

"实在对不起了。"曾令儿急于脱身,她想独自一人,到那旧梦里去走一走。

"那么,晚上一起去?"新郎说。

"好的,晚上。你们住几号?"

"207。"

"我住 321。打电话给我好吗？再见,晚上见。"

"晚上见。"

真奇怪。已经四分之一个世纪过去,那个两层楼的邮电局,还原样不动地站在那里,鞠躬尽瘁地为人们传递着彼此的信息。她感慨地抚摸着邮局门口的绿色邮筒,顺手又把在路边摘的一朵小黄花,插在标有开箱时间的小铝板上。

左葳曾在这里寄出一封异常激动的信,告诉他的父母,曾令儿如何救了他的命。

她重新审度自己,仅仅因为那是左葳吗？换了别人,难道她就不会那样做吗？会的。她再次肯定,会的。自小父亲便这样教育她。

也许是左葳判断上的错误,就是从那时开始,他把对她的感激,当成了对她的爱。这就是问题所在,谁让她总是在关键时刻,扮演他救命恩人的角色。

他完全不必为了"回报",进入这个一失足成千古恨的误区。难道她要求过、企望过这种交换吗？没有,她只是愿意为一个她爱的人,做她所能做的一切。她实实在在希望听到的是爱的回声,而不是一种交换。

而她也错了,错把那种交换,当成了爱的回应。

过了四分之一个世纪,再来做这种解剖……曾令儿笑笑,她已经不怕看那把寒光闪闪的手术刀,除了这个时刻来得太晚,她没有别的遗憾。

然后,她走进E市那个唯一的土产公司,买了一顶饰有绿色飘带的草帽戴上。那一年,他们在这里度夏令营的时候,也是在这家店里买的草帽。有一顶饰有绿色草帽辫的男式草帽,实在漂亮,曾令儿给左葳买了一顶,他因帽子上有绿色,死活不肯戴。好像他真把忠贞不贰、矢志不渝,看得那么严重。

在工艺品商店,一枚戒指令她驻足。细细的指环,镂花的托子上,镶着一粒珍珠,标价是一百五十元。曾令儿想起在火车上看的那本杂志,这辈子,从没有人在她生日的时候,送一个镶有她的诞生石的饰物给她,除了已故的爹娘,恐怕也没有一个人记得她的生日。

她忽然心血来潮,现在,她要买件镶有她的诞生石的饰物,送给自己。

"请问,有'祖母绿'的戒指吗?"

"真对不起,没有。那种宝石很少见,也许在北京、上海那些城市的古董店里,可以找到。"售货员耐心地向她解释。

哦,没有,当然没有。那本杂志上说,它是一种比较罕见的绿宝石。

"那么,请把这只镶珍珠的戒指给我看看。"

曾令儿把戒指戴在左手的无名指上试了试——当然应该戴在这个手指上,她是个结过婚的女人,她不会忘记这一点。戒指的大小很合适。

"那好,我就买这一只。"

现在,一百多块钱的月工资只有她一个人开销,不必掂量再三,却只能给陶陶买一块饼,而是可以给他买很多饼。可是陶陶已经不需要一块,或者是很多块饼了……

她摩挲着手指上的戒指,走出了工艺品商店。

戴戒指的无名指上,有一种异样的感觉,好像她刚和哪个人结了婚。不过那个人绝对不是左葳。

卖蜡烛的商店,仍在十字路口。只是卖蜡烛的老头,已经换成一位姑娘,她正埋头读一本又厚又旧的书。

玻璃橱里,依然陈列着各式各样的花烛。曾令儿一一细看过去,一对粗大的龙凤花烛,赫然映入她的眼睛。那年,和左葳定情之后,他们也来逛过这家花烛店,看到过和这副一模一样的龙凤花烛,那时她下定决心,等他们结婚时,一定要买一对这样的花烛。左葳曾笑她"土气",她不服气,认定卧室里点上这样的蜡烛,比电灯的情调更好。

可惜她这辈子,再也用不上这样一对花烛了。

"同志,请问这蜡烛多少钱一对?"

"十八块。"

"我买一对。"

曾令儿把那包着蜡烛的纸包,小心翼翼地装进手提袋,回去送给那对新婚夫妇,他们会喜欢吧?她一面走,一面想象着他们点燃这蜡烛时的情景,心里好生高兴,好像是自己终于实现了多年前的夙愿。

果然,下了斜坡,就看见了那家西餐馆子。

左葳在这里请她吃过一次西餐。那是她头一次吃西餐,不知道怎么用叉子、刀子,把盘子弄得叮当乱响,怎么也切不开盘子里的鸡。最后,那块鸡还滑出了盘子,掉在桌子上,弄污了洁白的桌布,还碰倒了桌上的酒杯,很扫左葳的面子。而现在,她什么都不怕了,虽然知道这一次比上一次高明不了多少。但不和左葳在一起,样样事情都显得轻松,自如,自信。

西餐馆的生意很好,算她运气,竟然找到一个靠窗的座位,从窗里可以看见海……然后她满意地低下头来,研究菜单。

"请问,我可以坐在这里吗?"一个男人的声音在问。

曾令儿吓了一跳,这声音太像左葳的声音,以至她抬起头来,愣愣地、视而不见地对那男人望了很久。

"对不起,别的桌子都坐满了。"穿花格子衬衣的年轻男人,以为她不同意,便客气地解释道。

"当然,当然可以。"不是,当然不是左葳。她松了一口气,把自己的餐具,往跟前挪了挪。

"谢谢。"他入座了,"您也是来开会的吧?"

"哦,是的。您……"

"我也是来开会的。"

他也是来开会的……好年轻啊。他们这代人真走运,一从学校出来,就碰上了好时候。不像他们,一生中最出成果的年华,白白地丢失了,再也追不回来了。

"您是……早年毕业的吧?"

"六十年代初。"

"噢,正是我们学界的领头人呢。"

汤上来了。

"请问有胡椒吗?"

"自己拿去。"服务员冷冷地说。

"您坐着,我去拿。"年轻人说。

"谢谢。"

炸猪排又上来了。

"辣酱油呢？"曾令儿又问。

"自己拿去。"

曾令儿笑眯眯地看了年轻人一眼，他也在对她顽皮地笑着，然后他们异口同声地说："自己拿去！"都忍不住大笑起来。

那顿饭吃得很愉快，谈话对手虽然年轻，但接受和储存信息的能力似乎很强。跟他谈话，似有新鲜血液，注入曾令儿的心中。

她羡慕不已地想，年轻，该有多好，还有很多时间，去做更多的事情。

午饭后，她到海滩上去了。她把鞋子脱下，提在手里，向很远很远的岸边走去。新草帽的绿色飘带，在她的脑后随风飘拂。

开始涨潮了，潮头似乎很大，她想了想，对了，今天不是阴历初一，就是初二。

浪头一个接着一个向岸上扑来，溅湿了她膝盖以下的裤脚，湿漉漉的裤脚紧裹在她的小腿上，让海风一吹，还真有点凉飕飕的。

她在一片礁石旁收住了脚。这便是那一年，他们游泳的出发点，叫作"老虎头"的地方。它一如当年，岿然不动地伏在原地，承受着海浪的冲击……

原以为往事如风一般吹过，如云一般流散，而记忆也如荒草覆盖的小径，再也找不到回去的路了。然而到了这里，才知道那些东西并没有死。就像马王堆里，和那女尸一同在暗无天日的地底，深藏了两千多年的种子，据说还能发芽。

但……

到底已和当初不同。

她已明白，令她心潮激荡、无穷眷恋的，已非左葳，而是她度过如许年华的大地,以及她慷慨献出自己所有的,那颗无愧的心。

她终于相信了那句老而又老的话:"时间可以治愈一切创伤。"而留下的,肯定是那最结实的东西。

"无穷思爱"……

这句话真好,像她,像她的一生。

赤裸的脚心,感到了细沙被回浪带向海里的流泻,也感到了几乎感觉不到的、微微的下沉,要是她当初站在这里一动不动,也许已经沉入海底?

她爬上礁石的最高处,面向大海坐下。看女人们用一枚细细的铁钎,在礁石上剜海蛎子。

还有一个钓鱼的老头。他的运气似乎不太好,又过分性急,每当他收起渔竿,都会失望地叹气,还要四下里望望。可见他很好面子,不愿意别人知道他是个不中用的渔翁。所以每当他收回渔竿的时候,不等他四下张望,曾令儿就赶紧别过头去,她不愿使老头难堪,当然也不忍心眼看他人的失败。

曾令儿想起自己的父亲,那绝对是个不同的人,他不怕把自己的错处摊给人看,就好像他很为自己的错处得意。

天阴了,南面生起了可怖的黑云,也将远处的海面染黑了,看样子会有一场大雨。

剜海蛎子的女人走了,钓鱼的老头也走了。游泳的人们急急地向岸边游返,躺在沙滩上观海的人们,裹紧五颜六色的大浴巾,纷纷返回自己的住地。远远望去,像一群迁徙的阿拉伯人。

曾令儿依旧坐在礁石上,瞧大海如何倾尽自己的力量,从遥远的地方赶来,一次又一次奋不顾身地冲向礁石,又被礁石撞得粉碎……从海诞生那天起,直到现在,从未息止。

她闭上眼睛,一面倾听着大海被礁石粉碎时,发出的壮烈轰鸣,一面想:海啊,你为什么一定要到陆地上来呢?

好大的雨啊,它把沙滩上的树枝、木片、汽水瓶、罐头盒、塑料袋……一切肮脏的东西,一股脑儿地往海里冲去。陆地干净了,海却脏了,脏得一塌糊涂,不堪入目。

回到宾馆,曾令儿已全身湿透。

天色很暗,桌上的台灯亮着,是服务员为她开的灯吗?

桌上有一张便条。

曾令儿同志:

  适才来访不遇,深感遗憾。六点半钟,我在楼下餐厅等你,我们共进晚餐如何?

卢北河即日

卢北河?

她跌坐在桌前的沙发椅上,旋即又跳起来——她的衣服上全是雨水,会把椅子弄湿。

"曾令儿同志"!这称呼让她感到有趣,也使她想起卢北河那总是一本正经、老成持重的样子。难道她现在还是那个样子?她当然要和卢北河"共进晚餐",她多么想知道老同学们的消息。

但她先要洗个澡,在火车上熬了几天几夜,她脏得像个泥猴儿。

刚洗完澡,电话铃就响了。

"喂,请问哪一位?"

"是我们呀!"新郎的声音,从话筒里传了过来。

"嗨,我买了一对龙凤花烛送你们,你喜欢吗?"

"当然喜欢,太谢谢你了。"

"真的?"曾令儿哈哈大笑。

"怎么样,不是说好了,晚上一块游泳去。"

"哎呀,实在对不起,晚上有个老同学约我一起吃饭呢。再说——"她看看窗外,依旧豪雨如注,"这样的天气,还是在家待着为好。"

"不对,这样的天气游泳才有意思。"

那位新郎准是个喜欢冒险的家伙,像我年轻的时候一样,曾令儿想。也许他还想在新婚的妻子面前,一展男子汉的气魄?

"你不去也罢,我们去,明天你再和我们一道去吧。"

"你们打算上哪儿去游?"

"'老虎头'啊。"

"那地方不能去——"

"为什么?"

"不行,绝对不行,四千米外,有一处涡流。"

"你放心,我不往那么远的地方游就是了。"

"我劝你还是别去。"

"好,好。谢谢你的关心,咱们明天见。"新郎挂上了电话。

然后曾令儿下楼到理发室去。

"烫头发吗?"

"不,吹干就行了。"

为什么要去"老虎头"?曾令儿不安起来。可怕的"老虎头"旋涡啊……

那年夏天,他们在E市过夏令营时,那些不屑以晒太阳为主的游泳高手,天天晚上,总是结伴从"老虎头"出发,向着月亮游去。

月亮的清辉,从天边垂落下来,在海面上铺设出一条碎银般的路,从海的尽头,一直铺到人们的脚下。你觉得那条路,距你顶多不过五尺,谁都可以轻易地越过那五尺,踏上那条碎银铺就的路。可是等你游过那五尺,它又往前挪了五尺,继续闪烁着诱使你前游的银辉……

有一天,曾令儿忽然在自己的右侧,发现了左葳,他每挥动一下左臂,就把那张笑嘻嘻的脸儿朝着她。

一刹间,同学们的呼喊听不见了,海潮掀起的涛声也听不见了,她只知道随着左葳,不停地向着月亮游去。好像那儿就是他们的新屋,她和左葳将住在那如水一般清纯的月亮里。

隆隆的浪头压过来了,来得那么突然,曾令儿赶紧吸口气,钻进浪底。等那轰鸣的海浪从她头顶滚过,她又猛然钻出海面时,却不见了左葳。她顿时魂飞魄散,急急地四面张望,什么也看不见了,连月亮似乎也沉进了海底。

"左葳!——"

没有回声。

"轰——"又一个浪头,山一般地压过来了。她知道,水下一定有搅动的急流。她为左葳感到害怕,不知左葳的水性到底如何,有没有足够的经验,对付这危险的情况。

"左葳!——"

仍旧没有回声。曾令儿哭了,她放开喉咙,嚎啕大哭。像老家那些渔民的妻子,跪在海滩上,面对大海,呼天抢地地哭那出海不能回来的丈夫,直哭得死去活来,天昏地暗。

但她终于看到不远的海面上,忽沉忽现地漂着一个黑乎乎的、葫芦瓢样的东西。她潜下水去,像条箭鱼那样快地蹿了过去,伸手往前一扑,啊,那是软软的头发,左葳的头发。

她用力把他朝自己身边拉来,可是,有一股强大的、无法与之较量的力量,轻易就把他们拖下海的深处,如果没有死亡等在下面,这种沉落,甚至给人一种无法言说的快感。

曾令儿意识到,他们被卷进了涡流。

就在这时,左葳死死地抱住了她的左臂,她顿时失去了大部分力气。她明白,她应该朝左葳的头部猛击一拳,他才可以松开她的手臂,不然他们很快就会葬身海底。然而她下不了手,只是无谓又无望地挣扎着,白白地消耗着体力。腿和手臂,很快就变得铅样沉重,她要死了,她想,和左葳一起。想到左葳会死去,她才猛然清醒,她不能沉下去,她必须活着,只有她活着,左葳才能活,他的命此刻就系在她的身上。

于是,她狠起心肠,朝左葳头上猛击一拳,他哆嗦了一下,松开了死死抓住她的手指,曾令儿重又抓住他的头发,努力使自己镇静下来,然后放松自己的肌肉,让身体随着那股涡流,上下旋转,等她觉得上升到旋涡的喇叭口时,便奋力一跃,划出水面。

她深深吸了一口气,想:有救了!然后一只手揪着左葳,一只手臂向前划去,她的牙齿咯咯咯地磕出声响,不是因为寒冷,而是因为后怕。

左边的小腿,因为用力过度,开始抽筋,她只好放平自己的身体,任它随海浪漂浮。她节省着每一丝力气,只在海浪把她托上浪峰时,才用臂膀划动……

就这样,凭着非人的意志,她终于把左葳带上了岸。

左葳复原了,曾令儿却因肌肉拉伤,一瘸一拐了很久。

"您看看,满意不满意?"女理发师问道。

曾令儿猛然一抖,从那可怕的回忆中醒来。

镜子里,是一个变了模样的她。原来胡乱盘着的长发,被挽成一个油光可鉴的髻子,堆在脑后。露出了她高而宽的前额,右鬓那一绺宽宽的白发,反倒为深棕色的头发,平添了一份神采。

"谢谢你把我打扮得这么漂亮。"

"那是您本来就生得漂亮。"女理发师笑着说。

曾令儿大笑,并且认真地对着镜子瞧了瞧自己:"天哪,这辈子,我还是头一次听见有人这么赞美我。"

她付了钱,走出理发室。看看表,正好六点半,便向餐厅走去。

窗外,雨还在下着,曾令儿又感到一阵莫名的不安。

雨为什么还不停呢?

五

她们静静地相视而笑。

曾令儿目光温暖地瞧着卢北河的眼睛,卢北河却在瞬间打量了曾令儿的全身。

她竟没有变。哦,也许说她变得更漂亮了才恰当。她的那双眼睛——啊,也许因为有些近视,显得蒙眬。

墨绿色带小白点的绸衬衣,系在白色的长裤里。式样尺寸都不合适——想必是在他们那个小城做的——然而色调却是雅致的。

卢北河怎么忘了,不论什么衣服,穿在曾令儿身上,都很洒脱。记得她刚入学那年,还穿着渔家女儿的宽脚裤呢,又短又肥,但穿在她的身上,自有一种飘逸之感。

腰身还保持着女孩子的窈窕,卢北河甚至不愿相信她档案上的那些结论和处分。

她注意到曾令儿手上的戒指,是为了纪念某人或某事吗?只有在她的安详自若里,才可以看出,她已是个成熟的妇人。那是一个饱经忧患,或是死而复生的人才有的神情。

面对这样一个曾令儿,卢北河忽然觉得失去了自信。

"我们又见面了。"卢北河说,语调中不觉流露出真正的高兴,甚至还有一点羡慕。她被自己这种情绪吓了一跳:曾令儿有什么可让她羡慕的?

卢北河觉得自己今天有些奇怪,有些不像自己了。她甚至羡慕起那些打扮得花枝招展的轻薄姑娘,她们一个个扭着细细的腰肢,旁若无人地在男人面前和餐桌之间走来走去。再看看自己身上那套灰色派力司的衣裤,好生沉闷:过去我怎么不觉得呢?其实,她的一生,都是在这沉闷的灰色中度过的。

"真好。"曾令儿安静地说。

看见了卢北河,她好像重又回到学生时代,一支她很喜欢,又久已不唱的歌曲,在心头响了起来:

　　……啊,月亮,
　　请告诉我,
　　可知道我的爱人,
　　在哪里?
　　…………

"你,过得可好?"

"还好。你呢,老同学们呢?告诉我他们的消息,毕业以后,我和一切人都失去了联系。"

卢北河摆弄着手里的筷子,分开、合起;分开、合起……"五八年,我和左葳结了婚……"她抬起眼睛,看着曾令儿。

哦,这消息有点突然,但任何消息,曾令儿都会感到突然,因为她和过去的生活,脱节了那么多年。左葳当然应该结婚,和卢北河,或是和一个别的女人。她早已心平气和,早已原谅了他的薄情。她的理智和对他的爱,持之以恒地拼搏、较量了二十多年,现在,她足以经受任何程度的考验。

她的心里,仍在唱着:

　　……啊,月亮,
　　请告诉我,
　　可知道我的爱人,
　　在哪里?
　　…………

最困难的事情已经过去,卢北河想。她继续说下去:"我们有一个儿子,刚上大学一年级。"

儿子! 曾令儿想,如果陶陶还活着,应该二十五岁了,该是那男孩同父异母的哥哥。

"像你,还是像左葳?"曾令儿惊异自己说出"左葳",如说出雨伞、鞋子、玻璃杯……那样容易。

"唉,谁都不像。"

但陶陶像左葳,简直是左葳的缩小版。

"也许取你们两个人的优点。"

"缺点吧。"卢北河自嘲地说。好了,这个不可避免的话题,总算过去了。

"我们点菜吧,你爱吃什么?"

"我好像什么都爱吃。"

"好吧,酒呢?"

"'四特'怎么样?"

"我随你。"卢北河说。

曾令儿有好胃口,样样菜肴都令她发出惊叹:"内地的烹调技术太好了,我久已没有吃过这样的饭菜,恨不得自己有两个胃才好。"

可曾令儿还是那么瘦,肚子瘪得像——像钢板。不像她,已经显得大腹便便。她笑了起来:"你还记得你的绰号吗?"

"当然记得。'钢板'对不对?就是现在,再做二百多个仰卧起坐也不成问题,你要不要我做给你看?"曾令儿推开椅子,仿佛立刻就要躺到地板上做仰卧起坐。

"当然,当然。"卢北河握住曾令儿的手臂,"你不会喝得太多吧?"

曾令儿举起酒瓶看了看:"喝了不少,不过我有好酒量。我爹曾希望有个儿子,可以陪他出海,可以陪他吃酒。可我娘偏偏生了个女儿,不过等我长大以后,他对我说,他不再懊悔,我多少也顶个男儿了。"

她好像很兴奋,眼睛闪闪发光,两颊泛起桃红,还不断笑着,话也很多……也许这是个谈话的好机会。

"曾令儿同志……"

"叫我曾令儿,谢谢,这会多给我些快乐。"

"好吧,曾令儿,知道请你来做什么吗?"

"开会嘛。"

"这个会议不光务虚,还要务实,会议结束后,就要落实任务。你将会留下来,担任微码编制组副组长的工作。"

曾令儿双手一拍,抱在胸前:"卢北河,你太可爱了,给我这样一个好消息。就是在梦里,这也是我爱不释手的工作。真的,有时做梦,都梦见我在编码。"

"你爱得太多,又太竭尽全力。"卢北河想,她必定也梦见过左葳。

"对,爱一切。"曾令儿想起"无穷思爱"那句话,笑了。

"可为什么要当副组长?你知道,我从来不是当官的材料,在学校的时候,你好像还封过我一个文体委员的角色,因为工作不称职,让人家给罢免了,你不记得吗?"

219

"这不是官,就是个召集人而已,何况还有一位正组长呢。"

"哦……"曾令儿点点头,似也同意了这种安排,"不过那位正组长,好合作吗?"

"这个……不那么困难,也……也许不太容易,这正是我所担心的。"卢北河深感为难地说。

"不必为我担心,我会随他的意。只要能做这个工作,我就心满意足了。"

"但……那个人是左葳。"

曾令儿放下手里的筷子,瞪大眼睛瞧着卢北河,卢北河低下了头。

"这是哪个家伙安排的?"曾令儿觉得一定有人在恶作剧。

"对不起,是我。"卢北河几乎说不出声。

"你为什么要这样做呢?你难道不知道,这有多么不合适?"曾令儿悄声对卢北河说。

"知道。不过,那难道是永远不能解开的仇恨吗?有人年轻时相爱,分手,然后又各自有了美满的家,当他们重新聚首时,仍然可以像老朋友一样,道声'你好'。原谅他吧,曾令儿。"

相爱……

分手……

不,卢北河根本不懂,也根本不知道,她和左葳之间,发生过什么,这个秘密只能带进坟墓了。

陶陶!

那难道是少男少女间聚散匆匆的爱吗?像喇叭花一样,只开一个早晨?

陶陶!

左葳是什么?就算她曾把他的名字文在自己的皮肤上,她也会连皮带肉、带血地把它抠掉。就算他印进过她的脑子,她也会敲开脑壳,把脑子取出来,烫平那一道记忆的皱褶。经过二十多年的奋战,她总算完成了这个工程。

左葳对她,已成过去。

只有陶陶,才是融进她血液中,渗进她灵魂里的哀痛,为什么要拿左葳来戳这个哀痛呢?

一个人的一生中,可能会有一次轰轰烈烈的爱情,然而它不一定是生活中最伟大、最永恒的感情。

"不是原谅不原谅的问题——你不知道,我并不恨他。实话对你说,在来E市之前,甚至在来E市的火车上,我都不能肯定,我和左葳是否已经了结。我以为到了E市之后,会触景生情,旧情复萌。然而我终于弄清楚了,在我心中恢复的,不过是爱的感觉罢了。爱海湾、爱礁石、爱不相干的旅伴、爱记忆、爱逝去的年华、爱我年轻时爱左葳的那颗心、爱微型电子计算机、爱微码编制组,爱一切……却偏偏不是爱左葳。真奇怪,就像听惯了紧箍咒的孙悟空,某个早上,一觉醒来,突然发现头上的箍不知什么时候掉了。有很多、很多年,我不会爱,也不能爱……你有没有尝过不能爱的滋味,那感觉可怕极了。我真高兴,我重又变成一个可以充分感知的人。"

"难道只是因为你不再爱左葳,便不肯和他合作吗?"

"哦,不,不。只是太难堪了。"

"他需要帮助……"卢北河烦恼地闭上眼睛,把前额支在交叠的双手上。

卢北河沉重而痛切的语调,让曾令儿吃惊:"这怎么可能?以他的能力来说,完全可以胜任。"

卢北河睁开双眼,那里面似乎藏着许多不能与人言说的苦恼:"曾令儿,你完全不了解他,虽然你那样疯狂地爱过他,然而你爱的不过是他的某些部分,我接受的,却是他的全部。"眼下,她再不是那个无知无觉的泥菩萨,而是一个像曾令儿一样普普通通的女人,一个由于丈夫不尽责任而操尽了心的女人。

"别那样说他。"曾令儿不喜欢听人抱怨。

"你不了解他。"卢北河再次强调这一点,"帮帮他吧,你曾多次在他困难的时候帮助过他。"卢北河有气无力地说。谈话越深入,她好像越没了主意,她的果断和铁腕都跑到哪里去了?

只有低声下气地继续恳求,因为,曾令儿是慷慨的。

三年级的时候,左葳得了肺结核,他不愿休学,那将会耽误一个学年,可是校医室不同意,担心他会传染其他同学。

整整一年,曾令儿既要听课、做笔记、做作业,还要替左葳补笔记、补功课。从三年级开始,又是大学生活最为忙碌的时期。

她没有一天在十二点之前就寝,常常是一个星期也顾不上洗澡,更不要说是洗换衣服。

左葳每每在她身旁坐下后,总要像一只娇气的猫那样,不停地扇动着鼻翼:"你洗洗头发好不好?"

曾令儿便会红着脸儿,用双手捂着自己的头:"啊,真对不起,我——我忘了。"她甚至不敢说,她忙得一塌糊涂,怕他因为占去她的时间,而心生不安。再说,他有病,心情和脾气都不佳。

或者,当曾令儿给他边讲解边做图示的时候,他不去看那图示,却常常盯着她衬衣袖口上的污迹,不高兴地说:"你不能换换衣服吗?"

曾令儿抱歉地笑笑,无奈地把袖口往里折一折。

"折一折有什么用,难道它就干净了?令儿,我喜欢女孩子总是清清爽爽的。我请求你,为我这样做吧。"

他对她在数学演算方面的才能,也似乎失去了兴趣,这让曾令儿感到忧伤。她太笨,没有多少"爱情招数",只会用比赛数学演算的办法,去赢得左葳的青睐。过去,每当她轻而易举地战胜一切对手之后,总会换来左葳热烈的目光。可是,汗馊味儿的头发和肮脏的衬衣,把什么都毁了。

她只有睡得更晚,就连吃饭的时候,也在背课堂笔记,就连走路、骑自行车的时候,也在背外语单词,直背得她从自行车上翻倒下来,滚到汽车轮子旁,差点让汽车碾死。

那司机好意要载她去医院,为她包扎好流血的额头和膝盖,她却说:"不,不,这不怪你。我还有急事,您别担心,没事儿。"

她咬着牙,装出一副若无其事的样子,屈伸着摔破的膝盖给那司机看。然后又在路边的水龙头下,冲洗干净额头和膝盖上的血迹,赶到左葳家里给他补课。

她瘦了,晚上有盗汗,还有干咳,不过她并不在意,她想都不曾想过,左葳的肺结核可能传染给她。

学年考试的时候,不论考试科目或考查科目,左葳全达到了升级的标准,并没有因休学一年而耽误升级,而且病也好了。

"怎么谢你呢?"他心情好的时候,真像天使。

"亲我一下就行了。不,不是嘴唇,是这儿,对,脑门儿。"

"那有什么意思!"

"咦,你没听说过吗,我的脑门又高又宽,这里面有——有智慧。亲了我的脑门儿,你下学期的数学,肯定更有长进。"

"什么智慧!你这再傻不过的小傻瓜。"

曾令儿疲倦地笑着,闭上眼睛,享受着左葳那并不多见的温存。心里想,我要好好睡上三天三夜,然后洗澡、洗头发,换一套干净的衣服,还要买一瓶香水——也许应该买一瓶鱼肝油,她晚上盗汗得更加厉害。不过她还是买了一瓶香水,因为——左葳喜欢。

那一年暑假,她回到海边的老家。爹见了她那青灰的脸色,

223

黑洞洞的眼圈,吃惊极了。"怎么,那学校里有吸血鬼吗?我交出去的闺女,结实得像铁蛋,现在怎么变成了纸扎的空架子!你们学校是干什么吃的,我找他们算账去。"

"爹,别胡说了。"说完,曾令儿便懒懒地在沙滩上躺下。

整整一个假期,她躺在沙滩上睡呀,睡呀,好像她缺了一辈子的觉,要在这里一下子补齐。她在海风里吹呀,吹呀,任新鲜的空气,洗干净她的肺。她在爹的督促下吃呀,吃呀,吃尽了海里的宝贝。爹乘船出海,爹扎猛子下海,他知道从海里取回什么,才能治好曾令儿的病。

爹拿主意,又给她续了一个月的"事假",曾令儿才算缓了过来。

临回学校的时候,曾令儿说:"爹,我最爱您。"曾令儿的母亲过世早,爹疼她,没有再娶。"等我毕了业,我接您到城里去。"

"嗯,你爱爹。爹也知道准还有什么东西,揪着你的心。可是爹不难过,人总是一茬接一茬地活下去……去城里就算了吧,爹离了海,离了船,反倒活不长了。你记着常回来看看我就行了,别等弄成这个样子才回来,像从棺材里爬出来的。我这心里——不好受啊!"

没有,曾令儿再也没有回来过,因为她后来的情况,比从棺材里爬出来还惨,她不愿让父亲心里难过。而且人家也不准劳改分子探家,就连爹去世的时候,也没允许她回老家送葬……

"我好像和你跑了一组接力赛,你跑前二百米,我跑后二百米。"卢北河苦笑,不知道从什么时候起,她和曾令儿换了位置,可怜兮兮的不是曾令儿,而是她自己。

她们好像海面上擦舷而过的两条船,一条是富丽堂皇的白色游艇,绘有金色的图饰,船儿随着自己的意志,在海面上平稳地行驶。一条是老旧的木船,补缀过的风帆,任风的意志,东西而南北。曾令儿吃力地掌着舵,划着桨,木船随着海浪上上下下地颠簸。

卢北河的船很快就把曾令儿的木船甩在了后面,信心十足地向着目的地驶去。她站在船舷上回头远望,曾令儿那一摇一摆、上下颠簸的木船,影子越来越模糊了。

可是船员突然告诉她,船上的主机出了故障,再也无法修复,而油泵房也开始进水……

真可怕,她怎么到今天才明白这个道理:她这一生并没有目的,也就永远没有目的可以达到,她不过是在虚幻的海市蜃楼间穿行。

她这是怎么了?也许是酒的作用。她不该再喝,可是她的手,不由地又拿起酒瓶,把曾令儿和自己的酒杯斟满。

"你已经超脱了,因为你不再爱了。一个人只要不再爱,就胜利了。因此,我想说几句不怕你不高兴的话,多少年来,我们争夺着同一个男人的爱,英勇地为他做出一切牺牲,到头来发现,那并不值得。而他对我们的牺牲全然不觉,或许他认为理应如此。"卢北河慢慢呷着杯中的酒,冷静地说着这些似乎和自己毫不相干的话。在她成年后,这也许是她头一次袒露自己。几十年的压抑,却在这里找到一个缺口,完全不是因为什么特殊的理由和需要,只是她的船翻了,如此而已。

"别这么说。你爱,那就谈不到是牺牲。"曾令儿不知道卢北河在别后的日子里,有过什么样的经历,难道她和左葳过得不快活吗?"你们过得不幸福?"曾令儿同情地问。

"不,幸福极了。我们从来没有拌过嘴、吵过架,幸福得如同一个随心所欲的主人,和一个唯命是从的奴隶。"

看见曾令儿睁大了惊奇的眼睛,卢北河又说:"你觉得奇怪吗?其实,过去你在和他的关系里,扮演的是和我一样的角色。"

"天!你说什么?我一点没有这样的感觉。"曾令儿拼命摇头。

"也许这根本不是左葳的错,而是我自己有什么地方不对头……你还背得出我们的历史大系,以及历代皇帝吗?"卢北河神经质地笑笑,提出这个曾令儿在读中学时,不知回答过多少次的提问。

曾令儿认真地想了想,摇摇头,笑了:"不,背不出了,虽然我常常为这道题拿五分。"

"可是人们记得李白、杜甫……对吗?"

曾令儿咂摸着她话里的苦涩:"是啊,人生里原有成千上万种角色,可供我们选择……珍惜你得到的吧,也许我这是庸常之辈的想法……你只要想想,有人想得还得不到呢。比方说,一个女人,她可能是数学博士,然而她却不一定赢得爱情,不能体味做妻子的幸福,不得不忘记她是一个女人……对某个具体的人来说,人生的某些高度,是他注定不能越过的。大家如是,自古难全,你我亦然。还有……不必对左葳有更高的要求。"她握住了卢北河的手,很凉,于是她慢慢揉搓那手,想要使它温暖起来。

卢北河心烦意乱:"还是……我们还是把这件事做完吧。"

"什么事?"

"左葳。"

"……"

"求求你,帮我把这最后一棒跑完。"什么危难卢北河都能躲过,却躲不过左葳。也许曾令儿说得对,人生里的某些高度,是她注定不能越过的。

"你让我想一想……"曾令儿拿起酒杯,抿了一口,"莫使金樽空对月,来,再喝一点吧。"

卢北河却一仰脖子,满满一杯"四特"下了肚。

酒是好东西,借着它的热力,卢北河努力振奋自己,几十年来,她把"卢北河"这个角色演得好好的,今天险些毁于一旦。她真是昏了头,好在曾令儿是个没有心计的人。

"让我们把刚才说的话,全忘了吧。"卢北河用手掌理好自己的头发,抚平自己的衣襟,之后,好像又钻回她那套灰西服里去了。

好快!曾令儿不得不佩服她的自制力。

"当然,你什么也没说,我什么也没听见。"曾令儿会心地微笑着。

卢北河把这样一个难做的题目推给了她。

她对卢北河说,她并不恨左葳,也知道左葳已成过去,那么,究竟是什么在妨碍她呢?

左葳后天就要到会场上来了,卢北河说。曾令儿有足够的勇气和他见面、点头、握手……但她无论如何不能面对面地,从早到晚和他一起工作几年之久。他们之间,有着太多的痛苦而又难堪的回忆,他们之间,隔着陶陶。

她想起背着小陶陶夜读时的情景,想起自己常常被陶陶尿湿的背。想起为这一天的到来,为了把自己含辛茹苦,奋斗、积蓄了二十多年的能力和才智贡献给社会,她多少次拒绝了陶陶"和妈妈玩一小会儿"的要求。

"我恨你的演算题!"——有一次她答应带他去春游,却未能如约,陶陶留下这样一张字条,一个人去了……

她永远无法补偿陶陶于一二了。如果有一天,我能对这个世界有所贡献,她想,那贡献里,必也包含着陶陶的一份努力和牺牲……曾令儿的眼睛湿了。

唉,这本应是一个美妙的夜晚。听风的怒号,听雨的淅沥,听涛的呼啸,听自己心底那已然远去的波涛的回声……有多久了,她再也没有贴近海?

她蜷身缩进被筒……

怎么,她好像听见被风吹得如断如续的呼喊……谁在喊,喊什么?

她打开床头灯,看了看表,已是半夜十二点多。风似乎住了,雨也停了。那若断若续的呼唤,变得更加清晰。

好像是一个女人的声音,似嚎似哭,听起来好瘆人啊。这声音曾令儿太熟悉了,因为她自己也这样嚎过,为左葳、为陶陶。

她跳下床来,走到窗前,掀开厚重的窗帘向外望去。只见远处的海滩上,有几盏灯火,在黑黝黝的天地间闪动着。

她心头猛然一惊,发生了什么事?不由得想起楼下那对新婚夫妇,一个不祥的预感,迅速闪过心头,便急忙穿好衣服,向海滩上跑去。

一个披头散发的女人,在海滩上漫无目的地来回疯跑,一面跑,一面发出撕人心肺的嚎叫。

曾令儿跑上前去,认出她就是来此地度蜜月的新娘,立刻猜到发生了什么事。

她一把抱住那几乎癫狂的女人,怜爱地把她搂进自己的怀里。她的衣衫已被大雨淋得湿透,上下牙齿磕碰出嗒嗒的声响,停一阵又叫一阵地哭嚎着,在曾令儿的怀里盲目地挣扎。

"我是老曾,我是老曾啊!看看我,看看我!"

新娘看了她很久,似乎认出了她,无言地挥手往海面上一指,身子便瘫软地往沙滩上倒下去。

曾令儿坐在湿漉漉的沙滩上,让新娘的上半身靠在自己的胸前,她们一动不动地看着两艘快艇,在海面上穿梭,用聚光灯在海面上扫来扫去。

曾令儿清清楚楚地知道,这一切都已徒然。那个不听她警告的新郎,已经陷入那个涡流。像自己当年那样,能从旋涡里跳出,实属偶然,只能说那是一个奇迹,并不意味着所有的人都可以逃脱。

她无比清晰地记起差不多三十年前,身处那涡流中的恐惧、绝望、无力……她为什么不更加珍惜那经过几乎没有生还希望的搏斗而获得的生命呢?这珍惜,意味着使这个生命在更阔大的背景上,获得更大的意义。

靠在她怀里的新娘,已经嚎不动了,她全部的精神、力气,都已耗尽。只有一双眼睛还活着,死死地盯牢在海面上搜索的两艘快艇。

天就要亮了,大海渐渐从黑暗中显出它无比庄严的雄姿,那使大海得以显现的光亮,似乎不是来自天上,而是从海洋深处透出的光柱,将海水映得一片昏黄。渐渐地,从东方的云层里,又透出瑰丽的朝霞。一片金光突然从海面跃出,这金光和霞光又将海面染成金红。

退潮了,海浪哗哗地响着,每响一次,便向海的深处退去一步,而将昨夜暴雨抛进海里的浊物,一口一口地吐出。那些树枝、木片、空酒瓶子、罐头盒子、塑料袋……重又回到海滩上来。

海,越走越远,越来越干净了。碧澄澄、清澈澈的,在朝阳下闪着宁静的光辉。

曾令儿心里呼道:我智慧的海啊!

忽然,打捞的人们向一处海滩迅跑,曾令儿搀起新娘,也向那个方向跑去。

229

果然是他！永远不再醒来。大海连他也吐出来了，它不肯接受这陆地上的一切。

新娘已是欲叫无声，欲哭无泪。只是用双手抚摸着自己的丈夫，从他的头发摸起，一寸、一寸地，摸过他的全身，直到他的脚尖。仿佛不相信，这个面目浮肿，遍体鳞伤的男人，就是她挚爱的丈夫。然后她厉声一叫，向大海跑去，人们拖住她，把她抱回了旅馆。

曾令儿为她脱去已经撕成碎条的衣裙——不知她是在昨夜的疯狂中自己撕碎的，还是让海滩上的灌木丛剐烂的。

又在浴池里放了热水，连搀带抱地把她浸在那池热水里。那可怜的人儿，血液好像都已冻结，全身乌紫。曾令儿守在浴池旁，直到她全身的肤色恢复正常。

给她擦干全身，又换上干净的衣服，逼她服了两粒安眠药，抱她躺在床上。

她睡了，像死亡那么安静。

曾令儿打开他们房间所有的抽屉和柜子，把她丈夫的东西收敛在一起，装进箱子，然后锁好。她真想把那箱子和箱子的钥匙扔进大海，但她想起大海留给她的印象，那印象，她永生不会忘记——把一切不干净的东西吐出去。

又拿过一把椅子，在靠海的窗口坐下，眯起眼睛，一瞬不瞬地望着远处的海，那智慧的海。

就在此时，曾令儿觉得，她已越过了人生的另一个高度。她将与左葳合作，既不是因为对左葳的爱或恨，也不是因为对卢北河的怜悯，而是为这个世界做一些有意义的事情。

她舒心地叹了一口气，把双手放在窗台上，尽情地嗅着海的气息。她要等，等那新娘醒来。她将告诉她，她的爱情已经得到过呼应，这种可以呼应的爱情，哪怕只有一天，已经足够。因为还有那么多人,过完了没有被呼应的人生。

还要告诉她,"无穷思爱"那句话。

1984 年 2 月 12 日脱稿于广州

2010 年 5 月修订

他有什么病

一

烟头燃透了外裤、棉毛裤、内裤,灼痛了他的胯。胡立川这才意识到,他把钱包扔进了痰盂,把燃着的烟头装进了裤兜——他看得一清二楚,可这事儿却不是他的眼睛告诉他的,而是他的胯。这就是说,刚才他的眼睛失职、走神了。

这时,他的眼睛才急急投向痰盂,奇怪,一眨眼的工夫,他的钱包不见了。

也就是说,他现在一文不名了。

这可真是要了他的命,谁也不能断定飞机什么时候才能起飞,哪怕再拖延一天,他连吃饭住店的钱也没了。

机票上明明写着十点起飞,现在已经十二点了。

为什么不能按时起飞,胡立川到值班室问过。如果不问,可能还不会发生把钱包扔进痰盂,把烟头装进裤兜里的事。

十点到十二点之间,胡立川绕着候机室转了五个圈儿,仔细察看过一百几十张乘客的面孔,以及他们随身携带的物品。猜测着这个人可能会有什么病,那个人可能会有什么病,这几乎成了胡立川的嗜好、胡立川的习惯、胡立川的消遣。要不,作为一个医生,在种种无奈的等待中怎么办?

胡立川认为,认真检查起来人人都有病。只不过不到要命的时候,谁也不会引起注意。就是死(除了被枪毙),也死得稀里糊涂,不知道为什么而死。

一百几十张面孔相似得难以区分,各个似听非听,似看非看,似睡非睡,似醒非醒。这种深入的麻木状况,即使恐怖分子扔颗炸弹,也不会有所改变。

一百几十张面孔,没有一张因飞机不按时起飞,显出过烦躁、焦急、疑惑、气愤,好像他们并不急着上这儿,或是上那儿。也许因为老是站着,现在终于有了一个座位,于是就被这个座位粘住了、消磨了。除了这个座位,世界上既没有工农商学兵,也没有吃喝拉撒睡。

再看看人们随身携带的物品,也大致相同。同样的黑色人造革手提包,同样的蓝、白、红尼龙线编织的轻便包,同样的黄色人造革公文包,同样的网兜里装着G市的橘子和香蕉……橘子每斤比F市便宜五毛,香蕉每斤比F市便宜一块。

至关重要的是橘子每斤比F市便宜五毛,香蕉每斤比F市便宜一块。可是因为飞机不能按时起飞,香蕉和橘子正在无谓、无辜地腐烂。空气里弥漫着香蕉腐烂的甜苦味儿和橘子腐烂的酸苦味儿。可是没有人注意到这五毛和一块的"便宜"正在变质,却因得到过这"便宜"而熨帖不已。

胡立川想,如果这一百几十个人生病,恐怕也只能生同一种病。想到这里,他全身的皮肤突然变硬。他担心,担心地球这时会咧开它的大嘴,把坐在这里的人,吞进他深不可测的肚子。

终于,在绕第六个圈儿的时候,碰上一张看得出点儿情绪的面孔,那是一张女人的面孔。"咱们应该去问问值班室,飞机为什么不按时起飞?"她对胡立川说。

除了对他,还能对谁?就像马对马,狮子对狮子,麋鹿对麋鹿说话那样,难道还用得着谁为他们互相介绍一下?正如天底下的狗或猫、或鸟儿、或老虎们对话的时候,是用不着译员的。

值班员回答说:"我不负责回答这样的问题。"

胡立川只好重新坐下,像坐在枯井里,四周是陡立的、无处可以抓挠的井壁。无处。

就在这个时候,他把钱包扔进了痰盂,把烟头装进了裤兜。

胡立川无论如何猜不出,是谁从痰盂里捞走了他的钱包。他又绕着候机室走了一圈儿,无法想象,这些似听非听、似看非看、似睡非睡、似醒非醒的人群中,会有人看见痰盂里的钱包。

谁呢?实在看不出,也猜不出。像那古老的传说一样,青蛙、蜥蜴、石头、花草等等全可以幻化成人,在干尽人类无能为力的事情之后,又变回青蛙、蜥蜴、石头、花草。

二

问题变得又复杂,又简单。

问题之所以简单,是因为经过区、市各级医院的检查,丁小丽的处女膜,仍旧安然地长在它该长的地方。

这说明新婚之夜,她丈夫压根儿没把她怎么着。

如此这般,丁小丽又值钱了。

如此这般,丁小丽又从小淫妇,变成了节妇烈女。

如此这般,她丈夫又从法院撤回了离婚起诉。

如此这般,丁小丽的丈夫又爱丁小丽了:"我从来没有像爱你这样爱过别人。"他说。在中国小说、电影、电视里,也常常可以看到、听到这句话了,早先只能在外国小说、外国电影、外国电视里看到、听到这句话。

如此这般,他那玩意儿很可能是纸糊的,或者像音盲一样,分不出"多来米发索"……

如此这般,他那医学士的毕业证书,狗屁也证明不了。

如此这般……

她究竟是丁小丽,还是处女膜?

他想娶的究竟是丁小丽,还是丁小丽的处女膜?

他爱的是丁小丽,还是丁小丽的处女膜?

…………

丁小丽糊涂了。

天气很冷。在病房值班室打盹的丁小丽,把盖在身上的棉大衣往上拉了拉。棉大衣很重,从医院开张以来,二十多年也没拆洗过,光积攒在上面的灰尘,恐怕就有几斤重。

瞌睡懵懂之中,丁小丽觉得自己正在变大、变薄,变成一张很大很大的处女膜。薄得让风一吹,就呱嗒呱嗒地响。她想,应该拿把手术刀来,把它成两厘米见方的小块,卖给那些丈夫不中用的女人,保证一吹就破。干这个买卖还准能发财,离婚率也会有所下降,道德维持会也准会嘉奖那些买了这些小方块的女人,发给她们奖金或是奖状……可惜现在不时兴立贞节牌坊了。

嫂子来信说,爹现在什么活都不干,一天到晚唱小曲儿,抠娘的脚心儿,还扒人家窗户,看人家两口子睡觉。

丁小丽不信,不愿意信。

丁大爷租的是个体联运公司丁大力的拖拉机,丁大力就是丁小丽的哥、丁大爷的儿。丁大力本打算给丁大爷打对折,但老婆不同意,说七五折已经是蚀了血本的价儿。

拖拉机一步一个响屁,往收购站去了。

一步一个响屁,排场极了。这样的收成,这样的棉花,哎,难道还不该放几个响屁,排场排场?

农民富起来了呀!

丁大爷陷在棉花垛里,盘算着刨去各项开销,净挣多少。丁大爷不会打算盘,除了票子上的字码,也不认识别的字,但是大大小小的账目,心里盘算得清清楚楚。在丁大爷看来,天底下最开心的事,就是盘算自己赚了多少钱。照比这件事,入洞房都算不了什么。

有个汉子躺在半拉死了、半拉活着的老槐树下睡觉,老槐树就长在大路旁的坡地上。汉子大张着嘴,仰面朝天地睡着。屁股肥大的苍蝇,在他的嘴里爬进爬出,只有在他从嗓子眼儿里喷出一声鼾的时候,才懒懒地飞起,低低地绕个圈儿,重又落下。

拖拉机的响屁,震得地皮发颤,把睡着的汉子震醒了。他坐了起来,倚着老槐树发怔。蓝色涤卡的军便服敞开着,里面鲜红色的秋衣,直卷到胳肢窝下,袒露着没有一点肥膘的肚子和往外鼓着的肚脐眼儿。可他的眼神儿松着,浑身的肉也松着。

他用巴掌抹了一下脸,朝一步一哆嗦的拖拉机望去,咧嘴笑了——那家伙肚胀呢,一步一个响屁,它有病,病得不轻。

拖拉机一歪一扭地走远了,屁股后面,冒着一股股黑烟,乌贼一样。

汉子扭过头望着天,望着、望着,脑袋一垂,下巴抵着胸脯,又睡着了。

丁大爷下了长途公共汽车,唱着小曲儿往家走。河北梆子《秦雪梅吊孝》。

痛快！要是解放前，能这么痛快吗？

他一把火把棉花烧了，谁能把他怎么着？丁大爷背着手儿，一面迈着他的小短腿儿，一面豪迈地晃着脑袋。

一等棉花。能有错吗？火苗蹿得多高啊，烤了他一身的汗，明明地晃着他的脸。

丁大爷舍不得住店，棉花垛里挺暖和。谁知突然下了场雨，可棉花一点没湿着，用塑料布罩着哪。丁大爷就是对自己的儿子闺女，也没有这么周到、仔细、耐心。就是秋天的雨，凉气往骨头里去，弄得丁大爷浑身骨头发紧。

他也舍不得下小馆，净啃干火烧。

等到第四天再去住店、下小馆……丁大爷盘算了一下，再挺挺就过去了。

比丁大爷后来的，都过完秤，走了。

丁大爷太机灵，他打听出来了，送两瓶二锅头，先过秤。送四瓶二锅头，三等花就是二等花，二等花就是一等花。

"送吧，送了就能早过秤，卖完了好回家。"在收购站卖棉花的人，听见丁大爷的筋骨，一伸胳膊或是一踹腿儿就嘎巴嘎巴响，便这么开导他。

"这是谁的章法？"

丁大爷太糊涂，他不该这么问。一问，人家就说了："什么时候有空，什么时候就给称。"人家没说不给称，人家说有空就给称。

"吓——我求着你了。"

几天工夫，丁大爷不知就怎么攒了一股邪劲，他一把火把他那车棉花烧了，就在收购站里烧的。

县城里翻了天，看热闹的人，里三层外三层地围了个水泄不通。"看烧棉花去哟！看烧棉花去哟——"

看热闹的势头有增无减,连城关外的人也陆陆续续往收购站跑。县武装部长嗓子都喊哑了:"让开!让开!水来了!水来了!"硬是连个缝儿也撬不开。人们像箍水桶似的箍着那堆火,而且越箍越紧。

县委里的秘书们,一替一换地摇着电话机,把放电话的桌子都摇塌了……

此时,丁大爷却已走在回家的小路上,管自地唱着小曲儿,比老娘们儿哭丧还尖峭,还花哨。

再不用为住不住小店、下不下小馆费心思了,不管怎么着,不管是谁,开小店的、开小馆的、过秤的,谁也别再想拿捏他,也别再想从他这儿捞到什么便宜。

他没吃亏,他的便宜没让外人占了去,丁大爷心里踏实了。

躺在老槐树下睡觉的汉子这时又醒了,还倚坐在老槐树下。可他的眼神儿、他浑身的肉却紧起来了。而且每隔半袋烟工夫,就仰脖子朝天"嗷——"的一声嚎,声音传出二里地去。那一嗓子,又敞亮又嘶哑,又鲜活又死气,又欢畅又凄怆,又暖和又苍凉……似有发泄不完的精力,又似耗尽最后的力气。

明年要大旱哪,丁大爷想。

问题之所以复杂,是因为丁小丽要离婚了。

如此这般,她是被验过了。就像从屠宰场出来的生猪,经过检验后,往大白屁股上盖个蓝戳。

如此这般,她过了一堂又一堂,这个摸了那个摸。就是刚从树上摘下来的鲜桃,也经不住这么摸,这么摸下来,鲜桃也得变成烂桃。

直到现在,丁小丽都觉得她还岔开着两条腿,躺在妇科检查床上。不论谁走过,都得往里看上一眼。你让一个人看了,就得让其他九十九个人看。丁小丽不能不让人家看,因为这是判断这个问题最简便、最有说服力的办法。

如此这般,怀疑她的人就越来越多。

如此这般,她如何向父老乡亲交代?尤其是她爹,现在什么都不干,一天到晚唱小曲儿,扣娘的脚心儿,扒人家的窗户,看人家两口子睡觉。

……………

一个女人,这样轰轰烈烈一番后,能不提出离婚吗?如果不提出离婚,也太对不起自己的处女膜了。

三

这一架早就该打。

晚打不如早打,不打不如经常打。

有些精神分析医生主张排泄,你叫它排遣也可以。如果小木匠刚住进这个宿舍的时候,他们就打,而且一周打一次的话,他们的关系可能比现在友好得多。

有些精神分析医生主张压抑,如果他们刚住进这个宿舍就打,而且一周打一次的话,他们身上种种不利于正常生活、正常思维的迹象,可能就会愈演愈烈。

打架的理由很简单。

侯玉峰在手术台和观察室连续转了三十多个小时后,需要休息;或为了下一个手术,需要养精蓄锐;或是需要潜下心来,攻读一段文献……

而小木匠需要为哥们儿、姐们儿打家具,现在则是为自己打家具。家具店里,一套中看不中用的组合家具,已经卖到一千八百块,他虽比不上那些走街串巷的个体木匠,一个月怎么也能弄个五六百块。

要不是行政处哄着他,他早就干个体去了。不过,在这里干私活所用的工具、钉子、合页、三合板、木料、乳胶、清漆、涂料等等,全是公家的。这么想想,也合算。

长年累月,天天如此。

呲楞、呲楞,小木匠来回锯的是侯玉峰的骨头。

砰、砰、砰,小木匠的凿子,凿的是侯玉峰的脑壳。

唰啦、唰啦,小木匠的砂纸,打磨的是侯玉峰的神经,每根神经上都打磨出了毛刺。

嚓、嚓,小木匠的刨子,刨的是侯玉峰的肌肉……

"睡不着?那是你不困。"小木匠说。

为了调换宿舍,侯玉峰找了多少次支部书记,认真负责的支部书记,就给行政处打了多少次电话。

"怎么调?这种情况多着呢,我们了解得不比你少。"行政处说。

"把工作性质相近的同志,调到一个宿舍里去嘛。"支部书记说。

"那也会有今天你上夜班,他不上夜班;明天他上夜班,你不上夜班的问题。或者这个不愿意从三楼调到二楼,那个又不愿意从南房调到北房;或者这个看那个不顺眼,那个又看这个不顺眼……"

实话,合情合理的实话。

"那……这个问题怎么解决呢?"

"没法解决。"

支部书记不相信天底下有解决不了的事,英明领袖不是说过"人定胜天"吗？何况医院里还有一个严密而完整的思想政治工作系统。

在各级领导轮番对小木匠做了思想政治工作后，小木匠说："嘿——告到党委去了。老子不是党员，这辈子也不打算入党。甭给我来这个，没用！"

"什么互相关心，互相爱护？我把他怎么了，啊？你们倒是说说。"

党的各级领导，面面相觑。是呀，小木匠到底把侯玉峰怎么着了？

"睡不着觉，吃安眠药呀。别以为我不懂，少拿这个唬我。让大家听听，睡不着觉算什么病？知识分子个个邪乎像小娘们儿。呸，他还压抑了我呢，让我活得不自在。"

睡不着觉确实不是病。但是，渐渐地，只要想起或提起"睡觉"问题，侯玉峰的两只眼睛，就会越来越邪乎地放出热而乱的光。

侯玉峰不明白，怎么想也不明白，为什么他非得住在这间房子不可，为什么他恨得想把这间房子咬成两瓣儿，可一到晚上，他又得乖乖地回到这间房子里去？

谁在后头用鞭子赶他了吗？没有。谁在前面拽他了吗？没有。或是里面有个如花似玉的小娘们儿在等他？没有。那为什么他那么恨它，而又不能离开它呢？

他设想过种种方案，以图逃离这间房子：

和隔壁的内科大夫结婚？她准愿意。因为"睡觉"问题，已经像瘟疫一样，在这栋单身宿舍——不，应该说这个拼盘，这盆杂烩菜——里蔓延。

这不但解决了他的苦恼，也解决了内科大夫的苦恼。

对了，把这个拼盘重新凑凑，小肚和小肚、松花蛋和松花蛋、熏鱼和熏鱼、酱鸭和酱鸭凑一块儿,别那么花插着摆。

可这么一来,行政处不得拿出更多的房子来?如果能拿出那么多房子,他也就不必结婚了,谁敢和内科大夫那样的女人结婚?

在省科协全体委员会议上,新当选的主席,因长期患有精神病不能到会,由其他同志代致答词:"同志们,感谢大家推选我为省科协主席。我自知各方面修养、学识、能力很差,今后一定努力提高自己的政治思想水平、业务水平,为完成大家的委托,鞠躬尽瘁,死而后已……"

内科大夫竟然在答词尚未致完时,便在台下大声提问:"既然长期因病不能到会,这篇答词,显然是事先写好的喽!请问,新当选的主席,怎么知道自己一定当选?既然患的是精神病,请问,又怎样写出这样一篇条理清晰的答词?……"

人们很快就忘了新当选的主席预先知道自己必然当选,以及虽然患有精神病,还能做出条理清晰的答词这等怪事;而内科大夫精神不够正常的传闻,却在医院内广为流传。

跟一个精神不够正常的女人结婚,不是自找倒霉又是什么?

再不就插根草棍,往闹市上一站,卖去。嘴里嚷嚷着:"哎!不管老的、少的、瞎的、瘸的、打嗝儿的、放屁的、说梦话的,也不分国籍、性别(包括同性恋在内),只要给间房子,咱们马上结婚!"

这个办法准行。现在很多有房子、工资高、学历高的女人嫁不出去,外国也一样。像他这样有学历、有技术,魁伟英俊的男人,如果不是急于跳出和小木匠同居一室的苦难,想要个女人,还不是由着性儿挑?

这办法准不行。没等他把自己卖出去,有关部门就得把他拘留起来,给他定个扰乱治安罪。

事实上,侯玉峰怕结婚。怕奶瓶子、怕尿布、怕买菜、怕扛煤气罐、怕负责任……

其实侯玉峰又极其负责任。如果一个本是自由自在的好女人,终有一天变成他的妻子,从此就开始为买不到治疗小儿湿疹的特效药,或是酸奶里有大肠杆菌而发愁,为果脯上的肝炎病毒将影响孩子的健康而担忧,为孩子入托儿所走后门而殚精竭虑,为没钱请阿姨,下班后还得一面哄孩子一面洗衣做饭而累得死去活来……那,他还算什么男人!

如果社会不能在这方面给一个女人提供最低的便利和保障,他要是有起码的良心,就不应该把一个自由自在的女人,拖进这个苦海。

或者,干脆拿斧子把这栋楼劈了,或是放把火烧了。那样,他和小木匠不散伙也得散伙……这个方案后果严重,可又简单易行,因此它既可怕又有无穷的诱惑。

既然他能这么想,没准儿有一天就能这么做。谁能担保自己的理智永远清醒?疯子和常人之间,有明确的界限吗?就像洋地黄的治疗量和中毒量,相差无几。

…………

小木匠的刨子正好砸在侯玉峰的额头上,鲜血顿时淌了他一头一脸。

好痛快!好舒服!侯玉峰早就期待着"刺刀见红"的一天。不光搅得他心神不宁的骚动,就连他们家传了一辈又一辈的窝囊气,似乎也都随着这血流出来了。

他的高祖父,前清的一位举人。

他的祖父,一位中学校长。

243

他的父亲,一个机关里的小职员……

一朝又一朝,一代又一代,他们怎么拉屎、怎么放屁、怎么和女人睡觉、怎么说话、怎么走路、怎么笑、怎么当官儿、怎么上朝……无一不是想了又想,猜了又猜:别人会怎么说?别人会不会满意?结果会怎么样?……一辈子战战兢兢,如履薄冰。

不过,他的高祖父、祖父,还能像阿Q一样,从"万般皆下品,唯有读书高"这种打肿脸充胖子的理念中,得到一些精神上的平衡。其实,他们不过是人家豢养的一只猫,或一只狗。没听见人家说吗?"养士、养士",高兴的时候,摩挲摩挲你,不高兴的时候,就给你一脚,把你踹到一边去。"养",从来就是一个表示依从关系的动词,但是人家到底还给你起了个让你可以接受的名字:"士"。明明拿你当狗,却不叫你狗。

变成"团结、教育、改造"后,干脆告诉你,你就是狗。是狗都长尾巴,狗长尾巴干什么使?不是摇尾乞怜就是夹进裆里。摇尾巴吧,狗!把尾巴夹起来吧,狗!

侯玉峰额头上的血,依旧汩汩地流着。他听见他的血在喊:杀人啦!杀人啦!他不怕,一点也不怕。他攥紧自己的拳头,向小木匠身上夯去。噗、噗、噗,像拳击运动员训练夯沙袋一样。不紧不慢,一拳是一拳。

这一拳,为了他的高祖父。

这一拳,为了他的祖父。

这一拳,为了他的父亲。

这一拳,为了他自己。

这一拳,为了千千万万只狗……

他释然了,他彻悟了。

那一夜,侯玉峰睡得特别香。

四

　　胡立川被弹出去了,他听见弹棉花的弓子在响。嗡嗡,嘣嘣。咔嚓一声,胡立川五体投地了。
　　有一瞬间,胡立川不知身处何处——从哪儿来?上哪儿去?在这儿干什么?又怎么会躺在马路上?
　　一块巨石横在马路中心窃笑。刚才没有这块石头啊,绝没有,它一定是突然间冒出来的……这时,胡立川口袋里的呼叫器响了:"胡立川大夫,胡立川大夫,请速到病房!"
　　啊,对,他正往医院赶去。
　　常常,偶然就是必然。
　　恰巧他今天预感要出事,所以一直开着呼叫器。
　　恰巧呼叫器今天的功效很好,听上去很清晰。
　　恰巧胡立川有辆自行车。
　　恰巧自行车没有摔坏。
　　恰巧病人没有按照常规,送到太平间去……

　　"爹,还烧吗?"
　　"烧。"黄老头说。黄家有钱,人民币加外汇券。儿子月工资小一千,他每月还能挣三百。
　　除了官衔没有买到,凡中国有的,他们家差不多全买到了。
　　官衔有什么了不起?不就是汽车、房子、电话加权力(利),再给三亲六故安插个好差事什么的。这些,只要有钱,全能办到。说到好差事,不就是吃香喝辣,或出洋遛遛?凭儿子的手艺,没准儿也能出洋。北京那几个大饭店的大厨,就都出过洋。

十块钱一张的票子,又点着了。票子藏在黄老头贴身大裤衩的口袋里,摸上去潮乎乎的,还带着他身上的汗酸味儿。这两天黄老头出汗太多,着急急的。

燃烧的钞票,在绿草地上伸缩着不长的火舌,钞票底下的几茎细草,疼得嘶嘶尖叫,迅速地蜷缩起它们的细茎。

黄老头却不心疼他的钱,弄套房子还送了个大彩电呢,一千八百多块钱,难道黄家的这条根,还不值那个大彩电?

火苗很小,只能照亮黄老头的手和他们父子二人朝下伏着的脸。

在火苗微弱的光亮里,黄老头手上的每条纹路,都像一张咧着的嘴,里面满含着黄老头修鞋时,从各种鞋子上飞扬起来,又被这些纹路吃进去的尘埃。黄老头的指甲又黄、又厚、又长、又硬,捏过千千万万只钉鞋用的铁钉。他一锤下去,钉子就像旗杆那样,端端正正地揳进或橡胶的,或布的,或牛皮的鞋掌里去。

补鞋也是艺术,跟作家写小说一样,凭的是感觉。感觉到位,基本上就差不离儿。比方下锤子时的分寸感,以及左手的拇指和食指上那两个又黄、又长、又硬的指甲的默契配合。

谁说指甲没有知觉?此时,黄老头的指甲触在一张张"大团结"上,有如拉着纤绳,一步一步往前挪。他是逆水行舟过险滩啊,那船上载着他的孙子呢。

黄老头脸上的神情凝重壮烈,不惜牺牲。因为光亮是从低处照射上来,他那平时慈祥的脸庞,此时便凹凸出一块块肌肉,而这一块块肌肉,又被血管里奔突呐喊着的血,拱得一涨一跳,一涨一跳。

他们身后,那一团光亮照不到的地方,是无际的、其重无比的夜空和那栋神秘的楼,人们叫作医院的地方。黄老头之所以觉得它神秘,是因为要死的人进去也许就活了,活的人进去也许就死了,像那神秘的佛龛,给人以未知。

楼里的灯,也如佛龛前的油灯,不明不暗地亮着,此刻黄家那棵独苗,就随着这盏油灯飘忽着。

"你过去看看。"黄老头吩咐儿子。

儿子便重又趴到病房的窗台上守着。

黄老头的两肘和两膝,在草地上拧来拧去。似乎这块地界让他那么不自在,怎么待着也不合适。他的嘴唇,飞快地翕动着,向各方的神灵、屈死的冤鬼,磕头许愿,一一打点。

"爹!"儿子惊呼道。

黄老头急忙翻身立起,扑向水泥窗台。他看到,刚才还忙得团团转的大夫、护士,此时都垂手而立,只剩下一个大夫,一下下按着孙子的小胸脯。

使劲呀!你倒是使劲呀!黄老头急得直扣自己的手心,恨不得自己冲上去按。

别!别!别太使劲儿!孙子疼哇!黄老头又想。

唉,不行啦,不行啦——黄家这条血脉,眼瞅就要断在这儿啦。他做过什么伤天害理的事吗?没有。就是陷害忠良的秦桧、严嵩,哪个也没断子绝孙啊。老天爷难道也看人下菜碟?早先谁给送子娘娘进贡,不给你个儿子,也给你个闺女,现而今,连神鬼都还了俗,吃也白吃,拿也白拿了。

天神地神,大鬼小鬼,或驾祥云,或乘白烟,明明都被他请来了,个个都念他一片诚心,一百张"大团结"全收走啦,他是亲眼看见的,那些票子的白灰,飘呀飘呀、旋呀旋呀,不一会儿全都没了影儿啊!

黄老头不忍、也不敢再看下去,便把脚跟落在了地上。他喘息不已,膝头发软,腿肚子转筋。只得把身体贴在水泥墙上,靠那堵不给人一点温暖和安慰的墙,支撑着自己。

"爹!"儿子又叫他了。

黄老头禁不住又用两只手,紧紧抠住窗沿,使劲儿踮起脚尖往里看。只见又进来一个人,此人又高又瘦,晃晃悠悠,在日光灯的照射下,他的面孔惨白里还透着黄。

又是一个"瓜菜代",黄老头想。"三年困难时期"已经过去二十多年,这些大夫、护士,怎么一个个还是没吃饱的样子?孙子的命交给这些人,难怪好不了,他们自己就没活气儿!

不过,这人是大夫,好大夫,黄老头知道。

医院里的大夫、护士,黄老头差不多都认识。他那补鞋的摊儿,已然在医院门口撑了二十多年。医院里的大夫、护士,一代又一代,全在他的摊上补鞋。他补的鞋真结实,从赚钱这头来说,这么干太傻,从黄老头的颜面来说,够"亮"。

好在人人都希望一双鞋能穿几辈子,不穿几辈子,至少也能穿一辈子。鞋跟歪了换鞋跟,前掌磨透了换前掌,鞋袢断了换鞋袢,鞋面儿裂了补鞋面儿……如今人民生活水平提高了,不说十亿人人人穿皮鞋,哪怕有一半人穿皮鞋,补鞋这个行当,就会越来越兴旺。

一般情况下,脑缺氧三至五分钟即不可逆转,而这孩子心脏停跳已经十一分钟,瞳孔散大到边,毫无对光反射……显然可以送太平间了。

五岁……也许这样更好,对于这个世界,他知道的还不算多。

可胡立川又想,如果算是一次病理解剖呢,谁能担保今天不会再出现一个偶然?

"准备开胸包。"胡立川一面指挥护士往患儿身上洒碘酒,一面穿隔离衣,戴手套……

砰、砰、砰,黄老头使劲儿敲着窗棂,手骨节儿上的皮肉,在窗棂上磕破了也全然不觉:"大夫!大夫!我们全家祖宗八代全给您磕头啦……"

窗户如发生地震般地震响,外面是漆黑一团的夜,而黄老头和他儿子的脑袋,齐茬茬地平着窗台,像两颗搁在窗台上的人头。

胡立川觉得像是见了鬼,吩咐护士道:"把窗帘拉上。"

"爹,我眼花了吧?我怎么觉着,那大夫简直是……"儿子嗫嚅着,他不大相信自己的儿子已经脱离险境。他曾想,万一孩子不行,他决心再生一个。虽说他已经为生了两个孩子降了两级工资,还挨了一个党内警告处分,不过他得了一个儿子,这才是最要紧的。

他本是个安分守己的人,只知道好好干活,好好过日子,此外绝无非分之想。要不,像他这样的人,怎么能入党?黄老头说,这就跟唱戏一样,生旦净末丑,什么角儿都得有,党里头也得有你这样真卖力气的人。

只是他入党的时候,党章上还没说不让生俩,现在添上没有,他也不清楚。党章来回变了好几个个儿,说变了,又好像没变,说没变,又好像变了……再者毛主席还说人多好办事,让大家多生呢。这些个谁也想不清楚的文件、条文、精神、理论……在一般人的脑子里,能不一勺儿烩吗?

自从降工资、受处分后,他的脑袋才清楚起来。那些"老帮菜",哪个不是五个六个七个八个地生,等他们生够了,那玩意儿不顶用了,到了他这儿,俩都不行了。

哪档子事不是如此?前头干够了,就该卡后头的了。

为这,他辞去了国营饭店里的差事,应聘进了合资经营的金龙大饭店,转眼间工资翻了两番,降的那两级工资,早捞回来了,至于党内警告处分……金龙大饭店,从来不过组织生活。

…………

就在这时,有个带色的,似乎是深绿、血红、黑灰混杂的影子,从儿子身后潜了过来。黄老头背上的汗毛,一刹间长了一尺多长,在背上拂来拂去。他那有些失聪的耳朵,此时却灵敏得像家里那只猫。连他的耳轮,也像那只猫一样,灵活地四下转动。他的身坯,顷刻间也变得像那只猫样的轻盈,随时准备跃离此地。

"喂"没有揪自己的头发,也没有撕自己的衣服,或是捶自己的胸、顿自己的足,或是让二锅头烧红自己的眼睛,或是咔嚓一声,劈下自己的脑袋……"喂"只是顺着墙根,疾步地来回遛着,就像一头受惊的牛或驴子,刚刚让人圈回圈里,蹭着圈上的栏杆来回绕圈儿。

"天爷啊!我是畜牲,我不是人,不是!""喂"的肠子、腰子,"喂"的心、肝、肺说,在"喂"的躯壳里说。"喂"不说,不要说见白昼、见太阳、见人……"喂"连忏悔的脸都没有了。

院墙旁一丛矮树的树枝,猛地抽了一下他的脸。不疼。

"喂"的脸上,长着一层大大小小、没有知觉的赘疣,像一大捧熟了的葡萄。

接着吭哧一声,"喂"往地上一倒,像倒下一个装满粮食的口袋,然后从手掌、双肘、两膝,传来一阵像是爱抚的疼痛。

对"喂"来说,这杂草丛生的小树丛,像是一处港湾,从楼里扔出来的破瓶子、空罐头、烂纸片、塑料袋等等,在风中恣意飞舞倦了,就在这里停泊。"喂"也在这里仰面朝天地躺着,用那双像是把眼珠、眼白捣碎,又在里面搅和个乱七八糟的眼睛,凝视着夜空。今天没有月亮,他见不得太阳,便希冀着太阳的影子。

"我是个畜牲。""喂"又想。

已经很多年了,他总觉得屁股上硌着一条毛茸茸的尾巴,不论他嗅树叶,或是铁棍,或是别的一些什么,总能嗅出一股蒜肠、猪头肉、二锅头的味道……他禁不住侧过头去,咬了一口青草,在嘴里嚼着,果然就嚼出一股蒜泥拌黄瓜的味儿。

当女儿第一次裸着和他一样高大、健壮的身坯,向他扑过来的时候,他不但以为老婆复活,还从女儿那裸露的肉体上,嗅出老婆身上特有的生殖气味。只有野兽、畜牲才会发出那样的气味,也只有野兽和畜牲,才能嗅出那种气味。和他老婆那样的人生活在一起,人人都得变成野兽、畜牲。

"喂"恐怖至极,凶狠地抽打了女儿一顿。可她什么也不明白,她痴、她呆、她傻,天爷啊!为什么不让她的肉体,也像她的脑子那样,变成一堆豆腐渣呢?那就成全她了,作孽的天爷啊,我操你妈啦!

女儿整天烦躁不安地吼叫着、笑着、扭着,像一头发情的母牛那样大张着鼻孔。那鼻孔扇忽着、嗅着,而终于在那个晚上,扑向了"喂"。

那时,他还不叫"喂"。

他肮脏得令人恐怖、作呕的一生,本没有什么大不了的缘由,只因那一脸如紫葡萄般的赘疣。

哪个女人会爱这张脸?会亲吻这张脸?会和这张脸同床共枕?她们一看见他,就贱声贱气地尖叫起来,而他的肉体,却情不自禁地渴望作践她们那卑贱而淫荡的肉体。

于是,她们越是贱声贱气地尖叫,他就越是用他的脸,撵得她们到处乱跑。

后来,他就捡到了这个没人要的疯女人。捡。

那时,她像球一样,从这个释放的劳改犯手里,传到那个小

251

偷手里,又从那个小偷手里,传到那个流氓手里……对女人的渴望,并不因为他们是释放劳改犯、小偷、流氓,就像被剥夺的政治权利那样,干净利索地骟割。

同样,没有一点砟儿的女人,谁能跟那些男人混呢?可他觉得,她比那些贱声贱气的女人干净多了。

那时,她还不太疯。白天坐在门槛上,安安静静地望着往来的人等傻笑。再不就愣愣地瞅着地上的阴凉,一点点地跟着太阳挪窝。要是阴天下雨,不出太阳,她就靠着窗子,数那从屋檐上掉下来的雨滴,每次数到五,再从一开始。

只有到了晚上,才看出她的疯。不知那些释放的劳改犯、小偷、流氓,是如何把她调治成这样的。

当她在黑夜中,赤身裸体,披头散发,无时无晌地厮缠在他身上的时候,他觉得她不是人,而是靠吮吸男人阳气以还阳的女鬼。

每到天亮,他都面色如土,像刚从坟墓里爬出来。他盘腿坐在床上,久久地审视着还在沉睡的她。那是一张纵欲的脸,嘴唇、眼下的肉囊、鼻翼两侧,全都肿胀发亮;疏朗的眉毛,一根根怕冷似的立着;眼睛四周,漾着一圈黑晕;皮肤干裂,没有光泽,长满了红色的斑点……看着看着,他明白了,她是让那些不是人的男人调理坏啦,她就是这么疯的,她就疯在这个上头。完了,人一走上这条道儿,就没有回头的路了。

后来她怀孕了。他这个拉排子车的,怎么懂得优生学,怎么懂得疯子是不应该生小孩的?

生完孩子,她又回到那窝人里去啦。像一只不着家,也不需要家的野猫,怎么打也不行……突然,她死了,谁也不知道她是怎么死的,就像谁也不知道那些野猫是怎么死的。

…………

"喂"说不清是可怜女儿,还是可怜自己,或是禁不住煎熬,终于接受了女儿扑过来的肉体,和他年轻的时候遇到的问题一样,没有一个男人会娶他的女儿,会和女儿同床共枕。

…………

"喂"弄不清,女儿怀里抱的婴儿究竟是他的女儿,还是他的外孙女。

"这是我和我爸爸的孩子。"女儿抱着那个婴儿,笑嘻嘻地逢人便说。傻子是不懂得羞耻的,这是傻子的福气。

"喂"想,他们都疯了,他们全家。畜牲,他们是一窝畜牲。

可是这么大的丑闻,好像怎么也传不到党委书记的耳朵里,医院里的人,似乎也不知道这回事。只是人们从不和他讲话,病房里来送尸体的人,或是财务科发工资的人,都叫他"喂"。

现在很难找到一个看太平间的,这活儿工资又低,又晦气。

"喂"不怕尸体,因为他们不看他那长满赘疣的脸,他们不会看了,就是他们想看也看不成了。他们也不叫他"喂"。

那些尸体,比大街上不知道他那故事的人还可亲。想到有一天,他也会躺在太平间,什么都不知道了,"喂"满意地舔了舔自己的嘴唇。这是他唯一的盼头了。想到这里,"喂"的血凉下一点,他的血,也不再像刚才那样汩汩地冒泡,哗啦哗啦响得那么厉害。

太平间是他的天堂。

总有半夜两点了吧?他该回太平间去了,该死的人,多半在这个时候上路。"喂"站起来,摇摇晃晃向大楼走去,猛然间瞧见一楼窗下,有两个影子,便转身走向另一条道儿,不料一脚踩碎了一个玻璃瓶子。

黄老头紧绷的神经,和这踩碎的玻璃瓶子一块儿断裂了。他揪着儿子,撒腿就跑。

楼上,几扇窗户乒乒乓乓地响了起来,有人惊诧地问:"出了什么事?"

五

某年某月某日。

风从破裂的玻璃窗吹了进来,很快就吹凉了冒热气儿的粥。大家坐在"磨剪子嘞——抢菜刀——"式的条凳上,尽快地吸着粥里的热气。

只有侯玉峰,不知道出了什么毛病,不吃不喝,一边用不锈钢勺子敲着搪瓷碗的碗沿儿,一边唱。声音还挺大,全饭厅的人一边喝粥,一边听他唱,一边乐。

他唱的好像是林彪语录歌。

曾经的林彪多走红啊,连他放个屁,大家都说跟毛主席放得一模一样,更别说他的语录歌了。恐怕当今最流行的歌曲,都未必像林彪语录歌那样人人会唱,或是说人人都得唱,除非你不怕被枪毙。

以致我像是得了魔怔,直到现在,一听这个曲子,不由自主地就想跟着唱:

老三篇(《为人民服务》《纪念白求恩》《愚公移山》)
不但战士要学,
干部也要学。
老三篇,
最容易读,
真正做到就不容易了。
要把老三篇,

作为座右铭来学。

哪一级,

都要学。

学了就要用,

搞好思想革命化,

搞好思想革命化。

我吓了一跳,是不是我也跟着侯玉峰唱起来了?

还好,这不过是我的幻觉。

侯玉峰怎么想起唱这个歌?不,仔细听听,他不过是套用林彪语录歌的曲子,填的却是新词儿:

老三样(馒头、咸菜、粥),

不但早上要吃,

晚上也要吃。

老三样,

真难吃,

吃上一年就不容易了。

要把老三样,

当作党的考验。

哪一样,

都要吃,

吃了去干活。

搞好四个现代化,

搞好四个现代化。

起先人们还神神秘秘地朝他头上的绷带指指画画,后来见他只管自得其乐地唱,便肆无忌惮地议论起他近来种种异常的表现。

某年某月某日。

将近中午的时候,急诊室来了一个颅脑外伤病人,陈主任决定送手术室急救。我跑到电梯那里,按了几次电钮,电梯就是不停。只在二、三层病房和地下室之间来回穿梭。

仅仅几分钟时间,病人的四肢已经发凉,我按了按他的股动脉,股动脉也摸不着了!要不是他身上吊着瓶子、插着管子,我真恨不得连人带床把他背到手术室。

我的眼睛,巴巴地跟着电梯上的号码一明一灭,一绿一黑。瞧,它又在地下室那层绿住不动了,我急得忍不住奔向地下室,截住了电梯。

"电梯为什么不在一楼停?"

"没看见这是送午饭的时间?"开电梯的人说。

电梯里挤着几个交接班的护士和一辆往病房送饭的推车。

"一楼有个急诊病人,需要马上送四楼手术室。"

"马上?好,等我送完午饭。"

"这怎么行?"

"您不是说马上吗?'马上',那就是说,再等三个月也不迟。"

他说的没错,那个专供运送病人的电梯坏了,院方老是说马上修、马上修,现在三个月过去了,一点动静也没有。

"这个电梯,上上下下送的是药品、器械、饭车、活蹦乱跳的活人,您那位急诊病人要是传染病,又死在电梯里怎么办?"

颅脑外伤当然不是传染病,可是在等电梯的时候,患者死了。

晚上,我填完死亡报告单回家的时候,又看见那坏了三个月也没修的电梯,我走上前去,抬起脚,照准它那豆青色的大脸猛踢。一直踢到我的皮鞋张了大嘴,脚趾骨骨折。但我痛快之极,很久很久,我都没有这么痛快过了。

某年某月某日。

四床患者进食的时候,食物经常进入气管。

经查,该患者五天前抢救时,曾插入呼吸器管。是由于机械损伤,造成右边声带麻痹,进食时会厌处闭合不好所致。

对该日值班护士进行了批评,护士云,病房照明极为不佳,无法确见口腔深部情况。

某年某月某日。

药房不但不能供应各种浓度的冲洗液,还限制了病房的用量,但是患者的病情并不接受这个限制。只好派护士向各病房借生理盐水,再根据需要的浓度自己配制。

据护士反映说,各病房冲洗夜均已告罄。借来的生理盐水,充其量也只能满足今天的用量,患者创面感染,急需冲洗,明天怎么办?

某年某月某日。

开晚饭时,十七床患者大发雷霆,因为伙食太贵,一块八毛钱的清蒸鸡,只给了他一个鸡腿。我真羡慕那些可以随便发脾气的人。

各行各业都可以消极怠工、撂耙子,大夫、护士却不行。人家把一条命都交给你了,你不负责任行吗?

某年某月某日。

二病房的主治大夫,昨天被患者家属揍了一顿。该患者为风湿性心脏病晚期,医治无效,因心力衰竭而亡。

我对这个女大夫的情况不太了解,此人总是面带倦容,嗓子沙哑,在食堂吃饭的时候,经常买丙菜。

一个女人,让人毒打一顿,想来够受。今天在电梯上见到她,鼻青脸肿,一瘸一拐。我不由得向她点点头,以示同情。

她却直眉瞪眼地走了过去,好像没看见我。

某年某月某日。

刚过七点,化验室打电话通知:需要检查的项目,须在晚九点之前提交。

但愿今天晚上,各床平安无事。

谁知半夜十二点后,有一患儿心率每分钟一百七十次,急需检查血液中钾离子含量,以便采取急救措施。

十二点二十分送去血样,一点尚未报出。这项化验,一般二十分钟即可报出。

打电话给化验室:"同志,我们是急诊。"

答:"查钾还有急查的?"

再催。

答:"机器还没烧热。"他要说机器还没烧热,那就是还没烧热。

三催。

答:"我们比不了外国,人家的'多功能血液测试'只需几分钟就可以查出血气、血象、血内钾、钠、氯离子的含量。您要想快,把血样送到美国查去吧。"

我真想跪下给他们磕头啊。

两点二十,化验结果才出来,但患儿的病情已经有了新的变化,赶快联系床旁拍照,可四处找不到放射科的值班人。

某年某月某日。

陈主任吩咐我做明年科研项目经费的申请规划,并如此这般点拨一番。

"好,我明白了,那就先做两年。"

"不行,项目经费你得多写一些,不要科研题目做到一半没钱了又来找我。"

"一做就做五年,恐怕不太合适,科研、科研,攻的是尖端,哪怕两年这个题目就得过时。"

"那就年年做。"

"到时候完不成,人家查起来怎么说?"

"从来就没人查过,就是查起来,那些人也不懂。对了,你还得把所需各种设备价格的涨幅和外汇比价的变化写进去,有些设备,不是还得从国外进口嘛。"

"……?"

"这个规划报上去,还不知何年何月才能批下来,现在买五个试管的钱,等到他们批下来,也许只能买两个试管了。"

"各种设备的涨幅和外汇比价的变化,如何估价才算合适呢?"

"胡立川大夫,难道连这个也要我教你吗?"陈主任笑道。

某年某月某日。

陈主任明天去英国交流访问。

他塞给我一张名片,特别指了指上面的头衔,赫赫然地印着"教授"二字。以他的学历、资历、能力来说,当之无愧,虽然晚了十年,今日终能"物尽其用",也还算得可喜可贺。

"恭喜,恭喜!"

"你想到哪儿去了？这个头衔是医院借给我的,我不想借都不行。说是出国交流,要讲究学术地位对等,回国以后,还得交还医院。"

"这……"

他诡秘地笑笑:"人事处又让我带一个研究生。"

按规定,只有教授才可以带研究生,主任医师是没有资格带研究生的,可是陈主任年年都有带研究生的任务。

"谁？"

"丁小丽的丈夫。不过这回让我坚决顶回去了。"

"为什么？"

"如果一个医科大学毕业的医学士,连自己把老婆的处女膜弄破了还是没弄破都搞不清楚,结婚第二天就去法院诬告自己老婆不贞、闹离婚,这种人还配当什么研究生！"

某年某月某日。

今天门诊值班。

有个就诊病人,戴着一顶"咱们工人有力量"的帽子,没等叫号就进了诊室。我对他说:"同志,请您按次序就诊。"

"你认识不认识某某某？"

我想了想,说:"好像在电视上看到过。"

"我就是他的司机。"

"那……那就连电视上也没见过了。"

"你是说,你不信？"

"不,不。我是说,我想,这个,这个……"

"你想？你想什么？你竟敢不信,你就这样对待国家领导人吗？"

"你这是哪儿和哪儿啊？"

"你知道不知道,耽误了我的时间,就是耽误了国家领导人的时间;耽误了国家领导人的时间,就是耽误了党和国家大事;耽误了党和国家大事,是什么性质的问题,你考虑过没有?你负得了责任吗?你负不了责任就得先给我看病,你不先给我看病,我就去找你们的领导,到时候你还得先给我看。别拿落实知识分子政策的鸡毛当令箭,现在就让你瞧瞧,是谁说了算!"

这些话他是不慌不忙,笑眯眯一口气说完的。他的气儿真长,也就是说他的肺活量很大。而且修养良好,自始至终没有发过脾气。

不知党委书记怎么就来了,说:"胡立川同志,特殊情况,照顾一下吧。"

某年某月某日。

病房新收进一位鸡眼癌患者,是某对外贸易公司总经理。由该公司二十一位副经理,十九位人事处正副处长,十八位财务正副处长,十三位行政正副处长,以及下属各公司负责人、秘书、司机、夫人、儿子、儿媳、女儿、女婿等百余人送至病房。

因病房廊道狭窄,由医院党委书记及该公司常务副总经理打头,成二路纵队前行。我在三楼电梯处殿后,等着给患者做住院后的第一步检查。

排在我前头的是外科党支部书记和该公司财务处第十七位副处长。

财务处第十七位副处长问道:"鸡眼癌通过手术,可以得到根治吗?"

"呃……这个,要看手术和手术后的护理情况而定。当然喽,像总经理这种特殊情况,我们当然可以特殊对待……不过医院因为缺少外汇,设备、器械、药物方面稍嫌落后。为改善这种情况,我们已经进口了一台激光手术设备,尚缺二十五万元不能提货,贵公司若能慷慨解囊,那就是造福本市居民哪……"

"这个嘛,我想问题不大。我可以向总经理汇报一下,造福于民嘛,应该的,应该的。"

"我们可以请院长亲自主刀,院长的医术,即便从全国来说,也是首屈一指。不要说鸡眼癌,通过这次手术,我们还可以摘除他身上一切可能发生癌变的组织。"

?!

某年某月某日。

余大夫也要去护校兼课了,今天拿来一份申请报告让我签字。

报告左边,写着支出项目。下列房租、水电、煤气、车费、衣帽鞋袜、主副食、子女学杂费、家庭维修费、走后门费等等开支。右边写着收入项目。一项,七十五元。

这叫什么申请报告?

"我不能同意。"病房里六七十张病床,总共三个住院大夫,两个出去开辟第二职业,怎么行?脑力劳动和体力劳动不同,没有什么"八小时以外"。有那"八小时以外",也该更新一下自己的知识结构,哪怕是查一查,有没有比青霉素更好的抗生素新药。

"主任们已经同意了。"

"我要找他们说理去。"

"我这张表平衡不了你管不管?你有本事、有工夫找主任,怎么不找财政部长给我提两级?"他把报告撕得粉碎,往我脸上一扔,便倒在了地上,口吐白沫,四肢抽搐……癫痫!

某年某月某日。

今天发工资,除九十八块工资外,还有二十天夜班费,每晚一元,共二十元整。

喜甚。

下班后即去新华书店,买了一本渴望已久的《医用英汉大词典》。

从书店出来,即去找某某中学之校长。该校一位数学教师,经我院检查确实患有红斑狼疮,因合同医院检查手段落后,未能确诊。患者自费来我院就诊,花费很大,非患者经济能力所能承担。据称,校方因该患者"看上去红光满面,身强力壮"不予报销这笔医疗费,患者之妻不得不去卖血还债。

经与校长说明情况,并出示各项检查报告,校长终于同意与合同医院联系,考虑给予报销,并转入我院治疗。

喜甚。

某年某月某日。

医院通知各科室进行年终评奖。

陈主任布置:"全科护士共九人,每人可平均一个奖。计:先进工作者、计划生育模范、五好家庭、模范党员、模范团员、工会活动积极分子、'五讲四美三热爱'积极分子、'二创'积极分子、优秀演讲团团员各一……医生就不参加评比了,至于全勤奖,把她们全报上去算了。"

"其他各项我没有意见,就是全勤奖恐怕不能报,她们都请过病假。"

"请病假还不是因为加班加点累的?你把她们加班加点的时间累计一下,哪个不超过她们请病假的时间?医院给人家钱了吗?这么来回一挪,不就全勤了吗?全勤奖有二十大块人民币哪。"想不到陈主任还有数学天才。

　　下午,陈主任又让我去医科院听学术报告,我说:"病房的年终总结还没做完,上头也等着要呢。"

　　"把去年的年终总结拿出来抄抄不就得了。"

　　"去年就是抄前年的,前年是抄大前年的,大前年是抄大大前年的……今年还抄?"

　　"抄。当然抄。"

　　"要是上头发现咱们抄来抄去怎么办?"

　　"哎哟哟,你当他们真看哪?"

　　英明、伟大的陈主任,我越来越崇拜他,热爱他!

　　某年某月某日。

　　护士长值夜班时昏倒了,当时,她正在给外贸公司总经理抠屎蛋儿。那屎蛋掉在搪瓷盆里,当当直响。不臭,一点也不臭,像存放已久的人参归脾丸。

　　给护士长量了量血压,高压六十到七十,低压四十到五十,翻开她的眼皮看看,内眼睑煞白。没别的,贫血!

　　月工资五十多块,还有一个患肝炎需要"特供"的儿子,一个月二十多个夜班,不贫血反倒怪了。

　　科里的护士全贫血。不贫血的护士早就调到办公、打字、化验等等"室"去了,人家有门子。或是应聘到各大饭店当招待员。哪个护士不会几句英语,还应付不了那个面试?听说去年中等专业学校招生,第一志愿报考护校的,全市只有一名。谁愿意干这个差事,又苦又累,工资、社会地位又低。

　　让人把护士长搀到值班室休息,又给她输了五百毫升葡萄糖,她全身的血管,立刻叽叽叽叽地响了起来,它们肯定有好一阵子没吃过这么高级的食品了。

输完液后,她又来到病床前。

"患者今天情况危重,疏忽不得。"她说。

到了早晨,患者病情刚刚稳定下来,家属就要求探视,被护士长拦住了。

"你是什么东西?你不就是个端屎端尿的,你有什么权力不让我探视?"总经理的儿子说。

"病人刚刚睡着,这样会影响你父亲的健康,甚至生命。再说,现在也不是探视时间。"我说。

"你是干什么的?"

"我是这个病房的主治大夫。"

"她是什么东西,不让家属探视?"

"你这样说话就不文明了。我来答复你我们是'什么东西'。她是护士,我是大夫,你父亲正在她和我的伺候下,逐渐恢复着健康。"

护士长使劲拽我的衣角:"别说了,别说了。得罪人家可不得了,咱们医院还等着人家资助的二十五万块钱呢!"

某年某月某日。

有朋友从国际学术年会上,寄来一份极有参考价值的资料,便拿到图书室去影印。

图书室那位女管理就是不给印。"没人,我忙不过来。"她说。

"你们不是增加到六个人了,怎么还说没人?"

"三个上电大、两个上夜大挣文凭去了,挣了文凭好提级、涨工资。"

有了文凭就能涨工资?医科大学我念了八年,还到美国进修了两年,又怎么样了?

265

"如此说来,新增的五个人形同虚设。"

"现在有门子的人,谁不找个闲差?这才能省下时间奔别的。干活的是另一帮人,像咱们图书室,干活的还是我这个老太太。"

她明明只有四十多岁,怎么谈到"老"?

我正在琢磨她为什么说自己是老太太,只见无数人形、无数只手,把自己脸上的皱纹抠下来,贴到她的脑门儿上去;又把她的黑发拔下来,栽到自己的脑袋上;用自己那一颗颗蚀了一半、又黑又黄的牙,换走了她那又白又短、方方正正的牙;用他们那弯得像壶把儿似的脊梁骨,换走了她笔直的脊梁骨⋯⋯一眨眼工夫,她就老了,老得那么快。之后,那无数的人形和无数只手,也就渐渐隐去⋯⋯

我怎忍心再烦劳她呢?"我自己印吧,弄坏了机器我赔,行不行?"这种复印机我在美国旧金山医疗中心进修时使用过,他们每个科室都有一台。

"你赔?你赔得起吗?把你卖了也赔不起。"

这时我确实觉得有个钩子,钩住了我腰上的皮带,我的双脚渐渐悬空,恍惚间听见有人说:"把秤打高一点,把秤打高一点。"

又有人说:"本来就是一毛钱十斤的牌价,秤打得再高,撑死不过饶上二三两,还能高到哪儿去?"

再看这台复印机,与我用过的确乎有所不同,它居然还有显微作用。在这台复印机上复印的资料,每个字大如一栋楼房。纸上的每条纤维,粗如巨树。纸上的每个指纹,都是一盘山路。我在每栋楼房里爬进爬出,又在每棵树上爬上爬下,感到自己渺小如蚁。我又沮丧地沿着一条盘山路爬去,座座山峰,风光各异。正欲放眼领略之际,忽一阵狂风呼啸,我立刻感到天旋地转,不辨东西。一通翻滚跌爬之后,睁眼一看,仍在复印机旁。

惊魂稍定,方才明白,本人确实轻如一片"义利主食面包"。

某年某月某日。

医务部责令我去机场接霍金斯教授,因我在旧金山医疗中心进修时,与他相熟。

飞机于傍晚时分到达。

出租汽车在灰色的傍晚,从机场驶向霍金斯教授下榻的旅馆。

我在这个城市生活多年,现在才发现,水泥路面是灰色的,人行道是灰色的,而且窄得像一条卷了边儿的旧皮带。人行道两旁的泥土是灰色的,泥土地上的石子儿是灰色的,水泥电线杆是灰色的,路旁的楼房是灰色的……连人们的微笑、沉默都被染灰了。

霍金斯教授下榻的旅馆是五星级的。一进旅馆大门,就像到了纽约,或是巴黎。

从每一块墙壁、天花板,每一条墙缝里,漫出可奏音乐的柔风。

卧室里的布置色调谐调,连盖被的折叠方式,都和西方旅馆一模一样。

非常方便的通讯设施。就在床头柜上,霍金斯教授当即与在旧金山的霍金斯太太通了电话,告知平安到达。

浴室里有头等浴液,以及供男女不同需要的卫生设施。

餐厅里有地道的法式大菜,餐桌上摇曳着幽暗的烛光,侍应生英语流利,服务周到……

在这样的氛围中,我不再感到自己轻如一片"义利主食面包",而是一个受人尊重的、有能力的外科主治大夫和崇洋媚外的洋奴。

要是把这个旅馆的投资、效率、笑脸,分给任何一个部门十分之一,那就是上天了。

我可没说分给我们医院。

将霍金斯教授安排停当后,在一楼,我碰到了从前的内科护士小梁。她现在的脸色,比在医院时好多了,旅馆里的毛料工作服笔挺、合身,人也显得漂亮精神了。

她热情地招呼着我,并执意请我到旅馆酒吧小叙。

"谢谢,谢谢,以后再说吧。今天时间太晚了,过了十一点就没公共汽车了。"

"我给你叫辆出租汽车。"

"别,别,千万别……"

她抢着说:"我来付账嘛。"

经她这么一说,不叙也得叙了。然而从旅馆回家的出租汽车费,定是一笔惨重的损失。究竟惨重到什么地步?想到这里,心神不由恍惚起来。这一恍惚尚未打理清楚,又得转入另一项令人窘迫的算计,我来来回回地看着菜单上各种点心、饮料的右侧,那里是价目。

"你只管看左边,不必看右边。"小梁说。

我尴尬地笑笑,她看出了我的心思,但我还是拣了最便宜的:一块蛋糕,八块,一瓶可乐,三块,共十一块,是我月工资的七分之一。但今天这个面子非撑不可,好在兜里装着招待霍金斯教授的招待费,只好先挪用公款了。我横了横心,拿出五十块钱,准备付账。

小梁敲了敲桌子,娇嗔地白了我一眼:"这里只收兑换券。"

她似乎有意于我。

一个男人,让女人付账、花钱,可谓面子丢尽。要是和这样的女人结婚,再别想扬男人之眉,吐丈夫之气了。

不行!

昨天晚上值夜班,因为忙着抢救病人,几乎一夜没有合眼。今天又忙到午夜十二点,一坐进出租汽车,我便忍不住打起瞌睡。刚一合眼,就梦见我昨晚抢救的那个病人,血压降低到零,心电示波图像已呈直线。我一惊,醒了过来。

虽然是梦,但我还是告诉司机,我不回家了,请他把我送到医院。

到了医院便直奔病房,见那病人安静地睡着,才算松了一口气。

然后我像篮球那样,又在各个病房里滚了一圈儿,见各床病人平安无事,方才退出病房。

因今夜不值夜班,值班室不会有我的床位,夜深了,上哪儿去呢?只好去高血压研究院,找研究生小曹,他的床位老是空着的。

我穿过静悄悄的各个楼层,每个楼层走廊从头到尾一劈两半儿。各个诊室、处置室、办公室、化验室、病房、血库……垂直于走廊这条中轴线上,像一条被人吃得干干净净的比目鱼残骸。

在五楼的走廊,我碰见了死神。披肩发在她半裸的、又黑又俏的双肩上抖动着,白色长裙悄然无声地拂过地面,里面衬着一条价值十五元人民币,肉色带花边的尼龙衬裙。她轻盈地推开每扇病房的房门,看看有没有需要带走的人。她今天显得心平气和,我们是老朋友啦,至今不分输赢。

…………

小曹果然还没睡下,正在耐心地给小白鼠喂第八次牛奶。"嘘——"他示意我轻声,雌鼠害怕分贝过高的声音,在高分贝声音的干扰下,它会神经错乱,而在神经错乱中,会把自己刚刚产下的幼鼠吃掉。

啧啧,老鼠比人还娇气。我们忍受的,何止是分贝过高?!

我刚要睡着,有只小白鼠就要产仔了。小曹忙着接生,让我替他把铁笼子上的污垢洗刷干净。他那细心周到、手舞足蹈的模样,活像一只有硕士学位的鼠爸爸。

"这都是实验员的工作,你应该省下时间,多做些研究工作。"我说。

"你说的全是夏天很热、冬天很冷、不吃饭就饿、不喝水就渴、鸟在空中飞、鱼在水里游、买粮食光有钱不行还得有粮票、买油光有钱不行还得有油票……这种说也等于没说的话。"

某年某月某日。

霍金斯教授向我提出"希望能到府上拜望"。

我没有"府",只有一个八平方米的小穴。请示院部,可否借我两间房子、几件家具,作为道具?我愿签字画押,保证三小时后归还,可按小时缴纳租金。

院方答复:"你那是老皇历,现在政策开放,可以不借道具了。"我听不懂,这是借还是不借?

我不是怕霍金斯教授耻笑我的寒酸,而是怕他以为中国共产党落实知识分子的政策不过是一句空话,从而影响党和国家的威信。

筹划了几天,也不知怎样才能掩饰我那有损于党和国家形象的八平方米。想得我脑袋生疼,夜夜失眠,简直比做一个复杂的手术还难。

我画了无数张草图,试着如何调动我那张床、那张桌子、那张椅子,以及沿墙而立的书籍,才能使八平方米显得更大一些,至少可以再放进一把椅子,坐进一个人。或者再向太平间借几张裹尸布,把我那些破东烂西罩起来……

又算过来、算过去,突然有一天居然多算出两间房子,一间十八平方米,一间二十平方米。想想医院里还有那么多住房困难户,决定献出八平方米和二十平方米那两间房子,根据我的情况,只留一间十八平方米的足矣。

我把我的想法向支部书记做了汇报,他右眼下的肉囊,突突直跳,他用手指按着突突直跳的肉囊,对我说:"你先回去吧。"

"先回去"?回哪儿,回八平方米的房间,还是回十八平方米的房间,还是回二十平方米的房间?他没做进一步指示。

我在支部书记办公室外来回转磨,不知何去何从。

某年某月某日。

霍金斯教授给我带来几百根心脏插管、硅胶导管,有新的、一次没用过的,也有用过一次的。

他真是个好老头,了解我们,体谅我们的情况。穷,而又十分需要。

我在旧金山医疗中心进修时,每次做完手术,都自愿留下来清理手术后的废弃物。那些穿刺针头、心脏插管、硅胶导管……人家用一次就扔了。真是太可惜了,消消毒还可以再用。

到我回国时,竟捡了好几百根,带回国后,让我们医院里用了好一阵。

我也知道,这些东西用一次就扔,既安全,又不会发生交叉感染。可是一根心脏导管一百多美金,国内生产不了(我就不明白,咱们卫星、导弹都能造,心脏插管怎么就造不了?总比卫星、导弹容易造吧),医院又没那么多外汇。再说,眼下哪家医院的心脏插管、硅胶导管不是消了毒,再用,再消毒,再用,直至老化到不能用为止。

有一次张大夫给病人做飘浮导管检查,就是因为导管老化,管子断在静脉里,最后不得不将静脉切开,将导管拉出。

从前天起,霍金斯教授连续做手术表演。手术用的器械、仪器、手术衣、盖布、帽子、裤子、鞋等等全部自带,其中手术衣、盖布、帽子、裤子、鞋等均为纸制,一次性使用,完事就烧毁,比反复消毒使用安全多了。

霍金斯教授说:"较之病人的感染,以及由感染引起的死亡,这种'挥霍'还是必要的。"

但我还是忍不住扑向他扔掉的那些硅胶管子、穿刺针头、心脏插管……我一看见那些东西,就激动得浑身发冷,上牙和下牙打架,像巴甫洛夫的狗那样淌口水。相信有朝一日,我结了婚,我对妻子的爱也不过如此。

我捏着那些血糊啦啦的东西,像抓着一把刚刚宰好的黄鳝。我不怕血,怕血当不了外科医生。而新鲜的血,甚至像刚切开的西瓜,有着沁人的清香。

我高兴得连脚步都有了舞步的起伏和飘逸,我得意忘形,我高声尖叫,我在地上翻了三个跟头,我拿那些东西抽人家的嘴巴子,往人家嗓子眼儿里捅……蹭了别人一身、一脸、一嘴的血……

别听我胡说八道,这一切不过是我瞬间的幻觉。

六

在有关你的学业前程上,你父母可能没有那样的远见卓识,一开始就没把你送进重点托儿所,后来你也就进不了重点初中、重点高中。他们更没想到从你读初中起,就给你请位家庭教师

（或者没有这个经济能力），来补充你在非重点中学得不到的学识。

于是你没考上大学，你失业了，不，咱们这儿叫待业，你待业了。你可能天分不高，但你是个安分守己的孩子，既不愿意去偷去抢，又不愿意在家坐吃爹妈。

党中央"发展第三产业"的号令一下，你才有了活路。你从广州、沙头角往北京、兰州、西安等地倒卖苹果牌牛仔裤、香港劣质化妆品、仿羊皮靴子……原是小本经营，没想到一夜之间发了横财。二十五块钱一斤的大闸蟹，你一撒手就给未来的丈母娘买了十斤，丈母娘的眼睛弯成了月牙儿，恨不得连自己一起嫁给你。你这傻小子乐了，下一趟连本带利全都押上，岂不知这时候已经有成千上万人像你一样挤在这条道儿上。你也不知道苹果牌牛仔裤、蝙蝠衫不再时髦，更有那几乎无本万利的主儿，成吨成吨地从日本运来不上税的——咱们海关还没有想到有进口这玩意儿的——或是从死人身上扒下来，或是从垃圾堆里拣来的旧衣服，旧归旧，式样比沙头角大排档上的货色还时髦。

这一下你砸了，你全砸了，你又失业了，不，你又待业了。但是你还得在哥们儿、未婚妻、丈母娘面前撑住，就是未婚妻、丈母娘泡了汤，所有和你称兄道弟的人，忽然全不认识你了，你也得撑住。

但是，总有那么个时候，你实在撑不住了，怎么办呢？

如果你必须不停地热情、热烈、热衷、热昏、谦虚、谦卑、谦恭、谦谦、恭顺、恭敬、会心、赞同、惊叹……以至脸上的肌肉，不但发疼而且抽筋，最后发展到左半拉脸、左眉、左眼、左嘴角，一律向上歪斜，你热敷、针灸、抹鳝鱼血……全不管事。你就会想，有没有一个地方，能让脸上的肌肉消停一会儿？

如果你老婆去年中煤气死了,吓得你再不敢生煤球炉子,而你那间坐南朝北、一年四季不见太阳的小屋,冻得你缩脖端肩,直犯心脏病……但你比上不足、比下有余,有很多人还不如你。好比新婚两口子因为没房,不得不带着结婚证(以便随时向治安部门证明关系的合法),到公园长椅上过夫妇生活;就连研究英国文学的专家某某某、美国文学的专家某某某这样的学者,至今还住在四下漏雨、八面漏风的风雨楼里。

再不,就学《卖火柴的小女孩》那个故事,划根火柴取暖吧。你又不干,说那是童话,骗小孩儿的。

你把羽绒大衣、羽绒背心、羽绒裤子、羽绒靴子全都穿上,再戴上帽子、围巾,对了,还有口罩。好像你是南极考察队员。可你还是冷,怎么办呢?

如果干部司长是你的知己,他告诉你,凭你的才干,你马上就要被提拔为外事局局长,你可能已经接受过洛杉矶培训中心如何做好领导者的多项训练,每项模拟考核的成绩都是 A。却突然间打横里出来一个小子,占了那本应属于你的位置,虽然他连"鸡蛋是一面煎,还是两面煎"这句英语都说不清。

你不但要用胄甲掩住你的激愤,躲过连钢铁都能钻透的眼睛,或那些爱护你、同情你的眼神,还得全力支持他的工作,或者不如说是替他工作。你不敢抗争,你不敢不满,因为他就是部长大人的儿子……要是你有时想脱下这套胄甲,怎么办呢?

如果你几十年如一日,心中只有那个迄今为止无人能够解决的课题,就像电影或小说上常说的那样,不是把墨水当牛奶喝了,就是走路撞到电线杆上,或是把橡皮当咸菜吃了……有那么一天,你终于取得了突破性的进展,顿时成了国内外瞩目的人物。这时你从显微镜或计算机前稍微直了直腰,抬了抬眼,你发现世界是那么厚道,人们是那么慷慨,人里头居然还有女人,而这些女人又是那么爱你……特别是她。她是那么崇拜你的才智,而不稀罕你所获得的诺贝尔奖奖金。你英勇地(当然是英勇,在事业和婚姻的矛盾上,不成功便成仁)和这个因为爱你而跳过三次河的女人结了婚。你从来不知道一个女人这样让人销魂,即使出洋跨海,也无时不在牵挂着这个让你爱得心口发疼的小女人。

伙食包干儿万岁!

你的皮箱里除了学术论文就是方便面,或是压缩饼干。由于你在学术上的成就,洋人总是把你安排在五星级旅馆。但不论你住什么等级的旅馆,那个旅馆的走廊里,都弥漫着中国方便面的气味。

你揣着省下的伙食费,平生第一次买一只女式手表,超薄型,十八K金的表壳和表带,棕色的底盘上只有为摩登女郎设计的四个点。表带很细,上面还滴溜溜地吊着一条小链子,每当她招手举臂,小链子就在她那光滑的手腕上晃来晃去,弄得你心驰神移。

第二次出国你为她带回……

第三次出国你为她带回……

…………

弄得你一看见方便面就想吐,好像女人们的妊娠反应,而你的膝盖因长期营养不良而发抖……

你终于发现,她并不爱你,她和年轻而健壮的旧情人暗度陈仓,又和社会名流终日厮混。她既吮吸着你的荣誉(能做诺贝尔奖获得者的妻子,也可以算是中国第一女人)、地位、才智,又享受着年轻健壮的情人的爱抚,她真是世界上享有最全面、最完满的幸福的女人。

你已经五十多岁,你已经受到国内国外的瞩目,你既经不起花边新闻,也经不起用眼药水弄出来的眼泪。你就是拉了一次肚子,人家也会说你拉出一只耗子……你不但要装出什么都不知道的样子,你还得让世人,甚至让她本人觉得,这个家庭使你幸福得如同泡在奶油里……

有时候,你装怕了,怕得想要自杀,可是为了你的事业,你又不能自杀。这时候,你该怎么办呢?

如果你一直扮演铁女人的角色,铁到连铁蒺藜都能吃下去,可有时你顶不住劲了,想哭一场,却找不到一个可以放肆地大哭的地方,你该怎么办呢?

…………

总而言之,统而言之,当一切压抑似乎合理而又必要,以至让你感到承受不了,只有发疯才是唯一出路的时候,你可万万不能疯。你不需要这个世界,这个世界还需要你呢。否则,缺了你这个笨蛋,聪明人还怎么活得意趣横生?

来吧,到公共浴室里来吧。再没有比公共浴室更使你感到松弛的地方了。这里可以排遣你肚子里的一切委屈,只花六毛钱,愿意待多久,就能待多久——在他们的营业时间内。

但愿这个行当别绝种。

你将在服务员的注视下,脱去你的外衣、内衣,露出你或是健美而富曲线,或是干瘪而又松弛,或做过乳房切除,或长有丑陋胎记的躯体。

他们将从你的内衣,判断你的身份、你的职业、你的爱好、你的性格以及你的经济情况。外衣之所以略去不计,是因为国人即便穷到孔乙己的地步,长衫总是要穿的,斯文面子都不可少。

你可以在这个环境里,开始练习如何把隐私视为神圣不可侵犯的观念丢弃。

公共浴池很可能是同性恋者的天堂——你怎么能断定中国没有同性恋?你怎么能断定,没有人用亵渎的眼睛,不但舔吮你的全身,并且还同你淫乐一番?

公共浴池也可能是一个上裸体素描课的好地方,还不用花钱雇用模特儿。

你打开混合着至少上千人体味的储衣柜,把自己的一份再混合进去。即便公安局的警犬,到了这里恐怕也得发怵,闹不好人家还会让它退役,变成餐桌上的佳肴。

报纸上劝说患乙型肝炎的人,不要上公共浴池洗澡,免得传染他人。这主意好倒是好,可是乙型肝炎患者上哪儿洗澡?他们总不能像某个民族那样,一辈子直到升天的时候,才洗一次澡吧?在家洗?夏天还行,冬天怎么办?除了行政多少级的干部,谁家每日二十四小时都能供应热水?不说每天二十四小时,每周两小时也行。

然后你走进窗户开在天花板上的浴池。蒸着水汽的房间,好似一个硕大无朋的怪物,长着无数个脑袋、无数条胳膊、无数条腿、无数个乳房、无数个生殖器……这些个无数,比航天飞机、导弹、氢弹还可怕。你就是砍掉一条胳膊,或是砍掉一个生殖器,马上就会再长出一个。边砍边长,边砍边长。造一颗导弹、一架航天飞机要费多少时间?花多大力气?而这些玩意儿,几秒钟之内,就能造出万万,万万万。

你跟着三四个脑袋,七八条胳膊,七八条腿去抢一个水龙头,而这水龙头里淋下的水,时而冰凉彻骨,时而烫得可以煺猪毛。房间的另一头,有两个嗓子因为争水吵起来,声音射向瓷砖护墙,并在一瞬间变成了二的n次方,世界就被淹没在这声音的汪洋大战中。有个小男孩(也许由他妈妈带进了女浴室),或是小女孩(也许由她爸爸带进了男浴室)尖声哭叫起来,对第一课性教育发出他们的礼赞,其声嘹亮如战场上的冲锋号,响彻在这汪洋大战之上……

过来吧,这时候你哭也好,笑也好,咬牙也好,排遣什么也好,摘下面具也好,都请随意,没有人会注意你。没有。

…………

"咱俩互相搓搓背好不好?"陈幺妹吓了一跳。那声音一时使她怀疑自己是否进错了门。

女浴室向右。男浴室向左。进了大门以后,她是向左拐还是向右拐的?向右。不,向左。不,还是向右。

陈幺妹望过去,只看到发出那声音的一个肩。

"我的背洗过了。"让一个不相识的人触摸自己的身体,陈幺妹觉得不可思议,更何况此人还有那么个嗓音。

"那你给我搓搓好吗?"

陈幺妹不好意思拒绝。

那是一个高壮的女人,后背又宽又厚,像一块好木头做的面板。陈幺妹踮起脚尖,才够着她的双肩。

毛巾从上到下在那女人的背上搓过,卷地毯似的卷下一层层泥卷。泥卷两头略细,中间略粗,软软地耷拉下来,很像蛴虫,只是颜色略有不同。

泛着泡沫的水流,挟带着从每个人身上掉下来的小泥卷儿、乱发团,装洗头膏的塑料袋,还有肥皂头,流入了下水道。

近处有个水龙头终于轮空,水仍哗哗地流着。据说本市的地下水位已经很低,陈幺妹顺手拧上哗哗淌水的水龙头。立刻有人大叫:"干吗关上水龙头?我还要冲洗呢!"

"等你冲洗的时候,再打开好了。"

"嘿,我花了六毛钱,还不让我洗个痛快?"

水龙头"嗖"的一下又打开了,就像拧断了陈幺妹的脖子那么麻利、解恨。

是啊,花了六毛钱,还不让人糟蹋个痛快!

街心花园的花圃,一夜之间就像万马驰过般地凋残。街头塑像刚刚落成,就让人砸得缺胳膊缺腿儿。新建的书店、邮局、博物馆的大理石地面,刹那之间,就让人啐上一口黏痰……陈幺妹理解,要不,那些不顺心的人,上哪儿泄恨?

再说,就是关上一会儿水龙头,又能在多大程度上解决本市水源之缺?

渐渐地,陈幺妹对搓背的事,从厌恶到觉得有了意义。不管怎么说,她今天帮助几百万分之一的人口,解决了一个月来——看样子不会再少——积留在肌体上的污垢问题。

海报上写着:文学讲座。

主讲人:某国著名作家罗曼先生。

演讲题目:当今世界文学之潮流。

主办单位:中文系研究院。

陈幺妹恨透了大学里的教学方法和考试制度,上学期她做了一个试验,根本不去上课,结果考分和上课一样多。之后,她便乐得各处溜达,文学讲座自然是个有趣的场所。

陈幺妹挤坐在礼堂的窗台上,居高临下地环视着全场。中文系的尖子们在礼堂通道上遛来遛去,好像老也找不到一个合适的座位,来容纳他们伟大的才华。

在这一批尖子上,是那位以写《天涯满大腿》而闻名的中文系硕士研究生兼业余作家。腋下夹着一本眼下最走红、最能说明一个作家高低优劣的《尤利西斯》。《尤利西斯》里自然还夹着几封洋人来信,以及一些文学会议的通知。他拍了拍 A 的胸,撩了撩 B 的下巴,捏了捏 C 的鼻子,与 D 骂了骂 E 之混蛋,和 F 骂了骂 G 之王八蛋,和 H 骂了骂 K 之狗屁,方才在第一排正中的位置上就座。

中文系研究院主任做了介绍:"……罗曼先生,是现代文学之泰斗,领导着世界文学的潮流。作为文学系的学生,不听罗曼先生的演讲、不读罗曼先生的著作,如失去日月之照耀,山川之陶冶。今日得以聆听罗曼先生的教诲,乃我系师生之大幸……现在,让我们以热烈的掌声,欢迎罗曼先生莅临我系指导……"

罗曼先生以《肛门与蔷薇》为题,演讲两个小时之后,由听众自由提问。

罗曼先生的回答精练、简短。你问你的,他答他的,每次回答后,便用他的食指,向提问的人一戳:"我是否已经回答了你的问题?"提问者只好做点头摇头两可之状。

担任翻译的某籍华人太太的语音语调,更为罗曼先生的回答,添上了不懂也得说懂的色彩。

"我提个问题。"陈幺妹仍旧高高地坐在窗台上,并不像其他提问者那样,巴巴地跑到台前,"请问,你的创作动机是什么?"

尖子们顿时喷出一片啧啧之声。

"哪个庙的?"

"物理系的。"

"她来这儿干吗,听得懂吗?"

"附庸风雅耳。"

"提这种托儿所的问题,不怕罗曼先生笑话,简直丢我们中文系的人。"

翻译太太先就替罗曼先生生了气:"对不起,这样的问题我不能翻译。"

"为什么不能翻译?"

"因为这个问题没有礼貌。"

"你认为他对听众的愚弄礼貌吗?"

尖子们又朝陈幺妹连声"嘘"起来。

翻译太太四下里抛着微笑,每个微笑都像一根带着不少肉的大棒骨。"我没有回答你的义务。"她说。

"也可以这么说。因为你受雇于罗曼先生,而不是受雇于我。我没有外汇给你,人民币又不值钱,想来你也不要。"接着,陈幺妹自己用英语把刚才的提问重复了一遍。

翻译太太没想到,一个土生土长、土头土脑的女学生,英语讲得比她还好。

罗曼先生想了想说:"我是这个世界的上帝。"

陈幺妹朗朗地接道:"那么这个世界一准儿患了阳痿。"

翻译太太将面前的茶杯砰然掷于台下,研究院主任不懂英语,一时不太了解发生了什么问题。

罗曼先生则宽大为怀,连连"OK"!

台下则骂成一片。

"女流氓!"

"无耻!"

"让她赔礼道歉!"

"押出去!"

…………

研究院主任终于明白了。"对不起,对不起,这个学生神经不太正常……"

281

翻译太太罢翻了,主任只好对着罗曼先生摊手、耸肩(耸得很像洋人):"语言不通,没有办法……"

支部书记又找陈莲生谈了两个小时:

从"四化"大业,谈到国民生活的提高。

从国民生活的提高,谈到卫生保健事业的重要意义。

从卫生保健事业的重要意义,谈到国民经济的发展,以及与人民生活水平的提高相比,本市及本医院的医疗设施、医护人员之不足。

从本市及本医院的医疗设施、医护人员之不足,谈到本院扩建门诊、手术、病房大楼目前资金之不足。

从本院扩建门诊、手术、病房大楼资金之不足,谈到本院上下左右之从属关系。

从本院上下左右之从属关系,谈到共产党员的组织性、纪律性,以及这种组织性、纪律性集中表现在和党保持一致的模范行动中……

最后,支部书记说:"陈主任,这个关系希望你能考虑考虑……医院扩建项目投资的审批,还是要他父亲拍板的么!至于搞清搞不清他老婆的处女膜问题,依我看,正是因为他搞不清楚,才应该给他一个继续提高的机会。这个研究生,还是希望你带一带。"

陈莲生从手术台上下来后,又在观察室里守了十几个小时,他困、他累,恨不得立刻躺到地板上睡一觉。但支部书记谈话时,无论如何是不能睡的。

可是,温暖的睡意向全身弥漫开来,渗透了他的每一个细胞,他无力地与瞌睡挣扎着,结果是半个脑子醒着,半个脑子睡了。

睡着的脑子做了一个梦,梦见他变成了一块华美的奶油大蛋糕,被摆在一个极大的台子上,台子四周坐满了人。陈莲生只是这么猜想,并没有看见。因为既是蛋糕,自然就应该被人吃掉,更何况已经摆在台子上。

坐在四周的人,似乎没有胳膊,没有腿,没有眼睛,没有嘴,甚至没有鼻子,只有一条粗而长的舌头。

他们互相谦让着。

"您请。"

"您先请。"

"不要客气嘛。"

尽管没有人伸手,也没有人拿刀子将陈莲生一块块切开,他却清清楚楚地感到,他正在渐渐地消失,消失。先是顶上面那个奶油浇制的玫瑰花消失了,再下来是奶油浇制的花边,再后来是蛋糕本体。

他们用那根又粗又长,又软又利的舌头,耐心地、慢悠悠地将陈莲生一丝一丝,一条一条地舔没了。

不行,陈莲生想。我不能被吃得这么稀里糊涂,不明不白。这叫吃吗,有这么吃的吗?

然而吃又是什么?不管怎么吃,把你吃进肚子就是了,你管得着人家是用牙咬,还是用舌头舔?陈莲生糊涂了,他睡着的那半个脑子说:不;他醒着的半个脑子说:是。

支部书记也糊涂了:"陈主任,到底行还是不行呢?"

到了公共汽车上,陈莲生的整个脑子都睡着了,而且睡得很不体面。脑袋不断歪向一侧,让坐在旁边的一位摩登女郎频频蹙眉,一再退缩。口水从他的嘴里淌了出来,珠帘似的垂吊着,随着车身的摇曳,荡呀荡的,把西服上衣打湿了一片。

283

西服上衣的质地很好,式样考究,两个英镑从伦敦"跳蚤市场"上跳来的。人家说他"贱",出国讲学的收入,不是给医院买资料,就是买书、买听诊器,送给各位大夫了。

"终点站到啦!嘿,说你呢,终点站到啦!"售票员对着他的脸大声嚷嚷。

陈莲生猛地站起来,懵里懵懂地往前冲:"病人怎么了?病人怎么了?"

"什么'怎么了'!"售票员抢白他说。

陈莲生这才清醒过来,用巴掌在脸前挥了挥,什么也没说,下车了。

"神经病!"售票员"啪"的一声,关上了车门。

有人在家里等他。乍一看,陈莲生还以为支部书记又撵到家里来了,正奇怪支部书记何以如此神速?又想起支部书记是有专车的。

妻子一反平日的沉稳,几乎从沙发上跳起来:"你回来啦,李老师等你很久了。"她一副检查过不了关,或是接受再教育的神情。这种神情,陈莲生太熟悉了,知识分子一辈子都在写检查、受教育,不是检查这个,就是检查那个,不是接受这个的再教育,就是接受那个的再教育。

她又对李老师说:"您和老陈谈吧,我那屋里还有点急事要办,请您原谅。"说完,便立刻钻进另一间屋子。

陈莲生不能责怪妻子的自私,不能。

"煤气用完了,还没换呢。"她又在那间屋子里说道。

李老师是陈幺妹班上的辅导老师,经常来做家庭访问,这也就是说,陈幺妹是班上的重点。

按理说,李老师那张脸陈莲生很熟很熟,可是陈莲生有一阵就是转不过弯来,他觉得他的脑子又分成了两半儿。一半儿觉得李老师的脸就是支部书记的脸,一半儿觉得李老师的脸就是李老师的脸,支部书记的脸就是支部书记的脸。就在这个节骨眼儿上,他说道:"李老师,请您等一等,我得去换个煤气罐,煤气站马上就要下班了,不换煤气罐,我们连晚饭都吃不成了。"

"您忙,您先忙。"李老师有一肚子打持久战的战略战术。

管煤气的老头正在锁门。"干吗不早来?不行!我已经加了两个小时的班了,都说忙忙忙,敢情你们有地方拿加班费,我加班上哪儿拿加班费去?"他的脸挺黑。

陈莲生看看表,果然九点钟了。

"实在对不起,我刚刚到家。"

"你们家没别人啦?"

"有。可是……"他能告诉老头,有个准备和他们"血战到底"的客人,让他老婆无法脱身吗?

老头瞥了陈莲生一眼,陈莲生那一头乱蓬蓬的白发,让老头动了心。

煤气站的老头心太软。白头发、保姆、小孩、妇女,全让他觉着可怜,到他这里换煤气的人都让他觉着可怜,个个都急急歪歪,精疲力竭,满肚子邪火。

眼前这个人是干什么的?机关干部?机关干部哪有这么晚下班的?他们最舒服,说是早上八点上班,八点半到办公室也没事儿。往办公室一坐,热不着,冻不着,十点钟工间操,扑克一打,军棋一下,往十一点去了。再后,翻翻报纸,喝茶聊天,转眼十二点。上食堂吃饭的吃饭,回家的回家。下午照旧。了不得一天写上几百个字的报告或是公文,再打上几个电话,这就叫上班了。

他知道。他女婿就在哪个机关当小职员,那几百个字,那几个电话,就值上百块钱的工资?老头怎么也想不通。

一边这么想着,一边就开了门上的锁。

门开了。老头想:哟,我怎么又把门打开了?

小屋里有股很浓的煤气味,尽管每个煤气罐上的阀门都拧得紧紧的。老在这样的屋子里熏着,脸能不黑吗!可你上哪儿找不漏气、不漏水、不漏油的阀门?全中国也找不到,陈莲生想。他们家的水管子,没有一个不漏水,老漏、老修,老修、老漏。

换好煤气罐回家,经过二号楼居民委员会的时候,陈莲生见里面还亮着灯,便放下煤气罐,走了进去。"对不起,借用一下电话行吗?"

公用电话停止营业后,陈莲生老来这个居民委员会借用电话,因为老借,居民委员会的人反倒不好意思不借给他了。

陈莲生打了四个电话,挨个儿问了问每个病房的情况,都说病人情况挺好。

挺好?这会儿挺好,一会儿就可能不那么好。他说不上是忧心还是松心地轻叹一声:总可以安心吃顿晚饭了。

打完电话,陈莲生又是感谢再三。一位大嫂揶揄地说:"还不给您这个大主任家里安个电话啊?"

"嘿嘿,嘿嘿。"陈莲生唯有嘿嘿而已。唯其嘿嘿,才能回答诸如此类的问题。

回到家,看见李老师还坐在那里。陈莲生责怪自己,怎么就把李老师给忘了?他放下煤气罐,从卫生间拽了一条毛巾,一面擦汗,一面赶忙坐过来,听李老师讲话。

"您最近工作忙吗?"

"嘿嘿——"陈莲生用毛巾擦左边的脸。

"您爱人身体还好吧?"

"嘿嘿——"陈莲生用毛巾擦右边的脸。

"噢,您要出差?出差没关系,您爱人要是没人照顾,就住到我家里去,我来照顾她,您就放心吧。别客气,别客气,她有病嘛……"

陈莲生用毛巾在脸上乱胡撸,一遍又一遍。

在一连串的耐心、热心、关心之后,李老师又谦虚谨慎地笑了几声,这才转入正题。"……是这样,寒假开学以后,我们组织了几次座谈会,同学们都谈到假期在家乡的所见所闻。从大家的反应中,总结出党风已大大好转,一致认识到,过去由于思想方法不大全面,把前进中的一些缺点,看成漆黑一片,甚至对党、对国家的信仰发生了动摇,从而产生了救世主思想,是极端不对的……"

谁总结出党风已大大好转?

谁思想方法不大全面?

这里没有主语,因此是有分寸的、有余地的、和缓的、有政策界限的,所以陈莲生还不大经心,他适当地点点头或是摇摇头,视李老师的讲话内容而定。

"陈幺妹在这段时间里,思想觉悟也有了一定程度的提高,但是……"

到了"但是"这儿,陈莲生知道到了紧要关头,他停下毛巾在脸上的胡撸,抖擞起精神细听。

正巧这时候,陈幺妹回来了。见到辅导老师,她并不显出奇怪的样子,好像李老师不过是小柜上的蓝色暖水瓶。

"李老师,您好。"她招呼着,客客气气的。招呼之后,便坐在一旁的折叠床上,并不曾想她坐在这里,可能会影响李老师和父亲的谈话。

"你今天怎么回来了?"陈莲生问。他的意思是陈幺妹应走开。

"我怎么就不能回来?"陈幺妹扑哧一笑,反问道。要是"练嘴",父亲可不是她的对手。她更看出父亲并不希望她走开,可他自己未必察觉。她还知道陈莲生受不了李老师的"访问",便起身打开了电视。

一台。有个人正在讲授《政治经济学》。"……把物品变为商品,叫作卖。把商品变为物品,叫作买……"讲授《政治经济学》的先生,穿着灰色大西装。右边的大牙里,可能塞了一块鸡筋儿,每讲一句话,便把舌头绕到右牙床上,去挑、去拽、去顶那根鸡筋儿。舌头如何能将鸡筋从牙缝儿里剔出?但是对着无法计数的电视观众,讲授《政治经济学》的先生,不好意思把手伸进嘴里去抠。

那根鸡筋儿,不但让他的肉体上感到不适,而且影响他的思维,从而影响他的讲授。

于是陈幺妹觉得自己右边的大牙也难受起来。她的舌头,也在各处牙龈上,茫无头绪地乱挑、乱拽、乱顶,她恨不得拿根像通条那么粗的牙签,跳上电视,照准讲授《政治经济学》的先生的牙缝儿,狠狠地捅上一捅。

她牙缝儿里并不存在的那根鸡筋儿,闹得她心浮气躁,浑身难受。她起身去按另外的按钮,二三四五六七八台,全是那个牙缝儿里塞了鸡筋儿的人。

陈幺妹又从一台开始按起,这回换了人。

此人气宇轩昂,通体发亮,一看便知新交好运,不像为鸡筋儿所苦的那位。

"……应该看到,我们的党,为了端正党风,做出了卓有成效的努力。但是有些同志,就是不肯面对现实。前些日子依法处决了Ｃ市市委书记的儿子,可这些人怎么说?'报纸上又没写验明正身,谁知道是不是找了个替死鬼'……"

"没错,找个替死鬼还不容易。"陈幺妹接茬儿说道。她喜欢接电视上的话茬儿,要么接人家上句话的话茬儿,要么替下一个人答话。她接的茬儿、回的话,与电视上的对答分毫不差。再不,就发表即兴评论,句句切中要害。弄得陈莲生不知道听电视里的,还是听她的。

李老师频频向陈莲生递去含有深意的、忧虑的目光。

"……谁说我们党的威信已大不如前?如果我们党的威信不如从前,为什么在世界上还有那么大的影响?"

"嘿嘿——"陈幺妹尖声笑了起来,笑得肚子抽筋,"这就难了,谁知道党在全世界有没有影响,有多大影响?没法证明,反正谁也没去国外调查过。"

"陈幺妹同学,这样说话不太合适吧,谁能在电视上说假话呢?"李老师非常敬仰电视上这个通体发亮的人物。

"在电视上说假话又怎么着?这些假话很可能让人们就着饭咽下去,变成臭大粪,还可以成为催眠术,让失眠的人,得以入睡……您以为它能成什么大事,或是坏什么大事?再说,我也没说他在说假话,我只是说我们无法断定,他说的是真还是假,因为绝大多数中国人,没有可能到世界各国,哪怕是其中一个国家,验证一下。"

"好,好,我们不谈这个。"李老师不惯于谈没有准备,或是没有标准答案的话题。

"是您要谈,而不是我要谈。"陈幺妹又站起来,走到电视机前,一面按着按钮,一面对李老师说:"那就换个台看看……"二三四五六七八台地按下去,清一色是那个通体发亮的人物。

"幺妹,去厨房看看,你妈妈是不是需要帮忙。"陈莲生又想把她支走。

"哎。"陈幺妹答应着,轻蔑地瞟了陈莲生一眼,上厨房去了。

"……您看到了,我觉得她最近一个时期,思想上不太稳定。比方说……"

陈幺妹抓着一把筷子,端着一个菜盘,又进来了。"妈说没事儿,厨房太小,我在那儿反倒碍事。"

她在哪儿不碍事呢?李老师想。

陈幺妹一手拎过靠墙而立的折叠式餐桌,右脚在桌腿上一勾,桌子就稳稳当当地立在了屋子正中。房间立时被这直径二点五尺的圆桌填满了。在这张桌子没有拉开之前,屋子还显得挺宽敞。

李老师的肚子,很不合时宜地咕咕噜噜叫了起来。叫得很响,以至坐在她对面的陈莲生也听到了这咕噜之声。

骑了十几公里的自行车,又过了吃晚饭的时间,李老师饿了。

"李老师,请在这里便饭吧。"

"不,不,不客气。我吃过饭来的。"

"您是说吃过午饭吧?"

"晚饭,晚饭。"

陈幺妹抿嘴笑笑,也不再劝。她知道李老师说不吃,那就是不吃,就是把李老师的嘴按到饭碗上,也是白搭。

"陈幺妹同学,既然你回家了,就不妨一起听听。我的意见不一定正确,仅供参考。"

"连您自己都觉得不一定正确,干吗还要说呢?"

?!李老师怔了一怔,还是说了下去:"我觉得对一个学生来说,最主要的事,就是把书读好,只有学好了本领,将来才能多为社会做贡献……"

"我的功课,门门都是五分。"

"这当然很好,但是,可不可以好上加好呢?"

怎么加?李老师没说。除非实行六分制,陈幺妹想。

"您到现在还鼓吹'两耳不闻窗外事,一心只读圣贤书'的治学方法吗?难道您不认为,有更多的人关心国家大事、民族命运,是件好事吗?难道您不认为,一个正直的人,应该对贪赃枉法、为非作歹、营私舞弊、腐败堕落等等恶行劣迹,负有监督、抵制,并与之奋斗的社会责任吗?毛主席语录里还有这么一条呢,'你们要关心国家大事'。"

"这些事情,有党和国家管着,难道我们比党还伟大,还英明正确,还了不起?还是那个老问题,不要把自己当成救世主……陈幺妹同学,你还年轻,政治上还不够成熟,小心犯错误,一旦政治上犯了错误,这辈子也别想有出头之日了,我准备跟你父亲谈的就是这些,我想你父亲也会和我一样,关心你政治上的进步。"

岁月好像退回去几十年。陈莲生想起解放前夕,在大学参加共产党领导的地下活动的往事。那时,大学里的国民党训育长也老是说,"学生的职责就是好好读书,国家的事情,政府自有办法,你们不要过问"云云。

陈莲生觉得奇怪,李老师每次来都有说不完的道理。世间任何一门道理,都有说完的时候,《毛泽东选集》不过五卷,《列宁选集》只有四卷,《马克思恩格斯全集》也不过五十卷。

"您是不是要和我父亲谈罗曼先生的事?我已经和他谈过了。"陈幺妹说。

"那好,那好。"李老师转向陈莲生,"您对这个问题有什么看法呢?"

"我看没什么了不起,洋人一天到晚骂我们,有些人听了连屁也不敢放。您收听国外电台吗?我建议您听一听,人家专门戳我们的痛处。而我们对洋人的批评,实在算不得什么。陈幺妹的意见,既不代表党,也不代表国家,区区一个陈幺妹而已,算得上什么涉外事件呢?"

李老师难以置信,这是一个共产党员说的话吗?陈幺妹的档案上可是这样填着,陈莲生是共产党员。

政策开放,指的是经济政策的开放,并不包括意识形态。不要以为一提开放,心里就没了准稿子,一律地开放起来。正是因为许多人对这一问题缺乏正确的理解,才出现了各种各样错误的社会思潮。这些思潮必然反映到学校里来,陈幺妹生活在这样的家庭里,政治上自然会有那样的表现。

李老师是高校教师榜上有名的模范教师,教师队伍中的先进分子。她这个先进分子,可不是靠阿谀奉承、见风使舵、口蜜腹剑、陷害忠良弄来的,而是靠下苦功夫挣来的。比方说,陈幺妹的家,她来过不下五次,骑车从本市东南角出发,至城西北角,斜贯全城。快五十岁的人了,要是赶上刮风下雨……唉,骑车的辛苦自不必说了,有多少次差点钻到汽车轱辘底下,你自己不钻,早晚有一天,别人的自行车也会把你撞进去。

又比方现在,她的肚子饿得咕咕直叫,浑身发软。出去之后,别说街上的饭馆,连食品店都得关门了,想买块点心垫垫肚子都不行,还得骑车斜贯全城。她真想留在这里吃顿晚饭,葱油花卷、肉丝炒榨菜、蛋花汤面……都已摆在桌上,可是,只要一沾牙,她还对得起写在先进事迹上那"清廉公正"的四个字吗?

她明明知道学生不尊敬她,只不过在表面上敷衍她,讲些顺着她的话,怕的是她会在他们毕业鉴定里写上几条,那这辈子就别想再受到重用、提拔,更谈不到入党、出国,只有"哪里艰苦哪儿安家"了。像陈幺妹这样不歧视她的学生并不多,别看陈幺妹总是顶撞她。

唉,挣个先进分子,容易吗!

除了这条路,一个没有专业的辅导教师,这辈子还能有别的什么指望?别说教授职称,连副教授也沾不上边儿。全国有几个李燕杰,全世界不就这么一个德育教授吗?

她要是不奔这个活路,就得像她弟弟那样,一到寒暑假,就得上火车站蹬三轮,驮行李、驮人,或者到小市上卖包子——"把物品变为商品,叫作卖……"

连做梦都在吆喝:"哎!买咧,买咧!刚出锅的猪肉白菜包子!热咧,热咧!"

全家人都让他吆喝醒了,全家人都在惦记那锅包子:碱大了?碱小了?长年累月,谁受得了哇!

有一次弟弟恰好和他教过的一个学生并排摆摊儿,那学生说:"老师,在学校的时候,您老批评我没出息,不好好读书,发愁我考不上大学。可这会儿,您不是跟我一样卖包子吗?"

真是斯文扫地啊。

七

小木匠招来一帮朋友,把侯玉峰又狠狠地揍了一顿。

挨完揍以后,侯玉峰自己走到急诊室拍了 X 光片,右肋三根肋骨骨折。值班大夫立刻把他送到外科病房。

"伤筋动骨一百天"。侯玉峰盘算着,这一家伙,可以在病房里赖上三个月了,也就是说,他可以睡三个月的好觉。又想,这三根肋骨一起断,有点不合算。要是一根一根地断就好了。

一三得三,三三见九,那就可以睡九个月的好觉。不过,三个月也算不错了。

又有消息传来,小木匠因为聚众打架斗殴,被派出所拘留半个月,以示惩罚。

侯玉峰又想,给小木匠的这个惩罚,不如先赊着,等自己伤好出院,再拘留他也不迟,那样,他便有三个半月的好觉了。

这些个账,不知侯玉峰怎么算的?真叫一厢情愿。

1984 年 4 月 23 日
2010 年 12 月修订

尾　灯

　　秀梅的手真肉乎啊，肉乎得令邓元发心驰神摇。

　　贾宝玉说女人是水做的，那是因为他太嫩，对有经验的男人来说，水做的哪儿能比得上"肉乎"。

　　他不能像小青年搞对象那样搂搂抱抱，刚一接触，就直奔主题，万一不合适，将来连个退路都没有。

　　也不能像知识分子那样，务虚不务实，没完没了地写情书，一写就是几年，谁耗得起啊。

　　邓元发难得写信，就是一封与老战友互通有无的信，不到一页纸，少说也得花上半个小时。再说，什么事情都会发生，白纸黑字，将来都是凭证。

　　只有拉拉手喽！拉拉手，谁能说什么呢！同志之间，不是也经常拉手吗？只不过和秀梅拉手的时间，比一般同志稍长一些。而且在两秒钟之内，还能不露声色地把秀梅的每个手指头，搓上一遍。

　　只要和秀梅拉上手，邓元发的犹豫就会化为乌有，要是他不克制自己，"咱们结婚吧"这句话就会脱口而出。

　　可是一撒开秀梅的手，邓元发又会反过来覆过去地掂量，结婚还是不结婚？啊呀，真是为难死了。

不结婚，那日子有多难熬。

儿子们一人霸着一间朝向顶好的房间，把那间背阴的、最小的留给了他。"反正您是一个人。"他们说。

老大的媳妇真厉害，连晚上用的那块布，也让保姆给洗。当着公公的面，只穿一条内裤和贴身小背心，便在房间里走来走去。吓得他连在自己家里，眼睛也没处放，谁知道会撞见什么！老人们说过，看了不干净的东西，闹不好得长针眼呢。

老二的对象也不善，还没过门儿，就开始搂扒，妯娌不和已见端倪。

这个家，好得了吗？针尖对麦芒啊。

饭桌上要是有点好菜，老大往媳妇碗里夹，老二往他对象盘子里扒拉，至于老头就没人管了。要是他动作慢一些，吃到第二碗饭，菜就剩盘子底了，邓元发老是扮演打扫盘子底的角色。没办法，快不了，他的牙口不行，干不过那四副好牙。

天爷！没有他这个老头，他们上哪儿找这个便宜？

房租、保姆费、水电费他掏，就连肥皂粉、大便纸也由他买，好像他的工资会下崽。只有饭费，每人象征性地交十块钱。物价这么涨，十块钱能干什么？

逢到邓元发头疼脑热，他们顶多敷衍了事地问一句"爹，您好点没有"，或是"要不，您上医院瞧瞧"，更不要指望他们嘘寒问暖了。有次邓元发病了，想吃碗荞麦面饺子，都不知道找谁说。

看吧，一到晚上，他们就双双对对钻进各自的屋子。一间房门底下，透出粉红色的灯光，一间房门底下，透出浅绿色的灯光，然后便是叽叽哝哝的说话声，生怕他听见似的。也不知道说什么，老也说不完，扔下他一个人，坐在黑洞洞的客厅里看电视。

电视节目又老是那一套。女人们袒胸露背,七老八十了,还像没见过男人的大姑娘,扭来扭去。眼睛上粘的那个假睫毛,活像趴着两条大蜈蚣。男人们呢,油头粉面,挤眉弄眼,男不男,女不女,全像被骗了似的。

可不看电视,又能干什么?连个说话的人都没有。这还像个家吗?连旅店都不如。

结婚呢,秀梅那儿还有两个孩儿。一个上中学,一个上小学,什么时候才能供出来?早着哪。她一个小学教师,能挣几个钱?过日子还不全得靠他。

……秀梅是不是冲着他的工资来的?她那些关心喽、洗衣服喽、织毛衣喽……会不会是放长线钓大鱼的诱饵?据说现在工资高的半老头子找媳妇,比年轻小伙还容易。

不管儿子、媳妇怎么刮他,到底是自己的儿子,自己的儿媳妇。他凭什么替别人养孩子呢?记得小时候拉屎,爹老说"憋着,到自己地里拉去",憋得他肛门生疼。这就是庄稼人常说的,肥水不流外人田哟。

谁知秀梅从前那个男人,是个什么混账王八蛋,好,他倒逍遥去了,让邓元发来给他养孩子。养了半天,到了儿也不会和他一条心,还是那个王八蛋的孩儿。他这是何苦呢,有钱没处花了是不是?

说他王八蛋没错。邓元发早就通过人事部门,对秀梅的情况做了全面了解。尤其是离婚问题,万万要了解清楚,她要是个水性杨花的女人,到时候也给他来个离婚怎么办?本来就是个二婚头,再来个离婚,岂不让人笑掉大牙!

秀梅政治上可靠,业务上也说得过去,至于离婚,确实是那个男人的不是。

可怜的秀梅!

她应该有个依靠。女人就是这个样子,屋里没个男人撑着,日子便过得悢悢惶惶,就像羊群里的那些小绵羊,咩咩地叫着,老想找那个头羊靠一靠。

看得出来,秀梅就等他这一句话了。可这句话,好难出口啊。邓元发是言必信、行必果的人,不会干那号不负责任的事。不像有些人,走到哪里乱许愿,热乎两天,人一走就完啦。女人们,可怜哪,不能那样对待她们。你这里脑子一热,随便说说,她们可都是认死理的人,到时候死死缠住你,甩都甩不掉,看你怎么办。

开车铃响了。列车员催促乘客上车、送亲友的下车了。

秀梅用她那圆乎乎的眼珠子,悠了邓元发一眼,说:"快上车吧。"

秀梅不胖,可是哪儿哪儿都是圆乎乎的,连眼珠子也是圆乎乎的,招引得邓元发总是涌起捏捏她、揉揉她、搓搓她的欲望,于是不由得又去和她拉手。一拉住秀梅的手,邓元发又舍不得放开了。秀梅脸红,喘气,又不好意思马上抽出自己的手,怕邓元发难堪。只好佯作不觉地说些没头没脑的话:"……不是就要退下来了,怎么还让你出差……听说那里有流感……有空写封信来……"

小傻瓜!不是因为快退下来,他还不出差哪。这样的机会不多喽,出一次少一次哟。

从前邓元发最不喜欢出差,虽说地方上的同志迎来送往、前呼后拥,接待得很周到、很实惠,但他想,那些名山大川、山珍海味、地方土特产,反正都在那里摆着,跑不了,慢慢来。谁知道中央来了个取消干部终身制,这一家伙,那些实实在在的东西,说没就全没了。

有消息说,今年年底对那些到年龄的干部,毫不含糊地要来个一刀切。有人编了个顺口溜:"三十任你挑,四十步步高,五十正发烧,六十砍一刀,七十当柴烧。"真是透彻啊,无比的透彻。

三中全会以前,邓元发不怎么听报告,也不怎么认真看那些红头文件。他觉得,那些报告即便不听,那些文件即便不看,也没什么关系,它们几十年如一日地守护着他的既得利益,至于各项政策的贯彻执行,只要往左再偏一点,总不会离了谱。

三中全会以后,他是有报告必听,有红头文件必读,不但他变得敏感了,就连他的两个儿子也变得敏感了。因为在那些报告、文件里,总能找到一些新的"精神"。那些"精神",慢慢地、一点一滴地把他们的既得利益化为乌有。比方那个干部"招聘制",对他虽不存在什么威胁,即使对他的儿子,眼下也不会立即发生无人招聘的危险,但他仍然感觉到它对儿孙们的潜在威胁。

从地下通道里钻出两个踩着点儿的乘客,背上背着、肩上挎着大大小小的提包,火车头一般地喘着粗气,横冲直撞地朝着即将开动的列车奔来。他们也不看车厢号码,见门就上。

守在软卧车厢门口的女列车员,只打量了一眼,便断定他们不是软卧车厢的乘客,很不客气地拦住了他们:"往后走,这是软卧车厢。"

两位踩点儿的乘客,朝远远的车尾看了看,又掉过头来恳求她:"同志,快开车了,让我们先上去不行吗?"

"不行。既然知道快开车,还不早点来。"说罢,便高高地抬起她那很有身份的下巴,一动不动地看着,或是根本没有看地看着前方。她那尖尖的面孔,板得像一枚又酸又硬的青杏。

她是软卧车厢的列车员,接待的都是一等人物,自己也就一等起来。因此她不愿和眼前这两个人多嘴多舌,以免掉了自己的身价。

把门,恐怕是个小得不能再小的权力了,居然也有人为了图方便求她,而她居然能嘎嘣脆地给人一个回绝,这让她稍许尝到了权力的滋味。

站在车厢连接处的秦铁丹对她说:"小同志,让他们上来算了。"

那枚青杏,仿佛霎时间熟透了,变得又甜、又红、又软,并且甜得恰到好处地笑着说:"我们要保证首长的安全嘛。"

秦铁丹说:"啥个保证安全,哪儿来那么多不安全的因素嘛。刚进城的时候,我们还不是成天在街上走来走去。现在呢,坐进了小汽车,还要拿个纱帘挡住……把我们和老百姓隔得越来越远喽……"

女列车员想,这个老头真怪,有谱不会摆,有福不会享。人家求都求不到,他还嫌坐汽车喽、拉纱帘喽……

那两个踩点儿的乘客,只好背着沉甸甸的行李,朝远远的列车尾部奔去。他们肩上的挎包,无意中把邓元发撞了个趔趄。

秀梅着急地说:"哎呀,怎么往人身上撞啊!"趁势也就从邓元发那热烘烘的手掌里,抽出自己又白又软的小手。

邓元发看出,她本想摩挲摩挲他被撞疼的后背,然而她的手在半空停了一停,又垂落下来。

这是个知道疼人,又疼得很有分寸的女人,准能当个贤惠的老婆。邓元发不喜欢那种跑跑颠颠、高腔大嗓、指手画脚的女人。那种女人,工作可能干练,当老婆可不行,家务事准是一塌糊涂,弄得该吃饭的时候吃不上饭,不是给你来个开水泡饭,就是给你来包方便面,长此以往,不得胃病才见鬼。该换季的时候,找不着换季的衣服,霜降之后没准还让你穿着的确良裤子,秋风一吹,的确凉。入伏以后,还没有一件正儿八经的衬衣,闹不好你得穿着"老头乐"去上班……更不要指望她在你怀里噘个小嘴,撒撒娇了。搞那样一个老婆,和没老婆有什么两样?

"走了啊。"邓元发迈上了车厢。

列车"吱扭"响了一下,便启动了。

秀梅摇着一条带红花的小手帕,在月台上急急地跟着火车走了几步,便消失在送行的人群里。

邓元发转身向二号包厢走去。他猛地在包厢门口站住,一时怀疑,这里是不是软卧车厢。

靠车窗坐着一个穿花条西装的男青年。西装的料子和做工都属现时一流,领带的颜色也很艳,白衬衣的袖口和领口上,却有一圈灰黄色的垢痕,手上还戴着两个分量不轻的金戒指。脚上的皮鞋头,尖得能把人攮个窟窿。怀里抱着一个袖珍收录两用机,头上卡着立体声耳机,半眯着眼睛,随着音乐的节奏,悠荡着长长的二郎腿。

上铺还有一个看不出身份的女人,正目不转睛地看着他。一个女人家,有这样看人的吗?邓元发赶紧收回自己的目光,但心里不由一动,这女人好像在哪儿见过。他想印证一下自己的感觉,可又不便再抬头看她,那女人正盯着他呢。奇怪,他有什么地方引人注意呢,让一个女人这么盯着瞧?要想置若罔闻,还真得有点硬功夫。

她是干什么的?港澳同胞,还是外籍华人?不像。大陆的女人,别管穿得多么讲究,还看得出是大陆的女人。不过她脖子上那条闪闪发亮的项链,说明她绝不是自己那个圈子里的人。

唉,也难说,如今有些老战友的闺女,脖子上也套那玩意儿啦。

幸亏邓元发一眼看见小桌上放着秀梅送来的一网兜吃食,证明了这的确是他所乘的包厢,不然他真得向后转了。

邓元发满心不悦地走进包厢,凛然地在自己铺位上坐下。

居然把他和这两个不该乘坐软席卧铺,又明显和他不是同一个档次的人,一同塞进了这个包厢!他们有什么资格进入这个领地,与他平起平坐?难道他当初把脑袋别在裤腰上干革命,就是为了让这样一些人,坐到软卧车厢里来吗……

这时,秦铁丹走了进来。

一见秦铁丹,邓元发便有些发窘。想不到秦铁丹竟和自己同一包厢,方才和秀梅那两下子,一定让他看了个透。别看他那双眼睛半眯缝着,好像很和善,再往深里探一探,厉害得很哪。

秦铁丹笑眯眯地看看邓元发,又笑眯眯地看了看其他两位乘客,一见如故地和大家点点头,又依次打听各自的去处。

"跑趟买卖。"花条西装干脆利索地说。

天爷,这小子毫不感到理亏。邓元发朝他横过去一道极不情愿,而又非横过去不可的目光。哼,竟然是个二道贩子,邓元发更觉不满,要是个干部子弟倒也罢了。别管那花条西装、那花里胡哨的领带、那两个金戒指让他多么难以忍受,哪怕他老爹和自己毫无干系,只要是个干部子弟,仿佛和他就有了一种"血缘"关系。

"你呢?"秦铁丹问邓元发。

"去 E 市出差。"邓元发不自觉地躬了躬身子。

秦铁丹的满头银发,犀利的目光,言谈话语中只可意会不可言传的气派,都让邓元发感到,秦铁丹的级别至少比他高三级。不知是哪个部门的头头?刚才和秀梅那一手,已经算是失态,万万不可再有闪失。万一他或他的老战友与自己的顶头上司相熟,可就麻烦了。这样想着的工夫,便像渐渐地穿上了一套隐身服。

"我到终点。"边文月在上铺矜持而又含混地答道。

"出差还是旅游?"

"看望我姨妈,然后从那里出境去美国。"

一听"美国"两个字,花条西装顿时把卡在头上的立体声耳机除下。收起二郎腿,从下铺探出身子,仰视着边文月,好像她就是美国。但很快便显出"什么也瞒不了我"的微笑,伸出手指,点石成金地朝边文月一指:"我说大姐,您就是那位日本电影明星'真由美'吧?"

这句话把大家提醒了,一个个认真地端详起边文月。

边文月爽朗地笑着说:"你猜错了。"

"不是?"花条西装并无半点下不了台的样子。

怪不得好像在哪儿见过,她确实像"真由美",邓元发看过《追捕》那部电影。

显然邓元发认不出她了,但边文月一眼就认出了邓元发,虽然他们只见过一面,谈了不到十分钟的话。

"你去美国做什么呢?"秦铁丹又问。

"自费留学。"

"外面有亲戚朋友吗?"

"有。我三叔,还有我堂哥。"说到这里,边文月有意提高了嗓音,"我堂哥是前几年出去的,他原来在某某医院工作。"

这句话果然引起了邓元发的注意。"你堂哥在某某医院工作过?他叫什么名字?"邓元发问道。好像他的口袋里,装着那个医院所有职工的档案。

边文月一字一顿地说出了堂哥的名字。

"啊——嗯,嗯。"邓元发认真地回忆着,但他根本想不起来

303

谁是谁,当然就更不记得和边文月那不到十分钟的谈话。

边文月再一次为堂哥感到委屈了。

"一个人孤身在外,会碰到很多困难,总要有人照顾才好。学成以后,还回来吗?"

"回来。当然回来。"

邓元发"哼"了一声,恨不得将他自以为可以透析一切谎言的本领,像发射炮弹那样,从鼻孔里发射出来。回来个鬼哟!谁见过自费留学生回来呢,他们差不多在国外都有趁钱的亲戚,资本家什么的。在花花世界里一泡,资产阶级生活一腐蚀,还能回来?瞧她那身打扮和做派,还没到美国,就已经和老外差不多了。

"嗯,好。"秦铁丹说。他突然停住了话头,静静地沉思起来。车窗外,被一片片树影切割成碎块的阳光,时亮时暗地在他眼睛里,点染出或深或浅、忽近忽远、难以名状的心绪。

边文月因这"嗯"字而满心欢喜。她一直期待着这样的一个回应,然而同学们却没有一个这样问她,或是听她。

他们大多说:"永别啦,别忘了我们。"

或是:"你就是回来,恐怕也是一个'滑稽美人'了。"他们将"美籍华人",戏称为"滑稽美人"。

"再带个外国女婿。"

……为什么反倒不如这个陌路相逢的人相信她,理解她?

换了别人,换了往常,这种刨根问底的劲头,一定会引起边文月的反感,让她觉得失礼、唐突。而如今,曾经使她万般无法忍受的,她全以更加宽容温厚的心接受下来,甚至带着一种自谴,想到往日看待世事的偏激、苛刻。

秦铁丹眼睛里的光亮,使她想到夏日傍晚,躺在高高的干草垛上,承受着从落霞那边吹来的温热而又清爽的晚风。而他脸上那纵横交错、又深又长的皱纹,又使她联想到一棵枝叶茂密的老树,每一片婆娑的绿叶,都像一个绿色的、令人安睡的摇篮。

邓元发却感到很不自在。他总想摸一摸秦铁丹的底,否则这一路就会和"三岔口"差不多,让他提防一路,摸黑一路。

他小心翼翼地问秦铁丹:"贵姓?"

"小姓秦。"

"啊,秦老。"

"不敢,不敢。"秦铁丹连连摆手。

"秦老在哪个部门领导?"

"我已经离休了。"

"唔,是这样——"邓元发轻声轻语地说。"样"字后面那个稍长的尾音,似乎泄露了邓元发某种心态的快速转换。随着,他那稍稍躬着的背,也不知不觉地直了起来,毕恭毕敬的模样,顿时消失得无影无踪。

"那,你这是干什么去呀?"当谈话再继续下去的时候,邓元发自如了许多,也主动了许多。

"回老家看了看。"秦铁丹满怀温情、眷恋地回答。

"老家还有不少亲戚?"

"没啦,早没啦。"

奇怪,既然老家什么人都没了,还回去干什么?而秦铁丹那温情、眷恋的劲头,也让邓元发感到不解。

女列车员捧来几双羊皮拖鞋,摆出只为秦铁丹、邓元发服务的架势,说:"首长,请用拖鞋。"

这一声"首长",唤得邓元发扬眉吐气,眉开眼笑。他矜持而得意地微笑着:"小同志,服务很周到嘛。"说着,理所当然地越过秦铁丹,先去拿拖鞋。

305

"还请首长多多批评指导。"女列车员伶俐地说。

邓元发就像在百货公司,为自己购置一双新鞋那样精心地挑选着。把每一双拖鞋的鞋帮、鞋底,翻过来、覆过去地捏着、敲着;掰开鞋帮和鞋底间的接缝,检查是否开线……好像那双拖鞋从此永远归他所有。女列车员耐心地候在一旁,直到邓元发拣了一双满意的为止。

边文月很有兴味地观看邓元发挑选拖鞋。为了一双不过属于他十几个小时的拖鞋,可以这样不厌其烦,然而对于应该落实政策的堂哥,却那样粗暴、不负责任!

一九五七年堂哥从医科大学毕业后,分配在这个邓元发麾下的某个医院工作,因为给邓元发提了一条意见——不要用狭隘的农民意识对待知识分子——被打成右派。为这一句话,堂哥吃尽了苦头。奶奶常说:"幸亏只说了一句,要是说了两句,不知还要遭什么罪呢。"

堂哥改造得很认真,最早一批摘掉了右派帽子。为这,他感恩戴德,涕泪交流,觉得来世变犬马也报还不了这份恩情。还指天指地发誓,从里到外,从前到后,永远不会再提意见。

可"文化大革命"一来,老账重提,把他整得更狠,还扣发了若干年的工资。这么一来,他的誓言,他那来世变犬马的许愿,全都一风吹了。而且牢骚满腹,怪话连篇。说:"什么叫摘帽右派……就像我们穿的棉猴,帽子摘下去了,可是还在背上背着。"

…………

求见邓元发真是难极了,边文月不知打了多少次电话,写了多少封信,全如泥牛入海,有去无回。她不得不找上门去,可传达室的人不是说他"开会去了",就是说他"出差了"。

拖了两个月,愣是没有见上邓元发,后来还是通过一位同学,走了邓元发儿子的后门,才算见到他。

听了边文月的意见和要求,邓元发像是听了海外奇谈。"你就是为了这件事来找我吗?"

"难道不可以吗?"边文月深为他语气中的不满、不屑、鄙夷所惊讶。

"哎呀,我看这件事就算了吧,不就是几年的工资嘛。他不是要去美国吗?美国工资那么高,他还在乎这点人民币吗?"邓元发认为,凡是出国的人,都会在外面发洋财。

邓元发在说到"人民币"三个字的时候,流露出他自己也意识不到的自卑自贱,这又让边文月大为惊讶。

"这不是钱的问题。他是一个受了委屈的人,如果——"

邓元发不耐烦地打断她。"你想过没有,这笔钱从什么地方出?国家的工资总额是按人头发放的,一个萝卜一个坑。难道我们为还你堂哥那点钱,给中央、给财政部打报告吗?"

"那么,当初这笔钱,总应该存放在什么部门吧?"

邓元发想,还说不是为了钱,这不,口口声声说的都是那笔钱。"我不知道,那个时期'造反派'掌权,我早已进了'牛棚'。"

"当然,如果那笔钱已经没有了……我本来想,这对一个无辜被伤害的人,总算一个简单易行的表示歉疚的方式。这种心情,您大概不难理解,比方'文化大革命'中,您被关进了'牛棚',运动过后,您不是也要求彻底平反,把那些诬陷您的不实之词予以澄清吗?至于扣发您的那些工资,不也如数发还了吗?"

无辜!难道他邓元发会把一个无辜的、好端端的人,打成右派?闹了半天,她是"反攻倒算"来了。一个不知打哪儿冒出来的黄毛丫头,居然这样放肆地和他讲话并且指责他。

起先邓元发还能压着火听下去,侨眷嘛,统战嘛。及至听到把他在"文化大革命"中受迫害的事和右派分子相提并论,他再也耐不住了,这两件事怎么能往一块捏?伙计,摘帽右派,不等于不是右派,而是右派摘了帽子而已。即便现在一风吹了,不过是政治上的一种需要罢了。给你根针,你还真当了棒槌。他像光着脚踩上了蒺藜,从椅子上跳了起来,说:"同志,你不要搞错了,这可是两个性质的问题。"

…………

谈话就这样不愉快地结束了,自然什么问题也没有解决。

没想到他们又在这个车厢相遇了,使边文月有机会观察一下邓元发的灵魂,在"赤身裸体"的情况下,是个什么状态。

他们将要同行十多个小时……

边文月真想就堂哥的问题,再和邓元发谈谈,哪怕不谈那笔钱,不对堂哥道歉,只要感情上达到某种沟通……如果真能那样,这恐怕是她带给堂哥最好的礼物了。作为一个读书人,最珍惜的就是自己的人格和尊严,舍此,还能有别的什么!

要不要和邓元发说穿呢……

邓元发觉得口干,便从提包里拿出搪瓷茶缸和一个装茶叶的牛皮纸信封。他把塞在茶缸里的毛巾、肥皂盒、牙膏、牙刷一一掏出,倒了一些茶叶在搪瓷茶缸里,便伸手去拿小桌上的暖水瓶。

暖水瓶通身雪白,上面还画了一枝蓝色的水仙。

真是乱弹琴,水仙有蓝色的吗,谁见过?

暖水瓶上端,有个像茶壶一样的壶嘴,不过那壶嘴是冲下的,倒起水来大概很方便,可是没有把,怎么提起来呢?邓元发只好倾斜暖水瓶的瓶身……水却无法倒出。

花条西装殷勤地告诉他,"这样,"他按了按暖水瓶顶部的小圆盖,水就从壶嘴里流出来了,"这是气压暖水瓶,二十八块钱一个,比老式暖水瓶方便多了,尤其老人小孩使用,不容易烫手。"

他不知拿了暖水瓶制造厂多少回扣。邓元发并不因花条西装的主动服务,而忘记他那二道贩子的身份。

花条西装似乎缺乏自知之明,他往邓元发的茶缸里看了看,很有把握地说:"您这是四级'旗枪'吧?"

邓元发悻悻地把搪瓷茶缸,往自己跟前挪了挪。四级旗枪怎么了,他竟敢嘲笑他的寒酸吗!

"要不要尝尝我的?"花条西装打开他那印有精美图案的双层盖茶叶盒,给邓元发递了过去。

邓元发双手拦住他的茶叶盒,迭声说道:"不,不,不。"不知根,不知底,姓甚名谁也没有搞清楚就请喝茶,谁知道喝茶后头紧跟着什么花样。

"尝尝。"花条西装毫不气馁,又转而邀请秦铁丹和边文月。

秦铁丹并不拒绝一级"旗枪",反而赞道:"好茶。"

花条西装虚怀若谷地说:"春天的茶,喝到现在已经老了。"

邓元发兴味索然地别过脸,朝车窗外望去。路边的田埂上,一条狗毫不害臊地抬起后腿,对着列车撒尿。唉,连狗都如此这般地放肆了。

离路基不远的一条公路上,几辆牛车在秋日的阳光下,迈着悠闲的步子。车把式拢起鞭子,靠坐在负载的麻袋上,淡漠地瞅着疾驶的列车。田野上,隔三岔五地有人在锄地,一寸一寸地、持之以恒地往前挪动着脚步……快收庄稼啦。

这景象使邓元发感到亲切,他太熟悉这种生活了。他的祖先、祖先的祖先,就是这么过来的,到他这一辈才撂下锄把。革命像一股洪流,把他从地上掀起来、带走,像卷走一垛干草,一去

309

不再回头。

要是没有革命呢,他可能还在地头上捏锄把,坐在土坯房的门槛上吸旱烟。早上顶着星星出去,晚上顶着星星回来,喝碗玉米面的野菜糊糊,再往那烟熏火燎、黑咕隆咚的屋子里一栽……哪儿能坐在软卧车厢里往外瞧?

他爱窗外的那块土地,感情上和那片广袤的土地有着割舍不断的、千丝万缕的联系。他闭上眼睛,不无怀念地想象着那块土地上的泥土气息,然而他又觉得,坐在软卧车厢里,还是比在田里捏锄把惬意。唉,要是能把车外那块土地搬进软卧车厢,来个土洋结合就好喽。

餐车服务员来卖晚饭了。

花条西装张口就是:"来个最好的菜,再来个汤。"

邓元发只要了一个汤,秀梅送来的那一网兜吃食,准差不了。他一毛一分地把钱夹里的角票、钢镚儿搜罗净尽,交给了餐车服务员。

边文月问:"有炒青菜吗?"

餐车服务员的热情,倒是一视同仁。"没有,只有蛋汤。您要是不爱吃荤,来碗肉丝汤面怎么样?"

边文月说:"我就来碗肉丝汤面吧。"

邓元发打开秀梅送来的网兜。嚯,物资真丰富啊。茶叶蛋、卤猪肉、灌肠,还有几块蛋糕。这些东西都合他的口味,每样东西又分别用小塑料袋装着,既不会串味,也不会因渗漏污秽他的衣物。还有,怪了,她怎么知道他的口味?女人啊,真是鬼精鬼精的。

到 E 市后,也应该给秀梅带点什么回来。买些什么好?邓元发从来没给女人买过东西,早先老婆活着的时候,他也没给她买过什么。一家人嘛,买来买去地干啥,谁需要什么,自己买去。话虽这么说,他可没为自己的衣食起居操过一份心,到时自有老婆送到手上。

邓元发在心里默算着,这些吃食所需要的原材料以及它们的价钱……决定无论如何也要照着这个标准,给秀梅买些什么。他不能占女人的便宜,他可不是拆白党。

买双皮鞋?听说 E 市的皮鞋不错,但十块钱怕是买不下来,再说他也不知道秀梅穿多大号码的鞋。再不就看价钱差不多的衣服买上一件,衣服不像鞋子,尺寸要求不那么严格,大些小些问题不大。听说 E 市的衣服又便宜又好看,花花绿绿的。女人们就喜欢这些,秀梅还年轻呢。

邓元发瞥了瞥边文月的穿着,心想,不能买她穿的这种颜色,自来旧。也不能太艳,弄得像个妖精。不知怎么一来,他竟把圆乎乎的秀梅,和"妖精"连在了一起。于是,他觉得妖精也不那么可怕,而秀梅反倒更招人爱了。

"小妖精!"邓元发在心里默默地念叨着,好像秀梅就在身边。她那圆乎乎的眼睛朝他一悠的时候,可不就像个小妖精。想到这里,邓元发暗暗地笑了,脸上还泛起一阵红潮。但他立刻收住脸上的笑意,迅速地扫视一下包厢里的人,生怕他们看出自己的心思。还好,他们的注意力全在花条西装身上。

花条西装正从塑料提袋里往外掏食物,先是一瓶"五粮液",又是一只烧鸡,又是几个扁扁的纸盒。他把纸盒一一打开,拿出里面的锡纸包。说:"餐车上的菜很难吃,还是这位大姐有经验,不吃。您光吃面条怎么行,我这里有几包软罐头,拣一个您爱吃的吧。这包是咖喱牛肉,怎么样,您拿去吃吧。"他递了一个给边文月。

边文月大大方方地收下了。"谢谢你了,你想得真周到。

311

我倒不是嫌餐车上的菜不好吃,我是不能吃猪油,一吃猪油就拉肚子。六〇年饿死人的困难时期,三叔一铁罐一铁罐地从国外往回寄猪油,我饿急了眼,抱着猪油罐就喝,喝伤了。"

邓元发白了边文月一眼。不吃猪油?再饿你三天,你什么都得吃。造孽啊,居然还这么肆无忌惮地说出来。

花条西装给秦铁丹斟了一小杯五粮液。"少喝一点,解解乏,晚上睡得更好。这位大姐我就不让了,我知道女同胞们不爱喝酒。"

边文月说:"这你又估计错了,不比你的酒量差。"

邓元发又白了她一眼。她还喝酒!

花条西装连连致歉:"有眼不识泰山。"赶紧给边文月斟上。鉴于一级"旗枪"的经验,他比较谨慎地问邓元发:"这位老同志是不是也喝点?"

邓元发半闭着眼睛,聚精会神地细嚼秀梅的卤猪肉。当然,能来点五粮液真是锦上添花了。但他不愿与这几个人对饮,便拒绝了花条西装的邀请。"我不会喝酒。"

几口酒下肚后,气氛就更随意了。秦铁丹问花条西装:"你跑这么一趟,大致能赚多少?"

"能落个万儿八千的。"

邓元发差点被嘴里的食物呛住。

边文月好奇地问:"做什么买卖,能赚这么多钱?"

"这还多啊,有人比我还会挣呢。我做的是电视机的长途贩运。现在有些农民手里的钱花不出去,国营商业网点又没有跟上,这些赚钱的机会,就给了合理贩运的人。农民满意,我们待业青年的生活,也有了着落。"

秦铁丹说:"贩运电视机不像贩运衣服、鞋子那么容易,像货源啦、运输啦,都是很难解决的问题。"

花条西装此时却又老到地一笑："好办,只要你肯花钱,什么都好办。有个一万块钱,全都打发了。"他呷了一口酒,吃了一口菜,又接着说道,"钱是身外之物,留它干什么,不瞒你们说,银行里我才存了四万,这也是为今后留个后路。万一有天国家说不让我们搞了,我就不搞。每个月光靠这四万元的利息,至少也够个十三级干部的生活水平了。"

花条西装这笔账,听得邓元发目瞪口呆。他参加革命几十年,才闹了个十一级待遇,这小子投机倒把,竟生活得比他还阔绰。这叫什么事啊!

"剩下的钱,大部分捐赠给待业残疾青年手工艺合作社了,他们要比我困难多了……"他忽然低头不语,甚至还有些伤感的样子。

"你们能有今天,也不容易。"秦铁丹说。他轮流看着眼前的两个年轻人,觉得他们这代人的生活,远非一般人以为的那么表浅。在他们还没长得足够宽厚的肩膀上,似乎过早地分担了自己这一辈人的责任或过失。这究竟是好,还是不好?

花条西装从秦铁丹这句简单的话里想到,秦铁丹一定明白,自己方才说的,不过是这种闯荡生活的一个方面,至于这种生活的艰辛,或是他自己不好意思亮出来的某些不光明的东西,秦铁丹一定也都看得清清楚楚。他忽然想痛哭一场,但他终于忍住,只是仰起脖子,把一杯五粮液灌进了喉咙。

而秦铁丹也变得恍惚起来,恍惚里甚至夹杂着稍许的忧伤。

晚饭以后,女列车员来打扫房间,她像吆喝下人那样,对靠窗而坐的边文月说:"喂!把小桌上的烟灰缸递过来。"闹得边文月怀疑,她是否也像花条西装那样,把自己错认为某个人了,而那个人不是影响了她提工资,就是影响了她入党。

边文月默默地把烟灰缸递给她,然后走出包房,站在通道的窗前向外眺望。女列车员威风凛凛地把烟灰缸在小簸箕上磕得咣咣响。

一缕淡淡的烟香,飘进了边文月的鼻孔。她侧过头来,秦铁丹不知何时,已站到了她的身旁。"里面有些气闷,"他说,并且放下了窗旁的折凳,"咱们在这里坐会儿吧。"

边文月随着坐下,她想,他大概以为那女列车员使她不快了。然而秦铁丹并未说出什么体恤的话,他只是很有兴味地与她一同眺望着远处不断变幻的景色。

夕阳下,那景物原本如雕塑般的线条,在渐渐浓郁的暮色中朦胧了,像一阕渐渐远去的歌,令人不由地想起一些惆怅的往事。

"我原来的名字叫铁蛋,进城后才改叫铁丹。人家说我原来那个名字签个名、批个文不方便。有啥不方便呢?"秦铁丹感慨地摇摇头,不知是否定劝他改名字的那个主意,还是否定自己居然接受了那个主意,"……我刚从老家回来,和我同辈的人,还是叫我铁蛋。我是不是应该把名字改回去,还叫铁蛋?"显然,他不是在问边文月,而是在问逝去的日子。他专注地看了看边文月,好像在判断她是否理解他此时此刻的心情。

边文月把头倚在车厢的壁板上,静静地听着。虽然她不明白秦铁丹,何以说出这一番不着边际的话。

秦铁丹继续说下去:"全国解放后,我回过几次老家。头一次正是三年困难时期,活活饿死人哪,更不要说穿件囫囵的衣服,乡亲们却没有一句怨言。老五哥是烈属,饿得昏倒在粮缸旁边,也不肯动缸里的一粒公粮。他咋说?他说'谁也不怪,怪咱这儿地气不好'。他弟和我一块参加革命,给咱跑交通,让敌人抓住活埋了,土埋到胸口。"说到这里,秦铁丹重重地喘了一口气,好像他也被活埋过,"敌人拿铁锹往头上一拍,头就裂开咧,那血,喷得有一丈多高……咱那里是老区,老区的人民,对革命是有贡献的。抗日战争、解放战争期间,人家把自家的儿、自家的汉,都送上前线了。辽沈战役,有一个排打下来,只剩下两个人……人家咋说?'革命哩,将来有好日子过哩',现在咋跟人家说?我愧得慌,好像是我把人家诓骗了。我咋说?我只好说'国家有困难,天灾人祸呢'。其实我心里亮亮的,啥都知道,我又在哄人家。天灾!那些胡日鬼的政策,比天灾还害人哩,啥叫人祸?这就是人祸。

"除了身上那套军装,我把带去的钱,还有那身将校呢的军装,全留下了……管屁用!回到部队,我把老家的情况写了写,让人打印出来到处送。咱有线,上头有不少人是从咱老区出来的。心想,他们的权力比我大,这些问题保险能解决。傻呢,连我,连他们,连那打字员,全被打成右倾机会主义分子。我说的明明是眼见的事实,非说我造谣,攻击社会主义。战场上出生入死我都不怕,这事儿可把我吓住了。吃不下,睡不着。检讨、反省……都离死远着哪,可我咋变得那么稀松,我到底怕的啥?

"想来想去,我明白了,我是怕丢了党票。一个一辈子追求革命、干革命的人,忽然成了反革命,这话咋说?这办法厉害呀!好,我检讨,我昧着良心胡说八道:'老区的日子美得很,丰衣足食,人畜两旺,人民公社对着咧……'最后总算过了关,保住了党票,等到晚上,我在床上翻来覆去睡不着,恨不得给自己两耳光。我不敢想我那老五哥,也不敢想我那善心的乡亲,到啥时候他们也不知道去算算这个账……从那以后,我像被抽了筋,一天到晚软不塌塌的,唉!"

秦铁丹叹了口气,垂下满头银发的脑袋,对着自己那双骨节粗大的手发呆。

秦铁丹的嗓音并不动人,带着老年人的嘶哑,还有一腔分不出东南西北省的口音,但却有一种感人的力量。

这样的事,边文月过去听到的太多。头一回,她还感到震惊、愤懑,渐渐地就麻木了,习惯了。甚至觉得这种现象之所以出现、存在,也有它一定的合理性。

"谢天谢地,那样的日子总算过去了。"边文月说。

"是啊,过去了。"秦铁丹哭似的笑了笑,"第二次回老家,是在'文化大革命'后期,那时我刚从'牛棚'里出来,还没有恢复工作……"

"既然老家没人了,还何必回去呢,可别再像第一回那样惹身祸。"边文月插嘴道。

"真怪,我就是耐不住。那里的人,那里人过的日子,那里的土地,老在我脑子里转悠,让我牵肠挂肚。也许,说到底,我不过是个穿了军装的农民。"

边文月说:"也是,也不是。"

秦铁丹听了,重重地拍了一下大腿,好像终于碰到一个行家,对他冥思苦想许久,也没有想出结果的问题,做了一个鞭辟入里的结论。

"第二次回去,虽然不像困难时期那样饿死人了,可是那里的人也好,地也好,人的心气儿也好,全像让人榨干啦。临走我问乡亲们需要点啥,他们谁也不搭话,只管望着老五哥。如果最能受苦的老五哥不说啥,他们是啥也不会说的。

"老五哥穿的还是我十几年前留给他的那件将校呢上衣,那衣服一看就知道,从上了身也没换下过,脏得油光光的。领口、袖口、胳膊肘那里,补着各色的补丁。他垂着头,怀里抱着赶羊的鞭子,只管翕动嘴皮,不见出声。他撑着哩!庄稼汉,牙掉了往肚里咽呢,有灾有难,能受着哩。可他心里又清清的,乡亲们穷得撑不住啦,他不能不为众人想一想,最需要救急的是啥,实在难说啊。你试试看,啥都没有、啥都需要的时候,你就说不出需要啥了。最后,他看了众人一眼,只说了一个字:'盐。'

"我把身上所有的钱都买了盐……然后就踩着浮土没过脚踝的黄土路,走了。我一步一回头啊。乡亲们一动不动,一声不出地站在那没有一棵草,也没有一棵树的黄土路那头,远远地望着我。他们的脚下,是我买下的那几麻袋盐,远远望去,像几块粗刺刺的石头。

"只有娃们,赤着小脚,在我身旁跑着。他们跑到我头里几丈远的地方停下,回过头来定定地望着我。等我跟上他们,他们又往前跑去,又在几丈远的地方停下,定定地望着我,好像要牢牢记住,这个给了他们几麻袋盐的人……厚厚的黄土路上,真真地印着他们的脚指肚儿、前脚掌、后脚跟。你猜我当时想啥,我想,这地上哪怕有一滴水,也能长出一棵树来噢。"

那几袋沉甸甸的、又苦又涩的盐,那一个个清晰的小脚印,那伸向远方、不见尽头、没有一棵草,也没有一棵树的黄土路,以及黄土路的那一头无言地、坚忍着无尽苦难的乡亲们,此时全在边文月的眼前揪心地晃动着。她心里也涌起一阵又一阵歉疚,好像这一切也都有她一份不可推卸的责任。

"这回走,我和老五哥说着耍,问他还需要啥。他说:'学生娃。'这倒把我难住了,我能给人家个学生娃么?不能。难怪老五哥把他那孙子当神哩。那娃写字的时候,老五哥气也不敢喘,他咳喘着呢,一咳喘就用袖子把嘴堵上,眼睛一眨不眨地一旁守着,像看玉皇大帝下凡。谁人走动一下,他忙说,'悄悄的,娃画字呢。'那娃一面写,一面呼哧哧地从鼻眼里往外喷气,吹得小油灯上的火苗忽闪忽闪的。我往前探了探,咦,一个'于'字写得个怪,我对那娃说,'下面那个钩子,应该往左挑,你咋往右挑？'老五哥见娃臊了，不高兴地说，'往右挑咋咧，往右挑咋咧？你没挑过担么，哪个肩膀都能挑呢。'"

边文月扑哧一声笑了。

"那娃，是他家祖祖辈辈第一个'知识分子'呢。"

火车轮子吭隆隆、吭隆隆地响着，好像在不停地说，"过去了，过去了……"边文月多次乘坐火车，她似乎总能从车轮的隆隆声里，听出些什么。

秦铁丹疲倦了，但却显出一吐为快的惬意。他激动了许久的心，安静了。如夏日骤雨后的晴空，碧澄澄的。

边文月释然了。她何必舍近求远呢？她无法在邓元发那里找到的东西，却在秦铁丹、老五哥，以及老五哥的孙子、乡亲那里找到了，也许还可以在更多的地方找到。

半夜里，女列车员把邓元发叫醒了。"首长，您该下车了。"

邓元发起身，从行李架上拿下自己的行李，看了看沉浸在梦乡中的同路们，想到不必再一一告别，自有一番轻松。

站台上，除了接待单位两个接站的同志，别无他人。寒暄过后，他们便向出站口走去。

此时，火车长鸣一声，又启动了。起先邓元发还能和火车并行，但是列车加速了，它越走越快，转眼便把邓元发甩下，很快消隐在浓黑的夜色里。

然而，很远，还看得见最后一节车厢的尾灯，鲜红鲜红地亮着。

1983 年 11 月 10 日鼓浪屿第一稿
1984 年 7 月 25 日北戴河第二稿
2010 年 10 月修订

横过马路

（仿某某朝文体）

我熬出头了。

后头应该是个惊叹号而不是句号。不仅是一个惊叹号，而是三个惊叹号，不过我一号也不号。现在时兴的不是句号，而是让你一口气倒（捯）不过来瘪（疑为"憋"）死。

我乐得腿肚子转金（筋），脚后跟发软，而久经尻艳（考验），而战无不胜，而准备提供更加美好的精神食粮。像强力啤酒一样是你针（真）正的朋友！像雀巢牌速溶咖啡一样味道好极了。

但在没有得到社会承认之前，绝对不可泄露，现而今改头换面业相当发达，我不能不防，否则前功尽弃。可我总得找个蛆（渠）道排泄排泄，不然这股子乐劲儿，非把我鳖（憋）成范进中举而精神污染。

于是我将家里唯一的棉被铺在了房间正中，又将那张唯一的破沙发安放在被子中央。我像波斯王一样萧瑟（潇洒）地将想象中的长袍一甩，安坐在吱吱扭扭的沙发上。我抬了抬手，便闻乐声齐鸣，成行列队的美鸡（姬），便腾蜂窝煤炉上的引火煤烟而来。我的老婆是个既有文化又有真性情的女人，她的文化和真性情的表现之一,就是不断地把蜂窝煤炉子捅灭,然后再把它点着。

美鸡(姬)们的上身,只挎一个中日合资企业生产的奶枣(罩),下身则以耻骨为界,束一层使那个部位若隐若现的薄纱。肚脐眼儿们随着她们胯部的扭动而百花齐放、百家争鸣。一般男人只对女人的奶子和耻骨以下的那个部位有兴趣,而往往忽略了她们肚脐眼儿,这在意象方面,无疑是一个重大的损失。

我向最美的那个轻拍一下手,她便腆着肚脐眼儿向我走来。我盯着那只越来越近、越来越大的肚脐眼儿,像等待吸进百慕大三角的飞机或轮船。此时,却有一物件,从我脸上极快地擦过,我的脸立刻经历了先声后实、先麻后疼、先热后辣这一艰难而曲折的过程。

定睛一看,我的老婆正笑嘻嘻地坐在我的大腿上。她总是在我失足之前,晚(挽)救我免于罪(坠)入罪恶的深冤(渊)。

记得当年,我热衷于在画钢镚儿(文明人把它叫写作)那个行当上投机冒险的时候,她居然将我的几十部手稿,做了妇女必备的卫生巾。物尽其用,她说。而且卫生巾的价格,已经不甘寂寞地翻了几番。她的用量又大,非我的手稿莫属云云。

就算我东拼西凑,胡编烂(滥)造,你造个试试,造一本还好说,造上几十本,非把你造成爱(艾)滋病不可。由此可见她真爱我,不过我恨透了这个五迷三道的字眼儿,就拿把菜刀,把我那玩意儿给多(剁)了。

现在她又对我说,你不过如此而已,就连乐,也乐得极落酥(俗)套,没有张力、没有弹性、没有国民性、没有意义、没有生存状态……她又从五味瓶底下,抽出一本《周易大全》,口中念念有词一番,然后朝我后脑勺上一拍,我顿时悟到,这时我要不干点宠(崇)高伟大的事,就得干点悲比(卑鄙)无耻的事。

时间是半夜三点,我的灵感像招荤素(魂术)一样,总在这个时候降临。别以为灵感那玩意儿只有艺术家才有,其实是人都有,包括流氓、下三烂(滥)、杀人犯。

中国的私人电话号码,不像西方那样,全写在电话号码本上,每个城市的电话号码本比《辞海》还厚、还有学问。在只有文凭没有文化的国家,任何文字都神圣得让你蹿稀,在只有文化没有文凭的国家,任何文字都神圣得让你大便干燥,这就是文凭和文化的区别。记住,写到教嗑(科)书上去。

咱们的电话号码本上,只有机关单位的电话号码,不过稍微留神一下,便可以发现它的规律。老外们用的是×××局,部队大院用的是×××局或××局,部长大院是××局,中南海内是××局……

我先拨了一个专门伺候老外的局,然后跟摸彩似的摸了四个数字,一个让酒精棺(灌)得划根儿火柴就能着的嗓子,哈喽之后,我用英语给他来了句:操!我懂的英文不多,总共那么十来个字眼儿,其中就有这个令我以及一切正人君子念念不忘,并且对全人类来说,都至关重要的字眼儿。

呸!

那酒精官(罐)子却欢喜若狂。我听见他把屁股摇得一个劲儿地响。噢,亲爱的,他说,欢迎,我恰恰只对男人感兴趣,你现在什么地方,要不要我去接你?

我说我只是个意淫者,在其他方面诸如道德、人格、疾病史等等方面,均无可指责。我有经过官方审核、鉴定、批准的营业执照和档案材料。身份证、户口本、糖本、副食供应本、粮票、油票、假鸡眼(甲级烟)供应票等等,是敝人有幸参加的脱贫致富会议上颁发的。对不起,打扰了,祝你这个晚上比别的晚上更

321

快乐。

放下这个电话,我又拨通了××局,接着又胡乱拨了四个数字,电话铃响了很久却没人接听,我刚想放下电话重拨另一个号码,一个每月至少三百元工资的娘们儿搭了腔。她呵斥说,谁呀,深更半夜打电话!我玄而又玄地笑了,这一笑至少让她那温暖如春的家,室温下降十度。是我。我说。这里又有一批材料,你丈夫的那个问题……

还没等我说完,她就惶恐地抢过我的话头,不过也许是怕人监听,谁敢担保监听部门不会"串线"。这个问题我们不是已经谈妥了吗?她说。这一下,她的月基本工资好像只剩下了七块五。要是这会儿我们面对面地站着,她要不趴下给我嗑(磕)俩头,就得扑上来咬我的喉咙。这种人基本上就是这么两手。

我不但不搭茬,还放下了电话,然后,以十分钟为间隔,一而再,再而三地拨那个号码,还没等我拨完最后一个数字,就能听见她那恨不得钻进电话机的急切喊叫:喂,喂——

我敢说,她一定被大祸临头的预感和我的敲炸(诈)勒索砸晕了。听她喘气,就像听眼下最走红的歌星唱歌,或是参加人道主义的政治学习……一直听到我不想再听为止。

然后按照列宁同志关于"机器"的定义,拨通了某一"机器"的总机,又信口要了一个分机号码,不一会儿,一个半老徐娘哈欠连天地问,谁呀?我说,你猜我是谁?她不打哈欠了,鳖(憋)着小细嗓子说,该死的,怎么老不给我打电话,准是又搞上了哪个骚货。哼!哎,老头昨天出差了,半个月后回来,你赶快来吧。我说,我不敢。听说改革开放后,你们那儿什么都不抓了,只抓第三者。

傻瓜,她说。

我说,你大概认错人了,我是××派出所。她气得抽风、抽筋、抽大麻叶。一口把电话筒咬成八瓣,说,等着,小子! 我非把你查出来不可!

她上哪儿查去,我住西郊,用的是东郊大街上的投币电话。

这样玩了一夜后,我觉得进一步提高了认识,解放了生产力。于是营养充分,信心倍增,自我感觉良好,正酝酿再找点什么乐子,我老婆却指点我必须接受驴驴(屡屡)失败的教训,赶快找个什么协会、公司、委员会、中心、学会、总署、俱乐部、联合会、联谊会之类的东西登个记,或申请个专利。

我干过不少行当,什么哄抬业,雅柯卡业,打闷棍业,《百万英镑》业,一鸣惊人业,嘴唇黑了又紫,紫了又黑业等等,好不容易混出点眉目,哐当,一个新秀什么的,就站在了报纸的头版头条上,龇牙咧嘴、左右居功(鞠躬)、点面结合、外柔内刚、风调雨顺、上下呼应等等。我立马完蛋,只好重打鼓另开张,折腾来,折腾去,差不多就折腾完了一辈子的一辈子。

我以为自己动作太慢,我老婆却说,我缺乏起码的预测行情的本领,以及投错了机等等。

啊呀,像我这样斯文的人,如何行情、投机得起。她说我这样咬文搅(嚼)字,不过是酸腐做状。仔细一嗅,我身上果然有股三年没洗澡,和 Christian Dior 牌香水的味儿。

行情,她说,乃物物交换之情报,抽象的物,具体的物,意识的物,物质的物,肉体的物等等,等等。即使国家元首,也极为重视各方面的情报。于是我觉得我那有关情报观念的档次,大大提高了一步。

她又说,投机,乃机会之选择也。如择友、择业、择领导、择门路等等,于是才有成功、成名、成家、成气候……

我总以为自己比别人少了些什么。我老婆就拿来镜子照我,发现我不但不比别人少了什么,可能还多了点什么。我老婆于是就认为我没出息,驴驴(屡屡)提出和我离婚的要求。不知她是真糊涂,还是假糊涂!从前说三百六十行,行行出状元。现而今,说三亿六千万也大(打)不住砣。凡是小风能钻进去的缝眼儿,早让人钻完啦。找个能出人头地的行当,容易吗!瞰漏(丑陋)而智慧的中国人呀,您哪。

…………

其实他们全让我给蒙了,我一天到晚都在琢磨,哪怕死了之后名垂千古,或是才能当官、发财、搞女人也行。我最大的本事之一,就是我需要的时候,能把天花说得乱坠,甚至为顶荒谬、顶无耻、顶阴险的行为,找出顶合理、顶辉煌、顶光明磊落的根据。因此,谁也不能说借"什么"以当官、以发财、以飞黄腾达、以搞女人……就是腐化堕落,而完全可以说是当之无愧的工作需要。当然这不是我的绝活,我只说是我最大的本事之一。本事离绝活还远着哪。

于是我苦熬苦练出这手绝活:想什么时候打屁,就什么时候打屁,想什么时候放割(嗝)就什么时候放割(嗝),此屁此割(嗝),可大可小,可香可臭,可形而上可形而下。可上下齐鸣,可金鸡独唱。令我始料不及的是它居然能打出各国的国歌,甚至打出那些流产于未遂政变之中的国歌。

忆往昔争荣(峥嵘)岁月臭(稠),何必杀非(煞费)苦心经营。古圣格言道,智者千驴(虑),必有一失。卑贱者最聪明,高贵者最愚蠢。世上既有智者,必有愚者。智者既有一失,愚者必有一拾。只需慢慢拾来,定有出头之日。

我现在的首要任务是找个学会、理事会、委员会之类的玩意儿,闹个委员当当。

既然有管抓耗子的协会,有管吃油菜好还是吃白菜好的联谊会,有管一周跟老婆干几次的委员会等等,就肯定有关于放鸽(嗝)打屁的中心、公司、协会、俱乐部、研究会……

我不明白,那些持不同政见者,以及主张干预社会生活的人是怎么想的,放着这样不用操心的日子(从头发该不该分叉,分多少叉,到脚指甲该留多长都有人替你想好了)不好好过,一天到晚不是指责这个,就是批评、揭露那个,他们不是吃得太惩(撑),就是也像我这样,想申请个什么专利。

然后我来到大街上。

9999路公共汽车,从1111层高楼后边剜眼(蜿蜒)游出。车很空,闹不好还能捞个座。

我拔腿就跑。

见了进站的公共电汽车就撵,成了我的毛病。像现在可以说是因为有事,但往往,我刚从街上回来、刚下公共电汽车,如果恰逢另一辆公共电汽车进站,我也会毫不犹豫地反身就撵。只要能挤上去,我会顺着来路再绕一个圈。我的公共汽车月票可没白买,只赚不亏。

可是红灯亮了,我只好站住,脚底下却像穿了旱冰鞋似的来回出溜。

我站在十字路口穷想。

有个男高音曾经唱过:我的心里多悲伤,咕嘟(孤独)地站在那飞机场,在这迷茫的晨雨里,我到底去向何方?

然而我知道我要上哪儿去。咕嘟(孤独)什么的,全是现代病,再说,中国出咕嘟(孤独)那玩意儿吗?

我只是站在那里穷想一个非常不咕嘟(孤独)的问题,我怎么会知道,红灯亮的时候不能过马路,绿灯亮的时候才可以过马

325

路,这是谁告诉我的?

警察?那么是什么警察?户籍警、刑警、便衣警、交通警、武警、铁路警、公安警……我想了又想,反正不是警察。那么是在交通守则上看到的?不,也不是。远在我还没见过警察之前,我就知道了红灯亮的时候,不能横过马路。

那么到底是谁告诉我的,我爹?我妈?我哥?我姐?我那还没有被老婆生下来的女儿或是儿子?我实在想不起来了。

不信你试试,你越是想要想起来的事,或越是想记住的事、越是想找到的东西,或越是想要相信的东西等等,保证你越是想不起来,越是记不住,越是找不着,越是不相信等等。

可这会儿我犯了牛脾气,我非想起来不可。这件屁事,眼下成了要我的命,或是要它的命,我硬(赢)还是它硬(赢)的事儿。我把后半辈子,押在这上头了!

要是给那些作家出个题目,关照一下某些赌徒的上意识或下意识,文坛肯定是饭冗(繁荣)娼(昌)盛。

据说中华民族,是有深厚传统文化心理的民族,既然十六亿人口有十亿为农民,到一百亿人口时,保管有八十亿是作家。洋洋洒洒,各领风骚,各占山头,你的脖子即便转得像个车咒(轴),也不够使唤。

我不敢说这个选题不错,但最后保管有个出版社,策划出一个什么荟萃、烩杂烩之类的大系。

所以有关政治体制改革的前景、设想、形势、规划、探讨之类的报告,今年已经举办了五万三千九百二十一次,会场依旧座无虚席,听众手不停笔,光我就有七十八本(每本二百页)这类报告的详细笔录。

…………

我的脚下还在不停出溜,闹得我目无定睛,目不识丁,目不见睫,目光如炬(后三个词语见《辞海》下册,第3812页)。于是为四化做贡献的马路两侧,尽收眼底。

Made in China 出口转内销的进口洋货,以及救国、救民、救世、救自己,或是完全相反的灵丹妙药,应有尽有。

您要买女人的内裤还是奶枣(罩)!思想解放运动使它如辉煌的战旗迎风飘扬。

您要买马桶刷子吗?它会使您纯洁的少女心灵得到安宁。

您要买化妆品吗?其结果它会使您比洋人看上去还洋人,连自信到无以复加的盎格鲁撒克逊人,见了您也会怀疑,到底您是英吉利人,还是他是英吉利人。

您要买超前剂吗?它会使您顿时名噪于公元三十世纪的世界舞台之上,并领痾(衔)主演各种学说、学派、流派、帮派、宣言,以及各种思想体系。

您要买优生粉吗?每日三次,每次五百毫克,将会使狞(凝)聚在阿Q身上的国民性,得到根本的改观……

等等,等等。

然而我最感兴趣的还是书刊商亭,你还能指望一个练就打屁放嗝这种绝活的人,有什么深刻的文化心理?

书刊亭的玻璃窗已被各种刊物挤满,你甚至找不到售货窗口在哪儿。即便找到,那儿也会冒出一张漂亮的脸蛋,让你闹不清那是刊物的封面女狼(郎),还是一个大活人,别管那是不是一份有关巡航导弹升空或是空气净化方面的杂志。家家不同,期期不重,我惊叹中国之美女如云。

不管人们承认或是不承认,说到底,男人喜欢女人最后还不是为了睡她?反过来,女人喜欢男人最后还不是为了被男人睡?甭哼哼叽叽地装洋蒜。

…………

我他妈的还要不要、能不能过马路?

9999路公共汽车就要进站了,十字路口正中的那个警察,胳膊一会儿伸直,一会儿拐弯,一会儿摆得像钟垂(锤),一会儿像赶鸭子上架,轰着路上大大小小的汽车。

于是马路就十分可怜地承受着各种玩意儿的粘(碾)压。

豪华的轿车在粗野的运货卡车中跳蓝色的探戈。

十几个轮子的运货卡车,因为能把所到之处的一切粘(碾)为激愤(齑粉)而更加豪迈,于是帝国主义夹着尾巴逃跑了。

双骑座摩托风流佻佹的身影,永留我心中。

即便土得掉渣的电驴子,也嘣嘣嘣地努力不土着,而全民西装化、而推行中餐西吃的科学分食法……

…………

看着这些轮子如何百分之二百地粘(碾)着马路,我的后脑勺感到了温柔的癌伏(爱抚)。

我还感到潜力无穷,因为有家报纸说,伟大的人物都睡得很少,而我却睡得很多,脑袋一挨枕头就着,常常一夜无梦。我老是因为拿不出什么像样的梦贡献给这个人模狗样的世界,急得上当铺。虽然我读过许多古今中外名著,并且把我的耳屎塞进每个精彩的段落和每个吓得我屁滚尿流的句子里。

有一个梦,我不知道能不能登大鸦(雅)之堂。

我梦见我老婆的弟弟,和弟弟的老婆,带着他们的两个孩子来做客,于是我老婆让我去买两只鸡来待客。在副食店门口,女经理非常热情地对我说,快进去吧,鸡都给你准备好了。我兴冲冲地跑进去,只见一个汉子在装模作样地扒拉算盘子儿,桌子上放着一只鸡、三条鱼、两只虾。他身后的黑板上写着十六元五角八分。我正在纳闷,女经理为什么非常热情,这汉子却为什么拿糖?而我老婆让我买一只鸡,这里准备的却是一只鸡、三条鱼、两只虾？那汉子一副为难的样子，说，事情不好办，这两只虾说斤不是斤，说两不是两，怎么算？我从来没有那样明白过地说，黑板上不是写着价钱，还说什么说斤不是斤，说两不是两？这时，我坚信我老婆让我买的就是一只鸡、三条鱼、两只虾……梦到这里，我就腥（醒）了，腥（醒）了之后，我还在算计，十六元五角八分，亏不到哪儿去。

9999路公共汽车进站了，此时红绿灯却同时大放光明，马路上的汽车们，齐声讨论着该走还是该停。我却再也不理红灯、绿灯、警察、车辆，径直走过马路去了。

于是我的身呸（坯）、我的骨头、我的肌肉、我的皮肤、我的热血，立刻和那条可怜的马路，紧紧地贴在了一起。

我还听见，从我腔子里喷出来的那股气浪，没等变成让人们从里面捞点什么的呼号，便狞（凝）固在那条可怜的马路上空，堵塞着天堂和地狱之间的通道，所有的汽车全撂（撩）在了那儿，虽然红灯亮着，绿灯也亮着。

我终于登上9999路公共汽车，并且还抢到一个座儿，可是我的绝活哪儿去了？我翻遍身上的五十六个口袋，怎么也找不着了。我这时才懂得要命地呼叫，停车！停车！我的东西丢了！

司机根本不理睬我，依旧把车子开得飞快，我扑上去掐住他的脖子。他的白眼珠和黑眼珠深藏玄机地错落一番之后对我说，你的绝活早就留在那条可怜的马路上了。

1988年3月7日于北京

鱼　饵

　　这是一个出新的时代,就像老年间有过的出红、出蓝、出白等等时代一样。
　　连世界气候,也未能免俗地热闹起来,不该热的地方奇热,不该冷的地方奇冷;不该出太阳的地方老出太阳,该出太阳的地方老不出太阳;该发大水的地方老不发大水,不该发大水的地方老发大水;不该长毛的地方老长毛,该长毛的地方老不长毛;该死的人老不死,不该死的人老死……
　　该……不该……
　　不该……该……
　　我不但糊涂了,而且连这个"该"字怎么写也不知道了,横看竖看,越看越不像(这两句,有点像从鲁迅先生的《狂人日记》里趸来的。没办法,才分如此。您再往下看,通篇都有这种可疑之处。我先不打自招,做贼心虚地挂出降旗来个铺垫,省得那些专门剔缝溜边的行家砸我)。

　　见我这样写,他骂了我一句:王八。
　　我问为什么是王八,而不是别的?

他说,王八的眼睛长在额上,总是往高处看。

我很怀疑他这个关于王八的结论,但我在这方面一无所知,不敢与人深入讨论,所以我很知心地说,若想在这个码头上有个立锥之地,这帮爷万万不可得罪。别的不敢奢望,弄点稿费还是实的,不然物价这么涨,怎么活?因此,我还准备凑合一部《金瓶梅演义》。

我的话肯定让他感到脏不忍睹,他睃了我一眼,道一句"庸俗不堪",拂袖而去。

我竟无不适之感,接着往下写。

可我越来越闹不清这个"该"字是怎么回事,只好停笔,到大街上逛逛。在街上,我嗅了几个臭胳肢窝,寻了一番花,问了一番柳,回来再写,就觉得脑子清楚了许多。有时候,人就得这么恶治,尤其对痼疾顽症,任何办法都已束手无策之时,以毒攻毒很可能就是最后的杀手锏。

这一年的夏天奇热,太阳便很咸,到了正午就更咸,咸得连人,连狗,连猫,连死的、活的,都像在太阳里腌过。

所以有那么一个人,你可以叫他 AB,这个上午过得又不顺当。此人年近六十,把一个活了六十年的人的过去叫作一辈子,大概不算言过其实。他一辈子大大小小的机遇,无不处在有无之间的交叉点上,准星稍稍偏"无"。这个稍稍,是真正的稍稍,它几乎可以忽略不计。于是他的脸上,就有一种荒地般的萧瑟和认命的无奈,又有一种很拿自己当回事,或不拿自己当回事的自暴自弃。随时准备信仰任何学派、学说、主义,以及摩门教、小亚细亚宗教、玛雅宗教、天方教、太平道等等(见上海辞书出版社出版的《宗教词典》),并为之英勇献身。

所以很难把他归入哪一门类,或哪一种颜色。这种分不出类别或颜色的人,是无法弄清什么是顺当,什么是不顺当的。

好比今天,也许他买的鱼钩如姜子牙的鱼钩一样无钩;也许他挖的蚯蚓条条细如发丝,正常的鱼恐怕不会以此为鱼饵……
事无巨细,莫不如此,他也就不觉得什么是不顺当了。
只是不想回家,便到湖边独享垂钓或并非垂钓的乐趣。

常言道,谁干缺德事,谁养的儿子没屁眼儿。
BA的儿子倒是有屁眼儿,可上午他的儿媳却生了一个没屁眼儿的孙子。这也许叫隔代效应。
于是便到湖边乘凉,且细细品味因果报应的神秘。

湖水呈黑蓝色,质稠,难说深浅,从无波浪涟漪之类的浪漫。
尝有好事者测而量之,或测得深度三百米,或量得深度三米,众说纷纭,莫衷一是。
湖边的山石并不狰狞,平和规整。市内公园内的长椅,隔三岔五列于湖畔,以便游人歇息。
湖上时吹阴苦之风,且氤氲之气常漫,游人到此总觉异样:好比六根净尽者复又回归红尘;追名逐利者复又四大皆空……人们在腻味了千篇一律的日子,或惯常扮演的角色之后,便来此娱乐中心,体味一下改头换面的乐趣。
对湖内有鱼无鱼,虽亦众说纷纭,鉴于湖之深浅,多次测量不得结果的事实,人们也就知难而退。
对于此湖,人们唯一没有争议之处的是,这可能是个死湖。
听到这个结论,那湖不禁窃笑,你们怎知我是死湖!

BA方在湖边坐定,便见AB拖泥带水地举着鱼竿、挎着鱼篓、提着盛鱼饵的铁皮罐,三步两步地走来。而且不知所乐地乐着,看也不看,更谈不上选择,一屁股坐在BA旁的石头上。BA

眼见那石头上有一尖突部分,却不见 AB 有任何不适的反应,便隐隐觉得有些不静,不祥。仿佛狼群里来了一只羊,或是黄鼠狼群里来了一只鸡,刚想起身另择净地,又觉得一动不如一静,便坚守阵地坐下去,委曲求全地看着 AB 神神道道地忙活。

蚯蚓太细,很难穿到鱼钩上去,即便那是一个没有钩子的鱼钩。但 AB 极有耐心,一辈子都不顺溜的人,耐心往往很富余。虽然 BA 已在一旁哧哧有声,AB 似未听见。他的脸和鱼钩凑得很近,眉毛、眼睛、鼻子、嘴巴和手一起使劲,恨不能把自己也穿上鱼钩。

当蚯蚓终于被穿上鱼钩后,AB 就有了大事已毕的满足,至此,BA 觉得对 AB 已然了解颇深。

AB 照章办事地甩出鱼竿,任鱼钩刺入黑而稠的湖心,这时,他转过脸,并不打算看什么地看看四周,这才发现,腌过似的 BA 坐在近处的石上,不觉发出也是腌过似的一笑。然后转过头去,面对他其实没有什么兴味的湖,隐隐觉得,或许这死湖对自己更为安全。

湖上久久不见动静,只有那阴苦之风,时不时地吹过。

既然蚯蚓穿上鱼钩,AB 便无其他奢求,只管举着鱼竿,漫无目的地遐想。想到自己终能与他人一般无二地干着什么,心中甚慰。口中便牙疼似的吟出一串串绝唱,于是那不知深浅、阴风缭绕的湖,像是遇到知音,忽近忽远地热闹起来,竟像有了些或苦或甜、或喜或悲的活气。这景象揉搓着人们的肝肠,也撩拨起人们说不清道不明的心绪。

于是 BA 接着思量因果报应的神秘,想起没有屁眼儿的孙子,脑子里飘浮起从未有过的念头,诸如"回忆""人生"这一类深刻而肤浅、严肃而荒唐、浪漫而至卡通的字眼……不知该赞美老天爷瞎了眼,还是诅咒他有眼;不知他亏了这个世界,还是这个世界亏了他。脸上显出不是绝处逢生,就是马上对着太阳穴扣扳机的神情。在鼻酸一番,眼热一番,又之乎者也地唏嘘一番后,他考虑,对一切是否应该重新认识,重新估计,重新平衡?

就在此时,AB的鱼漂可疑地动了一动,湖上那阴苦之风也骤然息止,似乎在倾听和期待,也似乎在积蓄力量,对即将发生的一切,献出它可怖的狂喜或可敬的复仇。一阵轻颤,同时从AB和BA的头顶流向了脚心,BA情不自禁地发出一个未卜先知的尖声。

我知道你笑什么。AB突然变得聪明绝顶。

唉,说知,未必是知,不说知,或许才是知。BA忽明忽暗着他的两只眼睛。

这时,他们对望了一眼,却没有从彼此的眼睛里找到一丝此时此刻可以相通、可以认同的东西,没有。于是再无反悔余地地掉转了自己的头。

鱼漂上的动静,已不必质疑,一辈子活得如乞丐般的AB,突然有了窃贼得手的心理。

于是命运、机遇这一类实而至虚,具体而抽象,下里巴人而至阳春白雪的字眼,竟也纷至沓来。从来无所作为的五官,突然间也有了决一死战的壮烈。便不由地拽了拽鱼竿,竿上竟有了坠坠的感觉,自落娘胎以来始终空白的心境,凭空便有了些"老人与海"的意思。只能是意思,不能苛求,因为一辈子没见过海,也就不曾在海上捕鱼,自然算不得海上的渔夫,如此,只能是有了些意思。有了些意思,已属难得,在十分难得的感慨中,将鱼竿一扬,一条如指甲盖般大小、多边、颜色复杂得让人难以确认、你可以说它是鱼、又可以说它不是鱼、或随便说它是你所希望的什么的东西,被AB扽上岸来。

如果一定说它是鱼,那么也只能是一条哪怕有一厘血性的人也会感到尴尬的鱼,是任什么瘪三也会把它扔回水里的鱼……但 AB 却觉得,一个伟大得让他起鸡皮疙瘩的时刻,终于来临。先是一片茫然,接下来他觉得头顶着的是湖,脚踩着的是天,最后才有了割舍尾巴的痛感和快感。

他的嗓音也突然变得像个太监。鱼!鱼!他喊着。证实着,怀疑着;肯定着,否定着;宣告着,遮挡着。一瞬间,一个不曾存在、不敢奢望的人生,便如此贪婪而忘我、自信而卑微地宣告了它的新生。

"这是鱼吗?"BA 依旧稳坐在一旁,阴阳八卦地估量着这条在腌过的草地上蹦跶得十分专横的"鱼"。

AB 继续往鱼钩上穿蚯蚓,这次,很容易就穿上了。一旦钓上一条暂时还说不清是不是鱼的鱼,一切似乎都无师自通了。

可他又有了一种上当受骗的感觉,在对自己生出无限敬仰的同时,又生出无限的轻蔑。一切不复是将上钩而未上钩时的艰深、轰轰烈烈,心中便有些惴惴……虽然上帝给了他这份迟到的智慧,他依旧急不可待地将鱼钩再次刺进湖里。重而稠的湖水,讳莫如深地颤动了几下,阴风又如管弦般地奏了起来。

"岂止是鱼,而且是一条非凡的鱼!"AB 回答说。

BA 发现,这么条让人怀疑的鱼,就让 AB 的言谈举止乃至脾性,与这太阳照耀下的一切不同了,好像不曾腌过一般。BA 不知道该喜还是该忧,特别是当这种鱼非鱼的东西,一条接一条被钓了上来,鱼篓也跟着膨胀起来的时候。他竟可怜起那些鱼非鱼,它们太小了,太嫩了。对如此弱小而稚嫩的东西,毫无怜惜之心的人,是不是有些歹毒?他渐渐忘记了没有屁眼儿的孙子,差不多以和 AB 同样高涨的热情,注意着鱼漂的动静。

起先,他的脑子里还闪过不值得为此激动的念头,渐渐便觉

335

得不能自持,从石上时而立起,时而坐下,偏偏忘记离开这个不祥之地。一辈子只动脑子不动情绪的功夫,眼看就要毁在这些鱼非鱼上。这杆秤公平还是不公平,也许只有这黑而稠的湖才知道了。

几经克制,终于按捺不住地发问:"这样小的鱼,也要钓吗?"

"这是鱼嘛!"AB 说。

老辣如 BA 一时也无以应,慌忙中想起一句在哪儿听到过的话。便说:"岂止是鱼,而且是一条非凡的鱼。"说完,马上就发现,自己为何与 AB 掉了个儿?

接着,AB 笑出一个以牙还牙的尖声。

"无论如何,做人应该具备起码的公共道德。"尽管凛然正气憋得 BA 几乎头顶掀盖儿,肠子梗阻,他也只能找出这样一句毫无力度的话。

"这湖里有鱼吗?说不清。这是鱼吗?就算说不清——"见 BA 憋得几乎肠子梗阻,AB 让了一步,"有禁止在这湖里钓鱼的规定吗?没有。既然这些基本概念都说不清楚,还奢谈什么公共道德。"

AB 说的,句句都是无法推倒的实话,这些实话,戏弄着 BA 的正义、正直、正经……这使他感到,什么道德不道德,都是跟不上劲儿的废话,有了这样的觉悟之后,怀着一泻千里的快感,他飞起一脚,将 AB 盛鱼饵的铁皮罐子和鱼篓,踹进了湖中。

铁皮罐子在湖面上敲出当啷一响,像玩杂耍的开场小锣,而那鱼篓在重而稠的湖面上,陀螺似的不停旋转,篓内的鱼非鱼们,一条条跳出鱼篓,从湖面上对他们发出老谋深算的奸笑。

虽然 AB 呼啸着扑向 BA,真现出英雄本色的倒是 BA,他不呼不叫,却打出或踢出实实在在的一拳又一脚。

他们从下午打到黄昏,谁也没有停手的意思,这是他们一生中的第四幕,前三幕不论好坏,都是这一幕的铺垫,等这一幕完了,全剧就要结束。

　　毕竟 BA 大了几岁,打到后来便觉不支,双脚一滑,落入湖中。AB 本可幸免于难,但由于计算上的错误,他总觉得 BA 多踢了他一脚,这一脚之仇,不可不报。因此在 BA 坠入湖中的最后一瞬,他又向 BA 飞出一脚。这一脚由于用力过猛,不但没有踢上 BA,倒把自己踢进了湖里。

　　AB 和 BA 都不会游泳,到了水里他们就搂得更紧,直至双双淹死湖中,也没有撒开他们的手。他们谁也不曾料到,这个被人们怀疑为死湖的湖,这个黑而重、而稠、而聚散阴苦之风的湖里,竟有着人世间没有的万般风情,便死得非常惬意,甚至还有些死得其所的意思。不过就在他们极感惬意的时刻,AB 还是向 BA 踢出了最后的、也许是多余的一脚,而且没有落空。

　　大大小小、奇奇怪怪的鱼非鱼向他们游来,或一大口、或一小口地撕咬着他们的肌肤,其中一条资格颇老、阅历颇深的鱼非鱼说:"这滋味比蚯蚓好多了。"

　　不论目前的稿费标准如何令傻帽儿作家嗟叹,我还是就此打住。因为我忽然发现,被叫作文学的那个东西,可能是世界上最阴险的勾当之一,即便去抓臭虫,也比干这个有意思。

1988 年 3 月 7 日脱稿于北京
2010 年 10 月修订

柯先生的白天和夜晚

月亮,其实并不伤感,也不憔悴、也不孤独、也不苦闷,既然上帝造就了它,它就只好这样漫然地、毫无关联地照耀着。但在它的阴影下,却到处游移着柔软而又令人无法挣脱的晦涩。

柯先生就像这月亮一样,坐在街旁的长椅上吸烟。劲头挺足的那种牌子。和,看来来往往的车辆。

前面不远,就是一个十字路口,汽车们总要在这里等候指示灯。

他忽然觉得他的车子出了毛病,发动的时候有些困难,后备厢好像也太小,装不了多少东西。

这让他很有些振奋,好像他一直在盼望他的车出毛病。如果不是汽车出毛病,别的什么出毛病也行,比如他的牙齿或他的眼镜。

于是买了一本《购车指南》。每天花很多时间研究,并将各种车辆的主要性能指标,绘制成表格挂在墙上,以便一目了然地进行比较。又跑了不少汽车行。每天也不多跑,只跑一家。好像那些有规矩的好孩子,有了好吃的东西,不是几口吞下,而是每天咬一点,细细地品尝。

黑利打来电话,想要看看那几把老椅子。
"噢,对不起,黑利,我最近忙得不得了。"柯先生说。他的声调听上去很急迫,好像那令他极为忙碌的事,就在电话机一旁等着。而没有像过去那样,抓着一个主顾,死活一说就是三十分钟。他得让他们知道,他并不是只能一头扎在这个买卖旧货的事情上。

黑利的嘴很快。

黑利也喜欢刨根问底。所以柯先生很快就放下了电话,否则黑利会问:你在忙些什么?

不过在汽车行,或在书本上、广告上研究一辆车,和看着各种车辆,同时在大街上奔跑的感觉可大不相同。所以柯先生觉得他有充分的理由,坐在街旁的长椅上。

这件事确实可以让他忙上一阵子。至少这几天他不用考虑今天该去逛书店,还是杂货店,还是菜市场……

他把这些日程安排得特别仔细。好比星期一去书店,星期二去杂货店,星期三去菜市场……不能星期一去书店,星期二还去书店,或星期一去杂货店,星期二还去杂货店,让书店、杂货店,或菜市场的店员看出,他无事可干、无处可去,只好每天到他们店里瞎逛。

那些书里,讲的都是什么生命和死亡的意义、任凭海枯石烂也不移的恋情、山野的淡泊、哭不出来的哭泣、无望了结的人生、历史的负担或忧虑、世人的浅薄粗俗和自己的无人可以理解……一律浪漫得不得了的字眼,和都是凡人没有,所以也就显得假得不得了的事情,可他还是断不了地买,所以他觉得自己也

339

挺假。

当然还可以去法院旁听审判杀人犯、贩毒走私案；或是去等级不同的议院，旁听州议员们的立法讨论会……听一次还行，听多了也就觉得千篇一律。

"也许你的车什么毛病也没有，你那辆车不是一九八六年的么？"林达说。

要是你邻人的车坏了，你当然应该表示，但愿这种绝对说不上是好的事，不过是一个误会。

柯先生却觉得她另有所指。硬硬地回了一句："这是我的车，它有毛病还是没毛病，我还不知道？"马上就为可能发展下去的谈话贴上了封条。

有些事不是经不起推敲，而是不能推敲，特别是不能让别人推敲。

"当然，这是你的事。"林达牵起自己的狗，继续向前走去。

一个男人，一旦到了每天遛六次狗的地步，恐怕就是山穷水尽了。你能指望一个山穷水尽的男人，能说出什么像样的话吗？

柯先生也牵着那条神情像他一样古怪的狗，向相反的方向走去。走着走着，他就有点后悔，不该那么快把林达倔走。他站了下来，伸手拍了拍那条狗的头，说："伙计，幸亏有你。"

于是，那狗就"呜"地一叫，而不是像别的狗那样，"汪"地一叫。

林达想，前几年她居然还想嫁给柯先生，真是荒唐。

柯先生有点钱。房子也不错，老殖民时期的。楼上大大小小六间房子，还不包括贮藏室、洗手间。楼下还有大餐厅、外客厅、内客厅、厨房、洗手间。

没有去过柯先生家的人,都以为他一个人住在里面,指不定有多么宽敞。其实他那栋房子里,塞满了旧陶瓷、旧地毯、旧家具……

旧和古不一样。好比说,古董很值钱,旧东西就不但不值钱,反而很便宜。

而且那个旧劲儿好像能传染,谁要是在他那栋房子里待一待,谁就不可避免地非"旧"起来不可。

好比柯先生的脸上,就有一种灰暗的憔悴,像一把久已没有揩拭、打磨的旧银勺。就连他送给她的圣诞礼物,也是一只旧皮夹子。据他说,那只皮夹子是某公主的旧物……弄得林达和他做爱的时候,老觉得她不是和现在的柯先生做爱,而是和一个"旧"柯先生做爱。

那张不动都吱吱响,一动就天翻地覆的床,让她十分尴尬,好像她真干得那么出色。柯先生说,那张床的前主人,是一位举世闻名的物理学家。

睡到半夜醒来,翻了一个身,发现身旁空空如也。下床一找,柯先生正戴着眼镜,在储藏室里研究刻在一只旧玻璃杯上的三个字母。他一面翻动笔记本,一面喃喃地自言自语。一个人,上了年纪不一定让人觉得老,可是上了年纪再加上自言自语,就让她觉得柯先生真的老了。

忽然他就把笔记本在胸前一合,仰望着天花板说:"噢,这杯子的主人,原来是英格兰的一个望族。"那神情简直让林达以为,柯先生找到了自己的祖宗。

"那又怎么样,难道用这个杯子喝咖啡就像喝香槟,在那张床上睡觉,就不做噩梦,不失眠?"林达说。

柯先生想,往下她就该问"你为什么要倒卖这些旧货"了。

这就是一个人和一个物的不同。

这就是一个你和她睡过觉的女人和你没有和她睡过觉的女人的不同。

这就是一个偶然凑在一起消闲解闷的人,和一个从早到晚,事无巨细都和你搛在一起的人的不同。

柯先生从此打消了找一个女人与他同住那栋房子的念头。

而林达也明白了,她根本进入不了这个家。因为她是林达,而不是一只旧皮夹,或一根旧手杖。

就在那天晚上,他们同时感到,他们之间的关系应该到此为止。

他这就到康村去。在报纸上看到,今天那里有街道节,说不定就能收罗到什么新奇的玩意儿。

车一拐就上了高速公路。一上高速公路,柯先生就有一种朝气蓬勃的感觉,觉得自己正赶着去干点什么。虽然到了终点,差不多是没什么可干,或什么也干不成地让人扫兴。可是"在路上"的感觉真好:你就要到某个地方去,到一个暂时还没有变成现实的地方去。没有变成现实前的东西,老让你觉得有点奔头。

"赶上周末,你只好像蜗牛一样地爬。有一次我从纽约到波士顿,赶上下雪,整整开了七个小时。我想与其在路上蹭,还不如去喝杯咖啡。啊哈,McDonald's 里挤得一个空座也没有,全是赶路歇脚的人。"柯先生对那辆有一会儿和他并驾齐驱的红色 Toyota 说。

柯先生说的是"全是赶路歇脚的人"。他这样说的时候,便觉得那次从纽约到波士顿,并不是去看一个什么可看可不看的展览,而是公务在身。

然后他看见一辆涂抹得像柏林墙那么花哨的吉普停在路

旁。几个身穿黑皮夹克,一脑袋头发染得像七彩盘的年轻人,围在车盖前头比比画画,八成是抛了锚。

柯先生急不可待地将车停靠在高速公路边的紧急电话亭旁,拿起电话报警。很高兴有这样一个为他人——又何尝不是为自己——效劳的机会?

"……对,在72号公路、21号出口附近……什么颜色?看不出来。你不必打听车的颜色,你就看哪儿有一截'柏林墙',那就是了。"

下了高速公路,一辆小车正好挡在他的前头,走走停停。"嗨,走哇,走哇。瞧这个老傻瓜,她为什么减速?那边路口的黄灯已经亮了,开过去就是了,开过去这边的红灯正好变绿……跟在这种人后头真是倒霉。"他按了按喇叭,可是他从前面那辆破Ford的后窗里,看见开车的老太太,竟伸出右手的中指,朝他捅了捅。

"嘿,她还行。"柯先生颇为赏识地说。要是一个人还能赏识另一个人,至少说明他比那个人还行。

到了康村,把车停好,他不慌不忙地从街头看起。

街道节和拍卖行不一样。你兜里就是只有几块钱也可以逛逛街道节,买件小玩意儿或是吃个热狗。这可不是葡萄酸,就凭他研究旧货的劲头,不论研究哪一门类的古董,恐怕早就成了行家。研究旧货,可比研究一个门类的古董,工作庞杂多了。

他不经营古董,因为那些东西太昂贵。除非亿万富翁,一般人买不起。你干了一年,也许只卖出一个瓶子,只有一个买主或卖主。买主或卖主有时还不亲自出面,而是由他们的代理人,在拍卖行里拍板成交。

拍卖行里的气氛冰冷拘谨,在那冰冷拘谨的后面,老像藏着个阴谋。只有在喊价或是敲响成交槌的时候,才有点人气。可是那一槌,总是让没有买的人,后悔自己没有痛下决心,从而错失良机。又让买了的人,从此七上八下地思量好一阵子:究竟吃了大亏,还是占了大便宜……总之,它带给人的,是一种过于重大的思量。

也许卖出一张凡·高的画,从中可以赚到一大笔钱,但柯先生的目的不是赚钱,而是有个可以与人交谈的理由,哪怕只交谈两句。

这目的可能太不值一提,但对柯先生来说,它如晚餐后的一杯好酒,晨间一杯对口的咖啡。

他觉着自己有些年月没有喝到好咖啡了。也不是咖啡的牌子问题,他试过好几种牌子,包括过去他们常喝的老牌子。照太太的老办法熬,加同样多的糖、同样多的奶油,坐在同样的桌子旁、椅子上……可那过去的味道,却永远回不来啦。

也许不过就是缺了那个人,就什么都不对劲儿了。

何必为了吸烟这样的事,和太太吵得不可开交呢,现在,再也没人反对他吸烟了,他想吸多少就吸多少。但他往往瞧着燃烧的烟头,想:吸不吸这口烟,真有那么重要吗?

太太让他分担一些家务,又何必有意将她心爱的整套瓷器,砸碎一个盘子或一个碗?再不就弄坏吸尘器;再不就把容易掉色的衣服和浅色的衣服一同放进洗衣机……吓得太太再也不敢让他干什么。

唉,还想这些干什么,想也白搭……还是打起精神逛街吧。

谁也想象不出那佝偻的老头,为什么也来摆摊儿,他那可以折叠的轻便小桌上,只有一把让人想到一间极脏的、厨房里的锡壶;一个齿痕累累的烟斗——经常叼着这烟斗的人,肯定有一嘴参差不齐的老牙;一个蜡烛台倒是手工的,可是过于简陋,不过是块当间有个凹槽的方木头;还有一些卷边缺页的性杂志……全是些讲不出名堂的东西。

老头坐在一只吱嘎乱响、随时可能散架的椅子上,双目微合,轻轻地、摇摆着臃肿的身子,根本不在意是否有人光顾他的摊子。没准儿他也不过是找个理由,在一条足够热闹的街上,坐那么一会儿。

想到这里,柯先生会意地点点头。

那些中年人差不多是专干这一行的。他们很精明,会摆出一两件确实有点意思的东西,但是价钱很刁。

女人干这个的不多。但只要干,就很难缠。

她们干什么不难缠?

你不能轻易地和她们搭讪,弄不好她就赖上你,让你非买不可。你要是不买,她会叫得整条街都听到。

最能起哄的是孩子。八成他们的家长答应,售物所得归他们个人所有。他们的要价,一开始大得不着边际,只要稍作讨论,就会降到一包巧克力的水平。他们需要的是一包巧克力,而不是指望这个买卖养家糊口。所以他们有时把家里还用着的物件,也拿出来卖了。

这不,柯先生就在地摊上看到一捆旧信,卖货的男孩正在和别的孩子猜拳。他拿起那捆旧信翻了翻,觉得值得买。根据信封上的邮票,这捆旧信可以说是万国来函。可是笔迹同属一人,又是寄给同一个人的。收信人很仔细,显然也很珍惜这些信,拆封的地方用剪刀剪得整整齐齐,不像有些信,就像让狗撕咬开的。

寄信的是旅行家?外交官?经营跨国公司的商人?……

这些信是写给父母的?情人的?妻子的?丈夫的?朋友

的？……

里面是否藏着有趣的故事？或什么意思也没有？……

这些邮票对杰西肯定有用。杰西集邮,尽管为那只老放大镜,杰西弄得他心里很不痛快。

那只老放大镜的进价就是十块钱,这还是他费了不少口舌杀下来的。弄得那个卖放大镜的老太太上上下下打量他的穿戴,说:"先生,看不出您还在乎这两个钱。"

他不在乎,可是他得为别人在乎。

但是,也不能老让他往里搭钱是不是？

每每决定买进一件东西,他都要尽心尽力地杀价,为的是让他未来的那些买主少花些钱。只有让他们花不多的钱,又能买到有点稀罕的物件,他的旧货店才对他们有点儿吸引力。

"这个破放大镜也值十块五毛？"杰西把放大镜往桌子上一扔就要走人。

"嗨,杰西,再看看这放大镜,镜片是玻璃的。看看手柄,铜的。现在上哪儿还能找到这样的放大镜？现在的放大镜,从头到尾都是塑料的。"

"塑料有塑料的好处,要不,人们为什么把眼镜片儿从玻璃的换成塑料的？"杰西打定主意,坚决不肯承认那只老放大镜的独特之处。

"你再看看手柄上的花纹,上个世纪末、本世纪初青春派的风格。在美国,你能找到这种风格吗？"

"……盒子边角都破损了。"杰西不是轻易接受诱惑的人,很精明地指出这个细节。

"可这盒子是真正摩洛哥烙花羊皮的啊。"

"我真不明白,你为什么非让我买这个破放大镜不可。"杰西说。

柯先生那说得十分起劲儿的嘴,马上疲软地耷拉下来。

杰西当然不是嫌十块五毛太贵,杰西是看不起他。也许那些买主都看不起他,因为他老是死乞白赖地兜售他那些破烂儿,他一定是穷疯了……

唉,问题是他也得让自己相信,他这样劳碌,真的是有利可图。可是杰西不,杰西最后还是以十块钱和他成交。

不过杰西留下来和他一起喝了下午茶。

其实他一个人已经度过很多个下午,很多个白天和夜晚。可是在一个人的、无穷的日日夜夜里,能有一个下午,和一个即使说不上亲近的人喝一会儿茶,也是不错的,如果晚上再接到一两个电话的话。

柯先生在所有的房间里装了电话机,包括地下室。只要电话铃一响,他就手忙脚乱地扑过去,从来没让电话铃响过三声以上。

那天晚上已经很晚了,他对着电视机已经睡了一小觉,正靠在枕头上想,要不要上厨房去弄点吃的,电话铃就响了起来。

"哈啰,是电视台吗?"没等柯先生回答是或不是,对方就继续说下去,"小羊队的四分卫斯蒂文太棒了,去年他因为受伤不能参赛,小羊队失去了蝉联冠军的机会,今年小羊队算是报仇雪恨了。什么,你觉得线卫迈克也不错?当然喽,他两次拦截成功。不过斯蒂文二十八次传球完成了十二次,共传出二百三十码。跑阵二十八次,达阵一百九十八码……我看他将来一定能获得'海斯曼'奖。你说不一定?为什么……不,不,那几个太老了,斯蒂文是新星,发展前途很大……嘿,你怎么老说斯蒂文不行?我说,你爹是不是让斯蒂文揍过……随你怎么说,反正小羊队赢了,我高兴,高兴,我就是高兴。斯蒂文为小羊队立了大功……"

"咔嗒"一下,那人就把电话放下了,就像他的来电那么突然。一场突如其来的,关于橄榄球新星斯蒂文能否获得"海斯曼"奖的讨论,就此中止。

柯先生想,也许对方怕他回答说,这里根本不是电视台。而且他恐怕不那么快乐,如果他真那么快乐,也就不必给电视台打电话,也不会不管是不是电视台,就一把抓住不放了。

1989 年 12 月于美国威斯林大学
2010 年 5 月修订

上　火

一

唐炳业上了火。大便干燥、小便赤黄、眼角上长满了黄绿色的眵目糊、烂嘴角、舌苔厚腻、舌头上起泡、牙根儿疼、腮帮子肿起一个大包、一张嘴就能嗅到一个消化不良的恶臭……

他吃了不少牛黄解毒丸、牛黄上清丸、牛黄清肺丸……吃泻药，吃巴豆，最后干脆吃了半斤牛黄，结果火还是变本加厉地上。

后来他怀疑，现如今的牛黄是不是真正的牛黄，如果连牛黄都是假冒的，他不知道还有什么东西是真的。

后来香荷说，现在的牛黄是人造牛黄。人造的不是假的是什么，他又觉得香荷就是香荷，一点也不开化，更谈不上进化。

唐炳业有些年月没上火了，最近却上得很来劲儿。

但是昨天晚上他睡得不错，所以他决定今天到协会去了解一下，有关理事会议的准备情况。

按照"猛犸研究协会"章程，每五年召开一次代表大会，今年应该召开的是第八十次代表大会。

但是，在没有充分准备的情况下就召开代表大会，无疑是拿

"猛犸研究协会"的大好前途冒险。

唐炳业听说,协会里有不少人对猛犸研究失去了兴趣,认为这样研究下去,再也闯不出什么新路。协会月刊上发表的论文,不过是些绕脖子、没内容、干瘪无味的抄文,从创刊那期开始到现在,一本也没卖出去。为了堆放这些卖不出去的刊物,每年扩建仓库若干,但还因为在仓库里堆放过久、过挤,造成了火灾,大火烧了几天几夜才被扑灭。

火灾给会员们造成的经济以及心理上的损失还未消解,耗子又在废墟里做了窝。那里的耗子像猫一样大,它们叫起来,也像猫一样"喵喵"的,而不是"叽叽"的。看卦的就说是邪象。

而且那些耗子繁殖极快,一时间城里的耗子就成了灾。到处都可以看到这种又大又肥的耗子,它们旁若无人地在电影院、饭店、办公楼、车间、住宅、商店、会场……蹿来蹿去,不论是耗子药,还是耗子夹子,全不是它们的对手。据说有只耗子还对着耗子药嘻嘻地笑,所以有人建议,"猛犸研究协会"还不如改为"耗子研究协会",不但会有较高的经济效益、政治效益,而且还会造福本市市民。从科学观点来看,也比研究虚无缥缈的猛犸,更接近社会现实。

这些想法,虽然还在私下流传,但已引起唐炳业的警觉。大好的猛犸研究事业,决不能断送在让几只耗子吓破胆的会员手中。一个与一种古老学科有关的科学研究协会,突然不研究科学而研究起耗子,而他这个"猛犸研究协会"的书记,也就变成"耗子研究协会"的书记,岂不成了天下奇闻。

所以,无论如何,应该在代表大会召开之前,先把理事会开了。在理事会没有统一思想之前,是万万不能召开代表大会的。

去"猛犸研究协会"办公室,必须穿过布满猛犸骨骼化石的陈列厅。那些化石,在陈列厅巨幅玻璃的反射下,发出一种黏腻的、令唐炳业想要呕吐的光色。其实唐炳业打心眼儿里讨厌猛犸,谁能证明世界上有过猛犸这种东西?谁能证明,这些骨骼的化石就是猛犸的化石?以及它们为什么偏偏叫了猛犸而没有叫犸猛?或者叫什么乌鸦、青蛙,甚至叫耗子?

可唐炳业偏偏研究了猛犸,他之所以研究猛犸,正因为猛犸这种东西已经绝种。凡是绝种的东西,就比没有绝种的东西好对付。而且猛犸说大象不是大象,说不是大象又像是大象,这不是从天上掉下来的便宜又是什么。凡是说这又不是这,说那又不是那,无法说准的东西,正是可以叫人大显身手的东西。

比方,有的学者在描述猛犸时,说猛犸身上长有长毛。到底多长才叫长?一尺,还是一丈?都很难说。反正,不管你怎么说,猛犸是不会站出来亲自证明什么了。

想到这里,唐炳业又转过头去,看了看至今还在鞠躬尽瘁、为人所用的猛犸,觉得自己关于猛犸的这些想法,真是相当精辟。即便他说不出猛犸的毛长毛短,也无愧于研究协会的书记职务了。

穿过他总想避开,又总是无法避开的猛犸骨骼陈列厅,唐炳业来到了协会办公室。奇怪的是,办公室里的每一个人,嘴上都套了一副硬塑料制的猛犸长牙,就像套着一副马嚼子似的。而且戴着这副长牙的人,自我感觉良好得像是女人们穿上了流行的黄裙子。

他顿时想到,是不是他们已经知道,那副偷运出境,高价卖出的猛犸牙,上面正准备追查。

那举报的人,是否就在这些戴着塑料猛犸牙的人群里?

他觉得这些戴着塑料猛犸牙的人,是成心恶心他,这甚至是宣布背叛他的一个形式。

而秘书长的眼色,更是颇有深意。

351

这绝不是自己神经过敏,的确是因为世界形势发展很快,科学形势发展很快,特别是人的形势发展更快……今天他还是你的人,是"猛犸研究协会"的成员,明天很可能就不是你的人,不是"猛犸研究协会"的成员。不但不是"猛犸研究协会"的成员,很可能还是正在策划成立的"耗子研究协会"的成员,甚至是反"猛犸研究协会",乃至反对你的成员。

这正是不能轻率召开"猛犸研究协会"代表大会的原因之一。

试想,如果到会的都是与"猛犸研究协会"貌合神离、身在曹营心在汉的人,甚至还是打进"猛犸研究协会"的坐探,这个会能开好吗?能贯彻领导意图吗?

现在的组织多如牛毛,诱惑力一个比一个大,每一个协会都以挤掉其他协会为宗旨。有一个协会,干脆就叫"指鹿为马究竟有什么错研究会协会"。据说会员已达七亿,差不多是现有人口的八十分之一。前几天,这个协会开年会,在马路上又是奏铜管乐,又是散发图文并茂的宣传品,比发彩票还折腾得欢。

所以,唐炳业也很担心猛犸研究后继无人的问题。

直到秘书长卸下嘴上的塑料长牙,使自己的牙齿和唐炳业的牙齿一致起来,并像过去一样,忠诚地向他请示汇报说,他搞了这副引人注目的猛犸牙作为协会的标志,主要是想对外扩大协会的影响。就像亚运会,也弄了个熊猫做的标志,唐炳业这才渐渐安下心来。

这时,唐炳业的老搭档,协会主席武建新来了。而他本来说今天有事,不能来的。

唐炳业看到知心人都已到齐,就张罗着开会。唐炳业喜欢开会,只有在开会的时候,他才感到生命的充实,才能发现一个与平时完全不同的自我:那样的辉煌,那样的足智多谋,那样的如鱼得水,那样的绝处逢生……那样的可以忘记不开会时的山穷水尽、委琐、空虚、寂寞、孤独、鬼祟,乃至恐惧。

唐炳业常常感到恐惧。

到底恐惧什么,他也说不清楚,总之,他老有一种要出事的感觉。到底要出什么事,他还是说不清楚,反正是要出事。

所以开会之于唐炳业,就像吸大麻之于瘾君子,一吸解千愁:

一吸就会产生与现实完全不同的幻觉。

一吸就会变被动为主动,或变主动为被动。

一吸就能把谬误变真理,或把真理变谬误。

…………

跟买肉一样,你需要哪个部位,就买哪个部位。

"好了好了,人到齐了,咱们是不是抓紧时间,开个核心会,把理事会前的一些准备工作研究一下。"唐炳业兴致极好地招呼着大家。

所谓准备工作,一、就是下届理事会的名单,要结合清查工作重新调整一下,那些调皮捣蛋、心怀叵测,趁着耗子泛滥想要跳槽、另立山头成立什么"耗子研究协会"的理事,要趁机把他们搞下去。二、就是要准备一个报告。

武建新看着秘书长殷勤备至地又是拿纸,又是拿笔,便招呼说:"不要做记录,不要做记录,用脑子记就够了。你又不是不知道,在我们这个研究协会工作,一定要练就这身本领。"

唐炳业一下就进入了角色。所谓核心会,不过是贴心会。能称作贴心人的,不过二三者,可是唐炳业拿出了主持万人大会的气魄:"有什么新情况吗?距理事会的会期不远了,这期间,尤其要注意各方面的动向。"

353

秘书长汇报说:"趁开会前的这些天,我们去看望了住在本市的理事和常务理事,特别是前一阶段,从实质工作上拉下来的理事,并征求了他们的意见……"

唐炳业大可不必地挥了挥手:"慰问个屁,没处理他们就不错了……"

秘书长也不着急,等唐炳业发完宏论,继续往下说:"……还给每人送去了十瓶太空宇宙食品。有的在家,有的不在家,也有在电话里说不在家的。在不在家是他们的事,反正我们都去了,每家留下一份慰问品……"

武建新满意地说:"这样我们就可以在会议上发个消息,为了猛犸事业的繁荣,我们团结了一切可以团结的力量,也说明我们一视同仁、礼贤下士的作风,正像我们经常强调的那样,不论上面还是下面,都会知道我们做了多少工作。"

他们是不是经常强调这一点,唐炳业记不得了,要是武建新这样说,恐怕就是他们从来没有这样强调过。不过唐炳业也不挑明,仅是焉非焉地哼了一声。

秘书长说:"还有一个问题需要请示一下:理事会的开会地点,以及邀请上级领导到会指示这些事,都没什么大问题,就是怕到会人数太少……"

"竖起招兵旗,总有吃粮人。给他们找个大宾馆,住得好一点,吃得好一点,通知上再写上,赠送贵重礼品,不怕他们不抢着来。"

武建新说:"不行,上次开会就是这么干的,两天就花了几十万块钱。吃也吃了,玩也玩了,东西也拿走了,还告了我们一状,说我们铺张浪费,用'蓝党'那一套办法,拉拢腐蚀他们……现在和资产阶级都不分彼此了,没看见那些资产阶级来了都坐上座吗?他们却还想用这一套整治我们。"

"不提资产阶级怎么行？咱们有时候还得用呢。不能老提，也不能不提，什么时候提，什么时候不提，以及怎么提，都有讲究，要看时机。不过这些人也很会利用我们的旗帜啊，所以我老是说，要改变一下我们这个协会的成分，打乱这些人在猛犸研究事业方面的一统天下。我们应该从基层直接吸收会员，择优录取。那些人没见过什么世面，多少年来苦于没有出头露面的机会。在猛犸研究这一科学领域，多年为那些所谓猛犸研究专家所掌握，不论在学报上发表论文、出版著作，还是出席国内外各种专业会议，或是接受国际、国内各种荣誉、奖励，全让他们包了。就连我那部《猛犸的妊娠反应》，一直让出版社压到现在，也没有出版嘛，更不要说那些在基层搞研究的人了。现在，只要我们给他们一点好处，他们就能忠心耿耿地为我们工作。同时再给他们许些愿，告诉他们，下一年的'猛犸研究国际年会'将在世界名城摩尔哥德斯召开，我们准备派一个五十人的代表团参加，谁能去，谁不能去，全看他们在拥护猛犸研究还是拥护耗子研究这个大是大非问题上的立场和态度了。"

武建新知道，唐炳业早就在为参加那个年会做准备了，听说他还找了不少有才华但还没有冒头的画家，给他画了不少画，算是他的作品。在下一年的"猛犸研究国际年会"上，唐炳业将以猛犸科学研究者和画家的面目出现。现在国际上正流行一个某方面的专家加上一个画家或芭蕾舞演员、作家的头衔，这样他很快就能蹿红。

协会里就有这么一个人，比较了解外面的情况，他出国定居前，关在房子里琢磨了几个月，终于琢磨出一种用喷壶喷画的办法。到了国外，靠这喷壶喷的画，发了大财。要问这财发得有多大，谁也说不清，反正连着离了两次婚，连着给前妻、二妻半儿劈又半儿劈两次财产，也没把他劈穷。而且两个老婆都是洋老婆，洋老婆索要离婚赡养费比中国老婆多得多。到底多多少，谁也说不清，就比着飞机失事算吧，死个老外赔多少钱，死个中国人赔多少钱，一算就算出来了。

外国人专门要他的画，特别是北欧那些有钱国家的人。后来他干脆不搞猛犸了，只管用喷壶喷画。外国的报纸、电台、电视台、杂志社采访他时，问他何时开始学画。他说，自五岁起就开始了，在绘画基本功方面，有过严格的训练云云。

武建新估计，唐炳业也想弄个画家当当，可能是受了那个人的影响。

唐炳业前几天在接受《古生物学报》记者采访时还说："不一定没得过'诺贝尔美术奖'的画家，就不是好画家、大画家嘛！比如说我，在业余时间就喜欢画画，由于我在绘画方面的成就，绘画部还准备给我开个人画展，还准备调我去做绘画部的部长嘛！可是为了猛犸事业的发展，我宁愿留在这个从各方面来说，开展工作还相当困难的地方。"

武建新很快又听说，唐炳业借着和国外猛犸学术界交流的机会，特别是用提供机票、食宿、请对方免费来华旅游、学术交流的办法，在外国人那里找关系，提名他为"诺贝尔美术奖"的候选人。

…………

唐炳业还在不停地宣讲："我们还要对他们讲清楚，猛犸研究事业，正处在一个改变旧面貌、淘汰旧世界、创造新纪元的关键时刻。他们应该肩负起这一历史重任，历史将会记住他们的超越……"唐炳业越说越激动，越说越流畅。他被自己的话深深地感动了，他的耳朵后边，一乍一乍地发冷又发热。他甚至感到，他那堵塞已久的泪腺里，似有什么东西一拱一拱地发胀，就像他睡在玉枝身旁，身上某个部位所常常感到的那样。

想起玉枝,唐炳业就分了心,猛犸、理事会、立场、资产阶级什么的,立刻就被玉枝从脑子里挤走了。他费了好大力气,才把思绪从玉枝身上拉回来。这一走神儿,他的才智显然损失大半,对于如何解决到会人少的问题,他也没有提出什么更具体的有效措施:"这样吧,这次的伙食,就搞个中等水平,纪念品嘛,事先不做宣传。"

秘书长一听,就苦了脸:"那样一来,恐怕就更没人来了。"

唐炳业不太满意地瞥了秘书长一眼,心想:这也不好办,那也不好办,要是都好办,还要你这个秘书长干什么!"这些具体问题由你负责,就不要在这里讨论了。"

说着,唐炳业又想起一件极为重要的事:"还有大会发言,一定不能给那些想搞'耗子研究协会'的人发言机会,可以多组织一些对我们忠诚的同志发言。再强调一下照顾妇女、民族代表的比例,给老中青,以及地方代表的发言机会,这样,那些调皮捣蛋分子发言的机会,自然就会相应减少。"

见唐炳业一副胜利在握的轻敌样子,武建新的话似乎就有些暗藏心机:"不见得吧,强调妇女的比例?不要忘了,常务理事里有几位女将,闹腾'耗子研究协会'闹得最凶。搞猛犸研究的这一行,恰恰是阴盛阳衰,她们闹起来,也是很不好对付的。再说,还有小会发言呢。"

提起小会发言,唐炳业也是深知其害的。前不久,自然科学研究总部,召集各部门的代表人物开个吹风会,范围极小。唐炳业本以为在这样的会议上,不会发生什么节外生枝的事,没有很好地布置自己的人马。

吹风完了,自然科学研究总部的一位领导人照例说了一句"大家还有什么意见吗?没有就散会"时,突然就蹿出一匹黑马,噼里啪啦地就把"猛犸研究协会"存在的问题,揭了个底儿掉。其他问题倒没什么可怕,反正唐炳业上头有人,但有两项恐怕不好过关。一是说,有人倒卖了一副猛犸牙,此事一拖再拖,从未认真下力追查。不但不追查,甚至扣压上级有关部门关于发动群众、彻底追查的指示。二是"猛犸研究协会"有人不安心于猛犸研究事业,而是抓住这块地盘,伙同一部分资深阴谋家,无视最高领导,妄图凌驾于最高领导之上,试问居心何在等等,当时就让唐炳业的额头上布满气血两亏的皱纹。

　　所以武建新一提这个问题,唐炳业立刻反弹出他的深仇大恨:"……至于小会上的牢骚,由简报组掌握,不合要求的部分,不要整理进去。要是有人对简报整理的不全面有意见,就推到整理简报的那些小青年头上去。但记录要全,有问题的发言要单独列档,以便将来调整工作时掌握。必要时,大会结束后,可以组织不点名的批判,反正要使会场正气上升,邪气下降……"

　　武建新说:"我担心有些老头子不上理事会名单不行,否则外人看来,我们这个协会,就不像学术性的协会了。是不是上几个?反正那些老头子也不大愿意多事,问题是一定要想办法让现任的理事长自己提出因年事已高只任名誉理事长的要求才好。你说怎么样?要是决定这么办,事先就要做好准备工作,解决了理事长的问题,才能做到一元化领导。"

　　唐炳业对武建新的这步棋很是赞赏,他再次感到,他这个老搭档、老战友是太精明了。这对猛犸研究事业的发展当然大有裨益,可从另一方面来说,和武建新共事,就不那么放松。

　　接下来,是讨论调整理事名单的问题。唐炳业说:"……如何通过是个问题,但不能搞投票。因为现在的会员,普遍来说还不具备投票选举的素质,一搞投票,就很难控制局面了,特别是不能搞差额选举。'蓝党'从前搞差额选举,就差出了不少问题,连他们的主席也给差下去了嘛!我们应该引以为戒……我们虽然搞的是猛犸研究,可是也不能脱离社会实际,走纯科学的道路。现在的情况,复杂啊……可是不通过一下也不行……"唐炳业觉得这个问题相当棘手。

见唐炳业对投票持如此坚决否定的态度,秘书长不得不吞吞吐吐地提醒他:"按照会章,是应该进行选举的,要不就举手选举?"

唐炳业瞻前顾后地想了又想:"不行,举手也不行。要知道,有时真理掌握在少数人手中。"唐炳业就"真理有时掌握在少数人手中"的问题,列举了不少实例,其中自然少不了列宁在第二共产国际的境遇,等等。

看看时间不早,同时关于列宁在第二国际的情况,武建新也好、秘书长也好,至少和唐炳业一样熟悉。武建新及时打断了唐炳业的抒发:"干脆念名单,然后鼓掌通过,反正到时候总会有人鼓掌。当然,别一个个地念,一个个地鼓掌通过,而是一揽子念,一揽子鼓掌通过。要是怕掌声不够热烈,可以组织一部分工作人员,分散地坐在会场四周,让他们鼓得响一点,再放点摇滚乐,把气氛搞得热烈一些。到时候,谁也不知道有多少人鼓了掌,多少人没鼓掌。"

唐炳业说:"这个办法不错。"

武建新想,不错的办法都是我想出来的,可是掌握实权的第一把交椅,却是你坐。一旦对外、对上说起猛犸研究事业的发展,也是在唐炳业同志的领导下如何如何……但是,为了猛犸事业的发展,当然也是为了那虽不是第一把交椅也是第二把交椅的发展,武建新撇开个人得失,继续为即将召开的理事会献计献策:"头一天,先给工作人员办个卡拉 OK,打打气,酝酿酝酿情绪,培养培养临场气氛,训练训练实战经验,以保证我们的计划能够顺利进行。"

"摇滚乐可能有点自由化。还是民族特色,放点锣鼓点子吧。"唐炳业终于想出这个政治上比武建新高出一筹的点子,他心理上才算有了平衡,不然就总是武建新在力挽狂澜。

反正在不搞投票也不搞举手的大方向上,他们已经取得一致意见,武建新觉得没有必要在这些细枝末节上,再和唐炳业争来争去:"那也行,不过开理事会之前,不要说得那么具体,说得越含糊越好。就说名单提请大会表决,只说表决,别的什么都不要说。到开会的时候,来个突然袭击,再说赞成的鼓掌……免得哪些调皮捣蛋分子事先知道,又出鬼点子。"

在唐炳业和武建新讨论这档子事的过程中,秘书长长吁短叹、抓耳挠腮、红头涨脸、欲言又止的异常表现,终于被唐炳业发现:"难道你还有什么话要说吗?"

"我,我……"秘书长明明想一吐为快,却又显出畏畏缩缩的样子。其实他很想痛痛快快说出他的主意,好让他们大吃一惊,反过来求他,一解多年只是他给他们磕头作揖、卑躬屈膝之恨。但他又盘算,对他这份相当厚重的忠诚,他们到底能给自己多少好处?也许把它献给"蓝党",或是那些想搞"耗子研究协会"的人,收获更大?

唐炳业有些不耐烦:让他讲,他又拿乔了!便粗声粗气地催促道:"有话就说,不要吞吞吐吐的嘛!"听上去却是:"不说拉倒!"

唐炳业的粗声粗气,有一种让秘书长这种人矬下去的气势,秘书长赶紧丢下肚子里的盘算,轻而易举地就把他那份厚重的忠诚,一门心思地投放到唐炳业和武建新的脚下。"我不知道该不该说……"为了表示这份忠诚的厚重,秘书长又神秘又卖弄地停了一停,以为这会引起唐炳业和武建新更多的注意,结果他们谁也没表示出更多的兴趣。秘书长只好自己给自己助兴,讪讪地笑着往下说："我觉得念名单啦、鼓掌啦、组织工作人员坐在会场四周啦、卡拉OK啦、摇滚乐啦、锣鼓点子啦……都可以省略,我的一个表侄最近刚从海外回来探亲,他在海外研究的是一种和电脑有关,可又不是电脑,而是一种叫作'后电脑'的学科……"

见唐炳业和武建新听了"后电脑"这个词儿后,一愣再愣的模样,秘书长做了一个触类旁通的解释,"文学上不是有'现代主义'和'后现代主义'之分吗?这个'后电脑'和电脑的关系,就类似'后现代主义'和'现代主义'的关系,简单地说,凡是电脑做过的东西,'后电脑'全可以反其道而用之。比如有家电话局,就是因为采用了我表侄的'后电脑'技术,不但扭亏为盈,而且还大发其财。其中最简单的一个办法就是,把用户每个月的月租费由少算多,而且还能列出每次通话的时间、从哪儿打向哪儿等等。那些通话还都是用户常用的、熟悉的电话号码,即使用户想怀疑都没法儿怀疑。不但不怀疑,还相信自己果然打过这些电话,不但确信打过,而且还能想起这些电话的通话内容。有一家用户,大门一锁,全家出国一年,回国之后,电话局给他们送去四万多块钱的账单,他们也照交不误,从来没有发生过'我们一年没有使用电话,哪儿来的电话费'的疑问。所以,既然举手不便,投票也不便,而会章上又规定理事、理事长必须经选举产生。那么,采用我表侄的'后电脑'技术,就能三全其美。我们可以用投票,甚至举手这种符合'猛犸研究协会'会章的办法进行选举,但是用电脑来统计选举结果,在电脑后面,安上我表侄的'后电脑'设备,这样统计出来的结果,既发扬了民主,又完全符合咱们的要求,代表们还说不出什么。谁能怀疑电脑呢?谁要是怀疑电脑的计算,简直就是无知、土老帽儿、没文化、愚昧,不配叫知识分子……您二位想,咱们研究协会里的人,谁能受得了不配叫知识分子这一说？他们就是不服,也不能往外说。"

唐炳业首先发出惊讶的疑问:"竟然还有这样的学科？世界岂不乱了套！"

武建新也说:"我经过的事多了,还没见过黑到这种地步的学科。"

秘书长说:"您这就错了,这怎么叫乱套？只要这种科学掌握在像您这样的老同志手里,而不是掌握在想搞'耗子研究协会'的人或'蓝党'那些人的手里,就只能造福人类,而不是像您所忧虑的天下大乱。您看,电话局采用这个技术已经一年多了,天下大乱了吗？您听说过哪家用户,为了电话局多收了他们的钱,而示威、游行、抗议、结社、罢工了吗？没有！是不是？这一学科,是理论上的大突破。过去说,'客观规律不以人的主观意志为转移',现在是,叫它怎么转移,它就怎么转移。原来的命题,现在完全可以推翻,改为'客观规律完全可以以人的主观意志为转移'。"

秘书长又转向武建新:"您忘记古圣格言是怎么说的？技术是没有阶级性的,就看它为哪个阶级服务了。就算您说得对,这办法太黑,可它是'阳黑'而不是'阴黑',对不对？不论干什么,只要一'阳',您还能说出什么来？"

唐炳业和武建新面面相觑,他们谁也没有想到,平时唯唯诺诺、点头哈腰、跟屁虫似的秘书长,能振振有词地说出这样莫测高深的理论。对博大精深的古圣格言,又如此地融会贯通,真是"真人不露相,露相不真人"。

他们立刻感到自己的狭隘,目光短浅,不善总结,不能上升到理论的高度,不能从实践到理论,再从理论到实践,不成熟,不到家……同时他们也感到了一种隐秘的危险,可是他们又觉得,这一切来得正是时候,真是天助我也！

"你说的这事有把握吗?"唐炳业和武建新问。

"包在我身上!"秘书长拿出宣誓般的忠诚,"这个学科,是我表侄独家所创,除他以外,世界上没有第二个人可以掌握,个中奥秘,是天知、地知、你知、我知。为了万无一失,我准备让我表侄先做几次模拟试验,请二位领导审查后,再做定夺。"

见秘书长考虑得如此周到,唐炳业和武建新马上就想见识见识这可以令人如愿以偿的"后电脑"技术。他们异口同声地说:"好好好!这件事就交给你办了,我们会注意你的工作,不会忘记你对猛犸研究事业的贡献。"

正说到这里,小秘书敲门。小秘书在门外说:"商会来电话,说台湾那个投资代表团请客的时间快到了,请唐书记、书记夫人,武主席、主席夫人早点动身,宴会前还有些事需要商议一下。"

唐炳业看了看表,果然时间不早。他满意地说:"今天就先研究到这里吧,大家想想还有什么问题,咱们回头再研究。"说完,就拉着武建新回家接夫人去了。

秘书长这才顾上擦擦汗,一条手绢很快就湿透了,他就把衬衣脱下来擦汗。他一面擦汗,一面深情地望着唐炳业已呈正方形、行走起来颇显艰难的身躯,他觉得唐炳业的生活,一定也有他的难言之处。

光"猛犸研究协会"差不多每周就有一次或大或小的宴会,还不算唐炳业在其他协会、委员会、商会以及什么外贸公司、服务公司、汽车公司、食品公司、房产公司,专利局、专利研究所、专利事务所、四十年大事记、五十年大事记、各种年头的大事记,各种年鉴、手册、汇编……兼任的董事长、总经理、顾问、主任、会长……

这些机构和这些机构所属的子机构,断不了地开幕、剪彩、招待会、宴会，有时一天多达好几场，唐炳业只好来来回回地赶场。在那个宴会上吃头菜，到另一个宴会上吃饭后甜点……别说那胃是肉做的，就是铁打的，也得磨出窟窿来。

这样下去，怎么得了！秘书长同情地想。

二

宴会设在著名的水晶饭店。

餐厅四周和餐厅中间的圆柱上，镶满了镜子。餐厅里的人和物，在镜子里便纷叠得铺天盖地。唐炳业喝一口燕窝汤，就有成千上万个唐炳业喝了口燕窝汤。唐炳业一龇牙，就有成千上万个唐炳业在龇牙。于是，他有了被放大了的、无处不在的充实感，也有一种放在光天化日之下，被人监视的局促感。

台湾来的投资代表团不断劝酒，谢了顶的团长话不多，后来唐炳业发现他吃得也不多，只是一根接一根地吸烟，并且说得一口四十年代的京片子："唐先生，您请，请，甭客气，酒菜不好，您多包涵。"唐炳业就有一种旧社会的感觉。

他也不知道刚才定下来的协议，是否确如商会会长所说，是"捡了个大便宜"。这句话怎么想都行，反正参与会谈的主要人物和他们的夫人，都收到了赤金镶有一圈钻石的手表一只，那些钻石很大，每一颗都有半克拉。

台湾人，有钱哪。唐炳业有些感慨，也有些气馁，全是让那只镶钻石的金表闹的，明知收下掉份子，可又禁不住这样的诱惑。弄个镶钻石的金表不算很难，但也不是很容易，更何况这种东西还是多多益善。

所以唐炳业觉得谢了顶的团长吃得不多，是为了瞧他们怎么吃。尽管有了镶钻石的金表，水晶饭店的饭菜，还是有一种酸里吧叽的敌意,在唐炳业的心里蹿来蹿去。

他忽然觉得,像是在哪儿见过这位谢了顶的团长:两腮塌陷,面孔黝黑……想起来了,最近上映的一部反映解放战争某大战役的巨片中,有个被俘的国民党军长,长得就是这个模样。这一小小的发现,使唐炳业的精神大振,刚才那点气馁,也就被这阵快意淹没。他果断地抄起筷子,心里想:吃,吃他妈的吃。

菜很丰盛,穿红着绿、婀娜多姿的女服务员,端着盘子在各个桌子间穿梭般地来来往往。似有似无、拧来拧去的音乐,就像为她们的莲步、为她们开衩很高的旗袍、为怀着各种动机在这里享受的人们,适时地添加某种推波助澜的激素。

桌子要是再大出一圈就好了,香荷想。

"您喝点什么?"

"呃……"女服务员托着一托盘饮料,殷勤地想要为费萍斟点什么,她瞥了瞥托盘里的各种饮料,都是上等货,就说:"随便吧。"

"喝'可乐'。"香荷筷子一甩一甩地指挥着女服务员,给费萍斟一杯"可乐"。

费萍并不喜欢"可乐",既然已经给她斟上,凑合着喝喝倒也无妨,不是什么重要的问题。

还没等全桌人的饮料斟齐,香荷已经开吃。她端起一盘凉拌海蜇头,扒进她面前那只用来喝汤的小碗里。然后抄起筷子,吃面条那样把凉拌海蜇头扒拉进嘴里。刚把最后一嘴凉拌海蜇头塞进嘴里,又端起一盘盐水虾,横筷一扫,四分之一盘盐水虾又进了她的碗里。

武建新看了看桌上那些投资代表团的夫人们,有一筷子没一筷子地对付着山珍海味,便觉得香荷的吃相实在不雅。其实

365

他们常在一起吃饭,她也没像今天这样让人看不过去,便拿起酒杯对香荷说:"来,来,咱们俩干一杯。"

香荷正在用牙齿撕咬虾皮:她的脖子往前夯着,加倍小心地提防油水滴洒到她那咖啡色的小西服上去,所以连头也没往武建新这边拧,只把拿着酒杯的胳膊,往他这边一横,差点把她左手那位太太的筷子打翻在地。香荷不是怠慢他,更不会为几十年前和他的那点旧情而尴尬,她实在是腾不出正在忙活的嘴。她的嘴被食物撑得太满,每当她的牙齿嚼动一下,她的两腮,就往外猛地一夯。

武建新倒为她有些难堪地环顾一下四周,他看见香荷的影子,在镶满四周的镜子里,一层一层地铺叠过去,正面、侧面、背面,交叠在一起,似乎满世界都是香荷龇着牙撕咬虾皮的景象。

可是他又不明白:她这种吃法,又能吃出什么滋味?她那是吃吗?还不如说是抢先把美味佳肴装进胃袋,等回家后,再从胃袋里倒出来,慢慢地品味。

突然,武建新在饭店的镜子里,看见了如香荷那么多,或是说像任何人那么多的、铺天盖地的耗子。他一惊:怎么?"猛犸研究协会"的耗子,也跑到这里来了!

那些耗子,在每张桌子上窜来窜去,伸出爪子,挠挠屁股,又挠挠胡须,一屁股就坐在桌子中央的大拼盘里,往东伸伸爪子,又往西伸伸爪子,好像劝大家不要客气,多吃一些……

这可怎么得了,难道这些耗子真成精了?

武建新很着急,如果台湾投资代表团知道,这些耗子恰恰是从"猛犸研究协会"的火堆里生出来的怎么办?他们还愿意把协议变成合同吗?虽然他知道世界上任何地方都有耗子,但也应该内外有别,特别是不能让人知道,这些大耗子,是从"猛犸研究协会"的火堆里生出来的。他尽力不动声色地扬扬手,做出挥打的样子,可是那些耗子,朝着他,又挤鼻子又弄眼,还说:"跟你逗着玩儿呢!好玩不好玩?好玩不好玩?"武建新被那些耗子逗得七窍生烟,使劲儿一挥手,"啪啦"一声响,他把投资代表团副团长的酒杯,打翻在地上了。

奇怪的是,根本就没有耗子。

难道是镜子的问题?饭店是外资企业,外国人设计装修的东西,怎么能有问题。也许是他的眼花,也许是梦魇,但他怎么可能在宴会上睡着了呢?

那,为什么他看见了耗子?是否只有他一个人看见了耗子?……武建新为耗子在宴会上的出现而冥思苦想。

投资代表团副团长说:"您醉了吧?我这里有从日本带来的解酒丝素饮料,您是不是喝一点?"

显然投资代表团副团长没有看见那些耗子,否则他就不会以为他是因为喝醉,而打翻他的酒杯了。

又上菜了。香荷鼻子上架着的那副眼镜,就像举着的望远镜,一时不可懈怠地跟踪着新上桌的菜肴。

嫁了唐炳业,她还能缺吃的吗?

武建新就想,幸亏当年没和香荷结婚。香荷差一点成了他的老婆,可他那时的"级别",还不够娶老婆的资格,所以香荷就嫁给了唐炳业,否则今天就是他带着香荷来赴宴,而不是带着费萍来赴宴了。

叫结就结,不叫结就不结。就像那些不断更改的计划或是命令,纯属情况正常。武建新也看不出,和香荷结婚或是和费萍结婚,有什么原则性的区别。他觉得,女人嘛,蒙上脑袋,下面都是一样的。就像平日里常吃的那道"扣肉",下面垫的是霉干菜。要是垫的小油菜,或是油豆腐、千张,那盖在上面的,难道就不是肉了?

两个真正的男人,是不会为一个女人争风吃醋、翻脸、红刀子进白刀子出的。只有那些吃饱了饭又不务正业、游手好闲的公子哥儿,或是地痞流氓,还有什么骑士(其实也就是外国的二流子),才会为女人打得死去活来。

让不让娶老婆问题不大,问题是那个"级别"的作用,如今更加发扬光大,不但影响他们的今生今世,还影响死后的一些事情,诸如丧葬的规模、悼词调子的高低、骨灰盒子放在什么地方、遗孀的待遇等等,让人万万小视不得……

想必香荷也没看见那些耗子,否则她不会吃得这样所向披靡,这样无所忌惮,这样全心全意。

比之香荷,比之在这里吃请的"猛犸研究协会"衮衮诸公,他不是为有没有耗子而过于忧虑了?

那些人到底是真关心,还是假关心"猛犸研究协会"的前途;到底是真为,还是假为反对"耗子研究协会"而斗争……他越想越闷气,也许他真该喝些解酒的丝素饮料。

唐炳业慢慢地呷着茅台。他还是喜欢茅台,不管电视上宣传这种酒或那种酒,得了什么国际金奖不金奖,他就认准了茅台。家里也有许多人进贡的洋酒,拿破仑 XO 什么的,一瓶就是六百多块兑换券,可喝起来总有一股药水味。那些酒,全让玉枝收了起来。香荷想不到这些,她想到的、把着的,净是那些盆盆罐罐:湖南腊肉、福建芦柑、四川豆瓣什么的,那些东西全加起来,也顶不上一瓶 XO,即便香荷想得到,也不是玉枝的对手。想到这里,唐炳业看了看吃得旁若无人的香荷,心里涌起一些爱怜。吃吧,好好吃吧,他想。

在家的时候,他不大和香荷搭话,为的是减少麻烦,只有带香荷出来参加参加活动,算是对香荷的一种补偿,反正正式的场合,也不能带玉枝出席。

　　特别现在的活动,总是有吃有喝,而且档次越来越高。为了照顾大多数同志的饮食习惯,除西餐外,什么生猛海鲜、肥牛火锅、日本料理;兆龙饭店、王府饭店、香港美食城,包括桑拿浴、室内游泳以及美容有加的康乐宫……可以说,吃遍京城,吃遍中国。因为有些活动,一直会活动到哈尔滨、呼和浩特、乌鲁木齐、广州、上海那样的地方去,更不要说是出国考察、谈判……是真正的对内搞活,对外开放。唐炳业绝对是拥护改革的改革派!

　　而且在这种场合,总能见到几个老战友,大家一起热闹热闹,要比在自己家里约见聚会省时、省力,又省钱。不论在谁家,是决计吃不出这样的全面、这样的广泛、这样的规模、这样的水平、这样的豪华、这样的辉煌、这样的壮观、这样的气魄的!

　　上的菜是草菇炒鲜贝。

　　香荷说:"快吃,快吃,草菇炒鲜贝。"说着,又端起盘子,又是一筷子横扫,接着就把盘子传给了费萍。

　　尽管香荷的眼、手、嘴,甚至脑子都在忙活,可她没有忘记兼顾一下费萍。她们可以说是莫逆之交,几十年前,还在那个后来才光芒万丈、万人景仰的小县城时,她们就是小县城里那所唯一的医院的护士了。后来又都跟着自己的丈夫,辗转进了京城。几十年来,她们一起经历了各种各样的风云:经常需要彼此佐证她们偷过或是没有偷过一只鸡,说过或是没有说过某位大人物吃多了也如凡人一样地放屁……

　　这些佐证,比她们之间的友谊,或她们之间的仇恨,更紧密地把她们捆在了一起。

　　不过费萍没有拿筷子横扫那盘草菇炒鲜贝,她只舀了一勺。舀的时候,还没忘记用眼睛向四周一扫。一扫之下,就瞥见对面那个年轻的女人,直勾勾地盯着她和香荷,主要是香荷。

费萍就想,幸亏有这一瞥。

这时,投资代表团团长的夫人,娇滴滴地说:"唐先生、唐太太,武先生、武太太,我敬你们一杯。"

唐炳业好酒量,一仰脖子,见了杯底儿。抿了抿嘴说:"关系深,一口闷。"

团长夫人乘胜追击:"那咱们今后就是同舟共济了。"

唐炳业便忘了不论是自己的敌意,还是气馁、还是快意:"好说,好说。"

武建新和唐炳业干脆利索,香荷却不怎么买账。她想,什么同舟共济不同舟共济,反正是来赚钱的,赚了我们的钱,吃你还不是活该。她爱看不看地看了看团长太太,莫名其妙地觉得她也不过是另一个玉枝,香荷恨所有的"玉枝"。

投资代表团团长和团长太太的脸上,就有点不是颜色。当然不是愠色,而是收敛了许久,而终于觉得不必再收敛的轻蔑。

费萍则象征性地抿了一口。

武建新只好出来力挽狂澜,他学着唐炳业的调子,说:"关系浅,舔一舔。"

费萍一听,头一仰,把一杯酒全干了下去。

樟茶鸭子上来后,尴尬的气氛,才算有了缓解。武建新反客为主地张罗着:"来,来,吃鸭子,吃鸭子。樟茶鸭子是这里的名菜。"他先给团长太太夹了一只鸭腿,"女士优先,女士优先,我这里借花献佛了。"

团长太太似乎要让香荷更加不快,与唐炳业和武建新周旋得更是多姿多彩。说:"谢谢武先生的美意,那我就不客气了。可是呢,我真吃不下了,就请唐先生代劳吧。"说着,就把那鸭子腿夹进唐炳业的布菜碟里。唐炳业不知道吃好,还是不吃好,举着筷子,勉强做出潇洒的微笑。

投资代表团团长放出一长串揣摩不透的哈、哈、哈,团长太太更是笑成一朵花,各位陪坐谨慎地嘿嘿着。

只有香荷,勇敢地站起来,对准另一只鸭腿,狠狠地戳了过去。可是那盘樟茶鸭子摞在一桌菜肴的正中,距离消耗了香荷筷子头上的土气,她不得不踮起脚尖,才拧下另一只鸭子腿,而且拧得很没有气势,反而显得她不过是想吃另一只鸭子腿,除了想吃另一只鸭子腿,没有别的。

此时,投资代表团团长和团长太太的兴趣,已转移到明天游览长城还是游览天坛的安排上去。他们正在考虑,乘唐炳业或武建新的专车,还是乘出租车。

费萍的眼睛不由得又向四周一扫,坐在对面的那个女人,还在直勾勾地盯着香荷。好像她根本不是来这里吃喝,而是专门来盯她和香荷的。眼神里没有一丝友善,而是鄙夷、怜悯、讥讽的组合,虽然她现在盯的不是费萍,费萍却有了唇亡齿寒的戒备和敌意。

她侧过头去与香荷耳语:"看见对面那个穿绿衣服的女人了吗?"

"早看见了。"香荷一面用舌头打扫着口腔里的残羹剩饭,一面用眼睛巡视着桌面,以便干净彻底地结果这张桌子。

只见她的舌头往左一拐,就从左边的嘴唇和牙床之间,挑出一块草菇,她把那块草菇嚼巴嚼巴,又咽了下去。只见她的舌头又往右一拐,又从右边的嘴唇和牙床之间,挑出一根霉干菜,她把那根霉干菜接着嚼巴嚼巴,也咽了下去,连费萍也不得不惊诧于香荷的舌头何等之灵活,香荷的口腔何等之空阔。

"……好像是个记者。"

"管她是干什么的。"香荷试看天下谁能敌地说。她把吃了一半的芦柑放下,又从水果盘里拿了一个。

371

见她一人独占两份,费萍就以为先前那个是坏的:"哦,坏的?"

"不,挺甜。"香荷吞完第二个芦柑,回过头来再接着吞那吞了一半的芦柑。

费萍羡慕香荷,到了这把年纪,还有如此结实的一个胃,以及显然结实的其他。

就像被香荷的"结实"武装了一下,费萍再也不去注意对面那穿绿衣的女人,也不再去注意投资代表团的任何一个成员。

三

菊嫂只好撂下不干。

费萍走时没有交代晚饭吃什么。就算她交代了,装粮食的柜子也锁着,而钥匙掌控在费萍手中,没有钥匙,拿不出米面,饭怎么做?

她浑身酸懒,也有些咳嗽。前几天晚上,为了给住在前院的红梅传电话,急急忙忙地没穿外衣、没戴围巾就跑了出去,冻感冒了。

再说,她心里也有些憋气,为了给他们家的人传电话冻感冒了,跟费萍要点儿感冒药也不给。

武建新和费萍每天都吃很多的药,红的、绿的、蓝的、白的……各种颜色的药片,一吃一大把。

费萍主张少吃鸡鸭鱼肉,说是吃多了容易得高血压、冠心病。他们确实很少吃鸡鸭鱼肉,他们吃营养药,药里什么全有了,还是进口的。

费萍说:"不是我们不给你药吃,公费医疗是国家给我们的待遇,充分体现了社会主义的优越性。但不能因为我们看病吃药不花钱,就把药给不应该享受公费医疗待遇的人吃,这是占社会主义的便宜。"

菊嫂只好到药店去买,两丸子药就是八块多钱,八块多钱也没把她的感冒治好。潘嫂说:"八块多钱,怎么能治好感冒,要想治好感冒,怎么也得八十多块。"又给她出主意,让她拿着账单去找红梅报销,"既然他们不近人情,你还有什么拉不下脸的。"

菊嫂觉得潘嫂说得有道理,果真拿着买药的发票找红梅报销:"你能不能给我报销这药钱,我可是为了给你传电话才冻感冒的。"

红梅给武家当了几年儿媳,算得上是久经沙场,嘴一张,就把菊嫂杀得落花流水:"哟,这感冒还能秤出来、量出来,是给我传电话得的吗?谁知道是不是你星期天逛街冻的?"

菊嫂称不出来,也量不出来,她只好退而求其次:"给我报销一半也行。"

红梅说:"我的孩子病了,还没人给我报销一半医药费呢!"

不说那孩子倒还罢了,一说那孩子,菊嫂就想起自己为那孩子操的心,一点不比红梅这个当妈的少。孩子刚生下来的时候,不知道为什么,总是没完没了地哭,特别是晚上,哭得更凶,弄得红梅没法睡觉。红梅气得啪啪啪直打他的小屁股,那么小的孩子,受得了吗?菊嫂就抱过来跟自己睡。那孩子也怪,跟了菊嫂,不再哭了……要说那孩子是自己一手带大的,一点也不为过。

那时,菊嫂跟红梅计较过吗?她在这里的工作,是只管做饭、洗衣、打扫卫生、收拾房间,带孩子不是她分内的活儿。这些人怎么这么没良心,过河拆桥、卸磨杀驴,用着人朝前、用不着人朝后,这栋屋子里,上上下下还有好人吗?

373

菊嫂让红梅逼得造了反:"你要这么说,以后我再也不给你的孩子洗衣服。"

"家里每个月不是给你加了五块钱吗?"说到钱,特别是同外人说到钱的时候,红梅觉得她到底还是武家的人,枪口一致对外。

菊嫂说:"那可不是给你孩子洗衣服的补贴,那是因为我要走,奶奶给加的。"

菊嫂一下子戳到了红梅的要害。在这个家里,红梅该占多少便宜,费萍是有言在先的,红梅只好闭上了嘴。

有时菊嫂觉得自己变得很恶,从前她可讲不出这种一点面子不给别人留,结果也就是一点面子也不给自己留的话。这种话,还是人说的吗?可她就这样红口白牙地说了出来,连磕巴都不打。

想起刚进城做事的时候,自己那种尽心尽力的傻劲,真是难找。

第一次明白不能那么瞎起劲是什么时候,又为了什么事?

好像是来了一位客人,客人讲的是扬州家乡话,菊嫂心里就一热。客人一脸的汗,手里拎着大大小小的提篮和网兜,里面装的是清一色的家乡土特产。那时还不兴走后门,行贿受贿,所以提篮、网兜里装的是一片真情实意。让菊嫂心里好过意不去,好像那片真情实意是送给她的,连忙沏茶倒水、让座、拿扇子。

客人走后,费萍郑重其事地把她叫到客厅。说:"以后,不该你管的事,不要管。"见菊嫂还是憨头憨脑,一个劲儿地眨巴眼睛不开窍,只好把话说白,"如果我们不叫你给客人沏茶,你就不要沏。一沏上茶,坐下来就不走了。首长那么忙,还有更重要的事情处理,一天到晚老接待客人,还干不干工作?再说,什么人都接待的话,哪儿接待得过来,这样的道理难道你还不懂,要我交代给你?"

费萍不笑也不气,可那气派,就像王母娘娘降旨,让她心里直哆嗦。哆嗦归哆嗦,菊嫂终于还是明白费萍和她谈话的目的,还不在给谁沏茶还是不沏茶,而是向她交代政策。

从那以后,菊嫂知道有些事只能意会,不能言传。该用眼睛看着的,不能用嘴问;哪些事该用眼睛看,哪些事该用嘴问,是不能错位的。

好比说,茶叶分三等,哪一档客人来了用哪一等茶叶,是留心看来的。

好比说,哪一档客人备什么样的饭菜,就得问了。要是说"随便吧",那就是赶上什么吃什么。要是说"简单一点",备点花生米、松花蛋之类的小酒菜,再包顿饺子就行了。要是除了每天的菜金,再另加钱的话,那就是来了和首长一个级别的客人了……

这些年,长见识啊。菊嫂从懵里懵懂的乡下人,长进成了能眼观六路、耳听八方的人……她不知道这是祸,还是福。

要不是福,又怎么讲呢?

从老家出来的时候,村里的人不要说京城是什么样,就连省城是什么样也不知道,听说她要上京城谋生,就像她要上天堂似的。哪儿像现在的乡下人,走南闯北、穿西装、唱卡拉OK、吃肯德基的家乡鸡而不吃自己家乡的鸡。

"人家的马桶比饭碗还清爽,水一冲,屎尿就不知道哪里去了。"

"啊呀呀,太可惜了。"

人们就白眼那可惜了这屎尿的人。

"吃水不用挑,一拧铁管子,水就哗啦啦地流。"

"…………"

375

听着这些，菊嫂心里十分感谢那位衣锦还乡的表亲，他那时就在京城里给首长当警卫员。

菊嫂回过几次老家，比起同龄的姐妹，她显得年轻多了。

"吃得好吗？"她们问。

"大米白面，一年四季，顿顿有炒菜呢。"

"都干些什么活儿？"

"没有多少活儿，就是做做饭，洗洗衣服，买菜有公务员，管家有秘书。"

"坐过汽车吗？"

"大小汽车都坐过了。"至于坐车去干什么，不过是上医院给武建新送菜、送衣物。至于武建新一家吃小灶，她不过跟着公务员一起吃白菜熬豆腐，是略去不表的。

菊嫂不喜欢吹牛，菊嫂只是好面子罢了。

乡亲们果然啧啧有声。

"还回来吗？"

"回来。"

"真的？"

"哪个骗你。"嘴里这样说着，心里却对自己怀疑起来。再让她回到一年四季也不能直腰的土地上，她还能干吗？她下意识地扭了扭鞋里的脚，黑平绒的布鞋做得很合脚，白毛边的底子软软的。那残冬未尽，便得赤脚泡在冰茬儿的稻田里翻地的日子，已经远得不可追忆了。

她的喉咙不知不觉也变细了。那整年见不到一点油星，只靠萝卜干和萝卜缨子下饭的饭，还咽得下去吗？

还有丈夫那样粗暴地按着她的膀子，以及嘴里那股又酸又臭的味道……现在她天天刷牙，还用牙膏。

冬天，屋子里比外头还冷，被窝永远是潮乎乎的，好像从来没有晒干过。

她给大儿子盖了房,还得给二儿子攒钱盖房。等给他们全盖了房,她的心思才了。若不是丈夫把钱输光,老二的房子也早盖成了。老了老了,倒添上好赌的毛病……

这样想来,不管是祸是福,她还得在城里待下去。

歇着歇着,菊嫂就睡着了,一睡就睡到红梅他们回来的时候。

见菊嫂还在沙发上歪着,红梅便说:"你倒挺会享福啊!"

菊嫂就说:"你不是知道我感冒了吗?"

一说感冒,红梅就不搭茬儿了。一没话可说,二再看什么吃的都没有,更加吵吵肚子饿了。红梅的丈夫就从前院拿来饼干,"先吃些饼干吧。"他说。

红梅一把抢过饼干盒,"哐当"一声就把饼干盒盖了起来,说:"不许吃!凭什么吃我自己的饼干,我的伙食费白交啦?我不,我偏要等饭吃!"

既然红梅不吃,她丈夫也不敢再吃。

省下了自己的饼干,并不等于红梅的气就省了下去,她积攒在肚子里的气,海了!

"我坐月子的时候,你妈给我吃过什么?我给你们家养的还是头孙呢。菊嫂知道,连一只母鸡也没有给我吃过。鸡吃不成,我要个鸡蛋吃,你妈就让菊嫂煮一个。吃饭的时候,当着全饭桌的人,把鸡蛋往我的面前一放,还说'红梅同志,请吃鸡蛋',她以为是我想吃哪,我是为了孩子。结果怎么样?闹得我还没出满月,孩子就没奶吃了,还不是得给孩子订牛奶?省钱了吗?钱也没省下,孩子还净闹病,到现在身体都不行。"

菊嫂心想:我才不给你证明你坐月子的时候吃没吃鸡呢!

红梅学着费萍那一拧一拧的声音说:"'红梅同志,请吃鸡蛋',哼!"

费萍和武建新回到家里的时候,已经九点半了。红梅尖着嗓子说:"您去吃请了,我们呢,可在这儿饿着肚子,等您回来开米面柜的锁。一个米面,又不是金子,有什么可锁的?"

菊嫂想:说得对,说得好。

费萍像没听见,照旧一脸的和气,一脸的狠抓思想政治工作。"怎么样,咱们就不吃了吧?"她对武建新说。

武建新酒气熏熏好心情:"当然,当然。除非你再陪我喝两盅。"他一听红梅的尖嗓子,就知道情况不妙,凡是遇到这种老娘们儿闹事的情况,最好的办法就是交给费萍全权处理。

所以武建新就乱云飞渡仍从容地打开电视,他记得《广播电视节目报》上说,今天晚上播放电视连续剧《武林豪杰》,他最喜欢武打片,他觉得比那些婆婆妈妈、谈情说爱的片子好看多了,所以一到电视台播送这些节目的时候,武家就响彻各路英雄你死我活、鬼哭狼嚎的"啊——啊——"声。

红梅最恨费萍那一脸的狠抓思想政治工作,除非生活在这个家里,否则人们永远无法知道,费萍的一脸狠抓思想政治工作后面,藏着什么。有时,红梅真想跳上去,一把撕下费萍那一脸的狠抓思想政治工作。可是认真一想,她和孩子、丈夫,似乎又都分享着费萍那一脸狠抓思想政治工作的成果,要是她真把费萍那一脸的狠抓思想政治工作撕了,对她又有什么好处呢?

他们没房子。如果折腾折腾,房子也会有的,但住在这里的种种方便,甚至是便宜,却没有了。他们一家三口,除每人每月上交十五块钱的伙食费外,其他一应开销全省下了。现在十五块钱能干什么?十包女人用的卫生纸巾都买不了。想来想去,还是接着看这张让她恨透了的脸合算。

费萍接着吩咐菊嫂:"就做汤面条吧。"

"拿什么炝锅呢?"

"白菜心儿。起锅的时候再撒点香菜末儿,滴几滴香油。"费萍指导得相当具体。

之后,费萍就从礼品口袋里,取出大会发放的礼品:"又是钟,咱们已经有十三个了,这些人真不会办事,就不能想出别的东西当礼品?"

武建新说:"嗨,留着送人吧。"

"送谁?该送的,人家自己怕也有十个八个了,不该送的,这样的礼物也过重了。"

"那你就留着,总会有用的。"

"只好这样了。"费萍收好大钟,就去开冰箱,看见菊嫂买的肉,拿起来掂量掂量,总觉得缺斤少两。就举着那块肉进了厨房,问菊嫂:"这是一斤肉吗?"

菊嫂一听,就知道费萍的曼声曼气里,藏着硬邦邦的阴谋。"不够一斤?难道我生吃了不成?不信你去称称。"

费萍说:"我不过问问,你怎么就不高兴了?"

菊嫂说:"有您这么问的吗?"

费萍用手指扒拉着那块肉,眼睛却斜睨着菊嫂的面色:"现在请个阿姨不但价钱大,脾气也大哟,真是请不起啦……"

"那我走就是了。"菊嫂撂下正在煮的面条,说着就把袖套、围裙解了下来。

"走?你要走也得先赔偿我们的钱。"费萍看着锅里的面条,随时提防面条潽锅。

想不到菊嫂麻利地说:"行,咱们就算算账。该我赔你的钱,我一个不欠,你们欠我的,一个也不能少。别的先不说,就说我在你们家待了这么多年,我休息过几天?你把占我休息日的钱,先算给我再说。"

菊嫂要是较了真儿,问题就复杂了。

其一,若是算账,自然是她欠菊嫂。特别菊嫂刚从乡下来的时候,给她一点白米白面吃,就上天堂了,哪有两周休息一天之说?菊嫂在这里待了总有二十多年吧,真算起来,可就多了去了。当然她可以不理这个茬儿,问题是菊嫂会就此大闹一场,闹得人人皆知,现在很有一些好事的记者、好事的报纸、好事的机关,专门干这种猫不抓耗子、狗抓耗子的事。其实她自己不就是在那样一个单位,干着这样一份猫不抓耗子、狗抓耗子的事吗?她对这一套可以说是了如指掌。

其二,保姆难找。尤其是像菊嫂这样又会做,又知道精打细算,经验丰富,年龄也相当的保姆。再一说,菊嫂的经验哪儿来的?还不是在他们家练出来的,如今练出了师,这一走,不是让他人坐享其成吗?他们凭什么替别人给保姆掏学费?

现在的保姆素质太差,好吃懒做、顺手牵羊,还没入住先问主人家有没有电视机、录像机、冰箱、洗衣机等等,听说只有黑白、没有彩色电视机,还不愿意干呢!逮着别人的钱财,不解气地可劲儿造,更还有那来个连锅端地打卷逃……

这样一想,费萍是不会让问题变得复杂起来的,变得复杂对谁有利?若是对自己不利,为什么要让它复杂起来呢?可她怎么也不能相信,保姆是不偷,或不从菜金里扣主人家的钱的,和菊嫂的矛盾,大部分由此而生。要说她如今的生活里还有什么苦恼,甚至痛苦的话,也就是它了。这不,她还得反过来做菊嫂的思想工作。

"你看,我们不是早讲好了,大家有什么意见,放到桌面上来说,开诚布公,说完就完,别往心里去,这才是人和人之间的正常关系,不要一来就摆筢子嘛!"

费萍说得跟真的似的,菊嫂每每就让费萍这样说得又信又不信。

要说信的时候,信了还不算,还觉得果真是自己出了错。

要说不信的时候,怎么想怎么觉得自己让费萍蒙了,可又不知让她蒙在了什么地方。总而言之,当干部的就是有水平。

汤面做好了自然是先尽红梅两口子吃,等到菊嫂吃的时候,真是只剩下汤了,好在她在这方面已经有了足够的经验,早给自己留下一碗。

可就连这汤也喝不安生,还没喝两口,武建新就叫道:"菊嫂,给我泡杯茶哟!泡杯好绿茶。"

菊嫂假装没听见,闷着头只管喝汤。

武建新没听到应声,就走进厨房。"菊嫂——哟,你在吃饭?多吃一些,吃饱吃好,不要客气哟!给我泡杯绿茶送到客厅来。"

菊嫂只得放下筷子给武建新泡茶,刚把茶送到客厅,红梅又来了,说:"你赶紧把我那件呢子大衣烫好,明天我得上飞机场接外宾。"菊嫂看了看墙上的挂钟,十点多了。

没有面条的汤面条,早已凉了又凉。武建新要她"吃饱吃好",菊嫂想,怎么吃饱吃好,你倒说说看。

红梅的大衣还没烫完,费萍又吩咐说:"菊嫂,明天上午好好把客厅打扫一下,打扫完客厅,就好好学习吧。"

按照费萍的规定,星期二才是她政治学习的时间,可明天是星期五啊!

所谓政治学习,基本是费萍给她念一篇报纸上的社论,因为菊嫂不识字。

有时候没有社论,有时候社论一篇连着一篇,逢到一篇连着一篇的时候,菊嫂就知道要有事了,有人就要成为这样那样的"对象"了。

逢到没有社论的时候,费萍就给她念《革命选集》。几十年听下来,菊嫂已会背诵不少篇章,在费萍的倡议下,一个叫作"读革命书,做革命人"的委员会,举办了"读革命书,做革命人"大奖赛,费萍携菊嫂参赛,结果菊嫂获得了一等奖,费萍获得了培养革命新人奖。当场,费萍就把奖给她的那套精装的《革命选集续集》送给了菊嫂。于是,评奖委员会又立马决定为费萍增设一项新奖,即"无私奉献奖"。

菊嫂说:"这个奖您自己拿着吧,可别再给我了。要不,评奖委员会又得想个什么奖给您,这么给来给去的,什么时候才能完,现在可是五点了,咱们赶快回去吧,我该做晚饭了。"

费萍说:"这种场合有你说话的份儿吗?别以为给了你一个什么奖,就不知道天有多高,地有多厚了。你当你那个奖,真是给你的哪。"费萍的声音不大,就像拿着攥子往肉里攥,动静不大,只是扑哧扑哧地响。

评奖委员会主席,不失时机地发表了演说:"……我们早就应该想到这一点,我们没想到这一点是我们的失职。"说到这里,他沉痛地向费萍点了一点很瘦的脑袋,然后继续往下讲:"像菊嫂这样一个目不识丁的人,达到可以背诵多篇革命文章的水平,没有革命老同志费萍的谆谆教导、帮助,是不可能做到的。上升到理论高度来说,这个现象是否可以叫作'费萍现象'?我建议理论工作者们,应该好好探讨一下,同时,我们评奖委员会将向有关部门为费萍同志请功,表彰她在国内外政治风云变幻的复杂形势下,坚持革命政治思想工作,有力地击退、粉碎了国内外阶级敌人,企图在中国搞和平演变的梦想……"

费萍想:这王八蛋,现在才开窍。

散会的时候,她对评奖委员会主席说:"老武一直在念叨你,什么时候有空,到我家坐坐?"

评奖委员会主席歪着他很瘦的脑袋,用很湿、很黏的眼睛,感恩戴德地看着费萍,还用他干瘪的胸膛,挡着会场过道上拥挤的人群,喊出响亮的声音:"同志们,让费萍同志先走!让费萍同志先走!"

费萍就想起当年的一部苏联电影,里面有个镜头,和眼下的情景差不多:在一次会议结束的时候,一个反革命分子,为暗杀列宁,故意挡在列宁和警卫、革命群众之间,他也是这样喊道:"让列宁同志先走!让列宁同志先走!"结果列宁失去保卫,遭了敌人的暗算。

评奖活动结束后,评奖委员会主席等了又等,费萍却不再提"到我们家来坐坐"的事。

菊嫂想,可能费萍记错了时间,就提醒她:"明天是星期五,我的政治学习时间,不是星期二吗?"

"我知道,我知道,我只是调换一下时间。因为电视台明天来采访我……你明天学了,下周二就免了。"

菊嫂一听拍电视,就想到电影明星什么的,菊嫂什么都不崇拜,就崇拜电影明星,她兴奋地、无限崇拜地对着费萍发出一连串地"哎哟,哎哟……""哎哟"是菊嫂对某件事物的最高赞美,除了"哎哟",什么词儿也不如这个"哎哟"顶劲儿。

见菊嫂这副模样,费萍就知道她想歪了,她一定是把明天的事和拍电视剧混为一谈了。费萍更加确定,小农经济只能产生这样的无可救药。

"你想到哪儿去了,这是因为我给儿童福利基金会捐献了六百块钱,新闻界准备好好报道一下,现在有不少人只想发财,完全不关心公众事业,不讲无私奉献。这样下去怎么得了,不做一些正确的引导,不树一些样板行吗?"

不仅新闻界要大张旗鼓地报道,有人透露,因为这笔捐款,费萍已被"出群拔萃人物委员会""女界豪杰委员会""准政府官员委员会"吸收为委员了。

四

整栋房子一点声息也听不到。潘嫂想,该上班的上班,该上学的上学,该出门的出门了,现在做午饭还早,收拾房间最好,大家的铺盖早该晒晒了。

她的心情很好。老金打来电话,让她今晚过去——可她还得找个理由请假。

老金的胳膊很短,力气可是很大,每每箍着她的腰的时候,恨不得把她从腰那儿横着截断。她的腰不算细,细腰早就留在了青春年少。可她也绝不臃肿,由于一天到晚地操劳,反倒有些韧韧的。

很久以前,半夜三更的,唐炳业叫她过去帮他补渔网,她没有搭茬儿。经年累月地在唐家待了下来,又很少回老家和丈夫团聚,到了后来,她又有点盼着唐炳业叫她去帮着补渔网,可他再没有招呼过她。

过了几年,玉枝生孩子的时候,又请了一个小保姆,说是看孩子的,可却和唐炳业夫妻似的同进同出,后来不知出了什么事,小保姆的男人来了,唐炳业给他们又是买缝纫机,又是买自行车,还给了他们八百块钱,他们这才走人。那时候的八百块钱,就和现在的八千块钱差不多。一想起那八百块钱,潘嫂心里就怅怅的。没听香荷说过什么,潘嫂心里倒酸溜溜的。

武家和唐家断不了来回走动,走动多了,潘嫂就认识了那边的菊嫂和司机老金。老金的老婆在郊区,武家的事又忙,大部分时间老金不能回家和老婆团聚。

和老金认识多年,谁也没有动过多余的念头,元旦的时候,两家主人突然有了要紧事,年节的戏票就落在了他们手里。她坐在菊嫂和老金当间儿,从老金嘴里哈出来的带着大葱味儿的热气烘着她的后脖颈,她浑身就酥软了。

从那以后,老金就不再觉得,不能回郊区和老婆团聚有什么大不了的了。

可是潘嫂无论如何也不肯从箍腰的水平上再进一步,她也说不清是为什么,她就是提高不了。也许她觉得那种事,无论如何得和自己男人干才行。所以她既盼着和老金的相会,又害怕和老金的相会。

潘嫂挨着房间打扫,轮到打扫唐炳业的房间时,一开房门,她就愣住了。唐炳业的大床上,赤条条地搂着两个人,不是别个,就是唐炳业和玉枝。

潘嫂急忙退了出来。不知是吓得还是急得,尿了一裤子。后来她想,关自己什么事,人家都没尿一裤子,我为什么要尿一裤子。

尿完一裤子,她才想:啊呀呀!赤条条还不说,连门都不锁。连门都不锁!

怪不得玉枝老是向她,或向秘书打听唐炳业的行踪:

"爷爷上哪儿去了?"

"开会去了。"

"上哪儿开会去了?"

385

"和平宾馆。"

"哪个房间?"

或者:"这些蜜饯是爷爷从东安市场买来的吗?"

有时唐炳业也问:"玉枝用汽车了,上哪儿去了?"等等。

一般说来,唐炳业不满意潘嫂的回答,可是当着香荷,又不好再追问下去。

老公公扒儿媳妇的灰,扒就扒了,还吃哪门子醋!跟真的似的。

怪不得玉枝再也不提改嫁的事了。

玉枝的丈夫死后,唐炳业和香荷有一阵曾想把玉枝嫁给二儿子。一个门里的人,连户口都不用迁,孙子照旧姓唐。听说老二也有这个意思,他和玉枝还一起去看过电影,可是老二突然就搬了出去,从此再没有回来过,玉枝改嫁的事,也就撂下了。

只听香荷说过:"还改什么嫁,反正都是和姓唐的睡。"

怪不得原先老老实实的玉枝,丈夫死后憔悴、干瘪不久,就鲜亮起来。奶子也鼓了,面庞也红润了,连屁股都大了起来,眉眼之间,还添了一股媚气。那两条硬邦邦的、老也舍不得剪的辫子也剪了,还烫了一个"爆炸式"。一回到家,立马换上开衩很高的旗袍,旗袍挺瘦,料子又软,紧紧地包在屁股上,一走一扭,一走一扭。唐炳业手里拿本书,两只眼睛从书边上扒出来,溜来溜去地盯着那个扭来扭去的屁股。

玉枝以前是老大机关里的打字员,家里开着一间小小的杂货铺。刚嫁过来的时候,谁都怕,连潘嫂都怕,两条硬邦邦的辫子,紧紧地贴在耳朵后面,像个受惊的兔子。

很少在哪张椅子上或沙发上坐一会儿,见了地毯绕着走,不敢往上踩。

在饭桌上不吃,下了饭桌到厨房啃锅巴,或是水萝卜什么的。还拧着身子说:"我爱吃锅巴。"

有些菜,她确实不爱吃,好比海螺、鳝鱼、甲鱼什么的,她说:"腥气,从来没吃过。"后来也就吃了,现在更是点着吃。不但点着吃,还知道什么部位最好,比方吃甲鱼只吃裙边。

潘嫂知道,不管什么原因,反正她在餐桌上吃不饱,只要她到厨房来,潘嫂总会给她弄些吃的。

那时,玉枝很有些讨好潘嫂。

…………

吃午饭的时候,潘嫂才见到唐炳业和玉枝。她还是不敢看他们,就好像自己被人捉了奸。那两个却像没事人似的,照旧说说笑笑,唐炳业还问潘嫂:"今天的报纸来了没有?"

潘嫂找来了报纸,唐炳业边吃午饭,边看新闻。他抖搂着报纸说:"现在的报纸,真是没什么可看的了,你就是批判别人,也得拿出点真货嘛!你看这篇文章,完全是从多年前的社论上抄来的,这种文章很容易让读者产生怀疑,以为我们和那些阴谋家、政治骗子没有什么原则上的区别。现在一些同志,工作很不负责任,《某某日报》海外版的事你知道了吧,他们办报几十年,从来没有出过这么严重的政治问题,出了问题以后,还不认真吸取教训,拿几个具体办事人问罪,就算交了差……要从办报思想上去抓才行嘛!"

潘嫂本以为他们一定会羞得无地自容,没想到唐炳业还能这样高谈阔论。高谈阔论还不说,还批评什么报纸办得不好。

"我才不看报呢,我能管好自己就不错了。什么报纸我都不看,这个世界上没真的。"

唐炳业意味深长地看着玉枝:"我可是说到做到的哦。"

"那要看落实的情况如何。"

"等老太婆回来我就跟她要存折。"

"她就那么听你的?"

"她得听！她要是不听……"唐炳业看看上汤的潘嫂,就没往下说。

无缘无故地,玉枝就不待见了潘嫂,也说不出潘嫂错在哪里。好比这会儿就说:"这饭不是水多,就是水少。"还用筷子敲敲饭碗。

潘嫂不是不讲理的人,今天的饭,的确有些水多。因为她做饭的时候,老是心惊肉跳地想着他们赤条条地抱在床上的情景。其实菜里的盐也放多了,他们是没吃出来,还是没来得及说?想着想着,床上的那两个人,就变成了她和老金。为什么不能变?看,他们那样干了之后,饭还不是照吃,报纸还不是照看,玉枝还不是照说她做的饭不是水多就是水少,唐炳业不是照旧吩咐她为院子里的花浇水……他们谁也没有因为他们该不该赤条条地搂在床上,并让人抓个正着而惭愧、而理亏、而有些许不来劲儿地活着。

可玉枝为什么说"老"也不合适,饭里水多,不就百年不遇地这一次?

潘嫂不禁感慨起来。一个女人,要说卑贱就卑贱着,要说至尊至贵,就至尊至贵起来。玉枝还是玉枝,可是和唐炳业一睡,就大不一样了。

眼看着潘嫂就得反过来巴结玉枝。现在连香荷都怕着她几分,所以她说"老"也不合适,就"老"也不合适吧。

说不定,连巴结也巴结不上了。

公家为唐炳业请了一个年轻的保姆,专门照顾他的饮食起居。唐炳业咳嗽,新来的保姆刚给他捶了捶背,香荷还没说什么,第二天,玉枝就把新保姆弄走了。

听唐炳业批评报纸,潘嫂就想起还有秘书长送来的一份文件。唐炳业不高兴地说:"你怎么才给我?我等的就是它。"

潘嫂也不高兴,心想:早给你?怎么给?给到床上去?

吃完午饭,玉枝就回到卧室打盹儿去了,昨天晚上,唐炳业把她折腾了整整一宿。

和她上床前,唐炳业还特意洗了脸。不洗还好,一洗,嘴上就连带着洗脸毛巾上的馊味儿。

别看唐炳业一出门就领子雪白,裤线笔直,小头倍儿亮,领带绿了又红、红了又绿,他那洗脸毛巾,至少有一年时间没有好好搓搓了。

她又想起他的刷牙缸子,边上那一圈长年累月攒下来的、已然变成结石一样结实的牙膏沫子。

她们家再穷、再没见过世面,也不会让洗脸毛巾馊成这个样子,也不会让牙膏沫子,在刷牙缸的边上攒成结石。

可就是这张馊嘴,在她的嘴上、身上,乱啃、乱咬了一年又一年。

那潘嫂也是越来越油,干活净来花架子,她每天打扫洗脸间,就嗅不见洗脸毛巾馊成这个样子,看不见刷牙缸脏成这个样子?

她又想起香荷,除了贪婪,天塌下来也不管……

她恨这个屋顶下的每一个人。

想当初,她以为到了唐家,一定有享用不尽的荣华富贵,她们家怎么也能借上一点光,改变一下一穷二白的面貌。

但是她想错了。

母亲动手术的那一年,想跟婆家借点钱,她丈夫却说:"财

389

权在我妈手里,你跟我妈说吧。"

香荷说:"我们哪儿来的钱?"

唐炳业还说:"有困难找组织嘛,我们又不是救济所。"

这事儿,他可能早就忘了,玉枝却没有忘记,而且永远不会忘记。

不借给钱,帮着找个好大夫也行,可是他们家的人,真能狠下心来不闻不问,就连母亲动那么一个惊天动地的大手术,香荷和唐炳业也没上医院看望过母亲。

结婚这些年,香荷和唐炳业从没到她家去过。逢年过节,父母亲穿上他们最体面的衣服,提上尽他们所能买到的最好的礼物来走亲家的时候,唐家连顿饭也不曾留他们吃过⋯⋯

所以丈夫死的时候,玉枝并没有掉多少眼泪,她想得更多的是,她不能白白地让唐家盘剥一遭。

有一阵她考虑过以后的去向,也有人给她介绍过对象,不知为什么都没有结果。是因为她带着一个孩子吗?其实带孩子改嫁的女人也不少。也或许因为她人显得老相,两眉之间的两道竖纹,给她平添了一种凶相,全是在这儿窝心窝的,自从来到唐家后,她的眉毛很少舒展过。

好不容易有个人彼此觉得还行,偏偏让唐炳业给搅黄了。

那时候,她对唐家还没有现在这样高的觉悟和认识,他们说什么就是什么,她从来不敢提出自己的意见和想法,更不要说和他们一论短长。

对方来电话约会,唐炳业或是不转告她,或是不叫她接电话。

有一次电话铃响了,她知道是对方来的电话,连忙去接,可唐炳业就坐在电话机旁,伸手就拿过电话筒,姓甚名谁、在哪儿工作、家住哪里、什么出身、头婚还是二婚三婚⋯⋯问长问短地问了个天昏地暗,然后告诉人家,打错了电话,这里不是718364821,而是火葬场……

向外发展的想法破灭后,发现小叔子对她颇有好感。想想也好,熟门熟路,省了许多麻烦。这时候唐炳业不知怎么就开始揩她的油,先是有意无意地捏她的手,捏着捏着,就顺着手腕子往上走。她既没有表示反对,也没有表示欢迎,直觉告诉她,她的时候到了。

什么叫她的时候到了,她也不十分清楚。

再以后就开始捏她的屁股,捏着捏着,就在一天晚上,进了她的卧房。她没有反抗,对她来说,这种反抗有什么意义?什么意义也没有,她甚至没有想到她的丈夫。

她有什么必要想到她的丈夫?她的丈夫想到过她吗?对她丈夫来说,这个家比她重要。成天把"我们家""我们家"挂在嘴上,就像这个家是"中国第一家"那么让他自豪。

见了香荷,她也没有负罪的感觉。

有时她想,她怎么能让这个浑身上下冒着棺材味儿的老家伙躺在自己身上,干起这个营生来了?可能就是想让这个"光芒万丈"的家,不那么光芒万丈一下。除此,她当然也不能不为自己做一些实际的打算。

唐炳业难道以为,他那身褶子皮、嘟噜肉,真有什么可爱之处吗?

她估计这个家的存款断断不少。

小叔子也许会分去一些,也许分不到,也许根本不要这些"臭"钱。他就是这么说的,"我再也不进这个臭家"。离去的时候,他就说了这么一句话,其他什么也没说。

突然之间,小叔子对她就没了兴趣,不但没了兴趣,后来理都不理她了。想必他发现了什么,或是撞见了什么。

玉枝也不觉得有什么遗憾,就算她和小叔子的事能成,只要不离开这个家,他们的小家能有什么指望,或是离开这个家,他们那个小家又有什么指望?

反正就是那么回事了。

确如唐炳业所说,就算她能找个人嫁出去,经济地位如何,政治地位如何,有没有住房,就算有住房,宽敞不宽敞,能不能洗澡,对孩子好不好……这些问题,像秤砣一样坠在改不改嫁的秤杆上。

她想起她的娘家,哪怕三更半夜、数九寒天,即便拉肚子、蹿稀,也得往胡同里的公共厕所奔,何谈洗澡那现代化的项目?

慢慢地,她就不再为嫁不嫁人多费心思了。只想一旦唐炳业死后,她能得到什么实际的好处。

他什么时候死?

究竟早死一些对她有好处,还是晚死一些对她有好处?

这就是她强忍着唐炳业那个馊嘴,和他气喘吁吁地运作时,常常盘算的一个问题。

有时,她觉得这种盘算相当残忍、卑劣,她原来可不这么残忍、卑劣……可是这样想过后,还是照旧地盘算。

现在她不怎么上班了,老头子给她找了一个只拿工资,愿意上班就上,不愿意上班就不上的闲差。唐炳业还臭表功地对她说:"瞧我多疼你,好不容易给你找了这么个美差。"

她却淡淡地说:"没什么了不起,如今这样的差事有的是。"

疼她?鬼才相信。他们家的人,除了他们自己,疼过谁?给她找这个闲差,还不是为了他自己。好让她没时没晌地陪着他鬼混,反正他也是个想上班就上,想不上班就不上班的货。

不要说是晚上,就是白天,他也会把她扒个精光,爬上身来。从前他还知道避一避人,至少是避避那个婆婆香荷。那时,他只在香荷转过脸去的时候,狠狠地在她屁股上捏一把,那一把捏得很实在,让她一连几天都记得,有人在上面做过手脚。

但香荷还是看出了门道,一气之下把所有的房门都换了锁。换锁也白搭,她照旧在唐炳业的房间里进进出出,通行无阻。

香荷大闹了一场。闹也白闹,唐炳业威风不减当年地摊了牌:"话说清楚了,我也不想离婚,可是女人照样要搞。你说吧,你是想继续待在这个家里,还是想扫地出门?你要是还想待在这个家里,就只当什么也没看见。你要是给我来那套上告'陈世美',我就把你扫地出门。"

香荷一点也不狭隘,跟上唐炳业以后,她就是不想百炼成钢,也非得百炼成钢不可,否则这个日子怎么过?可这回,她怎么也想不通,这不是乱伦又是什么?"这次你也搞得太不像话,竟然搞到自己儿子头上去了。"

"这就是你的少见多怪,女人就是女人,什么乱伦不乱伦,我睡的又不是自己的女儿。"

唐炳业说得振振有词。干这种事他既不是第一个,也不是最后一个。老公公扒儿媳妇的灰,古已有之,他没在儿子活着的时候扒,就够不错了。如果他在儿子活着的时候扒,可能有点说不过去。现在,他觉得除了玉枝想借此拿他一把的不足之外,这档子事,没什么多想的必要。

香荷不想被扫地出门,她怎么能离开这个家?这里不但是她的家,也是她之所以发扬光大、之所以立命之本。如果走出这个家,她还是她吗?那她就成了玉枝,而玉枝就成了她。

她接受了这种家庭、在这种情况下的安排:一切都很正常,什么事也没有发生,他们还是同舟共济、相濡以沫、忠诚不渝的革命伴侣。

香荷便如此这般地继续活在这个家里,并不像想象的那么痛苦,只要他们不当着她的面摸来摸去,蹭来蹭去。再说,她也找到了排遣痛苦的办法。

她爱上了吃。

这难道不是解决问题的最佳方案吗?只要一有烦恼,她的肚子立刻就饿。

然后在由痛苦之极而生的淋漓尽致中,使劲地嚼着。

似乎她咀嚼的,是她那些仇恨,是她无人可以倾诉,也不能向人倾诉的痛苦,是她无可奈何的对手,是一切她准备化为齑粉的东西,是她在生活中永远得不到的情爱和安慰……

可是这次的特区之行,却半途而废。她那坚如磐石的肚子,出了问题。刚到广州,她就拉肚子了,她本想坚持到底,可什么药也不管事,肚子还是一泻千里、止也止不住地拉,只好提前回京。

一进家门,唐炳业兜头就是一句:"你怎么回来了,为什么不在外面多玩几天?"

玉枝更是嚣张,大白天的,却穿着一件很开放的睡衣,坐在客厅里吃蜜饯。两条腿搭着,前襟从拱着的膝盖处敞开,看得出,她连底裤都没穿。香荷没看见过这件睡衣,可能是唐炳业新给她买的。香荷首先想的是,唐炳业从来没有给她买过这样奢侈的东西,她到现在穿的还是潘嫂缝制的睡衣,不由得为自己的寒碜无限悲凉。

但是没人关心她的悲凉。如果有人关心你的悲凉,你尽可以悲凉下去;如果没有人关心你的悲凉,甚至讨厌你的悲凉,你还有什么脸面悲凉下去?所以她就不再悲凉,而是想:这种睡衣,就是给我买了,我也不会穿!

香荷说:"我又拉肚子了。"

玉枝说:"又是吃多了吧?"声音吊吊的,就像戏曲中的那些小姨太太。像她这种开杂货店的出身,也就只能像个小姨太太了。

香荷尽量避免和玉枝交锋,可是玉枝却不放过一切可以和她交锋的机会。

香荷忍无可忍地发了火:"住嘴,没有你这婊子说话的份儿!"

玉枝就说:"这儿本来就是妓院。"

香荷说:"你给我滚!"

玉枝又往嘴里扔了一块蜜饯:"还不知道咱俩谁滚哪。"

唐炳业说:"你们都给我住嘴,让潘嫂听见了算怎么回事。"

玉枝的声音反倒更大了:"听见怎么样,你当人家不知道哪?这个家,比这笑话还笑话的事,多着呢!"

香荷不管多么生气,声音立刻低了下来。唐炳业就想,还是自己的发妻啊,于是说变脸就变脸:"玉枝,你放老实点,无论如何,她是你婆婆。"

"婆婆?你先说说,我的公公在哪儿。我没公公,哪儿来的婆婆?"

唐炳业指着玉枝的鼻子:"你,你,你……"你了半天,却说不出什么。

这时,有人按门铃。

潘嫂在客厅外高声地说:"奶奶,秘书长来了。"这种时候,潘嫂不但不会进来,而且既不招呼唐炳业,也不招呼玉枝,只招呼香荷。

玉枝想:这就是潘嫂的诀窍,要不她怎么能当三朝元老。

唐炳业气得缓不过气来,还是香荷顾全大局,对门外的潘嫂说:"让他先在外厅坐一会儿,说唐书记就来。"

唐炳业还是大着嗓子喊:"旧社会家里还有个家法呢,小的见了大的,还得跪一跪、拜一拜呢,你还了得了!"

香荷说:"别吵了,秘书长就在外厅坐着呢,让人听见怎么好,家丑不可外扬啊。"她推着唐炳业往她的房间里走:"先喝口茶,缓缓气,别一脸的怒气,让人一瞧就知道家里出了事。"

这会儿,唐炳业真切地感到了发妻和野女人的天渊之别。

香荷的房间像个仓库,到处堆着可用可不用的东西。就像玉枝房间里的那些塑料花,对男人都是累赘。

见到那些似曾相识的东西,他才感到很久没到香荷的房间里来了。

香荷亲自给他沏了一杯茶,茶叶显然放得太久,一点茶香也没有,唐炳业没有好气地把茶杯往桌上一蹾。

从前在外面搞女人,说搞就搞,有时自己都不用出面,下头人就替你张罗了。现在可倒好,自己家里的女人,还要这个条件、那个交换的,怪不得孔老二说:唯小人和女人难养,近则不驯,远则怨。现在正是近则不驯了。

唐炳业歇息当儿,香荷牺牲了自己的烦恼,先行来到前厅。进了前厅,对秘书长说:"坐吧,坐吧,老唐打电话呢,我们……我们的一个老战友去世了……总得想办法关照关照他的家属。"香荷拢了拢稍显凌乱的头发,真像被这件不幸的事,弄得心慌意乱的样子。

秘书长觉得,今天香荷待人特别和气,也许去世的老战友,让她想起了过去的岁月。想起了过去的岁月,自然就想起了过去的一些作风。不知怎么,秘书长想起自己女儿爱唱的一首流行歌曲,在那首歌里,有这样几句歌词:"在很久很久以前,你拥有我,我拥有你……"心里便涌起一丝惆怅、伤感,不由得显出了与香荷一样的忧心、关心、伤心、好心……各种混合的"心"。

过了一会儿,唐炳业出来了。他脸上的肉,果然紧着,是动了感情的样子。不过一看到秘书长,情绪很快就调整过来:"好,好,好,你来了。"

"理事长的讲话稿您看过了吧?"

"看过了,看过了,你们的工作抓得很紧嘛。"一提起"猛犸研究协会",唐炳业总是显出忧心的样子。要是光看他那张脸,谁都会觉得"猛犸研究协会"之所以没有指望,既不是因为有人想搞"耗子研究协会"取而代之,也不是因为"猛犸研究协会"里有人叛乱,而恰恰是唐炳业这张脸妨的。

"不知您还有什么意见,如果您有意见,我们再拿回去修改……"

"我没什么意见了,讲稿写得很好,就这样定下来,以它为准吧。"

秘书长缩头缩脑地笑着,唯恐谦虚不够地谦虚着:"那也是在您的具体指导下完成的。"

"报告虽然写好了,还得有人做,开理事会,自然就得由理事长做这个报告。唉,想当初协会成立时,受某些错误思潮的影响,选了这么个老专家当理事长。这老家伙太偬,根本不听招呼,偏偏社会声望又高,不好随便把他拿下。这讲话稿倒是起草好了,他要是不肯照着念,怎么办?"

秘书长说:"那也没什么。马上成立一个理事长讲话起草小组,让他们把这个稿子过一过。这么一来,理事长的讲话稿就是集体创见,任何个人的意见和做法,都不能不通过小组。您看这个办法怎么样?"

唐炳业深知秘书长的点子多。前不久,他还给那些谋划成立"耗子研究协会"的人送茅台呢。唐炳业点了点送茅台的事,秘书长振振有词地说,那是因为他准备打进对方腹地,了解敌情,"不入虎穴,焉得虎子"。可唐炳业总觉得他是左右逢源,狡兔三窟,不论哪方得势,他都吃不了亏。

五

钥匙插进锁孔之后,却丝毫不能转动,显然,门是从里面锁上了。

潘嫂扭头看看,香荷的房间里还亮着灯,便按门铃,可门铃也成了哑巴。于是她就盯着每个人的窗户大喊:"爷爷!""奶奶!"……以她的嗓门,哪怕睡得再死,也得让她叫醒,可却一点动静也没有。潘嫂终于明白,他们是成心不给她开门了。

老金下午来电话的时候,是玉枝接的。"潘嫂,你的电话!"便心怀叵测地把电话筒递给了她,之后,就留在一旁,剪她的手指甲。

玉枝是担心她对菊嫂,或是老金说什么吗?她就是说什么,也不会在电话里说。

他们之间的臭事缠成了疙瘩,揪都揪不开。可这会儿,却串通起来整治她一个人。

潘嫂实在不明白,就算她交男朋友,和他们有什么关系?碍得着他们什么事?她又没耽误这里的工作,更别说今天是她的休息日。

想明白之后,潘嫂安安静静地在门前的石阶上坐下来。

虽说立春了,可外面还是很冷,特别已是下半夜。因为知道老金的房间很暖和,所以没有穿棉鞋,现在就冻得厉害。

其实她和老金什么也没干。虽然老金壮得像头种牛,可却比不上唐炳业的风流。

平时,潘嫂不觉得自己和他们之间有多少不同,顶多他们有钱有势,凡事都比别人高出三头,可是他们过着他们的日子,别人也过着别人的日子。但在这种事情上,她确实看出了他们与自己、与一般人的不同。

就在不久前,香荷机关里的一个女同志,被丈夫捉奸在床,她丈夫不但闹到法院,还闹到了机关。

本来,为即将从岗位上退下来的事,香荷好一阵牙疼。可这档子奸情案,使长久以来萎靡不振的香荷,着实振奋了一下。每天每天,又是打电话,又是找机关的同志了解情况:

先是机关党委正副书记、党委成员,后是各处室党支部正副书记、支部成员,然后是党小组、小组成员……再至各个行政部门、各业务处的正副处长、正副科长、小组长,然后是总务处、财务处、行政处、分房委员会、计划生育小组、医务室、清查办、食堂……

在这一系列的忙活中,香荷总算找到老有所属、老有所归的感觉了。

在各等级的调查研究后,香荷都会千叮咛、万嘱咐:"这件事千万不要外传,党内党外要有所区别,我们思想上要从严,处理上要从宽,生活上要多关心。一个女同志出了这种事,总会感到没脸见人,一定要防止发生意外。"

可那位女同志,最后还是喝了敌敌畏。

香荷对唐炳业说:"现在的人可真娇气,还没把她怎么样,她就喝敌敌畏了。从前咱们不是经常接受这样的考验和帮助吗,而且比这厉害多了,咱们谁想过喝敌敌畏?"

总而言之,喝敌敌畏那档子事,给潘嫂留下了十分可怕的印象。其实在乡下,这种事要简单得多。好多所谓的"事儿",可不都是城里人造出来的?

她告诉老金那两个人赤裸裸搂在床上的事。老金不敢相信:"真的吗?"

"莫非是我造谣?"

老金不说话了,只是"叽叽"地笑。

之后,他们又断断续续说了些没有咸淡的话,好像在等待什么,最后又没等到,便有点失望地分手了。

玉枝站在窗帘后面,踮着脚尖往外瞧。

"快睡吧,老娘们儿的事真多。"唐炳业在床上等得有点着急。

"你别管。"

从那天起,玉枝就恨上了潘嫂,虽然潘嫂闯见或是不闯见他们在床上,都是那么回事,但亲眼所见与蒙着一层纸,到底不同。

玉枝又看了看表:"快一点了,还没回来,肯定是住下了。我早就看出来他们之间有点什么。你想,潘嫂成年累月不和男人在一起,老金也不经常回家,这两个人碰在一起,还能不出问题?"

"什么?你说什么?"唐炳业从床上坐了起来,到了他这种力不从心的年龄段,听一段奸情的乐趣,一点不亚于亲自操作,"你说他们睡过?"他想起老金种牛般的体魄,心里生出一种莫名的妒恨,也想起多年前潘嫂对他的拒绝,假惺惺做出一副贞洁烈女的模样……呸!贞洁烈女也是你做的吗?如今现原形了吧?

唐炳业很兴奋,兴奋得几乎摩拳擦掌:"你说的是真的?好哇,一个保姆,还能干出这种事来,简直是无法无天了,非收拾收拾她不可!"他不说收拾老金,他说的是收拾潘嫂。

老金是司机,和保姆到底不同,而且是武建新的司机,如果他对老金说点、做点什么,武建新对他说的、做的,可能比他还多,何况他还不是没的可说。"我明天就让她滚蛋,我还要给她们乡政府写信,看她回去后,有什么脸见那些父老乡亲。"

玉枝又说:"要不还留着她,看她以后有什么动静再说,反正不论换谁,早晚都会知道我们这个关系。"想起早年潘嫂对自己的关照,又多少有些恻隐之心。再想想她和唐炳业的关系,还有什么脸面可言,也就打消了一些恶念。

"那不行。"

玉枝白了他一眼:"你又不行了。"

"我自然有我的道理。"唐炳业当然不会对玉枝说到,半夜三更,让潘嫂到他房间补渔网的事。

潘嫂在大门口的石阶上越坐越冷,就想,既然他们串通好了用这个办法整治她,可见他们还是把她当成他们想象的那种人了。不过她并不生气,好像她一直在等这个机会,把她推上那个境地。

特别是看到唐炳业和玉枝赤条条地抱在一起后,更是难以克制和老金偷欢的诱惑。老是想:我要是和老金那样抱在一起,是个什么滋味?

她还想:老公公和儿媳妇通奸,都干得如此正大光明,我若是和老金干了,又算什么了不起的罪过?

于是她从台阶上站了起来,拍了拍裤子上的土,怀着一种宽恕自己的心情,坦然地离开了唐家那灰色的、雕木刻花的大门。

老金先是喜出望外,一双手搓了又搓,搓完手就开始盘问潘嫂:"有人看见你进来吗?"

"怎么会呢?我不是先敲你的窗,而后你给我开的大门吗?"

老金想了一想,是,是他开的大门。他有点紧张,一紧张就

401

有点颠三倒四。一旦情况落实清楚,便很快进入他们期待已久的境地。老金说:"幸亏他们把你锁在了门外,不然真把我憋死了。"

潘嫂孤注一掷地说:"我也想透了,凭什么有的人想干什么就干什么,凭什么我们就得苦着自己。"

老金学着唐炳业的办法,把潘嫂剥得精光,还问:"你倒说说,他们还玩了哪些花样?"

潘嫂说:"我就看了一眼,又没有接着偷看、偷听,怎么知道他们还玩了什么花样?不过他们家老是播放那种,叫作带色儿的录像带。"

老金说:"那就是专门教人干这种事的录像带,你没好好学一学?"

潘嫂说:"他们一看那种带子,就把门锁上了,我上哪儿学去。"

老金露出很遗憾,又很羡慕的神情:"再有机会,你偷着听听,那老家伙和玉枝是怎么干的。他们比咱们会干,他们见多识广啊。咱们哪有机会跟着录像带学,咱们有录像机吗?没有。就算有,又上哪儿去搞这种录像带,带子还没搞到,没准就让警察抓个正着,现在外面扫黄抓得很紧,所以最好的办法就是跟着他们学,多学几手,咱们的乐子就多了。"

"只怕学不成。我觉得他们得找茬儿,把我给辞了。"

"为什么?"

"这还用问。不过我也不怕,我想好了,租间房子,给人缝活儿。现在干这个挣钱不少,我的活儿又好,不怕没钱挣。"她翻身搂过老金,"咱们也方便多了。"

潘嫂没说让老金回家休妻,然后明媒正娶地把她娶回家。也没提老金每月应该给她多少钱,她不能让老金白白睡了……

她想的是，他们是谁也不亏谁、谁也不欠谁的，两厢情愿的露水夫妻。到了有一天，老金回老金的家，她回她的家。可是他们做一天露水夫妻，就讲一天露水夫妻的恩爱。不能像唐家人那样，每个人让"心眼儿"坠的，只能往地狱里去。

天亮了，潘嫂看着渐渐发白的窗户，反倒感谢起把她关在大门外的唐家，让她从今天起，开始一个新的生活。

六

会议确如他们研究的那样，万无一失地组织起来了。从散布在会场四周那许多陌生、年轻的面孔，便可看出一斑。

会场上还有一股清凉的气味，可能是放了空气清新剂，这对保持头脑清醒很有好处。

主席台上，按照唐炳业的意愿，摆满了蓝色的盆栽植物，唐炳业喜欢"出蓝"，以前他不敢说他喜欢"出蓝"，因为这很容易联想起某个人和某一个方面的忌讳。即便不谈有关某个人或某一方面的忌讳，至少那"蓝党"，还沾着一个蓝字呢。

有帮人就喜欢望文生义，特别是"公民行为研究中心"那帮说工作人员不是工作人员、说线人不是线人的东西，净拿些虚虚实实的假情报去邀功请赏。那帮子人，能在公民的行为里研究出什么有价值的东西？当他们盘踞在"公民行为研究中心"的时候，唐炳业即便喜欢"出蓝"，也只能在心里憋着。

现在政策有了变化，连"蓝党"都成了亲密的、忠诚的朋友，而容易引起联想的某某，就像人们喜欢说的那样——已经去马克思那里报到了。至于马克思接受不接受，不接受怎么办，是退货还是另给出路，就不得而知了。

既然政策有了改变，"公民行为研究中心"那帮子人，也就没了辙。唐炳业这时亮出喜欢"出蓝"的牌子,就像算准了时机,早一步太扎眼,没准儿还惹来祸端,晚一步,又开不了风气之先。

唐炳业看见那几个调皮捣蛋的人蜷缩在一隅,便对他们微微一笑。他的笑容潇洒、宽容、胸有成竹、提纲挈领,是一个大人物的,或觉着自己将会成为大人物的微笑。

然后昂首阔步走向主席台,并且坐在了主席台的正中。倒不是想出风头,一个"猛犸研究协会"理事会议的主席台,有什么风头可出?要出,就出坐在最高端会议主席台正中的风头。他是想在气势上压倒那些想在这个会议上捣点儿蛋,搞点儿阴谋诡计的家伙。

这时,他猛然听见空中有个声音厉声问道:"你想干什么?"

他吓了一跳,怀疑自己是否把这些隐蔽极深的想法,不知不觉说出了声。

便鬼鬼祟祟地四下张望,看看是否有人在跟踪、窥视他。没有,除了秘书长亦步亦趋地跟着他,谁也没有注意他。那厉声的指责,难道是秘书长发出的?

他暗暗地审视秘书长的脸,无论如何也不能相信,有着一张如忠心的狗脸的人,会发出那样厉声的审问。可是有着一张忠心的狗脸的人,不是也把"后电脑"说得一套一套的吗?

唐炳业感到了"知人知面不知心"的困惑。

接着又好好研究了一下,左右两旁莅临大会的各级领导,一个个也都是慈眉善目,花白或全白的头,不知是点头,还是摇头地颤颤巍巍。

会场像一颗再有三十秒就要爆炸的定时炸弹,而在这最后的三十秒钟里,人们还必须干完和定时炸弹的爆炸同样要命的事才能离开。唐炳业甚至听见定时炸弹上的秒表"咔、咔、咔"

逼人的震荡。这种时候,谁还会注意他内心的活动?

究竟是谁发出了那声严厉的审问?难道他的耳朵出了毛病?他是不是得了幻听症?

难道真有个隐身人在跟踪他,即或不是隐身人,隐身的机械也有可能。连耗子都能对着耗子药叽叽地笑,还有什么事不能发生?

或者一切都属子虚乌有,不过是他疑心生暗鬼……

都是让这个会议闹的……在这样一惊一乍之后,唐炳业突然恨上了这个让他费尽心机策划了许久的理事会。

他恨得牙根儿痒痒、腮帮子抽筋、满肚子胀气,他恨自己不能敞开他的恨,他恨他还得庆幸这个理事会,终于如愿以偿地召开……总之,他让这个会议撑着了、噎着了。

而末了,会议还得继续开。

他和武建新交换了一个会意的眼神儿,武建新便宣布大会开始。然后是起立、奏乐、领导致词、武建新做"猛犸研究协会"工作报告。具有民主意识和集体意识的理事长,懵里懵懂地做了先有报告、后有报告起草小组起草的、直到报告前一秒钟才到手的、结合清查工作调整下一届"猛犸研究协会"理事名单的报告……

由于报告里满是学术研究以外的,艰涩绕口的,你同意它不对,不同意它也不对的一、二、三、四、五、六、七……理事长就把报告念得结结巴巴,前言不搭后语。在该念第二页的时候,超前消费了第五页,又从第六十页倒回第十四页……甚至念着念着就停下来,扭过头去请教秘书长:某个标点应该在某个谁也没见过、谁也不知道是什么意思的词儿前头、还是后头、还是当间儿?加上理事长那比"乌尔都语"还难懂的南方方言……于是会场秩序大乱,有人抠脚巴丫儿,有人肆无忌惮地打哈欠,有人在应该义愤填膺的时候却莫名其妙地叫好、拍巴掌,而在应该叫好、拍巴掌的地方却起哄架秧子……自尊心极强的理事长念完报告,还没下讲台,就当场自动辞职,连名誉理事长都不肯干了。

唐炳业从主席台上站起来,苦口婆心极力挽留,最终无果。台下所有的代表,都看见了唐炳业眼里温柔、伤感、痛苦的泪光。

会议进行了三天,一切都按设计好的计划顺利进行。肃清了一切不利于"猛犸研究协会"的理论流毒,纯洁了组织,撤销了原"猛犸研究协会"除唐炳业、武建新、秘书长外的各级领导的正职、副职、兼职在内的一切职务,选用了忠诚于猛犸研究事业的同志作为下一届理事会,以及下一届"猛犸研究协会"各级领导干部的候选人,沉重地打击了那些对猛犸研究事业理想丧失、企图另立山头,成立什么"耗子研究协会"的人……

唯一的问题是,由于干部不足,在考虑换届人选的时候,只好让一些久经考验的同志身兼数职。由于保密工作,以及内外有别,有关这些问题的考虑,那些调皮捣蛋分子,以及企图另立山头的耗子爱好者,如同蒙在鼓里,甚至蒙在不锈钢的闷罐儿里,他们在会场里,像迷途的羔羊,茫无目的地走来走去。

同时,也引起了忠诚于猛犸研究事业同志间的一些误会和矛盾:因为有一人身兼三职、一人身兼八职、一人身兼十六职的不同,以及有一人身兼一个正职三个副职,或有一人身兼八个正职六个副职的不同……他们提出质问:是不是身兼十六职的同志,就比身兼八职或身兼三职的同志,或者身兼八个正职的同志,就比身兼一个正职的同志,更经受得住考验,或者经受过更重大、更持久的考验?我们绝不是在闹待遇、闹地位,我们是要为自己的革命历史、自己的工作、自己的能力、自己的忠诚、自己的等等正名。

于是,便有些忠诚于猛犸研究事业的老同志,扬言要成立一个研究既非猛犸,也非耗子,而是由猛犸和耗子杂交而成的某种动物的研究协会,以保持他们的纯洁性。"

于是协会决定不惜工本,准备请个世界闻名的气功大师,给他们发一次功,使这些老同志先进入冬眠状态,消停消停。

武建新很为气功的效果担忧:"那个气功大师不会是个骗子吧?要是骗子,咱们可就砸锅了。"

唐炳业说:"我已经交代秘书长,不见兔子不撒鹰,让他会议结束后再付款。"

气功大师也不得不服"猛犸研究协会"治会有方,竖起大拇哥说:"百闻不如一见,厉害!果然厉害!"

一见如此,大师也没敢来假招子,实打实地让那些忠诚于猛犸研究事业的老同志,好好地睡了一睡。

终于熬到闭幕式,终于熬到会议最后的,也是最重要的一项,即按照会章,对下一届理事候选人,以及下一届"猛犸研究协会"各级领导干部候选人,履行投票手续。

秘书长宣布说:"同志们,按照协会领导的指示,选举也要改革,也要现代化。同时,为了防止弄虚作假,为了对猛犸研究事业负责,这次选举,我们采用了世界上最先进的电脑技术来统计我们的选票,现在我们就要开机了,请同志们安静,安静!"

会场上果然安静下来,这是历来开会少有的情况,可能因为协会从来没有这样认真对待过历届理事以及协会领导人的选举吧。

秘书长用一种大路货的谦虚,罩住自己的得意,瞟了瞟主席台上莅临大会的大大小小的上级领导。心想,终于等来了这个史无前例、让他露一手的时刻。

虽然秘书长的表侄把"后电脑"预演过多次,"后电脑"也准确无误地满足了他们各种各样,甚至是稀奇古怪的要求,可是到了刺刀见红的节骨眼儿上,唐炳业心里还是免不了打鼓,他又是哀求,又是威胁地瞪着秘书长和秘书长的表侄。

大庭广众之下,秘书长已不便多说什么,只好远远地向唐炳业显示出誓死捍卫、舍身成仁之类的神圣表情。

而秘书长的表侄却像洋鬼子一样,在如此紧要关头,嘴里还不停地嚼着口香糖。唐炳业恨恨地想,这些假洋鬼子,往往比真洋鬼子还洋鬼子。

他更不明白,那些洋鬼子就这么嚼着嚼着,怎么就能嚼出来各式各样的先进技术,而他却这样殚精竭虑地劳苦着,就是这样劳苦,也没有在"猛犸研究协会"劳苦出什么,还弄得协会里出了好多耗子爱好者。

秘书长那庄严地一挥手,让武建新想起了发射洲际导弹的场面。武建新不像唐炳业那么紧张,不论怎么选,他反正只能是个没劲的会长。

没劲!

在"猛犸研究协会",武建新常有怀才不遇、蹉跎岁月之感。他没得可等了,等唐炳业离了休,他也该离休了。

所以说,这个会长虽然没劲,但总比什么长都不是强。

环绕在礼堂每个角落、每个方向的巨型荧光屏上,先是赤橙黄绿青蓝紫地乱乎一阵,然后就现出各个候选人的名字,名字后面,又开始跳出一个个数字。每跳出一个数字,唐炳业的心脏,便像裂开似的一扯。他受不了这样一扯,又一扯,很想逃出礼堂,到什么地方躲一会儿,所谓的眼不见为净,等有了结果再回来。可他的屁股就像粘在了椅子上,怎么挪也挪不动。

那些数字在荧光屏上跳着、跳着,就突然出现了一个跳动的白球,以后,又出现了许多跳动的白球,直到荧光屏全白了为止。

会场上于是便响起一阵鬼哭狼嚎、由高到低的"嗷——嗷——"声。

秘书长的表侄不但停了机,而且大发脾气:"什么先进、科学的东西,到了你们这里,全得出问题,全得变成落后的、反科学的东西才算了事。这下,你们高兴了吧?称心了吧?我知道你们的阴谋,你们肯定在我的'后电脑'里下了病毒,现在只好暂时停机,等我检查一下再说。"

会场上更乱了,有人喊道:"不是说电脑吗,怎么又成了'后电脑'?这不是愚弄群众又是什么?我们把你们捧上了台,你们不好好按我们的旨意行事,给我们搞两面三刀、瞒天过海呀?不行!你们得好好给我们说道说道,你们要不给我们好好说道说道,我们能让你们怎么上台,也就能让你们怎么下台。"

武建新注意看了看,这样喊的反倒不是那些耗子爱好者,而是他们自己的中坚分子。说实在的,这些中坚分子闹起来才真叫闹,耗子爱好者们不过是瞎咋呼,他们大多撕不下脸皮,更不知道怎么撕下脸皮来闹。

秘书长不敢看唐炳业和武建新,他急得转圈儿、搓手、出汗。他出了很多的汗,汗水顺着他的大腿冲刷下来,在他的脚下汇成一个小潭,致使他的体重,顿时减少二十多公斤。

唐炳业却突然松了一口气,在礼堂的一片哗然里,他倒安静下来,虽然他没有指使人给"后电脑"下病毒,但他觉得染上病毒未尝不是件好事。

可是不一会儿工夫,秘书长的表侄就宣布,他制服了电脑里的病毒,请大家继续收看选票的统计实况。唐炳业想,可惜秘书长的表侄是个博士后,而不是"后博士"。

"后电脑"果然又是赤橙黄绿青蓝紫地热闹一番,然后又开始出现画面。可这次出现的不是候选人的名字,而是一只耗子。

那耗子戴着一副 Playboy 牌的眼镜,跷着二郎腿,坐在意大利造的真皮沙发上。由于跷着二郎腿,人们就看到了它鞋底上的价格标签:＄10000。

那只耗子,发出与它的眼镜、与意大利真皮沙发、与＄10000十分协调的微笑。

它潇洒地弹了弹手里的一摞纸,便侃侃而谈:

"我们知道,你们当中有些人恨我们、嫉妒我们、容不得我们,可是我们并不因为你们的仇恨、嫉妒、容不得就不活了。相反,我们活得更好,越来越好。

"世界是你们的,也是我们的,但是归根结蒂是我们的。我们的队伍越来越壮大,我们的前景不是越来越疲软、越来越滑坡,而是越来越看好,就像你们常说的那样'我们的队伍向太阳'。

"只要你们稍微注意一下,就可以发现,除了你们的'猛犸研究协会'之外,到处是我们的天下,你我之间的局面,已呈广大农村包围城市之势。

"就说你们的'猛犸研究协会',也不是铁板一块。最近,我们已经和美国迪斯尼乐园的米老鼠集团,建立了横向联系,我们将定期轮流在中方或美方,召开耗子年会,你们当中一些声称要和我们坚决斗争到底的中流砥柱,早已向我们递出了申请。"

它摇摇手里那一摞纸:"希望我们的医生给他们做一个变种手术,使他们变成一只只耗子,以便和我们一同去美国参加耗子年会。"

它翻了翻手里那一摞纸:"其中表现最积极的就是你们的秘书长,前前后后向我们打了八十一次报告,我们决定,最近就为他做变种手术,因为赴美参加耗子年会的代表团,下个月就要动身了。"

唐炳业无比痛恨地想,这个秘书长果然不是好货,他对他的怀疑没错。想不到自己被他骗了这么久,不仅欺骗了他本人,还欺骗了他那光辉灿烂的历史。所以他对秘书长的愤恨,还负载着深远的历史回声。

此时,只听见秘书长一声惨烈的哀号:"造谣者可耻!信谣者可悲!"接着便撕开自己的西服上衣、西服背心和背心里的白衬衣,从裤袋里掏出一把水果刀,对准自己肥硕的胸膛,对着主席台上林林总总、大大小小的首长、领导说:"看吧!我这就让你们看看我的心,到底是黑心,还是红心!"

奇迹就在此刻发生,水果刀还没刺进秘书长的胸膛,一股黏稠的液体,就从秘书长的胸膛里流了出来。这液体既不是黑色,也不是红色,而是蓝色的。

唐炳业本想立即站起来,对秘书长履行严正声明、划清界限、声讨、批判、撤销一切职务、处分,直至开除等一系列手续,可一看从秘书长胸膛里流出来的那股蓝色液体,心里直发毛。这使他联想起很多很多的事情,而那股蓝色的液体,对桩桩件件事情,似乎都是一个不祥的征兆。

面对这突如其来的逆转,武建新倒有一种称心如意的感觉,其实他每时每刻都在暗中盼望,"猛犸研究协会"出问题,甚至垮台。冥冥中他感到,只要"猛犸研究协会"出问题,甚至垮台,对他总有好处,甚至可以另立一个"猛犸研究协会",而又不必承担另立"中央"的罪名。到那时,唐炳业无论如何也霸不住他在"猛犸研究协会"的地位了。

这个老笨蛋、老滑头、老色鬼,凭什么总压他武建新一头。远的不说,前年唐炳业率团出国访问,有关部门委任武建新在唐炳业出国期间代理他的职务。唐炳业刚一回国,屁股还没落座,就把武建新弄到高级干部政治学习班去了。一去就是一年,这一年里,唐炳业调兵遣将,把所有与武建新有点关系的人,都弄出了"猛犸研究协会",协会成了清一色的唐家天下。武建新纵有天大本事,在协会里也是一筹莫展了。

所以,此时他冷眼静观会场上的"演出",勉励自己,为了将来,要牢记每一个细节。记它干什么,武建新也说不清楚,但他知道,早晚有用。

这样一想,武建新就不像在"猛犸研究协会"的历次危机中那样力挽狂澜、披荆斩棘,而是虚张声势地喊了几嗓子:"怎么搞的?这是怎么搞的?来人哪,来人哪!"

只说"来人",又没有具体的载体。加上武建新有气无力、虚张声势的指挥,作为第一把手的唐炳业又没发话,秘书长平时又只知围着唐炳业的屁股转,那种一人之下、万人之上的嚣张劲儿……人们这会儿看笑话还来不及呢,谁愿意出头露面管这个事。

秘书长声嘶力竭地大喊:"停机!停机!"

可是他的表侄,按遍"后电脑"上的按钮,也无法使"后电脑"停止工作。

耗子嘻嘻地笑着,鞠了一个躬,就从荧光屏上消失了。

但是另一只母耗子又在荧光屏上出现了,它穿着一袭传教士的长袍,自我介绍道:"我是预言家丹尼。"听起来像个外国名字。

它不像刚才那只公耗子那么爱笑,并且有一张神父般悲天悯人的脸。

它的声音,有一种催人入睡的单调,回声似的渺远低沉,这声音,立刻使窄小拥挤的礼堂,显得空旷高深。它说:

"你们就要面临劫难,我受你们死去的父的委托,将上帝耶和华在西奈山上显灵时对摩西说过的话对你们重说,以便将你们领出劫难,就像摩西将以色列人带出埃及。但我不是摩西,全世界只有一个摩西,所以我也许不能带领你们走出劫难,如果那样,我将无颜再见你们死去的父。但你们死去的父说,'请对他们晓以利害,何去何从,文责自负,咎由自取。'于是,我就将耶和华的话,对你们重说:

"耶和华对摩西说,把我的话告诉他们:一、除我以外,你不可有别的神;二、不可为自己雕刻偶像,也不可作为什么形象,仿佛上天、下地,和地底下、水中的百物。不可跪拜那些像,也不可侍奉他,因为我和耶和华你的上帝是忌邪的。恨我的我必须追讨他的债,自父及子,直到三四代,爱我守我诫命的,我必须向他们发慈悲,直到千代;三、不可妄称耶和华和你上帝的名,因为妄称耶和华名的,耶和华必不以它为无罪……"

…………

武建新大不敬地笑了笑。他觉得这个叫作丹尼的母耗子,对中国国情一窍不通。这一套,中国人还用得着别人来指点?

刚听两句,他就知道,母耗子所说的、耶和华显灵时对摩西说的话,其实就是基督教的十诫。

武建新的小姨子就信基督教,他对这一套不说是很熟,至少也不能说一窍不通。就他所知,雕刻偶像的事不但有,而且到处都有。世界上凡是有人的地方,就有雕刻偶像的事。比如对耶和华、他老婆玛利亚,还有他的儿子耶稣,虽然耶和华制定了十诫,最后还是没能顶住。也就是说,连耶和华,对吹喇叭抬轿子的事也没辙。

这种事防不胜防,只好睁一只眼闭一只眼算了。

再说了,"不可有别的神",其实就是"一"神教,连耶和华都知道,不能搞多党制,是不是?

至于不可妄称上帝的名,除了摩西和极少数的人,谁也没见过上帝。就连传达上帝旨意的摩西,又有几个人见过?谁知道那些话,上帝说了还是没说?所以说,妄称上帝的名,或不妄称上帝的名,是无法考证的,只有信而由之。

这样一想,武建新就有点犯瞌睡,他的眼皮开始打架,好在礼堂的灯全关着,谁也看不见他打瞌睡。

母耗子接着往下说:

"四、当纪念安息日,守为圣日。六日要劳碌,做你一切的工,但第七日是向耶和华你上帝当守的安息日……五、当孝敬父母……六、不可杀人;七、不可奸淫;八、不可偷盗;九、不可做假见证陷害人;十、不可贪恋人的房屋,也不可贪恋人的妻子、仆人、牛驴,并他一切所有。"

…………

唐炳业和武建新的反应不同,他觉得前三诫过于抽象,并不怎么在意,只是在想,那一股黏稠的蓝色液体,到底预示着什么。但听到第七诫后,他开始给自己打气:这都是迷信、是无稽之谈,无神论者,我不会受这种蛊惑。

而刚刚自动辞职的理事长则想:就这十诫?如何能概括做人的品质?既没有上升到理论、理想的高度,也不够全面,算是历史的局限性吧。

母耗子说:"我看见了你们的心中所想,为了忠实于你们死去的父,我将替他鞭挞你们的灵魂,看吧——"于是它挥了挥手,那忙得焦头烂额也无法让"后电脑"停机的研究"后电脑"的博士后,立刻倒在"后电脑"一旁。

荧光屏上立时闪电、雷鸣、号声、冒烟、震动,就像上帝显灵,以色列人听见上帝和摩西说话时的情景,一模一样。

这时,无神论者唐炳业开始祈祷上帝:让这"后电脑"染上病毒才好。

等到那些动静渐渐平息,屏幕上便出现了彩色的麻点,那些彩色的麻点,渐渐聚成一个女人的身影,这身影不甚清晰,很像一张"点彩派"的油画。

只听那女人说:"婆婆?你先说说我的公公在哪儿,我没有公公,哪儿来的婆婆?"

而后,又出现了一个男人和一个女人的身影,虽然还是不甚清晰,但显然是两个裸体交媾的人。

礼堂里立刻群情振奋。

有人抗议说:"这是黄色录像啊!快报公安局,再不报,咱们全得进号子里去!"

唐炳业吓得直掬气儿,这不是玉枝说的话嘛!定睛再瞧,那女人果然是玉枝——可又不是玉枝。画面的背景音乐,是他熟悉的——咕哧、咕哧——真空男宝器的运作声,然后就是"扑——啪"一声,真空男宝器从手里飞出去的动静。于是那裸体的男人就说:"他妈的,生产这种不中用的东西的工厂,都该枪毙!"——明明是他的声音,他说过的话!唐炳业想完了完了,这一下,谁都知道他干了什么。他感到自己碎裂了,魂魄也出了窍,只见一股蓝烟从他脑壳上冒了出来,在礼堂上空,找不到逃路地游来游去。

奇怪的是,会场上所有的人,却像认不出这个声音。

只有秘书长,心怀叵测地大喊:"停机!停机!"

秘书长的喊声,喊回了唐炳业出窍的魂魄,于是他的魂魄又渐渐钻回他的躯壳,就像上帝在指引他,让他及时做出了一个十分英明的决定:"谁在喊'停机'?这样腐败的事情,应该让大家知道。我们的协会,一向以透明度高而著称。"

唐炳业这一嚷,反倒把他的自信嚷回来了,会场上那些没头没脑的代表,此时就像有了头羊的羊群,情绪很快恢复了正常。

唐炳业深知,这种时刻,必须有一个大智大勇的人站出来,才能镇住场面。要是没有大智大勇的人,有个大不要脸的人站出来也行。所谓人民,其实就是群氓,他们需要的是忽悠、吃喝,而不是文明的教导。

"后电脑"接着往下演。武建新发现,场景已挪至自己的家。他知道一切挣扎都是白费,反倒定下心来,接着往下看。

在门窗紧闭、窗帘合拢的卧室里,武建新和费萍,再不是"模范夫妻""五好家庭"表彰大会上的武建新和费萍。武建新的持重、睿智、大度、礼让,甚至绅士派头,像在说明对立统一规律的绝对性,一对一地把它的对立面展现出来。

武建新说:"没有,没有,你什么钱也没交给我。"完全一副地痞流氓加无赖的嘴脸。

而费萍那政治思想工作的领导形象,也全无踪影。她说:"快,把钱拿出来。"

武建新说:"我没拿你的钱。"

费萍说:"难道还要我把送礼的人请来,让他证明,因为当时有人敲门,我不得不把钱塞进你的怀里,才去开门的吗?你还少拿对付政治运动那套办法对付我,你要敢秘下那五千块钱,我就去揭发你出卖中央文件。"

"文件不是我卖的,是你儿子卖的。"

"那也是你的儿子,文件也是你交给他的。他哪儿有看那种文件的级别?"

"我也可以揭发你受贿,利用职务之便作假证,把被杀人说成是杀人犯,而杀人犯是合法自卫。"

他们像一只母狼和一只公狼那样,龇着牙,你绕着我、我绕着你地对嗥着……

这时,荧光屏上的母耗子突然捂着脑袋,狼狈逃窜。倒在"后电脑"旁的秘书长的表侄,也清醒地站了起来。

那只公耗子又跑上屏幕,说:"对不起,这里恐怕有个误会,根据我们得到的情报,刚才那位女士根本不是耗子,而是你们当中的一个巫师,本来我们不想参与你们之间这些我们不但不懂,也完全不内行的事,可是它竟然冒充我们耗子,说了那么多不利于团结的话,我们政策法规司的司长,不得不指示我出来辟谣,声明它不是我们耗子,它的所作所为也有损于我们耗子的尊严。我们即使有不同意见,也不会采取这种做法。我们的思潮研究所所长认为,这是一种危险的信号,应该引起大家的警惕……"

公耗子刚刚说到这里,荧光屏上又是一阵光点乱舞,还夹杂着噼里啪啦的巨大声响,好像发生战争一般。公耗子说:"不好了!快快隐蔽,快快隐蔽!"说完,吱溜一下,就不见了。

那些调皮捣蛋分子,以及鼓吹另立"耗子研究协会"的人,呼啦一下,也全溜了。

紧接着,从礼堂的天花板、地板、四面墙上,传来只在紧急情况下、紧急会议上才有的、乱哄哄的实况录音……

有人厉声说道:"……稳住,稳住,不然我们就要掉脑袋了。现在只有这个办法:绝对不能让人知道,猛犸是不存在的、是臆想出来的一种东西……"

这话立刻遭到许多人的反对:"这是投降主义,也不能因为形势不利,就说猛犸是不存在的、臆想出来的东西。越是风云变幻,越是要保持清醒的头脑,防止修正主义、和平演变思潮。"

也有人说:"怎么拿我们的情况和Y国的情况相比,Y国的'猛犸研究协会'不但作恶多端,还用妖术蛊惑人心,凌驾于军队之上,干预该国政局,谋划颠覆该国政权,自然要引起该国人民的反对。"

有个像是很有权威的人,忧心忡忡地说:"不要在这些枝节问题上争论不休了,也不要把问题看得那么简单。我认为,局势非常严重,我们决不可掉以轻心。现在,我们要团结一致,万众一心,共渡难关。所谓猛犸是不存在的、臆想出来的东西,只是一般人的说法,并不代表我们的基本原则、理论、策略、方针大计……继续往下说吧。"

那声严厉色的人继续说道:"也不能让人们知道,Y国的'猛犸研究协会'已被推翻,协会书记的脑袋也被炸得稀巴烂……我们要封闭电台、电视台、报纸、杂志,甚至邮政部门,总之,一切大众传播媒介,我们是可以做到这一点的。另外,也要做最坏的准备,组织一个精卫团,挑选忠诚于猛犸研究事业的神枪手,以保护猛犸事业的骨干力量……"

突然,一片刺耳的、响彻天上地下的警报声,掩盖了七嘴八舌的实况录音。接着,许多全副武装的人涌进了礼堂。一个领头的武装,对着乱作一团的人等喊道:"不许动!谁动我就毙了他!"

乱哄哄的会场,立刻鸦雀无声。

唐炳业踢了踢武建新的脚,悄声对他说:"糟了,是不是Y国的造反派搞革命输出,推翻咱们的'猛犸研究协会'来了?"想起Y国"猛犸研究协会"书记被炸得稀巴烂的脑袋,他心里满是恐惧和大势已去的悲凉。

领头的武装继续说下去:"你们这里一定有特务,居然敢窃听机密会议的实况……"

武建新一听,心中立刻清朗:"同志们,误会,误会,全是误会。我们正是'猛犸研究协会'的组织成员,我们都是忠诚于猛犸研究事业的中坚分子。刚才的事,不是我们的责任,"武建新把手一挥,就挥向了秘书长,秘书长像躲枪子儿似的,把头往下一缩,"就是这个人,搞来的那台'后电脑'惹出的麻烦,请同志们明察……我们都是……"

没等武建新说完,领头的武装就给了他一电棒,武建新像趴了的麦秸垛,噗的一声,就倒了下去。

领头的武装又对全场的人说:"我们是奉命执行任务,不负责清查工作,你们全得跟我们走一趟。"说完,就轰羊似的,用电棒轰着会场上的人,一串一串往外走。

唐炳业一抬头,看见那只穿着＄10000皮鞋的耗子,趴在礼堂的大吊灯上,对着他窃笑。接着,"后电脑"又亮了,亮了之后,又是紧急会议的实况转播。

领头的武装,回手就给了"后电脑"一枪,"后电脑"这才停机。秘书长的表侄高兴地大喊:"OK,OK!"还对领头的武装说:"先生,我愿意推荐你去我国'后电脑'研究中心做交流学者,年薪十万美金。"

领头的武装,当即解下武装带,交给了副领头:"从现在起,我就转业不干这一行,而干'后电脑'了。"

副领头说:"那怎么行!"

领头的武装说:"那怎么不行?人往高处走,水往低处流,我要是还干这一行,一辈子挣的钱,还不到两万美元,可现在人家一年就给我十万美元。"

副领头说:"可是你上哪儿去找这份职业的荣誉感、优越感、豪迈感,走到哪里人家都怕你的三感?"

领头的武装说:"你觉得好你就接着干,现在你就领着这帮子人走吧。"

十多年后,也有人说三五年后,有人发现还关押着这么一帮子人。谁关的?为什么关的?什么是"猛犸研究协会"案?唐炳业是何许人？武建新是何许人？秘书长又是何许人……

谁也说不清楚。

有人就说："让他们回家去，老待在这里算怎么回事！"

可是唐炳业和武建新，还有秘书长，以及"猛犸研究协会"的中坚分子，莅临那次"猛犸研究协会"理事会的上级领导们，都要求对他们被关押的事，做个结论。

人们听了以后，哈哈大笑。

"什么结论？你们想要什么结论？"

有人看了看唐炳业的烂嘴角，想了想说："好，做个结论就做个结论，就说'上火'吧。"

1991 年 6 月 15 日完稿于北京

2010 年 8 月修订

她吸的是带薄荷味儿的烟

把信投入信箱,他同时下了决心,如果这次再没有回音,他只好另寻出路。

人人都说,眼下是发迹的最佳时机,可他为什么一次机会也碰不上?和失落的一代不同,他说不出到底谁耽误了他,不过就是生不逢时,未能幸免地遭遇了古今中外所有生不逢时者的千古遗恨。

也曾做过各方面的努力,可是都被"可是"否定。别人一做就成的事,不知为什么一到他这儿就此路不通。

如他这个年纪的人一样,难免不做几场出国梦,可是托福考来考去,总也考不过线,白交了那几十块美金的报名费。

祖父就悔不该当初地说:"唉,当初要是和她一起走了,现在还用发这个愁……"

一旦因为一种"当初"的错误,也就无法验证另一种"当初"的正确。可听他的口气,似乎另一种可能的"当初",应允过祖父向往的一切。

干过写小说的勾当,可是错过了时机,该玩的花样,早就让那些作家玩儿完了。如今连他们自己都觉得难以为继,他还能玩出什么名堂?

也练过小摊,可是因为资本太小,只能做一点寒酸的烟酒买卖。

虽然报纸上说,大学教授都去卖馅饼了,听说其中还有一些学术权威,不论在国内或国际上都有一定影响。可让这种人去卖馅饼,合算吗?

不能这样问。

因为,有人强迫他们去卖馅饼吗?当然没有。说来说去,这都是你自己愿意。丢人现眼也好,大发横财也好,一肚子学问从此付诸东流也好……都是咎由自取,怨不得他人。

你没时间备课,一本讲义用了多年也好;你白天黑夜净想着挣钱,甚至上课时在讲台上睡着了,一脚踏空,从讲台上掉下来也好……谁也不会找你算账,人们都忙着改革开放去了。

究竟卖馅饼好,还是做学问好?他算不过来这个账,难道大学教授,乃至社会舆论也算不过来这个账吗?也许人们都在装傻,"装傻"可能是所有办法中最好的办法。有道是兵来将挡、水来土掩,可你不还得将挡、土掩,满世界点将、运土去?

不行,他可不能这样糟蹋自己,他是有远大抱负的。

也许还因为总是赔钱……

也不能说和摆小摊卖烟酒过于寒酸无关。要是开大饭店,可能就是另一回事了。虽然从实质上说,开大饭店和摆小摊没什么区别。谁能说形式不重要呢,有多少人明知形式不过就是形式,却一生都为形式所累,又有多少"金玉其外,败絮其中"的人,正是靠着形式而扶摇直上?

不过,像他如此胸怀大略的人,怎么能干这等蝇营狗苟的事?

…………

父亲倒没得可说,他反正懦弱一生,对谁都说不出什么,确如那句名言所说,你打他的左脸,他会把右脸也伸给你。母亲更是伟大母爱的化身,就是他行窃打劫、引祸杀身,她也只会不明不白地眨巴眼睛。至今还嫁不出去的姐姐,自己就觉得在家里是个不合法的存在……凡是生活在社会底层的人所具有的心理特征,他们一样不缺。

而他却恨不得父亲抽他两个耳光,母亲又哭又闹、又抓又挠,姐姐给他来两句难听的……

或许,他像个没头苍蝇似的乱飞乱撞,并不完全是为自己出人头地,而是让全家人从这种心态中爬出去。

只有祖父,用一种不出声的坏笑奚落他,不过这也许是他的猜疑?

他不喜欢祖父,也许还有一点恨他。为什么?他也说不清楚。随一九四九年汹涌而来的政治运动,并没有将祖父吞没,他从未上过黑五类的名榜,把多少人打进地狱的历史回声,在他们家也没有引起太大的震荡。

所以说,他的恨,就恨得没什么缘由。

…………

当一切尝试宣告失败后,他只得把希望寄托在这个据说色情而又有钱的老女人身上。

这是他寄出的第四封信了。

第一封信写得气势磅礴,前三封信基本保持了这个声势。他本以为马到成功,可却没有一点回音。

也许那老女人另有所欢?她什么都不缺,当然更不缺男人。到了她这个份儿上,还不是要什么有什么,这个世界从来就是成功者的世界。

难道前几封信,他写得还不够劲儿?

不会,他相信那几封信,就是尼姑看了也得春心大动,更不要说这种老而烂的货色。

老实话,他曾担心与她的性经验相比,他这方面的差距太大。给她写信的时候,他甚至盗出祖父那未曾删节的《金瓶梅》和《肉蒲团》,作为蓝本。

祖父有许多这样的书。一个解放前专写花边新闻的小报记者,什么世面没见过?那真是个老鬼(ju)。

祖父显然知道他的花经,不闻不问就是了,他的不闻不问和爹妈、姐姐不同,这就是祖父的高明。试问,眼下谁还能管住他们的后生?

至今想起他写的那些信,他还感到血脉偾张。

"……我知道自己是在玩火,但我豁出去了。我相信,只要我敢作敢为,幸运就一定属于我。

"向你表达爱慕,是很容易的一件事,而要得到你的青睐,就相当难了。

"而我现在做的,却是一件更难,在别人看来几乎是不可想象,也绝对不可能做到的事,那就是我在引诱你这个世界闻名的舞蹈家。

"你当然不愧是当今舞坛上的高贵女皇,如果没有超人的智慧和胆略,绝对不可能获得你的爱恋,更不要说与你的床笫之欢。而我,必是未来文坛的皇帝,舞坛女皇和文坛皇帝的罗曼史,一定会给子孙后代,留下无尽的话题。

"虽然你已年近六十,但由于生活优裕、驻颜有术,仍然光彩照人,仍然是一件不可多得的宝物。

"经我的卜算,你是一个沉湎于性的女人,一个做爱专家,任何男人只要和你春风一度,都会终生难忘,永远拜倒在你的石榴裙下。

"我不知道你是否有过婚嫁,但这并不重要,我只是想说,任何男人都不会像我这样,给你以性的极大满足。

"本人现年二十七岁,大学毕业,体魄健壮,身高一米八二,无任何不良嗜好。虽然尚未成婚,直到现在还是童身,但三天之后你一定会发现,我在做爱方面的超级天才。

"我的才智之高,也会出乎你的想象,目前我正在酝酿撰写一部专著:《世界大变革》,一百万字左右。但写出来又有什么用?以我现在的身份来说,它将永无见天之日。

"除了一支生花妙笔,我别无所有,所以必须寻求他人的帮助,你当然是我最理想的人选。除你之外,尚需求助于高层人士,以期得到未来中国核心人物的鼎力支持,否则这部书就会使我频遭横祸,而我的全部努力,也将化为灰烬……

"既然我准备来采撷你那朵花,也就不妨直言相告,我要为人类构造一个全新的思想体系,我所研究的范围极其广泛,气功宗教、算命看相、兵书战策、文学艺术等等,比如,对你性生活的测试,就运用了卜算的办法。

"总的一句话,你值得我爱,我也值得你爱。

"顺便说一句,我在大剧院的一次对外活动中,远远地看见过你,当时便有了异样的感觉,但我一直没有走近你,我怕我会克制不住自己,当场做出什么有碍观瞻的举动……"

是这么回事吗?他冷然一笑。

有这么吆喝着自卖自的吗?站起来他也是个堂堂男子汉,而不是给钱就能卖的妞儿。他要是个妞儿,这样做没人觉得奇怪,甚至觉得顺理成章,自己也不会这样藏着掖着,偷偷摸摸见不得人。从这方面来说,女人比男人容易得多,越是改革开放,越容易。

有个女作家还他妈的说"做一个女人真难",让她来做个男人试试!

难道那老女人还搭架子、害臊、顾及影响、担心上当受骗不成……等她琢磨过来可就晚了。报纸上说,她在此交流访问,逗留时间不过两个月,然后就要回到那金元帝国。

机不可失,失不再来,非得抓紧时机不可,在这两个月内见到成效。

很快又写了第二封信。

"……想死了你的召唤,想死了你。

"首先想搞你,我一定要搞得你受不了,搞得你精疲力竭、骨瘦如柴,搞得你死心塌地跟定我,搞得你离开我就茶饭不思、饮食无味。其次,想利用你,用你完成我的宏图大业。

"你是一匹良种母马,只有我才能驾驭你日行千里,夜驰八百,来吧,我的女人,到我的怀里来纵情癫狂吧。"

这样有力度的性挑逗,就是把《金瓶梅》拿来相比,怕也是小巫见大巫。

想来这样的语言正合她的口味,一般来说,老而有钱,却已无人问津的女人,尤其喜欢这种下流的语言。可怜的老女人们,她们只好靠这个来过瘾了。

她免不了成为国内的新闻热点。朋友的朋友,那个持有绿卡,可以随便出入这边和那边国境的狗崽子说,他对这女人很了解,在海外华人圈子里很臭,每天一个男人根本不够她消受,当着十个八个男人,她可以一丝不挂地走来走去。"嗨,跳舞的还不是那么回事,特别是跳现代舞的,世界现代舞的鼻祖邓肯,在舞台上都能一丝不挂,你还有什么可说?"

这让他有些吃惊,不是对她一丝不挂的惊诧,而是对炎黄子孙那不论流落何方,也保持民风不变的韧性。

又说到她的家庭历史,自然是昔日贵胄,一九四九年后流亡西方,你说是白华也好。在西方,只有那些富家子弟才搞艺术、学艺术。因为那些职业很难维持生计,除非你是毕加索、帕瓦罗蒂,否则就得有万贯家财做后盾。

这老女人什么也不干地跳了一辈子舞,她的家财可想而知,谁要是运气好,得到她的青睐,虽说赶不上世界船王,一辈子什么也不干,也受用不了。

就在那个晚上,那个拿绿卡的王八蛋的这番话,让他动了这番心思。

像他这样的旷世之才,教研组组长的职务,本来就够委屈他,想不到竟还落到他人头上。

所谓慧眼识英雄,像校长那对斗鸡眼,也只能看到自己大眼角上那点眼屎罢了。

落在他人头上也无不可,偏偏落在与他一决雌雄那小子的头上。高一(3)班那位"回眸一笑百媚生"的女生,本来就在他们二人之间犹豫不决,这一下,就能让她当机立断。

有道是自古美人爱英雄,而女人心中的英雄,本来就不难诠释。

他绝不是那利禄之辈,只不过为了那个"回眸一笑百媚生",才会计较那屁大的差事。他认为,为女人出的差错,算不得差错,可以说,与名士们放浪形骸之举相同,也是一种风雅。

善走钢丝的校长,虽然立刻派他去参加教师代表大会,但那东西务虚不务实,对以后晋升、评职称、评薪、分房、住房,毫无实质性的贡献。

他本不在乎房多房少,就是房少,他也不想在这个题目上大做文章。由于住房条件不够造成的社会问题、心理问题、精神问题……作家们早就写进小说里去了,他又何必炒冷饭。哪怕你说一千、道一万,房子决不会因为你的叨叨,就便宜起来。

不知是否因为长久挤在居住窄小的空间里,反正他们家的人,男男女女都显出压抑的征兆。到没到病入膏肓的程度说不好,但长此以往,肯定会出毛病。遍数家里的人头,改变山河的重任,责无旁贷地落在了他的肩上。

每到微醺之时,祖父就要回忆昔日的辉煌,而他无日不醺,无日不发"江河日下,今不如昔"的感慨。

"那时候过的什么日子……"

据他说,年轻时他也是风流倜傥、一表人才,上海报界的知名报人,又深得某一富家千金的倾慕……

"谁不买我的账……"说到这里,祖父总是不满地瞥他一眼。对他平日的不敬,以及对他不便说出的教训,尽在这一瞥的不言之中。

那真是风光一时啊,不说享尽人生,至少也是享尽大上海的荣华富贵……什么百乐门舞厅、西洋大菜、回力球场,什么赛狗、跑马厅、四马路,什么姨太太,还有蜜丝佛陀 USA……"现在你们觉得大开眼界的东西,老早就有过了,老早就见过了……"

唾液从祖父漏风的齿缝里,激动地喷射出来,为佐证他过去的黄金岁月加一把劲。这时,他的确很像很像一个货真价实的没落贵族了。

"要不是一九四九年大家劳燕分飞……"说到这里,祖父总是摇摇头,感慨万千地打住。

祖父的故事里,最吸引他的,其实是彼时的机会遍地与后来听到的水深火热,孰是孰非?

可就在这种时候,他也不会忘记,让祖父小小地难它一受:"按照当局的说法,您这就是教唆。"

祖父立时傻了眼,吭哧了半天说:"原来你还是个狼崽子,咱们家怎么会出这种人……"他瞪着布满红丝的老眼,大惑不解地、久久地看着他。

这并不能影响他的什么,他照旧会面不改色地把餐桌上那点不多的好菜,胡撸到自己肚子里去。

餐桌是他和祖父的另一个战场。爹和妈,还有姐姐,都不是他们的对手。从这一点来说,新旧社会打了个平手。

这是怎么了?他无法揣度,毕竟她那个世界离他过于遥远。他有点后悔,前两封信是不是过于穷凶极恶,倒显出他的稚嫩。于是又鬼使神差地给她写了第三封信,也许为了挽回影响,也许是又想起了一个让她上钩的新招……到底什么动机,他自己也说不清了。

"……我非常希望你了解我的价值……我之所以粗野放肆,实在迫不得已,因为你对改变我的人生,实在太重要了。命运迫使我必须不择手段地猎获你,除此我别无选择。我被埋没得太久,再不能遗世独立,而应该出来做一番事业。虽然我身怀经天纬地之才,胸有济国安邦之志,文章词采华美,气势雄阔,沉郁悲怆,慷慨激昂……然而在这荒蛮之地,是绝不允许一个有才能的人,成就一番事业的,只有在文明的社会,才能一展宏图。

"然而,谁能把我推向人生的峰顶?只有你这个高贵而可爱的女人,没有你的帮助,我将很难实现我的抱负。一方面我需要你的爱情,一方面我需要你的帮助……请让我栖息到你美丽的港湾中去……"

连他自己也不曾察觉,自这封信开始,他的气势已经开始减退。

今天,他又寄出了第四封信,这封信又是怎么写出来的,他更说不清楚。

"……我为前几次对你的冒犯感到不安,那些放肆粗野的语言让我羞愧万分。一想到我竟用这种极不光彩的手段,去达到自己的目的,心中充满说不出的痛苦。只觉得自己像个街头拉客的男妓,必须用自己的青春,去侍奉年老色衰的贵妇,作为改变自身命运的敲门砖。

"这怎能是一个想要为未来的世界创造全新思想体系的人的作为?这不是人类的奇耻大辱又是什么?同样,我还用那么下流的方式向你求爱,也绝不是大思想家的作为,这不仅侮辱自己,也是对你莫大的羞辱。

"你怎能明白我此时的心态?古今中外的英雄豪杰,尽管历尽困苦,但有几个像我这样出卖自己的青春?就是韩信的胯下之辱,也没有我感受的羞辱之深。而我还要这样厚颜无耻、费尽心机地想要抓住你。

"以前我是何等孤傲、何等清高?有多少年轻貌美的姑娘,无时不在期待着我那孤傲的心的垂顾。

"我比李太白更浪漫奔放,比屈原更瑰丽哀怨。为了施展自己的才华,屈辱地忍受着他人无法承受的痛苦,下贱卑劣、毫无羞耻之心地做你的裙下臣。向你,也许还有其他贵妇,奉献自己的青春,依赖你们走向成功。

"我的心在流血,我的灵魂在哭泣。

"如果我是一个无能的花花公子,则也无可抱怨。而我却偏偏身怀绝世之才。

"如果为了金钱和私欲,完全可以靠写下流的黄色小说来达到目的,我的文笔极其精彩,再写一部《金瓶梅》不成问题。

"但为了国家、民族,甚至整个人类的利益,不得不让自己的人格蒙受侮辱。如果我能通过其他途径取得成功,我绝不愿像个男妓那样,出卖自己的青春。然而,这是怎样一个社会?才高遭人妒啊,更何况我还是一个大天才。

"我虽有翻江倒海的才华,改天换地的志气,治国安邦、济世救民的奇谋妙略,但却无法向当局传达,更不要说受到采纳和重用。我还必须吹捧那些昏庸的官僚,腐败的政客,做他们的走狗,非但得不到赞赏,还得受他们的凌辱。天才简直连狗都不如啊!狗还能得到主人的宠爱,而人呢……像我这样身怀经天纬地之才、胸中百万雄兵的人,怎么能这样活着?怎么能这样不要脸……

"而我仍然不能获得你的芳心,我果然下贱到连'午夜牛郎'都不如吗?天哪,我的命运为何如此悲惨,我这绝世之才,我这凌云壮志,居然比午夜牛郎的一夜欢歌更不值钱!

"唉,不再说了,不再说了,像你这样的女人,又怎能理解英雄末路的悲怆,又怎能知道人间的沧桑?

"爱你……说不清,道不明……

"我挖空心思,绞尽脑汁,六神不安,魂飞魄散……你怎么就没有半点反应?"

把这封信投入信箱的时候,他是如此的沮丧、绝望,简直像把自己也一起丢进去了一样。

回到办公室后,恰值学校分鸡蛋,原来是新任教研组长通过关系搞来的便宜货。一时间,办公室像农贸市场那样,秤杆子乱摇,他本来就烦的心更烦了。

而他的办公桌上,更是堆着两堆称好的鸡蛋,他眉头紧锁地说:"谁的鸡蛋?拿走,拿走。"

新任教研组长姿态很高,故作亲密地说:"正是阁下的。"又毫无必要地贴着他的耳根说,"我那份不要,给你了。"好像他们之间不但没有冲突,反倒是同一个战壕里的亲密战友。他冷静地思量一下,便也认可。一般说来,"亲密的战友"不就是这个意思吗?

何况经过你死我活的角逐,刚刚踩上那个梦寐以求的台阶的人,大都会做贼心虚地表现"高姿态"。可以理解!

他既没有表示感谢,也没有表示推辞,让他们先高兴一会儿也好。既然生活无时不在捉弄他,他为什么不能捉弄一下别人?也许那小子应该反过来感谢他,难道不正是他,作为那堆鸡蛋的载体,成全了那小子的高大形象吗?

他环顾四周的鸡蛋们,注意到他那份鸡蛋,个头显然比各位男女名下的小了许多。其实大小都是吃,何况还有秤管着,可是一旦面对哪怕一分小利,人们便禁不住显出各自的本性。在秤杆子的横横竖竖中,还不忘尽善尽美地修补自己的形象,七嘴八舌地说:"从筐里往外挨着拿,赶上什么是什么。"

卑琐的人类啊!

他实在不愿和这等人多费唇舌,也不愿用摇晃秤杆子的办法,来证明自己的精神可嘉、道德高尚,从而为下一次调级、涨工资、分房子、混个什么代表准备条件。这一套紧箍咒,现在只能约束可怜的教书匠和机关里的小公务员,除此,还能辖住谁?所以他非得逃离这令人窒息的地方不可。

他超脱地在办公桌前坐下,掏出笔来准备判改作业。他把另一份鸡蛋往一边推了推,说:"谁的鸡蛋谁拿走。"这时,一个鸡蛋没有站稳,滚下了桌子,"啪"的一声摊在了地上。

除了新任的教研组长,人们脸上就有些不是颜色。好像他识破了众人想要掩盖的什么,又偏偏一点也不肯通融地揭开来。这时,谁也不会想一想他是否别有所怨,同时又都想到那个狐狸吃不到葡萄,酸了脸的老故事,便心有灵犀地交换了一下眼风。

这一眼,像历来这种时候的一眼一样,是很较劲的一眼。

反正他也好不了了,又假装无意地晃动一下桌子,于是,又有几个鸡蛋滚下了桌子。

几个女人赶忙过来拦截那些滚动的鸡蛋,摊在地上的碎鸡蛋,弄脏了她们的鞋子,一个个带着一脸怨气,一边拿眼睛叼他,一边使劲跺脚。

眼见人们为几个鸡蛋或爱、或恨、或怨的样子,他觉得非常解气,渐渐地,心里也不觉得那么憋闷了。

回家时,经过本市一家合资饭店,免不了在饭店的落地窗上打量自己的影像。下巴、胡子、眼睛什么的,他不喜欢男人显得忧郁,只有那些浑身透着酸味,男不男、女不女,心理有问题的人,才喜欢忧郁,或是没有男人爱的女人,才嚷嚷自己忧郁。

他觉得自己看上去还行,便一扫分鸡蛋时的晦暗,重新鼓起征服的勇气。

透过饭店咖啡座的落地窗,里面的景象一目了然。四月桃花色的蜡烛,插在银光闪闪的枝形烛台里,铺着硬挺的白色桌布的小咖啡桌上,各有一只细颈花瓶,花瓶里只插一朵艳红的玫瑰,十分抢眼……不多的道具,却将喝咖啡的环境营造得很是浪漫。

每每经过这里他都会想,世界上怎么有那么多人,什么事也不必干,只管坐在这里喝咖啡?而他却与这一切无关。

他的喉结,不由得上下滑动一番。逢到见了没有他一份的景观,他的喉结都会如此上下操作一番。

挨窗的一张桌子上,坐着一对男女。

女人的脸在上面笑得十分纯情,可是她的大腿,在透明丝袜里,却述说着另一番朦胧而清晰的话语。

如今纯情的女人上哪儿找去?就是碰见一个半个,也大多是假冒伪劣产品。他倒不计较女人是否纯情,他就是见不得假货。

坐在对面的男人呢,却显出时下有钱男人的肆无忌惮。虽然身上包装的那套西服可能是号称绅士们穿的、标价可观的皮尔·卡丹。

那个有绿卡的兔崽子说,皮尔·卡丹在西方早已过气,到了中国,反倒开始了第二春。

可是,他连过气的皮尔·卡丹也没有。

其实,他很期待和那个兔崽子的会面,每当他怀着一腔仇恨,挤上垃圾箱似的公共汽车,巴巴地跑过全城,赶到什么地方,去会见这个因为吃得太饱、赚得太多,需要不时排遣一下"春风得意"的兔崽子时,那些他从未经历过的生活,真让他心醉神迷,大有灵魂再造之感。

好比现在,他就可以幸灾乐祸地对那些皮尔·卡丹说,你那钱白花了,这消息绝对可靠,引自从美国回来的某某。对那些没有美国绿卡的皮尔·卡丹们,以及没有皮尔·卡丹的他来说,这无疑大长了他的志气,大灭了皮尔·卡丹们的威风。

一进家门,就有一种忙乱而激动的气氛,母亲恨不能再长出四双手也觉得不够用地拿着一块抹布,枉费心机地想要擦干净他们那永远也擦不干净的家。

全家人并不明白,擦不干净的其实是他们家的那种气氛:灰暗、憋屈、霉晦、压抑……

母亲蹬上凳子,去擦那锈死了尘垢的窗子。不经意间,他从母亲衣襟的下摆望上去,便看见她的肋骨,清晰地排列在胸腔的两侧;身上的皮肤,像七八十岁的老妪那样松垂着;将他和姐姐喂养大的双乳,干瘪得只剩下两个乳头,像两粒扣子一样紧贴在胸前……

他赶紧垂下头。

母亲不过六十多岁,和他费尽心机,想要搞到手的那个女人,差不多的年纪,而命运却如此悬殊。

她擦着擦着窗子,又突然从凳子上跳下来,满脸惭愧地说:"哎呀!忘了,应该先把那些被套收起来,还堆在沙发上呢!"

几床被套,小山似的堆在沙发上,他想帮帮母亲的忙,却不知从何下手。

母亲感恩戴德地抢过他抱着的被套:"我来,我来,你不知道放哪儿。"

但母亲似乎也不知道放在哪儿,抱着被套在房间里转来转去,像无家可归的流浪汉。后来像是来了灵感,恍然大悟,掀起床沿如舞台幕布的床帷子,于是床底下那个更真实的生活,便呈现在眼前。

床底下的每一个物件,都为他们这个家立过汗马功劳,记载着他们永志不忘的日子。

那把断了柄的镢头,据说在大饥荒的年代,开垦过祖上传下的、如今早已不知哪里去了的四合院里未被开垦过的处女地。所以姐姐长得又瘦又小,还有她的罗圈腿,据说是因为缺钙、缺蛋白、缺维他命……其实是缺一切。他不知道,这是不是姐姐如今解决对象问题的障碍。

几个木板钉制的箱子,里面装着父亲的研究手稿,有点像当年陈景润研究哥德巴赫猜想,尚未被认知时的状况。他那闻名全球的研究数据,据说也是装在麻袋里的。现在人们会惊诧地问,为什么不储存在电脑或 U 盘上?

虽然木板箱里的研究手稿,后来非常幸运地变成了铅字,并使父亲变成了教授,但父亲还是不肯忘情于这些发黄的纸,那不

435

也是他的某种证明么?

长长短短、粗细不等的木料,在一九七六年的地震中,发挥过顶梁柱的作用。他说过多少次,把这些木料扔了。可是遭到上两代人的坚决反对,说是再来地震还用得着。他说,到那时,联合国肯定会支援你一个露营帐篷,或是一栋可以移动的海滨休闲小木屋。上两代人说,你说了算,还是政府说了算?这样一问,他当然无话可说。

腌制泡菜、酸菜、咸菜……各种大小、各种式样的坛子,坛子四周挂着灰白色的盐渍,看上去就像出土文物,很有历史沧桑感。

罩着塑料布的大包小包里,是他小时穿用过的旧衣物。轮到他穿旧的衣物,可想而知,已经旧到什么程度。但母亲说,也许还有用得着的时候。难道她还想留给他或是姐姐的孩子?仿佛看出了他的鄙夷,母亲说,什么事都可能发生。

…………

这些脆弱的东西,却像链条一样,把他们和过去连在一起,让他们和过去无法决裂。

幸亏母亲英明,在床铺四周围起了床帷子,但是每逢客人来到,或是在一个也使用床帷子的人家做客,他就会让那床帷子闹得心神不定,老担心那床帷子披得不紧,一家伙掉下来,将隐蔽在内的世界,暴露无遗,那将是何等的尴尬!

将棉被套在床底下隐蔽好之后,母亲又心慌意乱地去打扫厨房,心智上是一副捉襟见肘的局面。

姐姐更是一脸惶恐,像是被人戳穿了西洋镜,和他刚一照面,就立刻躲进母亲的房间去了,好像怕他探问什么,或是跟她说点什么——他注意到,她新烫了头发。

他立刻想到,恐怕又是有人给她介绍对象。他有点怜悯,也有点轻蔑地望着她匆匆而去的身影,难道嫁不出去是那样的惨痛?

只有祖父乱中有静,就着五香花生米,自斟自酌地喝小酒,于是房间里便弥漫着一股劣等白酒的烈味。在这一点上,他和祖父倒有共识,与其花大钱喝假茅台、假五粮液,不如喝这价钱上没有多少弹性,让奸商无利可图的烈酒。

再说葡萄酒,那是男人喝的酒吗?

"来点?"祖父说。

他摇摇头。看看家里,是喝酒的气氛吗?他和祖父没法比,祖父在什么条件下都能创造逍遥自在——当然不是自由。这也是祖父阅尽春秋,积一生之经验提炼出来的精华。

母亲忽然慌里慌张地从厨房里走出来,摊着两只粘着油泥的手说:"看我忙的,什么都忘了,那里有你一封信。"她向电视机那方,指示性地扬了扬下巴。一封白得耀眼的信,正供在他们家最显贵的家当上。这种信从未在他们家出现过,所以有一种凤落鸡窝的不协调感,不要说母亲提到它时的激动,就连他的眼睛,也猛然一亮。

他猜到了那封信来自何处,可又怕被过分的期望愚弄,先就带着可能是误会的设防,迟疑地向电视机走去,及至看到信封上的烫金标志,立刻肯定,回音来了。那一瞬间,他深切地体会到,何谓苦尽甘来……呼吸便有点急促,鼻子里也有些酸楚的黏液渗出。

拿起那封信的时候,竟被一种不自觉的恭敬,拘谨得有些无措。

右手的拇指和食指,已在信封侧口弯成钳状,在他就要撕开那封信的时候,看见母亲很有道理,又很没道理地等在一旁,好像这封信也是写给她的,并显出先睹为快的急迫。

祖父虽是岿然不动继续喝他的小酒,但他觉得,不但他的一举一动,连他的心中所想,连那没开封的信,祖父都了如指掌。

这时,他深感有个家的不幸,转身就进了他们家的男人宿舍,而狠心地将母亲关在门外。

信的内容很简单,如果方便的话,请他在当晚八时,到她下榻的饭店一会。

他一跃而起,觉得自己应该做些准备,准备什么呢?他想了又想,茫然无绪,便又在床上坐下。

这时有人敲门,便忙收起脸上的激动,放出一脸的无谓。"进来。"

姐姐很不情愿地站在门槛上,只探进一个脑袋,说:"有什么事吗?"显然是受了母亲的委托,急于了解这封不寻常的信,将会带来什么好运。可怜天下父母心!

世界已经大变,变化之快,甚至让人生出换了人间的感慨。十几年前,谁要是收到这么一封信,可能就会那样想:这封信将带来什么厄运?

他拒人千里地说:"没什么。"

人和人之间,有时需要亲密无间,有时却需要距离,不然彼此都会感到不便,就是亲如母亲,这样的事又如何启齿?

姐姐就像得到大赦,立刻缩回她的脑袋。他也可怜姐姐,为什么世界上需要可怜的人那么多?也许每个人都有需要可怜的地方,或每个人其实都很可怜。

之后他开始想,今天晚上穿什么衣服?

对着他们祖孙三代男人共有的、只在刮胡子时才用的小镜子,他只好分部、分段地审视穿上西装的效果。

平时觉得很不错的这套西服,现在怎么看怎么别扭,还发现了很多平时没有发现的毛病,比如颜色太飘,袖山内侧不知什么时候拉出了两道斜褶,塑料扣子过于亮闪……好像他一眨眼,就变成了服装设计大赛的评委。

他不堪地摇摇头,换上一件风格看上去颇为豪放的、粗线套头衫,可是,这种天气,是穿毛衣的时节吗?

实在没有衣服可穿哪。更让他不快的是,自己已沦落到和姐姐同样的境地。也许他根本就和姐姐站在同一地平线上,乃至和祖父、父亲、母亲站在同一地平线上,他不过自以为和祖父、父母、姐姐有什么不同而已。

最后他自暴自弃地决定,就穿那套牛仔服,或许反倒显出一种随意的名士风度,也会使他的男性气概,得到充分的发扬,可他偏偏又想起《午夜牛郎》那部电影。

晚饭桌上一片咀嚼声,似乎人人都克制地沉默着,连刚进家门的父亲,也显出什么都不知道,实际上什么都门儿清的样子。他们不沉默怎么办?无论姐姐还是他,都是家里的"老、大、难"。

那烫金标志的信和明天姐姐对象的光临,可不就像激战前的两颗信号弹?

心绪不宁地塞了两嘴,他就放下了碗筷,母亲本想再劝他再多吃一些,可一看他的脸色,便又闭上了嘴。

担心途中遇到什么意想不到的插曲,便提前离开了家。出门的时候,母亲说:"你能不能买把塑料花回来?"

父亲说:"买塑料花干吗!"也许觉得多余,也许觉得不该在这种时候,交给他什么任务。

母亲欲言又止地顿了顿,最后还是说:"美化美化咱家的环境。"

他明白,这是为了让姐姐的对象有个好印象。妈,白扯,他在心里说。要是咱们家财万贯,家里就是满地鸡屎,人们也会说香极了,香极了。

他对他们这个无时不在想方设法讨好他人的家,突然生出一份让他心疼的温柔。想着哪一天,他会买把鲜花回来,而不是塑料花。

在楼梯口,他碰见了邻居家的小萍,跟着一个浑身冒着"加州牛肉面"味儿的男人,叽叽嘎嘎地笑着走出门道,钻进了等在外面的出租车。想来前几日的"兰州牛肉拉面",已经让位给了这位"加州牛肉面"。是啊,现在"加州牛肉面"比"兰州牛肉拉面"趁钱。所谓人往高处走,水往低处流,所以小萍的包装也就更上一层楼。

在他们这个阶层,小萍能有什么更高的指望?他对小萍一向宽容,不像楼群里的其他人,总是在小萍背后指指点点。中国人大多对贞节牌坊,有一种化不开的情结,连"老人家"都表示过,对既要当婊子又要立牌坊者的强烈愤慨,可是不当婊子只立牌坊的人才,现而今是越来越少了。

他看了看表,时间还早,便没有乘车,而是信步向前走去。一面走,一面心里模拟着和她的对话,以及可能发生的各种情况,不论哪种情况,他都是那所向披靡的角色。

可他的手心,为什么一个劲儿地发潮?

在饭店的后街上,他打发了因无法精确计算,因而提前的二十多分钟,然后踩着点儿进了饭店。

虽然没有出入过如此豪华的饭店,但现时的影视中,不乏这样的镜头。他喜欢那样的影视,他觉得有些人无穷无尽地讨论影视以及演艺人员的优劣,是不是有病?别管那些影视是否扯淡,以及演艺人员是否优劣,花花女人、花花世界,看上去很是过瘾。能让人过瘾,不就行了,你还指望影视干别的什么?政府都没辙的事,为什么要让影视代替政府充当社会的救世主?

再说,要不是那些花花的影视,他都不知道这个饭店的旋转门怎么进、电梯怎么乘……非出洋相不可,也许还能教导没吃过西餐的人怎么吃西餐,包括他自己。谁能担保这些没吃过西餐的人,以后不是天天吃西餐,这难道不是影视的社会效果?

他没有像个土老帽那样畏首畏尾、缩头缩脑,而是趾高气扬地穿过饭店大厅,打问那些阔少爷似的服务生,如何去1204号房间。

门开了。

她就站在了他的眼前。穿一条牛仔裤,一件黑色的棉质高领衫。头发不算很多,像那些舞蹈演员一样,紧紧地盘在头顶。未施脂粉,但两条眉毛像钳过的一样,高耸在眉骨上,使她看上去总有一种惊讶的表情。两条胳膊交叉地放在胸前,手里夹着一支香烟。

"请进。"她说,侧身为他让了路。她的嗓音低哑,符合他想象中那种女人的声音。

房间里,有一股淡雅的香水和薄荷的清凉味。在这相当女性化的气味里,他更感到自己雄性的昂扬。

"坐吧。"她说。是一派不必多言,一切小节忽略不计的大手笔。

他也就豪爽地坐下,从容地环顾房间里的一切,确实是人在旅途的气氛。环境是相当的豪华,但却生硬。箱子在地板上大大敞开,如同大敞着她的内部世界,让他想入非非。但同时不也说明,她没有为他的到来,做些许的准备?也就是说,根本没拿这个会面当回事。

她却没有在他身旁的沙发上坐下,而是走到写字台前,背靠写字台站着。

"你写给我的几封信,我都看了。"她一面说,一面喷云吐雾。每当她要吐出口腔里的废气时,都要扬起她那不过略显松垂的下巴。果然驻颜有术。

他会意地点点头。

之后,她一时没有讲话,就那么一口接一口地吸烟,好像把他忘了。他也不急,到了这个时候,还有什么可急的?

还有,如何切近主题,一时倒也拿不定主意,还要看准一个合适的时机。除此,他也不得不承认,面对她本人,似乎不如面对信纸那样有信心,这让他感到有些意外。

"这么说,你床上的功夫很不错喽?"她单刀直入地踢出了第一脚,他隐隐觉出,这老女人的厉害。

他潇洒而自得地说:"可以这么说。"可明明掺杂了强撑的成分。

于是她走到他的面前,用夹着香烟的两个手指,对着他的身子,上上下下地比画了一下。"要是看看货,你不反对吧?"两只眼睛,再正经不过地盯着他的眼睛,弄得他想躲也无法躲。

她想怎么看?

他看不出她真正的意图,可他感到了尴尬,这是事前没有料到的局面,让他一时想不出如何应对。他本以为今天这个局面下,必有的挑逗、调笑、放荡、欢情……一律没有。

她果真把这当作了买卖?他觉察不出从哪儿生出一份失望,难道他还期待过别的什么?

她却躬下身子,越来越近地俯视着他,一点不肯放松地等他回答。

薄荷的清凉味就更浓了,蒙了他满身满脸,原来这股薄荷味儿,来自她吸的那种烟。

见他一副无从招架,甚至乱了阵脚的样子,她直起了身子,差不多是冷酷地说:"你还不知道这个规矩吗?好吧,看来我还得指点你一下,那就请你脱了吧。"说罢,她就退身到落地灯后的一个圈椅上坐下。

他试想过与她各种形式的媾和,大多是他怎么调弄这个女人,现在反过来,却是她调弄他。这一来,他不真成了阔太太玩耍的娼妓?虽然他在给她的信上说过,为了实现他的理想,他宁肯像街上拉客的男妓那样,出卖自己的青春,可是临到较真儿的时候,实在难以接受。不论怎么说,站起来他也是个一米八二的大男人啊!

可他不是早就计算过这种交换吗?既然不安于命运的安排,又妄存非分之想,那就得让生活随意地宰割。

但卖和卖也有所不同,他设想的那个卖,到底和街上拉客的男妓不同,应该说是文卖,是为求功名而卖,是以身养前程。

有多少女人从容地做着这样的交换,说到底,谁给男人规定了必须做买方?这时,他不由得生出做一个男人真难,做一个女人多好的感叹。

一生的成败,也许就在此一举。就是此路不通,他又能想出什么办法来改变他的境遇?他又怎能放弃,这唯一可以一试的机会?

他壮起勇气,向洗脸间走去。

"就在这里脱吧。"她命令道。

他没得可说,现在她是他的买主,是他的上帝。

他一件件脱起,外衣、外裤、衬衣、背心,只剩下内裤的时候,他放慢了速度,以为也许可以幸免这最后的一关,可她仍旧一声不响地坐在落地灯后的暗影里,耐心足够地等候着。

他只好在她没有通融余地的沉默里,没有退路地脱下去。

当最后那点遮羞布终于褪下后,他不由地夹紧了自己的裆,但想到他此时的角色,只好又挺直了身躯。

不幸的是,正是他要出卖的那个物件,无法坚挺起来。他适时地做出一个色情的挑逗,以转移她对那个部位的注意。

又想,或许现在正是开始行动的恰当时刻,便挺起胸膛,伸出双臂,向她走去。

她却命令道:"就站在那里,别动。"她走了过来,围着他,赤身裸体的他,缓缓地绕了一圈又一圈,然后站在他的面前,指着他那个物件,用一种探讨的口气说:"似乎不大理想?你太紧张了吧,也许我们应该等一会儿。"

她又退到落地灯的暗影里去了。

怎么会这样,他沮丧地想。他从来是说来就来,绝无误点的记录,而他越是着急,就越是不行。除了着急,他还有些心慌,要是连这个本事都没了,他还有什么?等待他的,可真就是穷途末路了。既然已经走到这个地步,就得继续走下去,中途而返,就是前功尽弃。他能白撕一回脸皮吗?白撕一回脸皮而又一无所得,岂不更亏?

虽然屋子里只有他们两个人,他觉得像是站在了供万人参观的大厅中央,连每个汗毛孔,都无遮无拦地放大在众人面前,任人劈头盖脸地评说。

现在,就连身后那个轻巧的沙发,他也觉得像个堡垒,恨不得一头扎进去才好。

她好像读出了他心里所有的念头:"就站在那里吧……从你的信来看,你好像是个很有勇气的人。"她跷着二郎腿,轻吸慢吐着那带薄荷味的烟,一副与他那窘迫无关的闲情,"你让我想起了一个老故事……"她闲散地望着深感难堪的他。

"……我大姐年轻的时候,是当时上海有名的美人,男朋友不少,也很风流,屁股后面经常跟着浪漫的故事。我们这个家,也许你听说过……在当时那个社会,不论是政治,还是经济上的地位,很让一些人羡慕不已。解放前夕,也许是四十年代初期,碰到过这样一件事……"她的确是个会讲故事的人,也许是她的语调,也许是她那让人摸不着脉络的神情,他不再感到那么紧张,浑身上下恣意游走的颤抖,也似乎有所缓解。

她又深埋下头,不慌不忙地吸着烟,似乎沉浸在她要讲的故事里。他注意到,从他一进这个房间的门,她就没有停止过吸烟。

"……有一个年轻的男人,闯到我们家来,据说这个男人仪表不凡,按照当时的说法,算个能吃女人饭的小白脸了……"

他渐渐觉得,她的故事里,似乎藏着什么可怕的东西。

"他在铁栏门外大喊大叫,说是和我大姐有什么关系,也许他听到了社会上关于我大姐的一些传说,觉得可以用这个办法来改变他的境遇。他当然不晓得,我们那个家……一般人是进不来的,不但进不来,还会给他惹出不少麻烦……"

她又停下她的讲述,走出落地灯的暗影,来到他的身边,接着像方才那样,在他身边绕了几圈,甚至伸出一个手指,戳了戳他那个疲软的物件,行家里手地说:"还是没有什么希望嘛。"

她的指尖,有一种阴冷的尖利,让他全身猛地为之一颤。

然后抬头看了看他,嘴角上觉察不出地抖出一个稍纵即逝的讪笑,或是鄙夷。然后像宣布大赦似的说:"好吧,穿上衣服吧。"

他立刻手忙脚乱地穿衣,当然首先是内裤。

她一直站在一旁,等着他把这一套忙乱对付过去,很耐心地,这反倒使他手忙脚乱。

他开始恨这个女人,恨她的耐心、从容、难以窥测、不动声色、不为所动、有谋有划、趾高气扬……总之,一切有钱有势人用钱熏出来的气势。

内裤穿反了,不过现在什么都不重要,重要的是赶快把那要紧的东西挡住。背心也是前后颠倒,到了穿外衣、外裤的时候,扣错扣子的情况也屡屡发生……

等他终于匆匆忙忙,把自己马马虎虎地包好,她竟有一丝温暖地说:"坐下吧。"

也许是他听错了?

他惊魂未定、哆哆嗦嗦地坐下,手掌用力摩挲着牛仔裤粗糙的面料,安慰自己说:毕竟,最难堪的局面已经过去。

而她重又回到落地灯的暗影下,潦潦草草地结束着刚才的故事。"……可以想见,他挨了一顿好揍,要不是我大姐干涉,我想那个人一定没命了,不过还是打断了他的一条腿……"

她的故事,听到这里,已经没有什么可听的了,真的是一个老掉牙的故事,可是他越来越想知道那故事的结尾。

她有点歉疚地耸了耸肩,这几乎是她第一次有所声色。"那个社会,我们又是那样一个家庭……后来好事的下人查到,他是上海一个三流小报的记者,好像是姓……杜?不,姓钱?"她眯着眼睛想了一下,摇摇头说,"想不起来了……"接着,她摁灭了手上的香烟。

不,不用想了,他知道那个三流小报的记者姓什么。他想起祖父那条微瘸的腿,想起祖父对他说过的,那个富家小姐带给他的那些享尽荣华富贵的日子……不禁哭了出来,为他自己,也为他的祖父,而且越哭越厉害。这痛哭似乎给了他无尽的安慰,倾尽着他所有的委屈,最后简直发展到不可遏制的嚎啕大哭。

这时,她却走过来安慰他:"我本来可以把你的信交给公安部门,或你所在单位的领导,甚至向司法部门对你进行起诉……可是,在这个国情下,那就可能害了你……你在信里多次表示,希望得到我的帮助,我想这就是我对你最好的帮助,相信你一生都会记得这次的经历……"她伸出手来,抚摸着他的头顶,却被他狠狠地扒拉下来。

她颇为理解地哂笑一声,放下自己的手,重又回到落地灯的阴影下,又点起一支香烟,面无表情地听着他大放悲声。

不知过了多少时辰,他才止住了自己的倾泻,什么也不说地站起身来。

"是的,你可以走了。"她说。

每一个窗口的灯盏都已熄灭,只剩下街上的路灯,还在冷清地亮着。这很好,他现在很需要这份难得的孤寂。

发生过什么事吗?

确实发生过非常重要的事,可到底是什么事,他怎么也想不起来了。

他只记得一个女人,吸一种带薄荷味儿的烟。

1993 年 3 月 12 日于北京

.com

虽然医生没对 W 先生说什么,但是 W 先生知道自己快要死了。

他没有病,他只是应该离开这个世界了,老话把这叫作寿终正寝。

他把所有的收藏,包括绘画、雕塑、十八或是十九世纪几位作家的手稿、几位作曲家的遗物,比如说眼镜、头发、乐谱、指挥棒等等,捐献给了国家博物馆,只留下几张素描,挂在老房子里。

还剩下一件事,那就是对偌大的财产,一直想不出更为妥善的处理办法。

W 先生不是没有过异性朋友,但都是相处一段时间,然后各自分手。还有过一个短暂的婚姻,却没有子女,也犯不着留给子侄之类的亲属……

有时也会想想自己的一生。

一辈子风调雨顺的 W 先生,躺在床上想来想去,唯有一件事情是他终生的遗憾,那就是他始终没有能够成为一个艺术家。

有时他觉得奇怪,他像男人爱女人那样热爱艺术,艺术却似乎并不爱他。

年轻的时候学过钢琴、绘画,也试着要成为一个作家。

明明家里有钱,却像穷艺术家那样,在脏、乱、差的居住区,租一间廉价的房子。窗子上不挂窗帘,吊着一台如老印刷机般大小的空调,机体上纠缠着年深日久的积尘。

吃很差的饭食,有时甚至到为穷人提供免费食物的机构,领一份午餐或晚餐。在感恩节或圣诞节那样的煽情时刻,更要到那些为穷人提供节日大餐的地方,吃一顿免费的节日大餐。那些机构,有不少归属于他们那个家族慈善事业的名下,让有教养的父母既不能说些什么,又不能不无奈地想些什么。

买一辆三手甚至四手的破车开着,那种车常常在并不寒冷的冬季死车,W先生就拿个摇杆起劲地摇着,披在肩上的长发,也跟着一起很酷地甩动着。

穿的是旧衣店,或跳蚤市场上一块钱三公斤的衣服,凡是关键部位绝对开绽,接缝处龇着一根根线头……

W先生真的不在乎穷日子,他就是要做一个艺术家。就像那个时代特有的、心目中只有艺术,矫情得让人腻烦的艺术青年。

不过,当然,一个有着亿万根基的人,穿一块钱三公斤的旧衣服,和真正一个大子儿没有,不得不穿一块钱三公斤的旧衣服,到底不可同日而语。

每天泡在博物馆里,就像眼下描述咖啡爱好者的那句名言:"如果我不在咖啡馆,就是在去咖啡馆的路上。"W先生呢,可以说是"不是在博物馆,就是在去博物馆的路上"。

听说哪里有什么展览或表演,不管真假,三流还是一流,一定不会错过借鉴的机会;或巴巴地等在什么地方,为的是与某个功成名就的艺术家,交流一下心得(与滥情的追星行为绝不相干）；总在期待着给某个未来的新星，不管人家稀罕还是不稀罕的帮助……总之，W先生对艺术的热情和对艺术的努力，可能比那些真正的艺术家还高涨许多。

都说心诚就会有奇迹发生。到了后来，就有人开始说："噢，W先生，我真的不好意思说出这个——您看上去非常像那个著名的作家海明威。"

W先生客气地笑笑。

在天下这个大舞台上，什么人物都不缺，但有自知之明的角色不多。W先生恰恰是那为数不多的颇有自知之明角色中的一个。W知道，这种想象力过于丰富的比喻，不是出于朋友的安慰，就是他那亿万家财的辐射效用。

然而W先生是宽厚的，设身处地想一想，世界上有那么多人什么也不曾得到，如果不让他们靠这个简单易行的办法得到一些什么，是不是很不公正？所以对他像不像海明威这个问题，既不分辩也不介意，照旧过着他的准艺术家生活。

而且随着W先生家族财力的不断扩充，在国民经济中越来越为举足轻重的地位，这比喻像传染病一样，越来越经常地灌进W先生的耳朵。W先生毕竟也是七情六欲一样不缺的凡人，天长日久这样地比喻下来，那自知之明的修养，渐渐地就有些动摇。

最初的迹象是在镜子面前停留的时间越来越长。不过他的眼睛那时还比较客观，没有忘乎所以到白雪公主她继母的那个地步，还能对着镜子，做出比较正确的判断——无论怎样，也难以相信镜子里的那张脸，与海明威那张四方短脸有什么相似之处。

后来他情不自禁地试着在光溜溜的下巴上，蓄起一圈像海明威那样的半寸胡，并剪掉了他的披肩发。这样一来，他觉得自己真有点像海明威了。镜子虽然还是那面天天照个不停的镜子,但是他的视觉开始有了误差,以后再有人说起他像海明威的时候,他也就默默地接受了……

不论他人或W先生本人,觉得他与海明威有了何等的不解之缘,W先生就是成就不了艺术家,怎么都不行。W先生不知问题出在什么地方。

最后,他只好按照父亲的愿望继承家业,不得不放弃对艺术的追求,剃掉了海明威式的板寸胡。

以他在商业上的才分来说,可以说是根本不入流。不像他对艺术,尽管不行,还能说出个子丑寅卯,从他收藏的那些绘画、雕塑来看,就可以看出他的品位不俗。

他也从未像对待艺术那样上心地对待过他的家业,潮起又潮落,新兴行业一个又一个地风行过世界,但不管他多么漫不经心,不论投资什么行业,都能发财。

那些钱,就这样风平浪静、一点刺激也没有,一点力气也不必花费地落入了他的口袋。换句话说,那些钱就像等着往他的口袋里掉,连弯腰去拾捡,都不用。到了最后,他简直厌烦了发财。

所以最后的W先生并不十分悲伤,他躺在床上想,无论如何,他终于不必去发财,并且要离开那些钱财了。

有那么一天,W先生豁然开朗,何不用他的钱财建立一个基金会,为那些穷嗖嗖的艺术家,提供一个可以安心创作的环境?

他立刻招来私人律师、秘书,还有管家等等,告知他创立艺术基金会的想法、宗旨、对象等等,最后安排了遗嘱。

W先生像一切有钱财的人那样,有一套非常有效率的工作班子,他们首先组建了基金会的行政班子,为基金会招聘了各种

451

等级的工作人员，在最短的时间内，将 W 先生一处常常令路人不得不驻足欣赏的巨大房产，修缮整理成适合若干艺术家生活、创作的空间。而且每个单元风格不同，以适应来自非洲、东亚、欧洲……各国艺术家的生活习俗。

单元里设有洗澡间、客厅、卧室、工作间……客厅里甚至备有一张折叠沙发床，若有朋友来访，还可留宿。如果那些来自不同国度的艺术家，想吃一点家乡菜，还备有各自的小厨房。

W 先生坐在轮椅上，由管家推着，一一查看了改建后的单元以及里面应有尽有的设备，还指示手下人，把一尊大理石雕塑安放在花园的玫瑰花丛下……他满意地想，将会有很多艺术家，在这里成就他们的事业……

然后他察看了基金会工作人员送来的第一批申请者名单，都是成绩斐然、各个门类的佼佼者。其中还有一位，得过英国的一个什么艺术奖，奖金虽然不多，但是荣誉很高……这有点不符合他的初衷。因为他在筹划这个基金会的时候，老是想着自己年轻时，背着一副画架子，东奔西走在各个博物馆里的样子……他喜欢那个怀着艺术梦想的自己。

遗憾的是，W 先生没能等到第一批艺术家的到来就过世了。不过他去世的时候很安心，看上去很像一个功成名就的艺术家，而不是有钱的富翁。

第一位到来的是 E 国画家，穿西部牛仔装，这倒没什么特别。现如今稍微年轻一点的人，大部分都有几条牛仔裤，大部分也都是这种装束。特别是他的那双牛仔皮靴，大而厚实的靴子底，像一辆从沼泽地上驶来的坦克，在波斯地毯上，留下一串大而黑的脚印。

负责接待工作的 M 小姐，立刻就把脸扭向了窗外。负责地毯清洁的,自有他人,她只负责接待,不过她还是受不了这一串黑脚印。你可以说那是一串脚印,也可以说是一串有关一个人修养的图章。

她不一定喜欢这个工作,只因她受不了上级的性骚扰,仓促跳槽当儿,正好看见这个基金会的招聘广告。于是通过申请并经过面试,很容易地得到了这个工作。她猜想,可能是她掌握多种语言的能力占了优势。

画家随手把旅行袋往钢琴上一扔,旅行袋上的金属装饰砸在钢琴上,震得琴弦发出一阵嗡音,他双手插进屁股后的口袋,吹了一个口哨,说:"不错的地方。"

M小姐没有回答,她的职责范围内,没有与来客交流这项服务。她只是手不离记事本和笔,随时记录下各位艺术家的需求,一副尽职尽责、立即解决的样子。

第二位到来的是B国剧作家,看上去是个文雅的绅士,米色的——很欧洲的颜色——长长的风衣,长发潇洒地向脑后披着。

从M小姐手里接过当月的津贴后,他很仔细地数了一遍。然后问道:"电话在哪儿?我要打电话。"

"每个房间里都设有投币电话。"M小姐回答道。

B国剧作家惊讶地说:"怎么,想不到你们这里还使用这么老旧的电话。"

"但是W先生喜欢老式的东西。"

接着他拍拍刚刚装入当月津贴的衣袋,然后两手一摊,说:"请问您有没有打电话的钢镚儿?"

M小姐搜罗了她的提包,终于找到一些。

B国剧作家说:"这怎么够?我要打的电话很多,而且还要和出版社谈判有关合同的细节。"

M小姐就更加面无表情地说:"那就请您到银行去兑换一些。"

这时坐在沙发上的E国画家,对B国剧作家"嗨"了一声,剧作家没有回头,背对着E国画家发出一句:"认识你很高兴。"

E国画家却说:"别用后背对着我,我们早就认识对不对?我想您一定不会忘记,在上一个基金会我们有过同会之谊,而且你还借过我的钱,可是没有归还,就一走了之。"

B国剧作家既没有肯定,也没有否定,起身到花园里去了。

他环视着巨大而美丽的院落,实在不明白那个W先生是怎么回事儿。要是他,即便将偌大家产送给远亲,也不会白白用来供养这些不相干的所谓艺术家。

当然,要是他有这么多钱,又何至到处流浪?

真是一分钱难倒英雄汉。面包五块钱一袋,四块九毛九你都不能把那袋面包拿回家,否则他怎能不归还E国画家的钱,就一走了之。

天下是如此之小,没想到在这里又与E国画家重逢。

听听E国画家说得多难听!可对一个穷光蛋,又有什么自尊心可言,更难堪的是他还得打肿脸充胖子。

B国剧作家不像W先生,W先生是带着一个不能成为艺术家的遗憾离开世界的。而在解体前的东欧,他不但是该国著名的剧作家,还有一份贵族的日子,而且不仅仅是精神意义上的。以他在民众中的影响,在竞选B国总统时,他的选票甚至名列第三,真是春风得意马蹄疾啊。

那时他的周围爬满了女人,那真是睡遍天下女人无敌手啊!

谁说除了写作之外,时不时给女人买条项链,或带她们到饭店大撮一顿,或在媒体上轮番撰文把她们捧为天下第一,从而得到一种免费服务……不是一个男人的得意之作?虽则手段有些低下。但如今哪个还玩"高尚"？玩"高尚"的人，不是傻子就是装孙子。

再者，根据"一匹麻布换二十件上衣"那个以物换物的理论，也还算得有章可循。B国剧作家在大学里热诚地研读过几本理论名著，理论造诣非常之深，不然也不可能在总统竞选中，票数居高不下。

但是，对于解体反应最灵敏的也是女人。

女人是什么？整个一个蚂蟥。哪个成功的男人身上，不吸附着几条这样的蚂蟥？这些蚂蟥就像身上的名牌、名表、名车等等，是一个成功男人必不可少的标志。反过来说，哪个失败的男人，不是先从女人身上，体味世态的炎凉。

上哪儿还能找到罗密欧的朱丽叶？现在的女人，个个都是火眼金睛，你的账面上还有多少存款，不论政治还是经济上的收支，一嗅就能嗅出个八九不离十。一旦出现赤字，不要说跟你上床，连个电话号码你都休想得到。这种情况，相信全世界在成功和失败中颠簸的男人，都不陌生。

就像那句名言一样，政治如女人一样多变。剧作家在东欧解体后的B国，不但失去了贵族的日子，也失去了总统候选人的大好前程，甚至成为新政权的攻击目标。于是他只好背井离乡，不得不过起这种"嗟来之食"的日子。

听说最近情况有所好转，但在类同的国家里，B国仍然是最为贫困的。不过有条消息让他看到希望——资本主义在B国重新崛起，或是说复辟。所以在这一届基金会之后，他打算回国看看，不行再出来，接着过这种"嗟来之食"的日子。正像面包总会有的那样，出路也总会有的。

所幸在一次采访中结识了一位同乡，她的工作，类似一种新兴的帮会头目。只要付她一些钱，她总能想办法让不想回去的人,在某个富足的国家留下来。而且不是充当那些等而下之的黑工——洗碗刷盘子扛活之类当地无人干的贱活。而是"吃"那些听起来非常悦耳,又让艺术家感到无比受用的文化、艺术基金会。

不一会儿,E国画家也来到花园。他悠闲地抽出一支烟,缓缓地吸着,B国剧作家凑了过去,希望与E国画家缓解借钱未还的旧怨,知己地说道:"这是什么鬼地方,又没有女人,又没有酒吧……你知道像我这样的剧作家,在我们国家过的是什么日子?我住在首都!"

E国画家却没有与他成为知己的意愿,说:"就是那个像旧货店的地方?"

晚上,基金会按照已故W先生的慷慨作风,在一处很有历史的老饭店,为艺术家们的到来,举行了欢迎宴会。

B国剧作家吃得非常专情,忘记了周边环境。他已经许久没有这样正式地吃过,只靠三明治和矿泉水过日子,而且还是那种最廉价的三明治。

他嚼食的频率和状态有如兔子,间隙极短、节奏明快、一门心思、咔咔有声,每次食物的装卸量,为连续四五叉子或是四五勺。

由于嘴里食物囤积过多,而口腔空间有限,于是脸上的皮肤,便因不胜负担如此巨大的张力而变形:眼睑外翻,下巴变尖。

更加他在咀嚼时,只用门齿不用臼齿的习惯,食物的汁水,便从关闭不甚严密的门齿中,不时溢出。

餐桌上的每一个人,都不好意思地低下了头,面对这样的饥饿状态,那些有饭吃的人,无不深感自己可以吃饱的罪恶。

只有E国画家看着B国剧作家的盘子说:"你点的这道牛

排有一公斤吧？"

第二天，B国剧作家就向M小姐提出，能不能预支几个月的津贴，他不能就如此这般地封闭在一个偏僻、没有文化交流的地方。无论如何，他得走出去。

M小姐又在记事本上，忠实地记录下B国剧作家的每一项要求。

然后剧作家就开始往周边那些城市跑，每天、每天，并不像已故的W先生所期望的那样，在基金会里安心创作、成就他的艺术事业。

如果不是后来的一天，B国剧作家开了一辆二手车回来，谁也不知道他去那些城市交流了什么。

好在这里不像他的故国，人人都像暗探那样，对他人的隐私，充满动机各异的兴趣。再说一辆破车，特别是一辆二手车对这里的人来说，就像饭店餐桌上，那一小篮免费的、让人熟视无睹的面包。

那辆二手车已经服役十年，可B国剧作家算计着，这辆服役十年的二手车，一旦开回故国，就会变成三手车，在小汽车极度匮乏而且昂贵的故国，仍然大有赚头。

那些天，B国剧作家就像屠格涅夫，或托尔斯泰小说里描写的俄国小地主。天一亮，就站在他那个单元门口，满意而热烈地喀咳着，然后迈着俄国小地主的步子，背着手儿，走向他的二手车。他那对相当性感的短腿，和短腿上那副壮实的躯干，在那二手车的周围，不厌其烦地转过来，转过去。

一旦工作认真细致的清洁工来到，并开始每天的清扫工作时，B国剧作家也就抄起清洁工的清洁工具和清洁剂，打扫起他的二手车。那辆二手车在他的精心呵护下，就从一个半老徐娘，变成了一个光彩照人的妙龄女郎。看上去不但不像一辆二手车,简直与一辆崭新的 SAAB 或是 BMW 不相上下。但仔细咂摸咂摸,又能咂摸出那么点风尘味儿,让人浮想联翩。

一天早上,正当 B 国剧作家疼爱有加地抚摸着他那辆二手车时,一把带着油彩的刷子,突然从 E 国画家的窗口飞了出来,凿凿实实地砸在了 B 国剧作家的二手车上。

接着 E 国艺术家的头就破窗而出,他愤怒地说:"你为什么总是在我工作的时间,在我窗下清理你那辆破车,你再这样骚扰我,我就打电话给警察了。"

此后,除 E 国画家外,B 国剧作家常常慷慨地邀请人们搭乘他的车,或进城,或购物,或观看展览,或办理什么事情。可这种俄国式的冷战,在 E 国画家的冷傲面前,丝毫不起作用。

不料没过多久,这辆二手车的 engine 就出了毛病。B 国剧作家为此咨询了许多专业人士,大家一致的结论是,修理 engine 的费用,不可避免地是购买二手车的四分之一。

神经非常坚强的 B 国剧作家禁不住痛苦起来,以致他觉得自己的心脏出了毛病。每天早上起床后,他来到环形的廊子上,伸出他的手,对 I 国作家说:"我觉得我的心脏有病了,请你摸摸我的脉搏。"

I 国作家摸了摸他的脉搏,说:"你的脉搏跳动得很正常。"

"那么你再摸摸我的心脏,我觉得我的心脏跳得快从嘴里出来了。"

I 国作家说:"如果你的脉搏跳动得很正常,就说明你的心脏没问题,脉搏和心脏的跳动是一致的。"

B 国剧作家又对 M 小姐说,他有一个历史遗留下来的疾病——就是精神病,并且提醒她说:"我预支几个月津贴的要求,虽然被你记录在记事本上,但直到现在也没落实。"他目光犀利地盯着 M 小姐,那目光明白无误地告诉对方,精神病患者有时就像巫师,不但能透析一切伎俩,说不定还会干出什么出格的事。

此后,B 国剧作家就整天整天站在花园里,对着天空发呆,或是整夜整夜地在花园里徘徊。半夜三更,突然就从花园里传出狼一样的噪声,非常瘆人。那噪声,惊醒了所有的人,大家只好跟着剧作家的 engine,一起出毛病。

这时人们确信,B 国剧作家可能真的患有,那种历史上遗留下来的疾病。

最为担心的是 M 小姐,万一 B 国剧作家的精神病复发,甚至出了什么问题,基金会很可能认为是她的照顾不周,虽然她已经用完了一个记事本。但不久之后我们就会知道,M 小姐的顾虑纯属多余。

直到 B 国剧作家想出解决 engine 的办法之后,大家才有了一个安稳的睡眠。

B 国剧作家没有白白站在花园里,对着夜空发呆。在长久的思考后,他选择了住在基金会隔壁的 L 太太。

尽管从全世界来说,文化艺术的地位已经沦落到非常可疑的地步,艺术家每每说到自己是艺术家的时候,就像说到自己是尊严丧失殆尽的乞丐,或操皮肉生涯那样的尴尬。但在这个文化传统相当深远的国家,人们一时还难以从历史的积习中走出。何况基金会不是坐落在追逐流行文化的城市,而是坐落在一切都比城市慢上半个节拍的小镇。直到如今,小镇上的人们半只脚,还留在毫无经济效益的文化艺术迷谷之中,所以对 W 先生设立的这个文化基金会,和首批到来的各国艺术家,仍然崇拜异常。

仅在基金会的第一期活动中，L太太已经从E国画家那里得到一张小画，还从南非雕塑家那里得到一尊小雕塑。如果基金会天长地久地继续下去，她的家，必将成为一个小小的艺术博物馆。所以L太太的儿子，自带工具和一应零件，为B国剧作家免费修好了他的engine。

至此，B国剧作家的精神疾患，才不治而愈。

一旦剧作家的精神疾患消失后，他的身影便照常出现在廊子上。

每逢早上，当各国来客在与各自单元连通的环形廊子上，喝着不同风味的咖啡时，真像在开万国咖啡博览会。

而当大家坐在环形的廊子上吃早餐、午餐、晚餐的时候，那廊子又像一个检阅台，B国剧作家特别意识到廊子的这个作用。

有个傍晚，I国作家正做饭的时候，发现油没了。B国剧作家终于有机会向大家证明，他也是可以有所贡献的。像举着一面革命旗帜那样，举着他的油瓶子，沿着"检阅台"走来走去，而不是马上送进I国作家的厨房。好像他忘记了这栋建筑的结构，突然找不到I国作家的厨房了。

E国画家对南非雕塑家说："就像当年英国人占领了一处殖民地似的。"

南非雕塑家说："我根本不相信，这样的一个人有资格当总统。你没看见我们扔在餐桌上的香烟、点心、零钱，全让他捡走了吗？"

E国画家说："在他们那里什么事情都可能发生，再说，政客不就是这样的吗？"

"那么丘吉尔、罗斯福和戴高乐呢？"

"当然，政客也有高低之分，就像艺术家一样。"

在万国咖啡博览会上品尝过不同风味的咖啡之后,B国剧作家说,他最喜欢的还是I国咖啡,所以他常常落座在I国作家的早餐桌上。

谁都知道,除了咖啡,I国的食品也是世界一流。

I国作家又是好客的,更喜欢烹调。傍晚,整栋楼里常常充盈着大蒜和意大利香料的混合气味,不但各个单元的艺术家,就连隔壁的L太太也像听见了开饭铃,向权做餐厅的廊子里聚集,B国剧作家更会按时出现在I国作家的晚餐桌上。

他一坐下,就迫不及待地把餐桌正中的菜钵拖到自己面前,先拿刀叉在钵子里肆无忌惮地扒拉一番,拣出其中精华,就着盘子鸡叨米似的吃了起来。没等众人开吃,钵子里被热爱艺术的I国作家,装点得如一幅绘画那样美丽的菜肴,已经像一堆垃圾那样面目全非。如果钵里是一只鸡,转眼就变成了皮和骨头。"对不起,我们家族有高血压遗传史,我不能吃皮和脂肪。"B国剧作家解释说。

虽然他半合眼,专心致志地嚼着,却对所有就餐人的一举一动,保持着高度的警觉。一旦有人在钵里夹菜,他会立刻跟上,往自己堆积如山的盘子里,再堆上一些。以致他盘子里的菜,时时如塌方的山岩那样,从盘子顶端塌落下来。

邻居L太太就对他说:"别吃那么多,也别吃那么快,不然你的胃又疼了。"

L太太这样担心不是没有根据。那天,L太太在自家院子里收获了很多西班牙李子,家里大大小小的篮子、钵子里,满装了那些李子。

对于L太太的西班牙李子,B国剧作家原只打算尝尝,一尝才知道,西班牙李子竟然那么出色!

基金会的院子里有的是樱桃、苹果、梨、杏之类的果树,却偏偏没有西班牙李子——顺便说一句,新来乍到的B国剧作家,居然就能熟络地在储藏室里找到梯子,用以采摘院子里的各种水果再合适不过。并对I国作家说:"你根本用不着到超市去买水果。"

I国作家却问道:"储藏室在什么地方,我需要一把钳子。"
…………

深夜两点钟,L太太被敲门声惊醒,原来是B国剧作家的腹部疼痛难忍,他怀疑自己得了盲肠炎,并声称疼得不能开车。

L太太赶紧开车送他到医院急诊,大夫说不是盲肠炎,而是暴饮暴食,致使胃部负担过重的结果。只给他开了一些帮助消化的药,并嘱咐他,一定让他的胃好好休息一段时间。

B国剧作家不但有历史遗留下来的精神疾患,在基金会生活的日子里,他的胃又添了毛病,特别在I国作家那里吃过晚饭之后,他的胃病经常发作。

但比之初来乍到,他还是胖了许多。他的脸,看上去更像一张俄国小地主的脸了。如果从他的颈后看过去,只见他的腮帮跨出两耳,像是得了那种不得则已、一得就很严重的腮腺炎。如果就整个头部而言,又像名噪一时、两翼紧贴机身的"协和式超音速"客机。

无论如何,与他初到此地的形象,已然大不相同。至少这副腮帮子,已先期到达先进发达的第一世界。

可是除了I国作家,哪个国家来的艺术家都与他不甚协调,直到从O国来了一位作曲家,B国剧作家才走出寂寞和孤独。

B国剧作家好像找到了铁杆同盟,经常与O国作曲家摽着膀子在院子里走来走去,不得不让人想起某三大国之间常用的,类似三角恋人斗法,那个十分老套、毫无新意,却又百试不爽的"现实主义"手法。

此外,他们还经常勾肩搭背地喝伏特加,头抵头地唱那些斯拉夫歌曲。

尤其在夜晚,歌声穿过繁茂而荒凉的院落,穿过婆娑的树影,缓缓地揉搓着人们的心。

在那曲调平板、沉静、悠长的叙述中,苦难是如此饱满、开阔地弥漫着,既无源头可寻,也无尽头可以期盼。

特别是和声部分,不惊不乍,逆来顺受。一个声部搀扶、鼓励、抚慰着另一个声部,迟疑却又别无选择地向着难分难解的苦难,跋涉而去。

只有声带中那不易觉察的轻颤,有如盲人对前途战战兢兢的摸索,透露出一种被永恒的黑暗所覆盖的生命质地。

I 国作家、E 国画家、南非雕塑家,侧耳静听着那在黑暗中艰难跋涉的歌声,似乎在那歌声中,细细地辨认与往常不同的 B 国剧作家和 O 国作曲家,仿佛那歌声才是他们的真实面目。

I 国作家悄声说道:"这是多么忧伤的民族啊。"

E 国画家忽然意识到,他羡慕那不尽的忧伤……然而那忧伤的歌声却告诉他,忧伤早已弃他而去,他再也不会忧伤了。

南非雕塑家说:"斯拉夫人出生伊始,睁开眼看到的第一个东西就是酒瓶子。甚至还在母亲肚子里的时候,他们就开始喝酒了。不论男人还是女人,张开一天中的第一嘴,就是灌上一口沃特加,一天便从这里开始,然后就是撒酒疯。那些在沃特加中熏大的孩子,除了接着往下喝,还有什么其他选择?斯拉夫人总是那么忧伤,可能和这种源远流长的酒病有关,因此他们才会有那么多艺术家。"

然后他们就在那歌声中,久久地、自惭形秽地沉默着……

自从 O 国作曲家来到之后,M 小姐的记事本更是经常地打开,经常地记录,可是大家提出的问题,却没有一项得到解决。

一向与世无争的南非雕塑家说:"下周有个电视台要采访我,我一定要谈谈我对这个基金会的看法和存在的问题。"

南非雕塑家果然在电视台的采访中,对基金会存在的问题做了全面的评述。采访记者十分激动,一再紧握南非雕塑家的手说,基金会存在的这些问题,是缺乏职守的表现,是对 W 先生的奉献精神和高尚品德的不敬。媒体作为公众的喉舌,一定要把这些问题曝光。

让南非雕塑家不解的是,电视台在播放这个节目的时候,却删掉了相关的内容,更没有人对此做出合理的解释,看起来动静很大的一个举动,就这样不了了之。

O 国作曲家比 B 国剧作家更具开拓精神,刚来几天就向 L 太太借车,却不向一同饮酒、歌唱的 B 国剧作家借车。

他实话实说,附近两个城市即将举办他的个人音乐会,但是他住不起旅馆,如果 L 太太肯借给他汽车,他不但可以住在车里,还可以省去往返的路费。当然,他不像 B 国剧作家那样,总是无偿索取,他向 L 太太奉上了自己作品的录音带,还在封套上签了名。

热爱艺术的 L 太太为了难:"对不起,车是我每天必用的。"

"那么……您知道,谁也不会为一个短暂的逗留,带上自己的全部家当,比如说一年四季的换季衣物。不知道您有没有打算丢弃的御寒的衣物?我还得在此地度过一个冬季,我是非常实在的人……那些衣物您与其丢弃,不如折价卖给我。"

L 太太慷慨起来,"别说什么折价卖给您,御寒的衣物当然有,我儿子到香港出差时买过一件羽绒夹克,号码有些大,扔了有些可惜,所以一直放在那里。"

O国作曲家留给M小姐的印象,也是礼义廉耻、文质彬彬。逢请M小姐到他那里谈什么问题,总是备有清茶一杯,外加放着四块饼干的小碟。至于他作品的录音带,也在初到伊始,加上签名送给了M小姐。

所以当警方让M小姐到警察局领人的时候,她感到非常意外。原来O国作曲家在某广场无照卖唱,被警察拘留。拘留之后又发现他不但无照卖唱,连他进入这个国家的签证,也已过期。

M小姐非常不解。O国作曲家的签证,应该与基金会邀请函上的日期同步,怎么会过期呢?难道O国作曲家先行到达?那他又怎样在基金会启动之前,来到这个国家的?

这些外来人,个个都比当地居民神通广大。

基金会只好让O国作曲家先回到他的祖国,重新申请办理一个有效的签证。

可是O国作曲家说,不但他不能回去,还要把全家接到这里来。他的理由十分充分而且让人同情,因为他的故乡就在发生过让全世界震惊的核泄漏地区,他的孩子甚至因此得了辐射病,他得把妻子和孩子接出那个危及生命安全的地方。他说:"正是为了准备他们的到来,为了他们不致睡在露天,为了不致给你们国家增加负担,我才到广场卖唱,自力更生攒一笔买房子的钱。我们那里和你们这里不同,他们在申请、办理护照时,就需要很多钱去疏通有关部门……当然,如果基金会能帮助我解决这个困难,我将不胜感激。"

不但B国剧作家,基金会全体艺术家都为帮助解决他的困难,而卖力地呼吁。

可是O国作曲家和B国剧作家,却因汽车闹崩了。

自从在L太太那里借车不果之后,O国作曲家只好向B国剧作家借车,不是一次而是经常。

B国剧作家又不好不借,因为他也经常在O国作曲家那里蹭饭。每当O国作曲家借了他的车,B国剧作家那一整天都会坐立不安,出来进去,出来进去,"咣当咣当"地摔他的门。

大家非常担心,不知自己会不会像他的engine出问题时那样,再次和他一起犯起精神病来。

冥思苦想之后,B国剧作家说服O国作曲家,最好像他那样,也买一辆二手车。

O国作曲家觉得这个主意不错,便频频搭乘B国剧作家的车,进城找二手车。车行跑得不少,却迟迟定不下究竟买哪一辆。

最后,B国剧作家终于悟到,O国作曲家一次次进城看车,不过是假借进城看车的名义,办理自己的各种杂事。难怪O国作曲家后来不再向他借车,而是改为搭乘他的车了。

此外,B国剧作家和卖二手车的车行有过协议,如果他推销出去一辆二手车,便可从中得到百分之十五的提成。O国作曲家拒不买车,那就意味着百分之十五的提成泡汤。

B国剧作家怎么想、怎么觉得自己被O国作曲家涮了,就对O国作曲家说:"如果你再坐我的车进城,不论干什么,请付一半汽油费。"

O国作曲家鄙夷地说:"还轮不到你来当国际倒爷。"

B国剧作家也不甘示弱:"你以为你们还能像过去那样,统治我们这些周边小国,不论怎么剥削我们,我们都心甘情愿地臣服在你们的脚下?"

这些话,也不能算十分不得体,只不过因为他们都脱离了昔日的轨道,于是对未必是刺激的刺激,便显得分外敏感。

　　脱轨事故不但颠覆了他们往日的生活,也引发了他们今日的不幸和耻辱。固然,昔日也有昔日的不幸和耻辱,但那是"昨日"的钝痛,比之"昨日"的钝痛,"今日"之痛可谓锐痛。因此他们的小题大做,借题发挥、发泄,又怎能不让人同情?

　　而他们自己,却深为找到这样一个发泄机会而兴高采烈,而情绪高涨。又因历史关系的悠久,彼此深有了解,句句话都如针灸入穴,稳、准、狠地直刺对方要害,这种极度发泄的结果,往往就会导致武力冲突。

　　他们抄起南非雕塑家的西红柿酱、酒瓶,互相砸了起来。

　　一瓶西红柿酱,砸在了W先生的巨幅照片上。那是基金会的品牌标志,每个艺术家的单元里都挂有一幅。

　　西红柿酱在W先生的照片上开了花,酱汁溅了已故的W先生满头满脸,不过W先生照旧对艺术家们痴心不改地微笑着。

　　一瓶上好的、产自葡萄牙的波尔多葡萄酒,也被他们砸在南非雕塑家一座尚未完成的雕塑上。

　　在西红柿和葡萄酒瓶告竭之后,他们又抄起雕塑用的石膏……

　　忍无可忍的南非雕塑家,看着满头满脸西红柿酱汁的W先生,满地流淌的葡萄酒,和满地稀巴烂的石膏块……很不客气地对他们喝道:"别打了,你们这些斯拉夫懒猪!脏猪!"

　　B国剧作家和O国作曲家就像听到了口令,马上停止了殴斗,转而向南非雕塑家进攻:"你这是希特勒的语言。"

　　南非雕塑家说:"我不管什么希特勒不希特勒,瞧瞧你们在这里干的事,不是脏猪、懒猪、贪婪的猪又是什么?说你们是猪还抬举你们了。"

于是这三个人又混战起来,南非雕塑家的那间工作室,转眼成了罗马竞技场。

但他们都不是练过拳击的南非雕塑家的对手。南非雕塑家出手并不频繁,但一拳是一拳,拳拳击中要害,直打得他们比那西红柿酱和波尔多酒还狼狈。

B国剧作家想,在他的二手车还没有变成三手车之前,就为民族主义或其他主义牺牲成仁很不值得,便停止了殴斗。

他们把南非雕塑家对斯拉夫人的侮辱,反映给了M小姐。M小姐说:"听到这些,我感到非常非常抱歉。"

他们说:"这就完了?"

M小姐说:"难道还有什么?每个人都可以有自己的看法,虽然这让你们非常不愉快。"

B国剧作家却不肯善罢甘休,他从报纸上得知,当地正在兴起反法西斯复辟的运动,于是他给报社打了电话,声称基金会有法西斯复辟的迹象,一些记者马上就要前来采访。

但另一些记者又说,南非正处在某大国令人发指的、不平等待遇的压迫下,你们对处在水深火热之中的南非雕塑家非但不同情,还要进行声讨,是不人道的行为等等。结果是不了了之。

此后,除了善于烹调的I国作家,"联合国"的人见了B国剧作家和O国作曲家,又都沉默不语起来。

B国剧作家横着胳膊对着廊子一抢,感觉自己就像用机枪向廊子里扫了一梭子,并对那些坐在廊子里喝咖啡的"联合国"们说道:"收起你们那套假模假式的清高吧,你们还不是和我们一样,吃这个傻逼老头儿?你们有什么资格笑话我们,看不起我们?"

如果不是W先生那巨大的院落突然起火,基金会的日子可能就这样平淡无奇地结束了。

损失最为严重的当属 E 国画家,据他说,他全部的绘画和画稿被毁。幸好基金会给大家买了保险,E 国画家得到了保险公司的巨额赔偿。他心安理得地说:"艺术是无价的,想要多少赔偿就可以要多少赔偿!"

B 国剧作家说:"真是会咬人的狗不叫。"

E 国画家说:"那你就是一只会叫的狗了?"

E 国画家得到的赔偿,让 B 国剧作家的心里非常不平衡,可惜他的二手车没有被烧,不过他还是得到了保险公司的一些赔偿,理由是他的精神病在这一惊之后,更加严重……

E 国画家得到赔偿之后,M 小姐终于接受了他多次共进晚餐,也多次被她拒绝的邀请。那天晚上,她精心地化了妆,看上去很有点像香消玉殒的戴安娜王妃。

据说不久以后,她又得到 E 国画家再次共进晚餐的邀请,按照约定俗成的规则,一个女人,如果第二次还接受那男人共进晚餐的邀请,那就意味着他们的关系,有发展的可能。

不过谁也不知道,M 小姐是否接受了 E 国画家的第二次邀请。

以 M 小姐那样聪慧的人,还能判断不出 E 国画家,是个有发展前景的,还是没有发展前景的男人?又何必为她咸吃萝卜淡操心。

火灾之后,基金会的第一期活动就要结束了。

分离在即,B 国剧作家感到非常惋惜,不过那惋惜并无十分明确的内容或目的,只是一种自然的冲动,一种习惯使然,通常发生在某种本可把握的物质,一旦从眼前消失的时候。

可又想不出继续留下的理由。

好在他的背部提醒了他。他的背部不像他的心脏,是货真价实的有问题,经常疼得他不能入睡。

早在来 W 先生的基金会之前,B 国剧作家就仔细研究了基金会的章程和资料,健康保险是十分具有利用价值的一项措施。这也可能是他在基金会滞留期间,不论历史上遗留下来的疾病,或新派生出来的疾病,经常轮换发作并频频光顾医院的原因之一。

于是 B 国剧作家要求对他的背部进行一次核磁共振检查,这一次 M 小姐不但把他的要求记在了记事本上,并很快得到落实。

也许是他要求预支几个月的津贴,而又始终没有得到落实之后,他对 M 小姐说的那番话,以及他当时目光犀利的盯视,让 M 小姐懂得,对一个有着历史遗留下来的、那种疾病的人,万万不可等闲视之。

检查的结果是他的背部没有问题,无须治疗。这消息不但让 M 小姐感到高兴,也让 B 国剧作家感到少许的高兴,虽然背痛已经不能成为继续留下来的原因,但毕竟回去之后,不必再为他的背部,做那昂贵的核磁共振检查。

既然没有留下的希望,B 国剧作家也就不再生病,只提出每天到医院对背部进行按摩的要求。

一旦不生病,他就整天躺在 I 国作家的沙发上看电视,一边喝着 I 国作家的威士忌、吸着 I 国作家的香烟,一边等待着离去的日子。甚至在 I 国作家接待女人的时候,也不肯离开 I 国作家的那张沙发,让 I 国作家在与女人交欢时,感到非常的不便。最后 I 国作家把自己酒柜和食品柜,搬进了 B 国剧作家的单元,情况才有所改变。

基金会第一期活动终于胜利结束,艺术家们各奔前程。

在基金会的帮助下,O 国作曲家终于得到了继续合法居留、工作的机会;一百个看不起 B 国剧作家的 E 国画家,又转向另外一个基金会;南非雕塑家在一个人道组织的帮助下,投身于反对某大国种族歧视的运动;B 国剧作家开着他的二手车,满怀着二手车变三手车的憧憬,将横穿欧洲大陆回到 B 国。

临行前,B 国剧作家的眼睛,还在不甘地、下意识地搜寻着 M 小姐,因为他还有一笔可观的演讲费,押在 M 小姐手中。

那笔演讲费,本应在演讲之后当即付给他,可是 M 小姐说,她把那笔钱忘在了家里,请他放心,第二天一定带给他云云。

不要说第二天、第三天、第四天……直到第 N 天,M 小姐也没有露面。打电话到办公室,人说 M 小姐休假去了。什么时候回来?不知道。

B 国剧作家希望看起来高贵的 M 小姐说话算数。可是那些看起来高贵的人,并不见得比他高贵多少,这是他在各个国家闯荡多年的经验。所以,他对那笔演讲费的安危充满怀疑,不能算是多虑。

可是刚刚进入 B 国国界,他就出了车祸。

消息传来后,有人说:"要是他还留在这里,他总会找到一个理由让保险公司赔偿,可是一旦进入 B 国国境,他就没辙了。这叫道高一尺,魔高一丈。"

但是具体细节谁也说不清楚。

有人说,他酒后驾车。

有人说,汽车自燃。

有人说,他的汽车撞在了大卡车上。

有人说,所谓与大卡车相撞,不过是一起蓄意谋杀。

有人说,剧作家根本没有死于车祸,通过再次竞选,他终于

471

当选为该国总统。

有人说,他自己开办了一个基金会,那个基金会可不像W先生的基金会,而是一个可以创收的基金会。不但B国剧作家从此不必到处"打游击",而且还为全世界的基金会,提供了一个不但不赔钱,还可以创收的蓝本。

有人说,又在哪个国家的、哪个基金会看到他,没准他还能与E国画家窄路相逢。

……………

M小姐始终没有露面,如果怀疑她在逃避应该付给B国剧作家的那笔演讲费,似乎太糟蹋她那样一个高傲的人儿,可是B国剧作家再也不能收到他那笔可观的演讲费,却是事实。

不过她那几个密密麻麻,写满艺术家们各种需求的记事本,不论作为她的工作见证,还是作为基金会的工作见证,都非常实用。

而后,又作为基金会的工作经验、成效,无数次地进入各种文献版本,M小姐也因此受到基金会的青睐,职务也如股票市场喜逢牛市,一路攀升。

在艺术家公寓各司其职的工作人员,突然全部销声匿迹。不明就里的人,以为他们全被炒了鱿鱼,或是罢工,或是休假去了。事实上,他们全都待在各自不错的住房里,领着一份不薄的工资。

如果基金会的官员们都去休假,那么,一向勤奋、勤快的清洁工应该还在吧?

可是不知为什么,这栋外表依然风姿绰约,让路人不得不驻足欣赏一会儿的老房子,到处长满了蛆,尤其是厨房和洗澡间。

厨房所有的墙面上都沾满了油垢,如同粉刷了一层新型涂料,不论摸到哪里,都是满手黑腻腻的油垢。

奇怪的是,除了I国作家,几乎没有哪位艺术家喜欢烹饪。

未曾清洗的碗盏,堆放在地板上、碗池里或是沙发上。那些名贵的、成套的餐具,个个缺鼻子少眼儿。不是掉了把儿,就是掉了壶嘴儿,再不就边缘上排列着参差不齐的缺口,像是惨遭地震或战争,一副劫后余生的模样。

卧室里的枕套、床单,不是待在它们应该待的床上,而是垫在洗澡间的地板上,那里似乎曾被洪水淹没。

…………

院落里,行人的小道上,就连各个单元的房梁上……到处长满大而丰腴的灰色蘑菇。

也难怪,那不是一个美丽的、容易长蘑菇的季节吗?

1999 年完稿
2010 年修订　LLIIBLLBO

听彗星无声地滑行

"爱好精致的袜子,并不一定意味着一双肮脏的脚。"

不知加缪这句话,会不会引起他人什么联想,反正它又一次为艾玛提供了文学演练的机会。她将这个句子改头换面为:"爱好精致的袜子,并不一定意味着不能有一双肮脏的脚。"

一般说来,这就是艾玛的阅读方式。经常对她喜爱的段落、句子等等,做一点无伤大雅,或反其道而行之的篡改。

麻烦的是,可能还不仅仅限于阅读。

很长一段时间,这种阅读方式让艾玛生出妄想,她未必没有成为一个作家的可能。

是不是?!

所谓创作,无非是把他人行情看好的创意,改头换面、粘贴到自己的页面上去,好些作家,其实干的就是这个活儿。甚至,干脆,克隆一个混淆视听的名字,与那些已然开拓市场的作家名字难分彼此,也算不得稀奇。不要把"剪径"想得那样不堪,不妨看作捷径的一种,也还说得过去。

直到看了电影《我们过去的日子》,她这种偏离生活轨道的妄想，才得到纠正。

当影片中的男主角对朋友说他想成为一个作家时，朋友把他拉到窗前，让他仔细看好拥挤不堪、熙熙攘攘的世界，说道："你想当作家？比之他人，你有什么特别之处吗？是你的母亲被总统操了，还是你自己得了闻所未闻，故而惊爆世界的不治之症……"

这些成为作家的必备条件，艾玛没有，一个都没有。

母亲不但不会被总统操，很可能还会给总统一个耳光，当然不是因为贞节。在母亲的观念里，总统与男人无关，而是某个由他们供养，为他们服务，执行他们旨意的人。哪儿有佣人操主人、主人反倒觉得荣幸的道理！只有莱温斯基那种女人，才会觉得被总统操一下，是上帝为她打开的天堂之门。

父亲更说："……这就像是两顿正餐之间的下午茶，看看周围，很少有人不在两顿正餐之间喝杯下午茶，到了克林顿这里却炒得沸沸扬扬。这是政治，完全是政治。尤其那个崔西，简直是条眼镜蛇……我也不认为克林顿欺骗和亵渎了法律的神圣，他对性行为的理解可能有些传统：比方行为发生地应该在床上，比方双方的性器官有实质性的纵深进入等等，而他与莱温斯基之间发生的，不过是单方面的'口头行为'……对男人来说，既然有个女人愿意送他一份礼物，为什么要拒绝呢？"

不过这些话都是在家里说的，艾玛认为，这就是父母那一代人的虚伪之处。连类似活塞运动的做爱，连莱温斯基对克林顿的口淫，也被他们说得那样文雅。听听："性器官实质性的纵深进入""单方面的口头行为"……真不能相信，这二位还曾是什么先锋人物。

而艾玛本人，十分健康地活着，连那如时尚一样流行的感冒，都很少光顾到她。

加缪这样单元化地理解袜子和脏脚的关系,艾玛觉得无可厚非,毕竟他太老了,而且在上个世纪,也就是一九六〇年去世,从而无缘体验当今这个多元的世纪。

这样说,并不等于她不敬慕加缪,相反,他是艾玛非常喜欢的一位作家,比起那位没事硬找出点事儿,以昭示其反抗人格的卡夫卡,加缪在她心目中的地位高多了。固然,加缪同样坚守着一份反抗人格,可毕竟不像卡夫卡那样戏剧化,那样形迹可疑。

对加缪而言,人格就在自己手里握着,尽管我行我素就是,有必要不断宣告自己在闹人格独立吗?

艾玛对卡夫卡的质疑,暴露了她在文学上的低劣品位,所以,不当作家也罢!

不是高攀,实际上艾玛也是个没事硬找出点事儿的人,据说这种毛病可以互相传染,而她不想使这个毛病重上加重,所以她总是尽量回避那些没事硬找出点事儿的人,包括卡夫卡。

好比艾玛一直想与某个男人共度良宵,说的是良宵,而不是睡上一觉。

到了二十一世纪,与某个男人睡上一觉,就像早餐桌上那粒多种维他命,你吃也可,不吃也可;或是像清早起来,你必得撒的那泡尿——势在必行。

可共度良宵这件事,就像哥伦比亚号航天飞机着陆,看起来万无一失,结果却事与愿违,在着陆前十六分钟解体。对多数事情而言,十六分钟的出入,差不多算是成功,而在某些方面,却是失之毫厘、差之千里。

请原谅艾玛的这个比喻,不是她心如铁石,而是这个不算奢侈的愿望,的确像那架航天飞机,经常在即将实现之前解体。

纽约当然是个藏污纳垢之所,却也不乏"芝麻开门"的机会。这种机会不多,但也不会很少,这就是艾玛为什么至今还不放弃这个奢望的缘由。

艾玛所说的机会,不是哪个与她迎面而来的男人不小心撞掉了她怀里的公文包;不是深夜在地下停车场突遭歹徒袭击,斜刺里冲出一名男子,救她于危难之中;不是在哪个咖啡店的哪张咖啡桌上,她想吸烟,却翻遍手袋找不到打火机,这时桌对面的男人,用他的打火机适时为她点燃了香烟……

…………

如此等等,从此就另开篇章。

在那些卖座的电影或电视剧中,如此这般的细节不胜枚举。

艾玛早就腻烦了这些花样,期待着早晚哪一天,有个真正的细节出现。

其实在与男人的交往中,艾玛一直像 FBI 那样谨慎小心,她可不愿意上演那种百老汇式的通俗剧。

上个世纪,有位靠石油发家的斯凯里(Skelly)先生。他的财产继承人若是一位男性,结果可能会大不相同,可惜是个女人,女人一旦成了亿万财产的继承人,下场可就惨了。她的故事,为大大小小的通俗报人,制造过多少炙手可热的选题……

哪位继承亿万财产的女人,有可能逃脱这种厄运? 艾玛之所以不像斯凯里家那位卡洛琳(Carolyn)那样忘乎所以、疯疯癫癫,一方面因为艾玛有些自知之明,更因为艾玛祖上的财产,不像卡洛琳父亲的财产,多到自己也数不清。

在与男人交往的初期,艾玛的路数大致如此:装饰尽量夸张、过分,比如在领口装饰许多花边和皱褶,头发上喷许多摩丝,使她看上去像个来自得克萨斯的乡村小妞；或穿上过短的黑皮裙,让人联想起 42 街,从事世界上那个最古老职业的女人；满口黑人俚语,就连语音语调也惟妙惟肖得让人难辨真伪。如果在只闻其声不见其人的电话里,真让人以为她就是郝思嘉的那位女佣；从不暴露对他人当众使用牙线的嫌恶,甚至对内衣、睡衣的苛求,等等等等。

比方,有位教授(!)开车送艾玛回家的路上,竟然拿起车窗前一枚有备无患、号码不小的铜制弯钩(还不是不那么招摇、触目的牙线),一手开车,一手拿着那枚钩子,像已经不多见的、清扫烟筒的工人那样清理他的牙缝,而她却能置若罔闻。

换了谁,能像艾玛这样,对日常生活中这些出现频率最高、使人随时处于灭亡威胁中的景观等闲视之。

就连租赁房子,她都不选在有身份人租住的那些地区,而是租住在模棱两可的 89 街,再上一条街就是 90 街。如果艾玛不是夜游神、经常深夜回家,不得不考虑安全问题,肯定会在 90 街以上租房子。这样,一旦哪个夜晚、哪个男人送她回家,她又可能说出一句"你愿不愿意进去喝杯咖啡"的时候,不致因为房子的所在地区引申出丰富的联想或导致形势大变。

她那个地区的房子,时不时会出现许多非常低级的问题,比如前不久的给水管子爆裂。一条水管老迈到什么程度才会爆裂,不用咨询专业人员,想也能想得出。艾玛下班回来,甚至以为自己开错了房门,因为日日夜夜必得与之为伍的那张地毯,看上去十分陌生。漏水问题,殃及楼下的住户,他们联合同样受害的艾玛,要求房主的赔偿,而艾玛却没有为他们提供有利的证词。她是一个懒散成性的人,而任何要求赔偿的行为,都会耗去许多时间和精力,连离婚那样显而易见的责任赔偿,不耗去若干时日,都别想把钱拿到手,何况艾玛认为,她那张地毯并不值得她付出如许的努力。

....

　　这大概就是艾玛通常不会在她父母那栋一八七三年的房子里,考虑什么、决定什么,或干什么正经事的原因,艾玛总觉得那栋老房子对她不那么吉利。更不会带一个男人,到那栋房子里去拜望她的父母或是参加 party。客观地说,艾玛对它的态度,不应该受到人们的谴责。

　　艾玛那些至交,怀疑她得了某一方面的障碍症。

　　对艾玛的行径,她的父母倒不以为怪,且不闻不问。据她的外祖父母说,当年他们在"垮掉的一代"中就是激进分子,甚至在那引领潮流之地的伯克利大学,也是威名远扬。艾玛的种种表现,只能叫作青出于蓝胜于蓝,或是有其父母必有其女。他们对艾玛的父母,几十年来能把夫妻这一职责坚持到底,感到十分惊讶。

　　可是没用,最后总是原形毕露。艾玛不知那些男人如何、从哪里得知,这一切不过是她的伪装。

　　原形毕露的结果是,他们不是掉头就走,就是很快进入讨论婚嫁的程序。

　　不论哪个结果,艾玛都以一个装腔作势的女人形象,了断了与那些男人的关系。

　　前不久,艾玛又交往了一个男人,应该说是她周末回家探望父母的收获。

　　此人是艾玛父母远在西西里岛的一个老朋友的儿子,先是来此旅游,却在这里停留下来,说是找到了一种不同于欧洲的感觉。

那还用说,不论谁,换个生疏的地方,总会有不同的感觉。当然,人总得为自己的行为找个理由,不管那个理由正当还是不正当、充分还是不充分,艾玛对此深为理解。现而今,还有人能为自己的行为准备一个理由,应该说是很有责任感的人,难怪艾玛的外祖父母对此有点儿大惊小怪。

母亲对艾玛说,能不能帮她一个忙,代她尽些地主之谊,比如带着这位投奔她的客人,游览一下本地名胜。

"比之欧洲,本地也好,美国也好,有什么名胜可供游览?您要是觉得真有可供游览的场所……不如您陪他去。"艾玛的意思是如其母亲天天去健身俱乐部瘦身,不如多活动活动自己的筋骨。

"你不会忘记我的年龄吧,也当然知道两个结伴同行的人无话可谈的尴尬。"

毕竟艾玛很爱她的母亲。最后还是陪同这位客人,参观了本地哪怕有一点说得上名堂的地方,叫它古迹也行,如果人们不在意那是牵强附会。

爱屋及乌差不多是人的通病,谁让艾玛对地中海情有独钟。艾玛常想,等她退休之后,一定在地中海的哪个小岛子上买栋小房子,安享她的晚年。可她离退休还很遥远,只能于休假之时,到希腊或西班牙附近的哪个小岛子住上几天。

还有那些煽情电影,《罗马假日》《罗马之行》,以及那个声线哆嗦得像是踩上振荡器的"猫王"……没有一样不与意大利有瓜葛。在那里,爱情真像一块装饰华丽的奶油蛋糕。尽管人们深受爱情肥胖症之苦,有人还因为减肥的原因忌口,但有益无害的欣赏,难道不是另一种愉悦?

厌食症同样会导致死亡。

既然是艾玛父母的老朋友，他们远在西西里岛的房子里，每一个物件，想必也是大有说头。

所以艾玛与他的交往相当放松。他肯定早就知道艾玛父母那栋一八七三年的老房子，以及与此有关的一切，也就不用拐弯抹角打探她的家底，她也不必为闹不好就露馅而担心了。

较之交往过的男人，此人的作风让艾玛很有耳目一新的感觉，虽然她的那些至交认为，此人"很有意思"。

在艾玛那些至交中，有谁明确地评点过某人某事？对那些不便下结论的景观，大部分的评语是"很有意思"。充其量其中一位含蓄地问过："他是不是犹太人？"

例子之一是他们每次约会，他都会将约会地点定在他们各自所在地的中间地带。不论他们坐车或是开车过去，出租车费或是所耗汽油，大致相等。

对此艾玛却有不同看法——上哪儿还能找到这样一个公平的、一板一眼的关系？艾玛喜欢公平。这也是她对过去那些男人隐蔽、伪装出身的原因之一。

也想象不到客人还有这样的本事——当他们渐渐熟络之后，如果哪天兴之所至，他会做顿西西里岛菜肴。腰间围着一块大围裙，还真像那么回事，菜也确实地道。在曼哈顿那种窄小的单身公寓里，这种奉献实属不易，而意大利菜肴的浓烈味道，需要相当长的一段时间才能散尽。如果烹调时忘记关好各个房门、橱门，衣物不小心被那味道熏染，就得拿出去清洗，否则穿着那样的衣物出门，你就会变得像一盘刚出锅的意大利面条。

此外，看着看着电影或是戏剧，还有小说什么的，当场就会随之沮丧或兴奋起来，不是一般的感慨，而是无遮无拦、原形毕露、非常的情绪化、非常的"意大利"。而艾玛与艺术、文学的关系，顶多算是具备了知识分子必需的修养之一。

这些表现,在某些场合固然使一路同行的艾玛感到尴尬,不过也不十分在意,毕竟纽约是个见怪不怪的城市,纽约人一贯我行我素,制不制约自己,纯粹是个人的选择。问题是当艾玛受朋友之托,带着朋友那只性格孤僻内向的狗,去犬类心理治疗中心做治疗的时候,他却说:"这是一只狗还是一位国王?"

称得上聪明绝顶的艾玛,却一脸茫然地问道:"对于一个生命来说,狗和国王有什么不同吗?"

这可真不是个小毛病。

好在眼下没有与他共计未来的打算,这毛病固然让她不适,但还不是那么息息相关。

他们就这样轻松、自在、相见也乐、不相见也不会彼此想念、谁也不欠谁、谁对谁也没有什么义务地交往着。对艾玛来说,这是一种相当舒适的交往方式。

奉行中正原则、对中间地带兴味盎然的客人,突然变换口味,居然请艾玛共进晚餐。

就像一条鱼不在水里游动,突然跳到岸上行走一般,让艾玛感到有些超乎寻常。

当然,共进一次晚餐也没什么稀奇,他们又不是没有共进过晚餐,通常都是 AA 制,至于贡献厨艺则另当别论。

可是,如果,她分辨不出邀请与邀请之间的不同,她还算是艾玛么?

不过拿起菜单,艾玛却不知如何选择她的主菜。

其实她很想点一道太平洋油鲽(Dover Sole),或是软壳蟹(Softshell Crab),都是那家饭店的拿手菜,也是她爱吃的两道菜。

问题是,在接受某个男人有特别含义的邀请时,绝对不可掉以轻心、为所欲为。点过于昂贵的菜,对方可能以为你是贪心之人;点过于廉价的菜,对方可能误会你对他的经济实力有所怀疑。哪儿像一般邀请那样单纯、明确,或亲朋相聚,或有所庆贺,或联络情感……即便有所"目的",也是公事公办,该怎样就怎样,行就行,不行就不行,其后果与你点什么菜几乎无关。

固然有种男人,在关系尚不明确情况下,锱铢必较,让人难以置信;而一旦关系确定后,却不一定那么悭吝。

他们呢,至今连床还没上过,说到"前景",更是无法预测。

这就是与一个有了想法的男人下馆子,与独自一人下馆子的不便,何况对方还是一个"感觉"复杂、瞬息万变的人。

事实上,即便对货真价实的情人,也得悠着点儿,二人世界的复杂性,怎样估量都不为过。

她只好像热爱股票的人研究股市行情那样,将菜单上的菜目,一一从头看到尾,特别是每道菜下端的几个数字,以便设置一个适当的选择,更是为了磨蹭时间,以保留一个缓冲的空间。

当然不乏装模作样的成分,不客气地说,这是艾玛的拿手好戏。

在菜单上耽搁了不少时间,还是不得要领,看来只好另辟蹊径。

一般来说,这类饭店的领班,经验相当丰富,差不多一眼就能辨出,前来用餐的男女目前处于什么阶段。不如请他推荐一下当日特菜,他肯定会"量体裁衣",使她在掌握高低上下时,出入不会很大。

当艾玛从菜单上抬起头来,准备请饭店领班前来探讨她的主菜时,她的目光遭到邻桌一位太太的拦截,那位太太招呼道:"你好,你好,见到你真高兴。"如此等等。

在这个饭店里,免不了会看到某位影星、政要、财富杂志封面上的什么人,总之是那些所谓有头有脸的人。

所谓有头有脸的人,其实与群居的蚂蚁没有什么区别。

邻桌好像在庆祝某个成员的生日,从桌上的拥挤情况来看,那应该说是一棵枝叶繁茂的树。

太太可能早就准备好了对她的拦截,而艾玛的感觉是自己根本不认识她,这肯定是她父母或祖父母的朋友。艾玛猜想,太太只是为了名正言顺地将与她共进晚餐的男人看个仔细,而后与她的父母,更是与她父母的熟人有得可说。可不是,眼看与她招呼之后,那一桌人就频频交头接耳起来。

艾玛说:"瞧那边桌子上的一对男女,肯定是在恋爱,你喂他一口、他喂你一口的,如果是对老夫老妻,就该像那张饭桌上的一家,对眼前的一切说三道四了。"

西西里岛来的男人,一扫方才的灵动、诙谐,突然沉默起来,只剩下饭店的背景音乐——肖邦的 c 小调钢琴夜曲。

平时艾玛很少注意饭店里的背景音乐,现在有点明白,饭店里为什么要设置背景音乐了。

难怪母亲把无话可谈的尴尬交给了她,过去她对母亲的智商可是估计过低。

"我父亲一听这段音乐就会对我说,'我结婚那天,奏的就是这个曲子。'真让人难以置信,那对号称'垮掉的一代',居然对'往日'这样眷恋,这是不是说明他们老了?还是说,人们的宣言与他们的真实面目,未必一致?"

依旧没有回应。

瞧她,说什么呢!什么恋爱不恋爱、结婚不结婚,真是胡言乱语。

她突然意识到,她可能太随便、太不拿对方作为一个"有所考虑"的男人对待了,所以才会如此信口开河,又如此直截了当地涉及"恋爱""结婚"话题,怕是引起他的误会了。而对大部分男人来说,女人一旦这样直截了当、迫不及待地涉及"恋爱""结婚"话题,马上会让自己身价暴跌,让对方退避三舍。

可是,如果,你和一个男人共进晚餐,此人突然变脸,从此一句话没有,那感觉像不像被警察所拘留?最后你肯定会丧失神智,开始胡言乱语。

接着艾玛又说:"那天在跳蚤市场上买到一条差不多七十年前的Levi's牛仔裤,收藏价值虽然比不上十九世纪的出品,也算是难得。那个肥嘟嘟的老头儿,恐怕当初怎样也不会想到,他的Levi's竟会成为牛仔裤的鼻祖,一百多年也不落伍。"

不意中艾玛朝他看了一眼,这才发现,他可不就称得上是胖嘟嘟,上帝知道,她绝对没有挖苦人的歹毒之心。更加无可救药的是,与此人交往了这些日子,她竟然没有注意过他的腰身。

这可真叫累!

除了以此为业的心理医生,谁能一天到晚应对心理分析课?

别说是"恋爱",哪怕仅仅是上床艾玛也不干了。谁也别想让她为了和男人的那点儿鸟事,无时不在反省自己的每句话、每个行为是否得体;无时不在考虑什么该说、什么不该说,什么该做、什么不该做……

于是艾玛知道如何点她的主菜了。

作为回请,艾玛买了两张音乐会的票子。

可是临到下班的时候,老板却请艾玛留下,说是前不久她为某个影星操办的生日 party,还有些遗留问题需要了结。

这位影星至今不肯交付另一半费用,原因是他认为艾玛设计的酒罐,关键部位不合要求。

最初艾玛为他设计的酒罐,是一只冰制的古希腊兽头。

在欧洲那些小巷子里,随处可以看到这种石质的兽头。泉水从它们的嘴里汩汩流出,水石相击的叮玲之声,在沁人的浓荫下、在阒然无人的老巷子里,不紧不缓地奏动着——可不就是欧洲那份老而又老的悠闲、自得,绝妙的伴奏?干渴的旅人,既可随时停下饮用,也可坐在下面小水池旁那浸着湿气的石沿上歇脚。

艾玛设计的那只兽头,正是受了它们的启发。服务人员可以将威士忌注进兽头后的蓄酒罐,兽头下装有开关,谁想用酒,只需按动开关即可。从冰制兽头里流出的威士忌,连冰块都不必加了——如果对享用冰块撞击杯子的声响,可以忽略不计的话。

影星认为艾玛的这个设计非常新奇,兴奋得像酒精中毒者那样,颠颤着他的头和腿,说是这个生日party,肯定会载入名流史册。

可是临到当天早上,他又要求艾玛把那只冰制的古希腊兽头换成他本人,并且全裸。服务人员可以把威士忌从他的后腰注入他的腹腔,谁想用酒,只需按动他那个"小老弟",威士忌就会从他那个与制造生命有关的小孔中流出。

制作一个与他本人同样尺码的冰人,不要说凿出身上那些起伏的线条和每个细部的难度,就是时间上也不可能。可是艾玛请用了最上等的艺工,几乎动用了纽约所有的冰雕艺人,竟然给他做了出来、凿了出来,花费之大可想而知。那些参加party的人,哪个没有为之叹为观止,尤其是那些女人,而且当场就有一位导演,锁定他为下一部影片的主角。

现在他却想赖账了。

众所周知,在这一类人群中,难免没有各种各样奇奇怪怪的事和奇奇怪怪的人,艾玛早就见怪不怪了。

但是这位影星提出,艾玛制作的"小老弟"与实物相比,尺码出入过大,损害了他的形象。这让见过世面的艾玛也大感意外。

虽不能说是恶意诽谤,至少是对她能力的诋毁。

通常的业内人士,一味在掌握各种礼仪,学习鉴赏、探访、美食美酒美乐,以及组合它们的方面付出过多精力。而在场地布置、请柬、音乐、演出、酒菜搭配等方面,大多在所谓高雅、时尚上面做文章,此外还得为将名流包揽到位费尽心机……却缺乏想象力和创造力。

除了这些必备的业务常识、业务关系,艾玛的想象力无与伦比,恐怕再没有人能像她这样,把他们的 party 办得如此独出心裁。

且不说影星那个酒罐,又比如艾玛为某个暴发户的 party 设计的那个游泳项目。注满游泳池的不是水而是香槟,客人们在岸上已然喝得滚瓜烂醉,又一个个脱光衣服,扑通扑通栽进游泳池。有的两条腿竖在空中,把脑袋扎进池底去喝(正式的说法应该是潜泳),有的仰面朝天躺在池水上喝(正式的说法应该是仰泳)……人们又是扑腾又是尖叫,一位女士兴奋得甚至晕了过去。party 的盛况,第二天就上了《人物周刊》,着实让那位暴发户大出风头,艾玛的名气,在他们中间也更加响亮。

不过,艾玛的服务对象,大部分是那些暴发户、名流、老家族、政要等等,一般人难以承受这样的消费。

而这些群居的蚂蚁又是如此热爱风头,尤其是品位上的风头。

好比有位什么公司的总裁,将他珍藏的名酒,全部放在让人一眼就能看到的几个餐柜里,而不是放在随饮随取的酒窖里;竟然允许电视台"富人榜"那样的栏目,进入他那栋豪宅,拍摄一切可以佐证他的富贵的角落。那些出品于二十一世纪的"维多利亚"式家具,别提多么滑稽;还有那些所谓的古董,真让艾玛为那些假古董制造商的前景喝彩;甚至太太的香水瓶子、鞋柜、衣柜等等,这种私密的地方,也一一进了镜头。那些跟着时尚走、根本不明白品位为何物的鞋子,别提让人多么恶心了……

如果真要攀贵比富……比如赶超伊梅尔达那两千双鞋子,不论从哪方面来说,都得大大提速。不要忘了,人家伊梅尔达的前身还是酒吧女呢。

这些东西如若留在家中独自消受,谁能说个什么!可是拿到公众面前展示,并且告诉公众,这就是人类美学品位的极致,除了对渴望一日暴富的那些人,起到一些望梅止渴的作用之外,也就不能怪人们对它来句"BS"(Bull Shit),甚至伸出中间那根声名狼藉的手指头。

…………

也许他们心里比谁都清楚,他们缺乏品位,不论他们如何吹毛求疵,面对艾玛所谓的纰漏,想到"独此一份",最后只能无言以对,不了了之。

虽然艾玛经常迟到,并经常与她的客户发生如此这般的不快,老板也只好继续雇用艾玛。

到了这种时候,艾玛就有点感谢她那个耶鲁法学博士的学位。

不论学的是什么、做的又是什么,系统、全面的知识训练是绝对不可少的,所谓一通百通。

说到法学,全美只有耶鲁、哈佛,这就是有些人总是吹嘘出身耶鲁的缘故。是啊,比如,你能说毕业于耶鲁舞蹈系不算耶鲁出身吗,甚而至于那些耶鲁的旁听生?

然而说到耶鲁,只能是法学博士而不是什么舞蹈博士,否则能做什么数？要是再拿出去说事儿,和那位"富人榜"上的总裁有什么区别？

是那种环境中的系统、全面的训练,使艾玛在不论应对任何场面时,都能感觉到位、收放自如;不但使她赢得了这份收入不菲的职业,并在这个职业上独占鳌头。

现在老板居然为了影星的一句诬词而不满意她的工作,还说:"事前你至少应该量一量他那个'小老弟'的尺码。"

"关于尺码问题,必要时可以请司法部门仲裁,不能他说什么就是什么。"

"你以为你是谁,雇主吗？既然不是,那就不要计较雇主的说法,应该注意的是,眼前是否一头有钱的驴。再说冰人早已融化,怎么说得清他本人的那玩意儿和冰人那玩意儿在尺码上的出入？"

"我那里还有设计资料为证。"

"与这种人打交道,设计资料又能有多少帮助？"

"照你的意思,我是不是应该辞职？"艾玛十拿九稳,这句话立刻会让老板重新定位,他在这场谈话中的位置。

这句话,果真像一枚红箭头,指示出艾玛一路飙升的业绩,又像一只注射器,为老板注射了一支精神病院常用的那种镇静剂。

如历次的交锋,老板又一次品尝了盲目进攻的酸果,说:"噢,请不要像意大利人那样喜欢摆弄手势吧。"

从老板这一请求和解的婉转口气,可以想知艾玛不悦到了什么程度。

一般来说,她谈话时手势从来不多,头部很少摆来摆去;就座时,双腿从来不像某种女人那样门户大开;不论她的肢体语言或是语音语调,都不像一只急于交配的四脚蛇……

489

说不定这正是艾玛每每原形毕露的原因,可是那些自小便深入骨髓的习惯,如何隐蔽得了?修正它的艰难程度,更不亚于骆驼穿过针眼。

对她的职业,艾玛谈不上喜欢或是不喜欢,一天到晚和这些群居的蚂蚁打交道,她在心灵、精神上遭受到的毒害、摧残,未必没有那些参加过越战的人严重,至今她还没有访问心理医生已是万幸。

可艾玛也不希望被解雇,回到家里,靠救济金过活。

她也不打算独立开业,那样的话,需要操心的事可就太多,而艾玛是个相当懒散的人。

到了如今,尽管许多人都不在意如何解决自己生计的形式,好比那些真正的艺术家,可是艾玛在意。她不想靠救济金过活,不想。比起那些真正的艺术家,艾玛认为自己只能算个麇集在艺术旗帜下的耗子,油耗子,肥头大耳的油耗子;或是树林深处,那些久日无人采撷的烂蘑菇。

对自由,艾玛主要理解为消费的自由。如果面对琳琅满目的商品,她却不能买回家去享用,那么,自由对她又有什么意义?

所以艾玛从不羡慕暗杀布什的自由,或是抗议布什对伊拉克战争的自由。至于那些抗议对伊战争的人,有多少比布什的目的更为老谋深算,有多少是中东背景或血统,有多少是在表演"前沿人类"……艾玛就不便多说。而表演"前沿人类",与总裁夫人的那些鞋子一样,同属时尚。

当艾玛终于摆脱这场谈话到达音乐厅时,不用说,来自西西里岛的男人,没有在门厅那里等她。

他当然不会等她。

再说,你能指望一个纽约的男人,为等待一个约会超过一刻钟吗?就是艾玛自己也不会。从西西里岛来的男人,目前虽然还算不上真正的纽约男人,可不妨先一点点地做起来。

艾玛攥着两张票的样子,肯定有些落寞。不是为了没有遇到来自西西里岛的男人,而是为了那两张不大容易买到的票。

于是,当有个男人前来问道:"小姐,您有没有多余票?"艾玛几乎有点求之不得地回答:"是的,我有一张多余的票。"并且当即就把票让给了他。

男人高兴地谢过艾玛,而她更高兴那张来之不易的票可以物尽其用。另外,一个陌生的男人坐在身边听音乐,也许比一个认识的男人坐在身边更好。

入场之后,艾玛马上到洗手间去方便。离开办公室的时候,她已经没有时间处理这个问题。

提起丝袜的时候,她发现袜子上脱了一条丝,很宽,蜿蜒直入她的裙底。

因为是一双黑色丝袜,那一条脱丝格外醒目。肯定是下车时过于匆忙,腿在车门上剐的那一下。

没有客户的时候,或从网上下来之后,作为休息,艾玛时常翻阅那些伸手可及的时尚杂志,赏心悦目,又不必多费脑筋。

他们在接待室里,为客户准备了不少这样的杂志,不然,你还打算让那些客户研究博尔赫斯不成?他们会问,博尔赫斯是谁?他长了两个鸡巴还是三个鸡巴,值得你向我这样推荐?

不少时尚杂志上,都有版本虽不相同、内容却八九不离十的测试,比如:什么时刻你感到最为尴尬?

每每看到这样的测试,艾玛都是会心一笑。对于这个问题,有谁像她这样有足够的发言权。

比如,如厕之后却发现手纸用完了,而盥洗室的杂物柜里,

491

竟没有储藏着哪怕一卷。更别指望89街上的住房,会为房客准备一只有便后盥洗功能的马桶。或在一个需要装模作样的节骨眼儿上,比如现在,袜子脱丝。或在某个五星饭店的大堂里等人,落座之后突然发现裤子前门的拉链忘记拉拢,坐下去也不是,马上起身去洗手间也不是,一时又难以找到一个隐蔽的办法将拉链归位。或在某一盛大 party 上,如皮肤般紧贴在身的晚礼服内,乳罩扣子突然脱落,翘楚楚的乳峰顿时塌陷为贫瘠的盐沼泥漠……凡此种种,不胜枚举。

尴尬归尴尬,可别指望艾玛像个假冒伪劣淑女那样容易脸红,纽约早就把艾玛调教得处变不惊。

她大模大样地回到座位上,丝毫没有为袜子脱丝局促不安。

再说,扭头就会与这个可能注意到,也可能没注意到这双脱丝袜子的男人分道扬镳,谁会在意一个再也不会相见的人对自己的印象如何?

"如果不是您让给我这张票,我真不知道如何度过这个夜晚。"他的英语带有浓重的口音,一个字一个字像从很高的地方砸下来,而那些字的自重量也很大。

"您不是当地人吧?"

"我是德国人,来这里参加一个医学方面的会议。会议已经结束,晚上又没有什么安排,所以出来走走。"

"哦,您是医生?"

"一个很枯燥的职业。"

哪个职业不枯燥呢?"这么说您不喜欢这个职业了?"

"不,我当然喜欢。"

他目光炯炯,是有什么东西可以热爱才有的那种目光。

"您是哪一科的医生?"

"外科。"

艾玛看看他,"不像。"

"您以为外科医生该是什么样的呢?"

"比如说,比较粗壮高大等等。"

"是从电影里得来的印象吗?"

"啊哈。"这就算是她的回答了,意外的是他也没有接着问她什么,让艾玛很放松。

音乐会开始了。

怎么回事?

肥皂。

那十分特殊、淡薄到似有似无、干燥爽冽的气韵,除她而外还有谁能嗅到,而且怎么可能出现在这样的地方?

她左顾右盼,却原来近在咫尺。

正是从他那里来的。

此时、此刻、此人,真像那块刚刚打开包装,却还没有使用过的男用肥皂。见棱见角,文字说明清晰可见,品味纯正,未加任何多余的香料。

可这种肥皂未必存在,它不过是经常出现在艾玛想象中的一种肥皂。不信就到肥皂专卖店去找一找,更别提超市那样的去处。要想找到,除非返回时光的隧道。

艾玛舒心地吁了口气。

幕间休息时,德国医生问艾玛:"我能不能请你喝杯什么?"

医生显然受过地道的绅士训练,知道如何呵护女人,却又绝无急于推进的企图。

"为什么不呢?"

因为和老板谈话,耽误了吃饭,艾玛有点饿,就要了一份热饮料,而德国医生要了一杯咖啡。

他们站在音乐厅的回廊上,一面喝着手里的饮料,一面着三不着两地闲聊。

聊其他歌剧,欧洲的货币统一,东西德合一后的问题,以及马蒂斯最近在纽约的画展……

"您不觉得眼下的德国人,与东西德合一前已经有所不同?"

"您指哪些方面?"

"嗯……比如说信誉、守时、社会公德、工作效率等等。"

"比之从前,我也觉得德国人有了变化……记得某位社会学家说过,战争的侵略并不是最可怕的,更可怕的是道德上的腐蚀和侵略……不过这也不仅仅是哪一方面的问题,堕落总是比向上攀升容易……您说呢?"

"…………"

"太好了,不过我还是喜欢多明戈。"德国医生说。

"什么?"艾玛觉得他不够公平,"他们都很了不起,只是风格不同,只是帕瓦罗蒂不如多明戈英俊而已。"

艾玛有些为与帕瓦罗蒂同台演出的人懊丧,那些人其实都唱得不错,可是帕瓦罗蒂大嘴一张,顿时就把所有的人挤到一边去了。他的音乐似乎自天而降,并非来自舞台,涨满立体空间,紧紧地缠绕着她,包裹着她。如果有人不相信爱情,这一会儿可以相信;如果有人没见过太阳,太阳此时就升起来了……也许这就是帕瓦罗蒂的伟大,也许宗教最初打动、改变艾玛的,首先是由于那如天而降的音乐……艾玛自己也觉得不可思议,如她这样的人,居然还相信上帝。

回廊上的人摩肩擦踵,时而有人不小心碰到她的后背,德国医生总是替撞了她的人,说句"对不起"。也有人回转头来,再向他们投过一瞥,可不,按照古典标准,他们是相称得让人眼睛发亮的一对。

……………

总之,艾玛的感觉像是来到一个老派舞会上,与这位德国医生翩翩起舞。虽然德国医生与西西里岛那个人同样来自欧洲,但他的手势示意明确,让她知道什么时候应该前进,什么时候应该后退。

音乐会结束时,座椅乒乒乓乓响个不停,在听过这样一场音乐会之后,这种乒乒乓乓的声音,真让人扫兴。

"这些人怎么那么着急?人家还在谢幕呢,真不礼貌!"艾玛说。

"典型的美国人。"他说。

"你是说典型的,还是说愚蠢的美国人?"她问。

"都一样,同义词。"

艾玛会心一笑。

散场之后,音乐厅外等着要出租车的人很多,他们等了很久也没有要到。好不容易等到一辆,德国医生提出:"只好你我同搭一辆,先送你,再送我。"

怎么不说"请你先用"?

恰到好处与多出那么一点很难区别,但不是不可区别。在艾玛那个私人生活圈子里,对于那么一些人,在那么一些时候,这种尺度是万万不可错乱的,这是为数不多的人才懂得并遵守的一种规则。

此时此刻,似乎就多出了那么一点。

这多出的一点,让艾玛稍稍感到意外,或是说凉意顿生。

送她回家的路上以及到达之后,这个夜晚,会不会有个俗套的收尾?这种收尾,在一个灯红酒绿的大都市里太常见了,可现在不是时候,不是。

但她不得不回答说:"好呀。"

既然在纽约混了十多年,什么场面没有见识过?艾玛在意的是刚刚享受到的一段时光,果真为时不多。希望医生在音乐会上的表现,不只是绅士教育的实习课。

说着他就为艾玛拉开车门,请她上了车。

音乐厅里的和谐突然飞逝得无影无踪,他们似乎都感觉到,一种无法言说的猜疑凭空而起,这猜疑看似无足轻重,却使某种沉默落在了他们中间,将他们僵硬地凝固、阻隔在了彼此可以望见,却听不见声音的两岸。

车快驶近艾玛的公寓时,她拿出钱夹,准备付她那一份车费。一个"两毛五"俗里俗气地从钱夹里掉了出来,掉在她的脚上,在脚面上轻轻一击。她想到自己这样做的俗气,又觉得眼下这俗气的必不可少,说不定正是这一点点俗气,挽救人们于尴尬之时。

终归的,又有些不当的一个刹车,汽车停了下来。短暂的静默,如一段意犹未尽的文字,一种性质不明的遗憾,却又没有使人穷尽的意趣。

可是形势突变,医生似乎撕裂了那将他们凝固的沉默,越过对岸,重新向她走来,轻快地说:"不,不,让我来。"

"你肯定吗?"艾玛似乎随意地问,但拉紧的声带怎能逃过一位医生的耳朵。

他突然大笑起来。真不相信音乐厅里那个温文尔雅的人,会这样无所顾忌地大笑。是在庆祝他的胜利吗?

接着他说:"我的英语虽然不好,但还是听懂了,我非常肯定。"

难得不好意思的艾玛不好意思了，有点虚张声势地跟着笑了起来。

医生下了车，来到艾玛车门这一边，为她拉开了车门。

一扫方才欢庆胜利的不羁，他只是默默地伸出手来，与艾玛的猜疑毫不相干地、静静地微笑着，等着艾玛的手。

艾玛当然不会误会，那是告别的仪式。

那顿生的凉意，就在他等着她的手的一瞬，消散了。

这安静来得如此跌宕起伏，又静谧得使她听到夜空中一颗彗星的滑行。

有那么一会儿，艾玛一动不动地仰望着星空，身体轻盈得似乎在不断升腾，简直要随那一闪而过的彗星去了。

医生放下自己的手，也抬起头来，久久地仰望着夜空。

……………

然后他们相视一笑，这时艾玛伸出手来，握了握他的手，有些歉意地说："那好，祝你一切顺利，在纽约玩得好。"

他们就这样告别了，互相都没有问，也没有打算问，以留下彼此的姓名、地址和电话，却留住了陌生，留住了距离，留住了长久的、无须言说的相亲相知。

艾玛于他，永远是一个袜子脱丝，还有那么点虚张声势、小里小气的女人。

而他于艾玛，永远是一块刚刚打开包装，却还没有使用过的男用肥皂，干净、整齐、地道，未加任何多余的香料。

2003 年 2 月 28 日北京

5 月 18 日定稿

玫瑰的灰尘

——也说玫瑰,在它如此盛开的时候

想不到终有一天,大大小小的"灯"会在生活里扮演一个角色,而且是个不小的角色。

露西从来心不在焉,总会忘记很多事,如今却沦落到怎么也忘不了回家先开灯这件事。

她张着双臂,手指一个不漏地掠过各个房间大大小小的台灯、壁灯、吊灯、射灯,包括门厅的门灯开关,将那些灯盏一一开将过来。

这套坐落在第五大道拐角、算不上太大,也算不上太小的公寓,顿时就显得热闹起来。虽然只是"显得",也比没得"显得"好。

看着那些亮起来的灯,露西的嘴角,不易察觉地吊了一吊。即便无人在场,露西也不会显露自己的败势,或者不如说,即便独面自己,也拒绝承认下坡是不可避免的。

而灯盏,从不多嘴多舌。

她摘下帽子,甩了甩依旧不见稀少的头发。一种生就的、连她自己也不曾察觉的高睨孤介,在那对老粉钻耳环的闪烁中,极为短暂地露了一脸。由于混杂在万缕光闪之中,那难得一现的高睨孤介,很容易被误认为是那片光闪中的一缕。

如果没有什么场合,露西并不喜欢佩戴首饰,甚至不会介意自己的衣着,如果走在大街上,谁也不会从她的衣着,猜出她属于哪个阶层。露西不喜欢把名牌贴在身上,根本不在意有人对品牌,也就是对钱财的尊重超过对人的尊重,更何谈对个性的尊重。真遇到一对只识金知玉的眼睛,露西不过笑笑而已。

安吉拉说:"这是因为你知道自己有钱,不但有钱,而且还是些'老'钱。"

可不,不论露西穿什么,都穿得理直气壮。

说起来可能让许多致力于外包装的人士气馁,不论多么昂贵的包装,总是有价可循。泡沫时代,一夜暴富不再是神话,包装出一个富豪或出入豪门的太太,何足挂齿。然而,不论何时何地,那种如入无人之境的自如、淡定,而不是财大气粗的骄横,却是多少钱也买不到的。那些服侍人的人,尤其识得这一点,安吉拉对此深有体会。

粉钻耳环不过是祖母的遗物,祖母去世前握住她的手久久不放,并把这副耳环留给了她,虽然祖母那时已不能多说什么,但显而易见她是心有所托。露西不知道祖母为什么偏偏疼爱自己,据说因为她最像祖母的做派,例子之一是当年祖母驾一辆马车穿过荒原,送重病在身的丈夫远去求医的路上,独自一人,用一杆长枪干掉了拦路的狼群。

作为回报,露西有时不得不担负一下祖母的这份重托。

晚上的聚会,无非是慈善机构的例行年会,没有这样的聚会,她难道就会推卸自己的责任吗?

露西打了一个哈欠,想,为一个什么聚会而不是为自己高兴装扮;在陌生的、熙熙攘攘的人群中挤来挤去,与并不愿意与之握手的人握握手,甚至吻一吻并不想吻的脸蛋,说一点不着边际的应酬话,吃一点大路食品,喝一点不冷不热的咖啡……好不无聊!

她打着哈欠,再次环顾大大小小的灯。

不知从什么时候开始,同样瓦数的灯,也就渐渐觉得不够亮了。

然后换上居家的衣服。

看了看脱下的那套黑色晚装,神色漠然得就像它们方才没有为她效过力。

随手把丽丽·庞斯的 CD 盘放进音响,气若游丝、轻若蝉翼的纯净高音,回旋在每一处角落,这是她们那个时代的歌声。丽丽·庞斯早就不在了,谁都会不在。如今,除了会抖搂浑身那摊赘肉的布兰妮,就连惠特尼·休斯顿、麦当娜也是明日黄花了。

那时她还年轻,爱歌声、爱锦衣玉食……总之是天马行空地及时行乐、及时享受,却从来不像许多同代人那样,爱热闹、爱等待,好像那时就知道,人这一生等待的,不过是自己制造出来的一些符号,更不会将获得享受的可能倚托在他物之上。

又煮了一壶咖啡,刚才在聚会上喝的咖啡能叫咖啡吗!

是有点晚了,可是她有那么多觉要睡吗?

房间里顿时弥漫起咖啡的香味,她就喜欢包裹在咖啡的香味之中,真比包裹在香水的气味之中更为惬意。

从从容容地给自己倒了杯咖啡,溜溜达达到了窗前,坐在宽大的窗台上向外望着。

年年岁岁都是这番景象,永远的车流、灯光,可是还能看。

第五大道上圣派特力克大教堂的尖顶遥遥在望,安吉拉和大卫就在那里举行的婚礼,过不了几天,汪达也要在那里举行婚礼,不用猜,又是安吉拉的主意。

安吉拉美艳如南方的阳光,她的色调也像她的画作,属于大刀阔斧、浓彩重泼、非此即彼、绝对不肯含糊的后印象派,而大卫最为推崇的就是后印象派。

自然也像后印象派绘画那样,免不了"装饰性"。如今连出租车司机都识得凡·高那个"向日葵"的符号,他的行情好到这个地步,不是没有道理。至于塞尚和高庚在圈子里的情况,恐怕也差不了多少。

也就难怪安吉拉会把上流社会那些习俗、礼仪当回事儿来把握,说是追求极致也无不可。

比如不惜重金到交谊舞学校学习交谊舞,苦练钢琴,拿本眼下众所周知的书,坐在客厅的小沙发上或是室外树荫下读一读,等等等等。

凡上个世纪二三十年代,老式英国家庭还在坚持的、女孩必须修炼的那套本领,安吉拉可以说是一项没落,虽则她与这种家庭没有一点瓜葛。

下午从学校回来,或是家里没有客人的时候,头上常常顶着一本书练习走路,以求练就一副行走时上半身纹丝不动的文雅模样。

那麻木不仁的书本,却不念安吉拉的一番苦心,不时从她头上掉下,随之是安吉拉所欲不得,或欲速则不达的尖叫。按理说,经过一段时间之后,这种尖叫该是习以为常,但还是让凡事见怪不怪的露西猛地一惊。

露西就想,那些淑女教科书真是害人不浅。

如果淑女教科书真有那样大的本事也就好了,问题是世上没有任何一本教科书可以包罗万象，总有挂一漏万的地方。

偏偏那些细节过小，又由于无处不在、防不胜防，难以掌握到不但让教科书绝望，更让修炼它的人绝望。

上个世纪下半叶，英国人对苏联KGB一起间谍案的破获，让处于世界领先地位的苏联KGB，很长一段时间摸不着头脑。其实事情非常简单，那位混入英国籍的苏联KGB横过马路时，为确认过路安全，按苏联汽车靠右行驶的习惯，先看左路来车再看右路来车，而英国汽车是靠左行驶。这种经生活环境长期调教、深入肌理的细节，怕是无法改变的了。

也就难怪那些教科书培养出来的淑女，经常会在某些细节上露出破绽。

应该说安吉拉的功课做得有模有样，在他们那群一同长大的孩子里，没有谁比安吉拉更像他们那个圈子里的人了。

间或在非常小的细节上露一回馅儿，也无伤大雅。好比说，直到现在，喝汤时举勺的手腕到了眼前总是忘记向里转、将勺子平直地送入口中，而是把勺子就势横在嘴边。试想，那样阔长的勺边，在不可对众大咧牙膛的情况下，如何送入口中？如要将汤吃进嘴里，只好吮吸，即便控制得再好，也难免吸吮的动静。再比如说，只能戴在中指或无名指上的宝石或钻石戒指，却像极尽个性张扬、装饰性的戒指那样，不伦不类地戴在食指、拇指、小指上扮酷。

…………

露西早早准备好了礼物。

这份礼物颇费思量。本来想买一套"梯凡尼"酒具或是别的什么，可是如今的"梯凡尼"也渐渐成了大路货，怎么能送汪达？如果给安吉拉买礼物就会容易得多，只需在法国Baccarat水晶系列中选一套皇家系列的Harcourt，或是极尽奢华能事的

Masseua，一定深得她的喜爱。再不，一套不厌其烦的爱尔兰水晶Waterford也行，可以让她摆在餐厅的橱柜中，以供鉴赏。

英国瓷器Wedgwood呢，同样老气了，好在最近有了新的设计系列Nickmunro，尤其是那套黑色系列，简约、粗陶的质感，不要说汪达，连她自己也喜欢得不得了，如果不是如此厌烦琐碎的生活，露西肯定会为自己买一些。可惜什么事都不能两全⋯⋯

其实什么时候想念它了，就到橱窗前看看，又何必据为己有？就像奥黛丽·赫本主演的那部电影《梯凡尼的早餐》——只好这样开解自己了。

想来汪达定会喜欢，却不知安吉拉看了会说什么，安吉拉对礼物是很挑剔的。

有一年圣诞节，安吉拉对她抱怨说："这个圣诞节，我已经收到三件卡什米尔毛衣了。"

那时露西还年轻，年轻的露西回答说："你当然不会指望这些圣诞礼物，来包管四时替换、打发日子吧？"

那时父亲还在世。

能指望那一代人有多少创意？父亲像这种家庭里的所有父亲一样，从不过问家政，只在餐桌上轻描淡写地关心一下他们各自当前的主题，以及在他们的生日，或是圣诞节，送些奢华的礼物，以示他的关爱。那些礼物都是一进商店，看也不看，只需奢华买就的。也就难怪他们每人都有十多件卡什米尔毛货，加起来足够开间卡什米尔店。或是风格雷同、毫无特色可言而又价格不菲的首饰，男孩子们则是鱼竿、高尔夫球杆、烟斗之类。

好在父亲还说得出，孩子们届时读的是中学还是大学。

至于母亲的礼物就像登机牌，完全可以从她送的礼物，看出接受礼物的人在母亲心目中的位置，A39或是B41，经济舱还是头等舱。

对安吉拉当然不会如此,但漫不经心是肯定的。如果母亲不是这样漫不经心,相信安吉拉也会收到称心如意的礼物。

喝完咖啡,露西给街角的超级市场打了一个电话,让他们送些蔬菜、水果、牛奶、果汁、面包来,特别是鳄梨,那是安吉拉的最爱。"新鲜的。"露西特别叮嘱道。

"要不要现在就给您送点什么?"超市的接应员问。

"不,谢谢,后天吧。"

这就是住在城里的好处。

当初她建议安吉拉他们住到纽约来,安吉拉不肯,非要跟着大卫住到缅因州去,说那里是最早的英国移民登陆地,满眼看不到一个有颜色的人云云。

如果没有第五大道拐角这套上代人留下的公寓,露西肯定会到上西区租一套房子。虽说由于三十年代有色人的大量迁入,富有人家纷纷搬离上西区,露西却不以为然。上西区有多少又气派又漂亮的老房子啊。那些有颜色的人,与你住在一栋漂亮房子里的惬意何干?

为了什么事情,他们不时会从缅因来到纽约,除了照例的三人会面,安吉拉总会有一次与她单独的约见,谁让她们是两小无猜。可是那些见面计划,没有一次能够顺利实现。

事到临头,热烈盼望会面的安吉拉,而不是不怎么热烈的她,肯定会打个电话过来:"很抱歉。"安吉拉不说"对不起",而是用书面语言"抱歉",那些淑女教材真是功不可没。"请原谅,我不得不更改计划,大卫说,他要和我有一个特殊的夜晚……"

或是:"我差点忘了,大卫送给我的那些'伊丽莎白'美容店的礼券还没有用出去……要不我们不去林肯中心听交响乐,而是到美容店去刮腿毛?六十块钱一次的消费,想必不会太差。"

难道真有什么必要,用这些零七八碎,来展现一个女人的生活品质吗?

露西没有什么远大的抱负,也许和住在纽约有关,看看画展、听听音乐会、看看演出……纽约有那么多让人可去的地方,每天都不会虚度。

不过谁又能说,做一名智障儿童学校的老师,不是远大的抱负?谁又能说得清楚,到底是那些孩子智残,还是自己智残?

如今露西早已退休,教过的那些孩子也早已各奔东西,可是,说不定哪个情人节的早上或是圣诞前夕,公寓的大堂服务台那里,就会有留给她的鲜花或是巧克力,大部分是廉价商店里的东西。

除了牙齿还没长全的那个年龄段,露西基本不吃巧克力。可是这份廉价商店的鲜花或巧克力,总有好长一段时间被她放在壁炉上,和她自己才知道的、有什么特殊意义的纪念品放在一起。退休以后她也没有闲着,又在教堂里做义工,义务教授那些新移民英语。

已经是春天了,圣诞卡居然还摆在壁炉上。

露西一一敛起那些过时的贺卡,竟有些不舍的意思。这个办法多好,寄张贺卡,既表达了记挂,又言简意赅。

比写信好,比打电话更好,话一多就免不了露馅,露出日子的勉强或别的什么。再不就得把声音提高几个分贝,以示心情好得就像你暗恋已久的女人,终于答应做你的新娘;或警方终于查明,夜间给了你一枪的人是谁,而他之所以如此,只是因为你比他多长了一颗奇怪而丑陋,从而吸引了众多目光的门牙。你只消将那颗奇怪而丑陋的门牙拔除,从此即可免除再受袭击的可能,事情其实就是如此这般的简单,世界其实就是如此这般的无奇不有……

可是互寄贺卡的人越来越少了,开始是旧人之间越来越淡,淡到每年一次的圣诞卡也免了,后来是一个个地回到上帝那里。

不过总得找出一件礼服,穿去参加汪达的婚礼,还有婚礼之前他们三个人的那顿午餐呢?

安吉拉肯定会选一家上等馆子,可惜还没听说哪里有六星级的馆子,如果有,安吉拉肯定不会放过。

她一一拉开衣橱的门。

那些随手塞进去的、连包装都没打开过的袜子、内衣、丝巾、皮带什么的小零碎,立刻从衣橱里滚了出来。还有衣服呢,她简直不相信自己买过这么多衣服。

多久没有打理这些衣橱了?有些衣服看上去根本就没穿过,更有些衣服让她莫名惊诧,特别是一件樱桃红的上衣,艳艳地扑进她的眼睛。

从小到大,她也好,母亲也好,姐妹们也好,有谁可能去买一件"樱桃红"?除了安吉拉的母亲南希,南部人大都喜欢抢人眼目的颜色。

南希和南希的母亲都是家里的女佣,后来就像了家里的一员。南希去世的时候,母亲还操持着为她买了块墓地、送了葬,老房子里也有了安吉拉的一间卧室。

那时候她和安吉拉还小,她们一起上学,一起上教堂,做完晚间祈祷后溜到彼此的房间里说长道短不睡觉,不到十六岁的年龄就一起溜出去会男朋友……

安吉拉长大后,更不再是家里的女佣,好像家财万贯人家的子女那样,做了不能赚钱的艺术家。

露西去厨房拿来装垃圾的塑料袋,把那些让她莫名惊诧、从未动用过的衣物,一件件往里装。将这些衣物送到"救世军"那样的慈善机构,不是很好?

怎么会买这样的东西?这件事让露西想得脑袋疼。

可不是,有一段时间,她就是疯狂购物。

那时候,不管需要或是不需要,只要见商店就进,进去就买。

女人们一旦开始疯狂购物,一旦衣橱里塞满了这些没用的东西,一定是有了大危机,现在的露西,非常明白这样的事了。

不是没有看过心理医生。她不像别人那样,能够对着心理医生滔滔不绝,而是心不在焉地沉默着。

除了面对那些智残儿童,她好像对谁都很封闭,这也许是她偏爱智残儿童学校那份工作的原因?

可她照旧去看心理医生,不管心理医生怎样苦口婆心地诱导,她照旧固执地沉默着。好像学生时代按时上学——尽管她未必喜欢上学。一个人既然生到世上,又得长大成人,学校怎能不一个个地接着上?不然还叫长大成人吗?

不,当然不是因为失恋,难道她爱过谁吗?几乎就没有认真地看上过哪个男人。有过短暂、淡味、有也可无也可的几段同居生活,却始终没有一个合法的丈夫。在四十年代初期,这种行为可谓新潮。

也许因为理论上十分明白,爱情、婚嫁都是很复杂的一回事。露西属于最不愿意麻烦自己的人群,不论出于什么理由的麻烦。

都以为露西一生没有结婚是因为大卫,恐怕大卫也这样认为吧?要不安吉拉为什么会在门厅的暗处对她说那些话?

真是千古奇冤。

不过露西也不想解释。

她一一浏览着那些老衣服,除了刚才装进垃圾袋的那些非常时期买下的衣服,她已多年没有正儿八经地买过衣服了。

那些老衣服,每一件差不多都连着一个她自己才知道的故事。

那里,幽冷幽冷的一袭深宝石蓝丝绸礼服,倚在角落里默默地凝望着她,真像冷不丁在哪个僻静小饭店里的故友重逢:灯影惨淡,人迹稀落,相对无言。

可惜那配套的、长到肘部的手套,第一次穿着它的时候就丢了。丢在哪儿了呢?不是没有寻找,就是没有找到。

也许因为这个原因,露西再也没有穿过这件礼服。

她从衣杆上把礼服取下。

不慌不忙,一件件脱下身上的衣服,然后轻轻拎起那袭礼服,慢慢从头上往下套。毫不费力地就把礼服拉到腿下,她的体形并没有多大变化。

对着镜子转过身来,又转过身去。

体形固然没有多大变化,可是昔日凹凸有致的窈窕淑女,却变成了眼前的这段风干肠。

果然是面好镜子。

露西未尝不知道自己老了,可这景象依然让她惊慌失措。

很久以来她几乎不照镜子,现在可不就是自讨没趣。

丽丽·庞斯还在唱。

在丽丽·庞斯的歌声里,露西缓了一口气,然后不屈不挠地抬起头,固执地向镜子里望着。

这袭礼服实在美妙,她敢担保到了现在还是独一无二!

那个时候,露西和母亲的衣服都是找裁缝定做,或是由高级设计师设计,一个样式只设计一件,手工制作。或是由设计师和她们一同设计,手工制作,露西在这方面不但极有品位,还有许多奇思妙想。

随着年龄的增长,露西越来越走向反面,除了进出一些场合,不但诀别了服饰上的这些精致,连名牌也不肯上身,脸上也没有了脂粉。对此,她解释为成长。

穿过岁月,露西重又看见当年自己穿上这袭礼服的模样。

裁缝在锁骨下的位置交叉了一个别致的结,将她那本就无与伦比、目中无人的脖子,衬托得更加让人心悦诚服。又选用颜色相同的丝绒,拼嵌在礼服的不同部位,利用丝绸与丝绒的光差,做就了这再也找不到第二件的礼服。

更漂亮的是她的肩,那是真正的"法国肩"。既不过分骨感又不过分丰腴,两可之间。在这种肩上,两种极端的审美观大概都不会再各执一词。尤其两条锁骨旁的下滑处,滑出多少适可而止的销魂!那是为数不多的人才能领略的一种性感。

世界已无可救药走向粗鄙、流俗,连肉感与性感的界限也分不清了,以为只要掌握妓院那点伎俩,将两只巨乳以至私处袒露得越是彻底,就越是性感,即便所谓的上流社会,也不过如此了。

露西还记得,晚会之后,当她在门厅那里与主人告别的时候,大卫目色迷离地对她说:"这件礼服看上去真有品位……"

大卫的话还没有说完,安吉拉就拥着大卫尽快离开了门厅。很久以后,露西才明白,门厅那里果然是个是非之地。

不意间,闯见他们接吻是在那里,只是安吉拉吊在大卫脖子上的样子有点怪,一副死乞白赖。

安吉拉与她的"交心"之地也在那里……

婚礼结束后,新娘安吉拉从舞会上溜了出来,把露西拉到门厅的暗处,真假不知地对露西说:"亲爱的露西,请原谅,我知道你也很爱大卫。为了我们的友情、为了你,多少次我都想放弃大卫……可是我太爱他了,真是无法割舍。"

没想到露西竟瞪着那对麋鹿样的眼睛回说:"你不是开玩笑吧?我从来没有爱过大卫,我们不过是一起长大的玩伴,更有彼此家庭的历史关系。"

真是滴水不漏。

他们这种家庭出身的人,永远不会喜怒形于色,更不会露出狼狈之相,即便灾难临头,要是慌乱中踢了谁人一脚,也不会忘记先说一声"对不起",然后再去寻找逃生的门路。

露西的淡漠,曾有一段时间,让安吉拉对自己的婚姻产生了怀疑。

想当初她并不十分爱恋大卫,如果不是为了与露西一争高低,她可能会选择别的人。

请露西当伴娘,除了两小无猜,自然也是出于这个动机。

如果露西从未爱过大卫,她的牺牲值得还是不值得?

不过除了"这件礼服看上去真有品位……"大卫也没有打算多说什么。

露西的父亲兼并了大卫父亲的银行,也就是说,她比大卫有钱,将来还会比他更有钱。

三十年代是个不景气的年代,如果露西的父亲不兼并大卫父亲的银行,露西的父亲可能就会被他人兼并,甚或至于稍晚一步,被大卫的父亲兼并也说不定。

大卫不怎么在乎钱,他在乎的是家族银行在兼并之前和兼并之后的周边关系有什么不同。这种关系虽然不是钱,却是钱的衍生物。就算他们不承认,他们周围的人也会这样认定。

而老英格兰来的移民,大部分以此包装自己的尊严,决定自己的言行。

谁让他们是一起长大的!露西知道,大卫从不相信准艺术家安吉拉常常挂在嘴上的"我行我素",不在乎他人看法的蠢话。在大卫看来,"我行我素"是社会赏给你的,有范围的,让你可以炫耀、可以自欺欺人的那点雅兴。

读大学之后,他们都离开了家。只在万圣节或圣诞节的时候,大家才回老家看看。

毕业以后露西去了法国,以为在那里可以遇到一个不那么美国的男人。那时,欧洲的男人还不像如今的欧洲男人那样,害怕结婚、害怕生孩子,把喜欢结婚、生孩子的美国男人称之为农民。

可是她发现,法国人矫情得简直像个戏子,她怎么能和一个戏子论及婚嫁?

只好游手好闲、冥顽不化,与周围不屈不挠到底了。

归国之后,露西就在政府办的智障儿童学校,找到一份没有多少收入的教师工作。

而安吉拉是自由职业者,大卫却有一份收入多少不计的工作,算是各奔前程。

随着老一代人的故去,老房子变卖了,各自在自己喜欢的地方买了房子安了家。

几年之后大卫娶了安吉拉,露西猜想,或许大卫就是为了证明家族银行虽被兼并,却不能影响自己的什么。

他对安吉拉的爱到底有多深?可能他更爱的是"一口气",或者说是借题发挥。

那一代人多傻啊。

511

好吧,就选这袭礼服参加汪达的婚礼,至于他们三个人的午餐,刚才脱下来的那套黑色衣裙不是很好吗。

黑色是永恒之色,也是最省事的办法,什么场合都能应付。在各种聚会上常常可以看到这样的景象,几乎所有的女人都是一身黑,像是穿了哪家女校的制服,所不同的只是加个不同的胸扣、耳环什么的。

本来大卫将下榻之地定在希尔顿旅馆,可是安吉拉说:"亲爱的,你不觉得希尔顿旅馆像个塑料盒吗?我是为你着想,不然你会感到种种不便。记得我们在巴黎,不也是先在这种新式饭店住下,后来不得不搬到凯旋门附近的拿破仑饭店?我知道纽约附近有家不错的旅馆设在古堡,饭食也不错,有几间房子临窗还看得到哈德逊河。"

安吉拉不说由于她对情调的注重,大卫在巴黎被旅馆一事折腾得六神不安。

安吉拉也不说她准备用这个古堡给那个准孙女婿一个下马威。汪达怎么会选择这样一个三等流行歌手?站不懂得如何站、坐不懂得如何坐,像动作演员施瓦辛格那样,连舌头怕都变成了一块三角肌的高头大马的男人,唱起歌来却哼哼叽叽、拧来拧去,活像一个同性恋。

大卫居然与他谈笑风生,还请他一同去看赛马。路上,大卫说起他最钟爱的一匹赛马,那个三等流行歌手竟然问道:"那是一个球星吗?"

大卫回答说:"不,那不是一个球星,那是一种男用药丸。"

为此,很长一段时间汪达不让大卫亲吻她的脸颊。直到大卫下一个生日的时候,汪达才把她的亲吻,当作一份生日礼物送给大卫。

可是大卫用他的烟斗抵着汪达的脑门说:"亲爱的,你不打算把这一道甜点留到饭后吗?主菜可是还没上呢。"

安吉拉并不看好汪达的婚姻,想必大卫同样不看好这桩婚姻,可他从来不说什么。即便她提起三等流行歌手的种种不堪,他顶多皱皱眉头。不过要是汪达的父母不说什么,他们又何必多说什么?汪达不知从露西那里得到什么真传,有关自己的私事,也是滴水不漏。不知和露西谈不谈,她不好问。她知道儿孙辈有那么几个人,都与露西千丝万缕,与她却生分得很。至于露西如何对待孩子们的那些问题,她倒不是那么用心。

如果安吉拉知道,就在前几天晚上,汪达还给露西打了那样一个电话,肯定又会上心。

"对不起,这样晚打电话……我只是心神不定。"听上去已是烂醉如泥。

想必已经上了主菜。

"你现在哪儿?"

"格林威治村,咱们常来的那个酒吧。"

"你等着,我这就去接你。"

比起那个朱丽娅·罗伯兹,汪达算是顾全大局,没有在婚礼上来个逃跑的新娘,而是婚礼前的几天就不想干了。

"……那就不结,毁婚也没有什么大不了的。"

难怪汪达与露西无所不谈。除了露西,家里人谁能如此这般地为她,而不是为一个婚姻考虑?恐怕大卫也不行。

露西对待婚姻的这种态度,不是一时心血来潮,应该说是由来已久。想当年就策划、鼓动过,只知道跑美容店和 party 的母亲和父亲离婚。那样一位讲究物质品质的母亲,居然闹到和父亲分居的地步,后来因为换了几个住处,都找不到楼上她自己那间卧室的感觉,便又回到家里。父亲也没说什么,就像她出走时

513

也没说过什么一样。

即使那样的局面,也无法使露西相形见绌:在一个什么宴会上,一桌子的人,个个无名指上套着一枚婚戒。只有露西,十指光光,十分可疑。偏偏有些女人喜欢向露西展示自己那笔"财富":"这是我的丈夫",忘记已经做过介绍。露西也不说什么,就那么嘻嘻着,将她们的"财富"再次一个个地查看过去,嘻嘻得"财富"心里发虚,嘻嘻得那些女人顿时面临破产的尴尬。

"可是祖母安吉拉会闹得天翻地覆,而不是我的准丈夫……作为一个女人,一辈子不结婚是不是很困难?"

"结婚就不困难吗?"

"真拿不准啊,如果是你怎么办?"

"比较简单。"

从汪达嘴里发出一声又一声醉醺醺的叹息:"我没你那样洒脱,只好先试试,不行再说,别告诉他们啊。"

"当然。"

对于安吉拉坚持下榻古堡的事,像他们生活中许许多多零七八碎的事情一样,都以大卫的让步作为了结。大卫也好,露西也好,糟就糟在可有可无。他们谁都不会像安吉拉这样,为一个谈不上目的的目的,如此坚持不懈。他只是提出:"好倒是好,就是进出纽约不太方便。"

安吉拉给了大卫一个吻,算是回答。

不过安吉拉很快就会知道,为了这个选择,她将付出点什么,其实安吉拉一直在为她的选择付出点什么。

参加婚礼之前当然要做做头发。

第二天上午,她没让大卫等她一起吃中饭。理过头发再去吃饭,就餐的人已不多。她对领位的前台小姐说:"我们是二楼的住客,按规定有一次免费午餐的优惠。"

"是的,是这样,夫人。"

年纪轻轻便在前台这个不大的舞台上,阅尽人间颜色的前台小姐,只匆匆一瞥,就将一身名牌包装下的安吉拉尽收眼底。礼貌极其周全地领着她往餐厅里走,礼貌周全的临了,却是不征求她的意见、不等她做出选择,就把她安置在靠门的一张桌子上。

一向重视彰显身份的安吉拉,对这个靠门的,说内不是内、说外不是外的地理位置非常敏感,而一旦没有大卫左右在旁,又显出不合常情的气馁。她不甘地忍受着一点穿堂风,又不甘地看着那些靠近壁炉或阳台上没有客人的空座,却说不出什么。

"您的风衣是否需要放到存衣处?"前台小姐问道。

怎么连这个细节都忽略了?安吉拉懊恼地想。都是靠门这个位置以及那股穿堂风闹的。

她脱下身上那件名贵的风衣,不经意地往前台小姐怀里一丢,这才丢出一些快意。

可是那位前台小姐,更不经意地接过风衣,看都没看它的成色。不像有些饭店的小姐,在接过客人的大衣时,总会不由自主地偷瞄一眼大衣的品牌,以确定客人的等级,然后决定该给客人多少服务的诚意。

并没有看见前台小姐与餐厅的侍者有过什么交流,连眼神也没有过交叉,安吉拉吃沙拉的时候,那侍者竟两次前来问她吃完了没有。

她沉着面色,厉声厉气地回说:"没有。"说完之后马上意识到,这种口气很失身份。

换作大卫的母亲,肯定不会与下等人这样你来我往。只消

515

一个眼色,就把这些下等人扒拉到一边去了。记得有个佣人顶撞了大卫的母亲,不要说声严厉色地斥责那个佣人,连眼皮都没抬,事后管家不动声色地就把那个佣人辞了。

至于露西,肯定会对那侍者放出一个让他明白自己身份的微笑,直截了当地回说:"吃完没吃完,你没看见吗?"然后一根菜叶也不剩,盘子像用面包擦过那样干净地把沙拉吃完。

越是这样,那些下等人就越会对露西露出他们的第八颗牙齿。

回到房间,安吉拉极为克制地向大卫说起那位前台小姐,大卫转过身去,对着安吉拉所说的临窗看得见的哈德逊河,闷声不语。

有时,只是有时,并不经常,大卫难免不这样想:作为一个画家,安吉拉的画作还说得过去,标准宽松一点的话,可以说还不错。可是大卫并不需要她的什么成功,作为他的妻子,只要她不惹是生非就行。

如果此时安吉拉看到大卫的神色,就不会锲而不舍地与他讨论:"你不觉得我们应该向餐厅领班提出异议吗?"

"你觉得有必要为一顿免费午餐,再失去点儿什么吗?"他仍然没有转过身来,不是不礼貌,而是担心将他此时的神色流露无遗。

幸好汪达此时打来电话,通知婚礼的预演提前,希望他们早些出发。

双方亲友在婚礼预演后的晚餐上,进行了不冷不热,恰到好处的交谈。

饭后,汪达问及大卫对婚礼预演的印象,既没有问自己的父母也没有问安吉拉。有谁能像大卫那样,对这些繁文缛节有那样细腻、准确的感觉? 又有谁会像他那样,对这些繁文缛节不厌其烦?

之前大卫就对她说过,按照婚礼的习俗,所有应由女方提供的花销,都由他来负责,算是他的一份礼物。汪达能不关心赠送这份礼物的人,对她操办这份厚礼的印象吗?

大卫说:"万无一失。"

在他的后人中,再没有一个人,可以像汪达这样品味往昔了。

不论预演还是正式婚礼上的每一道菜,各种配菜的酒,饭后甜点,火柴的粗细长短(万一哪个老派客人想点燃一只雪茄呢),火柴盒,餐前餐后冷食冷饮用的餐巾纸以及邀请函的颜色、图案,甚至装饰餐桌的鲜花等等,都经汪达一一定夺,确实尽善尽美,就是由他亲自来安排,也不过如此了。

"是负责任的回答吗?"

"你以为我不够负责吗?"

汪达在大卫腮上印了一吻,大卫一面擦着自己的腮一面问:"你敢担保你刚才一直在使用餐巾吗?"

"哦,你竟敢这样糟蹋我。"

三人终于来到大卫最中意的那家老法国饭店。

安吉拉与露西吻了左腮,又吻了右腮,最后在左腮上落下吻礼的帷幕。

大卫在一旁,阴怪地说:"欧洲式的,看来你没有白去巴黎。"

露西打了一个喷嚏,因为香水。安吉拉显然用了太多的香水,当然是上好的香水。

可恨的是露西还没有老——不是通常意义上的岁月不饶人——而是仍然享受着她能享受的一切。

具有画家身份的安吉拉,此时想起"同祖同宗"的毕加索。恰如毕加索所说:你画的并不是你所看到的,而是你所感觉到的。

露西正是活在她所感觉的事物中,怡然自得。

大卫站在自小就如此熟悉、熟悉到闭着眼睛也能从她们的气味,分辨出她们的两个女人当中。

他难免左顾右盼。

安吉拉的两腮,虽然有些下挂,但整个人依然如南方的阳光,那样艳丽、那样晃人眼睛,有点刺激、有点过火。不过她那样明目张胆、无可救药地上下打量露西的行头,可不就将喜欢评品的小家子气展露无遗?有时,大卫不能不生出凡事不能两全的感慨。

而这么一把年纪的露西依旧心不在焉,比年轻的时候更加心不在焉。

侍者把菜单呈上来的时候,安吉拉摩挲着羊皮面的菜单对露西说:"……这样有品位的餐厅是越来越少了,瞧瞧,菜单都是两样的。给男人准备的菜单才有价目,你和我的菜单就没有价目。"

比之大卫和露西,安吉拉更热衷于展示一个阶层的标志,相比之下露西倒像一个冒牌货。可说不定在什么节骨眼上,展现标志就会变成没有见过世面的标志,也就难怪古堡的前台小姐,那样泾渭分明。

露西问:"如果来的都是女宾呢?"

安吉拉说:"你像个女权主义者那样,唯恐天下不乱。"

一旦大卫左右在旁,安吉拉就像一只猎犬那样机警好战。

露西只管低头看菜单,并不回应她,自己是不是唯恐天下不乱的女权主义者。

不过谁能难得住这样的侍者。他回说:"我们自然会奉上有价目的菜单。"

露西对侍者说:"那就请你给我拿份有价目的菜单来。"

闷如费城那座著名大钟的大卫,这时才意味深长地挑了一下眉毛。

安吉拉是熟悉大卫一颦一笑的,作为回应马上说道:"音乐选得也不错。"——又是早年从礼仪书上背下来的句子。

那个"也"字听起来是暗藏心机。

有一次,母亲没头没脑地对露西说:"虽然都是猫,可暹罗猫就是暹罗猫。"

不是母亲给南希买的墓地又是谁?不是母亲为安吉拉付的大学学费又是谁?可露西没跟母亲争辩,她知道母亲会说,买墓地归买墓地,付学费归付学费。

她觉出母亲的幸灾乐祸,什么也没回答,扭头上楼去了。

照父亲说,他喜欢的就是露西处变不惊的大家风范,果然是他们家的骨血。

上了牛排,安吉拉诧异地"呃"了一声,用叉子拨弄着盘里配菜的蘑菇,招来侍者,说:"蘑菇的蒂子怎么没有去掉,这让人怎么吃!"

侍者忙说:"我马上给您换过。"

这次,安吉拉给了侍者一个不但温文尔雅,还有点过于慷慨的笑脸,说:"算了,不必了。"

然后就放下刀叉,不露声色地瞟着露西。可露西将那些没有去蒂的蘑菇,和那份牛排,还有那些绿色的花椰菜,吃得一干二净,之后便垂头敛目,一味转动着手里的酒杯。

明明知道时光不可倒流,露西却禁不住想,她宁愿再看到那个头上顶着一本书,以练就一副行走时,上身纹丝不动文雅模样的安吉拉,而不是现在这样一个,不肯吃那有蒂蘑菇的安吉拉。

又多么希望再听到安吉拉那些有血有肉的语言,那种语言来自她的母亲南希,以及南希母亲的母亲:俏皮如晨间在窗口探头探脑的鸟儿,灵动如老家说来就来、说去就去的暴雷暴雨,而不是这些矫揉造作、满口淑女教科书上背下来的语言。

更希望自己还是那个口无遮拦、凡事大大咧咧的自己,而不是现在这样地吹毛求疵。

…………

"不合口味吗,要不要再换一种酒?"大卫问道。

"不,很好。"露西赶忙停下转动酒杯的手。

如此明了,却深藏不露的大卫啊。

"那么再添一些?"

"好吧,一点,就一点。"

谁也没想到在第二天的正式婚礼上,汪达头天在婚礼预演上的白色婚纱变成了黑色婚纱。不知一夜之间她又起了什么念头,大家面面相觑,这是婚礼还是葬礼?

只有大卫,不露声色地望着新郎硬邦邦的、两条热狗肠般杵在鞋面上的裤脚;只有露西理解,对年轻人来说,白色婚纱不再是婚礼的一统天下。

接着是男女双方交换戒指。当新郎将戒指套向汪达的无名指时,却失手将戒指掉在地下。果然不愧为三等流行歌手,不过兴许是个好兆头也说不定,大卫想。

戒指蹦蹦跳跳滚过地板,一直滚到大卫脚下。

大卫捡起脚边的戒指,走向婚坛,送到新郎手上,将一场尴尬化为一场幽默。然后转身,左右颔首致意,一招一式,就像议员发表竞选演说那样让人信以为真,那样阴怪,那样虚情假意得让人最后不得不投他一票。

露西会心地笑了,这一刹那,大卫重又变回家族银行被兼并前的大卫。不过只是昙花一现,一回到他的那个座位上,立刻又变成眼下那个深藏不露的大卫。

婚礼总算没再出什么大错,汪达忠于职守地完成了新娘的角色。

喜宴之后,露西没有跳舞,而是端了一杯酒悠悠荡荡地来到院子里,拣了树下的一张椅子坐下。

是初月与落日交替的时段,隔了暮色,喧嚣竟显出几许慵懒、勉强。

大卫也拿着一杯酒,走了过来,看了看她身上的那件礼服,节外生枝地说:"这件礼服看上去真有品位……"和几十年前的那句话只字不差,只是目色不再迷离,倒叫人觉得真实可信起来。

礼服是旧时的礼服,手套可不是旧时的手套了。大卫当然不知道原来那副手套丢了,这是后配的一副。

"你还是那样,总像是掺了灰色的色调,冷殷殷的……巴黎……不论什么颜色都会掺上一些灰色的色调,不像我们这里,或是红,或是绿,没有过渡。"

"……是一种颜色又不是一种颜色……没有办法,我们差不多都是这个样子……"

他含义不明地点点头,然后挨着露西坐下。沉默了一会儿,拿酒杯的手臂突然向前一晃,说:"好酒,好人儿,好天气……"

还有好什么?

又用酒杯指了指前面那些树说:"瞧见那些玫瑰了吗,越发地茂盛了。"

露西看过去,哪里有什么玫瑰?满树满眼的樱花。只是比前些日子浅淡多了,毕竟已是暮春天气。

一串串樱花,像一滴滴泪珠,顺着每根枝条滴落下来。并非一泻千里的嚎啕,而是非常克制的嘤嘤啜泣。每当风儿游过,那些枝条就颤抖起来,抖落一地花泪。

"你说什么!那是樱花,叫作'哭泣的樱花'的那一种。"

"不是咱们老家教堂前的玫瑰吗?!"

露西扭头看了看大卫,不,不像喝醉的样子,不过在他来说,这种是焉非焉的样子也不足为怪。

是啊,她想起他们老家镇子上的那个教堂,教堂院子里的玫瑰。还有那些殖民时期的大房子,白色,门前有高大的廊柱,有宽大的通道穿过阔大的庭院,通向石质的大门。那时,不但年轻的他们是温热的,连夜也是温热的。

"'哭泣的樱花'——谁给这些樱花起了这样一个名字?"大卫悄声自问。

露西也奇怪,樱花在日本的时候,也是这样哭泣的吗?

一生见过许多景致、风光,何谈日本的樱花。一树树如那些张开的,俗里俗气、兴高采烈、大众非常的遮阳伞。而不是这样高大挺拔,一副玉树临风、顾影自怜的模样,也不像这样地哭泣,一直哭到红颜落尽的时光。

怎么到了这里,它们就变得如此高大挺拔,一副玉树临风、顾影自怜的模样?

怎么到了这里它们就哭泣起来?

当它们漂洋过海来到这里的时候,到底发生了什么?

"露西,那南瓜……"

"什么南瓜?"

"万圣节的那一个。"大卫从酒杯上跷起食指,含义不明地朝屋顶上指了指。

屋顶上一片葱绿。按理该说是一片灰绿,也许因为树影重叠,所以就深了那么一些。

"……安吉拉的处女作。"

那只万圣节的南瓜!

多久以前了?真用得着"很久很久以前……"

那一年万圣节,他们开车到附近乡下买来不少南瓜。南瓜买来后,准艺术家安吉拉说是要刻几个与众不同的南瓜。她将刻为骷髅的三个南瓜刷上一层荧光粉,又在顶部装饰了半圈黑纱,与传统意义上的南瓜风马牛不相及。既然如此,那还算是万圣节的南瓜吗?只能算是安吉拉的借题发挥。

三个南瓜一字排开,放在了屋顶,而不是大门口,说是如此这般南瓜会更加触目。

大卫兴奋异常地让佣人找来电线、灯泡、搬来梯子,特地在屋旁的老枫树上装了电灯。极为强烈的光线,白惨惨地照射在刷了荧光粉的南瓜上,哎,那哪里是南瓜,分明是狰狞的骷髅啊。

露西心里还想了一想:这个安吉拉!

虽然是鬼节,可孩子们并不一定非让鬼气吓个正着。

露西希望安吉拉成功,希望大卫没有白拉扯那些电线、安装那些电灯,所以没有特别提醒晚上来讨糖果的孩子,屋顶上的南瓜是闹着玩的。

可是戴着骷髅面具的安吉拉,关闭了所有的灯,只留下几柱射在南瓜上的灯,现场更是一派直裸的凶相,完全没有节日的热闹,几个年龄较小的孩子被吓哭了。

所以直到三个南瓜烂了,也没有人说个什么。

于是安吉拉就与往常不同地不高兴起来,从前她可没有这么大的脾气,可见什么东西都不是一成不变的。

从前的安吉拉总是贬低自己。好比大家一起出去吃饭,她一定会扭捏不安地说她点的菜不好。不是菜不好,是她点的不好,好像这就奉承了其他的人。

好比,她要是不经意间走在了众人前头,抢先跟谁打了招呼,就会坐立不安好半天,讨饶地向大家笑着……反倒让人想起她是下人的女儿。

可不知道从什么时候开始,安吉拉渐渐地就别有天地——也许就始自大卫在那个万圣节的异常兴奋。

接着大卫也跟着别扭起来。

越是这样,露西越要逗逗他,谁让他们那时还年轻!

当佣人从屋顶上取下三个烂南瓜时,露西不无调侃地说了一句:

"小心哟,那是安吉拉的处女作。"

从此他们开始不着痕迹地和她作对,她要做什么,他们两个人偏不做什么;她不做什么,他们两个人非要做什么,这更让她觉得可笑。

起始,她以为那不过是幼稚的自尊,等到安吉拉和大卫的关系渐渐有些特别起来,露西才知道没那么简单。

接着是冬天。大家去滑雪的时候,安吉拉弄断了她的滑雪板。当然不是有意的,安吉拉一再跟她道歉说。

这样的道歉听了几次之后,露西就不想再听,顶多再买一副滑雪板,又何必为此影响滑雪的兴致。

也许滑雪板后面还有文章?

大卫却认为露西的掉头而去，包藏着对安吉拉那点不足挂齿的阴谋的一目了然。

一目了然里又包藏了多少凌厉，大卫认为自己都能一丝不欠地领略，毕竟他们是"同根"。其实他并不明白，露西与他从不"同根"，他与露西之间一生的误解，坏就坏在以为自己和露西是"同根"。

这样的小打小闹从此不断，既然见过母亲那样的大手笔，安吉拉一而再，再而三的小打小闹，只能说明她的不成气候。

而有意弄断她的滑雪板，就连小打小闹也算不上了。

跟着她和安吉拉再也没的可说，儿时的亲密一去不复返了。可惜啊，曾经有个时期，她和安吉拉的关系比和母亲近多了。

露西也就明白了安吉拉之前所有的作为，都是为了后来的铺垫，当然也没什么不可以的。

于是在父母双亲相继去世，老房子还没有出卖之前，每逢安吉拉回到老屋，露西就让佣人把过去南希住的房间收拾出来给她住。她又何必徒劳地让一个牢牢记住那个界限的人，生生地忘记那个界限？

正因为如此，安吉拉和大卫的婚礼，是在圣派特力克大教堂举行的，当然是安吉拉的主意。在道听途说杰奎琳和肯尼迪也是在那里举行婚礼之后，安吉拉更把这件事常挂嘴上，当然不是当着大卫的面。每每说起那些道听途说的细节，倒背如流，好像她是嫁给了肯尼迪，而不是嫁给了大卫。

就凭那个圣派特力克大教堂，酷爱智障儿童和义工工作的露西，就不会对大卫有兴趣，并且认为那是大卫的堕落。

而如今，露西早就不过万圣节了，连记忆中的万圣节也不过了。即便应亲朋的邀请，应时应节地去哪家欢聚一番，也是徒有其名。

"……我们还欠你一副……我的意思是我不只欠你一副滑雪板。"

"不，你错了，你从来没有欠过我什么，大卫。"露西微笑着，掺了灰色调的微笑。她侧过脸去看着自小就如此熟悉的那张脸——脸上有了许多老人斑了。

想起自己镜子前头的那段风干肠，露西再次笑了起来，是颜色十分清晰、光色十分明亮的笑。他们这是干什么？花了几十年的时间，直到变成了风干肠和老人斑。

不知不觉他们聊了很久，都聊了些什么？又想不起来。似乎是这样又似乎不是这样，似乎重要又似乎不重要。

如在溪之岸，面对一幅沉浸溪底、经年已久的画。水波荡漾，画面游移，更因常年的浸湮，线条模糊不堪，但毕竟还是一幅画。不论给人多少愉悦，却是打捞不得的，一旦打捞起来，就会变成碎片，再也不能称其为一幅画了。

断断续续的乐声飘了过来，喜庆的，另样的，有关无关的。

却没有伤感，一点也没有。

乐声中，老家已如隔世，和着老家的回忆。

2003 年 2 月
2003 年 5 月定稿

四个烟筒

据说,早上起来一杯又一杯饮用咖啡也未必精神抖擞,晚上依赖大量安眠药也未必进入睡眠状态,是一种社会病的表征。

至于这种病怎么来的,又说不清楚。某些人也许能说出一二,但谁能肯定他们那些揣测就真是病因,谁又能肯定这仅仅是一种"社会病"的表征?

比如,这些揣测对阿瑟就毫不适用,不论是人生主战场的职场竞争、商海沉浮,还是一般人的生活无着、婚姻不幸、身患绝症……与阿瑟一概无涉,照比这些失意来说,阿瑟甚至可以说是幸运。

不是有时,而是经常如此。

咖啡和安眠药就像妻子和情人,包揽了阿瑟的白天和夜晚,说得煽情一些,是包揽了他的生命。除了白天和夜晚,人还有什么?或不如说,咖啡和安眠药对于阿瑟,比妻子和情人更加无间,试问,还有谁能像咖啡和安眠药对他这样知根知底。

不过阿瑟喜欢说"有时"。"有时"比"经常"听起来还有那么点希望,是不是?

话是这么说,一看他那满床单的咖啡渍,就知道他已经堕落到连餐桌都不愿意上的地步,如果一个人对口腹之欲,都这样漫不经心,还有什么能推动他的生命?

也许"性"。可"性"承担得了这样的重任吗?在阿瑟看来,"高估"才是社会病的一个缘由。再说他缺过女人吗?完全的文不对题。

在数了一夜的绵羊,又喝了足够的咖啡,并昏头昏脑地放了几个臭屁之后,阿瑟又开始了这个千篇一律、毫无新意的都市早晨。

早饭、刷牙、洗澡、换衣之后,便走出了公寓,溜溜达达地上了人行道。站在十字路口等候转换红绿灯时,眼睛不由地四处游荡一番,四周竟都是神色匆匆的路人,各自怀有一份奔往目的地的急促和赶时赶点儿的不耐烦。

阿瑟已经很久没有过这样的急促,哪怕是不耐。说什么"很久没有过",好像他有过似的。

绿灯亮了,自己却不知何去何从。虽然这纵横交叉,通往东西南北,办公楼、饭店、家庭、健身房、飞机场等等去处的大街、小巷,同样属于他,并有他的一份。

到底上哪儿去呢?还没想出所以然,也懒得想出所以然,就近就便地进了路边的咖啡馆。

刚坐下,就感到了一个微笑的招呼,他很不想接应这个微笑,可谁想到一个微笑竟具有如此不懈的意志。阿瑟只好抬起头来,向那微笑投降。

"嗨,阿瑟,真不相信这是你。你好吗?"

原来是中学时代的一个同学,令阿瑟不解的是,在别后这么多年的时间里,同学居然没有改变。不仅是指同样红润的脸庞,同样的嬉皮笑脸……一个人怎么可以这样,时间也好、遭际也好,难道没有在他的内里挖掘出什么?这是上帝的眷顾还是玩忽失职?是一个人的运气还是一个人的不幸?

"不怎么样。"阿瑟老老实实地回答,面对过去,阿瑟竟表现得有点真诚。毕竟那个"过去"不仅是昔日同学的,也是自己的。

可惜昔日同学并不领会,哈哈大笑地说:"你一点没变,还是那么有趣。"

真不知自己的回答有什么可笑之处,值得昔日同学如此开怀,难道他应该说"很好"吗?

幸亏人们发明了手机,这东西真像特地为他设计的。自手机在市场上出现后,他关闭了家里的电话,只在电话上设置了留言。虽然兄弟们不说什么,可阿瑟知道,他的这个偏爱,让有品位的兄弟们很有些侧目。

他们怎能了解,手机对阿瑟的意义。

每当家人必得团聚的感恩节或是圣诞节,阿瑟可以用手机回话,说自己眼下正在非洲,或南极那种够不着的地方,无法赶回来与家人共度佳节等等。

他们上哪儿验证他是在非洲、南极,还是正无可救药地抱着啤酒瓶子,窝在自家的沙发上,手握遥控器来回调换电视频道?

否则他就得面对"嗨,怎么样,伙计?"这句千古不变、百折不挠、无关痛痒的问候。

而他就得无数次地回答:"不错。"

阿瑟恨透了这个"不错"。

难道美国人就想不出比这个问候更精彩的问候?

都说一个人后来何去何从,自小就能看出一二。

可是他那不三不四的苗头,不要说是童年,就是进入青少年时期,也没有显出蛛丝马迹。

童年时,阿瑟永远是个给人带来快乐的孩子,到了青少年时期,更显出制造快乐的天分,或是说,他就是"快乐"那个词儿的最终解释,哪个party少得了他的身影?他就是那party"票房价值"的保证。

可以想见,他是多么的受人欢迎。

那时同学们常常问他:你为什么老是笑,难道你真有那么多可乐的事吗?而在人们寄给他的圣诞卡上,通常是"祝愿你永远快活如此"一类的字眼。

当初曼莉不正是因为他的幽默,爱上他的吗?即便向曼莉求婚时,没有钻戒,也没有玫瑰,最终还是携得美人归。

曼莉和他一样,不在意那些形式,说比起钻戒、玫瑰,他的幽默才是无价之宝。事隔多年,曼莉仍然记得当时的每一个细节。那天下午六点多钟,有人打电话给她说:"这里是地毯进出口公司,请问你要地毯吗?我们这里有上好的土耳其地毯,价格合理……"语音语调听起来和电视里那位地毯推销商毫无二致。

"不,谢谢,我们不需要。"

"据我所知,你们前厅那里需要一块小地毯。"

曼莉有点惊讶,也有点不安。如果一个陌生人能说出你的前厅需要一块地毯,就可能说出你在洗手间里的所作所为。她警觉起来:"你怎么知道我们的前厅需要一块地毯?"

"一个准备向你求婚的人,能不知道你家里,哪儿缺一块地毯吗?"

如果一个男人对一个女人的体贴,无孔不入到她的前厅是否需要一块地毯,那女人能不心动吗?

幽默虽是生活的重要调味，却并不是生活的支撑。

自大学毕业后，阿瑟从没有过一个长期、稳定的工作。但他并没有感到特别大的压力，反正父亲留下了足够的遗产。

曼莉也从不和他讨论被炒鱿鱼的原因，甚至不会问一句"怎么，你今天没去上班"。

她的体贴入微，还表现在早餐桌上。阿瑟从未在早餐桌上见到过有关招聘，或职业介绍那一版的报纸，更不要说有关家庭开支的账单……

是啊，像曼莉那样的女人，用不着男人打点，就足以昂首阔步地行进在人生的大路上，不然她也不会爱上像他这样一个，只能在 party 上大显身手的男人。

有人建议阿瑟试做一名喜剧演员，他觉得这个建议不错。

以他的才能，不论是做喜剧演员，还是做正剧演员都不成问题。不论学什么、学谁，都学得惟妙惟肖。大学时代的一个愚人节，他潜入学校某摇滚乐队的有线广播室，宣布发动对俄战争，大家竟都以为是总统在发表讲话。幸亏那天是愚人节，不然他非承担法律责任不可。

在喜剧院面试时，他的即兴表演，令导演、剧院经理，以及一干演员乐不可支，剧场的经理和导演，都以为得到了一个罕见的喜剧天才。

可是等到正式演出，他平时的幽默、诙谐、比奔腾 5 还迅捷的应对能力，全然不知跑到哪里去了。

他像一个最蹩脚的演员，一筹莫展、手足无措、傻头傻脑地站在舞台的聚光灯下。

尽管观众宽容、同情地沉默着，阿瑟却听到了笑声。从他可以制造笑声开始到现在，人众曾经赏给他的、所有的笑声，此刻似乎全都汇集在了一起。那汇总后的笑声之巨、之强,难以描述。就像被海啸掀翻的大海,万物无不毁灭在它的扫荡之下,又像火山积蓄已久的、忍无可忍的爆发,万物无不被它炽热、沸腾的岩浆熔化……

越过光线昏暗的观众席,他还看到一个具有巨大吸力的空洞,一个连无边无际这个词儿都无法囊括,又因无法囊括而令他感到恐惧的空洞……在那里面,他看到了阿瑟:一个角色,而不是他。

这真不能算是他的错,那一会儿,他之所以傻站在聚光灯下,不过是在冥思苦想阿瑟那个"角色"制造的"笑声",以及人众赏给那个"角色"的那些"笑声"的意义——不论是对他还是对于人众。

他为什么会得到这样一个角色?是自己的原因,还是父母的原因,还是人众的原因?

如果是他的原因,他又为什么锲而不舍地经营这个"角色",为什么?难道这个"角色"便是他的终极意义,他的人生、他的期待?他突然怜悯起自己。

…………

最终是否有了答案,不得而知。但阿瑟从此不但失去制造"笑声"的本事,甚至对"笑声"产生了一种莫名而又不甚确定的嫌恶。

不过没人知道这档子事,或是说人众不愿意承认这个事实,每每见到他,依旧是老早咧开他们准备大笑一场的嘴。

那么曼莉呢,像曼莉那样胸有成竹的人,能不知道他的变化么?否则为什么老是拿不定主意地看着他,那神态分明是在掂量,他这是怎么了?

阿瑟从此更像一个被宠坏的女人。

如果曼莉此前对他的种种"情况",表现出的种种不以为意,阿瑟可以略去不想的话,那么她现在的不以为意……照他看来,一个人的忍耐,是有极限的。

而不介意可以解释为关爱,也可以解释为轻慢。

有什么能让阿瑟释怀,曼莉此前以及现在所表现的种种不以为意?它们又有什么相同和不同?

曼莉可能永远不会知道,为了回避阿瑟那模糊的伤痛、呵护阿瑟那柔弱的矜持,她小心翼翼的尊重、体贴、温馨,反倒成了阿瑟的心病、成为他再也无法与她相对的障碍。越是如此,曼莉越是谨慎、越是不知从何入手与阿瑟沟通,这两个惺惺相惜的恋人、夫妻,竟不能互相明白也不能对话了。

同时阿瑟也进入了那个说法的迷宫——"二十岁爱上一个人的理由,到了四十岁可能就是无法忍受的理由",他倚着迷宫的一个犄角坐了下来,不再费劲巴拉地寻找出口,或许出口外面就是另一番天地,可他没了兴致。

阿瑟提出了分手。

母亲像是无意间问起分手的缘由。"没有缘由。"阿瑟说。

这种称不得缘由的缘由如何说得清楚?就是阿瑟自己,试着辨认,也没有辨认清楚。

一进门,刚把为母亲准备的生日礼物放下,母亲就说:"老远就知道你回来了,不只我,恐怕整个小镇都知道你回来了。你那个消音器少说也有一年没修了吧?我真奇怪警察为什么一直没有给你打电话。"

阿瑟汽车上的消音管子,坏了一年多了,去年回家时就这样的惊天动地,家乡的整个小镇都领教了它的噪音。他不是换不起一只消音管子,也不是恶作剧,而是听之任之。

实在,比起大学时代那辆三手或是四手车,以及车上那只放荡不羁、沙哑之上更见沙哑的破喇叭,这只消音管子算什么,差远了。而那只放荡不羁的破喇叭,却是一个不大不小、许多女同学对他兴趣有加的理由。

他咧嘴笑了,那是一种满脸都是嘴的笑,谁能怀疑它是扮演的,谁又能扮演得出来?

"怎么样,你过得还好吗?"

阿瑟想了想,不知对这句恨之入骨的话,回答一句他恨之入骨的"不错",还是回答一句真话为好。看了看母亲,只好硬着头皮说道:"不错。"

"工作呢?"

"不错。"

其实他刚刚又被炒了鱿鱼。

他宽慰自己,他的人生也好,性格也好,处处都有太多的不确定性,而不确定性是无法控制的。

被炒鱿鱼的原因很简单。不过是公司通知大家那天不要使用电脑,因有"黑客"入侵。可他端了一杯咖啡回到办公桌时,偏偏打开了电脑,后果可想而知。事后回想起来,为什么偏偏打开电脑,自己都觉得蹊跷。

本是回家庆祝母亲的生日,没想到竟会变为参加神父的葬礼,据说神父当时正在为镇上的某人主持葬礼,结果是自己躺倒在台子上。

为神父送葬的人很多,镇上的人几乎都来了。

看不出有什么远大目光的父亲,居然把神父主持过的仪式录了像:镇上人家的婚丧嫁娶、生老病死,包括阿瑟和曼莉的婚礼以及他们女儿的洗礼。现在母亲找了出来,拿到神父的葬礼上播放,赢得了大家的赞赏,认为这是对神父最好的纪念。

神父虽然是个不大靠谱的神父,可是大家都很喜欢他。

为阿瑟和曼莉主持婚礼时,偏偏忘记通知乐师,而新娘曼莉已经来到,一向吊儿郎当的阿瑟为此紧张得不得了。

神父笑眯眯地对他说:"放心,没问题。"那笑容很有些"心怀叵测"。果然,他一会儿跳到神坛上为他们主持婚礼,一会儿又跳到风琴旁代替乐师弹琴奏乐,等乐师接到电话赶到现场时,一切都按规矩万无一失地进行完毕了。

为女儿洗礼的那一天,神父还喝醉了,怎么找也找不见他的踪影,原来他醉倒在教堂后院的喷泉旁,把为女儿洗礼的事忘得精光,当他们把神父唤醒后,神父反倒问:"你们进行洗礼登记了吗?"

也是神父为父亲做的葬礼弥撒,他的手颤抖得很厉害,捧在手上的《圣经》,颠簸如海上的小船,又常常翻错《圣经》的页码……他不得不尽量拖长每个句子最后一个字的尾音。那拖长的尾音,一路颤颤抖抖,跌跌撞撞,一直坚持到他找到应该朗读的下一页、下一句。现在回想起来,他那时病情可能已经相当严重……不论这个老迈而不着调的颤音多么可笑,从今以后,阿瑟是再也听不到了。

可以说,阿瑟的每个人生阶段,都有神父见证。现在他去了,还有谁来见证他的人生?

又既然如此,不知神父可否了解,阿瑟的那个"角色"和阿瑟的区别?

一个新的神父将会来到这里,不论新神父如何参与他今后点点滴滴的生活,可再也不是他的神父,也再不可能伴随他人生的每一个重要阶段了。

不过,他余下的人生,还有什么阶段值得一提吗?

想到这里,阿瑟有了哭泣的冲动,但他还算清醒,无论如何,哭泣于他非常不合适。于是他一忍再忍,可最后还是哭了出来。

这有点像是河堤决口,一旦决了口,只能越开越大。

那些随时可以哭泣,而不是随时开怀大笑的人也许难以理解,有时,人们需要的不是万贯家财,而是一个可以哭泣的理由。

现在阿瑟终于为自己的哭泣,找到了这个冠冕堂皇的机会和理由,他更加放心地哭泣起来,葬礼上的人都听见了他的哭泣。

随着他的哭声,渐渐有人轻笑起来。这个镇子上的人,谁没领教过阿瑟的幽默,有些人从小把他看大,有些人与他同生同长。

他哭得越响,人们的笑声也越加响亮。在人们越来越响亮的笑声中,阿瑟更加毫不顾忘地、尽兴地哭泣着。

母亲不得不说:"亲爱的,人们到底是来参加神父的葬礼,还是欣赏你的表演?"

基于自己与这两个男人共同生活多年的经验,母亲认为阿瑟的大部分行为,都来自父亲的影响。他们两人的一举一动,无一不是诙谐的演出。小镇上的人都知道,阿瑟和父亲是一对很好的搭档。

可惜阿瑟没有机会询问父亲,父亲的"诙谐快乐",是否和自己一样,不过是个"角色"?

他也不可能得到父亲的回答了,即便可以得到父亲的回答,他又能理解多少?对这个世界的哪种状态,我们能说自己透彻理解了?好比一只杯子上的口红印痕,我们怎能断定那就是一个女人用过的杯子?

再说父亲能如实回答吗……

命运不过是一片又一片景象连缀起来的拼图,究竟以哪片为准?

此刻,阿瑟多么想对母亲说:"请相信,我不是在表演。"可她能接受这个事实吗?

葬礼快要结束的时候,下起了小雨,母亲对他说:"不如雨停之后再走。"

阿瑟说:"我喜欢下雨的天气。"之后,便发动了车子。

作为一个人生的旅者、过客,阿瑟的要求其实不多,比如离别某地时,回过头去,有一双知道你并不是在做戏的眼睛,还在注视着你,即便转瞬即逝。

他回过头去,没有。人来人往,欢声笑语,可是没有一个人能越过他的"角色",直抵他的本质。

雨越下越大,当他驶过"四个烟筒"时,发现屋顶上的四个烟筒变成了三个。它真是太老了,可是旅馆为什么不对它进行修缮呢?

他和曼莉结婚时,包租的就是这个老而有味的小旅馆……当时客人来得很多。

这就是家乡,每一块泥巴都是一个记忆。

…………

阿瑟不再想,为什么四个烟筒变成了三个,也许根本还是四个,只不过他看花了眼。

毕竟下雨路面不好走,车子开得也不快,坡地上的那栋灰房子,却一闪而过。

它就那么湿漉漉地独自站在乡间公路的一旁。雨幕里,它看上去不十分清晰,而是显得更加灰暗,不过阿瑟却看见雨水从灰房子墙角的漏水斗中奔涌而下。

他了解这房子,就像了解故乡的每一棵树。

不是现在,很久很久以前,这栋房子就寂寥地站在这一处坡地上了,从来没有见到过人的进出和炊烟的升起。

那些砌墙的巨石,始终沉默地伫立着,似乎在坚守一份允诺,不过也许更是一份煎熬,谁知道呢?如今已经没有人用那样方方正正的巨石,来砌一堵墙、盖一座房子了。

突然,他听到哭泣的声音,哪里来的哭声?难道自己在神父葬礼上的哭泣还在继续?真是胡思乱想。看看车上的音响系统,也是关着的,即便开着,哪个电台会播送这样的哭声?

该不是从这老房子里发出的哭声吧,阿瑟猜想。只有如此空旷、巨大的躯壳,才会发出这有如掏空五脏六腑的哭泣。

哭声又像是从老房子的缝隙中溢出,被花岗岩的缝隙过滤、挤压得纯度极高,毫无掺假的余地。

有时,一栋空房子,真比一栋满满腾腾的房子还有内容。

这声音宽慰着阿瑟,他不再想他的无望,再说想也没有用。

他人的无望,也许就是一件事,一段时间,而他的无望不分东南西北、上下左右,更可能是与生俱来。

可忧伤毕竟来到他的心间,不,不是因为"四个烟筒",而是因为雨中的那栋灰房子。

是啊,不知道哪天、哪月、哪个时辰,你就会被忧伤击中,毫无准备、措手不及、没有挣扎的机会和可能。

他再次回头,向那雨中的灰房子望去……而后便幸运地陷入了永劫不复的黑暗……

2006年2月18日北京

一生太长了

作为一只狼,我真不该没完没了地琢磨这个问题:这条河是从哪里来的?

如果老执着在这个问题上,紧接着就会想:它往哪里去?

世界上有很多问题,其实是永远不可能找到答案的,如果不明白这一点,即便作为一只狼,也会使自己的一生充满烦恼。

可我偏偏就是这样一只十分明白却又执迷不悟的狼。

不论谁,在他的一生中,总得有一处可以随心所欲说话的地方,一个可以随心所欲说话的对象。是不是?

尽管狼的一生并不长久,不过十几年的样子,但在这个从来不易施舍的世界上,如果找不到这样一个对象或去处,那一生的日子就会显得太长太长了。

不过我觉得,一个可以随心所欲说话的对象,无论如何也比不上一处可以随心所欲说话的地方。

应该说,作为一只狼,我是幸运的,在这深山老林里,能遇到这么一条苍茫的大河。我不知道这个世界上还有什么东西可以属于我,也不知道其他的狼各自拥有什么,然而我知道这条河是属于我的,仅仅属于我。

河流喧哗而沉默。

每当我带领我们那个狼群,沿着这条河流寻觅食物的时候,都会向它投上一瞥,并会不由自主地想,是谁把大地山峦劈开,给这河流让出了如此宽阔的通道,使它可以翻山越岭,无阻无拦地去它想去的地方,而我却得死守在我们这个狼群的领地上?

而当我独自沿着这条河,巡查我们这个狼群的领地时,我便会停下匆忙的脚步,久久地蹲坐在岸上,看它无羁无绊、浩浩荡荡地潇洒远去,总觉得它会把我那些颠三倒四、不是一只狼所应该有的思绪带走,带走……

至于带到哪里,并不重要。

当我默默地看着我那颠三倒四的思绪和我对它说的那些昏话,随水而去的时候,我那总在躁动不安的心,至少有那么一会儿能踏实下来。

我一动不动地俯视着奔腾不已的河流,思忖着它是否有过疑惑、烦恼?

又是什么力量驱赶着它一天又一天不停地前行,不屈不挠,什么也不问、什么也不说地流着,流向也许有结果、也许没有结果,也许有目的、也许没有目的,也许有尽头、也许没尽头的一个地方?

它有没有故乡,即便有故乡,也不介意远走他乡?或是它自己愿意流浪?

它的源头在哪里,即便找到它的源头,那源头又是因何而生?

或许无所不知的人类可以回答这些问题。可人类所有的回答,都是如此的牛头不对马嘴,如此的风马牛不相及,就像他们对我们的解释。

他们连自己的事都说不清楚,怎么就能把我们的事说得头头是道?不过话又说回来,有谁见过能把自己的事说清楚的人?

我又犯了糊涂,险些又把根本不可能有答案的答案,寄托在其他什么东西的回答上。

如果某种生命,已然无法面对他们那个世界的种种尴尬,便以对某种似乎比他们强势的东西的演绎,给自己壮胆、造势的话,那他们的世界就临近崩溃的边缘了。

有谁见过我们狼或是狮子、豹子……会借助这种藏着掖着无数猫儿腻的演绎,来给自己壮胆、来超度自己,以摆脱自己的困境?

不,我们从来不这么干,我们狼也好,豹子、狮子也好,只要觉得这个世界没有了指望,我们也没有了前途,我们就会选择离开,而不会如此这般的苟延残喘。

…………

我那探究的目光穿透河水,甚至可以看到河流的底处。原来,看似可以触摸的河水下面,不过是深不可测的黑暗和空虚,所谓河流,不过是悬浮在黑暗之上,无根无基的水流而已。

我还看出它的变化,看出它和从前的不同,看出它也难免不被流光所消磨。当然,如果不是像我这样天天守望着它,它那似乎变得窄小、衰败,不堪重负的样子,是很难察觉的。好比那个岬角已经变得钝挫,再没有从前的尖锐。难道我希望它仍然尖锐?难道变得钝挫不好?

了不起的时间之河啊!不显山不露水地就将一切看似不可改变的东西改变,就将一切完美无缺的后背翻转过来……

时间的河流和眼前这条河流,哪一条更让我迷醉?我想我宁肯放弃时间。可我不是又常常想要追回那流逝的时间之河?

我好像夹在了这两条河流的中间,无所适从。

说到底,这河流不也无法挣脱世界的羁绊?不论流向哪里,

541

它不还是困在这个令人乏味的世界上？

如此这般,我曾经想过的那个问题:河流有衰老的那一天吗？有厌倦活着的那一天吗……真是无稽。

作为一只头狼,不论为我们这个狼群蹚路,还是带领它们捕猎,还是对它们的组织和掌控,我知道,我都做得最好。

我蹚出来的路,沿途可捕猎的对象丰饶,与所有的目标距离最短,最重要的是安全而少坎坷。

我跑起来像风一样快速,可以说那不是跑动,而是闪电,是天光,是雷霆。

我为我们狼群选择的这片领地,人迹难觅,十分荒凉,空旷荒僻得就像我的心,很适于我们生存。可也是比我们更凶猛的生命的栖息之地,这意味着我们的生存会比较艰难。但我既然敢于选择这样一块地界,我就有能力对付这块地界上的艰难。

更不要说我在发起攻击、捕猎时很少失手。哪怕捕猎一只比狼庞大得多的麋鹿,我也能一口咬准它的喉咙。这是因为我在发起攻击前,对周边的情况以及我与那只麋鹿的距离,还有那只麋鹿与它种群之间的距离,观测得如此准确、周到;我对自己的每一个动作,以及每个动作的时间,设置、衔接得如此天衣无缝……

当光线照射在我身上的时候,我全身的毛发,一根根便如淬火的银丝,通体闪烁着端庄的光色,那正是一只头狼应该具有的光色。

我也很少对我的狼群发出噪声,只要我威然、昂首地挺立在那里,就没有一只狼不对我俯首帖耳。

…………

我不知道我该为此感到骄傲还是沮丧。

因为我从来不想当这个头狼,可谁让我生得如此健硕？这是狼群选择头狼的规则。

至于我把头狼干得这样出色,只是因为我对履行"责任"这档子事的过分执着。

闹不好,这真是一种疾病。

饥饿,迫使我们为延续生命日日夜夜奔波在寻觅食物的苦旅上,在险象丛生的崇山峻岭中不停地追逐,杀戮,逃亡……我实在不明白,这是我们生存的形式还是目的,是本性如此抑或还有其他解释。

反过来说,这难道不是为延续生命而对生命的浪费？

延续生命！当然,这是个最有根基的理由,不过这理由说渺小也渺小,说悲壮也悲壮。

可终了,我们无时无刻不在忍受着饥饿的熬煎,我最清晰、最熟悉的感觉,也是饥饿……这样的生命太没趣了。

而且在生死攸关的时刻,我还会从活命的本能出发,选择挣扎、拼搏,以逃离死亡。难怪人类说我们是低级动物。的确,他们对自己的生命,还能有一定程度的掌控,活腻烦了还有自杀的意志、能力、选择,想起这一点,有时我真羡慕他们。

我当然是一只出色的头狼,就像上面说到的,不论从哪一方面的职责来说,我都能做得最好。但我最怵头的就是那个——不得不带领我的狼群寻觅食物的职责。

世界早不是几十甚至几百年前的那个世界,寻找食物已经变得越来越为艰难。就连一只刚生下来的狼崽,恐怕也知道这种寻觅有多么不易。

因为饥饿,我甚至干过就算一只狼也会感到脸红的事情。有一天我饿极了眼,竟背着我的狼群,从小山崖上一头冲进了灌木丛。

为的是灌木丛里的一个蜂窝。

我把那个蜂窝吃进了肚子。无数蜜蜂不但蜇了我一个满嘴满脸,在我冲下山坡的时候,一根粗壮的灌木刺还深深地刺进了我前爪的爪心。那哪儿是灌木丛,简直像一只张开大嘴的巨鳄。

我反复用牙齿去咬那尖刺,甚至咬破了前爪上的肉垫,也没能把那根粗大的灌木刺从我的前爪上拔出。脓和血,从我的前爪上不断地渗出,让我在奔跑跳跃时疼痛难忍。可我的狼群里,竟没有一只狼看出我的步履有什么异常。

可是,麻烦并不在这儿。

不论饥饿、病痛……都不能让一只狼伤情。如果不幸或有幸生而为狼,凡此种种,不过是我们正常的生存状态。

问题是作为一只狼,竟沦落到以吞食蜂窝、凌虐那种根本不是个儿的对手来维持生命的话,该是何等的不堪?

如今,我不得不为我的狼群寻觅一方不让一只狼汗颜,还能过上真正意义上的狼的生活,又可以延续我们生命的生存之地而绞尽脑汁。

这样的不堪如今比比皆是。说不定,就在不远的将来,比这更为不堪的事,还会使我们陷入更加颜面尽扫的境地。为什么会如此?这道理不说你们也知道。

这个世界早已不是英雄的世界。而一只狼,是不应该活在一个不需要英雄的世界上的。

如此这般,对坚守一份尊严来说,一生是不是太长了?

比起早先,比起远古,很多动物都从世界上灭绝了,为什么我们这个种群却延续下来?而后又让我们如此没有颜面地存活至今,这,公平吗?

这为苟延生命而奔波的生活,真让我觉得寡味、无聊,甚至绝望。我打不起精神,没有了激情。不论对发现猎物还是捕获猎物,即便在你死我活的厮杀中,我的肌肉也不会再为厮杀而紧绷;在遭遇电闪雷鸣、狂风暴雨那总能激发我兴奋的时刻,我也是神色凄迷,意志消沉,心如止水。

最不堪的是在交配季节,竟不能激起我对异性的丝毫兴趣。有哪一只高傲的、几乎就是头狼的母狼,能忍受一只对她没有兴趣的公狼?那不仅仅是对她欲望的扼杀,也是对她雌性尊严的扼杀。

而且我再也不想努力,不再考虑如何做一只更好的头狼。

明显的例子是前不久对野牛的一次扑击。按照以往,扑击之后我会迅速跳开,灵活转身,可是那次我却没有做出这几乎是我们的天性反应,连那头不能灵活转体的野牛,也竟然能用它的犄角扎了我的眉头。

我当然能判断那来自对手的危险的方向,更会找准对方防范最为薄弱的部位下嘴,我是谁?但我也不知道自己当时为什么去咬野牛屁股而不是它的咽喉。

随之,我的机敏、我的爆发力……那些生命的旺盛表征也开始退隐。所有这些当然不是战术上的失灵,更不是因为衰老,相反我正当壮年,正处在所谓一生的黄金时代。

我想,这是因为我的心智之树开始凋零。

这个世界上,有哪种力量可以战胜"凋零"?不论是哪一方面的"凋零"。任何想要拖住流光尾巴的企图,不过都是苟延残喘的一出衰剧,这状况真让作为一只狼的我,感到惊心。

不,那不是孤独、寂寞所能涵盖的,它是隔膜,与当下的隔膜。我想我肯定不是一只当下的狼,我不过是已经远离这个世界的、祖先中的一个,却突然从时间的隧道跌入了当下。我也认定这里不是我的故乡,我的故乡远在天际,我的父母也不是生养我的父母,而是我要寻找的那个先祖……

我再也不想当什么头狼。我为我们这个狼群献出过所有的力量和智慧,可现在,它们之中却没有一只,愿意代替我的职责。

或者,能不能找到那样一个地方,让我不再承担头狼的任务……

我知道我这些想法,背叛了一只头狼的伟大声名。可是,难道,在我出生之前有谁问过我:你愿意做一只狼,并且愿意做一只头狼吗?

还有人会说:别不知足,比起许许多多出生不久就被别的猛兽吃掉,只有百分之五十存活率的狼崽儿来说,你够幸运的了,为什么不珍惜这来之不易的存活?

也会有人不屑地问:作为一只狼,你还能向往什么样的生活?这一切的一切,难道是一只狼应该思考的吗?难道你还想成为哲学家不成?

…………

什么都不能让我动心了,当然除了这条河,我对它的依恋,到了越来越不可理喻的地步。

也许一切从那个小十字架和那个小坟包开始。

有那么一天,当我再次沿着这条河流,巡视我们这个狼群的领地时,我发现河流里那块礁石的景象与往日有些不同。

那块礁石我太熟悉了,就连上面长了几丛草、几堆灌木,我都门儿清。

我注意到,礁石上出现了一个小小的十字架,十字架下面是一个小坟包。那一定不是人类的坟墓,有哪个人类的坟墓如此之小?小到就连河水也不忍心像过去那样猛砸猛打,只能一浪轻拥着一浪,抚摸似的拍打着那块礁石。

那是谁的十字架或是小坟包并不重要,重要的是我应该明白,当我们离开这个世界以后,我们需要这样一个十字架或是小坟包吗?

变换的四季,以及河流在四季更替中的风景,就像陪伴着我一步一步成长。

河流的奔腾、咆哮,曾撼动过天地。

它潺潺的水声,不但抚慰过我烦躁的心绪,也洗涤过我的灵魂。不过,狼有灵魂吗?

它跌宕的水波让我看到,在残酷的、杀戮无度的世界之外,竟也有如此欢快的影像。

它九曲十八弯的身姿曾延伸过我多少的遐想……

它是如此的多姿多彩,然而所有的所有、一切的一切,都不像此时此刻,让我感到魂魄有所依。

这是一个多么让我艳羡的、灵魂最后的停泊之地,当然,我指的既不是那个十字架,也不是那个小坟包。

不知道我说清楚了没有。

而我也突然发现,死亡竟可以如此美妙!

可那个十字架是什么时候出现的?不久前我从这里经过时还没有看到呢。它就像是从天上掉下来的,如此的突兀,会不会是祖先给我的一个暗示?我那有段时间总是低垂的,或说是垂头丧气的脑袋,不由自主地昂扬起来。

一只黑身,嘴长如钩的红嘴鸟,站在礁石上沉思,是在追念什么,还是在为"逝往"伤怀?

后来我常常看到这只鸟,一动不动地蹲在礁石上,就这么一只,从来没出现过第二只,也从不鸣唱,就那么若有所思地蹲在礁石上,难道它也像我一样,需要向谁一诉衷肠?

别看我们狼群比世间许多活物都更牢固地纠结在一起,可我们并不互相偎依,更不能沟通。其实我们谁都不了解谁,就说我们最喜欢的嗥叫,试问,有哪一只狼知道我为什么那样嗥叫?

从另一方面来说,也许因为我们狼没有那些小零碎。你什么时候听到过狼的呻吟,或是叹息?或无端地、怀着极度的恶意,揣测另一只狼的所作所为?

试问,世上有哪些动物,能像我们这样,为彼此留出如此巨大的空间?

倒是随时准备把我们赶尽杀绝的人类,总喜欢跟我们套近乎,还用他们的所谓诗意来描绘我们:月光下,一只仰头朝天嗥叫的狼,叠摞在圆通通的月亮上。在他们看来,那就是我们的标准相。

除了那张到处泛滥、毫无新意的图片,他们对我们了解多少?对于我们的嗥叫,他们又做过多少自以为是的解释?说了归齐那都是在解释他们自己!

他们根本不知道,更多的时候,我们是在荒野里、山峦里,在黑夜中嗥叫。

我们更喜欢的是黑夜。虽然从根本上来说,黑夜和白天并没有本质上的差别。

但黑夜横隔在了我们与万物之间,它掩盖了所有的岔道,一视同仁,不分上下,将这个谈不上好也谈不上不好,不管你喜欢或是不喜欢的世界隐入了黑暗,它使我们觉得世界变得容易对付,我们在黑夜中也会比在白天感到自如。

我不知道我的耳朵是否有病,自打生下来,就有一种含义不清的声音,老在我的耳边回响。不过我也说不准,或许这声音来自我的内心也说不定。可惜我无法表述、重复这个声音,我的嗓声里找不到这个音阶。不,我不是没有找过,也无数次地揣摩过、模仿过,结果都不是我耳朵里或是我心里响着的那声音。这让我感到一种无奈,还有无奈后的钝痛,而那钝痛又似乎是我所期盼的。

这声音陪伴着我、指挥着我,让我时而狂奔,时而在跳跃中停下,时而茫然,时而悲从中来……我相信,地球上再也找不到另一只,什么都不为就悲哀的狼了。

幼年时,这声音还不算太强,随着年龄的增长,这声音就越来越为强大。

我特别想要弄清楚这声音的来龙去脉,并且固执地认为,那声音可能来自我的祖先。

人类只知道满月时分万物的骚动不安,而我却知道,满月时分,古往今来的幽灵就会显现,而月亮比太阳更具神秘的力量,它可能会帮助我,召回祖先的魂灵。

我的嗥叫之所以比任何一只狼的嗥叫更具穿透力,更曲折复杂,那是因为我总觉得月亮背后,隐蔽着一条可以与祖先对话的通道。还因为我坚信,我的祖先能从响彻山野的无数嗥叫里,识别出我的嗥叫。

我之所以嗥叫,那是我在恳请,恳请月亮让一让,哪怕让出一条小缝,让我可以进入那条通道,哪怕一小会儿也好,至少让我问一声"我是从哪里来的",还有我为什么来到这里,并在这里扎根繁衍……难道我就是为了寻找这个答案才到世上走一遭？那么这个代价也太大了。可天地万物，有哪一种会甘心自己的无根无由？

总的来说，我对"后面"有一种不可理喻的固执，比如前面说到的河流的后面或说是河流的深层之下，云层的后面，山峦的后面……有时我抬头远望，那从山巅急速滑下的乌云，在我看来，不过是为荒原准备的一份怀抱，总让我生出一份感动。至于恐怖至极的狂飙从天而降的时候，我最想看到的，是它后面的那些生命之灯，如何在狂飙中剧烈地摇荡……

我专心致志，仰头闭目。尤其是在月夜，我那穿透寂寥的嗥叫，委婉曲折，撕心裂肺，悠远绵长，抑扬顿挫，柔肠百结，惊天地、泣鬼神……相信天底下没有哪一种动物，可以唱出如此动人肺腑的歌唱。我的嗥叫尾音也拖得很长，好像这样嗥叫，就能把我积累于心、于灵魂深处的不解，全拖出来。

但不论我如何嗥叫，月亮从没有为我让出一丝通道，我也从来没有得到过一点关于祖先的线索。我那迷蒙的眼睛里，满是无法言说的无奈和忧伤。

想想也罢，在长达亿亿万年的时空隧道中，时间的深渊，很可能把所有的信息湮没、遮蔽、删改、变形。而且，世间也没有哪种力量可以穿透时光那看似毫无轻重，却绵厚得无可丈量的屏障。

明知岁月无痕地从万物之旁流过，无法穿越也无法追索，我却还是固执地嗥叫不已，我似乎在这嗥叫中找到一种特殊的安慰。

此外，我还怀着一个侥幸的心理：岁月有时会不会回过头来，寻找它曾错身而过的什么？却从来不去想，即便岁月回头，恐怕同样找不到那错身而过的什么了。

有时，某个事件的发生，甚至一个非同小可的事件的发生，却在不经意中。

我的机会终于来了。

就在刚才，在逃避猎人的追捕中，我们的面前突然出现了一处悬崖，悬崖间的距离十分深阔，我一眼就测出这个距离很不容易跃过。

那悬崖，以及悬崖间深邃的凹谷，几乎被整整一个冬天的积雪填平，在厚厚的积雪的掩盖下，那深邃的凹谷看上去是如此的温柔、平和，甚至可以说是悦人，就像是特意为我们准备的可以在上面恣意翻腾的乐园。

可是我知道，积雪下面就是锋利得如尖刃般的峰岩，一不小心跌下去，当场就会穿透我们的身体、脊梁。

它真像有些人为我们准备的某种陷阱。在寒冷的冬季，他们会在锋利的刀刃上抹上或猪，或牛，或羊的鲜血，鲜血很快结为冰层。他们再涂、再涂，一层又一层，直到那薄薄的冰层，凝结为鲜血的冰坨，然后刀刃朝上地插在雪地上。

对具有灵敏嗅觉的我们来说，那冰坨仍然具有鲜血的诱惑。我们簇拥着扑上前去，用舌头不停地舔食那冰坨，冰坨便渐渐融化，直至藏在冰坨下的利刃露出凶光。

长时间地舔食冰坨，使我们的舌头渐渐麻木，直到最后，任那锋利的刀刃割破舌头也浑然不觉，仍然会继续舔食下去。鲜血从舌头上不停流下，直到流尽我们所有的鲜血，然后轰然倒地，任人宰割。

或许这不是人类的错，他们像我们一样需要食物。不是吗，由于饥饿，我们同样会捕杀那些比我们柔弱的动物。要知道，这

551

本是一个弱肉强食的世界。

相信在我祖先那个时代,柔软洁白的积雪下,是没有这样一把阴险的刀子的。祖先们除了老死或被更凶猛的动物捕杀,它们离开这个世界的方式,要比我们现在简约得多,也光明磊落得多。

可是如今,对一只狼来说,在哪儿还能找到一个光明磊落的死法!

…………

我们中间的一只狼,被猎人射杀了,他们兴奋得竟发出狼一般的嗥叫。我不明白,在捕杀一只狼后,人为什么总是那样高兴?

可猎人们还不肯罢手,继续追杀我们。我猜想,他们一定认为,在连续多日的茫茫大雪中,是很容易把我们赶尽杀绝的。

是的,这是捕杀我们的好机会,我们很多天没有捕猎到食物了,饥饿使我们失去了相当大的体力和战斗力……

我当然知道在哪里可以找到一处较为狭窄的沟壑,但我放弃了作为一只头狼的职责,而奔向另一个方向。

因为我深知,在我缺席的危难时刻,我的雌狼会挺身而出,她不但会像我一样,绝对不会被积雪掩盖下的凹谷所蒙蔽,也一定会选择一处最为狭窄的地段,带领狼群腾越过去。她像我一样,具有特殊的感知能力,绝对知道如何躲过危险。

当然,我的雌狼,也会因此蔑视我,后悔为什么和我这样孬的一只雄狼配了对儿。但我已经到了什么也不在意的地步,一旦到了这个地步,是不是也就意味着不可救药?

退一步说,即便我的雌狼,不愿意代替我那头狼的位置,也会有另一只年富力强的狼来代替,这是每一个狼群早就准备好的梯队。所以我并不担心,我的离去,会为我的狼群造成什么不可估量的损失。

对我来说,这场追杀正是一个退身的机会。既然没有任何一只狼,愿意代替我这头狼的地位,最好的办法就是离开,尤其在这样一个关键时刻,我的狼群很快就得为它们自己,再选择一只新的头狼。

我没有刻意隐蔽,就那么挺立在悬崖的这一方,狼群中的每一只狼都能看见我的身影。哪怕它们以为我是临阵脱逃,我也不想让它们以为我被追捕的猎人杀死,或掉下悬崖摔死,或无缘无故突然失踪。

没有一只狼会因为我的离去思量哪怕是一分钟,即便我的儿子也不会。我的雌狼,甚至没有回头看我一眼,那所谓告别的一眼。不过我也没有感到伤怀。不论什么样的选择,自有那选择的道理。

在看着我昔日须臾不可离开的狼们一个个安然无恙地越过那一处悬崖后,我便纵身一跳,掉头而去,向着我的河流。

那些追赶的猎人,很轻易地就被我甩在了后面。

我就这样告别了我的狼群,没有留恋,没有遗憾,高兴自己终于等到了一个自由自在、无拘无束的日子。

不算晚,还不算晚,只要来了就不算晚,哪怕这个机会在最后一刻到来也不晚。

我漫无目的地在深山老林里游荡,远远地离开了我曾为我的狼群圈下的地界,重新去丈量、了解那不属于我们狼群的陌生而广袤的山峦森林——原来可以这样的无限。

有时,我放声大嗥,有时,我在雪地上翻滚,有时,我奔向山巅,那遥远的景物,竟比贴近它们的时候更加动人。当然,我最喜欢的还是那条河流,只不过我选择了更远的流段。

那天,正当我恣意奔跑的时候,我听到了枪声,很近,就在我的左前方。

当枪声向远方渐渐消隐而去的时候,它也一条条地、缓缓地撕裂了我好不容易找到的这一处凡人难觅,仅仅属于我的天地的宁静。

随着枪声悠长的尾巴,我心里有什么东西跟着碎裂了。那碎裂的东西,像松树上的霜露那样轻柔、蓬松,一片片地在天地间轻扬飞舞,它们拂过万物,最后竟揩拭起我所有的经验……

这尖利而不祥的声音我太熟悉了,然后就应该是血,是生命的终结。我的几个弟兄、亲人……就在这枪响之后,再也没有站起来过。

我更嗅到了枪声背面的血腥。这种血腥我也再熟悉不过,我指的是血腥后面藏匿着的复杂并难以言传的气息,那气息就连人类自己怕也说不清楚。

什么是说不清楚?就是永不可能到达的彼岸。我想我们狼是了解这一点的,所以我们从不试着越过这条沟壑。可人类却觉得他们可以越过,这大概就是我们狼,比人类脚踏实地的地方。

其实这声枪响,何尝不是让我如有所归的信号?我会心一笑,之后,又继续前行。

跑了几步我又停下,想,这次是谁被结果,抑或一息尚存尚可获救?无论如何,我不希望是我狼群中的一个。于是反身向那声音的来处寻去。

不是我们狼,而是一个男人,仰面朝天地躺在雪地上。

他显然受了重伤,孤零零地躺在雪地上,血在他的身下漫开,就像春天漫山遍野的映山红。

不知他为什么没有发出一丝疼痛的呻吟,却将那疼痛留在了他的眼睛里。

他就那么无声无息、仰面朝天地躺着。他在等什么,在等死亡吗?

难道还有一个生命比我更渴望离开这个世界?

距他不远的地方,还撂着一支猎枪。

是械斗?逃犯?被人暗算?还是自杀……

只要那男人挪动一下胳膊,就能够得着离他不远的那支枪。

动一动、动一动你的胳膊吧!不知为什么,我心里这样期盼着。

他看见了我。那本就疼痛异常的眼睛里,立马添上了绝望。他肯定在想,即便自己能闯过中枪这一关,也闯不过一嘴狼牙了。

其实我什么加害于他的事情也没做,只是慢慢走近他,围着他转了一圈又一圈,近看看又远看看。

他的眼睛不安而又躲闪地随着我转来转去,可能在思量,为什么这只狼还不一口把他咬死。

仅看他的眼神,我也明白他并没有平白无故地盼着死亡……可谁知道呢,我看到的只是表层,内中缘由也许相当复杂。如果我一口咬死他,这不请自来的死亡,对他来说,可能也不错?人们就此不必探究他之所以死亡的缘由。难道如此这般的死亡,还有什么值得说三道四之处?

即便生命垂危,他仍然没有放弃对我们与生俱来的恶意,还有嫌恶、拒绝、恐惧——千真万确的、毫无道理的恐惧。我有些失望,即便是恐惧,然而,如果,那是一种对我们有着深刻了解后的恐惧,该是多么合情合理。可是他的恐惧,不过由成见而来。

无所不知的人类,怎么会是这样?

除此,他的眼睛里还有一种无由的仇恨。我不明白,那种无由的仇恨,竟会如此强烈。

然而生命垂危的他,已然无法拒绝一只狼的贴近。即便在他看来我对他的生命是严重的威胁,他也没了打算。反正要死了,不死于狼口也死于失血过多。

我在他脖子那里嗅了又嗅。是的,眼下我轻而易举地就可以结果他的生命,只要张开我的嘴,一嘴就可以咬断他的脖子,然后挫动、张合我锐利的牙齿,他马上就会变成一堆碎肉,进入我的肠胃。

可是我没有那样做。尽管或许他扼杀过我的兄弟、姐妹、亲人和朋友。而面对一道送上门的佳肴,很多狼都会这样做,但那不一定是我的习惯,这可能正是我和其他狼的区别。

对我来说,眼下他并不是我的食物,而是我久已盼望的一个研究对象。

你别不相信,狼们绝对具有观察、分析、透视事物的能力。不是说狗最善解人意,又是人类最忠诚的朋友吗?但比起我们狼还差上一等。追本溯源,狗的那些特性、本事,还不是从我们这儿来的?都说青出于蓝胜于蓝,可是我们那个徒弟,绝对强不过它们的师傅。知道老虎拜猫为师的那个故事吧,猫还留了一手呢。

很久以来我就盼望有个机会走近人类,对号称动物中最优秀、最高贵、最智慧的动物,做一次亲密的接触。我对他们充满了好奇,尤其在面对生与死时,他们将会如何?说不定就会让我那发轴的脑袋,顿开茅塞……但我从来没有得到过接近他们的机会,每当与人相遇,或是人逃离我,或是我逃离人。

我贴近他的面颊,仔细辨嗅他的气息,人的气息。

那气息与我从前在远处嗅到的十分不同。似乎已经失去生命的原汁原味和纯粹,而是充满了不明的欲望。

这仅仅是他个人的气息,还是人类共有的气息?

然后我在他的身旁匍匐下来,一动不动,平静而又毫无威胁地看着他。

他的生命之火是越来越弱了,我看出,他真想说点什么,可眼前只有我,再说,人有什么本事能和一只狼沟通?其实他不知道,即便他不说什么,我也绝对比他的同类更能理解他的所思所想。

幸好我可以使用我的耳朵。有什么比我的耳朵更能传达深沉的情意?于是我把耳朵朝向他,召唤他,甚至恨不得用我的耳朵拥抱他……他却把脸转向了另一边。

正在我束手无策,不知怎么才能让他明白我的善意时,我的嘴巴突然咧了一咧。向上咧开的嘴巴,肯定将我那上斜的眼梢推得更加上斜,于是我那张脸,便像是有了笑意。

天下有谁能看到一只狼的微笑!

而后他看上去果然放松了许多。我想这是因为,我的笑脸,让他明白了我对他并无恶意。说实在的,这是我期待已久的一种状态。

我想,他一定也从来没有与一只狼,这样近距离地对视过。这使他能清楚地看到我的眼睛,还有我眼睛里饱含着的对他的悲悯、友善和毫无戒备。

有那么一会儿,他似乎也想接近我,甚至心存幻想,幻想着我的营救——不管我是不是一只狼,只要是一个生命,可能就会有对另一个生命的惺惺相惜。

这与他刚才的情况有了天地之别,他似乎不再无奈地等待死亡,而是千方百计地想要活下去。或是说,我对他的友善,激发了他活下去的心思。

看得出,他对留住生命的渴望是如此强烈,这又让我深感惊心和不解,生命真值得如此追逐吗?

不,这是一个与我如此陌生、遥远的生命。

当然,我很愿意为他这样做,如果我能够的话。可我知道,即便我救得了他,他也活不成了。

从他的身体里,已散发出如此糜败、驳杂的气味。这岂止是人体走向死亡、走向腐烂的气味,更是灵魂走向死亡、走向腐烂的气味……不要说我,世上没有一种力量可以阻止这种腐烂。

而且我不知道他是自杀还是他杀。如果他像我这样不再对生有所眷恋,为什么不让他随缘而去,那不就等于帮他一把?如果是他杀,我想他也能借此机会,重新审视赋予他们"至尊至贵"这个头衔的荒谬,从而幡然悔悟。

那终点时的悔悟,才是真正的悔悟。不要以为这种悔悟已然无用,它会使你的灵魂轻盈地飞向你所向往的那个世界。

不过我敢肯定,他的历史是一个失败的历史,不然,他决不会因为他人的一枪,抑或自己的一枪,躺倒在这里。

当我们四目相对时,我觉得他对我们狼好像有了一些了解,可是这种了解不但姗姗来迟,还留在了这样的时刻——他不可能带走任何有关我们的信息,回到人的社会去了。

这么说来,我又赢了。

你信吗?我从来不愿意总是赢。

可就那么一会儿,他的心绪还是被戒备、怀疑所代替。

或许因为我一直在凝视他的眼睛。

既然我能探知河流的深底,那么我想我也能从他这里了解到,为什么人总要杀死我们,总要置我们于死地?即便在我们无碍于他们的时候。

我的审视,完全没有责难的意思,我只是想找到一个理由,一个让我信服的理由。

于是,他又在重新估量我的来意,却永远不会理解,我的到来与他所想的那些鸡零狗碎毫无关系。

我看到他的眼睛往那支猎枪上很快地一扫。即便他能以最后的挣扎够着那支枪,尽管猎枪就横在距他不远的地方,不过,从拿过、举起那支猎枪,到向我射击,需要一个时间的过程,他在计算这个过程与我起跳并咬住他喉咙的时间差。最后,他明白了他没有胜算的可能。

我也即刻明白了此时那支枪对他的非凡意义。它既能帮他克服对我的恐惧,又是他唯一的依赖……

于是我用我的前爪和嘴,将那支距他不远的猎枪,一点点地推向他伸手可及的地方。

我不在意他拿到这支枪以后会对我怎样。我不过是想让这个或许把"活"看得那么重的人,在离开这个世界之前,得到一份安宁,一份有所依靠的感觉。而人是需要"依靠"这种情状的动物,尤其他们的精神,从来是难以独立的。

但他根本不理解我把那支枪推向他的含义和动机,惊恐地躲避着,就像我能拿起那支枪,对他扣一扳机似的。

可怜的人,难道你就生不出更好的念头吗?

不,不是他的身体在躲避,那身体已无法移动。而是他的精神、他的意志,那些我曾以为我们狼所不具备的优良品质,在我的眼前瞬间垮塌。却掩藏不住对得到那支枪的渴望,也就是杀死我的渴望。

他一定想不到,一只狼为什么会这样做,也会认为我之所以这样做的背后,肯定隐藏着什么杀机!

在他的精神、意志垮塌的这个瞬间,我还看见了"人",并诊断出他的疾病,诊断出不论是他杀或是自杀的根由。

也明白了他们总以杀死我们为乐子,从来是没有缘由的。如果非要说到缘由,那就是他们的信条使然:"只有你死,才是我活。"他们不像我们,在我们的天地里,每时每刻,我们和多少兽类缓缓地擦肩而过。有时甚至同时同饮一江水,如果我们能够像人类那样,可以种植粮食,可以烹调食物,我们肯定不会为了饥饿去攻击掠杀其他生物以维持自己的生命。

在我们狼的生命里,有残酷、有厮杀、有血、有弱肉强食,就是没有卑琐、卑鄙、阴暗、贪婪、下流……我终于明白,人类并没有什么值得我深究之处,我们狼和他们的生命态度是如此的悬殊。

也许我过于偏激,也许他们还有许多我所无法看到的优良品德,但这是一个非常时刻,一个最能暴露本质的时刻。

这真是一个了不起的瞬间,一个浓缩了"人"的本质的瞬间。

而后我又看了看他那张起始我没有注意过的嘴。这才看出,那是一张说尽道貌岸然的真理与谎言的嘴。而他那张脸,也让我彻底失去了兴趣,并终于承认,这是一种我即便花费一生的力气,也闹不懂的东西。

…………

这时,我听到了来自远处的狼群的嗥叫,便索然无味地从这个人的身边站了起来,向远处的狼群跑去。可是我又停下脚步,因为我知道,那嗥叫的狼群不是我的狼群。

于是我又坐下,想了一想,要不要去看望那个狼群?最后还是决定向那个狼群跑去,不管它们是不是我的狼群,它们毕竟是狼,到底是狼,是比人更值得骄傲的狼。

我径直向雪原深处跑去,那广漠得让人恐怖的雪原。嗅到了熟悉的、活生生的、有滋有味的气息。那让我不停地奔突、厮杀、九死一生,并有过许多不着实际的梦想、怨天尤人的、至今仍感陌生的地界。

可是枪声又响了。或是说那不是枪声,而是枪的回声,经过积雪吸纳、消磨的枪声,有了悠远、隔膜、不切肤、不相及的意味。

但那确实是一颗没有虚发的子弹。

我的身体也随之强烈一震。我知道,那一枪是给我的。然而这正是我所需要而又不能完成的。

这个毫无生还可能的男人,终于向我射出了他此生最后的一枪。最终,他还是不肯放过对他充满善意,想要与他沟通的我。

甚至在我把那支猎枪推近他的手边之后;甚至在我已然离开,再也不会对他构成危险之后……或许他以为我还会返回,将他一口咬死?并不懂得我根本不屑于把他这种东西吃进肚子。

都说我们狼残暴而凶险,可是人呢?

在我一生中,有过多少次处在生与死的转折点上,死而复生的奇迹也不止一次发生,这也许是我一直处于头狼地位的原因之一。可这一次,我却一任生命之河轻快地向远方流淌而去,没有像过去那样,与死亡做最后的拼搏。

我藐视那个人,却感恩于那支猎枪,还有从那支猎枪里射出的、将我撂倒的子弹。

这一枪让我不必再和"生命"这种我毫无缘由地恨透了的东西,发生任何关系。

永别了,生命! 不只今世,还有来生、来来生。永远永远,不要再见。

我感恩于那颗子弹,正是它,给了我离开的欢愉,让我回到另一个世界——在我离去后即将到达的那个世界,那里才是我生命的源头。

我感激于那颗子弹,因为它使我的生命,结束在了一个完满的句号上——

我愿在我的生命还能胜任的时候了结。而不愿等到年老体衰之时颓然倒下,或被我的狼群抛弃,蜷曲在荒野里,一点点地耗尽生命。或像我的兄弟姐妹那样,将自己的尸体,为狼群生命的延续提供最后的服务,尽管这是每一只死去的狼顺理成章的下场,而每只狼也会将此视为己任。

我不知道这是我的勇敢,还是我的懦弱、我的自私。

我觉得死亡应该是一个有尊严的仪式。可是,怎样才是、才能尊严地死去?这真是让一只狼发愁的问题。

…………

我回过头,看到那男人苍白的、已然没有生气的脸上浮现出放心和满足。但我想,我笑得比他更加安详,了然。

我奔跑着的身体,在子弹的冲击下,腾跃起来——或不该说是腾跃,而是飞扬。

好惬意的飞扬啊!

那真是一杆好枪,即使用它来射杀一匹河马,也足以使河马如我这样在空中翻飞起来。

就连我自己也没想到,我那即将失去生命的躯体,竟能如此从容地在空中画出那么漂亮的一道弧线。

我还来得及回看一眼这道弧线。那是我用生命的画笔,留在这个我并不喜欢的世界上的最美的图画。

作为一只狼,这样优美的腾跃,一生只有一次,也许没有。

所有的思虑和烦恼此时都已消散。我这就要去和那唯一的、只有在天际才能找到我生命密码的祖先会合。我将不再孤单,不再无家可归。

所有的,所有的记忆,都像春雪一样融化了。我有过子孙吗?有过配偶吗?有过多少子孙,多少配偶?记不起来了。也许什么都没有过,如果有,为什么在这样的时刻,没有它们之中的任何一只影子出现?

难道它们都像我一样,所有的,所有的记忆像雪一样融化了?

遥远的天边,有一只鹰在飞翔,它的翅膀缓缓地闪动着。为什么只有鹰,或是鸟儿可以离开大地?当它们从高空俯瞰下来的时候,大地一定与我看到的不同,我们狼群能看到的,也只是方圆几十米的地方。

我俯首回望大地,这才发现,一望无际的雪原除了柔软、平和,还如此壮丽,果然配得上一只头狼的葬身之地。

我也看见了祖先们曾经生活过的地方:山峦起伏,绿树成荫,鲜花盛开,参差错落在绿树丛中……那时的山河,没有一点破损,那就是最初生出那种叫作狼的动物以及很多动物的土地。

我还看见了光亮在雪地上投下的一个身影,想了一想,我才明白,那原来是我的身影。

是雪花模糊了我的视线,还是我已经死亡,万物的影子都隐在了雪雾的后面。我什么也看不见了……

天光刺破了云层,势不可当地从浓云中冲射下来。我尽最后的力气,抬了抬头。远处,在我的呼唤中从未出现过的、我唯一的祖先,正一步一步地向我走来,它是来迎接我的。

我知道,我正在,也终于回到来处,从此我要紧守在那里,再也不会到这个世界上来。

我最后扫了一眼我生活过的这个世界,想起初生时才有的那种不明就里,为自己能来到这个世界而生出的感动和期待……可我们谁没有犯过这样的傻?!

之后,我的灵魂带着一生也没有得到过的惬意、快乐,没有一丝伤感地、轻盈地向着另一个世界飞去……

2009 年 9 月 20 日北京

是的,我听见了

一

我爱上那个女人的时候,她离开这个世界差不多一百年了。
人们会说,这档子事既不会有故事,也不会有结果。
兴许吧,可谁又能解释什么是"结果"呢?

二

不过我也不知道那是不是爱,姑且这么说吧,要不又该怎么解释。
虽说我早不是处男,可那跟爱情没关系。
咱们先说清楚,我可不是同性恋。
也许我还没有碰上能让我爱的那种女人,究竟哪种女人,我也说不清楚。
说实在的,如今有哪个女人值得你动真格地和她恋上一把?
也别以为我失过恋、受过爱情的伤害等等,而是我根本瞧不起那玩意儿。

那是咱们玩的吗,那是我爷爷他们那辈儿人的游戏,我恶心它还来不及呢,瞧瞧满世界那些恨不得把自己扒光了往钱上爬的女人!

好比电视相亲节目上的某些女人,说什么"宁肯给亿万富翁当性工具,也不愿接受穷光蛋倾其所有的爱"……我恨不得一脚把她从电视上踹下去。

我就是富二代,你以为富二代都是色狼怎么的?

这样的女人,能和她谈情说爱?明天要是有个出价儿比我高的男人,她肯定就会弃我而去。

我傻叉呀我?在这种女人身上动真格的。

我就是买只母狗操,也不会花钱动她们那种下三滥。别不信,狗还真比她们干净。所以一看到哪个男人下跪求婚,我就忍不住哈哈大笑。

顺便说一句,电视机是我花二百块钱,从旧货市场买来的,这事儿让我妈气不打一处来。看到他们为我这种"廉价"行为气愤的样子,我那个乐啊。

三

我只对电视里的体育台感兴趣,特别是前些日子的国际足球赛,我那叫废寝忘食。

只恨广告的插播让我抓狂,那时我总会不耐烦地转台、转台、转台……就在转台那几秒钟里,我看见了她——

跟老电影似的:特写。黑白镜头。

一个不知哪年、哪月、哪个国家的小提琴演奏家在演奏。

我的心猛然为之一震,尽管是很轻的一震,但我马上明白,我中枪了。

是什么让我动心？

她的容貌？乏善可陈。

她的音乐？我对所有的音乐连"所知甚少"都谈不上，整个一个"乐盲"，不论古典还是通俗，包括当下走红的什么快男快女。

她的头侧向提琴——可我怎么都觉着她的头是悬空的，也就是说她的脖子下根本就没夹着那把琴，而是将她的头，甚至整个身坯依靠在她演奏的那首乐曲上……那似乎就是她终生可以依靠的、音乐的肩膀。

看来这是个聪明的女人，没有像很多女人那样，把男人的肩膀当作最坚实的依靠。尽管我是男人，但我得客观公正、以实求实地说，男人的肩膀靠一时可以，打算靠一辈子的话，可得仔细掂量掂量。

她的眼睛随着琴弓向右下斜去……按理说我什么也不可能看到，那双眼睛是半阖着的，而我却透过她低垂、遮蔽的眼帘，看到了一个人可以为他的所爱——我指的可不是爱情——付出多少，这样的人即便在一百年前，怕也寥若晨星。

她那与当下这个世界毫无关联的眼波，只属于另一个世界——一个我完全不了解的、难以达到的世界。不但我达不到，也很少有人可以达到。至于那个世界是否比眼下这个更好或是更不好，就难说了。

还有她回弓时那弯曲的手腕——不是手指，而是弯曲的手腕！

我这才知道，那弯曲的手腕，竟比有些女人的赤身裸体、暴乳，不知性感多少。不管你的身坯、还是你的心，都被那弯曲的手腕化作"绕指柔"了——有句诗是不是这么说的？

她结过婚吗？有无子女、恋人……不过，这些跟我有什么关系？

…………

我开始收罗她的音乐，在 Google 上搜索有关她的资料。这个过程非常不易，就连专卖店里，也没有她的几张 CD，而 google 上有关她的资料，也就是那么几行。

我只好放弃搜寻，找回电视上她演奏的短暂一瞬并拷贝下来。其实对我来说，这就足够了，无论 CD 还是资料，哪一项能像她的眼波那样，无穷无尽？

四

于是我又回到巴黎。说"又"，意思是我的博士后是在巴黎读的。

我之所以海归，可不是因为找不到工作，而是因为腻味那个装腔作势的巴黎。

当年之所以来巴黎读书，是我父母的事儿。你能指望还没有能力挣一分钱的儿子，扛得住父母的干涉吗？

他们总以为巴黎是全世界最时髦的地方，以为自己是精神贵族，是懂得巴黎之妙的人……也或许他们想让我替他们打前站，指不定哪天他们就栽了。

话又说回来，他们也不想想，我翅膀硬了以后，还能按照他们的意愿，在巴黎为他们建立一个根据地吗？

可我现在又回到巴黎来了。心甘情愿。

这很容易。如今只要有钱，什么事都好办，没看见吗，全世界都让中国这个暴发户忽悠得不轻，以为只要跟中国拉上关系，就能让他们方方面面起死回生。

但我放弃了自己已然学就的专业,上了烹饪学校。

父母拿我也没办法,谁让他们在能生育的时间段,没赶上"人多好办事",让人可劲儿生的政策,却摊上政策变脸"只生一个好"?于是父母们没有选择,只能拿他们生下的那个"唯一"当事儿。

这叫生得好不如生得巧。

再说对付我妈,我这个匪夷所思的选择,也可以说是歪打正着,说起法国美食,不也是"品位"的体现?

不过我拒绝了他们的赞助,我根本用不着他们的钱。在学习烹饪方面,我似乎很有天才。主要是我在烹调中常常别出心裁,或说是随心所欲。在传统的大厨工艺中,那些根本不能放在一起的中、西方调料,我就敢把它们搅和在一起,同时不按规矩出牌,想往什么食材里放,就往什么食材里放,全看我那天的心情。

所以我实习汇报的时候,常常让那些著名的大厨或我的老师惊讶地合不拢嘴,闹得我老师也想跟我学两招儿。可怎么学呢,我都不知道如何向他解释,这就像艺术家的创作,全凭瞬间的灵感,没有轨迹可循。

这且不说,在烹饪比赛中,时不时我还会拿到一些小奖。那些奖金,足够我花了——尽管欧盟隔三岔五地嚷嚷几句经济危机,可主办方在这方面还是舍得花钱的,你让法国或是意大利、希腊……放弃美食、美酒怎么行,那比经济危机还可怕。就在咱们把孔子学院推向全世界之前,人家早就把孔子的"食色性也"融会贯通了,我一直怀疑孔子是否出生在中国,兴许他是从西方移民到中国的也说不定。

而且随自己心意,找了个特破的地界儿落脚,因为这里几乎没有装腔作势的空间。

因此我喜欢这条街。这条枯萎、破败、脏乱、无人垂怜、臭气熏天的街……真的,在巴黎很难找到这么臭的一条街了。也许是因为居住在这里的移民,仍然保持了本国的国风:随手乱扔乱倒,以及从肉体上的每个窟窿眼里,惬意地、豪迈地、不竭地往外喷射那些废弃的固体和液体。

也许是因为那些残旧歪扭的巨无霸垃圾桶里泛出的臭气。

可它是一条自由自在、毫不装腔作势、毫无前途可言的街,一条在矫揉造作的巴黎难以相逢、难以找到眼泪的街。

它大概永远不会有眼泪,或许它以眼泪为耻,或许那只狗就是它的眼泪。

看见那只狗吗?尤其是灯影迷离的夜晚,在月色黯淡、灯影昏黄中,它神闲气定地穿过由那些巨无霸垃圾筒,以及一启动就哼哼唧唧响个不停的 N 手车组成的通道……

有了这样的眼泪,还需要其他的眼泪吗?

别以为那只狗孤独、可怜什么的,说不定它活得比谁都自在。

我还喜欢这条街的乌烟瘴气,好像可以乘着那些烟雾,自由自在地翱翔,而那个在空中腾云驾雾的我,便可以回头下望另一个我:那是怎样不同的一个傻叉!

周末或是假日,我就到她的墓地去。

不过是坐在她的墓前抽两支烟,和"想"——或者叫思索——一会儿。

如果问我思索了什么,又似乎一片空白,就是那么有心无心地听着在故土根本听不到的各种鸟儿的啼鸣。不明白鸟儿的啼声为什么如此婉转,不明白树们为什么如此婀娜多姿,不明白树荫下、坟墓里的这个女人究竟皈依了什么,竟能如此之断了地告别了各种干扰……我的不明白是如此之多。

也不久坐,就两三支烟的工夫,然后起身走人。

记得头一回走出墓地,打开烟盒想要吸烟时,忽然发现里面一支烟也没有了,然而烟盒里塞满了烟头。难道我没有把那些烟头随手扔在地上吗?从那以后,乱扔烟头的毛病没有再现,即便在墓地之外。而从前我甚至当街也敢掏出鸡巴撒尿,人们也竟以为随时随地掏出那个玩意儿撒尿理所当然……

这难道不是最惬意的生活?有饭吃、有衣穿、有房子住,更重要的是随时可以到她的墓前坐坐。

有其他人到她的墓地来过吗?当然,她的亲人、情人……但有像我这样的人吗?与她什么瓜葛也没有的人。

有吗?我猜不出。

可我从来没在她的墓前遇到过其他的人,我也从来没在她的墓前看到过鲜花,哪怕一束也没有。作为一个世界闻名的小提琴家,难道没有一个悼念她的"粉丝"或亲人、情人为她献上一束花?

可我,不也从来没在她的墓前献上一朵玫瑰?

有这种眼波的女人,还需要玫瑰?无论生前,更别说离开这个世界之后。

再说一朵玫瑰,哪怕是一束玫瑰,能表达我对她那不清不楚,而又复杂、难以名状的感觉吗?

是啊,就连我自己也不知道我能爱她多久,三个月?三年?一生一世?我不敢确定"永远"那个词儿,我只能确定我爱过了。虽然,然而我又的的确确不知道这算不算爱,而我又爱她的什么。

世上所有的、所有的东西都会消亡,什么都不会永恒,但有时、偶尔,有些东西可以闪回。

在这个没有永恒的宇宙中,有一种东西(感情?情调?味道?)能有一个瞬间的闪回,就不错了,还想怎么着!

即便她的在天之灵也永远不会知道,她在我这里得到了闪回。

——咫尺天涯。

墓碑上除了她的名字和生卒年月,什么装饰也没有,作为一个曾经闻名世界的小提琴家,甚至连一把石雕的提琴也没有,更别说她的雕像、照片、墓志铭……

但我知道,坟墓里埋葬着她的故事,尽管那故事里没有我。可我总觉得它是属于我的,只属于我这个与她毫无瓜葛,一百多年后出生的异国男人。

只在墓碑底座上,镌刻着一行小小的文字:

你听见了吗?

是问来这里祭奠她的人,还是问她生命中某个特别的人?

又听见什么?琴声?话语?心语……似乎都不是。

可我却听见自己说:是的,我听见了。

2010 年